Ken Follett

Der Mann aus St. Petersburg

Ken Follett

Der Mann aus St. Petersburg

Roman

Aus dem Englischen

von

Helmut Kossodo

Gustav Lübbe Verlag

Gustav Lübbe Verlag ist ein Imprint
der Verlagsgruppe Lübbe

Übersetzung aus dem Englischen von Helmut Kossodo
Titel der englischen Originalausgabe:
The Man from St. Petersburg

Schutzumschlag- und Einbandgestaltung:
Guido Klütsch, Köln
Satz: palmer satz, Bergisch Gladbach
Gesetzt aus der Aldus Buchschrift
Druck und Einband: Wiener Verlag, Himberg

Printed in Austria
ISBN 3-7857-2034-3

Sie finden die Verlagsgruppe Lübbe im Internet unter:
http://www.luebbe.de

Viele Freunde
haben zur Entstehung dieses Buches beigetragen.
Mein besonderer Dank gilt Alan Ernie,
Pat Golbitz, M. E. Hirsh, Elaine Koster, Diana Levine,
Caren Meyer mit ihren »Maulwürfen«, Sue Rapp,
Pamela Robinson und dem Team von Bertram Rota Ltd.,
Hilary Ross, Christopher Sinclair-Stevenson,
Daniel Starer, Colin Tennant und – alphabetisch zuletzt,
aber in jeder anderen Beziehung zuerst –
Al Zuckerman.

Die Menschheit kann man nicht lieben.
Man kann nur Menschen lieben.

Graham Greene

1

Es war ein gemütlicher Sonntagnachmittag, wie Walden ihn liebte. Er stand am offenen Fenster und blickte auf den Park hinaus. Von der breiten Rasenfläche hoben sich einige große Bäume ab: eine schottische Fichte, ein paar mächtige Eichen, mehrere Kastanienbäume und eine Weide mit Zweigen wie Mädchenlocken. Die Sonne stand hoch, und die Bäume warfen dunkle, kühle Schatten. Die Vögel schwiegen, aber man hörte das Summen zufriedener Bienen an den Blumenranken neben dem Fenster. Auch im Haus war es still. Der größte Teil der Dienerschaft hatte an diesem Nachmittag frei. Die einzigen Wochenendgäste waren Waldens Bruder George, Georges Frau Clarissa und ihre Kinder. George war spazierengegangen, Clarissa hatte sich hingelegt, und die Kinder waren außer Sicht. Walden fühlte sich behaglich. Natürlich hatte er zum Kirchgang einen Gehrock getragen, und in einigen Stunden würde er sich seinen Frack zum Abendessen anziehen, aber im Augenblick hatte er es sich bequem gemacht und trug einen Tweedanzug mit einem weichen Hemd. Wenn Lydia heute abend Klavier spielt, dachte er, war es ein vollkommener Tag.

Er wandte sich an seine Frau. »Wirst du nach dem Abendessen spielen?«

Lydia lächelte. »Wenn du willst.«

Walden hörte ein Geräusch und trat wieder ans Fenster. Am anderen Ende der Einfahrt, etwa eine Viertelmeile entfernt, tauchte ein Wagen auf. Walden verspürte eine leichte Gereiztheit, wie jene Andeutung von Schmerz in seinem rechten Bein kurz vor einem Regenguß. Warum sollte mich ein Wagen stören, fragte er sich. Er hatte nichts gegen Autos, er besaß selbst einen Lanchester, den er regelmäßig für Fahrten nach London benutzte. Allerdings mußte er zugeben, daß im Sommer die Kraftwagen hier im Dorf ziemlich lästig waren, wenn sie auf den ungeteerten Straßen hohe Staubwolken aufwirbelten. Er hatte mit dem Gedanken gespielt, ein paar hundert Meter der Straße auf seine Kosten asphaltieren zu lassen, und er hätte es auch wohl getan, aber seit 1909, als Lloyd George den Straßenbau übernommen hatte, war er nicht mehr dafür verantwortlich – und das war, wie er feststellte, der eigentliche Grund seiner Gereiztheit. Es war wieder einmal typisch für die Liberalen, von ihm Geld einzukassieren für etwas, was er ohnehin getan hätte, und es dann zu vernachlässigen. Wahrscheinlich werde ich die Straße schließlich doch selbst pflastern lassen müssen, überlegte er; es ist nur ärgerlich, zweimal dafür bezahlen zu müssen.

Der Wagen bog in den mit Kies bestreuten Vorhof ein und hielt mit lärmendem Motor am Südeingang. Auspuffgase drangen durch das geöffnete Fenster, und Walden hielt den Atem an. Der Fahrer stieg aus. Er trug einen Helm, eine Staubbrille und einen schweren Chauffeurmantel. Nachdem er den Schlag geöffnet hatte, stieg ein untersetzter Mann mit schwarzem Mantel und schwarzem Filzhut aus dem Wagen. Walden erkannte ihn, und sein Gesicht verfinsterte sich. Der friedliche Sommernachmittag war vorbei.

»Es ist Winston Churchill«, sagte er.

»Wie peinlich«, bemerkte Lydia.

Dieser Mann ließ sich einfach nicht abweisen. Am Donnerstag hatte er einen Brief geschickt, der von Walden ignoriert wurde. Am Freitag hatte er in Waldens Haus in London vorgesprochen und war mit dem Bescheid abgewiesen worden, der Earl sei abwesend. Und jetzt war er ausgerechnet am Sonntag die ganze Strecke bis nach Norfolk gefahren. Um wieder abgewiesen zu werden. Bildet er sich ein, daß seine Starrköpfigkeit mich beeindruckt, fragte sich Walden. Er haßte es, unhöflich zu sein, aber Churchill verdiente nichts anderes. Die liberale Regierung, in der Churchill als Minister fungierte, hatte sich vorgenommen, an den Grundfesten der englischen Gesellschaft zu rütteln – Landbesitz mit Steuern zu belegen, das Oberhaus zu unterminieren, Irland den Katholiken zu überlassen, die Royal Navy zu schwächen und den erpresserischen Forderungen der Gewerkschaften und der verdammten Sozialisten nachzugeben. Walden und seine Freunde weigerten sich, solchen Leuten die Hand zu schütteln.

Die Tür öffnete sich, und Pritchard trat ein. Er war ein hochgewachsener Mann mit Cockneyakzent, pomadisiertem schwarzem Haar und einem feierlichen Auftreten, dem man die Unechtheit ansah. Er war als junger Bursche zur See gefahren und hatte sich in Ostafrika von seinem Schiff abgesetzt. Walden, der dort auf Safari ging, hatte ihn zur Überwachung der eingeborenen Träger angeheuert, und seitdem waren sie zusammengeblieben. Jetzt war Pritchard Waldens Haushofmeister, reiste mit ihm von einer Residenz in die andere und betrachtete sich, soweit es einem Diener zustand, als einen Freund.

»Der Erste Lord der Admiralität ist hier, Sir«, sagte Pritchard.

»Ich bin nicht zu Hause«, erwiderte Walden.

Pritchard blickte betreten drein. Er war es nicht gewohnt, Minister des Kabinetts zurückzuweisen. Der Butler meines Vaters hätte es getan, ohne mit der Wimper zu zucken, dachte Walden, aber der alte Thomson genießt seinen wohlverdienten Ruhestand und züchtet Rosen im Garten seines kleinen Hauses im Dorf. Merkwürdigerweise hat Pritchard es nie fertiggebracht, sich diese unantastbare Würde anzueignen.

Pritchard verfiel wieder stärker in seinen Cockneyakzent, ein Zeichen, daß er entweder sehr entspannt oder sehr erregt war. »Mr. Churchill sagt, falls Ihre Lordschaft nicht zu Hause sei, solle ich Ihnen diesen Brief übergeben.« Er hielt ihm ein Tablett mit einem Umschlag hin.

Walden liebte es nicht, überrumpelt zu werden. Er sagte barsch: »Geben Sie ihm den Brief zurück . . .« Dann hielt er inne, blickte noch einmal auf die Schrift auf dem Umschlag. Die großen, klaren Buchstaben kamen ihm irgendwie bekannt vor.

»Ach, du meine Güte«, sagte Walden.

Er nahm den Umschlag, öffnete ihn, zog ein einmal gefaltetes Blatt dickes weißes Papier heraus. Der Briefkopf trug das rotgedruckte königliche Wappen.

Walden spürte, wie sich sein Herzschlag beschleunigte. Er las:

Buckingham Palast,
1. Mai 1914

Mein lieber Walden,
empfangen Sie bitte den jungen Winston.
George R. I.

»Es ist vom König«, sagte Walden zu Lydia.
Er war so verlegen, daß er errötete. Es gehört schon ein entsetzlicher Formmangel dazu, den König in so etwas hineinzuziehen. Walden fühlte sich wie ein Schuljunge, den man wegen seiner Streitereien gerügt hat. Einen Augenblick war er versucht, dem König zu trotzen. Aber er mußte die Folgen bedenken: Lydia würde nicht mehr von der Königin empfangen werden, man würde die Waldens nicht mehr zu gesellschaftlichen Anlässen einladen, bei denen ein Mitglied der königlichen Familie anwesend wäre, und – das schlimmste – Waldens Tochter Charlotte könnte bei Hof nicht als Debütantin vorgestellt werden. Es wäre das Ende des gesellschaftlichen Lebens der Familie. Dann könnte man ebensogut gleich ins Ausland ziehen. Nein, es kam nicht in Frage, dem König den Gehorsam zu verweigern.
Walden seufzte. Churchill hatte ihn überlistet. Aber es war auch eine Erleichterung, denn jetzt konnte er sich über seinen Rang hinwegsetzen, und niemand konnte ihn dafür tadeln. ›Ein Brief vom König, alter Knabe‹, würde er erklärend sagen, ›da blieb mir nichts andres übrig.‹
»Bitten Sie Mr. Churchill herein«, sagte er zu Pritchard.
Er gab Lydia den Brief. Die Liberalen verstehen wirklich nicht, wozu eine Monarchie eigentlich da ist, stellte er fest. Er brummte: »Der König läßt es diesen Leuten gegenüber an Festigkeit mangeln.«
Lydia sagte: »Das wird ja entsetzlich langweilig.«
Aber Walden wußte, daß es sie gar nicht langweilte, daß sie es wahrscheinlich sogar sehr aufregend fand. Sie hatte das nur gesagt, weil eine englische Gräfin sich so zu äußern pflegt, und da sie keine Engländerin, sondern Russin war, liebte sie es, typisch englische Ausdrücke zu gebrauchen, so wie manche Leute, wenn sie französisch sprechen, oft Worte wie *alors* und *hein?* benutzen.

Walden ging zum Fenster. Churchills Wagen stand noch immer mit scheppерndem und rauchendem Motor im Vorhof. Der Chauffeur stand daneben, die Hand an der Tür wie an einem Pferd, das man am Weggehen hindert. Einige Diener staunten ihn aus sicherer Distanz an.
Pritchard trat ein: »Mr. Winston Churchill.«
Churchill war vierzig, genau zehn Jahre jünger als Walden. Er war klein und schlank und in einer Art gekleidet, die Walden etwas zu elegant fand für einen Gentleman. Sein frühzeitig gelichtetes Haar – nur noch eine Strähne auf der Stirn und zwei Locken an den Schläfen –, seine kurze Nase und das ständige spöttische Zwinkern seiner Augen gaben ihm ein schalkhaftes Aussehen. Es war leicht einzusehen, warum die Karikaturisten ihn stets als schelmischen Cheruben darstellten.
Churchill schüttelte Walden die Hand und begrüßte ihn fröhlich: »Guten Tag, Eure Lordschaft.« Dann verbeugte er sich vor Lydia. »Lady Walden, ich habe die Ehre.« Walden fragte sich: Warum geht mir dieser Kerl derart auf die Nerven?
Lydia bot ihm Tee an, und Walden bat ihn, Platz zu nehmen. Walden war nicht zu Plaudereien aufgelegt; er war ungeduldig und wollte wissen, was all dieser Wirbel zu bedeuten hatte.
Churchill begann: »Zuerst einmal bitte ich Sie, auch im Namen des Königs, um Verzeihung, daß ich mich Ihnen aufgedrängt habe.«
Walden nickte, verzichtete aber auf die Bemerkung, es mache ihm nichts aus.
Churchill fuhr fort: »Ich könnte hinzufügen, daß ich es nicht getan hätte, wenn es nicht sehr dringlich wäre.«
»Dann sagen Sie mir lieber gleich, um was es sich handelt.«
»Wissen Sie, was gegenwärtig auf dem Geldmarkt geschieht?«
»Ja. Der Diskontsatz ist gestiegen.«
»Von eindreiviertel auf etwas unter drei Prozent. Ein enormer Anstieg, und das innerhalb von wenigen Wochen.«
»Ich nehme an, Sie wissen, warum.«
Churchill nickte. »Deutsche Firmen haben in ganz großem Maße Schulden eingetrieben, Bargeld aufgehäuft und Gold gekauft. Noch ein paar Wochen wie diese, und Deutschland wird alle Außenstände aus anderen Ländern einkassiert haben. Es wird seine eigenen

Schulden offenstehen lassen – und dann werden seine Goldreserven höher sein als je zuvor.«

»Die Deutschen bereiten sich auf den Krieg vor.«

»Auf diese und andere Art. Sie haben über die normalen Steuern hinaus eine Milliarde eingetrieben, um ihre Armee, die bereits die stärkste in Europa ist, noch mehr aufzurüsten. Sie werden sich erinnern, daß es im Jahre 1909, als Lloyd George die britischen Steuern um fünfzehn Millionen Pfund erhöhte, beinahe zu einer Revolution gekommen ist. Aber eine Milliarde Mark entspricht *fünfzig* Millionen Pfund. Es ist der höchste Steueraufwand in der Geschichte Europas ...«

»Gewiß«, unterbrach ihn Walden. Churchill war im Begriff, theatralisch zu werden, aber Walden wollte sich keine weitschweifigen Reden anhören. »Wir Konservativen machen uns schon seit langem über den deutschen Militarismus Sorgen. Und jetzt, kurz vor zwölf, erzählen Sie mir, daß wir recht haben.«

Churchill ließ sich nicht aus dem Konzept bringen. »Deutschland wird Frankreich angreifen, das ist so gut wie sicher. Die Frage ist, ob wir Frankreich zu Hilfe kommen werden.«

»Nein«, erwiderte Walden überrascht. »Der Außenminister hat uns versichert, daß wir Frankreich gegenüber keine Verpflichtungen haben ...«

»Sir Edward hat es natürlich ehrlich gemeint«, sagte Churchill. »Aber er hat sich geirrt. Unser Bündnis läßt es nicht zu, daß wir untätig zusehen, wie Frankreich von Deutschland besiegt wird.«

Walden war entsetzt. Die Liberalen hatten alle – auch ihn – überzeugt, daß sie England aus dem Krieg heraushalten würden, und jetzt behauptete einer ihrer führenden Minister das Gegenteil. Die Doppelzüngigkeit der Politiker konnte ihn zur Raserei bringen. Viel schlimmer noch waren die Folgen eines solchen Krieges. Er dachte an die jungen Leute aus seiner Umgebung, die eingezogen werden würden: die geduldigen Gärtner in seinem Park, die frechen Diener, die sonnengebräunten Bauernjungen, die aufsässigen Gymnasialschüler, die Müßiggänger in den Clubs von St. James ... Viele ernüchternde Gedanken gingen ihm durch den Kopf, ehe er fragte: »Können wir den Krieg gewinnen?«

Churchill machte ein ernstes Gesicht. »Ich glaube nicht.«

Walden starrte ihn an. »Zum Teufel, was haben Sie und Ihre Regierung getan?«
Churchill ging in die Defensive. »Es war unsere Politik, den Krieg zu vermeiden, aber das kann man nicht, indem man sich gleichzeitig bis an die Zähne bewaffnet.«
»Es ist Ihnen also nicht gelungen, den Krieg zu vermeiden.«
»Wir versuchen es noch.«
»Aber Sie glauben nicht, daß es gelingen wird.«
Churchill sah ihn einen Augenblick herausfordernd an, schluckte dann jedoch seinen Stolz hinunter. »So ist es.«
»Und was wird nun geschehen?«
»Falls England und Frankreich gemeinsam nicht in der Lage sind, Deutschland zu besiegen, brauchen wir einen dritten Verbündeten: Rußland. Wenn Deutschland an zwei Fronten kämpfen muß, können wir gewinnen. Die russische Armee ist zwar schlecht ausgerüstet und korrupt, wie alles in diesem Lande – aber das macht nichts, solange sie einen Teil der deutschen Streitkräfte bindet.«
Churchill wußte sehr wohl, daß Lydia Russin war, und es entsprach der für ihn typischen Taktlosigkeit, daß er ihr Land in ihrer Gegenwart verunglimpfte. Walden ließ es indes geschehen, denn was Churchill sagte, interessierte ihn zu sehr. »Rußland ist ja bereits mit Frankreich verbündet«, warf er ein.
»Das genügt nicht«, sagte Churchill. »Rußland ist zum Eingreifen verpflichtet, falls Frankreich das Opfer eines Angriffs sein sollte. Es bleibt Rußland überlassen zu beurteilen, ob Frankreich in einem solchen Fall das Opfer oder der Angreifer wäre. Wenn ein Krieg ausbricht, behaupten immer beide Seiten, das Opfer zu sein. Daher verpflichtet die Allianz Rußland nur dann zum Kampf, wenn es wirklich kämpfen will. Wir müssen Rußland noch einmal ganz fest und unwiderruflich auf unsere Seite bringen.«
»Ich kann mir schlecht vorstellen, daß ausgerechnet *ihr* Liberalen dem Zaren die Hand reicht.«
»Dann beurteilen Sie uns falsch. Um England zu retten, würden wir uns auch mit dem Teufel einlassen.«
»Euren Anhängern wird das nicht gefallen.«
»Sie werden es gar nicht erfahren.«
Jetzt durchschaute Walden, wohin das alles führte, und er fand die

Aussicht aufregend. »Was haben Sie im Sinn? Ein geheimes Abkommen? Oder eine stillschweigende Übereinkunft?«
»Beides.«
Walden blickte Churchill aus schmalen Augen an. Dieser junge Demagoge könnte Köpfchen haben, sagte er sich, und dieses Köpfchen könnte gegen meine Interessen arbeiten. Die Liberalen wollen also eine geheime Abmachung mit dem Zaren treffen, ungeachtet des Hasses, den das englische Volk gegen das brutale Regime in Rußland empfindet – aber warum erzählt er mir das? Sie wollen mich auf irgendeine Weise einspannen, das ist mir klar. Aber zu welchem Zweck? Etwa, um später, wenn alles schiefgelaufen ist, einen Konservativen als Sündenbock zu haben? Falls man mich in eine solche Falle locken will, braucht man einen geschickteren Ränkeschmied als diesen Churchill.
Walden sagte: »Fahren Sie fort.«
»Ich habe vor einiger Zeit Kooperationsgespräche mit den Russen bezüglich der Kriegsmarine in die Wege geleitet – parallel zu unseren militärischen Verhandlungen mit den Franzosen. Eine Weile haben sie sich auf ziemlich niedriger Ebene abgespielt, aber jetzt fangen sie an, ernsthaft zu werden. Ein junger russischer Admiral kommt nach London. Sein Name ist Fürst Alexeij Andreijewitsch Orlow.«
»Alex!« rief Lydia aus.
Churchill blickte sie an. »Ich glaube, er ist mit Ihnen verwandt, Lady Walden.«
»Ja«, sagte Lydia, und aus einem Walden nicht bekannten Grund sah sie verlegen aus. »Er ist der Sohn meiner älteren Schwester, demnach wäre er wohl . . . mein Vetter?«
»Neffe«, berichtigte Walden.
»Ich wußte gar nicht, daß er Admiral geworden ist«, fuhr Lydia fort. »Er muß kürzlich dazu ernannt worden sein.« Sie war wieder kühl und völlig beherrscht, und Walden glaubte sich ihre momentane Verlegenheit nur eingebildet zu haben. Er freute sich, daß Alex nach London kam, denn er mochte ihn. Lydia sagte: »Er ist noch sehr jung für eine solche Verantwortung.«
»Er ist dreißig«, bemerkte Churchill, und Walden fiel auf, daß Churchill mit seinen vierzig Jahren ebenfalls sehr jung für den

Oberbefehl über die gesamte Royal Navy war. Churchills Gesichtsausdruck schien zu sagen: Die Welt gehört begabten jungen Männern wie mir und Orlow.
Aber er braucht mich, sinnierte Walden.
»Außerdem«, fuhr Churchill fort, »ist Orlow ein Neffe des Zaren, durch seinen Vater, den verstorbenen Großfürsten, und – was noch wichtiger ist – er gehört zu den wenigen Leuten neben Rasputin, die der Zar schätzt und denen er vertraut. Wenn einer in der russischen Kriegsmarine den Zaren auf unsere Seite bringen kann, dann Orlow.«
Jetzt stellte Walden die Frage, die ihm schon lange auf der Zunge lag. »Und was habe ich mit alledem zu tun?«
»Ich möchte, daß Sie England in diesen Verhandlungen vertreten – und ich möchte, daß Sie mir Rußland auf einem Tablett servieren.«
Dieser Kerl kann seinem Hang zur Melodramatik einfach nicht widerstehen, durchfuhr es Walden. »Sie wollen, daß ich mit Alex über eine englisch-russische Militärallianz verhandle?«
»Ja.«
Walden sah sofort die Herausforderung, die Schwierigkeiten, aber auch die Chance, die in dieser Aufgabe lag. Er verbarg seine Erregung und widerstand der Versuchung, sich zu erheben und auf und ab zu gehen.
Churchill erklärte weiter: »Sie kennen den Zaren persönlich. Sie kennen Rußland und sprechen fließend russisch. Sie sind durch ihre Ehe Orlows Onkel. Sie haben schon einmal den Zaren überredet, mit England und nicht mit Deutschland gemeinsame Sache zu machen, als Sie 1906 intervenierten, um die Ratifizierung des Vertrags von Björkö zu verhindern.« Churchill machte eine Pause. »Trotzdem waren Sie nicht unsere erste Wahl, um Großbritannien bei diesen Verhandlungen zu vertreten. Sie wissen ja, wie die Dinge in Westminster stehen . . .«
»Ja, ja.« Walden hatte keine Lust, jetzt darüber zu diskutieren. »Aber aus einem mir nicht bekannten Grunde haben Sie sich eines anderen besonnen.«
»Um es kurz zu sagen, Sie waren die Wahl des Zaren. Sie scheinen der einzige Engländer zu sein, dem er traut. Jedenfalls hat er seinem Vetter, Seiner Majestät König George V., ein Telegramm geschickt,

in dem er darauf besteht, daß Sie die Verhandlungen mit Orlow führen.«
Walden konnte sich die Bestürzung unter den Radikalen vorstellen, als sie erfuhren, daß sie einen reaktionären alten adligen Tory in ihre geheimsten Pläne einweihen mußten. »Das dürfte Sie aber ganz schön entsetzt haben«, sagte er.
»Durchaus nicht. Unsere außenpolitischen Ansichten unterscheiden sich gar nicht so sehr von den Ihren. Und ich hatte schon immer das Gefühl, daß unsere innenpolitischen Meinungsverschiedenheiten kein Grund sein sollten, die Fähigkeiten Eurer Lordschaft der Regierung Seiner Majestät vorzuenthalten.«
Jetzt schmeichelt er mir auch noch, dachte Walden. Sie scheinen mich wirklich zu brauchen. Dann fragte er: »Wie lange soll die Angelegenheit geheimgehalten werden?«
»Es wird zunächst wie ein Familienbesuch aussehen. Falls Sie einverstanden sind, wird Orlow während der Londoner Saison bei Ihnen wohnen. Sie werden ihn in die Gesellschaft einführen. Gehe ich recht in der Annahme, daß Ihre Tochter in diesem Jahr ihr Debüt machen wird?« Er blickte Lydia an.
»So ist es«, sagte sie.
»Dann werden Sie ja vermutlich viel ausgehen. Orlow ist, wie Sie wissen, Junggeselle, und ein sehr begehrter dazu. Wir werden also im Ausland leicht das Gerücht verbreiten können, er schaue sich nach einer englischen Ehefrau um. Vielleicht findet er sogar eine.«
»Eine gute Idee.« Walden stellte plötzlich fest, daß ihm die Sache gefiel. Unter den konservativen Regierungen Salisbury und Balfour hatte er immer eine halboffizielle Diplomatenstellung eingenommen, sich aber dann in den letzten acht Jahren aus der internationalen Politik zurückgezogen. Jetzt hatte er eine Chance, die alten Beziehungen wiederaufleben zu lassen, und er erinnerte sich, wie aufreibend und faszinierend solche Aufgaben waren: Die Geheimhaltung, die spielerische Technik des Verhandelns, die Bewältigung von Persönlichkeitskonflikten, die mit äußerster Vorsicht geübte Kunst der Überredung, der Einschüchterung oder der Drohung mit Krieg. Die Russen waren keine leichten Verhandlungspartner, wie er selbst erfahren hatte. Sie neigten zu Launen, Starrköpfigkeit und Arroganz. Aber mit Alex würde er bestimmt auskommen. Als

Walden Lydia geheiratet hatte, war der damals zehnjährige Alex in seinem Matrosenanzug unter den Hochzeitsgästen gewesen. Später hatte er ein paar Jahre auf der Universität von Oxford verbracht und die Waldens während seiner Ferien besucht. Der Vater des Jungen war tot, und Walden hatte ihm mehr Zeit gewidmet, als er normalerweise für einen jungen Mann aufgebracht hätte.
Die ideale Grundlage für Verhandlungen. Ich glaube, es wird mir gelingen, dachte er.
Churchill sagte: »Darf ich annehmen, daß Sie es tun werden?«
»Selbstverständlich«, erwiderte Walden.
Lydia erhob sich. »Nein, bleiben Sie nur sitzen«, sagte sie, als die Männer mit ihr aufstanden. »Ich überlasse euch euren politischen Gesprächen. Bleiben Sie zum Abendessen, Mr. Churchill?«
»Ich habe leider eine Verabredung in der Stadt.«
»Dann verabschiede ich mich.« Sie schüttelte ihm die Hand.
Lydia verließ das achteckige Zimmer, in dem sie immer ihren Tee einnahmen, durchquerte die große Halle, die kleine Halle und trat in das Blumenzimmer. Zur gleichen Zeit kam einer der Gärtnergehilfen, dessen Namen sie nicht kannte, durch die Gartentür mit einem Armvoll rosa und gelber Tulpen für den Abendessentisch herein. Eine der Besonderheiten, die Lydia an England und speziell an Walden Hall liebte, war der Blumenreichtum. Stets hatte sie morgens und abends frische Schnittblumen, selbst im Winter, wenn sie in den Treibhäusern gezüchtet werden mußten.
Der Gärtner berührte seine Mütze – er brauchte sie nicht abzunehmen, solange man ihn nicht anredete, denn das Blumenzimmer galt als ein Teil des Gartens –, legte die Blumen auf einen Marmortisch und entfernte sich. Lydia setzte sich und atmete die kühle, duftende Luft. Das Zimmer eignete sich gut zur Erholung von einem Schock, und das Gespräch über St. Petersburg war ein Schock für sie gewesen. Sie erinnerte sich an Alexeij Andreijewitsch, wie er als kleiner schüchterner Junge an ihrer Hochzeit teilgenommen hatte, und sie erinnerte sich, daß dieser Tag der unglücklichste in ihrem bisherigen Leben gewesen war.
Plötzlich empfand sie es als unpassend, daß sie das Blumenzimmer zu ihrer Zufluchtsstätte gemacht hatte. Dieses Haus hatte Zimmer für fast jeden Zweck: Verschiedene für das Frühstück, den Lunch,

den Tee und das Abendessen, ein Billardzimmer, ein Waffenzimmer, besondere Räume für das Waschen von Kleidern, das Bügeln, das Kochen von Marmelade, das Putzen von Silber, das Aufhängen von Wildbret, das Aufbewahren von Wein, das Ausbürsten von Anzügen . . . Ihre eigene Suite bestand aus Schlafzimmer, Ankleidezimmer und Wohnzimmer. Aber wenn sie ungestört sein wollte, kam sie immer hierher, setzte sich auf einen harten Stuhl und schaute auf die steinerne Abflußrinne und die schmiedeeisernen Beine des Marmortischs. Ihr Mann hatte, wie sie wußte, auch seine geheime Zufluchtsstätte, denn wenn Stephen sich über etwas ärgerte, ging er stets ins Waffenzimmer und las dort in einem Buch über das Jagdwild.

Alex würde also während der Saison ihr Gast in London sein. Sie würden sich über ihre Heimat unterhalten, über den Schnee und das Ballett und die Bomben, und sein Anblick würde sie an einen anderen jungen Russen erinnern, den Mann, den sie nicht geheiratet hatte.

Es war nun schon neunzehn Jahre her, seit sie ihn zum letztenmal gesehen hatte, aber immer noch brachte die bloße Erwähnung von St. Petersburg ihn in ihr Gedächtnis zurück, und jedesmal fühlte sie ihre Haut unter der Seide des Kleides prickeln. Er war neunzehn Jahre alt gewesen, etwas älter als sie, ein »verhungerter« Student mit langen schwarzen Haaren, dem Gesicht eines Wolfs und den Augen eines Spaniels. Sie hatte seine weiße Haut geliebt, sein dunkles, flaumiges Körperhaar und die ungewöhnlich schönen Hände. Sie errötete, weil der Gedanke an diesen Mann sie noch immer unsäglich erregte. Ich war verdorben, dachte sie, und ich bin noch immer verdorben, denn ich möchte es wieder tun.

Sie erinnerte sich schuldbewußt an ihren Mann. Fast immer, wenn sie an ihn dachte, fühlte sie sich schuldig. Sie hatte ihn nicht geliebt, als sie heirateten, aber jetzt liebte sie ihn. Er war willensstark und warmherzig, und er betete sie an. Seine Zuneigung war beständig, es fehlte ihr ganz und gar jene verzweifelte Leidenschaftlichkeit, die sie einst gekannt hatte. Er ist glücklich, beruhigte sie sich, weil er nie gewußt hat, daß Liebe hungrig und wild sein kann.

Ich sehne mich auch nicht mehr nach dieser Art von Liebe, redete sie sich ein. Ich habe gelernt, ohne sie zu leben, und im Laufe der Jahre

ist es mir leichter geworden. Kein Wunder – denn ich bin ja fast vierzig!
Einige ihrer Freundinnen gerieten immer noch in Versuchung. Sie erzählten ihr nichts von ihren Liebesaffären, weil sie annahmen, daß sie sie nicht billige, aber sie klatschten über die Amouren anderer, und Lydia wußte, daß es auf einigen Parties in den Landhäusern nicht selten zu . . . Seitensprüngen kam. Einmal hatte Lady Girard Lydia mit der herablassenden Miene einer älteren Frau den Rat gegeben: »Meine Liebe, wenn Sie je die Vicomtesse und Charlie Scott zur gleichen Zeit als Hausgäste haben, *müssen* Sie ihnen Schlafzimmer mit Verbindungstür geben.« Lydia war der Empfehlung nicht gefolgt, und seitdem hatte man die Vicomtesse nicht mehr in Walden Hall gesehen.
Man behauptete, solche Unmoral sei einzig die Schuld des verstorbenen Königs Edward, aber Lydia bezweifelte das. Gewiß, er hatte mit Juden und Sängern Umgang gepflegt, aber das machte ihn noch lange nicht zu einem Wüstling. Er war zweimal in Walden Hall gewesen – einmal als Prinz von Wales und einmal als König Edward VII. – und beide Male hatte er sich untadelig benommen.
Sie fragte sich, ob der neue König je zu ihnen kommen würde. Es war zwar ziemlich anstrengend, einen Monarchen zu Gast zu haben, aber es war auch aufregend, das Haus zu schmücken, die auserlesensten Mahlzeiten zubereiten zu lassen und sich für ein einziges Wochenende zwölf neue Kleider zu kaufen. Falls dieser König kommen sollte, würde er vielleicht den Waldens das so begehrte *Entrée* gewähren – das Recht, den Buckingham Palast bei großen Anlässen durch das Gartentor zu betreten, anstatt mit zweihundert anderen Wagen auf der Mall warten zu müssen.
Sie dachte an ihre Gäste an diesem Wochenende. George, Stephens jüngerer Bruder, hatte Stephens Charme, aber nichts von dessen Ernsthaftigkeit. Georges Tochter Belinda war achtzehn, im gleichen Alter wie Charlotte. Die beiden Mädchen sollten in dieser Saison ihr Debüt geben. Belindas Mutter war vor einigen Jahren gestorben, und George hatte sich ziemlich rasch wieder verheiratet. Seine zweite Frau, Clarissa, war viel jünger als er und von sehr lebhaftem Temperament. Sie hatte ihm Zwillingssöhne geschenkt. Einer der Zwillinge würde Walden Hall erben, wenn Stephen starb – voraus-

gesetzt, Lydia bekam in ihren späten Jahren nicht noch einen Sohn. Ich könnte es, sinnierte sie, ich fühle, daß ich es könnte, aber es geschieht einfach nicht.
Es war fast Zeit, sich zum Abendessen umzuziehen. Sie seufzte. Sie fühlte sich so behaglich in ihrem Teekleid und mit dem locker gekämmten blonden Haar, aber jetzt mußte sie sich in ein Korsett zwängen und sich von einer Zofe das Haar zu einer Turmfrisur richten lassen. Man munkelte, daß einige junge Frauen das Tragen von Korsetts völlig aufgegeben hätten. Lydia fand das angängig, solange man eine Figur wie eine Acht hatte, aber eine solche Figur hatte sie nun einmal nicht.
Sie stand auf und ging hinaus. Der Gärtnergehilfe stand an einem Rosenbaum und plauderte mit einer der Zofen. Lydia erkannte das Mädchen: Es war Annie, ein hübsches, üppiges, hohlköpfiges Ding mit einem breiten, einladenden Lächeln. Sie hatte ihre Hände in den Schürzentaschen vergraben, wandte das runde Gesicht der Sonne zu und lachte über etwas, was der Gärtner zu ihr gesagt hatte. Dieses Mädchen braucht bestimmt kein Korsett, dachte Lydia. Annie war beauftragt, auf Charlotte und Belinda aufzupassen, denn die Gouvernante hatte ihren freien Nachmittag. Lydia rief ihr zu: »Annie! Wo sind die jungen Damen?«
Annies Lächeln verschwand, und sie machte einen Knicks. »Ich kann sie nicht finden, gnädige Frau.«
Der Gärtner verzog sich eiligst.
»Dann suchen Sie sie gefälligst«, sagte Lydia, »anstatt hier herumzustehen.«
»Jawohl, gnädige Frau.« Annie rannte hinter das Haus. Lydia seufzte. Dort waren die Mädchen bestimmt nicht, aber sie hatte keine Lust, Annie zurückzurufen und noch einmal zu tadeln.
Sie schlenderte über den Rasen, dachte an vertraute und angenehme Dinge, verdrängte St. Petersburg aus ihren Gedanken. Stephens Vater, der siebte Earl of Walden, hatte die Westseite des Parks mit Rhododendron und Azaleen bepflanzen lassen. Lydia hatte den alten Herrn nicht kennengelernt; er war gestorben, bevor sie Stephen begegnet war, aber nach allem, was sie über ihn gehört hatte, war er ein klassischer Viktorianer gewesen. Seine Büsche standen jetzt in voller Blüte, erstrahlten in einer ziemlich unviktorianischen Farben-

pracht. Wir müßten das Haus einmal malen lassen, fiel ihr ein. Das letzte Bild stammt aus einer Zeit, in der der Park noch nicht voll ausgewachsen war.

Sie blickte auf Walden Hall zurück. Das graue Mauerwerk der Südfassade wirkte im Nachmittagssonnenlicht erhaben. In ihrer Mitte befand sich das südliche Tor. Der weiter nach hinten gelegene östliche Flügel enthielt den Salon und die verschiedenen Speisezimmer, daran anschließend begann ein Labyrinth von Küchen, Anrichtezimmern und Waschzimmern, die sich bis zu den Ställen hinzogen. Ihr näher, auf der westlichen Seite, lagen das Morgenzimmer, das achteckige Zimmer, an der Ecke die Bibliothek, dann, jenseits der Ecke, das Billardzimmer, das Waffenzimmer, ihr Blumenzimmer, ein Rauchzimmer und das Büro der Gutsverwaltung. Im ersten Stock gingen die Familienschlafzimmer nach Süden hinaus, die Gästezimmer nach Westen und das Dienstbotenquartier, oberhalb der Küchen, wo man es nicht sah, nach Nordosten. Über dem ersten Stock erhob sich ein seltsames Durcheinander von Türmen, Zinnen und Giebeln. Die ganze Fassade war von Steinornamenten im viktorianischen Rokokostil übersät, mit gemeißelten Blumen, Sparren und Schleifen, mit Schnüren, Drachen, Löwen und Engelchen, Balkonen, Schießscharten, Flaggenmasten, Sonnenuhren und Wasserspeiern. Lydia liebte diesen Ort, und sie war dem Himmel dankbar, daß Stephen – im Gegensatz zu vielen anderen adligen Landbesitzern – sich seinen Unterhalt leisten konnte.

Sie sah Charlotte und Belinda aus den Büschen am anderen Ende der Wiese auftauchen. Annie hatte sie natürlich nicht gefunden. Sie trugen breitkrempige Strohhüte und Sommerkleider, dazu schwarze Kniestrümpfe und schwarze Halbschuhe mit niedrigen Absätzen. Da ihr Debüt in dieser Saison bevorstand, durfte Charlotte gelegentlich im Abendkleid und mit aufgestecktem Haar zum Dinner erscheinen, aber meist behandelte Lydia sie wie ein Kind, das sie ja auch noch war. Die beiden Cousinen waren in ein Gespräch vertieft, und Lydia hätte zu gerne gewußt, worüber sie redeten. Was beschäftigte mich, als ich achtzehn war, fragte sie sich unwillkürlich. Und sofort tauchte der junge Mann mit dem flaumigen Haar und den klugen Händen vor ihr auf. Bestürzt murmelte sie vor sich hin: »Oh, lieber Gott, laß mich mein Geheimnis bewahren.«

»Glaubst du, wir werden uns anders fühlen nach unserem Debüt?« fragte Belinda.
Charlotte hatte schon darüber nachgedacht. »Ich jedenfalls nicht.«
»Aber wir sind dann doch erwachsen.«
»Ich wüßte nicht, wie Parties, Bälle und Picknicks jemanden zu einem erwachsenen Menschen machen könnten.«
»Wir werden Korsetts tragen müssen.«
Charlotte kicherte. »Hast du schon mal eins angehabt?«
»Nein, und du?«
»Ich habe meins vorige Woche anprobiert.«
»Und wie ist es?«
»Scheußlich. Man kann nicht mehr gerade gehen.«
»Wie hast du ausgesehen?«
Charlotte deutete mit den Händen einen enormen Busen an. Die beiden Mädchen krümmten sich vor Lachen. Dann erblickte Charlotte ihre Mutter und machte ein reuiges Gesicht, weil sie Schelte erwartete, aber Mama schien in Gedanken versunken und lächelte nur vage, bevor sie sich abwandte.
»Es wird aber Spaß machen«, sagte Belinda.
»Die Saison? Ach ja?« erwiderte Charlotte zweifelnd. »Aber wozu das alles?«
»Um die richtigen jungen Leute kennenzulernen, natürlich.«
»Um einen Ehemann zu suchen, meinst du wohl.«
Sie kamen an die große Eiche in der Mitte des Rasens, und Belinda setzte sich leicht schmollend auf die kleine Bank. »Du findest das alles furchtbar dumm, nicht wahr?« sagte sie.
Charlotte setzte sich neben sie und blickte über die Grasfläche, die sich wie ein Teppich vor der Südseite von Walden Hall ausbreitete. Die hohen gotischen Fenster glitzerten in der Nachmittagssonne. Von hier aus wirkte das Haus zweckmäßig und durchdacht, obgleich es hinter der Fassade eher einem Irrgarten glich. »Ich finde es nur dumm, daß man uns so lange darauf warten läßt«, sagte sie. »Es ist mir gar nicht so eilig, auf Bälle zu gehen, meine Visitenkarte am Nachmittag bei fremden Leuten zu hinterlassen und junge Männer kennenzulernen – es würde mir nichts ausmachen, es nie zu tun –, aber es ärgert mich, daß man mich immer noch wie ein Kind behandelt. Ich hasse es, mit Marya zu Abend zu essen, die von

nichts etwas weiß oder jedenfalls immer so tut. Im Speisezimmer hat man wenigstens Unterhaltung. Papa hat immer etwas Interessantes zu erzählen. Und wenn ich mich mit Marya langweile, schlägt sie mir vor, Karten zu spielen. Aber ich habe das Spielen satt, denn ich habe bisher nichts anderes getan.« Sie seufzte. Es ärgerte sie noch mehr, wenn sie darüber sprach. Sie blickte auf Belindas ruhiges, sommersprossiges Gesicht mit den roten Locken. Charlotte hatte ein ovales Gesicht mit einer geraden Nase und einem starken Kinn, und ihr Haar war dicht und dunkel. Die glückliche, stets zufriedene Belinda, dachte sie. Alles fand sie gut und schön, und nichts konnte sie wirklich intensiv empfinden.

Charlotte berührte Belindas Arm. »Es tut mir leid. Ich hatte nicht die Absicht, mich so aufzuregen.«

»Ist schon gut.« Belinda lächelte verständnisvoll. »Du regst dich immer über Dinge auf, an denen du nichts ändern kannst. Erinnerst du dich, wie du damals unbedingt nach Eton gehen wolltest?«

»Nein!«

»Du weißt es nicht mehr? Du hast einen furchtbaren Wirbel gemacht und gefragt, warum du nicht ebenso wie dein Papa in Eton zur Schule gehen könntest.«

Charlotte konnte sich nicht daran erinnern, mußte aber zugeben, daß diese Haltung zur ihr gepaßt hätte. »Glaubst du wirklich, daß man an all diesen Dingen nichts ändern kann?« fragte sie. »In die Gesellschaft eingeführt zu werden, eine Saison in London zu verbringen, sich zu verloben und dann zu heiraten . . .«

»Du kannst ja immer noch einen Skandal heraufbeschwören, damit sie dich zwingen, nach Rhodesien auszuwandern.«

»Ich weiß nur nicht, wie man einen Skandal heraufbeschwört.«

Sie schwiegen eine Weile. Manchmal wünschte sich Charlotte, so passiv wie Belinda zu sein. Das Leben wäre einfacher – aber es wäre auch langweilig. »Ich habe Marya gefragt, was ich tun soll, wenn ich einmal verheiratet bin«, fuhr sie fort. »Und weißt du, was sie geantwortet hat?« Sie imitierte den kehligen russischen Akzent ihrer Gouvernante. »Aber, mein Kind, dann hast du überhaupt nichts zu tun.«

»Eine stupide Antwort«, meinte Belinda.

»Wirklich? Was tun denn unsere Mütter?«

»Sie gehören zur guten Gesellschaft. Sie veranstalten Partys, leben in ihren Landhäusern, gehen in die Oper und . . .«
»Das meine ich ja. Sie tun überhaupt nichts.«
»Sie kriegen Kinder.«
»Das ist auch wieder so etwas. Sie machen ein solches Geheimnis aus dem Kinderkriegen.«
»Aber doch nur, weil es . . . ordinär ist.«
»Warum? Was ist denn ordinär daran?« Charlotte fühlte wieder den Enthusiasmus in sich aufsteigen. Marya ermahnte sie immer wieder, nicht zu überschwenglich zu sein. Sie atmete tief durch und sagte mit leiser Stimme. »Du und ich, wir müssen auch einmal Kinder kriegen. Findest du nicht, daß man uns ein bißchen erklären sollte, wie man das macht? Aber sie wollen ja nur, daß wir über Mozart und Shakespeare und Leonardo da Vinci Bescheid wissen.«
Belinda blickte peinlich berührt, aber sehr interessiert drein. Sie fühlt das gleiche wie ich, dachte Charlotte. Wieviel sie wohl weiß?
Charlotte sagte: »Ist dir klar, daß sie in deinem Bauch wachsen?«
Belinda nickte, und dann platzte sie heraus: »Aber wie fängt es an?«
»Ach, ich glaube, es passiert einfach, wenn man ungefähr einundzwanzig ist. Das ist der eigentliche Grund, weshalb wir unser Debüt machen müssen! Man will uns in die Gesellschaft einführen, damit wir einen Mann haben, bevor wir Kinder kriegen.« Charlotte zögerte. »Das glaube ich wenigstens«, fügte sie hinzu.
Belinda fragte: »Und wie kommen sie heraus?«
»Das weiß ich nicht. Wie groß sind sie denn?«
Belinda hielt die Hände etwa sechzig Zentimeter auseinander. »Die Zwillinge waren einen Tag nach der Geburt so groß.« Sie dachte noch einmal nach und verkleinerte die Distanz. »Vielleicht eher so.«
Charlotte sagte: »Wenn eine Henne ein Ei legt, kommt es . . . hinten heraus.« Sie vermied Belindas Blick. Ein so intimes Gespräch hatte sie bisher mit niemandem geführt. »Das Ei scheint zwar zu groß dafür, aber es kommt heraus.«
Belinda rückte dichter an sie heran und sagte leise: »Ich habe einmal Daisy kalben gesehen. Das ist die Jersey-Kuh auf unserem Gut. Die Männer wußten nicht, daß ich zusah. Sie nennen es einfach ›kalben‹.«
Charlotte war fasziniert. »Was geschah?«

»Es war scheußlich. Es sah aus, als ob ihr Bauch sich öffnete, und es gab eine Menge Blut und solche Sachen.« Sie erschauderte.
»Das macht mir Angst«, sagte Charlotte. »Ich fürchte, es wird mir passieren, bevor ich alles darüber weiß. Warum erklärt man es uns nicht?«
»Wir sollten über solche Dinge nicht reden.«
»Wir haben das verdammte Recht, darüber zu reden!«
Belinda blickte sie entsetzt an. »Das Fluchen macht es noch schlimmer!«
»Das ist mir egal.« Charlotte war wütend, daß es keine Möglichkeit gab, mehr darüber zu erfahren. Niemanden, den man fragen konnte, kein Buch, das Aufschluß gab . . . Plötzlich hatte sie eine Idee. »In der Bibliothek ist ein verschlossener Schrank – ich wette, daß wir dort Bücher über dieses Thema finden.«
»Aber wenn er verschlossen ist . . .?«
»Ach, ich weiß, wo der Schlüssel ist. Ich weiß es seit Jahren.«
»Wir bekommen aber eine Strafe, wenn man uns erwischt.«
»Jetzt ziehen sich alle zum Abendessen um. Das ist unsere Chance.« Charlotte stand auf.
Belinda zögerte. »Es wird Ärger geben.«
»Ist mir egal. Ich werde mir den Schrank jedenfalls näher ansehen, und du kannst mitkommen, wenn du willst.« Charlotte drehte sich um und ging auf das Haus zu. Einen Augenblick später rannte Belinda ihr nach, genau wie Charlotte vorausgesehen hatte.
Sie gingen durch den Säulenhof und betraten die kühle große Halle. Von dort ging es nach links am Morgenzimmer und dem achteckigen Zimmer vorbei, und dann kamen sie in die Bibliothek. Charlotte redete sich ein, sie sei jetzt eine Frau und habe das Recht, »es« zu wissen, aber gleichzeitig fühlte sie sich auch ein wenig wie ein ungezogenes kleines Mädchen.
Die Bibliothek war ihr Lieblingszimmer. Sie befand sich an der Ecke des Hauses und erhielt durch drei große Fenster stets genügend Licht. Die ledernen Polstersessel waren alt, aber überraschend bequem. Im Winter brannte den ganzen Tag über das Kaminfeuer, es gab Spiele, Puzzles und zwei- oder dreitausend Bücher. Einige Bände stammten noch aus der Zeit vor der Errichtung des Hauses, aber viele waren neu, denn Mama las Romane, und Papa war

vielseitig interessiert: an Chemie, Landwirtschaft, Reisen, Astronomie und Geschichte. Charlotte liebte es besonders, an Maryas freiem Tag hierherzukommen, denn dann konnte die Gouvernante ihr nicht einen spannenden Roman wegnehmen und durch ein Kinderbuch ersetzen. Manchmal begleitete Papa sie in die Bibliothek. Er saß dann an dem hohen viktorianischen Schreibtisch und las einen Katalog für landwirtschaftliche Maschinen oder den Bilanzbericht einer amerikanischen Eisenbahngesellschaft und mischte sich nie in die Wahl ihrer Lektüre ein.

Jetzt war sie allein hier. Charlotte ging geradewegs auf den Schreibtisch zu, öffnete eine kleine Schublade und nahm einen Schlüssel heraus.

An der Wand neben dem Schreibtisch standen drei Schränke. Einer enthielt Spiele in Schachteln, der zweite Briefpapier und Umschläge mit dem Wappen der Waldens. Der dritte war verschlossen. Charlotte öffnete ihn mit dem Schlüssel.

Sie fand zwanzig bis dreißig Bücher und einen Stapel alter Zeitschriften. Charlotte blätterte eine der Zeitschriften durch. Sie hieß *The Pearl.* Nicht sehr vielversprechend. Hastig nahm sie zwei Bücher heraus, ohne sich die Titel anzusehen. Dann verschloß sie den Schrank wieder und legte den Schlüssel in die Schublade zurück.

»Da!« sagte sie triumphierend.

»Wo können wir sie uns anschauen?« fragte Belinda flüsternd.

»Erinnerst du dich an das Versteck?«

»Ach ja, natürlich!«

»Warum flüstern wir eigentlich?«

Sie kicherten.

Charlotte ging an die Tür. Plötzlich hörte sie eine Stimme in der Halle: »Lady Charlotte . . . Lady Charlotte . . .«

»Es ist Annie, sie sucht uns«, sagte Charlotte. »Sie ist nett, aber furchtbar dumm. Komm, wir gehen an der anderen Seite hinaus.«

Sie durchquerte die Bibliothek und öffnete die Tür, die ins Billardzimmer führte, von dem aus man wiederum ins Waffenzimmer gelangte. Aber es war jemand im Waffenzimmer. Sie lauschte einen Augenblick.

»Es ist Papa«, flüsterte Belinda ängstlich. »Er war auf der Kaninchenjagd.«

Zum Glück führte eine Fenstertür vom Billardzimmer auf die westliche Terrasse. Charlotte und Belinda schlichen sich hinaus und schlossen die Tür lautlos hinter sich. Die Sonne war tief und rot und warf lange Schatten über die Rasenflächen.
»Und wie kommen wir wieder hinein?« fragte Belinda.
»Über die Dächer. Folge mir!«
Charlotte rannte hinten um das Haus herum, durch den Küchengarten auf die Stallungen zu. Sie stopfte die beiden Bücher unter ihr Kleid und schnürte den Gürtel enger, damit sie nicht herausfielen. Aus einem Winkel des Hofes, der von den Stallungen umgeben war, konnte man leicht auf das Dach über dem Dienstbotenquartier gelangen. Zuerst stellte Charlotte sich auf den Deckel eines Eisenbehälters, der zum Aufbewahren von Holzscheiten diente. Dann kletterte sie auf das Wellblechdach eines Werkzeugschuppens, eines Vorbaus der Waschküche, und von dort stieg sie auf deren Schieferdach. Sie blickte sich um: Belinda folgte ihr.
Jetzt kroch Charlotte bäuchlings über die Schieferplatten, hielt sich mit den Händen und den seitwärts gespreizten Füßen fest, bis sie an eine Wand kam. Vorsichtig kletterte sie auf das Hausdach und balancierte über den First.
Über ihnen erhob sich das Fenster einer Dachkammer, in der zwei Dienstmädchen untergebracht waren. Es reichte bis zum Giebel, wo das Dach nach beiden Seiten abfiel. Charlotte reckte sich und warf einen Blick in das Zimmer. Niemand war da. Sie wuchtete sich bis zum Sims hoch.
Dann beugte sie sich nach links, griff mit dem Arm über den Dachfirst, ließ das Bein folgen, zog sich hinauf und half schließlich Belinda.
Sie blieben eine Weile liegen und schöpften Atem. Charlotte erinnerte sich, daß man ihr einmal erzählt hatte, Walden Hall habe eine Dachoberfläche von sechzehntausend Quadratmetern. Schwer zu glauben bei diesem Wirrwarr von Türmchen und Firsten. Von ihrem Standort aus war es möglich, jeden Teil des Daches über schmale Fußpfade, Leitern und Tunnels zu erreichen, die auch die Arbeiter benutzten, wenn sie im Frühjahr kamen, um die Regenrinnen zu säubern, die Rohre frisch anzustreichen und die zerbrochenen Ziegel zu ersetzen.

Charlotte stand auf. »Komm, der Rest ist ganz einfach«, sagte sie. Es gab eine Leiter zum nächsten Dach, dann einen Plankenpfad und schließlich eine kurze Holztreppe, die zu einer kleinen viereckigen Tür in der Mauer führte. Charlotte entriegelte die Tür und kroch hinein. Jetzt war sie in ihrem Versteck.

Es war ein niedriger, fensterloser Raum mit schräger Decke und einem groben Holzfußboden. Sie nahm an, daß man das Zimmer früher einmal als Lagerraum genutzt habe, aber jetzt schien es völlig vergessen. Eine Tür führte in einen Verschlag neben dem Kinderzimmer, das seit vielen Jahren nicht mehr benutzt worden war. Charlotte hatte dieses Versteck entdeckt, als sie acht oder neun Jahre alt war, und es gelegentlich zu ihrem Lieblingsspiel benutzt – dem Sichverstecken vor Überwachung. Es sah fast gemütlich aus: Kissen auf dem Fußboden, Kerzen in Krügen und eine Schachtel Streichhölzer. Auf einem der Kissen lag ein ramponierter, schlaffer Stoffhund, den Charlotte hier seit acht Jahren verborgen hielt, nachdem die Gouvernante einmal damit gedroht hatte, ihn wegzuwerfen. Ein kleines, wackliges Tischchen, eine angeschlagene Vase voller bunter Bleistifte und eine Schreibmappe aus rotem Leder zählten ebenfalls zu den Schätzen. In Walden Hall wurde alle paar Jahre Inventar aufgenommen, und Charlotte konnte sich noch gut an das Erstaunen der Haushälterin Mrs. Braithwaite erinnern, als sie das merkwürdige Verschwinden so mancher Dinge festgestellt hatte.

Belinda kroch nun auch hinein, und Charlotte zündete die Kerzen an. Sie nahm die beiden Bücher aus ihrem Kleid und schaute sich die Titel an. Das eine hieß »Medizin für das Heim« und das andere »Die Romanze der Wollust«. Das medizinische Buch wirkte recht vielversprechend. Sie setzte sich auf ein Kissen und schlug es auf. Belinda hockte sich neben sie und blickte schuldbewußt drein. Charlotte hatte das Gefühl, das Geheimnis des Lebens zu entdecken.

Sie blätterte das Buch durch. Es war sehr anschaulich und klar, soweit es Rheumatismus, Knochenbrüche und Masern betraf, aber das Kapitel über die Niederkunft fiel äußerst vage und fast unverständlich aus. Es erläuterte einige geheimnisvolle Dinge wie Krämpfe, das Platzen der Fruchtwasserblase, eine Schnur, die man an zwei Stellen binden und dann mit vorher in kochendes Wasser getauchten Scheren durchschneiden müsse. Offensichtlich war dieses Kapitel für Leute geschrieben, die bereits einiges über dieses Thema wußten. Es gab auch die Zeichnung einer nackten Frau. Charlotte bemerkte sie, war aber zu verlegen, um Belinda aufmerksam zu machen, daß die Frau kein Haar auf einer gewissen Stelle hatte, an der Charlotte ein ganzes Büschel besaß. Dann fand sich ein Querschnitt, der das Baby im Bauch einer Frau zeigte, aber keinerlei Hinweis über die Öffnung enthielt, aus der es herauskommen sollte. Belinda sagte: »Wahrscheinlich müssen die Ärzte einen aufschneiden.«

»Und was hat man in den alten Zeiten getan, als es noch keine Ärzte gab?« fragte Charlotte. »Jedenfalls taugt dieses Buch nichts.« Sie schlug das andere an einer beliebigen Stelle auf und las laut den ersten Satz vor. »Sie senkte ihren Körper mit laszıver Langsamkeit auf mich herab, bis mein steifes Glied sie völlig durchdrang, und begann daraufhin mit ihren ach so köstlichen Auf- und Abwärtsbewegungen.« Charlotte runzelte die Stirn und blickte Belinda an.

»Ich frage mich, was das bedeuten soll«, sagte Belinda.

Felix Kschessinsky saß reglos in einem Eisenbahnwagen und wartete, daß der Zug den Bahnhof von Dover verließ. Es war kalt im Abteil, und draußen war es noch dunkel, so daß er im Fenster sein Spiegelbild sah: einen hochgewachsenen Mann mit gepflegtem Schnurrbart, schwarzem Mantel und steifem Hut. Ein kleiner Koffer lag im Gepäcknetz über ihm. Er glich einem Reisevertreter für Schweizer Uhren, aber wenn man ihn genauer betrachtete, bemerkte man, daß sein Mantel aus billigem Stoff, der Koffer aus Pappe und das Gesicht nicht das eines Mannes war, der Uhren verkauft.

Felix Kschessinsky dachte an England. Er konnte sich an seine Jugendzeit erinnern, in der er Englands konstitutionelle Monarchie für die ideale Regierungsform gehalten hatte. Die Vorstellung amüsierte ihn, und über das flache, weiße Gesicht, das sich im Fenster spiegelte, huschte die Andeutung eines Lächelns. Schon lange hatte er seine Meinung über die ideale Regierungsform geändert.

Der Zug fuhr ab, und wenige Minuten später sah Felix die Sonne über den Obstgärten und Hopfenfeldern von Kent aufgehen. Es

erstaunte ihn immer wieder, wie schön Europa war. Als er es zum erstenmal gesehen hatte, war es ein Schock für ihn gewesen, denn wie jeder andere russische Bauer hatte er sich nicht vorstellen können, daß es eine solche Welt gab. Auch damals hatte er in einem Eisenbahnabteil gesessen. Nach einer langen Fahrt durch die dünn bevölkerten nordwestlichen Provinzen Rußlands mit ihren verkümmerten Bäumen, den elenden, im Schnee begrabenen Dörfern und den sich windenden Sandstraßen war er eines Morgens in Deutschland aufgewacht. Die sauberen grünen Felder, die gepflasterten Straßen, die schmucken Häuser in den Dörfern und die Blumenbeete auf den sonnigen Bahnsteigen – das alles war ihm wie ein Paradies erschienen. Später, in der Schweiz, hatte er auf der Veranda eines kleinen Hotels gesessen, warm in der Sonne und doch in Blickweite der schneebedeckten Berge, hatte Kaffee getrunken, ein frisches, knuspriges Brötchen gegessen und sich gedacht: Hier müssen die Menschen wirklich glücklich sein.
Jetzt, zur frühen Morgenstunde, als er die zum Leben erwachenden englischen Farmhäuser betrachtete, erinnerte er sich an das Morgengrauen in seinem Heimatdorf: Bleigrauer Himmel voller Wolken, bitterkalter Wind, ein gefrorenes sumpfiges Feld mit Eispfützen und reifüberzogenen Grasbüscheln. Er sah sich in seinem abgetragenen Kittel aus Zeltleinwand, die Füße in Filzschuhen mit Holzsohlen, und seinen Vater, der die armselige Robe eines Landpopen trug und ihm immer wieder erklärte, Gott sei gut. Sein Vater hatte das russische Volk geliebt, weil Gott es liebte. Aber für Felix war es immer klar gewesen, daß Gott dieses Volk hassen mußte, da er es einem so grausamen Schicksal überließ.
Diese Diskussionen waren der Beginn einer langen Reise gewesen, einer Odyssee, die Felix vom Christentum über den Sozialismus bis zum anarchistischen Terror geführt hatte, von der Provinz Tambow über St. Petersburg und Sibirien bis nach Genf. Und in Genf hatte er den Entschluß gefaßt, der ihn jetzt nach England brachte. Er erinnerte sich an die Sitzung. Fast hätte er sie verfehlt . . .

Fast hätte er die Sitzung verfehlt. Er war in Krakau gewesen, um mit den polnischen Juden zu verhandeln, die die Zeitschrift *Meuterei* über die Grenze nach Rußland schmuggelten. Erst am späten

Abend war er nach Genf zurückgekehrt und hatte sich dort direkt in Ulrichs kleine Hinterhofdruckerei begeben. Das Redaktionskomitee hielt gerade eine Sitzung ab. Vier Männer und zwei junge Frauen hatten sich im Hinterzimmer um eine Kerze versammelt und planten die russische Revolution. Das Zimmer roch stark nach Druckerschwärze und Maschinenöl.

Ulrich weihte ihn kurz in den bisherigen Verlauf der Diskussion ein. Er hatte sich mit Josef getroffen, einem Spitzel der *Ochrana,* der russischen Geheimpolizei. Josef sympathisierte insgeheim mit den Revolutionären und lieferte der *Ochrana* für ihr Geld falsche Informationen. Manchmal gaben ihm die Anarchisten ein paar zutreffende, aber harmlose Hinweise, und dafür warnte Josef sie, wenn die *Ochrana* etwas gegen sie plante.

Dieses Mal war Josef mit einer sensationellen Meldung gekommen. »Der Zar wünscht ein Militärbündnis mit England«, erzählte Ulrich Felix aufgeregt. »Er schickt den Fürsten Orlow nach London zu Verhandlungen. Die *Ochrana* weiß darüber Bescheid, denn sie muß ja den Fürsten auf seiner Europareise bewachen.«

Felix nahm seinen Hut ab und setzte sich. Er fragte sich, ob das wirklich stimmte. Eine der jungen Frauen, eine traurig dreinblikkende, unscheinbare Russin, brachte ihm Tee in einem Glas. Felix zog einen halbzerkauten Zuckerwürfel aus der Tasche, schob ihn sich zwischen die Zähne und schlürfte den Tee auf Bauernart durch den Zucker.

»Es geht England vor allem darum«, fuhr Ulrich fort, »einen Krieg gegen Deutschland zu führen und die Russen für sich kämpfen zu lassen.«

Felix nickte.

Die junge Frau sagte: »Und in diesem Krieg werden nicht die Fürsten und Grafen umkommen . . . sondern die Männer aus dem Volk.«

Sie hat recht, überlegte Felix. Die Bauern würden in diesem Krieg kämpfen müssen. Er hatte den größten Teil seines Lebens unter diesen Menschen verbracht. Sie waren hart, grob und starrköpfig, aber ihre närrische Großzügigkeit und ihre gelegentlichen spontanen Ausbrüche unbändiger Fröhlichkeit gaben einen Hinweis auf das, was sie in einer anständigen Gesellschaftsform einmal bedeuten könnten. Ihre Hauptsorgen waren das Wetter, die Tiere, Krankheit, Geburten und das Überlisten der Gutsbesitzer. Während weniger Jahre ihres Lebens, etwa im Alter von siebzehn bis zwanzig, waren sie kräftig und aufrecht, konnten lächeln, schnell rennen und flirten, aber bald darauf wurden sie gebeugt, grau, langsam und mürrisch. Jetzt also würde Fürst Orlow diese Leute in der Blüte ihrer Jugend aufgreifen und vor den Geschützen aufmarschieren lassen. Man würde sie in Stücke schießen oder zu Krüppeln werden lassen, und das alles aus Gründen der internationalen Diplomatie.

Erfahrungen wie diese hatten Felix zu einem Anarchisten gemacht.

»Was müssen wir tun?« fragte Ulrich.

»Wir müssen die Nachricht in flammenden Lettern auf der Titelseite der *Meuterei* bringen!« sagte die unscheinbare junge Frau.

Man begann, über den Text des Artikels zu diskutieren. Felix hörte schweigend zu. Redaktionelle Probleme interessierten ihn wenig. Er verteilte die Zeitschrift, schrieb hie und da Artikel, wie man Bomben herstellt und war zutiefst unzufrieden mit sich selbst. Er war in Genf viel zu zivilisiert geworden. Er trank Bier statt Wodka, trug Kragen und Krawatte, besuchte symphonische Konzerte. Er hatte eine Stellung in einer Buchhandlung angenommen. Und währenddessen befand sich Rußland in Aufruhr. Die Arbeiter auf den Ölfeldern kämpften gegen die Kosaken, das Parlament war machtlos, eine Million Arbeiter standen im Streik. Zar Nikolaus II. war der unfähigste Herrscher, den eine degenerierte Aristokratie hervorbringen konnte. Das Land glich einem Pulverfaß, das nur auf einen Funken wartete, und Felix wollte dieser Funke sein. Aber es wäre Wahnsinn, jetzt zurückzugehen. Josef Stalin war zurückgekehrt, aber kaum hatte er einen Fuß auf russischen Boden gesetzt, da hatte man ihn nach Sibirien geschickt. Die Geheimpolizei kannte die Exilrevolutionäre besser als die, die zu Hause geblieben waren. Felix fühlte sich eingeengt in seinem steifen Kragen, seinen Lederschuhen und den Umständen, in denen er lebte.

Er blickte sich in der kleinen Gruppe der Anarchisten um. Ulrich, der Drucker, mit weißem Haar und tintenbefleckter Schürze, ein Intellektueller, der ihm Bücher von Proudhon und Kropotkin lieh, aber auch ein Mann der Tat, der ihm einst bei einem Banküberfall geholfen hatte; Olga, die unscheinbare junge Frau, die sich einmal

in Felix verliebt zu haben schien, bis sie eines Tages miterlebte, wie er einem Polizisten den Arm brach; Vera, die Dichterin, die mit jedem schlief; Jewno, der Student der Philosophie, der ständig über die Reinigung durch Blut und Feuer phantasierte; Hans, der Uhrmacher, der in die Seelen der Menschen sah, als hätte er sie unter seiner Lupe; und Pjotr, der enteignete Graf, Verfasser brillanter wirtschaftlicher Pamphlete und motivierender revolutionärer Leitartikel. Alles ehrliche, fleißige und kluge Menschen. Felix war sich ihrer Bedeutung bewußt, denn er hatte unter den verzweifelten Menschen in Rußland gelebt, die mit Ungeduld auf die eingeschmuggelten Zeitschriften und Broschüren warteten, sie von Hand zu Hand weiterreichten, bis sie zu Fetzen zerfielen. Und doch war es nicht genug, denn wirtschaftliche Traktate boten keinen Schutz gegen die Kugeln der Polizei, und auch mit den flammendsten Artikeln konnte man keine Paläste in Brand setzen.
Ulrich sagte: »Diese Nachricht verdient weitere Verbreitung, als sie in der *Meuterei* bekommen kann. Ich will, daß jeder Bauer in Rußland erfährt, daß Orlow ihn in einen überflüssigen, blutigen Krieg führen will.«
Olga wandte ein: »Das erste Problem ist, ob man uns glauben wird.«
Felix meinte: »Das erste Problem ist, ob die Information überhaupt stimmt.«
»Das können wir nachprüfen«, erklärte Ulrich. »Die Kameraden in London können herausfinden, ob Orlow zu der angegebenen Zeit dort ankommt und ob er sich mit den besagten Leuten trifft.«
»Es genügt nicht, die Nachricht zu verbreiten«, fiel Jewno erregt ein. »Wir müssen rigoroser vorgehen!«
»Und wie?« fragte Ulrich, während er den jungen Jewno über seine Drahtbrille hinweg anschaute.
»Wir sollten zum Mord an Orlow aufrufen – er ist ein Verräter, ein Volksverräter, und er muß hingerichtet werden.«
»Würde das die Verhandlungen stoppen?«
»Sehr wahrscheinlich«, antwortete Graf Pjotr. »Vor allem, wenn der Mörder ein Anarchist ist. Erinnert euch: England gewährt den Anarchisten politisches Asyl, und das erbost den Zaren. Wenn nun einer seiner Fürsten in England von einem unserer Kameraden

ermordet wird, könnte der Zar so wütend werden, daß er die ganze Verhandlung abbricht.«
Jewno pflichtete ihm bei: »Das wäre eine Sensation! Wir könnten behaupten, Orlow sei wegen Verrats am russischen Volk von einem unserer Leute ermordet worden.«
»Den Bericht würde jede Zeitung der Welt bringen«, rief Ulrich aus. »Bedenkt die Wirkung, die es zu Hause haben würde. Ihr wißt, was die russischen Bauern von der Einberufung halten – für sie ist das ein Todesurteil. Sie halten eine Begräbniszeremonie ab, wenn ein Junge in die Armee eingezogen wird. Wenn sie erfahren, daß der Zar sie in einem großen europäischen Krieg als Kanonenfutter einsetzen will, werden sich die Flüsse von Blut rot färben . . .«
Er hat recht, sagte sich Felix. Jewno redet zwar immer so, aber dieses Mal hat er recht.
»Ich glaube, du hängst einem Wunschtraum nach, Jewno«, sagte Ulrich, »Orlow ist auf geheimer Mission – und er wird nicht in einem offenen Wagen durch London fahren und der Menge zuwinken. Außerdem kenne ich unsere Londoner Kameraden – sie haben noch nie jemanden ermordet. Ich wüßte nicht, wie sich das verwirklichen ließe.«
»Aber ich«, sagte Felix. Alle blickten ihn an. Die Schatten auf ihren Gesichtern bewegten sich im flackernden Kerzenlicht. »Ich weiß, wie wir es verwirklichen können.« Er erkannte seine eigene Stimme nicht, es war ihm, als habe sich seine Kehle zugeschnürt. »Ich werde nach London gehen. Ich werde Orlow töten.«
Plötzlich war es still im Zimmer, als ob sich das Gerede von Tod und Zerstörung mit einem Male konkretisiert hätte. Sie starrten ihn überrascht an, alle, außer Ulrich, der still vor sich hin lächelte, als habe er die ganze Zeit vorausgesehen, daß es so ausgehen würde.

2

London war unglaublich reich. Felix hatte extravaganten Reichtum in Rußland und viel Wohlstand auf dem westeuropäischen Kontinent gesehen, aber nichts dergleichen. Hier lief niemand in Lumpen herum. Ja, sogar bei diesem warmen Wetter trug jeder mehrere Schichten dicker Kleidung. Felix sah Fuhrleute, Straßenverkäufer, Straßenfeger, Arbeiter, Lieferjungen – und alle trugen feine, fast fabrikneue Mäntel ohne Löcher oder Flicken. Alle Kinder besaßen Stiefel, jede Frau hatte einen Hut, und was für einen! Meist waren es riesige Modelle, so breit wie die Räder eines Hundewagens und geschmückt mit Bändern und Schleifen, Federn, Blumen und Früchten. Auf den Straßen wimmelte es von Menschen. In den ersten fünf Minuten sah er mehr Autos, als er in seinem ganzen bisherigen Leben gesehen hatte. Es schien ebenso viele Autos wie Pferdewagen zu geben. Ob auf Rädern oder zu Fuß, alles war in Eile.

Auf dem Piccadilly Circus standen alle Fuhrwerke still, und der Grund war der gleiche wie in jeder anderen Stadt: Ein Pferd war gestürzt, der Wagen umgekippt. Zahlreiche Männer bemühten sich, das Tier und den Wagen wieder aufzurichten, während Blumenmädchen und geschminkte Damen ihnen vom Gehsteig aus Ermutigungen und Spaßworte zuriefen.

Weiter im Osten der Stadt verschwand dieser Eindruck großen Wohlstands allmählich. Er kam an einer Kathedrale mit Kuppeldach vorbei, die nach dem Stadtplan, den er sich auf der Victoria Station gekauft hatte, St. Paul hieß. Danach gelangte er in ärmere Viertel. Plötzlich sah er anstelle der prunkvollen Banken und Bürogebäude niedrige kleine Reihenhäuser, die zum Teil recht baufällig waren. Hier gab es weniger Autos und mehr Pferde, und die Pferde waren magerer. Die meisten Läden bestanden aus Straßenständen. Lieferjungen brauchte man hier nicht. Und jetzt fielen ihm auch die vielen barfüßigen Kinder auf – ohne allerdings sein Mitleid zu erregen, denn er fand, daß sie in diesem Klima keine Schuhe brauchten.

Schlimmer wurde es, als er weiter in das East End vordrang: verwahrloste Mietskasernen, dunkle Hinterhöfe, stinkende Hauseingänge, in denen verlumpte menschliche Wracks in Abfallkübeln herumstöberten und nach Nahrung suchten. Dann kam Felix in die Whitechapel High Street und sah die ihm wohlbekannten orthodoxen Juden mit ihren langen Bärten, Schläfenlocken und schwarzen Kaftanen, und kleine Läden, in denen geräucherter Fisch und koscheres Fleisch verkauft wurde. Es war wie im russischen Ghetto, nur sahen die Juden hier nicht verängstigt aus.

Er bahnte sich einen Weg zur Jubilee Street Nr. 165, der Adresse, die Ulrich ihm gegeben hatte. Es war ein zweistöckiges Gebäude, das wie eine lutherische Kapelle aussah. Einem Schild an der Fassade entnahm er, daß der *Workers Friend Club and Institute* für die arbeitenden Menschen aller politischen Meinungen bestimmt sei, aber eine weitere Notiz verriet den eigentlichen Charakter des Hauses, denn sie besagte, daß der Club im Jahre 1906 von Peter Kropotkin gegründet worden sei. Felix fragte sich, ob er hier in London dem legendären Kropotkin begegnen werde.

Er trat ein. Im Vestibül lag ein Stapel Zeitungen: *Der Arbeiterfreund,* auf jiddisch: *Der Arbeterfraint.* Bekanntmachungen an den Wänden wiesen auf Englischkurse, eine Sonntagsschule, einen Ausflug nach Epping Forest und einen Vortrag über Hamlet hin. Felix ging in die Halle. Die Architektur bestätigte seinen ersten Eindruck. Dieser Raum mußte einmal das Schiff einer nonkonformistischen Kirche gewesen sein. Jetzt hatte man ihm allerdings eine Bühne am einen Ende und eine Bar am anderen hinzugefügt. Auf der Bühne befanden sich ein paar Männer und Frauen, die anscheinend damit beschäftigt waren, ein Stück zu proben. Vielleicht sind das die Aktivitäten der Anarchisten in England, dachte er. Das würde auch erklären, warum sie ihre Clubs haben durften. Er begab sich an die Bar. Keine Spur eines alkoholischen Getränks, aber auf der Theke sah er *Gefillte Fisch,* eingelegte Heringe und – o Freude – einen Samowar.

Das Mädchen hinter der Theke blickte ihn an und sagte: »Nun?«

Felix lächelte.

Eine Woche später, an dem Tag, an dem Fürst Orlow in London eintreffen sollte, nahm Felix seinen Lunch in einem französischen Restaurant in Soho ein. Er kam frühzeitig an und nahm sich einen Tisch in der Nähe der Tür. Er bestellte Zwiebelsuppe, ein Filetsteak, Ziegenkäse und dazu eine halbe Flasche Rotwein. Er sprach Französisch. Die Kellner waren sehr höflich. Als er mit dem Essen fertig war, herrschte Vollbetrieb, denn es war die Stoßzeit für das Mittagessen. Er wartete, bis drei der Kellner in der Küche waren und die anderen beiden ihm den Rücken zuwandten, dann stand er ruhig auf, ging zur Tür, nahm Hut und Mantel und verschwand, ohne bezahlt zu haben.

Er lächelte, als er die Straße hinunterging. Solche Tricks machten ihm Spaß.
Er hatte rasch gelernt, fast ohne Geld in dieser Stadt zu leben. Zum Frühstück kaufte er sich süßen Tee und eine Scheibe Brot für zwei Pence bei einem Straßenhändler, aber das war die einzige Nahrung, für die er bezahlte. Das Mittagessen stahl er sich an Obst- und Gemüseständen zusammen. Abends ging er in eine Wohltätigkeitsküche, wo er einen Teller Suppe und unbeschränkte Mengen Brot bekam, wofür er sich lediglich eine unverständliche Predigt anhören und dann einen Choral mitsingen mußte. Er hatte fünf Pfund in bar, aber die waren nur für den Notfall.
Er wohnte in den Dunstan Houses in Stepney Green, einer fünfstöckigen Mietskaserne, in der etwa die Hälfte der führenden Anarchisten Londons lebte. Er hatte eine Matratze auf dem Fußboden der Wohnung eines gewissen Rudolf Rocker, eines charismatischen blonden Deutschen, der die Zeitung *Der Arbeterfraint* herausgab. Auf Felix wirkte Rockers Charisma nicht, aber er schätzte den jungen Mann wegen seines totalen Engagements. Rocker und seine Frau Milly hatten ein offenes Haus für Anarchisten. Den ganzen Tag, oft auch die halbe Nacht hindurch, trafen Besucher und Kuriere ein, fanden Debatten und Komiteesitzungen statt, wurde endlos Zigaretten geraucht und Tee getrunken. Felix zahlte keine Miete, steuerte aber jeden Tag etwas zum Haushalt bei – ein Pfund Wurst, ein Paket Tee, ein paar Orangen –, das war sein Beitrag zur Gemeinschaft. Sie glaubten, er kaufe diese Dinge, aber natürlich hatte er sie gestohlen.
Den anderen Anarchisten erzählte er, er sei hier, um die Bibliothek des Britischen Museums zu besuchen und sein Buch über die natürliche Anarchie der primitiven Gesellschaften zu beenden. Sie glaubten ihm. Sie waren freundlich, emsig und harmlos. Sie glaubten fest an eine Revolution durch Erziehung und Gewerkschaftsgeist, durch Flugschriften, Vorträge und Ausflüge nach Epping Forest. Felix wußte, daß die meisten Anarchisten außerhalb Rußlands so waren. Er haßte sie nicht gerade, aber insgeheim verachtete er sie, denn eigentlich waren sie nur Feiglinge.
Allerdings gab es auch in solchen Gruppen einige zu Gewalttaten aufgelegte Männer. An die würde er sich halten, wenn er sie brauchte.

Inzwischen machte er sich Gedanken, ob Orlow überhaupt kommen würde und wie er es anstellen sollte, ihn umzubringen. Er wußte, daß derartiges Grübeln nutzlos war, und versuchte, sich abzulenken, indem er Englisch lernte. In der kosmopolitischen Schweiz hatte er bereits ein wenig gelernt. Während der langen Reise durch Europa hatte er ein Schulbuch der englischen Sprache für russische Kinder ausgiebig durchstudiert und eine englische Übersetzung seines Lieblingsromans *»Die Hauptmannstochter«* von Puschkin gelesen, den er im Urtext fast Wort für Wort kannte. Jetzt las er jeden Morgen die *Times* im Lesezimmer des Clubs in der Jubilee Street, und am Nachmittag wanderte er durch die Straßen, unterhielt sich mit Betrunkenen, Landstreichern und Huren – den Leuten, die er am liebsten mochte, weil sie sich über alle Gesellschaftsregeln hinwegsetzten. Bald vermischten sich die gedruckten Worte in den Büchern mit den Klängen um ihn herum, und er konnte bereits alles sagen, was er brauchte. Nicht mehr lange, und er würde sich auf englisch über Politik unterhalten können.

Nachdem er das Restaurant verlassen hatte, ging er in nördlicher Richtung, überquerte die Oxford Street und kam in das deutsche Viertel westlich der Tottenham Court Road. Unter den Deutschen gab es eine Menge Revolutinonäre, aber sie waren meist Kommunisten und keine Anarchisten. Felix bewunderte die Disziplin der Kommunisten, fand jedoch ihr autoritäres Verhalten reichlich verdächtig; er selbst hielt sich wegen seines Temperaments für die Parteiarbeit für ungeeignet.

Er ging durch den Regent's Park und gelangte in ein kleinbürgerliches Vorstadtviertel. Dort wanderte er durch die mit Bäumen bepflanzten Straßen, blickte in die kleinen Gärten der sauberen Villen, suchte nach einem Fahrrad, das er stehlen konnte. Er hatte in der Schweiz Radfahren gelernt und dabei entdeckt, daß ein Fahrrad das ideale Gefährt war, um jemanden zu beschatten. Es war leicht manövrierbar und unauffällig, und im Straßenverkehr war es rasch genug, um mit einem Auto und einem Pferdewagen Schritt zu halten. Aber leider schienen die Kleinbürger dieses Teils von London ihre Fahrräder unter Verschluß zu halten. Er sah einen Radfahrer und war versucht, ihn vom Sattel zu stoßen, aber gerade in diesem Augenblick näherten sich drei Fußgänger und ein Lieferwagen, und Felix wollte keinen Tumult auslösen. Wenig später sah er einen Jungen, der mit seinem Fahrrad Eßwaren auslieferte, aber es war zu auffällig, hatte vorn einen großen Korb und ein Metallschild mit dem Namen des Krämers. Felix überlegte sich bereits eine andere Strategie, als er endlich sah, was er brauchte.

Ein Mann von etwa dreißig Jahren kam aus einem Garten und schob ein Fahrrad neben sich her. Der Mann trug einen flachen Strohhut und einen gestreiften Blazer, der sich über seinem Bauch spannte. Er lehnte sein Fahrrad an die Gartenmauer und bückte sich, um seine Hosenklammern zu befestigen.

Felix trat rasch auf ihn zu.

Der Mann sah seinen Schatten, blickte auf und murmelte: »Guten Tag.«

Felix schlug ihn nieder.

Der Mann rollte auf den Rücken und blickte Felix überrascht an.

Felix stürzte sich auf ihn und drückte ihm das Knie gegen den Mittelknopf seines gestreiften Blazers. Der Mann schnaufte heftig, krümmte sich hilflos, rang nach Luft.

Felix stand auf und blickte zum Haus. Eine junge Frau stand an einem Fenster, sie hatte alles gesehen und hielt sich verschreckt die Hand vor den offenen Mund.

Er schaute noch einmal auf den Mann am Boden; dieser würde mindestens eine Minute brauchen, bis er wieder auf die Beine kam.

Felix bestieg er das Fahrrad und fuhr rasch davon.

Ein Mann, der keine Angst hat, kann alles tun, was er will, dachte Felix. Das hatte er vor elf Jahren in einem Güterwagen in der Nähe von Omsk gelernt. Es hatte geschneit . . .

Es schneite. Felix hatte in einem offenen Güterwagen auf einem Haufen Kohlen gesessen und furchtbar gefroren. Er hatte schon ein ganzes Jahr unter der Kälte gelitten, seit er als Kettensträfling aus der Goldmine geflohen war. In diesem Jahr hatte er ganz Sibirien durchkreuzt, vom eisigen Norden bis fast zum Ural. Jetzt war er nur noch etwa tausend Meilen von der Zivilisation und dem warmen Wetter entfernt. Den größten Teil des Weges hatte er zu Fuß zurückgelegt, wenn er auch manchmal auf Güterwagen aufgesprungen war, in denen Tierfelle transportiert wurden. Er zog Viehwagen vor, denn die Tiere hielten ihn warm, und er konnte von ihrem Futter essen. Er hatte das Gefühl, bereits selbst zu einer Art Tier geworden zu sein. Er wusch sich nie, als Mantel diente ihm eine gestohlene Pferdedecke, seine zerlumpten Kleider waren völlig verlaust und sein Haar war struppig und von Ungeziefer verseucht. Seine Lieblingssnahrung bestand aus rohen Vogeleiern. Einmal hatte er ein Pony gestohlen, es zu Tode geritten und dann seine Leber gegessen. Er hatte jeden Zeitbegriff verloren. Nach dem Wetter zu urteilen mußte es Herbst sein, aber er wußte nicht, welcher Monat gerade war. Oft konnte er sich nicht erinnern, was er am Tag zuvor getan hatte. In seinen klareren Augenblicken gewann er die Überzeugung, halb wahnsinnig zu sein. Nie sprach er mit irgend jemandem. Wenn er in eine Stadt oder ein Dorf kam, blieb er in den Außenbezirken, hielt sich nur kurz dort auf, um im Müll nach Nahrung zu stöbern. Er wußte, daß er weiter nach Westen mußte, denn dort würde es wärmer sein.

Aber jetzt war dieser Kohlenzug auf ein Nebengleis gestellt worden, und Felix glaubte sterben zu müssen. Die Wagen wurden nämlich von einem kräftigen Polizisten in einem Pelzmantel bewacht. Er sollte die Bauern davon abhalten, Kohlen für ihre Öfen zu stehlen. Als Felix darüber nachdachte, merkte er, daß er wieder einen seiner klaren Augenblicke hatte, vielleicht den letzten . . . Dann roch er das Essen des Polizisten. Aber der Polizist war kräftig und gesund und hatte ein Gewehr.

Es ist mir gleich, dachte Felix, ich sterbe sowieso.

Er erhob sich, griff nach dem größten Kohlenklumpen, den er finden konnte, taumelte zur Hütte des Polizisten und schlug dem überraschten Mann mit dem Kohlenklumpen auf den Schädel.

Auf dem Herd stand ein Topf mit Fleisch und Gemüse, aber das Essen war zu heiß, um gleich gegessen zu werden. Felix trug den Topf nach draußen, leerte ihn in den Schnee, kniete nieder und aß das mit Schnee vermischte Gericht. Es bestand aus Kartoffeln, Rüben, fetten Möhren und großen Fleischstücken. Er schlang es ohne zu kauen hinunter. Der Polizist stürzte aus der Hütte und schlug Felix mit seinem Knüppel kräftig auf den Rücken. Felix wurde wild vor Wut, weil dieser Mann versuchte, ihn vom Essen abzuhalten. Er sprang auf, trat mit den Füßen nach ihm, kratzte ihm über das Gesicht. Der Polizist wehrte sich mit seinem Knüppel, aber Felix fühlte die Schläge nicht. Er packte den Mann an der Kehle und drückte zu. Drückte immer fester, ließ ihn nicht los. Nach einer Weile schlossen sich die Augen des Polizisten, dann wurde sein Gesicht blau, und er streckte die Zunge heraus – endlich konnte Felix in Ruhe weiteressen.

Er aß alles, was er in der Hütte fand, wärmte sich am Feuer, schlief im Bett des Polizisten. Als er erwachte, hatte er einen klaren Kopf. Er nahm der Leiche die Stiefel und den Mantel ab und wanderte in Richtung Omsk. Unterwegs machte er eine erstaunliche Entdeckung an sich: Er hatte keine Angst mehr. Irgend etwas war mit ihm geschehen, so als ob man einen Schalter ausgeknipst hätte. Er konnte an nichts denken, was ihm Angst gemacht hätte. Wenn er Hunger hätte, würde er stehlen; wenn er gejagt würde, würde er sich verstecken; wenn man ihn bedrohte, würde er töten. Nichts konnte ihm etwas anhaben. Liebe, Stolz, Begierde und Mitleid waren vergessene Gefühle.

Sie alle kehrten nach einer Weile wieder zurück – bis auf die Angst.

In Omsk verkaufte er den Pelzmantel des Polizisten und erwarb dafür ein Paar Hosen, ein Hemd, eine Weste und einen Mantel. Er verbrannte seine Lumpen, bezahlte einen Rubel für ein heißes Bad und eine Rasur in einem billigen Hotel. Er aß in einem Restaurant, benutzte ein Messer statt seiner Finger. Er sah das Titelblatt einer Zeitung, erinnerte sich wieder ans Lesen, und dann wußte er, daß er endlich aus dem Grab gestiegen war.

Er saß auf einer Bank im Bahnhof an der Liverpool Street und hatte das Fahrrad neben sich an die Wand gelehnt. Er fragte sich, was für ein Mensch dieser Orlow wohl sei. Er wußte nichts über ihn, kannte nur seinen Rang und seinen Auftrag. Der Fürst mochte ein stumpfsinniger, pflichtbewußter Diener des Zaren sein, oder ein Sadist, ein Wüstling, vielleicht auch ein gutmütiger alter Herr mit weißem Haar, der sich nichts Besseres wünschte, als mit seinen Enkelkindern zu spielen. Wie auch immer, Felix war entschlossen, ihn zu töten.

Er war sicher, Orlow leicht zu erkennen, denn Russen seines Schlages hatten keine Ahnung, wie man unauffällig reist, ob sie auf geheimer Mission waren oder nicht.

Würde er überhaupt kommen? Falls ja und noch dazu mit dem gleichen Zug, den Josef angegeben hatte, und falls er sich dann mit dem Grafen Walden traf, wie Josef ebenfalls gemeldet hatte, gab es keinen Zweifel mehr, daß die Information der Wahrheit entsprach.
Wenige Minuten vor der Ankunftszeit des Zuges fuhr eine von vier stattlichen Pferden gezogene Kutsche vorbei und rollte klappernd direkt auf den Bahnsteig. Vorne saß ein Kutscher und auf dem Rücksitz ein Lakai in Livree. Ein Eisenbahnbeamter in einem militärisch geschnittenen Uniformmantel mit glänzenden Knöpfen schritt hinter dem Wagen her. Er sprach mit dem Kutscher und wies ihn an, bis zum anderen Ende des Bahnsteigs zu fahren. Dann erschien der Bahnhofsvorsteher in Frack und Zylinder, setzte eine wichtige Miene auf, blickte auf seine Taschenuhr und verglich die Zeit mit der auf den Bahnhofsuhren. Er öffnete den Schlag der Kutsche und half dem Passagier beim Aussteigen.
Der Eisenbahnbeamte kam an Felix' Bank vorbei; Felix faßte ihn am Ärmel. »Entschuldigen Sie, mein Herr«, sagte er mit dem hilflosen Ausdruck eines ausländischen Touristen, »ist das der König von England?«
Der Eisenbahnbeamte grinste. »Nein, es ist nur der Graf von Walden.« Er ging weiter.
Josef hatte also recht gehabt.
Felix beobachtete Walden mit den Augen eines Mörders. Er war hochgewachsen, etwa in Felix' Größe, und kräftig gebaut – also leichter zu erschießen als ein kleiner Mann. Er mußte um die Fünfzig sein. Abgesehen von einem leichten Hinken schien er recht beweglich. Er konnte weglaufen, wenn auch nicht sehr schnell. Er trug einen von weitem erkennbaren hellgrauen Gehrock und einen Zylinder der gleichen Farbe. Das Haar unter dem Hut war kurz und glatt, sein Bart ähnelte dem des verstorbenen Königs Edward VII. Er stützte sich auf einen Spazierstock – eine mögliche Waffe . . . Der Kutscher, der Lakai und der Bahnhofsvorsteher schwirrten um ihn herum wie die Bienen um ihre Königin. Seine Haltung war lässig. Er blickte nicht auf seine Uhr, nahm keine Notiz von den Leuten um ihn herum. Das ist seine Gewohnheit, dachte Felix. Sein Leben lang ist er etwas Besonderes gewesen.
Der Zug fuhr ein, die Schornsteine der Lokomotive rauchten. Jetzt

könnte ich Orlow töten, dachte Felix und empfand für einen Augenblick die Erregung des Jägers, der sich nahe an seine Beute herangepirscht hat. Aber er hatte bereits beschlossen, es heute noch nicht zu tun. Er war hier, um zu beobachten, nicht um zu handeln. Seiner Meinung nach waren viele Morde der Anarchisten Stümpereien, weil sie zu hastig und spontan ausgeführt wurden. Im Gegensatz zu den meisten Anarchisten hielt er viel von Planung und Organisation.

Der Zug kam schnaubend und dampfend zum Stehen. Felix stand auf und ging etwas näher auf den Bahnsteig zu. Am Ende des Zuges schien ein Sonderwagen angekoppelt zu sein, der sich von den anderen durch seinen frischen, glänzenden Anstrich unterschied. Dieser Wagen hielt direkt gegenüber von Waldens Kutsche. Der Bahnhofsvorsteher trat diensteifrig vor und öffnete formvollendet die Tür.

Felix blickte gespannt über den Bahnsteig, beobachtete die schattige Öffnung, aus der seine Beute steigen sollte.

Einen Augenblick warteten alle, dann war Orlow da. Er blieb eine Sekunde auf der Stufe stehen, gerade lange genug, daß Felix ihn erkennen konnte. Er war ziemlich klein, trug einen teuer aussehenden, schweren russischen Mantel mit Pelzkragen und einen schwarzen Zylinder. Sein Gesicht war rosig und jung, fast knabenhaft mit dem kleinen Schnurbart und den glattrasierten Wangen. Er lächelte zögernd und wirkte verletzlich. Felix dachte: Wieviel Böses wird von Menschen mit unschuldigen Gesichtern getan.

Orlow stieg aus dem Zug. Er und Walden umarmten sich kurz auf russische Art, dann stiegen sie in die Kutsche.

Eine ziemlich eilige Begrüßung, fand Felix.

Der Lakai und zwei Träger begannen, das Gepäck in die Kutsche zu verladen. Es wurde ihnen bald klar, daß nicht alles hineinpaßte, und Felix dachte lächelnd an seinen halbleeren Pappkoffer.

Die Kutsche wendete. Der Lakai mußte offenbar zurückbleiben, um sich um den Rest des Gepäcks zu kümmern. Die Träger traten an das Kutschenfenster. Eine Hand reichte heraus und ließ ein paar Münzen in ihre Dienstmützen fallen. Dann fuhr die Kutsche ab. Felix stieg auf sein Fahrrad und folgte ihr.

Im Tumult des Londoner Verkehrs fiel es ihm nicht schwer, mit ihr

Schritt zu halten. Er folgte den beiden Männern durch die City, den Strand entlang, dann durch den St. James's Park. Jenseits der Anlagen bog die Kutsche in eine kleine Straße ein und verschwand dann wenige Meter weiter in einem ummauerten Vorhof.
Felix sprang von seinem Fahrrad, schob es über den Rasen am Rande des Parks und blieb dann auf der Straße gegenüber der Toreinfahrt stehen. Er sah die Kutsche vor der imposanten Fassade eines großen Hauses halten. Über das Kutschendach hinweg erblickte er gerade noch den schwarzen und den grauen Zylinder, dann verschwanden die Männer im Haus.

Lydia warf einen kritischen Blick auf ihre Tochter. Charlotte stand vor einem großen Spiegel und probierte das Debütantinnenkleid an, das sie zu ihrem Antrittsbesuch bei Hof tragen sollte. Madame Bourdon, die schlanke, elegante Schneiderin war mit dem Anstecken von Nadeln beschäftigt, schob hier eine Falte zurecht, straffte dort eine Rüsche.
Charlotte sah schön und unschuldsvoll aus – genau so, wie man es von einer Debütantin erwartete. Das mit Kristallpailletten bestickte weiße Tüllkleid hing fast bis zum Boden und bedeckte zum Teil die kleinen spitzen Schuhe. Unter dem Halsausschnitt, der bis zur Taille reichte, trug sie ein kristallbesticktes Mieder. Die Schleppe war mehr als drei Meter lang, aus Silberlamé, mit rosa Chiffon besetzt und am Ende mit einer großen weiß-silbernen Schleife versehen. Charlotte hatte ihr dunkles Haar hoch auffrisiert und mit einer Tiara befestigt, die einst der letzten Lady Walden, Stephens Mutter, gehört hatte. In ihrem Haar trug sie – der Vorschrift gemäß – die beiden weißen Federn.
Sie ist fast erwachsen, dachte Lydia, bevor sie zur Schneiderin sagte: »Es ist wirklich ganz allerliebst, Madame Bourdon.«
»Ich danke Ihnen, Gnädigste.«
Charlotte zeterte: »Es ist furchtbar unbequem.«
Lydia seufzte. Das war wieder einmal typisch für Charlotte, immer hatte sie etwas auszusetzen. »Mein Kind, ich wollte, du würdest nicht so unzufrieden sein.«
Charlotte bückte sich, um ihre Schleppe aufzuheben. Lydia sagte: »Du brauchst dich nicht zu bücken. Schau, mach es mir nach, du

mußt dich nur etwas nach links drehen.« Charlotte tat es, und die Schleppe fiel um ihre linke Seite. »Jetzt nimm sie mit dem linken Arm auf, und dann machst du eine Vierteldrehung nach links.«
Jetzt erstreckte sich die Schleppe vor Charlotte auf dem Fußboden. »Mach einen Schritt vorwärts, nimm die rechte Hand und lege dir die Schleppe über den linken Arm, während du einen weiteren Schritt machst.«
»So geht es.« Charlotte lächelte. Wenn sie lächelte, wurde es ihrer Mutter warm ums Herz. Früher war sie immer so, erinnerte sich Lydia. Als sie noch klein war, wußte ich stets, was in ihr vorging. Das Täuschen lernt man beim Erwachsenwerden.
Charlotte fragte: »Woher weißt du das alles, Mama?«
»Belindas Mutter, die erste Frau deines Onkels George, hat es mir beigebracht, bevor ich bei Hofe vorgestellt wurde.«
Charlottes Gouvernante Marya trat ins Zimmer. Sie war eine tüchtige, unsentimentale Frau, die einzige Dienerin, die Lydia aus St. Petersburg mitgebracht hatte. Ihr Aussehen hatte sich in den neunzehn Jahren nicht verändert. Lydia hatte keine Ahnung, wie alt sie war. Fünfzig? Sechzig?
Marya sagte: »Fürst Orlow ist angekommen, gnädige Frau. Aber, Charlotte, du siehst ja herrlich aus!«
Es ist fast an der Zeit, daß Marya sich angewöhnt, sie Lady Charlotte zu nennen, fand Lydia. Sie sagte: »Komm herunter, sobald du dich umgezogen hast, Charlotte.« Charlotte begann sofort, sich die Schulterbänder, die ihre Schleppe hielten, abzuziehen. Lydia ging hinaus.
Sie fand Stephen, an einem Glas Sherry nippend, im Wohnzimmer. Er berührte ihren nackten Arm und sagte: »Ich sehe dich gerne im Sommerkleid.«
Sie lächelte. »Ich danke dir.« Sie fand, daß auch er sehr gut aussah in seinem grauen Gehrock und mit der silberfarbenen Krawatte. Sein Bart war grauer geworden. *Wir beide hätten so glücklich sein können . . .* Plötzlich hatte sie Lust, ihn auf die Wange zu küssen. Sie blickte sich im Zimmer um. Ein Lakai stand an der Anrichte und schenkte Sherry ein. Sie mußte ihre Anwandlung zurückhalten. Zögernd setzte sie sich und ließ sich ein Glas servieren. »Wie geht es Alex?«

»Er hat sich kaum verändert«, erwiderte Stephen. »Du wirst ihn gleich sehen, er muß jeden Augenblick herunterkommen. Und wie steht es mit Charlottes Kleid?«
»Es ist reizend. Nur ihre Haltung stört mich. Sie weigert sich in letzter Zeit, auf mich zu hören. Ich möchte nicht, daß sie einmal zynisch wird.«
Stephen wollte sich keine Sorgen darüber machen. »Warte nur, bis irgendein hübscher Gardeoffizier ihr seine Aufmerksamkeit schenkt – dann wird sich alles ändern.«
Diese Bemerkung mißfiel Lydia, denn sie setzte voraus, daß alle Mädchen Sklavinnen ihrer romantischen Natur seien. Ähnliches sagte Stephen immer, wenn er einem ernsthaften Thema ausweichen wollte. Er kam ihr dann wie ein jovialer Landedelmann vor, obwohl er in Wirklichkeit ganz anders war. Was er sich wünschte, war ganz einfach, daß Charlotte sich in nichts von anderen achtzehnjährigen Mädchen unterschied. Lydia wußte jedoch, daß sie in ihrem Wesen eine höchst unenglische Wildheit bewahrte, die ihr ausgetrieben werden mußte.
Und wider aller Vernunft empfand Lydia Charlottes wegen ein fast feindseliges Gefühl gegen Alex. Es war natürlich nicht seine Schuld, aber er war für sie das St. Petersburger Trauma, die Gefahr der Vergangenheit. Sie bewegte sich unruhig in ihrem Sessel und bemerkte, daß Stephen sie verschmitzt anblickte.
»Du bist doch nicht etwa nervös, weil du dem kleinen Alex begegnen wirst«, sagte er.
»Russen sind so unberechenbar«, erwiderte sie achselzuckend.
»Er ist nicht sehr russisch.«
Sie lächelte ihren Mann an, aber der Augenblick der Intimität war vorbei, und jetzt blieb nur noch die gewöhnliche beherrschte Zuneigung in ihrem Herzen zurück.
Die Tür ging auf. Bewahre deine Ruhe, ermahnte sich Lydia.
Alex trat ein. »Tante Lydia!« sagte er und beugte sich über ihre Hand.
»Wie geht es dir, Alexeij Andreijewitsch?«, erwiderte sie mit formeller Höflichkeit. Dann wurde ihre Stimme weicher, und sie fügte hinzu: »Aber du siehst ja immer noch wie achtzehn aus.«
»Ich wollte, ich wäre es«, sagte er, während seine Augen zwinkerten.

Sie fragte ihn nach seiner Reise, und während er antwortete, rätselte sie, warum er noch nicht verheiratet war. Er hatte schließlich einen Titel, der viele Mädchen reizen konnte – von ihren Müttern ganz zu schweigen –, und überdies war er sehr reich und sah blendend aus. Er hat bestimmt schon einige Herzen gebrochen, dachte sie.

»Dein Bruder und deine Schwestern senden dir viele liebe Grüße«, sagte Alex, »und sie bitten dich, für sie zu beten.« Er runzelte die Stirn. »In St. Petersburg herrscht jetzt große Unruhe – es ist nicht mehr die Stadt, die du gekannt hast.«

Stephen bemerkte: »Wir haben von diesem Mönch gehört.«

»Rasputin. Die Zarin glaubt, daß Gott durch ihn spricht, und sie hat großen Einfluß auf den Zaren. Aber Rasputin ist nur ein Symptom. Wir haben ständig Streiks und manchmal Aufstände. Das Volk glaubt nicht mehr an die Heiligkeit des Zaren.«

»Was ist da zu tun?« fragte Stephen.

Alex seufzte. »Alles. Wir brauchen gut bewirtschaftete Bauerngüter, mehr Fabriken, ein richtiges Parlament wie in England, eine Bodenreform, Gewerkschaften, Redefreiheit . . .«

»Mit den Gewerkschaften würde ich es an deiner Stelle nicht so eilig haben«, fiel Stephen ein.

»Vielleicht. Immerhin muß Rußland sich endlich dem zwanzigsten Jahrhundert anschließen. Entweder tun wir Adligen den ersten Schritt, oder das Volk wird uns vernichten und ihn selber tun.«

Lydia fand, daß er sich radikaler als die Radikalen gebärdete. Wie sehr müssen sich die Verhältnisse daheim verändert haben, wenn ein Fürst so spricht! Ihre Schwester Natascha, Alex' Mutter, erwähnte in ihren Briefen zwar die »Unruhen«, hatte jedoch nie angedeutet, daß der Adel wirklich in Gefahr schwebte. Alex glich seinem Vater, dem alten Fürsten Orlow, der sich mit Leib und Seele der Politik verschrieben hatte und gewiß heute ganz ähnlich reden würde, wenn er noch am Leben wäre.

Stephen sagte: »Es gibt noch eine dritte Möglichkeit – eine Lösung, die noch eine Einigung zwischen Adel und Volk herbeiführen könnte.«

Alex lächelte, schien das, was jetzt kommen sollte, vorausgesehen zu haben. »Und das wäre?«

»Ein Krieg.«

Alex nickte sehr ernsthaft. Sie haben die gleichen Gedanken, stellte Lydia fest. Alex hat immer zu Stephen aufgeblickt. Er war für den Jungen zu einer Vaterfigur geworden, nachdem der alte Fürst gestorben war.
Charlotte trat ein, und Lydia starrte sie überrascht an. Sie trug ein Kleid, das Lydia noch nie gesehen hatte, ein Modell aus cremefarbener Spitze mit schokoladenbraunem Seidenbesatz. Lydia hätte es nie ausgewählt – es war ziemlich auffällig –, aber sie mußte zugeben, daß Charlotte darin entzückend aussah. Seit wann kauft sie sich Kleider, ohne mich mitzunehmen, fragte sich Lydia. Wer hat ihr gesagt, daß diese Farben den Reiz ihrer dunklen Haare und ihrer braunen Augen hervorheben? Hat sie sich etwa auch geschminkt? Und warum trägt sie kein Korsett?
Auch Stephen starrte seine Tochter an. Lydia bemerkte, daß er aufgestanden war, und mußte darüber fast lachen. Es wirkte wie eine dramatische Geste der Anerkennung, daß seine Tochter jetzt erwachsen war, und sie empfand es als besonders komisch, daß er es völlig unbewußt tat.
Die Wirkung auf Alex war noch größer. Er sprang auf, vergoß seinen Sherry und wurde puterrot. Lydia fühlte sich innerlich amüsiert über seine Schüchternheit. Er schob das tropfende Glas von der rechten in die linke Hand, konnte ihr jetzt weder die eine noch die andere reichen und stand völlig hilflos da. Es war ein peinlicher Augenblick, und er mußte sich erst wieder fassen, bevor er Charlotte begrüßen konnte, aber er wollte sie offensichtlich begrüßen, bevor er sich gefaßt hatte. Lydia wollte gerade irgendeine nichtssagende Bemerkung machen, um das Schweigen zu überbrükken, doch Charlotte kam ihr zuvor.
Sie zog Alex das seidene Taschentuch aus der Brusttasche, wischte ihm damit die rechte Hand ab und begrüßte ihn auf russisch: »Ich freue mich, Sie zu sehen, Alexeij Andreijewitsch.« Dann schüttelte sie ihm die jetzt trockene rechte Hand, nahm ihm das Glas aus der linken, wischte das Glas, wischte die linke Hand, gab ihm das Glas zurück, steckte ihm das Taschentuch in die Tasche zurück und bat ihn, wieder Platz zu nehmen. Sie setzte sich neben ihn und sagte: »Jetzt, nachdem Sie Ihren Sherry vergossen haben, erzählen Sie mir etwas über Diaghilew. Er soll ein seltsamer Mensch sein. Haben Sie ihn einmal kennengelernt?«

Alex lächelte. »Ja, ich kenne ihn.«
Während Alex sprach, staunte Lydia. Charlotte hatte ohne zu zögern den peinlichen Augenblick überbrückt und dann eine Frage gestellt – eine wahrscheinlich vorbereitete Frage –, mit der es ihr gelang, Orlows Gedanken von sich selbst abzulenken und ihn aus seiner Verlegenheit zu retten. Und das alles hatte sie so leichthin getan, als hätte sie zwanzig Jahre Übung darin. Wo hatte sie diese Haltung gelernt?
Lydia erhaschte den Blick ihres Mannes. Auch er hatte Charlottes Anmut und Geistesgegenwart bemerkt, und er lächelte breit mit väterlichem Stolz.

Felix ging im St. James's Park auf und ab und überlegte sich, was er gesehen hatte. Von Zeit zu Zeit blickte er über die Straße zur schmucken weißen Fassade des Waldenschen Hauses, das sich über die Mauer des Vorhofs wie ein würdevoller Kopf über einen Stehkragen erhob. Sie glauben, sie seien da drinnen in Sicherheit, dachte er.
Schließlich setzte er sich auf eine Bank, von der aus er das Haus im Auge hatte. Um ihn herum schwärmte das kleinbürgerliche London, die Mädchen mit ihrem unglaublichen Kopfputz, die Angestellten und Ladenbesitzer auf dem Heimweg, in dunklen Anzügen und mit steifen Hüten. Tratschende Kinderfrauen, die Babys in ihren Wagen vor sich herschoben oder aufgeputzte Kleinkinder an der Hand hielten, Herren im Zylinder auf dem Wege zu ihren Clubs in St. James, Lakaien in Livree, die häßliche kleine Hunde an der Leine führten. Eine dicke Frau mit einer großen Einkaufstasche ließ sich plumpsend neben ihm auf der Bank nieder und sagte: »Ist es Ihnen heiß genug?« Er war sich nicht sicher, was die passende Antwort darauf wäre, lächelte nur und blickte dann fort.
Orlow schien zu ahnen, daß sein Leben in England gefährdet sei. Auf dem Bahnhof hatte er sich nur einige Sekunden lang gezeigt und im Hause bisher noch überhaupt nicht. Felix nahm an, daß er sich absichtlich einen geschlossenen Wagen bestellt hatte, denn das Wetter war warm und klar, und die meisten Leute fuhren in offenen Landauern.
Bis heute war der Mord nur ein abstrakter Plan gewesen. Eine

Angelegenheit der internationalen Politik und diplomatischer Streitereien, militärischer Möglichkeiten von Allianzen und Ententen, der möglichen Reaktionen weit entfernter Kaiser und Zaren. Und jetzt war er plötzlich ganz real, denn es ging um einen wirklichen Menschen, dessen Größe und Gestalt ihm bekannt waren. Ein jugendliches Gesicht mit einem kleinen Schnurrbart, ein Gesicht, das von einer Kugel entstellt werden mußte, ein verhältnismäßig kleiner Körper in einem schweren Mantel, der von einer Bombe in blutige Stücke und Fetzen zerrissen werden mußte, eine sauber rasierte Kehle über einer getupften Krawatte, eine Kehle, die aufgeschlitzt werden mußte.

Zu alledem fühlte sich Felix durchaus befähigt. Mehr als das, er brannte sogar darauf. Es gab noch einige Fragen, aber sie würden beantwortet werden, noch einige Probleme, aber sie würden gelöst werden, und es bedurfte starker Nerven – und die hatte er.

Er stellte sich Orlow und Walden in diesem schönen Haus vor, wie sie dort in ihren bequemen weichen Anzügen saßen, umgeben von stillen und beflissenen Dienern. Bald würden sie zu Abend essen, sich an einen langen Tisch setzen, dessen polierte Oberfläche das feine Leinen und das Tafelsilber wie ein Spiegel reflektierte. Sie würden mit makellos sauberen Händen essen, mit geputzten Fingernägeln, und die Frauen würden Handschuhe tragen. Sie würden etwa ein Zehntel der aufgetragenen Speisen verzehren und den Rest in die Küche zurückschicken. Vielleicht würden sie sich über Rennpferde unterhalten oder über die neue Damenmode oder über einen König, den sie alle persönlich kannten. Und die Leute, die man dann in den Krieg schicken würde, fröstelten unterdessen in ihren Hütten in dem grausamen russischen Klima – und hielten dabei immer noch einen Extrateller Kartoffelsuppe für einen vorüberziehenden Anarchisten bereit.

Welche Freude wird es sein, Orlow zu töten, dachte er, welche süße Rache. Wenn ich das getan habe, kann ich zufrieden sterben.

Er erschauderte.

»Sie holen sich eine Erkältung«, sagte die dicke Frau.

Felix zuckte mit der Schulter.

»Ich habe ihm ein schönes Lammkotelett für das Abendessen besorgt und einen Apfelkuchen gebacken«, bemerkte sie.

»Aha«, sagte Felix. Über was redete sie eigentlich? Er stand auf und ging über den Rasen auf das Haus zu. Lässig lehnte er sich mit dem Rücken an einen Baum. Er müßte dieses Haus ein oder zwei Tage lang beobachten und herausfinden, welche Art von Leben dieser Orlow in London führte. Wann er das Haus verließ, wo er hinging, ob er in einer Kutsche, einem Landauer, einem Auto oder einer Droschke fuhr, wieviel Zeit er mit Walden verbrachte. Es wäre ideal, Orlows Bewegungen voraussehen und ihm dann auflauern zu können. Dazu mußte er sich seine Gewohnheiten einprägen oder einen Weg finden, die Pläne des Fürsten im voraus zu erfahren – vielleicht ergab sich irgendwann die Möglichkeit, einen Diener im Hause zu bestechen.

Schließlich stellte er sich die Frage, welche Waffe er benutzen und wie er sie beschaffen sollte. Das Modell hing natürlich von den jeweiligen Umständen des in allen Einzelheiten auszuarbeitenden Mordplans ab. Bei der Beschaffung kam es ganz auf die Anarchisten der Jubilee Street an. Die Gruppe der Amateurschauspieler konnte er von vornherein ausschließen, auch die Intellektuellen in den *Dunstan Houses* wie auch alle jene, die über einen festen Lebensunterhalt verfügten. Aber es gab da vier oder fünf zornige junge Männer, die immer Geld zum Trinken brauchten. Er hatte einmal gehört, wie sie bei einem ihrer seltenen politischen Gespräche den Anarchismus als Mittel zur Ausbeutung der Ausbeuter bezeichnet hatten, was im Jargon soviel wie die Finanzierung der Revolution durch Diebstahl bedeutete. Die hatten sicher Waffen oder wußten wenigstens, wo man sie sich holen konnte.

Zwei junge Mädchen, die wie Ladengehilfinnen aussahen, schlenderten an seinem Baum vorbei; er hörte, wie die eine von ihnen sagte: ». . . habe ich ihm geantwortet, wenn du dir einbildest, du brauchst ein Mädchen nur ins *Bioscope* einzuladen und ihr dann ein Glas Bier zu spendieren, dann kannst du . . .« Und dann waren sie vorbei.

Ein seltsames Gefühl überkam Felix. Er fragte sich, ob es auf die Mädchen zurückzuführen war – nein, sie bedeuteten ihm nichts. Bin ich besorgt? überlegte er. Nein. Zufrieden? Nein, das kommt später. Erregt? Kaum. Er kam zu dem Schluß, daß er glücklich war. Es war wirklich sehr seltsam.

In jener Nacht ging Walden in Lydias Zimmer. Nachdem sie sich geliebt hatten, schlief sie ein, während er noch lange wach lag, ihren Kopf an seiner Schulter, und sich an das St. Petersburg des Jahres 1895 erinnerte.

In jener Zeit war er ständig auf Reisen gewesen, in Amerika, Afrika, Arabien – hauptsächlich, weil England für ihn und seinen Vater gemeinsam nicht groß genug war. Er fand die Gesellschaft von St. Petersburg zwar fröhlich, aber ziemlich prüde. Er liebte die russische Landschaft und den Wodka. Er war sprachbegabt, aber das Russische fiel ihm schwerer als alle anderen bisher erlernten Sprachen, und das war für ihn eine Herausforderung, die ihm gefiel.

Als der Nachfolger eines Earls war Walden verpflichtet, dem britischen Gesandten einen Höflichkeitsbesuch abzustatten, und vom Gesandten wiederum wurde erwartet, daß er Walden zu Empfängen einlud und ihn in die Gesellschaft einführte. Walden ging auf die Empfänge, weil er die politischen Gespräche mit den Diplomaten fast ebenso anregend fand wie das Kartenspiel mit den Offizieren oder die Saufabende mit den Schauspielerinnen. Auf einem Empfang bei der britischen Gesandtschaft war er Lydia zum erstenmal begegnet.

Er hatte schon vorher von ihr gehört. Sie galt als große Schönheit und ein Muster an Tugendhaftigkeit. Und in der Tat erschien sie ihm sehr schön in ihrer zarten, etwas farblosen Art, mit ihrem blassen Teint, dem blonden Haar und dem weißen Abendkleid. Sie war zugleich bescheiden, kultiviert und ausnehmend höflich. Dennoch weckte sie bei ihm keinerlei Interesse, und er wandte sich ziemlich rasch von ihrer Gesellschaft ab.

Aber später saß er neben ihr beim Dinner und war gezwungen, sich mit ihr zu unterhalten. Die Russen sprachen alle Französisch, und wenn sie noch eine zusätzliche Sprache lernten, war es Deutsch, so daß Lydia nur sehr gebrochen Englisch sprach. Zum Glück sprach Walden sehr gut Französisch. Das Problem war also nur, einen passenden Gesprächsstoff zu finden. Er sagte irgend etwas über die russische Regierung, und sie antwortete mit einer der reaktionären Platitüden, wie man sie überall zu hören bekam. Dann erzählte er ihr begeistert von seinem Lieblingssport, der Großwildjagd in Afrika, und sie hörte ihm eine Weile interessiert zu, bis er die nackten schwarzen Pygmäen erwähnte, worauf sie errötete und sich dem Mann auf ihrer anderen Seite zuwandte. Walden redete sich ein, daß sie ihm eigentlich nichts bedeutete, denn sie war ein Mädchen, das man heiratete, und er beabsichtigte nicht zu heiraten. Und doch wurde er das Gefühl nicht los, daß mehr in ihr steckte, als man auf den ersten Blick sah.

Jetzt, neunzehn Jahre später, lag er mit ihr im Bett und spürte: Dieses gleiche Gefühl habe ich merkwürdigerweise immer noch. Und er lächelte bei diesem Gedanken.

Er hatte sie an jenem Abend in St. Petersburg noch einmal gesehen. Nach dem Essen hatte er sich im Labyrinth des Gesandtschaftsgebäudes verlaufen und war zufällig in den Musiksalon geraten. Dort saß sie allein am Flügel und erfüllte den Raum mit wilder, leidenschaftlicher Musik. Das Stück war ihm unbekannt, und er fand es sogar etwas mißtönend, aber Lydia faszinierte ihn. Ihre blasse, unberührbare Schönheit war verschwunden, ihre Augen blitzten, sie hatte den Kopf zurückgeworfen, ihr Körper zitterte vor Gefühl, und sie schien wie verwandelt.

Diese Musik sollte er nie vergessen. Später entdeckte er, daß es Tschaikowskys Klavierkonzert in b-Moll war, und seitdem ging er in jedes Konzert, in dem es gespielt wurde, ohne Lydia je zu sagen, warum.

Als er die Gesandtschaft verließ, ging er in sein Hotel zurück, um sich umzuziehen, denn er hatte um Mitternacht noch eine Verabredung zum Kartenspiel. Er war ein begeisterter Spieler, aber nicht im selbstzerstörerischen Sinne. Er wußte stets, wieviel er sich zu verlieren erlauben konnte, und wenn er diese Summe erreicht hatte, hörte er auf. Hätte er große Spielschulden gemacht, wäre ihm nichts anderes übriggeblieben, als sich an seinen Vater zu wenden, aber allein der Gedanke daran war ihm unerträglich. Manchmal gewann er hohe Beträge. Aber darin lag für ihn nicht der Reiz des Spiels. Ihm gefielen die Männergesellschaft, das Trinken und die späten Stunden der Nacht.

Er hielt seine mitternächtliche Verabredung nicht ein. Sein Diener Pritchard band ihm gerade die Krawatte, als der britische Gesandte an die Tür seiner Hotelsuite klopfte. Seine Exzellenz sah aus, als sei sie eben aus dem Bett gestiegen und habe sich in aller Eile angekleidet. Waldens erster Gedanke war, eine Revolution sei ausgebrochen und alle britischen Staatsbürger müßten sich in die Gesandtschaft flüchten.

»Ich habe leider schlimme Nachrichten für Sie«, sagte der Gesandte. »Setzen Sie sich lieber. Ein Telegramm aus England. Ihr Vater.«

Der alte Tyrann war im Alter von fünfundsechzig Jahren an einem Herzschlag gestorben.

»Ich will verdammt sein«, stieß Walden hervor. »So früh.«

»Mein herzlichstes Beileid«, sagte der Gesandte.

»Es war sehr nett von Ihnen, persönlich zu kommen.«

»Das ist doch selbstverständlich. Kann ich irgend etwas tun?«

»Sie sind sehr liebenswürdig.«

Der Gesandte schüttelte ihm die Hand und ging hinaus.

Walden starrte ins Leere, dachte an den alten Mann. Er war ein Hüne gewesen, mit einer eisernen Willenskraft und einem mürrischen Charakter. Seine spöttischen Bemerkungen konnten einen zum Weinen bringen. Es gab drei Arten, mit ihm auszukommen: So wie er zu werden, unterzugehen oder das Weite zu suchen. Stephens Mutter, ein liebes und hilfloses viktorianisches Mädchen, war untergegangen und jung gestorben. Stephen hatte das Weite gesucht.

Er stellte sich seinen Vater im Sarg vor und dachte: Endlich bist auch du hilflos. Jetzt kannst du nicht mehr die Zofen zum Weinen, die Diener zum Zittern und die Kinder zum Weglaufen und Sichverstecken bringen. Jetzt hast du nicht mehr die Macht, Ehen zu beschließen, Pächter vor die Tür zu setzen oder Gesetzesvorlagen des Parlaments zurückzuweisen. Du wirst keine Diebe mehr ins Gefängnis, keine Agitatoren mehr nach Australien schicken. Asche zu Asche, Staub zu Staub.

In späteren Jahren revidierte er seine Meinung über seinen Vater. Jetzt, im Jahre 1914, fünfzig Jahre alt, konnte Walden sich eingestehen, daß er einige seiner guten Eigenschaften von seinem Vater geerbt hatte: Den Wissensdrang, den Glauben an die Vernunft, das Bewußtsein, daß gute Arbeit die Existenz eines Menschen rechtfertigt. Aber damals, im Jahre 1895, hatte er nur Bitterkeit verspürt.

Pritchard brachte eine Flasche Whisky auf einem Tablett und sagte: »Ein trauriger Tag, Eure Lordschaft.«

Dieses *Eure Lordschaft* verblüffte Walden. Er und sein Bruder wurden von der Dienerschaft stets mit »Sir« angeredet, und das »Eure Lordschaft« war ihrem Vater vorbehalten. Aber jetzt war Stephen ja der Earl of Walden. Und mit diesem Titel besaß er nun auch einige tausend Hektar Land in Südengland, ein großes Stück von Schottland, sechs Rennpferde, Walden Hall, eine Villa in Monte Carlo, ein Jagdhaus in Schottland und einen Sitz im Oberhaus.

Er würde in Walden Hall leben müssen, es war der Sitz der Familie, und der Earl wohnte traditionell dort. Er beschloß, eine elektrische Lichtleitung im Schloß anbringen zu lassen. Er würde einige Ländereien verkaufen und das Geld in Grundbesitz in London und in nordamerikanischen Eisenbahngesellschaften anlegen. Im Oberhaus mußte er seine Antrittsrede halten – aber worüber sollte er sprechen? Außenpolitik wahrscheinlich. Man mußte sich um die Pächter kümmern, einige Haushaltsangelegenheiten regeln. In dieser Saison mußte er bei Hof erscheinen, er würde Fuchsjagden veranstalten, Bälle geben . . .

Er brauchte eine Frau.

Die Rolle des Earl of Walden konnte nicht von einem Junggesellen gespielt werden. Auf all den Empfängen mußte eine Gastgeberin anwesend sein, jemand mußte Einladungen beantworten, die Menüs mit den Köchen besprechen, den Gästen Schlafzimmer zuweisen, an der Schmalseite des langen Tisches im Speisesaal von Walden Hall sitzen. Es mußte eine Gräfin Walden geben.

Und er brauchte einen Erben.

»Pritchard, ich muß heiraten.«

»Jawohl, Eure Lordschaft. Unsere Junggesellentage sind vorüber.«

Am nächsten Tag besuchte Walden Lydias Vater und bat offiziell um Erlaubnis, bei ihr vorsprechen zu dürfen.

Zwanzig Jahre später konnte er sich nur noch schwer vorstellen, wie er – wenn auch als junger Mann – so verantwortungslos hatte handeln können. Er hatte sich nie gefragt, ob sie die richtige Frau für ihn war, hatte in ihr nur das »Material« gesehen, das sich gut für eine Gräfin eignete. Er hatte sich nie gefragt, ob er sie glücklich machen könnte. Er hatte einfach angenommen, daß sich die verborgene Leidenschaft, die sich bei ihrem Klavierspiel entfesselte, auch für ihn entfesseln würde, und da hatte er sich geirrt.

Zwei Wochen lang hatte er sie jeden Tag besucht – es war ihm nicht genug Zeit geblieben, zur Beerdigung seines Vaters rechtzeitig nach England zurückzukehren – und dann hatte er seinen Heiratsantrag nicht ihr, sondern ihrem Vater gestellt. Ihr Vater betrachtete diese Ehe ebenso von der praktischen Seite wie Walden. Walden erklärte ihm, er wolle, obgleich er noch in Trauer sei, sofort heiraten, weil er heimkehren müsse, um seinen Besitz zu verwalten. Lydias Vater hatte volles Verständnis dafür. Sechs Wochen später fand die Trauung statt.

Welch ein arroganter junger Narr bin ich damals gewesen, dachte er. Ich hatte mir vorgestellt, daß England stets die Welt regieren und ich stets mein Herz beherrschen würde.

Der Mond trat hinter einer Wolke hervor und warf sein Licht in das Schlafzimmer. Walden blickte auf Lydias schlafendes Gesicht. »Das habe ich nicht vorausgesehen«, murmelte er. Ich wußte nicht, daß ich mich hoffnungslos in dich verlieben würde. Ich wollte nur, daß wir einander gut verstehen, und du hast dich schließlich damit begnügt, aber ich nicht. Ich hatte nie geglaubt, daß ich dein Lächeln brauchen, mich nach deinen Küssen sehnen, verzweifelt hoffen würde, daß du einmal des Nachts in *mein* Zimmer kommst, und ich hätte nie geglaubt, daß ich mich einmal so ängstigen würde, dich zu verlieren.

Sie sagte etwas im Schlaf und drehte sich um. Er zog seinen Arm unter ihrem Nacken weg und setzte sich auf den Bettrand. Falls er noch länger blieb, würde er einschlummern, und es wäre wirklich unschicklich, wenn Lydias Zofe sie am Morgen zusammen im Bett fände. Er schlüpfte in Morgenrock und Pantoffeln und schlich sich leise durch die beiden Ankleideräume in sein eigenes Schlafgemach. »Ich bin ein so glücklicher Mann«, sagte er, als er sich schlafen legte.

Walden blickte über den Frühstückstisch. Es gab kannenweise Kaffee, chinesischen und indischen Tee, Sahne, Milch, Magenlikör, eine große Schüssel mit heißem Porridge, Brötchen und Toast, Marmelade, Honig und verschiedene Konfitüren. Auf der Anrichte standen reihenweise Spirituswärmer mit silbernen Platten und Tellern mit Rührei, heißen Würstchen, Räucherspeck, Kalbsnieren und Schellfisch. Auf dem Tisch mit den kalten Platten gab es gepreßtes

Rindfleisch, Schinken und Zunge. Die Fruchtschale auf einem Extratisch war mit Nektarinen, Orangen, Melonenscheiben und Erdbeeren gefüllt.
Das soll Alex in gute Laune versetzen, dachte er.
Walden nahm sich etwas Rührei und Nieren und setzte sich. Er überlegte: Die Russen würden ihren Preis fordern, eine Gegenleistung für die Zusage von militärischer Hilfe verlangen. Er war nur besorgt, wie hoch dieser Preis ausfallen würde. Falls sie Forderungen stellten, die England unmöglich erfüllen könnte, würde das Geschäft platzen, und dann . . .?
Es war seine Aufgabe, einen solchen Fall zu verhindern.
Er mußte Alex manipulieren, und er fühlte sich nicht wohl bei diesem Gedanken. Daß er ihn schon von Kind an kannte, hätte ihm eine Hilfe sein können, aber er fand es leichter, mit jemandem hart zu verhandeln, der ihm persönlich gleichgültig war.
Ich darf mich nicht von meinen Gefühlen leiten lassen, ermahnte er sich. Wir müssen Rußland für uns gewinnen.
Er goß sich Kaffee ein und nahm ein Brötchen mit Honig. Eine Minute später kam Alex herein. Er sah frisch und wach aus. »Gut geschlafen?« fragte ihn Walden.
»Herrlich.« Alex nahm sich eine Nektarine und aß sie mit Messer und Gabel.
»Ist das alles?« bemerkte Walden. »Du hast doch früher das englische Frühstück so geliebt – ich erinnere mich, wie du riesige Portionen Porridge, Sahne, Rührei, Fleisch und Erdbeeren und anschließend noch Toast verlangtest.«
»Ich bin kein Junge mehr, Onkel Stephen.«
Ich täte gut daran, das nicht zu vergessen, dachte Walden.
Nach dem Frühstück gingen sie ins Morgenzimmer. »Unser neuer Fünfjahresplan für die Armee und die Marine wird demnächst bekanntgegeben«, sagte Alex.
So geht er also vor, stellte Walden fest. Zuerst rückt er mit Informationen heraus, und dann fordert er. Er erinnerte sich, wie Alex ihm einmal gesagt hatte: Onkel Stephen, ich habe mir vorgenommen, in diesem Sommer den Clausewitz zu lesen. Und dann wollte ich dich fragen, ob ich einen Freund nach Schottland zur Jagd mitbringen darf.

»Das Budget für die nächsten fünf Jahre beläuft sich auf siebeneinhalb Milliarden Rubel«, fuhr Alex fort.
Bei zehn Rubel für ein Pfund Sterling macht das siebenhundertfünfzig Millionen Pfund, berechnete Walden. »Ein massives Programm«, räumte er ein, »aber mir wäre es lieber, ihr hättet vor fünf Jahren damit begonnen.«
»Mir auch«, sagte Alex.
»So, wie die Chancen im Augenblick stehen, werdet ihr kaum damit begonnen haben, wenn der Krieg ausbricht.«
Alex zuckte mit den Schultern.
Walden überlegte: Natürlich will er sich nicht auf einen Zeitpunkt festlegen, wann Rußland in den Krieg eintreten könnte. »Als erstes solltet ihr das Kaliber der Geschütze auf euren Kriegsschiffen vergrößern.«
Alex schüttelte den Kopf. »Unser drittes Großkampfschiff wird in diesen Tagen vom Stapel laufen. Das vierte ist bereits im Bau. Beide sind mit Geschützen vom Kaliber 300 mm ausgestattet.«
»Das genügt nicht, Alex. Churchill ist zum Kaliber 375 mm übergegangen.«
»Und er hat recht. Unsere Kommandanten wissen es, aber unsere Politiker wissen es nicht. Du kennst Rußland, Onkel Stephen. Dort ist man neuen Ideen gegenüber äußerst mißtrauisch. Es dauert eine Ewigkeit, bis Neuerungen eingeführt werden können.«
Jetzt kommen wir ins Gefecht, dachte Walden. »Was ist denn bei euch vorrangig?«
»Hundert Millionen Rubel sind unmittelbar für unsere Flotte auf dem Schwarzen Meer angesetzt.«
»Ich hätte die Nordsee für wichtiger gehalten. Jedenfalls für England.«
»Bei uns ist das Augenmerk mehr auf Asien gerichtet als bei euch – unser böser Nachbar ist die Türkei und nicht Deutschland.«
»Sie könnten sich verbünden.«
»Allerdings.« Alex zögerte. »Die große Schwäche der russischen Kriegsmarine ist, daß wir keine eisfreien Häfen haben.«
Das klang wie der Beginn einer vorbereiteten Rede. Jetzt sind wir beim Kernpunkt des Themas angelangt, erkannte Walden. Aber er setzte das Geplänkel fort. »Was ist mit Odessa?«

»Odessa liegt am Schwarzen Meer. Die Türken haben Konstantinopel und Gallipoli und kontrollieren den Zugang zum Mittelmeer. Demnach kann man das Schwarze Meer praktisch als russischen Binnensee betrachten, jedenfalls vom strategischen Standpunkt aus.«
»Aus diesem Grunde versucht das Russische Reich seit Hunderten von Jahren, nach Süden vorzudringen.«
»Warum nicht? Wir sind Slawen, und die meisten Völker auf dem Balkan sind ebenfalls Slawen. Wenn sie nationale Freiheit wollen, haben sie natürlich alle unsere Sympathien.«
»Gewiß. Um so mehr, als sie, wenn sie einmal ihre Freiheit haben, eurer Flotte freien Zugang zum Mittelmeer gewähren würden.«
»Der Balkan unter slawischer Kontrolle würde uns helfen. Und unter russischer Kontrolle würde er uns noch mehr helfen.«
»Zweifellos – obgleich ich mir nicht recht vorstellen kann, wie so etwas möglich wäre.«
»Vielleicht solltest du einmal gründlich darüber nachdenken.«
Walden wollte etwas erwidern, besann sich jedoch plötzlich. Das ist es also, überlegte er, das ist ihr Preis. Aber es ist unmöglich, wir können den Russen nicht den Balkan geben! Falls das Geschäft davon abhängt, wird es kein Geschäft geben.
Alex fuhr fort: »Wenn wir an eurer Seite kämpfen sollen, müssen wir stark sein. Das Gebiet, über das wir reden, ist das Gebiet, in dem wir Fuß fassen müssen, und deshalb brauchen wir dort Hilfe.«
Klarer hätte er es nicht ausdrücken können: Gebt uns den Balkan, und wir kämpfen mit euch.
Walden nahm sich zusammen, runzelte scheinbar erstaunt die Stirn und sagte: »Falls wir Briten die Kontrolle über den Balkan besäßen, könnten wir euch – zumindest theoretisch – dieses Gebiet überlassen. Da dies nicht der Fall ist, bin ich nicht sicher, daß wir euch – wie du sagst – in diesem Gebiet helfen können.«
Alex' Antwort kam so schnell, daß sie vorbereitet sein mußte. »Aber ihr könntet den Balkan als russische Einflußsphäre anerkennen.«
Aha, er steckt schon zurück, dachte Walden. Das könnten wir vielleicht doch noch schaffen.
Er fühlte sich sehr erleichtert. Aber bevor er weiter diskutierte,

wollte er testen, wie entschlossen Alex war. »Wir könnten natürlich erklären, daß wir Rußland Österreich oder der Türkei in diesem Teil der Welt vorziehen«, schlug er vor.

Alex schüttelte den Kopf. »Wir wollen mehr als das«, entgegnete er bestimmt.

Walden sah ein, daß er so nicht weiterkam. Alex war jung und schüchtern, aber er ließ sich nichts vormachen.

Walden brauchte jetzt Zeit zum Nachdenken. Falls England auf Rußlands Forderung einging, bedeutete das eine grundsätzliche Veränderung der internationalen Lage, und solche Veränderungen waren wie Bewegungen der Erdkruste, verursachten Erdbeben an den unerwartetsten Orten.

»Vielleicht möchtest du das mit Churchill besprechen, bevor wir fortfahren«, bemerkte Alex lächelnd.

Du weißt verdammt gut, daß ich das tun werde, dachte Walden. Plötzlich wurde ihm klar, wie geschickt Alex vorgegangen war. Zuerst hat er mich mit einer völlig unerhörten Forderung erschreckt, und dann, als er seine wirkliche Forderung stellte, war ich so erleichtert, daß ich sie fast angenommen hätte.

Ich dachte, ich würde Alex manipulieren, aber in Wirklichkeit hat er mich manipuliert.

Walden lächelte. »Ich bin stolz auf dich, mein Junge«, sagte er.

An diesem Morgen beschloß Felix, wann, wo und wie er Fürst Orlow töten würde.

Der Plan dazu hatte für ihn bereits Form angenommen, während er im Club der Jubilee Street die *Times* las. Den Ausschlag hatte ein Abschnitt in der Spalte »Hofberichte« gegeben:

Fürst Alexeij Andreijewitsch Orlow ist gestern aus St. Petersburg eingetroffen. Er weilt als Gast bei dem Earl und der Gräfin von Walden und wird die Saison in London verbringen. Fürst Orlow wird Ihren Majestäten, dem König und der Königin, am Donnerstag, dem 4. Juni, bei Hof vorgestellt.

Nach der Lektüre dieser Zeilen wußte er genau, daß Orlow sich zu einer bestimmten Zeit an einem bestimmten Datum an einem bestimmten Ort befinden werde. Eine solche Information war wesentlich für einen sorgfältig geplanten Mord. Felix hatte gehofft,

sich diese Information über ein Mitglied der Waldenschen Dienerschaft besorgen zu können oder durch eine Beschattung Orlows, die ihm einen Hinweis auf dessen Gewohnheiten geben konnte. Doch das war nun überflüssig. Jetzt brauchte er nicht mehr das Risiko einzugehen, Diener in seine Pläne einzubeziehen oder Leuten nachzuspüren. Er fragte sich, ob Orlow wußte, daß sein Kommen und Gehen von der Presse bekanntgegeben wurde, was ja geradezu eine Einladung für Mörder darstellte. Typisch englisch, dachte er.
Das nächste Problem bestand darin, nahe genug an Orlow heranzukommen, um ihn töten zu können. Er, Felix, würde Schwierigkeiten haben, in einen königlichen Palast zu gelangen. Aber auch diese Frage wurde von der *Times* beantwortet. Auf der gleichen Seite wie die Hofberichte, zwischen der Ankündigung eines Tanzabends bei Lady Bailey und den Einzelheiten einer Testamentsvollstreckung, las er:

Der Königliche Hof gibt bekannt:
Bestimmungen für die Wagenanfahrten

Um ein leichteres Aufrufen der Wagen der am Hofe Ihrer Majestäten im Buckingham Palast zugelassenen Gäste zu gewährleisten, geben wir auf Bitte der zuständigen Stellen folgendes bekannt: Bei den Herrschaften, die das Vorrecht zur Pimlico-Einfahrt genießen, wird der Kutscher eines jeden zurückkehrenden Wagens aufgefordert, bei dem links vom Tor stehenden Wachpolizisten eine Karte zu hinterlassen, auf welcher der Name der Dame oder des Herrn, dem der Wagen gehört, deutlich geschrieben steht, und für die Herrschaften, die das große Eingangstor benutzen, gilt das gleiche mit dem Unterschied, daß die Karten dem Wachpolizisten linker Hand des zum Viereckhof des Palastes führenden Torbogens ausgehändigt werden.
Um den Herrschaften den Genuß der oben erwähnten Bestimmungen zu ermöglichen, ist es notwendig, daß jeder Wagen von einem Lakaien begleitet wird, da keine Vorkehrungen getroffen werden können, die Wagen ausrufen zu lassen, wenn den an der Tür wartenden Lakaien, die dann die Wagen holen, die entsprechende Karte mit dem Namen nicht ausgehändigt wird. Die Tore werden für den Empfang der Herrschaften um acht Uhr dreißig geöffnet.

Felix mußte es mehrere Male lesen. Der Stil der *Times* war äußerst schwer verständlich. Die Bekanntmachung schien zu besagen, daß die Lakaien der aus dem Palast kommenden Besucher losrennen müßten, um die anderenorts geparkten Wagen zu holen.
Es muß irgendeinen Weg geben, sagte er sich, mich in oder auf dem Waldenschen Wagen zu verstecken, wenn er zum Palast zurückfährt, um »die Herrschaften« aufzunehmen.
Ansonsten blieb nur noch eine Schwierigkeit. Er hatte keine Waffe. In Genf hätte er sich leicht eine beschaffen können, aber es wäre zu riskant gewesen, sie über die Grenze zu bringen. Man hätte ihn aus England ausweisen können, wenn man sie in seinem Gepäck gefunden hätte.
Es war bestimmt ebenso leicht, sich eine Waffe in London zu besorgen, aber er wußte nicht wie, und es widerstrebte ihm, sich offen danach zu erkundigen. Er hatte Waffenläden im Londoner West End gesehen und bemerkt, daß die dort verkehrenden Kunden sehr nach Oberklasse aussahen. Dort hätte man Felix nicht bedient, selbst wenn er über genug Geld verfügt hätte, um sich eine der schönen Präzisionsfeuerwaffen zu kaufen. Er war in billigen Kneipen gewesen, in denen ohne Zweifel Verbrecher mit Waffen handelten; aber er hatte es nie gesehen, was auch wohl kaum erstaunlich war. Seine ganze Hoffnung setzte er nun auf die Anarchisten. Er hatte mit einigen, die er für »seriös« hielt, Gespräche angeknüpft, aber sie redeten nie über Waffen, wollten es wahrscheinlich nicht in seiner Anwesenheit. Er war noch nicht lange genug hier, um ihr Vertrauen zu genießen. Es gab immer Polizeispitzel in den anarchistischen Gruppen, weshalb man gegenüber Neuankömmlingen äußerst mißtrauisch war.
Jetzt blieb ihm keine Zeit mehr für verstohlene Nachforschungen. Er mußte sich direkt erkundigen, wie man sich Waffen beschaffte, und dabei überaus vorsichtig sein. Sobald er die Information hatte, mußte er jede Verbindung mit der Jubilee Street abbrechen und in einen anderen Teil Londons ziehen, damit man ihn nicht aufspüren konnte.
Die jungen jüdischen Straßenstrolche der Jubilee Street kamen als erste in Frage. Es waren zornige, gewalttätige Burschen. Im Gegensatz zu ihren Eltern weigerten sie sich, wie Sklaven in den Ausbeu-

tungsbetrieben des East End zu schuften und die Anzüge zu nähen, die die Aristokraten bei den Schneidern der Savile Row bestellten. Und im Gegensatz zu ihren Eltern hörten sie nicht auf die konservativen Predigten der Rabbis. Sie hatten sich nur noch nicht entschieden, ob sie die Lösung ihres Problems in der Politik oder im Verbrechen suchen sollten.

Nathan Sabelinsky schien ihm am besten für sein Vorhaben geeignet. Er war etwa zwanzig Jahre alt, ein gutaussehender slawischer Typ, der hohe steife Kragen und eine gelbe Weste trug. Felix hatte ihn unter den Spielern in der Gegend der Commercial Road bemerkt. Er mußte Geld haben, sonst hätte er sich das Spielen und seine gute Kleidung kaum leisten können.

Felix schaute sich in der Bibliothek um. Außer ihm saßen hier nur noch ein eingedöster alter Mann, eine Frau in einem dicken Mantel, die »Das Kapital« auf deutsch las und sich dabei Notizen machte, und ein litauischer Jude, der in eine russische Zeitung vertieft war, die er mit einer Lupe las. Felix verließ den Raum und ging hinunter. Nathan und seine Freunde waren nirgends zu sehen. Es war auch noch ein bißchen früh für ihn, denn wenn er überhaupt arbeitete, tat er es wahrscheinlich nachts.

Felix kehrte zu den *Dunstan Houses* zurück. Er packte sein Rasiermesser, die saubere Unterwäsche und das Extrahemd in seinen Pappkoffer. Zu Milly, Rudolf Rockers Frau, sagte er: »Ich habe ein Zimmer gefunden. Ich komme heute abend noch einmal zurück, um mich bei Rudolf zu bedanken.« Er schnallte den Koffer auf den Gepäckträger seines Fahrrads, fuhr zuerst zur Stadtmitte Londons und dann nach Norden, nach Camden Town. Hier fand er eine Straße mit hohen, früher einmal gepflegten Häusern, deren ursprüngliche Bewohner, zumeist angeberische Kleinbürger, inzwischen in die Vorstädte gezogen waren, wo es jetzt Eisenbahnlinien gab. In einem dieser Häuser mietete Felix ein billiges kleines Zimmer bei einer Irin namens Bridget Callahan. Er bezahlte ihr zehn Schilling im voraus auf die halbmonatliche Miete.

Um die Mittagszeit war er wieder in Stepney, vor Nathans Wohnung in der Sydney Street. Es war ein niedriges Reihenhaus mit zwei Zimmern oben und zwei Zimmern unten. Die Haustür stand weit offen. Felix trat ein.

Der Lärm und der Gestank trafen ihn wie ein Schlag. Hier, in einem Raum von etwa dreißig Quadratmetern, hockten fünfzehn bis zwanzig Menschen eng zusammengepfercht bei der Schneiderarbeit. Die Männer benutzten Nähmaschinen, die Frauen nähten mit der Hand, und die Kinder bügelten die fertigen Kleider. Der Dampf von den Bügelbrettern vermischte sich mit dem Schweißgeruch. Die Maschinen ratterten, die Eisen zischten, und die Arbeiter schwatzten unaufhörlich auf jiddisch. Zugeschnittene Stoffstücke, die zusammengenäht werden mußten, häuften sich auf jedem verfügbaren Flecken des Fußbodens. Niemand blickte zu Felix auf, denn jeder war zu sehr mit seiner Arbeit beschäftigt.

Er wandte sich an die nächste Person, eine junge Frau mit einem Baby an der Brust. Sie nähte Knöpfe auf einen Jackenärmel. »Ist Nathan da?« fragte er.

»Oben«, antwortete sie, ohne ihre Arbeit zu unterbrechen.

Felix verließ das Zimmer und stieg die schmale Treppe hinauf. In jedem der kleinen Schlafzimmer standen vier Betten. Die meisten waren belegt, vermutlich von Leuten, die nachts arbeiteten. Er fand Nathan im Hinterzimmer. Er saß auf dem Rand seines Bettes und knöpfte sich sein Hemd zu.

Als er ihn erblickte, sagte er: »Ach, Felix, wie geht's?«

»Ich muß mit dir reden«, sagte Felix auf jiddisch.

»So rede.«

»Komm hinaus.«

Nathan zog sich seine Jacke an, und sie gingen auf die Sydney Street hinaus. Sie standen in der Sonne, ganz in der Nähe des offenen Fensters der Schneiderei, und der Lärm von drinnen übertönte ihr Gespräch.

»Das Geschäft meines Vaters«, erläuterte Nathan. »Er bezahlt einem Mädchen fünf Pence für das Nähen einer Hose – und das ist eine Stunde Arbeit für sie. Dann bezahlt er weitere drei Pence für das Zuschneiden, Bügeln und Knöpfeannähen. Schließlich bringt er die Hose zu einem Schneider im West End und bekommt neun Pence dafür. Gewinn: Ein Penny – gerade genug für eine Scheibe Brot. Wenn er von dem Schneider im West End zehn Pence verlangt, wird er rausgeschmissen, und man gibt die Arbeit einem der jüdischen Schneider, die mit ihren Maschinen unter dem Arm

zu Dutzenden draußen auf der Straße stehen. Das ist kein Leben für mich.«
»Bist du deshalb Anarchist?«
»Diese Leute machen die schönste Kleidung der Welt – aber hast du gesehen, wie sie angezogen sind?«
»Und wie soll man das ändern? Durch Gewalt?«
»Das glaube ich.«
»Ich wußte, daß du so denkst. Nathan, ich brauche eine Waffe.«
Nathan lachte nervös. »Wozu?«
»Wozu braucht ein Anarchist wohl eine Waffe?«
»Du wirst es mir sagen, Felix.«
»Um von den Dieben zu stehlen, Tyrannen zu unterdrücken, Mörder zu töten.«
»Und was hast du damit vor?«
»Ich werde es dir sagen – falls du es tatsächlich wissen willst . . .«
Nathan dachte einen Augenblick nach und sagte dann: »Geh zur *Bratpfanne,* das ist ein Pub an der Ecke Brick Lane/Thrawl Street. Dort wendest du dich an Garfield, den Zwerg.«
»Ich danke dir!« sagte Felix, der den Triumph in seiner Stimme nicht verbergen konnte. »Was muß ich dafür bezahlen?«
»Fünf Shilling für eine Zündnadelpistole.«
»Ich hätte aber lieber etwas Zuverlässigeres.«
»Gute Waffen sind teuer.«
»Dann werde ich wohl schachern müssen.« Felix schüttelte Nathan die Hand. »Danke jedenfalls.«
Nathan sah ihn auf das Fahrrad steigen. »Vielleicht erzählst du es mir später einmal.«
Felix lächelte. »Du wirst es in der Zeitung lesen.« Er winkte ihm zu und radelte davon.
Er fuhr die Whitechapel Road und dann die Whitechapel High Street entlang und bog nach rechts in die Osborn Street ein. Hier veränderte sich plötzlich das Straßenbild. Es war der heruntergekommenste Teil Londons, den er bisher gesehen hatte. Die Straßen waren schmal und sehr schmutzig, die Luft voller Rauch und Lärm, und die Leute meist in Lumpen. In den Rinnsteinen häufte sich der Unrat. Trotzdem herrschte Geschäftigkeit wie in einem Bienenkorb. Männer rannten mit Handkarren auf und ab, Menschenmengen

stauten sich um die Straßenverkäufer, an jeder Ecke boten sich Huren feil, und die Werkstätten der Tischler und Schuhmacher erstreckten sich bis auf die Gehsteige.
Felix stellte sein Rad vor der Tür der *Bratpfanne* ab. Falls man es ihm stehlen sollte, würde er sich einfach ein anderes beschaffen. Um in den Pub zu gelangen, mußte er über etwas steigen, das wie eine tote Katze aussah. Die Schenke war ein einziger Raum mit niedriger Decke und einer Theke am hinteren Ende. Ältere Männer und Frauen saßen auf Bänken an den Wänden, während die jüngeren in der Mitte des Raumes standen. Felix ging an die Theke und bestellte sich ein Glas Ale und eine kalte Wurst.
Er schaute sich um und entdeckte Garfield, den Zwerg. Er hatte ihn vorher nicht bemerkt, weil er auf einem Stuhl stand. Er war etwa einen Meter zwanzig groß, mit einem großen Kopf und einem Gesicht mittleren Alters. Ein riesiger schwarzer Hund saß auf dem Fußboden neben seinem Stuhl. Garfield sprach mit zwei großen, verwegen aussehenden Männern in Lederwesten und Hemden ohne Kragen. Sie hätten Leibwächter sein können. Felix bemerkte ihre dicken Bäuche und schmunzelte. Die beiden Männer hatten Literkrüge mit Ale vor sich stehen, aber der Zwerg schien Gin zu trinken. Der Barmann schob Felix sein Bier und seine Wurst zu. »Und ein Glas vom besten Gin«, sagte Felix zu ihm.
Eine junge Frau an der Theke blickte ihn an und fragte: »Ist das für mich?« Sie lächelte kokett und ließ ihre fauligen Zähne sehen. Felix blickte fort.
Als der Gin eingeschenkt war, bezahlte er und ging zu der Gruppe hinüber, die in der Nähe eines kleinen, auf die Straße hinausgehenden Fensters stand. Felix wandte sich an den Zwerg. »Mr. Garfield?«
»Wer will was von mir?« fragte Garfield mit quietschender Stimme.
Felix setzte ihm das Glas Gin vor. »Kann ich Sie geschäftlich sprechen?«
Garfield nahm das Glas, leerte es auf einen Zug und sagte: »Nein.«
Felix nippte an seinem Ale. Es war süßlicher und weniger sprudelnd als das Bier in der Schweiz. Er sagte: »Ich möchte eine Waffe kaufen.«
»Dann weiß ich nicht, warum Sie hierhergekommen sind.«

»Ich habe von Ihnen im Club der Jubilee Street gehört.«
»Sie sind also Anarchist?«
Felix antwortete nicht.
Garfield musterte ihn von Kopf bis Fuß. »Was für eine Art von Waffe würden Sie denn wollen, falls ich welche hätte?«
»Einen Revolver. Einen guten.«
»Vielleicht einen Browning mit sieben Schuß?«
»Das wäre gerade das Richtige.«
»Ich habe aber keinen. Und wenn ich einen hätte, würde ich ihn nicht verkaufen. Und wenn ich ihn verkaufte, würde ich fünf Pfund dafür verlangen.«
»Man hat mir gesagt, er koste höchstens ein Pfund.«
»Dann hat man Sie falsch informiert.«
Felix überlegte. Der Zwerg hatte offenbar beschlossen, Anarchisten und Ausländer übers Ohr zu hauen. Na schön, dachte Felix, dann spielen wir es auf seine Art. »Mehr als zwei Pfund kann ich mir nicht leisten.«
»Unter vier geht es aber nicht.«
»Inklusive einer Schachtel Munition?«
»Also gut, vier Pfund inklusive einer Schachtel Munition.«
»Abgemacht«, sagte Felix. Er bemerkte, daß einer der Leibwächter grinste. Nachdem Felix die Getränke und die Wurst bezahlt hatte, blieben ihm noch drei Pfund, fünfzehn Shilling und ein Penny.
Garfield nickte einem seiner Gefährten zu. Der Mann ging hinter die Theke und verschwand durch eine Hintertür. Felix aß seine Wurst. Ein paar Minuten später kam der Mann zurück und hielt etwas in der Hand, das wie ein Bündel Lumpen aussah. Er warf Garfield einen Blick zu, und dieser nickte. Der Mann übergab Felix das Bündel.
Felix machte das Bündel auf und fand einen Revolver und eine kleine Schachtel. Er nahm die Waffe aus ihrer Hülle und schaute sie sich an.
Garfield sagte: »Runter damit, Sie brauchen sie nicht der ganzen Welt zu zeigen.«
Die Waffe war sauber, gut geölt und wirkte funktionstüchtig. Felix sagte: »Wie soll ich denn wissen, ob sie etwas taugt, wenn ich sie mir nicht anschaue?«

»Wo, glauben Sie eigentlich, sind Sie? Bei *Harrod's?*«
Felix öffnete die Patronenschachtel und lud die Kammer mit rascher und geübter Bewegung.
»Stecken Sie das beschissene Ding weg«, zischte ihn der Zwerg an. »Geben Sie mir das Geld, und hauen Sie ab, Sie verrücktes Arschloch.«
Felix spürte Spannung in seiner Kehle aufsteigen, und er schluckte trocken. Er trat einen Schritt zurück und richtete die Waffe auf den Zwerg.
Garfield sagte: »Jesus, Maria und Joseph!«
»Soll ich die Waffe mal ausprobieren?« fragte Felix.
Die beiden Leibwächter traten in entgegengesetzten Richtungen beiseite, damit Felix sie nicht gleichzeitig mit der Waffe in Schach halten konnte. Als nächstes würden sie ihn anspringen. Im Pub wurde es plötzlich still. Felix sah, daß er nicht zur Tür gelangen konnte, ohne von einem der Leibwächter erwischt zu werden. Der große Hund knurrte, die Spannung erhöhte sich.
Felix lächelte und schoß auf den Hund.
Der Knall der Pistole war ohrenbetäubend in dem kleinen Raum. Niemand rührte sich. Der Hund sackte blutend zu Boden. Die Leibwächter des Zwergs standen wie erstarrt.
Felix trat einen weiteren Schritt zurück, griff hinter sich, fand die Tür. Er öffnete sie, die Waffe noch immer auf Garfield gerichtet, und war draußen.
Er schlug die Tür zu, steckte den Revolver in die Jackentasche und sprang auf sein Fahrrad.
Er hörte, wie die Tür des Pubs sich wieder öffnete. Er nahm einen Anlauf und begann, auf die Pedale zu treten. Jemand packte ihn am Ärmel. Er trat fester durch und riß sich los. Er hörte einen Schuß und bückte sich instinktiv. Jemand schrie. Er fuhr um den Stand eines Eisverkäufers herum, bog in eine Seitenstraße ein. Aus der Ferne hörte er die Pfiffe der Polizei. Er blickte sich um. Niemand folgte ihm.
Eine halbe Minute später war er im Straßengewirr von Whitechapel.
Jetzt habe ich noch sechs Kugeln, überlegte er.

3 Charlotte war bereit. Das Kleid, mit dem sie sich so lange abgequält hatte, schien vollkommen. Um es zu krönen, trug sie eine einzelne hellrote Rose in ihrem Mieder und dazu einen in Chiffonseide gewickelten Rosenstrauß in der Hand. Die Diamantentiara saß sicher auf ihrem aufgekämmten Haar, und die beiden weißen Federn waren ebenfalls gut befestigt. Alles nahm sich wunderbar aus.

Aber sie war furchtbar nervös.

»Wenn ich den Thronsaal betrete«, sagte sie zu Marya, »werde ich meine Schleppe verlieren, die Tiara wird mir über die Augen rutschen, mein Haar wird sich auflösen, meine Federn sich zur Seite neigen, und ich werde auf den Saum meines Kleides treten und der Länge nach auf den Boden fallen. Die versammelte Gesellschaft wird in Gelächter ausbrechen, und niemand wird lauter lachen als Ihre Majestät die Königin. Und dann werde ich aus dem Palast rennen und mich im Park in den See stürzen.«

»Du solltest nicht solche Reden führen«, sagte Marya. Dann fügte sie etwas ernsthafter hinzu: »Du wirst die Allerschönste sein.«

Charlottes Mutter kam ins Schlafzimmer. Sie stellte sich vor Charlotte und musterte sie. »Mein liebes Kind, du bist wunderschön«, sagte sie und gab ihr einen Kuß.

Charlotte schlang die Arme um Mamas Hals und drückte ihre Wange an die ihre, wie sie es als Kind zu tun pflegte, wenn sie von der samtenen Weichheit des Teints ihrer Mutter fasziniert war. Als sie sich wieder zurückzog, war sie überrascht, den Schimmer einer Träne im Auge ihrer Mutter zu sehen.

»Mama, du bist ebenfalls wunderschön«, sagte sie.

Lydias Kleid war aus elfenbeinfarbigem Crêpe de Chine mit einer Schleppe aus altem Brokat mit purpurfarbenem Chiffonbesatz. Als verheiratete Dame trug sie drei Federn in ihrem Haar, während bei Charlotte zwei genügten. Ihr Bukett bestand aus Gartenwicken und Petuniarosen.

»Bist du bereit?« fragte sie.

»Ich bin schon lange bereit«, erwiderte Charlotte.

»Nimm deine Schleppe auf.«

Charlotte nahm ihre Schleppe auf, so wie sie es gelernt hatte.

Mama nickte zufrieden. »Wollen wir gehen?«

Marya öffnete die Tür. Charlotte trat beiseite, um ihre Mutter vorangehen zu lassen, aber Mama sagte: »Nein, mein Kind – es ist dein Abend.«
Sie gingen, von Marya gefolgt, hintereinander durch den Korridor bis zum Treppenabsatz. Als Charlotte oben auf der großen Treppe erschien, hörte sie lautes Beifallklatschen.
Der gesamte Haushalt hatte sich am Fuß der Treppe versammelt: Haushälterin, Köchin, Lakaien, Zofen, Putzfrauen, Hausdiener und Boys. Alle blickten mit Stolz und Entzücken zu ihr auf. Charlotte war gerührt über die Zuneigung, aber schließlich war es ja auch für sie ein großer Abend.
Und inmitten des Personals stand Papa, imposant anzuschauen in seinem schwarzen Samtfrack, den Kniehosen und den Seidenstrümpfen, das Schwert an der Seite und den Dreispitz in der Hand.
Charlotte schritt langsam die Treppe hinunter.
Papa küßte sie und sagte: »Mein liebes kleines Mädchen.«
Die Köchin, die sie lange genug kannte, um sich eine kleine Freiheit herauszunehmen, zupfte sie am Ärmel und flüsterte ihr zu: »Sie schauen wunderbar aus, gnädiges Fräulein.«
Charlotte drückte ihr die Hand und sagte: »Danke, Mrs. Harding.«
Alex verneigte sich vor ihr. Auch er sah prächtig aus in der Admiralsuniform der russischen Kriegsmarine. Er ist wirklich ein hübscher Mann, fand Charlotte; es sollte mich nicht wundern, wenn sich heute abend jemand in ihn verliebt.
Zwei Lakaien öffneten die Eingangstür. Papa nahm Charlottes Arm und führte sie behutsam hinaus. Mama folgte an Alex' Arm. Charlotte überlegte: Wenn es mir gelingt, den ganzen Abend über an nichts zu denken und mich automatisch überall hinführen zu lassen, wo man mich hinführt, kann mir nichts passieren.
Die Kalesche wartete draußen. Der Kutscher William und der Lakai Charles standen in Habachtstellung an beiden Seiten des Schlags. Sie trugen die Livree mit dem Waldenschen Wappen. Papa half Charlotte in den Wagen, und sie setzte sich dankbar. Ich bin noch nicht gestolpert, bemerkte sie zufrieden.
Dann stiegen die anderen drei ein. Pritchard brachte einen Eßkorb und stellte ihn auf den Boden des Wagens, bevor er die Tür schloß.

Während sich die Kalesche rüttelnd in Bewegung setzte, blickte Charlotte auf den Korb. »Ein Picknick?« fragte sie. »Für eine Fahrt von einer halben Meile?«

»Warte nur, bis du die Wagenschlange siehst«, erwiderte Papa. »Wir werden mindestens eine Stunde brauchen, bis wir am Ziel sind.«

Charlotte fragte sich, ob sie sich heute abend nicht eher gelangweilt als nervös fühlen werde.

Es kam, wie Papa vorausgesagt hatte. Der Wagen hielt auf der Mall in der Nähe der Admiralität, eine halbe Meile vom Buckingham Palast entfernt. Papa öffnete den Korb und entnahm ihm eine Flasche Champagner. Er enthielt auch Hühnersandwiches, Treibhauspfirsiche und einen Kuchen.

Charlotte nahm ein Glas Champagner, konnte aber nichts essen. Sie blickte aus dem Fenster. Die Gehsteige waren voll von Neugierigen, die sich die Prozession der Mächtigen des Landes anschauten. Sie sah einen hochgewachsenen Mann mit einem schmalen, hübschen Gesicht, der sich an ein Fahrrad lehnte und angespannt auf ihren Wagen starrte. Etwas an seinem Aussehen ließ Charlotte erschaudern, und sie wandte sich ab.

Nach all der Aufregung im Hause und der feierlichen Abfahrt fand sie es beruhigend, eine Weile still und entspannt im Wagen zu sitzen. Und als dieser Wagen endlich durch das Palasttor fuhr und sich der großen Eingangstreppe näherte, begann sie wieder, sich ganz wie sie selbst zu fühlen – skeptisch, respektlos und ungeduldig.

Der Wagen hielt, und der Schlag wurde geöffnet. Charlotte nahm ihre Schleppe über den linken Arm, hob ihren Rock mit der rechten Hand, stieg aus und trat in den Palast.

Die große, mit roten Teppichen belegte Halle erstrahlte im Farb- und Lichterglanz. Trotz ihrer Skepsis fühlte sie sich doch erregt, als sie die Menge der in Weiß gekleideten Damen und die Männer in ihren prunkvollen Uniformen sah. Diamanten funkelten, Schwerter klirrten, Federn reckten sich empor. Beefeaters in ihren roten Jacken standen auf beiden Seiten in strammer Habachtstellung.

Charlotte und Mama ließen ihre Mäntel in der Garderobe, dann schritten sie langsam, von Papa und Alex eskortiert, durch die Halle und anschließend die große Treppe hinauf, zwischen den *Yeomen* der Garde mit ihren Hellebarden und den riesigen Vasen mit weißen und roten Rosen hindurch. Von dort ging es durch die Gemäldegalerie und in den ersten der drei Staatsempfangssalons mit seinen riesigen Kristalleuchtern und dem spiegelglatten Parkettfußboden. Hier endete die Prozession. Die Leute standen in Gruppen herum, plauderten und bewunderten sich gegenseitig. Charlotte sah ihre Cousine Belinda mit Onkel George und Tante Clarissa. Die beiden Familien begrüßten einander.

Onkel George trug die gleiche Kleidung wie Papa, aber da er furchtbar dick und rotgesichtig war, sah er schrecklich darin aus. Charlotte fragte sich, was die junge, hübsche Tante Clarissa wohl für einen so plumpen Ehemann empfinden konnte.

Papa blickte sich um und schien nach jemandem zu suchen. »Hast du Churchill gesehen?« fragte er schließlich Onkel George.

»Du lieber Gott, was willst du denn von dem?«

Papa nahm seine Uhr heraus. »Wir müssen jetzt unsere Plätze im Thronsaal einnehmen – und darf ich Sie bitten, meine liebe Clarissa, sich inzwischen ein bißchen unserer Charlotte anzunehmen?«

Papa, Mama und Alex entfernten sich.

Belinda sagte zu Charlotte: »Dein Kleid ist einfach herrlich.«

»Aber schrecklich unbequem.«

»Wußte ich's doch, daß du so etwas sagen würdest!«

»Du bist wirklich allerliebst.«

»Danke.« Belinda dämpfte ihre Stimme. »Dieser Fürst Orlow ist aber fesch!«

»Ja, ganz süß.«

»Ich finde, er ist mehr als süß.«

»Warum schaust du mich so eigenartig an?«

Belinda flüsterte noch leiser. »Wir müssen sehr bald miteinander reden.«

»Worüber?«

»Erinnerst du dich an unser Gespräch im Versteck? Als wir uns diese Bücher aus der Bibliothek in Walden Hall holten?«

Charlotte blickte zu ihrem Onkel und ihrer Tante hinüber, aber sie hatten sich abgewandt und sprachen mit einem dunkelhäutigen Mann, der einen rosaseidigen Turban trug. »Natürlich!«

»Darüber.«

Plötzlich herrschte Schweigen. Die Menge zog sich zu beiden Seiten des Saals zurück, um in der Mitte einen Durchgang zu öffnen. Charlotte schaute sich um, sah den König und die Königin, gefolgt von ihren Pagen, einigen Mitgliedern der königlichen Familie und der indischen Leibwache in den Empfangssaal treten.
Man vernahm ein lautes Rascheln von Seide, als alle anwesenden Frauen einen tiefen Hofknicks machten.

Im Thronsaal stimmte das auf der Spielmannsgalerie verborgene Orchester das *God Save the King* an. Lydia blickte auf die große, von zwei Riesen in Gold bewachte Tür. Zwei Hofdiener traten rückwärts ein und trugen je einen goldenen und einen silbernen Stab. Der König und die Königin erschienen, schritten langsam und majestätisch voran, lächelten huldvoll. Sie stiegen auf die Empore und stellten sich vor ihre beiden Thronsessel. Ihre Gefolgschaft begab sich zu ihren Plätzen in der Nähe und blieb ebenfalls stehen.
Queen Mary trug ein Kleid aus Goldbrokat und eine Smaragdkrone. Eine Schönheit ist sie nicht, stellte Lydia fest, aber angeblich betet er sie an. Sie war einst mit dem älteren Bruder ihres jetzigen Mannes verlobt gewesen, der dann an Lungenentzündung gestorben war, und ihre Vermählung mit dem neuen Thronerben hatte seinerzeit als ein kalter politischer Entschluß gegolten. Aber inzwischen hatten sich alle überzeugt, daß sie eine gute Königin und eine gute Ehefrau war. Lydia hätte sie gern persönlich gekannt.
Die Vorstellungen begannen. Die Frauen der Gesandten traten einzeln vor, knicksten vor dem König, knicksten vor der Königin, zogen sich wieder zurück. Ihnen folgten die Gesandten in den verschiedenartigsten prunkvollen Operettenuniformen, abgesehen von dem Gesandten der Vereinigten Staaten, der in einem gewöhnlichen schwarzen Abendanzug erschienen war, wie um damit öffentlich kundzutun, daß die Amerikaner sich nichts aus derartigem Pomp machten.
Während die Zeremonie ihren Lauf nahm, blickte sich Lydia im Saal um, sah die rotseidenen Wandbehänge, das kunstvoll gemeißelte Fries an der Decke, die riesigen Kristalleuchter, den Schmuck der vielen tausend Blumen. Sie liebte Pomp und Feierlichkeit, schöne Kleider und höfische Etikette; es rührte und besänftigte sie zugleich.

Sie erhaschte einen Blick der Duchess of Devonshire, der Oberhofmeisterin für die Kleider der Königin, und sie lächelten sich diskret zu. Sie erblickte auch John Burns, den sozialistischen Handelsminister, und fand es amüsant, ihn in höchst extravaganter höfischer Kleidung zu sehen.
Nachdem die Begrüßung der Diplomaten beendet war, setzten sich der König und die Königin. Die königliche Familie, das diplomatische Korps und die Mitglieder des Hochadels machten es ihnen nach. Lydia, Walden und die Adligen niedrigeren Ranges mußten stehenbleiben.
Endlich begann die Vorstellung der Debütantinnen. Jedes Mädchen blieb kurz vor dem Thronsaal stehen, während ein Hofbeamter ihm die Schleppe vom Arm nahm und hinter ihm ausbreitete. Dann begann der lange Weg über den roten Teppich bis zu den Thronen, unter den Blicken aller Anwesenden. Ein Mädchen, das in dieser Situation Ruhe, Anmut und Würde zeigte, hatte eine Art Feuerprobe fürs Leben bestanden.
Während die Debütantin an die Empore trat, übergab sie dem Oberhofmeister ihre Einladungskarte, der dann ihren Namen ausrief. Sie knickste zuerst vor dem König, dann vor der Königin. Lydia fand, daß nur wenige Mädchen elegant knicksten. Sie hatte alle Mühe gehabt, Charlotte zum Üben anzutreiben, und vielleicht hatten die anderen Mütter das gleiche Problem. Nach dem Knicksen mußte die Debütantin beim Weitergehen aufpassen, daß sie dem Thron nicht den Rücken zuwandte, bevor sie in der Menge verschwunden war.
Die Mädchen folgten einander so nahe, daß jedes Gefahr lief, dem vorangehenden auf die Schleppe zu treten. Die Zeremonie schien Lydia weniger persönlich und viel oberflächlicher, als sie früher zu sein pflegte. Sie selbst war der Königin Victoria in der Saison von 1896, ein Jahr nachdem sie Walden geheiratet hatte, vorgestellt worden. Die alte Dame hatte nicht auf einem Thron, sondern auf einem hohen Stuhl gesessen, der ihr den Anschein gab, als stehe sie. Lydia war von der kleinen Gestalt Victorias überrascht gewesen. Sie mußte ihr die Hand küssen. Dieser Teil der Zeremonie entfiel jetzt, wahrscheinlich um Zeit zu gewinnen. Man sollte meinen, der Hof sei zu einer Fabrik geworden, in der möglichst viele Debütantinnen

in möglichst kurzer Zeit herausgebracht werden sollten. Aber schließlich kannten die jungen Mädchen von heute ja nicht den Unterschied, und selbst wenn sie ihn kannten, würde es ihnen nichts ausmachen.
Plötzlich war Charlotte an der Eingangstür, der Hofbeamte legte ihre Schleppe nieder, gab ihr einen sanften Stoß, und schon schritt sie über den roten Teppich, erhobenen Hauptes, vollkommen ruhig und selbstbewußt. Lydia dachte: Das ist der Augenblick, für den ich gelebt habe.
Das Mädchen vor Charlotte knickste – und dann geschah das Undenkbare.
Anstatt sich von ihrem Knicks zu erheben, blickte die Debütantin den König an, streckte die Arme in einer bittenden Geste aus und rief mit lauter Stimme:
»Majestät, ich beschwöre Sie um Gottes willen, der Folterung der Frauen ein Ende zu setzen!«
Eine Frauenrechtlerin! registrierte Lydia entsetzt.
Sie warf ihrer Tochter einen Blick zu. Charlotte stand ganz still, auf halbem Weg zur Empore, starrte erschrocken und bleich auf die Szene vor sich.
Das schockierte Schweigen im Thronsaal dauerte kaum eine Sekunde. Zwei Kammerherren reagierten äußerst rasch. Sie sprangen hervor, nahmen das Mädchen fest bei den Armen und führten es ohne weitere Umstände aus dem Saal.
Die Königin war puterrot geworden. Der König ließ sich nichts anmerken, blickte drein, als sei nichts geschehen. Lydia schaute wieder auf Charlotte. Warum muß ausgerechnet meine Tochter die nächste sein? fragte sie sich.
Jetzt waren alle Augen auf Charlotte gerichtet. Am liebsten hätte Lydia ihr zugerufen: Laß dich nicht verwirren, ignoriere den Zwischenfall und tu, als ob nichts geschehen sei!
Charlotte stand still. Ein wenig Farbe kam in ihre Wangen zurück. Lydia konnte sehen, daß sie tief durchatmete.
Dann trat sie vor. Lydia stockte der Atem. Charlotte übergab ihre Karte dem Oberhofmeister, der verkündete: »Lady Charlotte Walden bittet, sich vorstellen zu dürfen.« Charlotte stand vor dem König.

Nimm dich zusammen! ermahnte Lydia sie wortlos, bangend.
Charlotte knickste vollkommen.
Dann knickste sie vor der Königin.
Schließlich wandte sie sich ab und schritt davon.
Lydia stieß seufzend ihren Atem aus.
Die Frau, die neben Lydia stand – eine Baronin, die ihr dem Namen nach, aber nicht persönlich bekannt war – flüsterte: »Das hat sie sehr gut gemeistert.«
»Sie ist meine Tochter«, sagte Lydia lächelnd.

Walden amüsierte sich insgeheim über die Frauenrechtlerin. Ein entschlossenes Mädchen! fand er. Natürlich wäre er entsetzt gewesen, wenn Charlotte sich etwas Derartiges vor dem versammelten Hof geleistet hätte, aber da es nicht seine Tochter war, betrachtete er den Zwischenfall als eine willkommene Abwechslung in dieser endlosen Zeremonie. Er hatte Charlottes untadeliges Verhalten bemerkt, aber nichts anderes von ihr erwartet. Sie war eine höchst selbstbewußte junge Dame, und seiner Meinung nach sollte sich Lydia zu der guten Erziehung ihrer Tochter beglückwünschen, anstatt sich ständig Sorgen zu machen.
Vor Jahren hatte er diese Festlichkeiten genossen. Als junger Mann hatte es ihm Spaß gemacht, in höfischer Kleidung zu erscheinen und eine gute Figur zu machen. Damals hatte er auch noch die richtigen Beine dafür. Jetzt kam er sich lächerlich vor in seinen Kniehosen und den Seidenstrümpfen, von dem verdammten großen Stahlschwert an seiner Seite ganz zu schweigen. Und er hatte so viele höfische Feste mitgemacht, daß all die prunkvollen Riten ihm nichts mehr bedeuteten.
Er fragte sich, wie König George wohl darüber dachte. Walden mochte den Monarchen. Natürlich war er im Vergleich zu seinem Vater, Edward VII., ein ziemlich farbloser und milder Mann. Ihm würde die Menge nie: »Der gute alte Georgie!« zurufen, wie sie einst: »Der gute alte Teddy!« gerufen hatte. Aber schließlich würde sich auch George beliebt machen, mit seinem ruhigen Charme und seiner bescheidenen Lebensweise. Er war durchaus fähig, fest und entschlossen zu sein, wenn er es auch bisher zu selten gezeigt hatte. Walden liebte an ihm vor allem seine Aufrichtigkeit. Der Mann gab zu den besten Hoffnungen Anlaß.

Endlich knickste die letzte Debütantin, entfernte sich, und der König und die Königin standen auf. Das Orchester spielte noch einmal die Nationalhymne. Der König verneigte sich, die Königin knickste, zuerst vor den Gesandten, dann zu den Frauen der Gesandten, schließlich vor den Herzoginnen und zuletzt vor den Ministern. Der König faßte die Königin bei der Hand. Die Pagen nahmen ihre Schleppe auf. Die Hofbeamten gingen rückwärts hinaus. Das Königspaar verließ den Thronsaal, gefolgt von den übrigen Anwesenden, je nach ihrem Vortrittsrang.
Draußen trennten sie sich, um sich in die verschiedenen Speisesäle zu begeben. Es waren ihrer drei: Einer für die königliche Familie und ihre nahen Freunde, einer für das diplomatische Korps, einer für die übrigen. Walden war ein Freund des Königs, aber kein intimer. Er schloß sich der allgemeinen Gesellschaft an. Alex ging mit den Diplomaten.
Im Speisesaal traf sich Walden wieder mit seiner Familie. Lydia strahlte. Walden sagte: »Ich gratuliere, Charlotte.«
»Wer war dieses schreckliche Mädchen?« fragte Lydia.
»Ich hörte jemanden sagen, sie sei die Tochter eines Architekten«, antwortete Walden.
»Das erklärt es«, bemerkte Lydia.
Charlotte blickte verständnislos drein. »Wieso?«
Walden lächelte. »Deine Mama meint, daß das Mädchen nicht ganz aus der obersten Schublade kommt.«
»Aber warum glaubt sie, daß der König Frauen foltert?«
»Sie redete von den Frauenrechtlerinnen. Aber lassen wir das heute abend. Wir haben einen großen Tag. Begeben wir uns zum Souper. Es sieht prächtig aus.«
Es gab einen riesigen Buffettisch voller Blumen, heißer und kalter Speisen. Diener in rotgoldener königlicher Livree standen bereit und bedienten die Gäste mit Hummer, Forellenfilets, Rebhuhn, Yorkshireschinken, Kiebitzeiern, allerlei Arten von Gebäck und Nachspeisen. Walden ließ sich einen Teller füllen und setzte sich zum Essen. Nachdem er über zwei Stunden lang im Thronsaal gestanden hatte, war er hungrig.
Früher oder später würde Charlotte von den Frauenrechtlerinnen erfahren, von ihren Hungerstreiks und der Zwangsernährung. Aber

das war, gelinde gesagt, ein höchst unerfreuliches Thema, und je länger sie nichts davon wußte, desto besser, sagte sich Walden. In ihrem Alter sollte sich das Leben um Gesellschaften und Picknicks, um Kleider und Hüte, Klatsch und Flirts drehen.

Aber alle redeten über den »Zwischenfall« und über »dieses Mädchen«. Waldens Bruder George setzte sich neben ihn und erzählte ohne Umschweife: »Sie ist eine Miß Mary Blomfield, die Tochter des verstorbenen Sir Arthur Blomfield. Ihre Mutter war zur Zeit gerade im Salon. Als man ihr erzählte, was ihre Tochter sich geleistet hatte, fiel sie in Ohnmacht.«

»Das war wohl auch das einzige, was ihr übrigblieb«, erwiderte Walden.

»Eine verdammte Schande für die Familie«, sagte George. »Die Blomfields wird man in den nächsten zwei oder drei Generationen nicht mehr bei Hofe sehen.«

»Niemand wird sie vermissen.«

»Weiß Gott nicht.«

Walden sah Churchill, der sich einen Weg durch die Menge bahnte, um zu ihm zu kommen. Er hatte Churchill über sein Gespräch mit Alex schriftlich informiert und wartete mit Ungeduld auf eine Unterredung über den nächsten Schritt – aber doch nicht hier! Er blickte fort, hoffte, Churchill werde die Andeutung verstehen. Aber er hätte es besser wissen sollen, denn Churchill war solchen Feinheiten nicht zugänglich.

Er beugte sich über Waldens Stuhl. »Könnte ich Sie kurz sprechen?«

Walden schaute seinen Bruder an. George blickte entsetzt drein. Walden zuckte resigniert mit den Schultern und erhob sich.

»Gehen wir in die Gemäldegalerie«, sagte Churchill.

Walden folgte ihm hinaus.

Churchill sagte: »Ich nehme an, auch sie werden mir sagen, daß die Liberale Partei an diesem Frauenrechtlerinnenprotest schuld ist.«

»Das könnte sein«, antwortete Walden. »Aber darüber wollten Sie doch sicher nicht mit mir sprechen.«

»Nein.«

Die beiden Männer gingen nebeneinander durch die lange Galerie. Churchill begann: »Wir können den Balkan nicht als russische Einflußsphäre anerkennen.«

»Ich hatte gefürchtet, daß Sie mir das sagen würden.«
»Wozu wollen die Russen den Balkan? Sehen wir einmal von all dem Unsinn über die Sympathien mit dem slawischen Nationalismus ab.«
»Sie wollen freien Zugang zum Mittelmeer.«
»Das wäre auch zu unserem Vorteil, falls es zu einem Militärbündnis mit ihnen käme.«
»Ohne Zweifel.«
Sie gelangten ans Ende der Galerie und blieben stehen. Churchill sagte: »Gibt es eine Möglichkeit, ihnen diese Durchfahrt zu gewähren, ohne die Karte der Balkanhalbinsel neu zu zeichnen?«
»Ich habe darüber nachgedacht.«
Churchill lächelte. »Und Sie haben einen Gegenvorschlag.«
»Jawohl.«
»Lassen Sie mal hören.«
Walden sagte: »Was hier zur Rede steht, sind drei Gewässer: der Bosporus, das Meer von Marmara und die Dardanellen. Wenn wir ihnen diese Wasserwege geben, brauchen sie den Balkan nicht. Nehmen wir einmal an, daß die ganze Passage zwischen dem Schwarzen Meer und dem Mittelmeer zum internationalen Wasserweg mit freier Durchfahrt für die Schiffe aller Nationen erklärt werden könnte, und das unter gemeinsamer Garantie Rußlands und Englands.«
Churchill begann langsam und nachdenklich weiterzugehen. Walden begleitete ihn und wartete auf eine Antwort.
Schließlich sagte Churchill: »Diese Passage sollte überhaupt und auf jeden Fall zur internationalen Wasserstraße erklärt werden. Was Sie da vorschlagen, bedeutet eigentlich, daß wir den Russen etwas als Entgegenkommen anbieten, woran wir im Grunde ohnehin interessiert sind.«
»So ist es.«
Churchill blickte auf und grinste plötzlich. »Was machiavellistische Manöver anbetrifft, so ist und bleibt die englische Aristokratie unschlagbar. Also gut. Machen Sie weiter und unterbreiten Sie Orlow diesen Vorschlag.«
»Wollen Sie nicht vorher mit dem Kabinett darüber sprechen?«
»Nein.«

»Nicht einmal mit dem Außenminister?«
»Nicht in diesem Stadium. Die Russen werden den Vorschlag bestimmt noch abändern wollen – zumindest werden sie über die Einzelheiten der Garantie diskutieren. Ich werde das Kabinett erst dann informieren, wenn der ganze Plan fix und fertig ausgearbeitet ist.«
»Ich verstehe.« Walden fragte sich, was das Kabinett überhaupt über Churchills und sein Vorhaben wußte. Auch Churchill konnte machiavellistisch sein . . .
Churchill fragte: »Wo ist Orlow jetzt?«
»Im Speisesaal der Diplomaten.«
»Gehen wir hin und sagen wir es ihm jetzt gleich.«
Walden schüttelte den Kopf und fand, daß man recht hatte, Churchill seine zu große Ungeduld vorzuwerfen. »Es ist nicht der geeignete Augenblick.«
»Wir können nicht auf den geeigneten Augenblick warten, Walden. Jeder Tag zählt.«
Er müßte schon ein größerer Mann sein, um mich zu überrumpeln, dachte Walden. »Das müssen Sie meinem Urteil überlassen, Churchill. Ich werde es Orlow morgen früh sagen.«
Churchill schien Einwände machen zu wollen, hielt sich jedoch offenbar zurück und sagte: »Na schön, ich will nicht annehmen, daß Deutschland noch heute abend den Krieg erklärt.« Er blickte auf seine Uhr. »Ich muß jetzt gehen. Halten Sie mich auf dem laufenden.«
»Natürlich. Auf Wiedersehen.«
Churchill ging die Treppe hinunter, und Walden kehrte in den Speisesaal zurück. Die Party war im Aufbruch begriffen. Jetzt, da der König und die Königin sich zurückgezogen hatten und alle satt waren, gab es keinen Grund mehr zu bleiben. Walden versammelte seine Familie um sich und brachte sie hinunter. Sie trafen Alex in der großen Halle.
Während die Damen zur Garderobe gingen, bat Walden einen der Hofdiener, ihm seinen Wagen rufen zu lassen.
Alles in allem ist es ein sehr erfolgreicher Abend gewesen, stellte er fest, während er wartete.

☆

Die Mall erinnerte Felix an eine der Straßen im alten kaiserlichen St. Petersburg. Sie erstreckte sich als eine breite, gerade Allee vom Trafalgar Square bis zum Buckingham Palast. Auf der einen Seite erhoben sich große Gebäude, darunter der St. James's Palast. Auf der anderen lag der St. James's Park. Die Wagen und Automobile der hohen Herrschaften parkten auf der halben Länge zu beiden Seiten der Mall. Chauffeure und Kutscher standen an ihre Fahrzeuge gelehnt, gähnten, traten von einem Fuß auf den anderen, warteten, zum Palast gerufen zu werden, um ihre Herren und Herrinnen abzuholen.
Der Waldensche Wagen stand auf der Parkseite. Der Kutscher in der blau und rosa Livree mit dem Waldenschen Wappen stand bei den Pferden und las im Licht einer Wagenlampe in einer Zeitung. Felix stand ein paar Meter weiter im Dunkel des Parks und beobachtete ihn.
Er war verzweifelt. Sein Plan hatte versagt
Er hatte den Unterschied zwischen den englischen Worten »Kutscher« und »Lakai« nicht richtig verstanden und den Bericht in der *Times* über das Aufrufen der Wagen falsch gedeutet. Er hatte sich eingebildet, die Fahrer der Wagen würden am Tor des Palastes warten, bis ihre Herrschaften heraustraten, und dann losrennen, um die Wagen zu holen. Felix hatte geplant, den Kutscher in diesem Augenblick zu überwältigen, ihm seine Livree wegzunehmen und dann den Wagen selbst zum Palast zu fahren.
Aber nun hatte sich herausgestellt, daß der Kutscher beim Wagen blieb und der Lakai am Tor wartete. Wenn der Wagen aufgerufen wurde, kam der Lakai angerannt, und dann holten er und der Kutscher die Passagiere ab. Das bedeutete, daß Felix zwei Männer zu überwältigen hatte und nicht einen; und was die Sache besonders schwierig machte, war, daß es ganz unauffällig geschehen mußte, damit keiner der Hunderte auf der Mall wartenden Kutscher und Diener etwas bemerkte.
Seitdem er seinen Fehler vor ein paar Stunden entdeckt hatte, überlegte er fieberhaft, wie er das Problem lösen könne. Zugleich beobachtete er den Kutscher, der mit einigen seiner Kollegen vor einem Rolls-Royce stand, irgendein Spiel mit kleinen Münzen spielte und dann die Wagenfenster putzte. Es wäre vielleicht ver-

nünftiger gewesen, den Plan aufzugeben und den Mord an Orlow auf einen anderen Tag zu verschieben.
Aber das wollte Felix nicht. Erstens hatte er keine Gewähr, daß sich eine so gute Gelegenheit noch einmal ergeben würde. Und zweitens wollte Felix ihn jetzt töten. Er hatte sich schon auf den Knall des Revolvers und das Zusammensinken des Fürsten gefreut, hatte den Text des verschlüsselten Telegramms an Ulrich in Genf zusammengestellt, sich die Aufregung in der kleinen Druckerei und die Schlagzeilen in den Zeitungen der Welt ausgemalt, die entscheidende, ganz Rußland überschwemmende Welle der Revolution vorausgesehen. Ich kann es einfach nicht verschieben, hämmerte er sich ein. Es muß jetzt geschehen.
Während er die Leute beobachtete, trat ein junger Mann in grüner Livree zum Waldenschen Kutscher und fragte: »Wie steht's, William?«
Der Kutscher heißt also William, stellte Felix fest.
William sagte: »Du brauchst dich nicht mehr zu beklagen, John.«
Das verstand Felix nicht.
»Irgendwas Neues in der Zeitung?« fragte John.
»Ja, Revolution. Der König hat gesagt, nächstes Jahr können alle Kutscher in den Palast zum Essen gehen, und die Fatzken warten auf der Mall.«
»Schön wär's.«
»Das will ich meinen.«
John ging weiter.
Mit William kann ich fertig werden, überlegte Felix, aber was mache ich mit dem Lakaien?
Er stellte sich vor, wie es möglicherweise verlaufen könnte. Walden und Orlow würden aus dem Palast treten. Der Türsteher würde Waldens Lakai rufen, der dann vom Palast zum Wagen laufen müßte – eine Distanz von etwa einer Viertelmeile. Der Lakai würde Felix in der Uniform des Kutschers sehen und Alarm schlagen.
Nehmen wir einmal an, der Lakai käme zum Parkplatz, und der Wagen wäre nicht mehr da?
Das war eine Idee!
Der Lakai würde sich zuerst fragen, ob er sich nicht richtig an den Standplatz erinnere. Er würde sich umschauen. Er würde in Panik

geraten und überall nach dem Wagen suchen. Schließlich würde er sich geschlagen geben, zum Palast zurückkehren und seinem Herrn sagen, daß er den Wagen nicht finden könne. Aber um diese Zeit wäre Felix bereits mit dem Wagen und seinen Insassen im Park.
Es war immer noch zu schaffen!
Das Risiko wäre zwar größer als vorher, aber es war noch zu schaffen.
Jetzt hatte er keine Zeit mehr für weitere Überlegungen. Die ersten Lakaien kamen bereits die Mall heruntergerannt. Der Rolls-Royce vor der Waldenschen Kutsche wurde aufgerufen. William setzte sich seinen Zylinder auf und hielt sich bereit.
Felix trat hinter den Büschen hervor, machte ein paar Schritte auf ihn zu und rief: »He da, he da, William!«
Der Kutscher blickte stirnrunzelnd in seine Richtung.
Felix machte eine dringliche Geste. »Kommen Sie mal, schnell!«
William faltete seine Zeitung zusammen, zögerte und ging dann langsam auf Felix zu.
Felix legte ein wenig der in ihm aufsteigenden Spannung in seine Stimme, gab ihr einen leicht panischen Klang. »Schauen Sie sich das an!« sagte er und zeigte auf die Büsche. »Wissen Sie, was das ist?«
»Was?« fragte William befremdet. Er kam näher und blickte in die von Felix bezeichnete Richtung.
»Das!« Felix hielt ihm den Revolver vor.
»Wenn Sie das geringste Geräusch machen, erschieße ich Sie.«
William war zu Tode erschrocken. Felix sah das Weiß seiner Augen im Halbdunkel. Er war ein kräftig gebauter Mann, aber älter als Felix. Falls er Dummheiten macht und mir die Sache verpatzt, lege ich ihn um, entschied Felix wild entschlossen.
»Weitergehen«, sagte er.
Der Mann zögerte.
Ich muß ihn aus dem Licht kriegen. »Weitergehen, du Scheißkerl!«
William trat in die Büsche.
Felix folgte ihm. Als sie sich etwa fünfzig Meter von der Mall entfernt hatten, befahl Felix: »Stehenbleiben!«
William blieb stehen und drehte sich um.
Felix überlegte: Falls er sich zur Wehr setzt, wird er es hier tun. »Zieh dir die Kleider aus«, herrschte er ihn an.

»Was?«
»Ausziehen!«
»Sie sind ja verrückt«, flüsterte William.
»Ganz recht – ich bin verrückt! Zieh die Kleider aus!«
William zögerte.
Wenn ich ihn erschieße, werden dann die Büsche den Schall dämpfen? Kann ich ihn erschießen, ohne ihm ein Loch in die Uniform zu brennen? Kann ich ihm die Jacke herunterreißen und wegrennen, bevor jemand kommt?
Felix ließ den Hahn des Revolvers schnappen.
William begann sich auszuziehen.
Felix hörte die zunehmende Geschäftigkeit auf der Mall. Automotoren wurden angelassen, Pferdegeschirre klirrten, Hufe stampften, Rufe erschallten. Jede Minute konnte der Lakai kommen, um den Waldenschen Wagen abzuholen. »Schneller!« befahl Felix.
William stand jetzt in Unterwäsche da.
»Alles«, sagte Felix.
William zögerte. Felix hob die Waffe.
William zog sich sein Unterhemd aus, dann die Unterhosen, und stand nackt da, er zitterte vor Angst und bedeckte seine Genitalien mit den Händen.
»Umdrehen«, zischte Felix.
William kehrte ihm den Rücken zu.
»Leg dich auf den Boden, mit dem Gesicht nach unten.«
William gehorchte.
Felix legte die Waffe nieder. Er nahm eilig Hut und Jacke ab, zog die Livreejacke an und setzte sich Williams Zylinder auf. Er warf einen Blick auf die Kniehosen und die weißen Strümpfe, beschloß jedoch, auf sie zu verzichten. Wenn er einmal auf dem Kutschbock saß, würde niemand auf seine Hosen und Stiefel achten, und im trüben Licht der Straßenlaternen konnte man sie ohnehin nicht erkennen.
Er steckte den Revolver in die Tasche seiner eigenen Jacke, und legte diese über den Arm. Williams Kleider verschnürte er zu einem Bündel.
Der Kutscher versuchte, sich umzuschauen.
»Keine Bewegung!« fuhr Felix ihn an.
Dann schlich er sich leise davon.

William würde noch eine Weile liegenbleiben, und, da er splitternackt war, versuchen, unbemerkt ins Waldensche Haus zu gelangen. Es war höchst unwahrscheinlich, daß er in diesem Zustand bei der Polizei Anzeige erstattete. Höchstens, wenn er gewußt hätte, daß Felix den Fürsten Orlow ermorden wollte, hätte er vielleicht seine Schamhaftigkeit überwunden – aber wie konnte er das auch nur ahnen?

Felix schob Williams Kleider unter einen Busch und ging dann auf die Lichter der Mall zu.

Hier könnte alles doch noch schiefgehen, überlegte er. Bis jetzt war er nur eine mehr oder weniger verdächtig aussehende Person in den Büschen gewesen. Aber von jetzt an lief er Gefahr, als ein Schwindler entlarvt zu werden. Falls irgendein Freund Williams – John zum Beispiel – ihn sich genauer ansah, wäre das Spiel aus.

Er kletterte rasch auf den Kutschbock, legte seine Jacke neben sich, rückte sich den Zylinder zurecht, löste die Bremse und zog an den Zügeln. Der Wagen fuhr auf die Straße.

Er seufzte erleichtert. Bis hierher bin ich gekommen. Ich werde Orlow töten!

Als er die Mall hinunterfuhr, beobachtete er die Gehsteige, suchte sie nach einem rennenden Lakaien in einer blau und rosa Livree ab. Wenn er jetzt Pech hatte, würde der Waldensche Lakai ihn sehen, die Farben erkennen und hinten auf den Wagen aufspringen. Felix fluchte, als vor ihm ein Auto den Parkplatz verließ und ihn zwang, die Pferde zum Stehen zu bringen. Er blickte sich gespannt um. Nirgends war ein Lakai zu sehen. Einen Augenblick später war die Straße frei, und er fuhr weiter.

Kurz vor dem Palasteingang sah er auf der rechten Seite der Allee, also auf der, die dem Park gegenüber lag, einen leeren Platz. Der Lakai benutzte vermutlich den anderen Gehsteig und würde von dort aus den Wagen nicht sehen können. Er bog in den Platz ein und zog die Bremse an.

Er kletterte von seinem Sitz, stellte sich hinter die Pferde und beobachtete den gegenüberliegenden Gehsteig. Er fragte sich, ob er das alles lebend überstehen werde.

In seinem ursprünglichen Plan hatte er eine gute Chance, daß Walden in den Wagen steigen würde, ohne einen Blick auf den

Kutscher zu werfen, aber unter den jetzigen Umständen mußte er bemerken, daß sein Lakai nicht da war. Der Türsteher des Palastes würde den Schlag öffnen und die Stufen herunterziehen müssen. Würde Walden sich aufhalten und mit dem Kutscher sprechen oder würde er mit seinen Fragen warten, bis er zu Hause war? Falls er das Wort an Felix richtete, mußte Felix antworten, und seine Stimme würde ihn verraten. Was werde ich dann tun? überlegte er.
Ich werde Orlow am Tor des Palastes erschießen und die Folgen auf mich nehmen.
Er sah den Lakaien in der Waldenschen Livree auf dem gegenüberliegenden Gehsteig davonrennen.
Felix sprang auf den Kutschbock, löste die Bremse und fuhr in den Hof des Buckingham Palasts.
Vor ihm hatte sich eine Schlange gebildet. Die schönen Damen und wohlgenährten Herren stiegen in ihre Wagen und Autos. Hinter ihm, irgendwo auf der Mall, rannte der Lakai jetzt auf und ab und suchte den Wagen. Wie lange wird es dauern, bis er wieder zurückkommt?
Die Palastdiener bedienten sich einer zeitsparenden Methode, die Gäste in ihre Wagen zu verladen. Während die Passagiere in den Wagen vor dem Eingang einstiegen, rief ein Diener die Besitzer des folgenden Wagens auf, und ein anderer erkundigte sich nach dem Namen der Herrschaften für den dritten.
Sie kamen weiter vorwärts, da trat ein Diener an Felix heran. »Der Earl of Walden«, sagte Felix hastig, und der Diener ging wieder hinein.
Sie dürfen nicht zu schnell herauskommen, dachte Felix.
Es ging weiter voran, und jetzt war nur noch ein Auto vor ihm. Lieber Gott, laß den Motor nicht aussetzen, betete er leise. Der Chauffeur hielt die Tür auf und ließ ein älteres Ehepaar einsteigen. Dann fuhr der Wagen fort.
Jetzt war Felix an der Reihe. Er fuhr den Wagen etwas weiter vor, so daß von drinnen kein Licht auf ihn fiel. Den Rücken hatte er den Palasttüren zugewandt.
Er wartete, wagte nicht, sich umzuschauen.
Er hörte die Stimme eines jungen Mädchens, das auf russisch sagte: »Und wie viele Damen haben heute abend um Ihre Hand angehalten, mein lieber Vetter Alex?«

Ein Schweißtropfen rann über Felix' Auge, er wischte ihn mit dem Handrücken fort.
Ein Mann sagte: »Wo, zum Teufel, ist mein Lakai?«
Felix griff in die Tasche seiner Jacke neben ihm und legte die Hand auf den Kolben des Revolvers. Es bleiben mir sechs Schuß, wiederholte er für sich.
Aus dem Augenwinkel sah er einen Palastdiener heranspringen und wenig später hörte er, wie der Schlag geöffnet wurde. Der Wagen schaukelte leicht, als jemand einstieg.
»Hören Sie, William, wo bleibt Charles?«
Felix zuckte zusammen. Er bildete sich ein, Waldens bohrenden Blick auf seinem Hinterkopf zu fühlen. Das Mädchen rief aus dem Inneren des Wagens: »Nun komm doch schon, Papa!«
»William wird auf seine alten Tage taub . . .« Waldens Stimme verlor sich, als er in den Wagen stieg. Der Schlag fiel zu.
»Vorwärts, Kutscher!« rief der Palastdiener.
Felix atmete auf und fuhr los.
Nach all der Spannung fühlte er sich einen Augenblick schwach. Doch als er den Wagen aus dem Hof lenkte, stieg ein Triumphgefühl in ihm auf. Orlow war in seiner Macht, eingeschlossen in einer Kiste hinter ihm, wie ein Tier in der Falle. Jetzt konnte Felix nichts mehr zurückhalten.
Er lenkte die Pferde in den Park.
Entschlossen nahm er die Zügel in die rechte Hand und fuhr mit dem linken Arm in den Ärmel seines Mantels. Dann nahm er die Zügel in die Linke und schlüpfte in den rechten Ärmel. Schließlich stand er auf und zog sich den Mantel über die Schultern. Er griff in die Tasche und tastete nach der Waffe.
Dann setzte er sich wieder und schlang sich einen Schal um den Hals.
Er war bereit.
Jetzt mußte er nur noch einen günstigen Moment abwarten.
Es blieben ihm wenige Minuten. Das Haus der Waldens war weniger als eine Meile vom Palast entfernt. Er war am Abend zuvor den Weg entlanggeradelt, um alles auszukundschaften. Er hatte zwei passende Orte gefunden, wo eine Straßenlaterne sein Opfer beleuchten würde und wo es in der Nähe dichtes Buschwerk gab, in das er sich flüchten konnte.

Die erste Stelle lag fünfzig Meter vor ihm. Als er sich ihr näherte, sah er einen Mann im Abendanzug, der vor der Laterne stehenblieb, um sich eine Zigarre anzuzünden. Er fuhr weiter.
Die zweite Stelle war eine Straßenbiegung. Falls hier jemand sein sollte, mußte er trotzdem seine Chance wahrnehmen und, wenn nötig, den ungebetenen Zeugen erschießen.
Sechs Kugeln.
Er sah die Biegung. Er ließ die Pferde ein wenig rascher traben. Aus dem Inneren der Kutsche hörte er das junge Mädchen lachen.
Er kam an die Biegung. Seine Nerven waren gespannt wie Klaviersaiten.
Jetzt.
Er ließ die Zügel fallen und zog die Bremse an. Die Pferde bäumten sich ein wenig auf, der Wagen rüttelte und hielt.
Im Wagen hörte er eine Frau aufschreien und dann die Rufe eines Mannes. Etwas an der Stimme der Frau beunruhigte ihn, aber er hatte jetzt keine Zeit, sich nach dem Grund zu fragen. Er sprang auf das Straßenpflaster, zog sich den Schal über Mund und Nase, nahm den Revolver aus seiner Tasche und spannte den Hahn.
Mit voller Kraft riß er den Schlag auf.

4

Eine Frau schrie gellend, und die Zeit schien stillzustehen.
Felix kannte diese Stimme. Ihr Klang traf ihn wie ein Keulenschlag. Er fühlte sich wie gelähmt.
Er war hier, um Orlow ausfindig zu machen, auf ihn zu zielen, abzudrücken, ihn mit einer zweiten Kugel endgültig zu erledigen, sich dann umzudrehen und in den Büschen zu verschwinden . . .
Statt dessen blickte er dorthin, von wo der Schrei gekommen war, und er sah ihr Gesicht. Es erschien ihm so vertraut, als hätte er es erst gestern gesehen und nicht vor neunzehn Jahren. Ihre Augen waren vor Schrecken geweitet, und ihr kleiner roter Mund stand offen.
Lydia.
Er stand an der Tür des Wagens, den Mund unter dem Schal

geöffnet, den Revolver ins Leere gerichtet, und dachte fassungslos: Meine Lydia – hier in diesem Wagen . . . !

Während er sie anstarrte, war er sich halb bewußt, daß Walden sich links neben ihm langsam bewegte. Aber Felix vermochte nur noch an eins zu denken: Genauso, mit geweiteten Augen und offenem Mund, sah sie aus, als sie nackt unter mir lag, die Beine um meine Hüften geschlungen, als sie mich anstarrte und dann vor Entzücken zu weinen begann . . .

Zu spät sah er, daß Walden ein Schwert gezogen hatte. Die Klinge blitzte im Licht der Laterne auf, als sie herunterfuhr, und Felix wich zu langsam aus, so daß das Schwert ihm in die rechte Hand drang; er ließ die Waffe fallen, sie schlug klirrend auf der Straße auf und ging im gleichen Augenblick los.

Der Knall zerbrach den Zauber.

Walden zog das Schwert zurück und zielte auf Felix' Herz. Die Schwertspitze drang ihm durch Mantel und Jacke und blieb in seiner Schulter stecken. Er sprang instinktiv zurück, und das Schwert kam heraus. Er fühlte das feuchte, warme Blut in seinem Hemd.

Entsetzt starrte er auf die Straße, suchte seinen Revolver – vergeblich. Er blickte wieder auf, sah Walden und Orlow sich gemeinsam aus der engen Wagentür zwängen. Sein rechter Arm hing schlaff herunter. Er wurde sich bewußt, daß er unbewaffnet und hilflos war. Er konnte Orlow nicht einmal erwürgen, denn dazu brauchte er beide Arme. Er hatte völlig versagt, und das alles wegen der Stimme einer Frau aus seiner Vergangenheit.

Ausgerechnet jetzt, dachte er verbittert – ausgerechnet jetzt.

In Panik wandte er sich ab und rannte davon.

»Verdammter Strolch!« rief Walden ihm nach.

Bei jedem Schritt fühlte Felix den Schmerz seiner Wunden. Er hörte Schritte hinter sich. Sie waren zu leicht, um zu Walden zu gehören. Orlow jagte ihm nach. Er kicherte hysterisch und flüsterte heiser: »Orlow jagt *mir* nach – und ich laufe ihm davon!«

Mit einem Satz war er von der Straße und lief in die Büsche. Er hörte Walden rufen: »Alex, komm zurück, er hat einen Revolver!«

Sie wissen nicht, daß ich ihn fallengelassen habe, durchzuckte es Felix. Wenn ich ihn noch hätte, könnte ich Orlow jetzt erschießen.

Er rannte ein kleines Stück weiter, blieb dann stehen und lauschte. Er hörte nichts. Orlow hatte aufgegeben.

Er lehnte sich an einen Baum. Der kurze Lauf hatte ihn erschöpft. Als er wieder bei Atem war, zog er sich den Mantel und die gestohlene Livreejacke aus und betastete behutsam seine Wunden. Sie schmerzten teuflisch, was seiner Meinung nach ein gutes Zeichen war, denn wirklich gefährliche Verletzungen waren eher gefühllos. Seine Schulter blutete schwach und schmerzte pochend. Die Hand war zwischen Daumen und Zeigefinger aufgeschnitten und blutete stark.

Er mußte aus dem Park entkommen, bevor Walden Zeit hatte, Alarm zu schlagen.

Mit Mühe gelang es ihm, sich den Mantel wieder anzuziehen. Die Livreejacke ließ er am Boden liegen. Er drückte sich die rechte Hand unter den linken Arm, um den Schmerz zu stillen und das Bluten aufzuhalten. Dann schleppte er sich müde wieder in Richtung Mall.

Lydia.

Zum zweitenmal in seinem Leben hatte sie eine Katastrophe hervorgerufen. Das erste Mal war 1895 in St. Petersburg gewesen . . .

Nein. Er durfte jetzt nicht an sie denken, noch nicht. Er mußte einen klaren Kopf behalten.

Erleichtert stellte er fest, daß sein Fahrrad noch immer da war, wo er es gelassen hatte, unter den herabhängenden Zweigen eines großen Baums. Er schob es über den Rasen bis zum Rand des Parks. Hatte Walden bereits die Polizei alarmiert? War man schon auf der Suche nach einem großen Mann in einem dunklen Mantel? Er blickte auf die Mall hinaus. Die Lakaien rannten noch immer, Motoren heulten auf, Wagen manövrierten. Wie lange war es her, seit er auf den Waldenschen Wagen geklettert war? Zwanzig Minuten? Lange genug, um die Welt über ihm zusammenstürzen zu lassen.

Er atmete tief durch und schob das Fahrrad auf die Straße. Niemand nahm von ihm Notiz, alle Passanten waren zu sehr beschäftigt. Er hielt die rechte Hand in der Manteltasche und stieg auf. Dann stieß er sich ab und begann, in die Pedale zu treten; er steuerte mit der linken Hand.

Überall um den Palast herum waren Polizisten. Wenn Walden sie schnell genug rief, konnten sie den Park und die umliegenden Straßen absperren. Felix blickte in die Richtung der Admiralität. Nirgends war eine Straßensperre zu sehen.

Jenseits des Torbogens wäre er im West End, dort würden sie ihn nicht mehr finden.
Er begann, sich an das einhändige Fahren zu gewöhnen, und erhöhte die Geschwindigkeit.
Kurz vor dem Torbogen überholte ihn ein Auto, und im gleichen Augenblick trat vor ihm ein Polizist auf die Straße. Felix hielt an, wollte abspringen und weglaufen – aber der Polizist hielt nur den Verkehr an, um einem Wagen, vermutlich dem eines hohen Würdenträgers, die Vorfahrt zu lassen. Der Polizist salutierte kurz und gab dann den Verkehr wieder frei.
Felix radelte durch den Torbogen auf den Trafalgar Square.
Nicht rasch genug, mein lieber Walden, stellte er zufrieden fest.
Es war Mitternacht, aber im West End brannten die Lichter, und die Straßen waren voller Menschen und Verkehr. Überall standen Polizisten, und Felix war weit und breit der einzige Radfahrer. Hier fiel er zu sehr auf. Sollte er das Rad irgendwo abstellen und zu Fuß nach Camden Town zurückgehen? Aber er war sich nicht sicher, ob er in seinem Zustand so weit gehen konnte, denn er schien sehr schnell müde zu werden.
Also radelte er vom Trafalgar Square die St. Martin's Lane hinauf, verließ dann die Hauptstraßen und bog in die Gassen des Theaterviertels ein. Helles Licht drang plötzlich in die dunkle Straße, als sich der Künstlereingang eines Theaters öffnete und eine Gruppe laut schwatzender und lachender Schauspieler heraustrat. Etwas weiter hörte er Stöhnen und Seufzen, als er an einer Torausfahrt vorbeifuhr, in der sich ein Paar stehend liebte.
Er kam nach Bloomsbury. Hier war es stiller und dunkler. Er fuhr nach Norden die Gower Street hinauf, an der klassischen Fassade der menschenleeren Universität vorbei. Das Treten machte ihm entsetzliche Mühe, und er hatte Schmerzen am ganzen Körper. Nur noch ein oder zwei Meilen, redete er sich zu.
Er stieg ab, um die verkehrsreiche Euston Road zu überqueren. Die Lichter blendeten ihn. Er sah nur noch verschwommen.
Vor der Euston Station stieg er wieder aufs Rad und fuhr weiter. Plötzlich fühlte er sich schwindlig. Ein Straßenlicht blendete ihn. Das Vorderrad schwankte und stieß an den Bordstein. Felix stürzte. Er lag am Boden, benommen und schwach. Er öffnete die Augen,

sah einen Polizisten auf sich zukommen und rappelte sich auf, kniete jetzt vor dem Polizisten.
»Haben Sie getrunken?« fragte der Beamte.
»Fühle mich schwach«, brachte Felix hervor.
Der Polizist nahm ihn beim rechten Arm und half ihm auf die Beine. Der Schmerz in seiner verwundeten Schulter brachte Felix zu Bewußtsein zurück. Es gelang ihm, die blutende rechte Hand in der Tasche zu behalten.
Der Polizist schnüffelte hörbar und sagte dann:
»Hmm.« Seine Haltung wurde freundlicher, nachdem er festgestellt hatte, daß Felix nicht nach Alkohol roch. »Wird es wieder gehen?«
»In einer Minute bin ich wieder wohlauf.«
»Ausländer?«
Der Polizist hatte seinen Akzent bemerkt. »Franzose«, sagte Felix. »Ich arbeite bei der Gesandtschaft.«
Der Polizist wurde höflicher. »Soll ich Ihnen eine Droschke rufen?«
»Nein, danke. Ich habe es nicht mehr weit.«
Der Polizist hob das Fahrrad auf. »Ich würde es an Ihrer Stelle nach Hause schieben.«
Felix nahm ihm das Rad ab. »Das werde ich tun.«
»Sehr gut, Sir. *Bong nuie.*«
»*Bonne nuit,* Herr Wachtmeister.« Felix brachte mit Mühe ein Lächeln hervor. Er faßte das Rad mit der linken Hand und ging weiter. Ich werde es in die nächste Gasse schieben und mich dort ein bißchen hinsetzen, beschloß er. Er blickte über seine Schulter zurück: Der Polizist stand immer noch da und beobachtete ihn. Er zwang sich, weiterzugehen, obgleich er sich kaum noch auf den Beinen halten konnte. Die nächste Gasse, sagte er sich. Aber auch an der nächsten ging er vorbei, redete sich zu: Nicht diese, die nächste.
Und so gelangte er nach Hause.
Es schien ihm, als seien Stunden vergangen, als er vor dem hohen Haus in Camden Town stand. Er blickte wie durch einen Nebel auf die Nummer über der Tür, um ganz sicher zu sein, daß es das richtige Haus war.
Um in sein Zimmer zu gelangen, mußte er eine Steintreppe ins Untergeschoß hinabsteigen. Er lehnte das Fahrrad an das Eisengitter

und öffnete die kleine Pforte. Dann beging er den Fehler, das Rad die Stufen hinunterschieben zu wollen. Es glitt aus seiner Hand und fiel mit lautem Gepolter hinunter. Einen Augenblick später erschien seine Zimmerwirtin in einen Schal gehüllt an der Tür.
»Was, zum Teufel, soll denn das?« rief sie ihm zu.
Felix saß auf den Stufen und antwortete nicht. Er beschloß, sich eine Weile nicht zu bewegen, bis er sich wieder kräftiger fühlte.
Mrs. Callahan kam herunter und half ihm auf die Beine. »Sie haben einen über den Durst getrunken«, sagte sie vorwurfsvoll. Sie führte ihn die Stufen hinunter bis zur Tür des Untergeschosses.
»Geben Sie mir mal Ihren Schlüssel«, forderte sie ihn auf. Felix mußte die linke Hand benutzen, um den Schlüssel aus seiner rechten Hosentasche zu ziehen. Er gab ihn ihr, und sie öffnete die Tür. Sie traten ein. Felix stand in der Mitte des kleinen Zimmers, während sie die Lampe anmachte.
»Jetzt ziehen wir uns mal schön den Mantel aus«, sagte sie.
Er ließ sich von ihr aus dem Mantel helfen, und sie sah die Blutflecken. »Hatten Sie eine Schlägerei?«
Felix streckte sich auf seiner Matratze aus.
Mrs. Callahan sagte: »Sieht mir so aus, als hätten Sie verloren.«
»Habe ich auch«, sagte Felix und wurde ohnmächtig.

Ein stechender Schmerz brachte ihn wieder zu sich.
Er öffnete die Augen und sah Mrs. Callahan, die ihm die Wunden mit etwas auswusch, das wie Feuer brannte. »Die Hand sollte genäht werden«, sagte sie.
»Morgen«, hauchte Felix.
Sie brachte ihm ein Getränk in einer Tasse. Es war warmes Wasser mit Gin. »Cognac habe ich nicht«, sagte sie.
Er legte sich zurück und ließ sich von ihr verbinden.
»Ich könnte den Arzt holen, aber bezahlen kann ich ihn nicht.«
»Morgen.«
Sie stand auf. »Ich werde gleich morgen früh nach Ihnen schauen.«
»Danke.«
Sie ging hinaus, und endlich konnte Felix sich seinen Erinnerungen überlassen.

☆

Im Verlauf der Zeiten ist es geschehen, daß alles, was den Menschen gestattet, ihre Produktion zu steigern oder einfach nur fortzusetzen, von wenigen in Besitz genommen wurde. So gehört das Land, dessen Wert gerade darin besteht, eine stets zunehmende Bevölkerung zu ernähren, jenen wenigen, die es willkürlich der Bebauung durch die Gemeinschaft entziehen können. Die Kohlengruben, die die Arbeit von Generationen darstellen, gehören auch den wenigen, die sogar das Recht haben, die Förderung der Kohle einzustellen, wenn es ihnen gefällt, ihr Kapital auf andere Weise anzulegen. Der mechanische Webstuhl, der sein jetziges Stadium der Vollkommenheit drei Generationen von Webern in Lancashire verdankt, gehört ebenfalls den wenigen; und wenn die Enkel des Webers, der den ersten mechanischen Webstuhl erfunden hat, das Recht fordern, eine dieser Maschinen in Betrieb zu setzen, so sagt man ihnen: »Hände weg! Diese Maschine gehört euch nicht!« Die Eisenbahnen gehören einigen wenigen Aktionären, die vielleicht nicht einmal wissen, wo jene Eisenbahnlinie liegt, die ihnen ein größeres jährliches Einkommen als das eines Königs im Mittelalter einbringt. Und wenn sich die Kinder jener, die sich zu Tausenden beim Graben der Tunnel zu Tode geschuftet haben, zusammenschließen und Brot oder Arbeit von den Aktionären fordern, so wird man ihnen mit Bajonetten und Kugeln antworten.

Felix blickte von dem Pamphlet Kropotkins auf. Die Buchhandlung war leer. Der Buchhändler, ein alter Revolutionär, der sich sein Geld mit dem Verkauf von Romanen an wohlhabende Damen verdiente, verwahrte in seinem Hinterzimmer massenweise umstürzlerische Schriften. Felix verbrachte viel Zeit bei ihm.

Er war neunzehn Jahre alt und im Begriff, von der berühmten Akademie für Geisteswissenschaften wegen Schulschwänzerei, Disziplinlosigkeit, langer Haare und Umgangs mit Nihilisten verwiesen zu werden. Er hungerte, hatte kein Geld und bald auch kein Heim mehr, und doch war das Leben wunderbar. Er interessierte sich nur für Ideen und jeden Tag lernte er etwas Neues über Poesie, Geschichte, Psychologie und – vor allem – Politik.

Die Gesetze über den Besitz sind nicht dazu geschaffen, dem Einzelmenschen oder der Gesellschaft den Genuß des Ertrags ihrer eigenen Arbeit zu garantieren. Ganz im Gegenteil, sie sind einzig und allein dazu bestimmt, den Produzenten eines Teils dessen, was er geschaffen hat, zu berauben, und dafür gewissen anderen Leuten die Erträge, die sie den Produzenten oder der Gesellschaft gestohlen haben, zu sichern. Wenn das Gesetz zum Beispiel einem Herrn Soundso das Recht auf ein Haus zuspricht, so bestimmt es damit nicht sein Recht auf eine Wohnstätte, die er sich selbst errichtet oder mit Hilfe einiger seiner Freunde gebaut hat. In einem solchen Falle würde ihm jemand dieses Recht streitig machen. Nein, ganz im Gegenteil, das Gesetz bestimmt sein Recht auf ein Haus, das nicht *das Produkt seiner Arbeit ist.*

Die anarchistischen Parolen waren ihm lächerlich erschienen, als er sie zum erstenmal gehört hatte: Besitz ist Diebstahl, Regierung ist Tyrannei, die Anarchie ist Gerechtigkeit. Und es war erstaunlich, daß sie ihm nach längerem, gründlichem Nachdenken nicht nur wahr, sondern ganz klar und selbstverständlich vorkamen. Kropotkins Standpunkt über die Gesetze war völlig einleuchtend. Im Dorf, in dem Felix aufgewachsen war, bedurfte es keines Gesetzes gegen Diebstahl. Wenn ein Bauer einem anderen das Pferd oder einen Stuhl oder den von seiner Frau bestickten Mantel stahl, so sah das ganze Dorf den Schuldigen im Besitz des gestohlenen Guts und zwang ihn, es zurückzugeben. Der einzige wirkliche Diebstahl fand statt, wenn der Landbesitzer seine Miete forderte, und dann war der Polizist da, um diesen Diebstahl durchzusetzen. Das gleiche galt für die Regierung. Die Bauern brauchten niemanden, um ihnen zu sagen, wie der Pflug und die Ochsen unter ihren Feldern aufgeteilt werden sollten: Das beschlossen sie selbst. Nur zum Bepflügen der Felder des Landbesitzers mußte man sie zwingen.

Man erzählt uns ständig von den Wohltaten des Gesetzes, aber haben die, die so reden, je die angeblichen Wohltaten des Gesetzes und der Strafen gegen die entwürdigenden Auswirkungen dieser Strafen auf die Menschheit abgewogen? Man berechne nur einmal all die bösen Leidenschaften, die die scheußlichen, auf unseren Straßen verübten Bestrafungen in der Menschheit erwecken! Der Mensch ist das grausamste Tier auf Erden. Und wer hat die grausamen Instinkte gefördert und entwickelt? Der König, der Richter und die Priester, die kraft des Gesetzes Menschen streifenweise das Fleisch vom Körper reißen, kochendes Öl in die Wunden

gießen, Glieder abhacken, Körper zersägen ließen, um ihre Autorität zu behaupten. Man schätze nur die Flut der Verdorbenheit, die in der menschlichen Gesellschaft durch die Spitzelei entfesselt wird, welche unter dem Vorwand, sie helfe bei der Entdeckung von Verbrechen, von den Richtern gefördert und von den Regierungen in harter Münze bezahlt wird. Man gehe nur einmal in die Gefängnisse und schaue sich an, was aus einem Menschen wird, wenn er seiner Freiheit beraubt und mit anderen verkommenen Wesen eingesperrt ist, versunken im Laster und der Korruption, die geradezu aus den Mauern unserer Kerker schwitzt. Und endlich ziehe man in Betracht, welche Verderbtheit, welche Korruptheit den Menschen mit dem Gedanken an den Gehorsam, dem eigentlichen Wesen des Gesetzes, anerzogen wird: Der Glaube an Züchtigung; an die Autorität, die das Recht hat, zu bestrafen; an ein Urteil, das sich nicht um unser Gewissen und die Achtung unserer Freunde bekümmert; an die Notwendigkeit der Henker, der Kerkermeister und der Spitzel; kurz all der Attribute des Gesetzes und der Autorität. Man denke darüber nach, und dann wird man uns sicher zustimmen, wenn wir sagen, daß ein Gesetz, das Bestrafungen verhängt, eine Abscheulichkeit ist, die abgeschafft werden muß.
Völker ohne politische Organisation, die demnach weniger verdorben als wir sind, haben klar begriffen, daß der Mensch, den man einen »Verbrecher« nennt, nur unglücklich ist, und daß man ihn nicht heilt, indem man ihn auspeitscht, ihn in Ketten legt oder ihn auf dem Schafott oder im Gefängnis umbringt, sondern indem man ihm auf die brüderlichste Art hilft, durch eine auf Gleichheit gegründete Behandlung, durch die Lebensgebräuche unter ehrlichen Menschen.
Felix merkte kaum, daß jemand in den Laden getreten war. Zu sehr war er mit Kropotkin beschäftigt.
Keine Gesetze mehr! Keine Richter mehr! Freiheit, Gleichheit und praktisch geübtes menschliches Wohlwollen sind die einzigen wirksamen Schranken, die wir den antisozialen Instinkten einiger unter uns entgegenstellen können.
Der Kunde ließ ein Buch fallen, und Felix wurde in seinen Gedanken unterbrochen. Er wandte den Blick von der Broschüre ab, sah das Buch am Boden liegen, neben dem langen Rock der Kundin, bückte

sich automatisch, um es für sie aufzuheben. Als er es ihr übergab, sah er ihr Gesicht.
Er erstarrte. »Ein Engel!« schoß es es ihm durch den Kopf.
Sie war blond und zierlich, trug einen blaßgrauen Pelz von der gleichen Farbe wie ihre Augen, und alles an ihr war blaß und hell und anmutig. Er glaubte, er werde nie wieder einer so schönen Frau begegnen, und sollte recht behalten.
Sie blickte ihn an und errötete, aber sie wandte sich nicht ab. Es war unglaublich, aber auch sie schien irgend etwas an ihm faszinierend zu finden.
Nach einer Weile schaute er auf ihr Buch. Es war *Anna Karenina.* »Ein sentimentaler Schmöker«, sagte er. Er wünschte, er hätte geschwiegen, denn seine Worte brachen den Zauber. Sie nahm das Buch und wandte sich ab. Jetzt sah er, daß eine Zofe sie begleitete, denn sie gab ihr das Buch und verließ den Laden. Die Zofe bezahlte das Buch. Felix schaute aus dem Fenster und sah die Frau in einen Wagen steigen.
Er fragte den Buchhändler nach ihrem Namen. Er erfuhr, daß sie Lydia hieß und die Tochter des Grafen Schatow war.
Er fand heraus, wo der Graf wohnte, und am nächsten Tag trieb er sich vor dem Haus herum und hoffte, sie zu sehen. Sie ging zweimal ein und aus, stieg in ihren Wagen, und dann kam ein Diener aus dem Haus und verjagte Felix. Es machte ihm nichts aus, denn als sie das letzte Mal an ihm vorübergefahren war, hatte sie ihn direkt angeschaut.
Am folgenden Tag ging er wieder in die Buchhandlung. Er vertiefte sich vier Stunden lang in Bakunins *Föderalismus, Sozialismus und Antitheologie,* ohne ein einziges Wort zu verstehen. Jedesmal, wenn ein Wagen vorüberfuhr, blickte er aus dem Fenster. Und jedesmal, wenn ein Kunde den Laden betrat, stockte ihm der Atem. Sie kam am späten Nachmittag.
Diesmal ließ sie die Zofe draußen. Sie murmelte dem Buchhändler eine Begrüßung zu und ging in den hinteren Teil des Ladens, wo Felix stand. Sie starrten einander an. Felix sagte sich: Sie liebt dich, warum wäre sie sonst gekommen?
Er wollte mit ihr sprechen, aber statt dessen umarmte und küßte er sie. Sie erwiderte gierig seinen Kuß, öffnete den Mund, drückte sich an ihn, preßte die Finger in seinen Rücken.

So war es von da an immer mit ihnen: Kaum trafen sie sich, stürzten sie aufeinander zu wie kampfbereite Tiere.
Sie trafen sich noch zweimal in der Buchhandlung und einmal, nach Eintreten der Dunkelheit, im Garten des Schatowschen Hauses. Als sie in den Garten kam, war sie im Nachtgewand. Felix fuhr mit den Händen unter den leichten Wollstoff, betastete ihren ganzen Körper, zeigte sich so kühn, als sei sie ein Straßenmädchen, befühlte sie, entdeckte sie, rieb sich an ihr, und sie stöhnte nur.
Sie gab ihm Geld, damit er sich ein eigenes Zimmer mieten konnte, und danach besuchte sie ihn fast jeden Tag, sechs erstaunliche Wochen lang.
Das letzte Mal kam sie am frühen Abend. Er saß am Tisch, in eine Decke gehüllt, um sich vor der Kälte zu schützen, und las Proudhons *Was ist Besitz?* bei Kerzenlicht. Als er ihre Schritte auf der Treppe hörte, zog er sich die Hose aus.
Sie trat rasch ein, trug ein altes braunes Cape mit einer Kapuze. Sie küßte ihn, sog an seinen Lippen, biß sein Kinn, kniff ihm in die Seiten.
Sie drehte sich um und warf ihr Cape von sich. Darunter trug sie ein weißes Abendkleid, das Hunderte von Rubel gekostet haben mußte.
»Mach mir das Kleid auf«, sagte sie. »Schnell!«
Felix begann, die Häkchen auf dem Rücken des Kleides zu lösen.
»Ich bin auf dem Weg zu einem Empfang in der Britischen Gesandtschaft und habe nur eine Stunde«, sagte sie atemlos. »Beeile dich, bitte.«
In seiner Hast riß er eins der Häkchen aus dem Stoff. »Verdammt, ich habe es zerrissen.«
»Das macht nichts.«
Sie stieg aus dem Kleid, zog sich die Unterröcke, das Unterhemd und die Schlüpfer aus, behielt nur das Korsett, die Strümpfe und die Schuhe an. Sie warf sich in seine Arme, und während sie ihn küßte, zog sie ihm die Unterhose aus.
Sie sagte: »O Gott, wie ich den Geruch von deinem Ding da liebe!«
Es machte ihn wild, wenn sie schmutzige Reden führte.
Sie zog ihre Brüste aus dem Oberteil ihres Korsetts und sagte: »Beiße sie. Beiße sie fest. Ich will sie den ganzen Abend fühlen.«
Ein wenig später entzog sie sich ihm und warf sich rücklings aufs

Bett. Dort, wo das Korsett endete, glitzerte es feucht in dem blonden Haarbüschel zwischen ihren Schenkeln.
Sie spreizte die Beine, streckte sie in die Höhe, öffnete sich ihm. Einen Augenblick lang starrte er sie gierig an, dann ließ er sich auf sie fallen.
Sie packte seinen Penis mit den Händen und stieß ihn in sich hinein. Die spitzen Hacken ihrer Schuhe rissen ihm die Haut auf dem Rücken auf, aber es war ihm egal.
»Schau mich an«, sagte sie. »Schau mich an!«
Er blickte sie mit verliebten Augen an.
Ein Ausdruck von Panik kam über ihr Gesicht.
Sie sagte: »Schau mich an, ich komme!«
Und dann, während sie ihm immer noch in die Augen starrte, öffnete sie den Mund und schrie.

»Glaubst du, daß andere Leute auch wie wir sind?« fragte sie.
»In welcher Beziehung?«
»So geil und schmutzig.«
Er hob den Kopf aus ihrem Schoß und grinste. »Nur die Glücklichen.«
Sie blickte auf seinen Körper, der sich zwischen ihren Beinen krümmte. »Du bist so fest und stark, du bist einfach vollkommen«, sagte sie. »Schau doch nur, wie flach dein Bauch und wie wohlgeformt dein Hintern ist, und wie glatt und hart deine Schenkel sind.« Sie fuhr ihm zärtlich mit dem Finger über die Nase. »Du hast das Gesicht eines Prinzen.«
»Ich bin ein Bauer.«
»Aber nicht, wenn du nackt bist.« Sie war nachdenklich. »Bevor ich dir begegnete, habe ich mich schon für männliche Körper und all das interessiert, aber ich habe mir immer vorgemacht, ich täte es nicht. Dann bist du gekommen, und da konnte ich mir einfach nichts mehr vormachen.«
Er leckte die Innenseite ihres Schenkels.
Sie erschauerte. »Hast du das je mit einem anderen Mädchen getan?«
»Nein.«
»Hast du dir auch etwas vorgemacht?«

»Nein.«
»Ich glaube, ich habe das gewußt. Man sieht es dir an, du bist wild und frei wie ein Tier, du gehorchst niemandem und tust nur, was du willst.«
»Ich habe bisher noch nie ein Mädchen kennengelernt, das es mich tun ließ.«
»Sie haben es bestimmt alle gewollt. Jedes Mädchen würde es wollen.«
»Warum?« fragte er geschmeichelt.
»Weil du ein so grausames Gesicht und so gütige Augen hast.«
»Hast du dich deshalb in der Buchhandlung von mir küssen lassen?«
»Ich habe dich nicht gelassen – ich hatte keine Wahl.«
»Du hättest um Hilfe rufen können.«
»Aber ich wollte ja, daß du es wieder tatest.«
»Ich muß damals schon erraten haben, wie du in Wirklichkeit bist.«
Jetzt war es an ihr, geschmeichelt zu sein. »Wie bin ich denn in Wirklichkeit?«
»Kalt wie Eis an der Oberfläche, heiß wie die Hölle darunter.«
Sie kicherte. »Ich bin eine echte Schauspielerin. Jeder in St. Petersburg hält mich für brav und anständig. Ich gelte gegenüber den jüngeren Mädchen als ein Musterbeispiel, genau wie Anna Karenina. Jetzt, da ich weiß, wie ich wirklich bin, muß ich so tun, als sei ich doppelt so jungfernhaft wie zuvor.«
»Du kannst nicht doppelt jungfernhaft sein.«
»Ich frage mich, ob sie nicht alle so tun als ob«, fuhr sie fort. »Nimm einmal meinen Vater. Wenn er wüßte, was ich hier mit dir treibe, würde er vor Wut platzen. Aber er muß doch das gleiche gefühlt haben, als er jung war – meinst du nicht?«
»Das läßt sich wohl nicht ergründen«, erwiderte Felix. »Aber was würde er wirklich tun, falls er es herausfände?«
»Dich auspeitschen.«
»Dazu müßte er mich erst einmal einfangen.« Felix hatte plötzlich einen Gedanken. »Wie alt bist du eigentlich?«
»Fast achtzehn.«
»Mein Gott, ich könnte ins Zuchthaus kommen, weil ich dich verführt habe.«
»Vater würde dich herausholen, dafür würde ich schon sorgen.«

Er rollte sich auf die Seite und blickte sie an. »Was werden wir tun, Lydia?«
»Wann?«
»Auf die Dauer.«
»Ich werde deine Geliebte sein, bis ich mündig bin, und dann heiraten wir.«
Er starrte sie an. »Meinst du das wirklich?«
»Natürlich.« Sie schien überrascht, daß es für ihn einen Zweifel gab. »Was sollten wir denn sonst tun?«
»Du willst mich heiraten?«
»Ja. Willst du es denn nicht?«
»O ja«, stammelte er. »Natürlich.«
Sie setzte sich auf, spreizte die Beine um sein Gesicht, streichelte ihm das Haar. »Dann werden wir es tun.«
Felix sagte: »Du hast mir nie erzählt, wie du es fertigbringst, hierherzukommen.«
»Es ist nicht sehr schwierig«, erwiderte sie. »Ich erzähle Lügen, besteche Diener, gehe Risiken ein. Heute abend zum Beispiel. Der Empfang in der Gesandtschaft beginnt um halb sieben. Ich habe das Haus um sechs verlassen und werde dort um Viertel nach sieben ankommen. Der Wagen steht im Park, und der Kutscher glaubt, ich ginge mit meiner Zofe spazieren. Die Zofe ist irgendwo vor dem Haus und träumt davon, wie sie die zehn Rubel ausgeben wird, die sie von mir bekommt, damit sie den Mund hält.«
»Es ist zehn vor sieben«, sagte Felix.
»O Gott. Schnell . . . Mach es mir noch einmal mit der Zunge, und dann muß ich gehen.«

In jener Nacht, als Felix schlief und von Lydias Vater träumte – den er noch nie gesehen hatte –, stürmten sie mit Laternen in sein Zimmer. Er war sofort wach und sprang aus dem Bett. Zuerst glaubte er, es seien Studenten von der Universität, die ihm einen Streich spielen wollten. Dann schlug ihm einer ins Gesicht und trat ihm in die Magengrube. Da wußte er, daß es die Geheimpolizei war. Er nahm an, man verhafte ihn wegen Lydia und machte sich furchtbare Sorgen um sie. Würde man sie öffentlich entehren? War ihr Vater verbohrt genug, sie vor Gericht zu einer Aussage gegen ihren Geliebten zu zwingen?

Er sah die Polizei all seine Bücher und Briefe in einen Sack stopfen. Die Bücher waren sämtlich ausgeliehen, aber keiner ihrer Eigentümer war so dumm gewesen, seinen Namen hineinzuschreiben. Die Briefe stammten von seinem Vater und seiner Schwester Natascha – er hatte nie Briefe von Lydia erhalten, und jetzt war er ihr dankbar dafür.
Er wurde aus dem Haus geführt und in einen Fiaker gestoßen.
Sie fuhren über die Kettenbrücke, folgten dann den Kanälen, schienen die Hauptstraßen zu meiden. Felix fragte: «Komme ich ins Litowsky-Gefängnis?« Niemand antwortete, aber als sie über die Palastbrücke fuhren, wußte er, daß man ihn in die berüchtigte Peter-und-Pauls-Festung bringen würde, und er verlor allen Mut.
Auf der anderen Seite der Brücke bog der Wagen nach links ab und fuhr in eine dunkle Gewölbepassage ein. Sie hielten vor einem Tor. Felix wurde in eine Empfangshalle geführt, wo ein Offizier der Armee ihn kurz anblickte und etwas in ein Buch eintrug. Er wurde wieder in den Fiaker gebracht und noch tiefer in die Festung gefahren. Sie hielten erneut vor einem Tor und warteten einige Minuten, bis ein Soldat es von innen öffnete. Von hier aus mußte Felix durch eine Reihe enger Gänge gehen, bis zu einem dritten eisernen Tor, das in einen großen, feuchten Raum führte.
Der Gefängnisgouverneur saß an einem Tisch. Er sagte: »Sie stehen unter Anklage, ein Anarchist zu sein. Geben Sie es zu?«
Felix fiel ein Stein vom Herzen. Es hatte also nichts mit Lydia zu tun!
»Ob ich es zugebe?« fragte er. »Ich bin stolz darauf.«
Einer der Polizisten holte ein Buch, in das der Gouverneur seine Unterschrift setzte. Felix mußte sich ausziehen und erhielt dann einen Morgenrock aus grünem Flanell, ein Paar dicke Wollstrümpfe und zwei viel zu große gelbe Filzpantoffeln.
Anschließend führte ihn ein bewaffneter Soldat durch weitere finstere Gänge zu einer Zelle. Eine schwere Eichentür schloß sich hinter ihm, und er hörte, wie sich der Schlüssel im Schloß drehte.
Die Zelle enthielt ein Bett, einen Tisch, einen Schemel und einen Waschtisch. Das Fenster war eine Vertiefung in einer sehr dicken Mauer. Den Fußboden hatte man mit bemaltem Filz überzogen, und die Wände mit einer Art gelbem Möbelstoff gepolstert.
Felix setzte sich auf das Bett.

Hier hatte Peter I. seinen eigenen Sohn gefoltert und ermordet. Hier war die Fürstin Tarakanowa in einer derart von Wasser und Fäkalien überschwemmten Zelle eingesperrt gewesen, daß die Ratten ihr auf den Körper kletterten, um sich vor dem Ertrinken zu retten. Hier hatte Katharina II. ihre Feinde lebendig begraben lassen.

Dostojewski war hier in Gefangenschaft, dachte Felix mit Stolz, und auch Bakunin, den man zwei Jahre lang an eine Wand gekettet hatte. Netschajew ist hier gestorben.

Felix war begeistert, sich in so heroischer Gesellschaft zu befinden, aber gleichzeitig entsetzt bei dem Gedanken, vielleicht auf ewig hierbleiben zu müssen.

Der Schlüssel drehte sich im Schloß. Ein kleiner, kahler Mann mit Brille trat ein; er brachte einen Federhalter, eine Flasche Tinte und einige Bogen Papier.

Er legte alles auf den Tisch und sagte: »Schreiben Sie die Namen sämtlicher Umstürzler auf, die Sie kennen.«

Felix setzte sich und schrieb: »Karl Marx, Friedrich Engels, Peter Kropotkin, Jesus Christus . . .«

Der Kahlköpfige entriß ihm das Papier. Er ging an die Zellentür und klopfte. Zwei kräftige Gefängniswärter traten ein. Sie schnallten Felix auf den Tisch und nahmen ihm Pantoffeln und Socken ab. Dann begannen sie, ihm mit Peitschen auf die Fußsohlen zu schlagen.

Die Folter wurde während der ganzen Nacht fortgesetzt.

Als sie ihm die Fingernägel ausrissen, gab er ihnen erfundene Namen und Adressen an, aber sie merkten bald, daß es falsche Namen waren.

Als sie ihm die Haut seiner Hoden mit einer Kerzenflamme anbrannten, nannte er die Namen aller Studenten, mit denen er befreundet war, aber sie behaupteten immer noch, er lüge.

Jedesmal, wenn er ohnmächtig wurde, weckten sie ihn wieder auf. Manchmal legten sie eine Pause ein und ließen ihn in dem Glauben, es sei endlich vorüber, aber dann fingen sie wieder an, und er flehte sie an, ihn zu töten, damit der Schmerz endlich aufhöre. Sie machten noch lange weiter, nachdem er ihnen schon alles, was er wußte, erzählt hatte.

Es mußte im Morgengrauen gewesen sein, als er zum letztenmal das Bewußtsein verlor.
Als er wieder zu sich kam, lag er auf dem Bett. Seine Füße und Hände waren bandagiert. Er fühlte entsetzliche Schmerzen. Er wollte sich umbringen, aber er war zu schwach, sich zu bewegen.
Der Kahlköpfige kam gegen Abend in seine Zelle. Als Felix ihn sah, schluchzte er vor Angst. Der Mann lächelte nur und verschwand. Er kam nie wieder.
Ein Arzt stattete Felix täglich einen Besuch ab. Felix versuchte vergeblich, etwas von ihm zu erfahren: Wußte jemand draußen, daß er hier war? Hatte sich niemand nach ihm erkundigt? Hatte irgendwer versucht, ihn zu besuchen? Der Arzt wechselte nur die Verbände und ging dann wieder.
Felix überlegte. Lydia war bestimmt in seinem Zimmer erschienen und hatte die dort herrschende Unordnung bemerkt. Irgend jemand im Hause könnte ihr gesagt haben, daß die Geheimpolizei ihn abgeführt hatte. Und sie? Hatte sie vielleicht Nachforschungen angestellt, auch auf die Gefahr hin, sich bloßzustellen? Sie hätte es auf diskrete Weise tun können, hätte heimlich zum Innenminister gehen und ihm eine Geschichte über den Freund ihrer Zofe erzählen können, den man irrtümlicherweise verhaftet habe?
Jeden Tag hoffte er auf ein Wort von ihr, aber es kam nie.
Sechs Wochen später konnte er wieder fast normal gehen, und man entließ ihn ohne Erklärung.
Er ging zurück zu seiner Wohnung, erwartete, eine Nachricht von ihr vorzufinden, wurde aber enttäuscht. Sein Zimmer hatte man inzwischen an einen anderen vermietet. Er fragte sich, warum Lydia nicht weiterhin die Miete bezahlt hatte.
Er ging zu ihrem Haus und klopfte an die Eingangstür. Ein Diener erschien. Felix sagte: »Felix Davidowitsch Kschessinsky beehrt sich, Fräulein Lydia Schatowa seine Grüße auszurichten . . .«
Der Diener schlug ihm die Tür vor der Nase zu.
Schließlich ging er in die Buchhandlung. Der alte Buchhändler sagte: »Ich habe eine Nachricht für dich. Sie wurde gestern von ihrer Zofe hier abgegeben.«
Felix riß den Umschlag mit zitternden Fingern auf. Der Brief war nicht von Lydia, sondern von der Zofe. Er lautete:

»Ich wurde entlassen und habe keine Arbeit, alles ist Ihre Schuld. Sie ist verheiratet und gestern nach England abgereist; das ist der Lohn für Ihre Sünden.«
Er blickte den Buchhändler mit Tränen in den Augen an. »Ist das alles?« rief er weinend aus.
Neunzehn Jahre lang hörte er nichts mehr von ihr.

☆

Die normale Hausordnung war momentan im Waldenschen Haus aufgehoben, und Charlotte saß mit dem Dienstpersonal in der Küche.
Die Küche war makellos sauber, denn natürlich hatte die Familie auswärts zu Abend gegessen. Das Feuer im großen Herd war ausgegangen, die hohen Fenster standen weit offen und ließen die kalte Nachtluft herein. Das für die Mahlzeiten der Dienerschaft bestimmte Steingutgeschirr stand sauber geordnet im Schrank; die Messer und Löffel der Köchin hingen an einer Reihe von Haken; ihre unzähligen Schüsseln und Töpfe standen in den großen Eichenschränken.
Charlotte hatte keine Zeit gehabt, wirklich zu erschrecken. Zuerst, als der Wagen so plötzlich im Park stehengeblieben war, hatte sie sich nur gewundert, und danach hatte sie sich bemüht, Mama vom Schreien abzuhalten. Als sie nach Hause kamen, hatte sie noch ein wenig gezittert, aber jetzt, im Rückblick, fand sie die ganze Geschichte ziemlich aufregend.
Der Dienerschaft ging es ebenso. Daher empfand Charlotte es als beruhigend, am großen gebleichten Holztisch zu sitzen und die Ereignisse mit diesen Leuten zu besprechen, die ihr so vertraut waren. Mit der Köchin, die ihr stets mütterliche Zuneigung entgegenbrachte; mit Pritchard, den sie achtete, weil Papa ihn achtete; mit der tüchtigen und fähigen Mrs. Mitchell, die als Haushälterin für jedes Problem eine Lösung wußte.
Der Kutscher William war der Held der Stunde. Er beschrieb mehrere Male den wilden Blick in den Augen seines Angreifers, als dieser ihn mit der Waffe bedrohte. Er genoß es, sich von dem jungen Stubenmädchen bewundern zu lassen, und erholte sich

ziemlich rasch von der Schande, splitternackt in die Küche gekommen zu sein.

Pritchard erklärte: »Ich nahm natürlich zuerst an, der Dieb habe es nur auf Williams Kleider abgesehen. Da Charles vor dem Palast wartete, hätte er ja an Williams Stelle kutschieren können. Daher wollte ich die Polizei erst benachrichtigen, nachdem ich mit Seiner Lordschaft gesprochen hatte.«

Der Lakai Charles sagte: »Stellt euch vor, wie überrascht ich war, als ich den Wagen nicht mehr sah! Ich sage mir, ich weiß doch genau, daß er hier stand. Und dann denke ich, na schön, William hat wahrscheinlich den Platz gewechselt. Ich renne die Mall rauf und runter und suche ihn überall. Schließlich laufe ich zum Palast zurück. ›Wir haben Ärger‹, sage ich zum Türsteher, ›der Wagen des Earl of Walden ist spurlos verschwunden.‹ Da sagt er zu mir: ›Walden?‹ Nicht gerade sehr respektvoll, muß ich sagen . . .«

Mrs. Mitchell unterbrach ihn: »Diese Palastdiener! Bilden sich ein, sie seien etwas Besseres als der Adel.«

»Er sagt zu mir: ›Walden ist schon lange fort, Kumpel.‹ Ach du liebe Zeit, denke ich mir, jetzt sitze ich in der Tinte! Ich komme durch den Park gerannt, und auf dem halben Weg nach Hause finde ich den Wagen, und die gnädige Frau weint und schreit, und Seine Lordschaft steht da mit einem blutigen Schwert!«

Mrs. Mitchell sagte: »All der Aufruhr, und nichts wurde gestohlen.«

»Ein Irrer«, sagte Charles. »Ein ganz raffinierter Irrer.«

Alle stimmten ihm zu.

Die Köchin goß Tee ein und bediente Charlotte zuerst. »Wie geht es der gnädigen Frau jetzt?« erkundigte sie sich.

»Ach, soweit ganz gut«, sagte Charlotte. »Sie ist zu Bett gegangen und hat ein Schlafmittel genommen. Wahrscheinlich schläft sie bereits.«

»Und die Herren?«

»Papa und der Fürst Orlow sind im Salon und trinken Cognac.«

Die Köchin seufzte auf. »Räuber im Park und Frauenrechtlerinnen bei Hof . . . ich weiß nicht, wie das enden soll.«

»Es wird eine sozialistische Revolution geben«, sagte Charles. »Das sehe ich voraus.«

»Man wird uns alle in unseren Betten ermorden«, bemerkte die Köchin mit unheilvoller Miene.
Charlotte sagte: »Was meinte die Frauenrechtlerin eigentlich, als sie sagte, daß der König Frauen foltere?« Während sie sprach, blickte sie Pritchard an, der manchmal bereit war, ihr Dinge zu erklären, von denen sie nichts wissen sollte.
»Sie redete von der Zwangsernährung«, erklärte Pritchard. »Das ist angeblich sehr schmerzhaft.«
»Zwangsernährung?«
»Wenn sie nicht essen wollen, zwingt man sie dazu.«
Charlotte war verblüfft. »Wie wird denn das gemacht?«
»Auf verschiedene Arten«, antwortete Pritchard mit einer Miene, die ihr zu verstehen gab, daß er nicht auf Einzelheiten eingehen wollte. »Durch die Nase zum Beispiel.«
Das Stubenmädchen sagte: »Was man ihnen wohl gibt?«
»Wahrscheinlich heiße Suppe«, sagte Charles.
»Das kann ich nicht glauben«, entgegnete Charlotte. »Warum sollten sie sich weigern zu essen?«
»Es ist ein Protest«, erklärte Pritchard.
»Um den Gefängnisbehörden Schwierigkeiten zu machen.«
»Gefängnis?« Charlotte war erstaunt. »Warum steckt man sie ins Gefängnis?«
»Weil sie Fenster einschlagen, Bomben werfen, die öffentliche Ruhe stören . . .«
»Aber was wollen sie denn?«
Alle schwiegen, denn jetzt wußten sie, daß Charlotte keine Ahnung hatte, was eine Frauenrechtlerin war.
Schließlich erklärte Pritchard: »Sie wollen das Wahlrecht für die Frauen.«
»Ach so.« Habe ich eigentlich gewußt, daß Frauen nicht wählen dürfen, fragte sich Charlotte. Sie war sich nicht ganz sicher. Über derartige Dinge hatte sie noch nie nachgedacht.
»Ich finde, wir haben jetzt genug über dieses Thema gesprochen«, ließ sich Mrs. Mitchell mit fester Stimme vernehmen. »Sie werden noch Ärger kriegen, Mr. Pritchard, wenn Sie dem gnädigen Fräulein falsche Ideen in den Kopf setzen.«
Charlotte wußte, daß Pritchard keinen Ärger kriegen würde, denn

er war so etwas wie Papas Freund. Sie sagte: »Ich frage mich nur, warum ihnen ausgerechnet das Wahlrecht so wichtig ist.«
Es klingelte, und alle blickten gespannt auf das Klingelbrett.
»Die Eingangstür«, sagte Pritchard. »Zu so später Stunde!« Er ging hinaus und zog sich seine Jacke an.
Charlotte trank ihren Tee. Sie fühlte sich müde. Die Frauenrechtlerinnen sind rätselhaft und ziemlich erschreckend, fand sie, aber sie hätte gern noch mehr über sie gewußt.
Pritchard kam zurück. »Eine Platte mit Sandwiches, bitte«, sagte er zur Köchin. »Und, Charles, bringen Sie eine Flasche frisches Sodawasser in den Salon.« Er begann, Teller mit Servietten auf einem Tablett anzuordnen.
»Nun kommen Sie schon«, sagte Charlotte. »Wer ist es?«
»Ein Herr von Scotland Yard«, antwortete Pritchard.

Basil Thomson war ein rundköpfiger Mann mit schütterem blondem Haar, einem dicken Schnurrbart und durchdringenden Augen. Walden hatte von ihm gehört. Sein Vater war Erzbischof von York gewesen. Thomson hatte in Eton und Oxford studiert, in den Kolonien als Kommissar für die Eingeborenen und als Premierminister von Tonga gedient. Nach seiner Heimkehr hatte er zuerst eine Anwaltspraxis eröffnet, war dann in den Strafvollzugsdienst eingetreten, wurde zum Gouverneur des Dartmoor-Gefängnisses ernannt und hatte sich dort einen Ruf als Bezwinger von Meutereien erworben. Vom Strafvollzugsdienst hatte er sich schließlich zur Polizei versetzen lassen, wo er als Experte für das Verbrecher- und Anarchistenmilieu im Londoner East End galt. Dank seiner Fachkenntnisse war er in die Spitzenstellung der Sonderabteilung der politischen Polizei gelangt.
Walden bat ihn, Platz zu nehmen, und erzählte noch einmal, was sich an diesem Abend ereignet hatte. Während er sprach, ließ er Alex nicht aus den Augen. Dieser bewahrte eine oberflächliche Ruhe, aber sein Gesicht war bleich, und er nippte ständig an einem Glas Cognac-Soda, während sich seine linke Hand in regelmäßigen Abständen um die Sessellehne krampfte.
Thomson unterbrach Walden nur einmal: »Ist Ihnen die Abwesenheit des Lakaien aufgefallen, als der Wagen Sie abholte?«

»Jawohl«, erwiderte Walden. »Ich habe den Kutscher gefragt, wo er sei, aber der Kutscher schien mich nicht zu hören. Und da am Palasttor ein solches Gedränge herrschte und meine Tochter mich zur Eile antrieb, beschloß ich, der Sache erst zu Hause weiter nachzugehen.«

»Damit hat unser Schurke natürlich gerechnet. Er muß solide Nerven haben. Fahren Sie fort.«

»Der Wagen hielt plötzlich im Park an, und der Mann riß die Tür auf.«

»Wie hat er ausgesehen?«

»Groß. Er hatte einen Schal oder eine Mütze über seinem Gesicht. Dunkles Haar, stechende Augen.«

»Alle Verbrecher haben stechende Augen«, sagte Thomson. »Hat der Kutscher ihn deutlich gesehen, als er von ihm überfallen wurde?«

»Nein. Zu dieser Zeit trug der Mann einen Hut und es war dunkel.«

»Hm. Und dann?«

Walden holte tief Atem. Zur Zeit des Geschehens war er eher wütend als verängstigt gewesen, aber jetzt, als er daran zurückdachte, wurde er sich mit Schrecken gewahr, in welcher Gefahr Alex, Lydia und Charlotte geschwebt hatten. Er sagte: »Lady Walden schrie, und das schien den Burschen aus der Fassung zu bringen. Vielleicht hatte er nicht erwartet, daß Frauen im Wagen saßen. Jedenfalls zögerte er. Und dann habe ich ihm mit meinem Schwert einen Stoß versetzt, worauf er die Waffe fallen ließ.«

»Haben Sie ihm großen Schaden zugefügt?«

»Das bezweifle ich. Ich hatte nicht genug Platz, um zu einem richtigen Schlag auszuholen, und außerdem ist das Schwert nicht besonders scharf. Allerdings blutete er. Ich wollte, ich hätte ihm seinen verdammten Kopf abgehauen.«

Der Butler trat ein, und das Gespräch verstummte. Walden wurde klar, daß er ziemlich laut gesprochen hatte. Er versuchte, sich zu beruhigen. Pritchard servierte Sandwiches und Cognac mit Soda. Walden sagte zu ihm: »Bleiben Sie bitte noch auf, Pritchard, aber Sie können die anderen zu Bett schicken.«

»Wie Eure Lordschaft wünschen.«

Als er gegangen war, fuhr Walden fort: »Möglicherweise war es nur

ein Raubüberfall. Ich habe die Dienerschaft in diesem Glauben gelassen, und auch Lady Walden und Charlotte. Allerdings hätte ein Räuber es meiner Meinung nach nicht nötig, einen so raffinierten Plan auszuhecken. Ich bin überzeugt, daß es ein Attentat auf Alex war.«
Thomson blickte Alex an. »Dem muß ich leider zustimmen. Haben Sie eine Ahnung, woher er wußte, wie er Sie finden konnte?«
Alex schlug die Beine übereinander. »Ich habe mein Kommen und Gehen nicht geheimgehalten.«
»Das wird sich jetzt ändern müssen. Sagen Sie mir, Sir, ist Ihr Leben schon einmal bedroht worden?«
»Ich lebe ständig unter Bedrohungen«, antwortete Alex resigniert. »Aber ein Attentat ist bisher noch nicht auf mich verübt worden.«
»Besteht irgendein Grund, daß die Nihilisten und Revolutionäre es gerade auf Sie abgesehen haben?«
»Ihnen genügt es, daß ich ein Fürst bin.«
Walden merkte jetzt, daß die Probleme des englischen Establishments mit den Frauenrechtlerinnen, den Liberalen und den Gewerkschaften im Vergleich zu dem, womit die Russen leben mußten, recht harmlos waren, und ein warmes Mitgefühl für Alex stieg in ihm auf.
Alex fuhr fort, und seine Stimme klang ruhig und beherrscht. »Allerdings bin ich, nach russischen Maßstäben, als ein Reformer bekannt. Sie könnten sich ein passenderes Opfer aussuchen.«
»Sogar in London«, stimmte Thomson ihm zu. »Während der Saison halten sich immer einige prominente russische Aristokraten hier auf.«
»Worauf wollen Sie hinaus?« fragte Walden.
Thomson antwortete: »Ich frage mich, ob der Bursche wußte, was Fürst Orlow hier tut, und ob er nicht mit seinem Attentat von heute abend beabsichtigte, Ihre Verhandlungen zu sabotieren.«
Walden blickte ihn zweifelnd an. »Wie sollten die Revolutionäre davon etwas erfahren haben?«
»Es ist ja nur eine Vermutung«, erwiderte Thomson. »Aber wäre es ein wirksames Mittel, um Ihre Verhandlungen zu sabotieren?«
»Ein sehr wirksames sogar«, sagte Walden. Bei dem Gedanken lief ihm ein kalter Schauer über den Rücken. »Falls der Zar erfahren

sollte, daß einer seiner liebsten Admiräle in London von einem Revolutionär ermordet wurde – noch dazu von einem Revolutionär, der hier Asylrecht genießt –, würde er an die Decke gehen. Sie wissen ja, mein lieber Thomson, was die Russen über unsere Gastfreundschaft gegenüber ihren Umstürzlern denken – unsere Politik der offenen Tür hat seit Jahren zu Reibungen auf diplomatischer Ebene geführt. Ein derartiger Vorfall könnte die englisch-russischen Beziehungen für die nächsten zwanzig Jahre zum Erliegen bringen. Dann käme eine Militärallianz überhaupt nicht mehr in Frage.«

Thomson nickte. »Das befürchtete ich. Also gut, heute abend können wir wohl nichts mehr tun. Morgen früh, in den ersten Dämmerstunden, wird sich meine Abteilung an die Arbeit machen. Wir werden den Park nach Spuren absuchen, Ihrer Dienerschaft einige Fragen stellen und dann vermutlich einige Anarchisten im East End festnehmen und einem Verhör unterziehen.«

Alex fragte: »Glauben Sie, Sie finden den Mann?«

Walden hoffte inständig, aber vergeblich auf eine beruhigende Antwort Thomsons. »Es wird nicht leicht sein«, sagte Thomson. »Er ist offensichtlich ein Planer und hat sicher irgendwo ein gutes Versteck. Wir besitzen keine hinlängliche Beschreibung von ihm. Falls er nicht wegen seiner Wunden in ein Krankenhaus eingeliefert wird, stehen die Chancen schlecht.«

»Er könnte es noch einmal versuchen«, sagte Alex.

»Deshalb müssen wir einige Vorsichtsmaßnahmen treffen. Ich schlage vor, daß Sie morgen aus diesem Hause ausziehen. Wir werden Sie unter falschem Namen in der obersten Etage eines Hotels einquartieren und Ihnen einen Leibwächter zur Verfügung stellen. Lord Walden wird sich künftig geheim mit Ihnen treffen, und Sie müssen natürlich auf gesellschaftliche Verabredungen verzichten.«

»Selbstverständlich.« Thomson stand auf. »Es ist spät geworden. Ich werde mich um alles Weitere kümmern.«

Walden klingelte nach Pritchard. »Haben Sie einen Wagen draußen, Thomson?«

»Ja. Ich werde mich morgen früh telephonisch mit Ihnen in Verbindung setzen.«

Pritchard führte Thomson hinaus, und Alex zog sich in sein Schlafzimmer zurück. Walden ermahnte Pritchard, alle Türen sorgfältig abzuschließen, und ging dann hinauf.
Er fühlte sich nicht müde. Während er sich auszog, entspannte er ein wenig und überließ sich den widersprüchlichen Gefühlen, die er bis jetzt verdrängt hatte.
Zunächst empfand er einen gewissen Stolz: Immerhin habe ich das Schwert gezogen und den Angreifer abgewehrt; nicht schlecht für einen Mann von fünfzig Jahren und mit einem gichtkranken Bein. Dann überkam ihn Niedergeschlagenheit, als er bedachte, wie kühl und teilnahmslos sie über die diplomatischen Folgen eines Mordes an Alex gesprochen hatten – an Alex, diesem intelligenten, lebensfrohen, schüchternen, gutaussehenden und tüchtigen Jungen, den er zu einem Mann hatte heranwachsen sehen.
Er legte sich hin, blieb aber hellwach und erlebte noch einmal den Augenblick, als der Schlag des Wagens aufgerissen wurde und der Mann mit dem Revolver vor ihnen stand; und jetzt packte ihn der Schrecken, nicht etwa seinet- oder Alex' wegen, sondern weil er an Lydia und Charlotte dachte. Sie hätten ums Leben kommen können, überlegte er und zitterte in seinem Bett. Er erinnerte sich, wie er vor achtzehn Jahren Charlotte in seinen Armen gehalten hatte, als sie noch ein blondes, zahnloses Baby war; er erinnerte sich, wie sie gehen gelernt hatte und dabei immer auf ihren Hintern gefallen war; er erinnerte sich, wie er ihr ihr erstes Pony geschenkt hatte, und an ihr glückstrahlendes Gesicht; und er erinnerte sich, wie sie noch vor ein paar Stunden erhobenen Hauptes als eine erwachsene, schöne Frau durch den Thronsaal geschritten war. Wenn sie gestorben wäre, dachte er, weiß ich nicht, ob ich es ertragen hätte.
Und Lydia! Ohne Lydia wäre ich einsam und allein. Der Gedanke ließ ihn aufstehen und in ihr Zimmer gehen. Ein Nachtlicht brannte neben ihrem Bett. Sie schlief fest, lag auf dem Rücken, den Mund ein wenig geöffnet, das Haar wie ein blonder Schleier über dem Kissen. Sie sah zart und verwundbar aus. Ich habe nie vermocht, dir zu verstehen zu geben, wie sehr ich dich liebe, dachte er. Und plötzlich fühlte er das Bedürfnis, sie zu berühren, zu fühlen, daß sie warm und lebendig war. Er legte sich zu ihr ins Bett und küßte sie. Ihre Lippen reagierten, aber sie erwachte nicht. »O Lydia«, murmelte er, »ich könnte ohne dich nicht leben.«

Lydia hatte lange wach gelegen und an den Mann mit dem Revolver gedacht. Es war ein brutaler Schock gewesen, und sie hatte aus Angst geschrien – aber es war mehr als das. Irgend etwas an diesem Mann, seine Haltung, seine Kleidung, war ihr unheimlich erschienen, als sei er ein Gespenst gewesen. Sie wünschte, sie hätte seine Augen sehen können.

Nach einer Weile hatte sie eine weitere Dosis Laudanum genommen, und dann war sie eingeschlafen. Sie träumte, daß der Mann mit dem Revolver in ihr Zimmer trat und sich zu ihr ins Bett legte. Es war ihr eigenes Bett, aber im Traum war sie wieder achtzehn Jahre alt. Und der Mann legte seinen Revolver auf das weiße Kopfkissen neben ihr Gesicht. Er hatte immer noch den Schal über seinem Gesicht. Sie wußte, daß sie ihn liebte. Sie küßte seine Lippen durch den Schal.

Und dann liebte er sie auf wunderbare Art. Sie begann sich zu fragen, ob sie nicht träume. Sie wollte sein Gesicht sehen. Sie sagte: »Wer bist du?«, und eine Stimme antwortete: »Stephen«. Sie wußte, daß es nicht Stephen war, aber irgendwie hatte sich der Revolver auf dem Kopfkissen plötzlich in Stephens Schwert verwandelt, und an der Spitze war Blut, und dann kamen ihr wieder Zweifel. Sie klammerte sich an den Mann über ihr, fürchtete, der Traum werde zu Ende gehen, bevor sie befriedigt war. Und dann argwöhnte sie verschwommen, daß sie in Wirklichkeit das tat, was sie träumte, und doch träumte sie noch immer. Sie fühlte ein starkes physisches Lustgefühl in sich aufsteigen. Sie begann, die Beherrschung zu verlieren, und gerade als sie den Höhepunkt erreichte, nahm der Mann im Traum den Schal vom Gesicht. In diesem Augenblick öffnete Lydia die Augen und sah Stephens Gesicht über sich, und dann geriet sie in Ekstase, und zum erstenmal seit neunzehn Jahren schrie sie vor Sinnlichkeit.

5

Charlotte sah Belindas erstem Ball mit gemischten Gefühlen entgegen. Sie war noch nie auf einem Ball in der Stadt gewesen, obgleich sie schon viele Landbälle mitgemacht hatte, meist in Walden Hall. Sie tanzte gern und wußte, daß sie gut tanzte, aber sie haßte es, wie auf einem Viehmarkt mit all den Mauerblümchen aufgereiht zu sitzen und zu warten, bis ein junger Mann kam und sie zum Tanz aufforderte. Sie fragte sich, ob es in der eleganten Welt etwas zivilisierter zuging.

Sie kamen eine halbe Stunde vor Mitternacht in Onkel Georges und Tante Clarissas Haus in Mayfair an, weil Mama der Meinung war, man könne unmöglich früher auf einem Londoner Ball erscheinen. Eine gestreifte Marquise und ein roter Teppich führten vom Bordstein zum Gartentor, das man in einen römischen Triumphbogen verwandelt hatte.

Aber selbst hier war Charlotte noch nicht auf das gefaßt, was sie erblickte, als sie durch den Torbogen trat. Die ganze Gartenseite war in ein römisches Atrium verwandelt worden. Sie schaute sich verwundert um. Der Rasen und die Blumenbeete waren von einem hölzernen Tanzboden überdeckt, dessen schwarze und weiße Quadrate wie Marmorfliesen aussahen. Eine weiße Kolonnade, mit Lorbeerranken behangen, umgab die Tanzfläche. Hinter den Säulen, in einer Art Klostereingang, standen Bänke für die, die nicht tanzten. In der Mitte des Bodens erhob sich eine Fontäne in Form eines mit einem Delphin spielenden Knaben aus einem Marmorbassin, und das sprudelnde Wasser wurde von bunten Scheinwerfern beleuchtet. Auf dem Balkon eines Schlafzimmers der oberen Etage spielte ein Orchester Ragtime. Stechwinden und Rosengirlanden schmückten die Mauern, und große Körbe mit Begonien hingen vom Balkon herab. Ein riesiges, himmelblaues Dach aus Zeltleinwand bedeckte die ganze Fläche von den Dachrinnen des Hauses bis zur Gartenmauer.

»Es ist wie ein Wunder!« sagte Charlotte.

Papa wandte sich an seinen Bruder: »Ziemlich viele Leute, George.«

»Wir haben achthundert Personen eingeladen. Was, zum Teufel, ist euch im Park passiert?«

»Ach, es war gar nicht so schlimm, wie man erzählt.« Papa nahm George beim Arm, und sie traten beiseite, um ihr Gespräch fortzusetzen.

Charlotte schaute sich die Gäste an. Alle Männer waren in voller Abendkleidung – Frack, weiße Binde, weiße Weste. Den jungen Leuten steht es besonders gut, oder zumindest den schlanken, fand

Charlotte. Sie sahen besonders fesch aus, wenn sie tanzten. Sie betrachtete die Kleider und stellte fest, daß ihres und das ihrer Mutter zwar geschmackvoll, aber ein wenig altmodisch wirkten, mit den Wespentaillen, den Rüschen und Schleifen. Tante Clarissa trug ein langes, gerade geschnittenes, enges Kleid mit einem Rock, der ihr kaum das Tanzen erlaubte, und Belinda hatte türkische Haremshosen an.

Charlotte entdeckte, daß sie niemanden kannte. Wer wird nach Papa und Onkel George mit mir tanzen? überlegte sie. Aber dann lud Tante Clarissas jüngerer Bruder Jonathan sie zu einem Walzer ein und stellte sie danach drei jungen Männern vor, die in Oxford mit ihm studiert hatten, und jeder von ihnen tanzte mit ihr. Sie fand ihre Konversation recht eintönig: Der Tanzboden sei gut, hieß es, das Orchester ebenfalls, und dann fiel ihnen nichts mehr ein. Charlotte versuchte es mit der Frage: »Finden Sie, daß Frauen das Wahlrecht haben sollten?« Sie bekam zur Antwort: »Ganz gewiß nicht«, »keine Meinung« und »Sie sind doch nicht etwa eine von *denen?«*

Der letzte ihrer Partner, ein gewisser Freddy, führte sie ins Haus zum Souper. Es war ein gepflegt aussehender junger Mann mit regelmäßigen Gesichtszügen und blondem Haar – ganz hübsch, fand Charlotte. Er war am Ende seines ersten Jahres in Oxford. Oxford gefällt mir, sagte er, aber er gestand zugleich, daß er sich nicht sehr für Bücher interessiere, und im Oktober wahrscheinlich nicht dorthin zurückkehren werde.

Das Innere des Hauses erstrahlte im Blumenschmuck, nicht zuletzt durch die helle elektrische Beleuchtung. Zum Souper gab es heiße und kalte Suppe, Hummer, Rebhuhn, Erdbeeren, Eis und Treibhauspfirsiche. »Überall das gleiche Essen«, bemerkte Freddy. »Die hohen Herrschaften scheinen alle bei ein und demselben Lieferanten zu bestellen.«

»Gehen Sie oft auf Bälle?« fragte Charlotte.

»Muß ich leider. Besonders während der Saison.«

Charlotte trank ein Glas Champagner, hoffte, daß es sie fröhlicher stimmte, dann verließ sie Freddy und wanderte durch eine Reihe von Empfangsräumen. In einem wurde an mehreren Tischen Bridge gespielt. Zwei ältere Herzoginnen hielten hof in einem anderen. In einem dritten spielten ältere Herren Billard, während jüngere Leute rauchten. Hier fand Charlotte Belinda mit einer Zigarette in der Hand. Charlotte hielt nichts vom Rauchen; das war etwas für Menschen mit extravaganten Allüren. Auf jeden Fall galt dies für Belinda.

»Dein Kleid ist einfach fabelhaft«, sagte Belinda.

»Ach was, das sagst du ja nur. Aber du siehst ganz toll aus. Wie hast du deine Stiefmutter überredet, dich das anziehen zu lassen?«

»Am liebsten würde sie sich selber so anziehen!«

»Sie sieht so viel jünger aus als meine Mama. Was sie ja natürlich auch ist. Und vor allem hat sie jüngere Ansichten.«

»Eine Stiefmutter ist immer etwas anders. Was ist euch denn da nach dem Empfang bei Hofe passiert?«

»Oh, das war wirklich ein Erlebnis! Ein Verrückter hat uns mit einem Revolver bedroht.«

»Deine Mama hat es mir erzählt. Hast du nicht furchtbare Angst gehabt?«

»Ich war viel zu beschäftigt und mußte Mama beruhigen. Erst danach habe ich es mit der Angst gekriegt. Warum hast du mir im Palast gesagt, daß du mit mir sprechen mußt?«

»Ach ja. Weißt du was?« Sie nahm Charlotte beiseite, führte sie von den jungen Männern fort. »Ich habe entdeckt, wie sie herauskommen.«

»Wer?«

»Die Babys.«

»Oh!« Charlotte war sehr neugierig. »Erzähle.«

Belinda senkte die Stimme. »Sie kommen zwischen den Beinen heraus, wo man Wasser läßt.«

»Aber das ist doch viel zu eng!«

»Es weitet sich.«

Wie schrecklich, dachte Charlotte.

»Aber das ist noch nicht alles«, fuhr Belinda fort. »Ich habe auch herausgefunden, wie man sie macht.«

»Wie?«

Belinda faßte Charlotte am Ellbogen, und sie gingen in die hinterste Ecke des Zimmers. Sie standen vor einem mit Rosengirlanden behangenen Spiegel. Belindas Stimme war nur noch ein Flüstern.

»Du weißt doch, daß du mit deinem Mann ins Bett gehen mußt, wenn du verheiratet bist.«
»Bist du sicher?«
»Ja.«
»Papa und Mama haben getrennte Schlafzimmer.«
»Haben sie nicht eine Verbindungstür?«
»Ja.«
»Auf diese Weise können Sie sich ins gleiche Bett legen.«
»Warum?«
»Das werde ich dir sagen. Um ein Baby zu bekommen, muß der Mann seinen Penis in die Öffnung stecken – aus der die Babys später herauskommen.«
»Was ist ein Penis?«
»Nicht so laut! Das ist ein Ding, das die Männer zwischen den Beinen haben – hast du denn noch nie ein Bild von Michelangelos David gesehen?«
»Nein.«
»Nun, es ist ein Ding, mit dem sie Wasser lassen. Sieht wie ein Finger aus.«
»Und *das* muß man tun, um Kinder zu kriegen?«
»Ja.«
»Und alle verheirateten Leute müssen es tun?«
»Ja.«
»Wie entsetzlich. Wer hat dir das alles erzählt?«
»Viola Pontadarvy. Sie schwört, daß es wahr ist.«
Und irgendwie wußte Charlotte, daß es wirklich der Wahrheit entsprach. Als sie es hörte, war es ihr, als erinnere man sie an etwas, das sie vergessen hatte. Es schien unerklärlicherweise einen Sinn zu ergeben. Und doch traf es sie wie ein Schlag. Es war das gleiche unheimliche Gefühl, das einen manchmal im Traum befällt, wenn ein schrecklicher Verdacht sich als berechtigt erweist, oder wenn man Angst hat, zu fallen, und dann plötzlich feststellt, daß man wirklich fällt.
»Ich bin jedenfalls froh, daß du es herausgefunden hast«, sagte sie. »Wenn man sich verheiratet, ohne es zu wissen . . . wäre das furchtbar peinlich.«
»Bei manchen Mädchen scheint dies der Fall zu sein«, sagte Belinda.

»Eigentlich sollte deine Mutter dir das alles am Abend vor der Hochzeit erklären, aber wenn deine Mutter zu schüchtern ist, weißt du es eben erst . . . wenn es passiert.«
»Dem Himmel sei Dank für Viola Pontadarvy.« Plötzlich kam Charlotte ein Gedanke. »Hat das etwas mit dem . . . Bluten zu tun, das man jeden Monat hat?«
»Das weiß ich nicht.«
»Ich nehme es aber an. Es hängt alles zusammen – all die Dinge, über die man nicht spricht. Nun ja, jetzt wissen wir wenigstens, warum man nicht darüber spricht – es ist so ekelhaft.«
»Das, was du im Bett machen mußt, nennt man Geschlechtsverkehr, aber Viola sagt, daß es noch gemeinere Ausdrücke dafür gibt.«
»Sie weiß eine Menge.«
»Sie hat Brüder. Die haben es ihr vor Jahren erzählt.«
»Und woher wußten die es?«
»Von älteren Jungen auf der Schule. Jungen interessieren sich sehr für solche Sachen.«
»Nun ja«, sagte Charlotte. »Irgendwie ist es auch auf eine schreckliche Art faszinierend.«
Plötzlich sah sie Tante Clarissa im Spiegel.
»Was heckt ihr beiden in eurer dunklen Ecke aus?« fragte sie. Charlotte errötete, aber Tante Clarissa schien keine Antwort zu erwarten, denn sie fuhr fort: »Bewege dich ein bißchen und sprich mit den Leuten, Belinda – es ist schließlich deine Party.«
Sie entfernte sich, und die beiden Mädchen gingen durch die Empfangszimmer. Die Räume lagen kreisförmig aneinander, so daß man in jeder Richtung wieder an den Ausgangspunkt zurückkam. Charlotte sagte: »Ich glaube nicht, daß ich mich je dazu überwinden könnte.«
»Wirklich nicht?« Belinda lächelte seltsam.
»Was willst du damit sagen?«
»Ich weiß nicht. Ich habe darüber nachgedacht. Es könnte eigentlich ganz nett sein.«
Charlotte starrte sie an.
Belinda wurde verlegen. »Ich muß wieder tanzen gehen«, sagte sie. »Wir sehen uns später.«
Sie ging die Treppe hinunter. Charlotte blickte ihr nach und fragte

sich, was das Leben sonst noch für schreckliche Geheimnisse verbarg.
Sie kehrte in den Speisesaal zurück und holte sich ein weiteres Glas Champagner. Auf welch seltsame Art sich doch die Menschheit verewigt, sinnierte sie. Wahrscheinlich ist es bei den Tieren ähnlich. Und wie ist es bei den Vögeln? Nein, Vögel legen ja Eier. Und dann diese Worte! ›Penis‹ und ›Geschlechtsverkehr‹ und anscheinend noch viel Schlimmeres. All die eleganten und vornehmen Leute um sie herum kannten diese Worte, sprachen sie aber nie aus. Und weil man sie nie aussprach, waren sie so peinlich. Denn peinlich mußten sie ja sein, wenn man sie nie aussprach. Irgend etwas an der ganzen Angelegenheit war doch sehr dumm. Wenn der Schöpfer beschlossen hatte, daß die Menschen es tun sollten, warum stellten sie sich dann so, als gäbe es so etwas gar nicht?
Sie trank ihr Glas aus und ging wieder zur Tanzfläche hinaus. Papa und Mama tanzten eine Polka und machten eine sehr gute Figur dabei. Mama war inzwischen über den Vorfall im Park hinweggekommen, aber Papa schien immer noch daran zu denken. Er sah sehr elegant aus in seinem Frack. Wenn ihm sein Bein weh tat, tanzte er nicht, aber offenbar hatte er heute abend keine Schmerzen. Für einen so großen Mann war er erstaunlich geschmeidig in seinen Bewegungen. Mama schien sich köstlich zu amüsieren. Beim Tanzen ließ sie sich immer ein bißchen gehen. Dann verschwand ihre erzwungene Reserviertheit, sie lächelte strahlend und ließ sogar ihre Knöchel sehen.
Als die Polka vorüber war, erblickte Papa Charlotte und kam herüber. »Darf ich um diesen Tanz bitten, Lady Charlotte?«
»Es ist mir ein Vergnügen, Eure Lordschaft.«
Es war ein Walzer. Papa schien besorgt, aber er wirbelte sie mit Geschick auf der Tanzfläche herum. Sie fragte sich, ob sie auch so strahlend wie Mama aussah. Wahrscheinlich nicht. Plötzlich dachte sie an Papa und Mama beim Geschlechtsverkehr, und sie fand den Gedanken peinlich.
Papa fragte: »Amüsierst du dich auch auf deinem ersten großen Ball?«
»Ja, danke«, antwortete sie pflichtschuldigst.
»Du siehst so nachdenklich aus.«

»Das ist nur mein gutes Benehmen.« Die Lichter und die Farben blendeten sie, und plötzlich hatte sie Mühe, sich aufrechtzuhalten. Sie fürchtete, umfallen und sich lächerlich machen zu können. Papa fühlte sie schwanken und hielt sie ein wenig fest. Einen Augenblick später ging der Tanz zu Ende.

Papa führte sie von der Tanzfläche. »Fühlst du dich nicht wohl?«

»Doch, aber es war mir ein bißchen schwindlig.«

»Hast du geraucht?«

Charlotte lachte. »Bestimmt nicht.«

»Das ist gewöhnlich der Grund, warum es jungen Damen auf Bällen schwindlig wird. Ich gebe dir einen Rat: Wenn du das Rauchen versuchen willst, tu es zu Hause.«

»Ich will es gar nicht versuchen.«

Während des nächsten Tanzes blieb sie sitzen, und dann tauchte Freddy wieder auf. Während sie mit ihm tanzte, erinnerte sie sich, daß all die jungen Leute, auch Freddy und sie selbst, angeblich auf den Bällen der Saison nach passenden Ehepartnern ausschauen sollten. Zum erstenmal sah sie in Freddy einen möglichen Ehemann. Es schien ihr undenkbar.

Aber was für einen Mann wünsche ich mir eigentlich? fragte sie sich. Sie hatte keine Ahnung.

Freddy sagte: »Jonathan hat uns zwar vorgestellt, aber nur bei unseren Vornamen. Ich nehme an, daß Sie Lady Charlotte Walden sind.«

»Ja. Und wer sind Sie?«

»Ich bin der Marquis von Chalfont.«

Sieh mal an, dachte Charlotte, wir sind also gesellschaftlich durchaus ebenbürtig.

Ein wenig später kamen sie und Freddy ins Gespräch mit Belinda und Freddys Freunden. Sie unterhielten sich über ein neues Theaterstück, das »Pygmalion« hieß und angeblich sehr komisch, aber ziemlich ordinär sei. Die jungen Männer erzählten, sie würden zu einem Boxkampf gehen, und Belinda sagte, sie wolle mitkommen, aber dann erklärten sie alle, das käme überhaupt nicht in Frage. Sie diskutierten über Jazzmusik. Einer der jungen Leute schien ein Kenner zu sein, denn er hatte eine Zeitlang in den Vereinigten Staaten gelebt. Aber Freddy konnte diese Musik nicht ausstehen

und redete ziemlich wichtigtuerisch von der »Vernegerung der Gesellschaft«. Sie tranken Kaffee, und Belinda rauchte noch eine Zigarette. Charlotte begann, sich richtig wohl zu fühlen.
Aber dann kam Charlottes Mama und sagte: »Dein Vater und ich gehen jetzt. Sollen wir dir den Wagen zurückschicken?«
Charlotte spürte, daß sie müde wurde. »Nein, ich komme mit«, antwortete sie. »Wie spät ist es?«
»Vier Uhr.«
Sie holten sich ihre Mäntel. Mama fragte: »Hast du einen schönen Abend gehabt?«
»Ja, danke, Mama.«
»Ich auch. Wer waren diese jungen Leute?«
»Bekannte von Jonathan.«
»Waren sie nett?«
»Zum Schluß ist die Konversation noch ganz interessant geworden.«
Papa hatte bereits den Wagen gerufen. Als sie sich von den hellen Lichtern der Party entfernten, erinnerte sich Charlotte an das, was passiert war, als sie das letzte Mal in diesem Wagen saßen, und bekam Angst.
Papa hielt Mamas Hand. Sie wirkten glücklich. Charlotte fühlte sich ausgeschlossen. Sie blickte aus dem Fenster. Vier Herren mit seidenen Zylindern kamen die Park Lane hinauf, wahrscheinlich auf dem Heimweg von einem Nachtlokal. Als der Wagen um Hyde Park Corner bog, sah Charlotte etwas Seltsames.
»Was ist das?« fragte sie.
Mama schaute hinaus. »Was ist was, mein Kind?«
»Dort auf der Straße. Es sieht aus wie Menschen.«
»Ja, es sind Menschen.«
»Und was tun sie?«
»Sie schlafen.«
Charlotte war entsetzt. Es waren acht bis zehn Personen, die, in Mäntel, Decken und Zeitungen gehüllt, an einer Mauer lagen. Sie konnte nicht erkennen, ob es Männer oder Frauen waren, aber einige dieser Bündel waren klein genug, um Kinder sein zu können.
»Warum schlafen sie hier?« wollte sie wissen.
»Das weiß ich nicht, mein Kind«, sagte Mama.

Papa sagte: »Weil sie sonst nirgendwo einen Platz zum Schlafen haben, natürlich.«
»Sie haben kein Zuhause?«
»Nein.«
»Ich wußte nicht, daß es so arme Menschen gibt«, sagte Charlotte. »Wie schrecklich.« Sie dachte an all die Zimmer in Onkel Georges Haus, an all die Speisen die den achthundert Gästen aufgetragen wurden, obgleich diese ein paar Stunden vorher zu Abend gegessen hatten, an die vielen teuren Kleider, die sie sich in jeder Saison kauften, während diese Menschen hier unter Zeitungen schliefen. Sie sagte: »Wir sollten etwas für sie tun.«
»Wir?« sagte Papa. »Was sollten wir denn tun?«
»Häuser für sie bauen.«
»Für alle?«
»Wie viele gibt es denn?«
Papa zuckte mit der Schulter. »Tausende.«
»Tausende! Ich dachte, es seien nur die wenigen dort.« Charlotte war völlig verstört. »Könntest du nicht kleine Häuser bauen lassen?«
»Hausbesitz bringt keinen Gewinn, besonders nicht bei solchen Mietern.«
»Vielleicht solltest du es trotzdem tun.«
»Warum?«
»Weil die Starken den Schwachen helfen sollten. Das hast du selbst einmal zu Mr. Samson gesagt.« Samson war der Gutsverwalter auf Walden Hall, und er wollte immer an den Reparaturen der verpachteten Häuser sparen.
»Wir kümmern uns schon um eine Menge Leute«, sagte Papa. »All die Diener, denen wir Gehälter bezahlen, die Pächter, die unser Land bestellen und in unseren Häusern wohnen, die Arbeiter der Firmen, in die wir unser Geld investieren, die Regierungsbeamten, die von unseren Steuergeldern bezahlt werden . . .«
»Das ist meiner Meinung nach keine ausreichende Entschuldigung«, unterbrach ihn Charlotte. »Diese armen Leute schlafen auf der Straße! Was werden sie im Winter tun?«
Mama fiel ihr scharf ins Wort. »Dein Papa hat es nicht nötig, sich zu entschuldigen. Er ist von adliger Geburt, und er hat seinen Besitz

mit Umsicht verwaltet. Er hat ein volles Recht auf seinen Wohlstand. Diese Leute auf der Straße sind Nichtstuer, Verbrecher, Trinker und verkommene Subjekte.«
»Auch die Kinder?«
»Werde nur nicht frech! Du hast noch eine Menge zu lernen – vergiß das nicht.«
»Ich sehe gerade, wie viel ich noch zu lernen habe«, erwiderte Charlotte.
Als der Wagen in den Hof ihres Hauses einbog, warf Charlotte einen Blick auf eine neben dem Tor schlafende Person. Sie beschloß, sie sich aus der Nähe anzusehen.
Die Kutsche hielt vor der Eingangstür. Charles half zuerst Mama, dann Charlotte heraus. Charlotte rannte über den Hof. William wollte gerade das Tor schließen. »Einen Augenblick bitte«, rief Charlotte ihm zu.
Sie hörte Papa sagen: »Was, zum Teufel . . .?«
Und schon war sie draußen auf der Straße.
Die Schlafende war eine Frau. Sie lag zusammengekauert auf dem Pflaster, die Schultern an die Hofmauer gelehnt. Sie trug Männerstiefel, wollene Strümpfe, einen schmutzigen blauen Mantel und einen sehr großen, ehemals wohl recht eleganten Hut mit einem Strauß ramponierter künstlicher Blumen an der Krempe. Ihr Kopf war zur Seite geneigt, und Charlotte sah ihr Gesicht.
Irgend etwas an diesem runden Gesicht und dem breiten Mund kam ihr bekannt vor. Die Frau war noch jung . . .
»Annie!« rief Charlotte plötzlich aus.
Die Schläferin öffnete die Augen.
Charlotte starrte sie entsetzt an. Noch vor zwei Monaten war Annie Hausmädchen in Walden Hall gewesen, in einem schmucken, sauberen Uniformkleid mit einer kleinen weißen Kappe auf dem Kopf, ein hübsches Mädchen mit einem großen Busen und einem ansteckenden Lachen. »Annie, was ist denn mit dir passiert?«
Annie rappelte sich auf und machte einen traurigen Knicks vor ihr.
»Ach, Lady Charlotte, ich hatte gehofft, Sie einmal zu sehen, denn Sie waren immer so gut zu mir, und ich habe niemanden, an den ich mich wenden kann . . .«
»Aber wie bist du in diesen Zustand geraten?«

»Ich wurde ohne Zeugnis entlassen, gnädiges Fräulein, als man herausfand, daß ich ein Kind erwartete. Ich weiß, daß ich unrecht getan habe . . .«
»Aber du bist doch nicht verheiratet!«
»Ich hatte was mit Jimmy, dem Gärtnergehilfen . . .«
Charlotte erinnerte sich an Belindas Enthüllungen und dachte, falls das wirklich alles stimmte, müßte es eigentlich auch für ein unverheiratetes Mädchen möglich sein, ein Kind zu bekommen. »Wo ist das Baby?«
»Ich habe es verloren.«
»Verloren?«
»Ich meine, es kam zu früh, gnädiges Fräulein. Es wurde tot geboren.«
»Wie schrecklich«, flüsterte Charlotte. Das war wieder etwas, das sie nicht für möglich gehalten hätte. »Und warum ist Jimmy nicht bei dir?«
»Er ist zur See gegangen. Er hat mich wirklich geliebt, das weiß ich, aber er hatte Angst vor dem Heiraten, denn er war ja erst siebzehn . . .« Annie begann zu weinen.
Charlotte hörte Papas Stimme. »Charlotte, du kommst ins Haus!« Sie drehte sich nach ihm um. Er stand am Tor in seinem Frack, den seidenen Zylinder in der Hand, und plötzlich sah sie in ihm einen spießigen, grausamen alten Mann. Sie sagte: »Das ist eine der Dienerinnen, für die du so gut sorgst.«
Papa schaute das Mädchen an. »Annie! Was hat das zu bedeuten?«
Annie sagte: »Jimmy ist mir davongelaufen, Eure Lordschaft, und da konnte ich nicht heiraten, und ich konnte auch keine neue Stellung finden, weil Sie mir nie ein Zeugnis gegeben haben, und ich schämte mich, zu meinen Eltern zurückzukehren, und da bin ich nach London gekommen . . .«
»Um zu betteln«, unterbrach Papa sie barsch.
»Papa!« rief Charlotte aus.
»Das verstehst du nicht, Charlotte.«
»Ich verstehe es nur zu gut.«
Jetzt erschien Mama und sagte: »Charlotte, gib dich nicht mit dieser Kreatur ab!«
»Sie ist keine Kreatur, es ist Annie.«

»Annie!« Mamas Stimme klang schrill. »Sie ist ein gefallenes Mädchen!«
»Das genügt mir jetzt«, sagte Papa. »In meiner Familie streitet man sich nicht auf der Straße. Kommt sofort ins Haus zurück.«
Charlotte legte ihren Arm um Annie. »Sie braucht ein Bad, neue Kleider und ein heißes Frühstück.«
»Sei doch nicht lächerlich!« sagte Mama. Sie reagierte fast hysterisch auf den Anblick Annies.
»Na schön«, sagte Papa. »Bring sie in die Küche. Die Stubenmädchen sind sicher schon auf. Sage ihnen, sie sollen sich um sie kümmern. Und dann komm zu mir in den Salon.«
»Stephen, das ist doch heller Wahnsinn . . .« sagte Mama.
»Kommt jetzt hinein«, erwiderte Papa.
Sie folgten ihm.
Charlotte führte Annie in die Küche hinunter. Ein Mädchen putzte den Herd, ein anderes schnitt Speckscheiben für das Frühstück. Es war kurz nach fünf. Charlotte hatte nicht gewußt, daß die Bediensteten so früh mit der Arbeit begannen. Die beiden blickten sie erstaunt an, als sie in ihrem Ballkleid mit Annie eintrat.
Charlotte sagte: »Das hier ist Annie. Sie hat früher bei uns in Walden Hall gearbeitet. Sie hat Unglück gehabt, aber sie ist ein gutes Mädchen. Sie muß ein Bad nehmen. Gebt ihr neue Kleider und verbrennt ihre alten. Und dann gebt ihr ein Frühstück.«
Einen Augenblick standen die Mädchen völlig verblüfft da, dann sagte das eine: »Wie das gnädige Fräulein wünschen.«
»Ich sehe dich nachher, Annie«, sagte Charlotte.
Annie faßte Charlotte beim Arm. »Oh, ich bin Ihnen so dankbar, gnädiges Fräulein.«
Charlotte ging hinaus.
Jetzt wird es Ärger geben, dachte sie, als sie hinaufging. Aber das machte ihr nichts mehr aus. Sie hatte fast das Gefühl, daß ihre Eltern sie verraten hatten. Wozu hatten ihr all die Jahre der guten Erziehung genützt, wenn sie in einer einzigen Nacht entdeckte, daß man ihr die allerwichtigsten Dinge des Lebens vorenthalten hatte? Gewiß, man redete sich damit heraus, daß junge Mädchen beschützt werden müßten, aber Charlotte fand das Wort Heuchelei angebrachter. Wenn sie bedachte, wie unwissend sie bis heute abend gewesen war, kam sie sich lächerlich vor, und das ärgerte sie.

Papa stand am Kamin und hielt ein Glas in der Hand. Mama saß am Flügel, spielte düstere Moll-Akkorde und machte ein leidendes Gesicht. Sie hatten die Vorhänge zurückgezogen. Das Zimmer bot einen seltsamen Anblick in dieser Morgenstunde, mit den Zigarettenstummeln von gestern in den Aschenbechern und dem kalten Dämmerlicht, das überall lange Schatten warf. Es war ein Abendzimmer, brauchte Lampenlicht und Wärme, Getränke und Lakaien und eine Menge Menschen mit fröhlichem Geplauder.
Heute sah alles anders aus.
»Nun denn, Charlotte«, begann Papa. »Du verstehst nicht, was für eine Art von Mädchen Annie ist. Du weißt, daß wir sie nicht ohne Grund entlassen haben. Sie hat etwas Unrechtes getan, das ich dir nicht erklären kann . . .«
»Ich weiß, was sie getan hat«, sagte Charlotte und setzte sich. »Ich weiß auch mit wem. Mit einem Gärtnergehilfen namens Jimmy.«
Mama war sprachlos.
Papa sagte: »Ich glaube, du hast keine Ahnung, wovon du redest.«
»Und wessen Schuld ist es, wenn ich keine Ahnung habe?« platzte Charlotte heraus. »Ich bin jetzt achtzehn Jahre alt, und niemand hat mir je erzählt, daß es Menschen gibt, die so arm sind, daß sie auf der Straße schlafen müssen, daß man ein Hausmädchen entläßt, bloß weil es ein Kind erwartet, und daß . . . daß . . . Männer nicht wie Frauen gewachsen sind. Und jetzt erzählt mir nur nicht, daß ich von all diesen Dingen nichts verstünde und noch viel zu lernen hätte! Ich habe mein ganzes Leben mit Lernen verbracht, und jetzt entdecke ich, daß das meiste davon Lügen waren! Wie konntet ihr nur! Wie konntet ihr nur!« Sie brach in Tränen aus und war wütend auf sich, weil sie die Beherrschung verlor.
Sie hörte Mama sagen: »Mein Gott, das ist doch wirklich lächerlich.«
Papa setzte sich neben sie und nahm ihre Hand. »Es tut mir leid, daß du so denkst«, sagte er. »Alle jungen Mädchen werden über gewisse Dinge in Unwissenheit gehalten. Das geschieht nur zu ihrem Guten. Wir haben dich nie belogen. Wenn wir dich nicht wissen ließen, wie grausam und roh die Welt ist, so taten wir es nur, weil wir wollten, daß du deine Kindheit so lange wie möglich genießt. Vielleicht war das ein Fehler.«

Mama fuhr sie an: »Wir wollten dir die Schwierigkeiten ersparen, in die Annie geraten ist!«
»So würde ich es nun wieder nicht sagen«, entgegnete Papa mit sanfter Stimme.
Charlottes Wut verflog. Sie fühlte sich wieder wie ein Kind. Am liebsten hätte sie den Kopf an Papas Schulter gekuschelt, aber das ließ ihr Stolz nicht zu.
»Wollen wir jetzt einander verzeihen und wieder Freunde sein?« fragte Papa.
Eine Idee, die Charlotte schon vorher gekommen war, fiel ihr plötzlich wieder ein, und sie äußerte sie spontan: »Wärt ihr einverstanden, wenn Annie meine persönliche Zofe würde?«
Papa räusperte sich. »Nun . . .«
»Wir denken nicht daran!« erwiderte Mama hysterisch. »Das kommt überhaupt nicht in Frage! Die achtzehnjährige Tochter eines Grafen mit einer Zofe, die ein verkommenes Subjekt ist! Nein, und ein für allemal nein!«
»Was soll sie denn dann tun?« fragte Charlotte ruhig.
»Daran hätte sie denken können, als sie . . . sie hätte eben vorher daran denken müssen.«
Papa sagte: »Charlotte, wir können unmöglich eine Frau von schlechtem Charakter in unserem Hause wohnen lassen. Selbst wenn ich es erlaubte, würde die Dienerschaft daran Anstoß nehmen. Die Hälfte von ihnen würde kündigen. Schon jetzt wird es Gerede geben, nur weil wir dem Mädchen gestatteten, die Küche zu betreten. Du siehst, es sind nicht nur Mama und ich, die solche Leute meiden – es ist die gesamte Gesellschaft.«
»Dann werde ich ihr ein Haus kaufen«, sagte Charlotte, »und ihr monatlich Geld geben und ihre Freundin sein.«
»Du hast kein Geld«, sagte Mama.
»Mein russischer Großvater hat mir etwas hinterlassen.«
Papa sagte: »Aber dieses Geld ist in meiner Obhut, bis du das Alter von einundzwanzig Jahren erreicht hast, und ich werde nicht zulassen, daß es für diesen Zweck verwendet wird.«
»Aber was soll denn mit ihr geschehen?« fragte Charlotte verzweifelt.
»Ich schlage dir ein Geschäft vor«, sagte Papa. »Ich gebe ihr Geld für

eine anständige Unterkunft und werde sehen, daß sie Arbeit in einer Fabrik bekommt.«
»Und was wäre meine Gegenleistung?«
»Du mußt mir versprechen, keinen Kontakt mit ihr aufzunehmen, und das für immer.«
Charlotte fühlte sich sehr müde. Papa hatte auf alles eine Antwort. Sie konnte sich nicht länger mit ihm streiten, und sie hatte nicht die Kraft, auf ihrem Wunsch zu bestehen. Sie seufzte.
»Na schön«, sagte sie.
»Du bist ein gutes Kind. Jetzt gehst du am besten zu ihr, sagst ihr, was abgemacht worden ist, und dann verabschiedest du dich.«
»Ich weiß nicht, ob ich ihr in die Augen sehen kann.«
Papa tätschelte ihre Hand. »Sie wird sehr dankbar sein, warte nur. Nachdem du mit ihr gesprochen hast, gehst du zu Bett. Ich werde mich um alle Einzelheiten kümmern.«
Charlotte wußte nicht, ob sie gewonnen oder verloren hatte, ob Papa grausam oder gütig war, ob Annie sich gerettet oder ausgestoßen fühlen würde. »Also gut«, sagte sie resigniert. Sie wollte Papa sagen, daß sie ihn liebte, aber die Worte kamen ihr nicht über die Lippen. Einen Augenblick später stand sie auf und verließ das Zimmer.

☆

Am Tag nach dem Fiasko wurde Felix gegen Mittag von Mrs. Callahan geweckt. Er fühlte sich sehr schwach. Mrs. Callahan stand an seinem Bett und hielt einen großen Becher in der Hand. Felix richtete sich auf und nahm ihr den Becher ab. Das Getränk schmeckte köstlich, es schien aus heißer Milch, Zucker, geschmolzener Butter und Brotstücken zu bestehen. Während er trank, machte sich Mrs. Callahan in seinem Zimmer zu schaffen, wischte Staub, rückte Tisch und Stuhl zurecht und sang dabei ein sentimentales Lied über junge Männer, die ihr Leben für Irland opferten.
Sie ging hinaus und kam dann in Begleitung einer etwa gleichaltrigen Frau zurück, die ebenfalls Irin und außerdem Krankenschwester war. Die Frau vernähte seine Hand und wickelte ihm einen Verband um seine Schulterwunde. Felix schloß aus der Konversation, daß es

sich um die Engelmacherin des Wohnviertels handelte. Mrs. Callahan erzählte ihr, Felix sei bei einer Schlägerei in einem Pub verletzt worden. Die Krankenschwester verlangte einen Shilling für den Besuch und sagte: »Sie werden nicht sterben. Aber sie hätten sich gleich behandeln lassen sollen, dann hätten Sie nicht so viel Blut verloren. So werden Sie sich noch ein paar Tage schwach fühlen.«

Nachdem sie gegangen war, sprach Mrs. Callahan zu ihm. Sie schien ihm zu vertrauen, denn sie erlaubte ihm, sie bei ihrem Vornamen zu nennen. Bridget Callahan war eine ziemlich dicke, gutmütige Frau von fast sechzig Jahren. Ihr Mann war in Irland in Schwierigkeiten geraten, und dann waren sie in die Anonymität Londons geflohen, wo er sich, wie sie erzählte, zu Tode getrunken hatte. Sie hatte zwei Söhne, die in New York Polizisten waren, und eine Tochter, die in Belfast arbeitete. Eine gewisse Verbitterung zeigte sich hie und da in einer spöttisch-witzigen Bemerkung, die sich meist gegen die Engländer richtete.

Während Bridget ihm erklärte, warum Irland unabhängig sein müsse, schlief er ein. Sie weckte ihn wieder am Abend und brachte ihm heiße Suppe.

Am folgenden Tag begannen seine körperlichen Wunden schnell zu heilen, aber dafür fühlte er um so stärker den Schmerz seiner Seele. All die Verzweiflung und die Selbstvorwürfe, die er im Park empfunden hatte, als er weggelaufen war, kamen zurück. Weggelaufen! Wie konnte ihm das passieren?

Lydia.

Sie war jetzt Lady Walden.

Es wurde ihm übel bei dem Gedanken.

Er zwang sich zu klarem, kühlem Denken.

Er hatte gewußt, daß sie verheiratet und nach England gezogen war. Offenbar war der Engländer, den sie geheiratet hatte, ein Mann aus dem Adel und höchstwahrscheinlich einer, der sich für Rußland interessierte. Nicht minder offenbar mußte die Person, die mit Orlow verhandelte, ein Mitglied des Establishments und ein Experte in russischen Angelegenheiten sein. Ich konnte natürlich nicht erraten, daß es ein und derselbe Mann sein würde, beruhigte sich Felix, aber ich hätte die Möglichkeit in Betracht ziehen sollen.

Der Zufall war gar nicht so erstaunlich, wie er geglaubt hatte, aber er war dennoch niederschmetternd. Felix hatte zweimal in seinem Leben vollkommenes, berauschendes Glück gekannt. Das erste Mal, als man ihm im Alter von vier Jahren – bevor seine Mutter starb – einen roten Ball geschenkt hatte. Das zweite Mal, als Lydia sich in ihn verliebte. Aber den roten Ball hatte man ihm nie weggenommen.

Er konnte sich keine größere Glückseligkeit vorstellen als die, die er mit Lydia erlebt hatte – und auch keine grausamere Enttäuschung als die, die darauf gefolgt war. Seitdem hatte es in seinem Gefühlsleben nie mehr solche Höhen und Tiefen gegeben. Nachdem sie ihn verlassen hatte, war er, als Mönch verkleidet, durch das russische Land gezogen, um das anarchistische Evangelium zu predigen. Er sagte den Bauern, daß das Land ihnen gehöre, weil sie es bestellten; daß nur der ein Recht auf das Holz im Walde habe, der den Baum schlage; daß es niemandem zustehe, sie zu regieren, außer ihnen selbst, und daß Selbstregierung, weil sie keine Regierung sei, Anarchie heiße. Er war ein wunderbarer Prediger und machte sich viele Freunde, aber er verliebte sich nie wieder und wollte es auch nicht. Seine Predigerzeit nahm 1899 während des großen Studentenstreiks ein plötzliches Ende, als er wegen Volksaufwiegelung verhaftet und nach Sibirien geschickt wurde. Die Jahre der Wanderschaft hatten ihn bereits gegen Kälte, Hunger und Schmerz abgehärtet, aber jetzt, da er als Kettensträfling mit hölzernem Werkzeug in einer Mine nach Gold graben mußte, gezwungen war, immer weiter zu schuften, auch wenn der an ihn angekettete Mann vor Erschöpfung tot umfiel, sah, wie man Kinder und Frauen auspeitschte, – erst jetzt lernte er, was Dunkelheit, Bitternis und Verzweiflung und zuletzt auch Haß bedeuteten. In Sibirien lernte er die Gesetze des Überlebens: Stiehl oder verhungere, verstecke dich oder du wirst geschlagen, kämpfe oder stirb. Hier hatte er sich Verschlagenheit und Unbarmherzigkeit angewöhnt. Hier hatte er jenen Grundsatz der Unterdrückung kennengelernt, daß man die Opfer gegeneinander aufhetzen muß, damit sie sich nicht gegen ihre Unterdrücker wenden.

Er floh und begann dann die lange Reise in den Wahnsinn, die ein Ende nahm, als er den Polizisten tötete und feststellte, daß er sich vor nichts mehr fürchtete.

Er kehrte als ein unbestechlicher Revolutionär in die Zivilisation zurück. Es schien ihm unglaublich, daß er einst Skrupel empfunden hatte, Bombenanschläge auf die Adligen zu verüben, die an den Sträflingsminen in Sibirien Geld verdienten. Er empörte sich über die von der Regierung angezettelten Pogrome gegen die Juden im Westen und Süden Rußlands. Er fühlte sich angewidert von den Streitereien zwischen den Bolschewisten und den Menschewisten auf dem zweiten Kongreß der Sozialdemokratischen Partei. Er fand Trost in der aus Genf kommenden Zeitschrift *Brot und Freiheit*, deren Motto auf der Titelseite ein Zitat von Bakunin war: »Das Bedürfnis zu zerstören ist auch ein schöpferisches Bedürfnis.« Und schließlich, da er die Regierung haßte, von den Sozialisten enttäuscht und von den Anarchisten überzeugt war, zog er in die Getreidestadt Bialystok und gründete dort eine Gruppe mit dem Namen »Kampf«.

Das waren die ruhmreichen Jahre. Nie würde er den jungen Nisan Farber vergessen, der den Mühlenbesitzer am Versöhnungstag vor der Synagoge erstochen hatte. Felix hatte den Chef der Polizei erschossen. Dann verlegte er den Kampf nach St. Petersburg, wo er eine andere anarchistische Gruppe gründete, die »Unerlaubten«, mit der er das erfolgreiche Attentat auf den Großfürsten Sergeij plante. In jenem Jahr 1905 kam es in St. Petersburg zu Morden, Banküberfällen, Streiks und Aufständen. Die Revolution schien nur noch Tage entfernt.

Dann kam die Repression, und sie war wilder, wirksamer und viel blutrünstiger als alles, was die Revolutionäre je getan hatten. Die Geheimpolizei stürmte mitten in der Nacht die Wohnungen der »Unerlaubten«, und sie wurden alle verhaftet – außer Felix, der einen Polizisten tötete, einen anderen schwer verletzte und dann in die Schweiz floh, denn jetzt vermochte ihn niemand mehr aufzuhalten, weil er entschlossener und listiger, wütender und unbarmherziger denn je geworden war.

In all jenen Jahren, selbst während der ruhigen Zeit, die er dann in der Schweiz verbrachte, hatte er nie jemanden geliebt. Gewiß, es hatte Leute gegeben, die er mochte – einen Schweinehirten in Georgien, einen jüdischen Bombenbastler in Bialystok, Ulrich in Genf – aber sie verschwanden aus seinem Leben, wie sie gekommen waren. Natürlich hatte es auch Frauen gegeben. Viele Frauen ahnten seine gewaltsame Natur und schreckten vor ihm zurück. Jene, die ihn anziehend fanden, ließen dagegen nicht so schnell locker. Gelegentlich hatte er der Versuchung nachgegeben, aber es endete immer mehr oder weniger mit einer Enttäuschung. Seine Eltern waren beide tot, und seine Schwester hatte er seit zwanzig Jahren nicht mehr gesehen. Im Rückblick erschien ihm sein Leben seit der Zeit mit Lydia wie ein langsames Hingleiten in Betäubung und Unempfindlichkeit. Kein Wunder, denn Gefangenschaft, Folter, Zwangsarbeit als Kettensträfling und die lange Flucht aus Sibirien hätte er nie überlebt, wenn seine Gefühle nicht langsam abgestumpft wären. Er machte sich nichts mehr aus sich selbst, und das – stellte er fest – war der eigentliche Grund, weshalb er keine Angst mehr kannte. Denn Angst konnte man nur um etwas haben, woraus man sich etwas machte. Er hatte es lieber so.

Seine Liebe galt nicht irgendwelchen Menschen, sie galt der Menschheit. Er empfand für die verhungernden Bauern im allgemeinen, für kranke Kinder, verängstigte Soldaten und verkrüppelte Minenarbeiter in ihrer Gesamtheit. Er haßte niemand im besonderen: nur alle Fürsten, alle Landbesitzer, alle Kapitalisten und alle Generäle.

Indem er sich mit Leib und Seele einer höheren Sache verschrieb, wußte er, daß er einem Priester glich, und zwar einem ganz besonderen Priester – seinem Vater. Er fühlte sich durch diesen Vergleich nicht mehr gedemütigt. Er bewunderte die geistige Kraft seines Vaters, wenn er auch die Sache, der er gedient hatte, verachtete. Er, Felix, hatte die richtige Sache gewählt. Sein Leben würde nicht verschleudert werden.

Das war der Felix, wie er im Laufe der Jahre geworden war, eine Persönlichkeit, die durch ein grausames Schicksal geprägt war. Was ihn an Lydias Schrei so betroffen hatte, war der Gedanke, daß es einen anderen Felix hätte geben können, einen warmherzigen, liebenden Menschen, einen Mann mit sexuellen Bedürfnissen, der fähig war, Eifersucht, Gier, Eitelkeit und Furcht zu empfinden. Würde ich lieber dieser Mann sein? fragte er sich jetzt. Dieser Mann würde sich danach sehnen, ihr in die großen grauen Augen zu blicken, ihr weiches blondes Haar zu streicheln, sie in hilfloses

Kichern ausbrechen zu sehen, zu erleben, wie sie versuchte, das Pfeifen zu lernen, mit ihr über Tolstoi zu diskutieren, mit ihr Schwarzbrot und geräucherten Hering zu essen und ihr zuzuschauen, wie sie bei ihrem ersten Schluck Wodka das hübsche Gesicht zu einer Grimasse verzerrte. Dieser Mann würde verspielt sein.

Er würde auch besorgt sein, würde ständig darauf achten, daß Lydia glücklich wäre. Er würde zögern, den Hahn durchzudrücken, und fürchten, die Kugel könne abprallen und sie treffen. Es würde ihm widerstreben, ihren Neffen zu töten, falls sie den jungen Mann mochte. Ein solcher Mann wäre ein armseliger Revolutionär.

Nein, sagte er sich vor dem Einschlafen, dieser Mann möchte ich nicht sein. Er ist ja nicht einmal gefährlich.

Er träumte in der gleichen Nacht, daß er Lydia erschoß, aber als er erwachte, konnte er sich nicht mehr erinnern, ob es ihn traurig gestimmt hatte.

Am dritten Tag ging er aus. Bridget gab ihm ein Hemd und eine Jacke, die einst ihrem Mann gehört hatten. Sie paßten schlecht, denn der Verstorbene war kleiner und dicker als Felix gewesen. Seine Hosen und Stiefel waren noch benutzbar, und Bridget hatte die Blutflecken abgewaschen.

Er reparierte das Fahrrad, das beim Sturz auf der Treppe Schaden genommen hatte. Er richtete ein verbogenes Rad, flickte einen zerplatzten Reifen, verklebte das aufgerissene Leder des Sattels. Dann stieg er auf und fuhr ein Stück, merkte aber gleich, daß er noch nicht kräftig genug für weitere Fahrten war. So ging er zu Fuß. Es war ein herrlicher, sonniger Tag. Bei einem Altkleiderhändler auf dem Mornington Crescent tauschte er die Jacke von Mrs. Bridgets Mann gegen eine leichtere und besser passende ein und zahlte noch einen halben Penny dazu. Er fühlte sich glücklich, als er im warmen Sommerwetter durch die Straßen von London ging. Eigentlich habe ich keinen Grund, glücklich zu sein, gestand er sich ein. Mein kluger, gut organisierter, kühner Mordplan hat sich zerschlagen, weil eine Frau schrie und ein älterer Mann ein Schwert zog. Eine Schande!

Sein einziger Trost war Bridget Callahan gewesen. Sie hatte gesehen, daß er in Schwierigkeiten war, und sie hatte ihm geholfen,

ohne es sich zweimal zu überlegen. Es erinnerte ihn an die Großherzigkeit der Menschen, für die er schoß, Bomben warf und sich mit einem Schwert verletzen ließ. Und es gab ihm Kraft.
Er begab sich in den St. James's Park und nahm seinen vertrauten Platz gegenüber dem Waldenschen Hause ein. Er blickte zu dem einst weißen Steinputz und den hohen, eleganten Fenstern hinauf. Ihr könnt mich niederschlagen, dachte er, aber ihr könnt mich nicht totschlagen. Wenn ihr wüßtet, daß ich wieder hier bin, würdet ihr in euren Lackschuhen vor Angst schlottern.
Er setzte sich zur Beobachtung nieder. Das Dumme an seiner Lage war, daß sein Opfer jetzt wachsam sein würde. Es war nun viel schwieriger, Orlow zu töten, denn er würde Vorsichtsmaßnahmen treffen. Felix mußte herausfinden, worin diese bestanden, damit er sie umgehen konnte.
Um elf Uhr vormittags kam ein Wagen aus der Einfahrt, und Felix glaubte, hinter dem Glasfenster einen Bart und einen Zylinder zu erkennen. Walden. Der Wagen kam um ein Uhr zurück. Um drei erschien er wieder, diesmal wurde ein Frauenhut sichtbar, der wahrscheinlich Lydia gehörte, vielleicht aber auch der Tochter der Familie. Wer es auch immer war – er kam um fünf zurück. Gegen Abend trafen einige Gäste ein, und die Familie schien zu Hause zu speisen. Von Orlow keine Spur. Es sah ganz so aus, als sei er ausgezogen.
Ich werde ihn schon finden, beruhigte Felix sich.
Auf dem Heimweg nach Camden Town kaufte er sich eine Zeitung. Als er in seinem Zimmer ankam, lud Bridget ihn zu sich zum Tee ein, und so las er die Zeitung in ihrem Wohnzimmer. Weder im Hofbericht noch in der Gesellschaftsspalte war etwas über Orlow zu finden.
Bridget sah, was er las. »Interessante Lektüre für jemanden wie Sie«, sagte sie spöttisch. »Sie haben sich wohl noch nicht entschlossen, auf welchen Ball sie heute abend gehen.«
Felix lächelte und schwieg.
Bridget sagte: »Ich weiß, was Sie sind. Sie sind ein Anarchist.«
Felix saß ganz still.
»Wen wollen Sie denn umbringen?« fragte sie. »Hoffentlich den verdammten König.« Sie schlürfte laut ihren Tee. »Sie brauchen

mich nicht so anzustarren. Man könnte meinen, Sie wollten mir die Kehle aufschlitzen. Aber machen Sie sich keine Sorgen, ich werde Sie nicht anzeigen. Mein Mann selig hat zu seiner Zeit auch ein paar Engländer umgelegt.«

Felix war sprachlos. Sie hatte es erraten – und sie billigte es! Er wußte nicht, was er sagen sollte. Er stand auf und faltete seine Zeitung zusammen. »Sie sind eine gute Frau«, sagte er.

»Wenn ich zwanzig Jahre jünger wäre, würde ich Ihnen einen Kuß geben. Verschwinden Sie, bevor ich mich vergesse.«

»Vielen Dank für den Tee«, sagte Felix und ging hinaus.

Er verbrachte den Rest des Abends in seinem traurigen Kellerzimmer, starrte die Wand an, dachte nach. Natürlich hielt sich Orlow irgendwo versteckt. Aber wo? Wenn er nicht mehr im Waldenschen Haus war, konnte er auf der russischen Gesandtschaft sein oder im Haus eines Gesandtschaftsbeamten, oder in einem Hotel, oder bei Freunden der Waldens. Er konnte sogar außerhalb von London in einem Landhaus sein. Es war völlig undenkbar, alle Möglichkeiten nachzuprüfen.

Es wird nicht so leicht sein. Er begann sich Sorgen zu machen.

Sollte er Walden beschatten? Vielleicht blieb ihm nichts anderes übrig, aber es war unbefriedigend. Mit dem Fahrrad konnte man natürlich einem Wagen in London leicht folgen, aber es wäre ermüdend, und Felix wußte, daß er in den nächsten Tagen noch nicht dazu in der Lage war. Und angenommen, Walden würde innerhalb von drei Tagen verschiedene Privathäuser besuchen, zwei oder drei Büros, einige Hotels und eine Gesandtschaft – wie sollte Felix dann herausfinden, in welchem dieser Gebäude sich Orlow befand? Es wäre möglich, würde aber viel Zeit in Anspruch nehmen. Inzwischen würden die Verhandlungen fortschreiten und der Krieg näher rücken.

Und schließlich war es immerhin noch möglich, daß Orlow weiter bei Walden wohnte und einfach nur beschlossen hatte, nicht auszugehen.

Felix grübelte über das Problem nach, bis er einschlief, und am nächsten Morgen hatte er die Lösung gefunden.

Er würde Lydia fragen.

Er wichste seine Stiefel, wusch sich das Haar, rasierte sich. Er lieh

sich von Bridget einen weißen Baumwollschal, den er sich um den Hals band, damit man nicht sah, daß er weder einen Kragen noch eine Krawatte trug. Bei dem Altkleiderhändler auf dem Mornington Crescent fand er einen steifen Hut, der ihm paßte. Er betrachtete sich im brüchigen Spiegel des Trödlers. Er sah ganz respektabel aus. Er machte sich auf den Weg.
Natürlich hatte er keine Ahnung, wie Lydia auf ihn reagieren würde. Er war sich immerhin sicher, daß sie ihn in der Nacht des Fiaskos nicht erkannt hatte. Sein Gesicht war verhüllt gewesen, und ihr Schrei war nur die Reaktion auf den Anblick eines Unbekannten mit einer Waffe gewesen. Angenommen, er gelangte ins Haus und stünde ihr gegenüber – was würde sie tun? Würde sie ihn hinausschmeißen? Würde sie sich sofort die Kleider vom Leibe reißen, wie sie es früher zu tun pflegte? Oder würde sie sich ganz gleichgültig verhalten, ihm begegnen, wie jemandem, den sie einmal in ihrer Jugend gekannt hatte und der ihr nichts mehr bedeutete?
Er wünschte, sie würde erschrecken, ihn verblüfft anstarren, immer noch in ihn verliebt sein, denn nur so konnte er sie dazu bringen, ihm ein Geheimnis anzuvertrauen.
Plötzlich konnte er sich nicht mehr erinnern, wie sie aussah. Das war sehr merkwürdig. Er kannte zwar ungefähr ihre Größe, wußte, daß sie weder dick noch dünn war und blondes Haar und graue Augen hatte, aber er konnte sich kein richtiges Bild von ihr machen. Wenn er sich auf ihre Nase konzentrierte, sah er sie so, wie sie ihm im blassen Abendlicht von St. Petersburg erschienen war, aber es gelang ihm nicht, sie sich klar und deutlich vorzustellen.
Er ging durch den Park und blieb zögernd vor dem Haus stehen. Es war zehn Uhr. Waren sie schon auf? Er beschloß, auf jeden Fall zu warten, bis Walden das Haus verlassen hatte. Es fiel ihm ein, daß er Orlow in der Eingangshalle begegnen könnte – was gerade jetzt, wo er keine Waffe besaß, sehr unangenehm wäre.
In diesem Fall werde ich ihn mit bloßen Händen erwürgen, entschied er.
Er grübelte darüber nach, was Lydia in diesem Augenblick wohl tat. Wahrscheinlich zog sie sich an. Ja, dachte er, jetzt kann ich sie mir vorstellen, wie sie im Korsett vor dem Spiegel sitzt und sich ihr Haar bürstet. Oder vielleicht frühstückt sie gerade. Sicher stehen Eier,

Fleisch und Fisch auf dem Tisch, aber sie wird nur ein halbes Brötchen und eine Apfelscheibe essen.
Der Wagen erschien am Eingangstor. Einige Minuten später stieg jemand ein und fuhr aus dem Hof. Felix stand auf der Straßenseite gegenüber. Plötzlich blickte er durch das Fenster Walden geradewegs ins Gesicht, und Walden sah ihn an. Felix hätte ihm am liebsten zugerufen: »He, Walden, ich habe Lydia zuerst gefickt!« Aber er grinste nur und lüftete den Hut. Walden nahm die Begrüßung kopfnickend zur Kenntnis, und der Wagen fuhr an ihm vorbei. Felix fühlte sich in Hochstimmung.
Er ging durch das Tor und über den Hof. Er sah, daß alle Fenster mit Blumen geschmückt waren, und er erinnerte sich, daß Lydia schon damals Blumen geliebt hatte. Er ging die Stufen zur Tür hinauf und zog die Klingel.
Vielleicht wird sie die Polizei rufen, überlegte er.
Einen Augenblick später öffnete ein Diener die Tür. Felix trat ein.
»Guten Morgen«, sagte er.
»Guten Morgen, Sir«, antwortete der Diener.
Ich sehe also präsentabel aus. »Würden Sie mich bitte bei der Gräfin Walden melden. Es handelt sich um eine sehr dringliche Angelegenheit. Mein Name ist Konstantin Dmitritsch Levin. Sie wird sich bestimmt von St. Petersburg her an mich erinnern.«
»Jawohl, Sir. Konstantin . . .?«
»Konstantin Dmitritsch Levin. Warten Sie, ich gebe Ihnen meine Karte.« Felix griff in seine Jackentasche. »Ach! Ich habe keine bei mir.«
»Das macht nichts, Sir. Konstantin Dmitritsch Levin.«
»Ja.«
»Wenn Sie die Güte haben wollen, hier einen Augenblick zu warten, werde ich mich erkundigen, ob die Frau Gräfin zu Hause ist.«
Felix nickte, und der Diener entfernte sich.

6

Der kleine Queen-Anne-Bücherschrank und -Sekretär zählte zu Lydias Lieblingsmöbelstücken im Londoner Haus. Er war zweihundert Jahre alt und bestand aus schwarzlackiertem Holz mit Goldschmuck und einer Dekoration im orientalischen Stil: Pagoden, Trauerweiden, kleine Inseln, Blumen. Ein Teil der vorderen Wand ließ sich aufklappen und diente als Schreibpult. Im Inneren fand man einige mit rotem Samt bezogene Fächer für Briefe und kleine Schubladen für Briefpapier und Federhalter. In dem leicht gewölbten unteren Teil befanden sich größere Schubladen, und der obere, etwa in Augenhöhe, war ein Bücherschrank mit einer Spiegeltür. Das alte Spiegelglas reflektierte ein verschwommenes, verzerrtes Bild des Morgenzimmers.

Auf der Schreibtischplatte lag ein unbeendeter Brief an ihre Schwester, Alex' Mutter, in St. Petersburg. Lydias Handschrift war klein und unleserlich. Sie hatte gerade auf russisch geschrieben: »Ich weiß nicht, was ich von Charlotte denken soll«, und dann hatte sie gezögert. Sie saß da, blickte in den verschwommenen Spiegel und grübelte.

Die Saison hatte sich bisher als im schlimmsten Sinne ereignisreich erwiesen. Nach dem Frauenrechtlerinnenprotest bei Hof und dem Auftritt des Wahnsinnigen im Park hatte sie geglaubt, es werde keine weiteren »Katastrophen« mehr geben. Und einige Tage war das Leben auch ruhig verlaufen. Charlotte hatte ein erfolgreiches Debüt in der Gesellschaft gegeben. Orlow konnte ihren Gleichmut nicht mehr stören, denn er war ins *Savoy*-Hotel geflohen und nahm an keinen Empfängen mehr teil. Belindas Ball war ein eindrucksvoller Erfolg gewesen. In jener Nacht hatte Lydia all ihre Sorgen vergessen und sich blendend amüsiert. Sie hatte Walzer, Polka, Two-Step, Tango und sogar den Turkey Trot getanzt. Sie hatte das halbe Oberhaus zu Partnern gehabt, einige attraktive junge Leute und vor allem ihren Mann. Es war eigentlich gar nicht schicklich, so oft mit dem eigenen Ehemann zu tanzen, wie sie es getan hatte. Aber Stephen sah so fabelhaft in seinem Frack aus und tanzte so gut, daß sie sich dem Vergnügen hingegeben hatte. Ihre Ehe hatte ohne Zweifel eine ihrer glücklicheren Phasen erreicht. Wenn sie an die vergangenen Jahre zurückdachte, hatte sie das Gefühl, es sei wäh-

rend der Saison schon oft so gewesen. Und dann war diese Annie aufgetaucht und hatte alles verdorben.
Lydia hatte nur noch eine sehr vage Erinnerung an Annie als Hausmädchen in Walden Hall gehabt. In einem so großen Haushalt konnte man unmöglich alle Diener kennen, denn allein im Haus waren fünfzig Leute beschäftigt, und dazu kamen noch die Gärtner und Stallburschen. Auch sie war nicht allen Dienern bekannt. Einmal war es ihr sogar passiert, daß sie, als sie ein Stubenmädchen in der Halle anhielt und fragte, ob Lord Walden in seinem Zimmer sei, die Antwort erhielt: »Ich werde mal nachsehen, Madame – welchen Namen darf ich melden?«
Immerhin erinnerte sich Lydia an den Tag, als die Haushälterin Mrs. Braithwaite in Walden Hall zu ihr gekommen war, um ihr mitzuteilen, daß man Annie entlassen müsse, weil sie schwanger sei. Mrs. Braithwaite hatte das Wort »schwanger« nicht benutzt, sondern die Wendung »in einem Zustand, der auf unmoralischem Verhalten beruht« gebraucht. Lydia und Mrs. Braithwaite waren verlegen, aber keinesfalls schockiert gewesen. Bei Stubenmädchen war derartiges schon öfter vorgekommen, und es war bestimmt nicht das letzte Mal. Man mußte sie einfach entlassen, denn in einem anständig geführten Haus gab es keine andere Möglichkeit, und natürlich konnte man ihr unter solchen Umständen kein Zeugnis geben. Ohne Leumundszeugnis konnte ein Mädchen zwar keine andere Stellung mehr finden, aber normalerweise brauchte sie das nicht, denn entweder heiratete sie den Vater des Kindes, oder sie kehrte zu ihrer Mutter zurück. Manchmal konnte es sogar passieren, daß ein solches Mädchen, nachdem es einmal seine Kinder aufgezogen hatte, wieder den Weg ins Haus zurückfand, als Wäscherin oder Küchenhilfe oder in irgendeiner anderen Beschäftigung, bei der sie mit ihren Arbeitgebern nicht in Kontakt kam.
Lydia hatte angenommen, daß Annies Leben auf diese Weise verlaufen werde. Sie erinnerte sich, daß ein Gärtnergehilfe ohne Kündigung davongelaufen und auf See gegangen war – sie entsann sich dessen vor allem, weil es immer schwieriger wurde, junge Leute zu finden, die für einen bescheidenen Lohn bereit waren, als Gärtner zu arbeiten – aber natürlich hatte ihr niemand gesagt, daß es eine Verbindung zwischen diesem Jungen und Annie gab.

Wir sind nicht hart, fand Lydia. Als Arbeitgeber sind wir verhältnismäßig großzügig. Und doch hat Charlotte reagiert, als sei ich persönlich für Annies Unglück verantwortlich. Ich frage mich, woher sie diese Ideen hat. Was hat sie noch gesagt? »Ich weiß, was Annie getan hat, und ich weiß auch, mit wem.« Um Himmels willen, wo hat das Kind solche Reden gelernt? Ich habe mir alle erdenkliche Mühe gegeben, sie zu einem sauberen und anständigen Mädchen zu erziehen, und nicht zu so einer, wie ich es war – aber daran darf ich jetzt nicht einmal denken . . .
Sie tauchte ihre Feder in das Tintenfaß. Gern hätte sie ihre Sorgen mit ihrer Schwester geteilt, aber in einem Brief war es zu kompliziert. Es war schon schwierig genug in einem persönlichen Gespräch. Und in Wirklichkeit hätte sie ohnehin am liebsten mit Charlotte darüber gesprochen. Aber warum werde ich immer so ausfallend und tyrannisch, wenn ich es versuche? dachte sie.
Pritchard trat ein. »Ein Herr Konstantin Dmitrisch Levin möchte Sie sprechen, gnädige Frau.«
Lydia runzelte die Stirn. »Ich glaube nicht, daß ich ihn kenne.«
»Der Herr sagte, es handle sich um eine dringliche Angelegenheit, gnädige Frau, und er schien anzunehmen, Sie würden sich von St. Petersburg her an ihn erinnern.« Pritchard machte ein zweifelndes Gesicht.
Lydia zögerte. Der Name kam ihr irgendwie bekannt vor. Von Zeit zu Zeit erschienen Russen bei ihr in London, die sie kaum gekannt hatte. Gewöhnlich erboten sie sich zuerst, ihren Verwandten daheim Nachrichten zu überbringen, und zum Schluß baten sie sie, ihnen das Geld für die Rückreise zu leihen. Es machte Lydia nichts aus, ihnen zu helfen. »Nun gut«, sagte sie. »Führen Sie ihn herein.«
Pritchard entfernte sich. Lydia tauchte noch einmal ihre Feder ein und schrieb: »Was kann man tun, wenn das Kind achtzehn Jahre alt ist und seinen eigenen Willen hat? Stephen meint, ich mache mir zu viele Sorgen. Ich wünschte . . .«
Ich kann nicht einmal mit Stephan richtig reden, fiel ihr auf. Er speist mich immer nur mit besänftigenden Phrasen ab.
Die Tür ging auf, und Pritchard verkündete: »Herr Konstantin Dmitritsch Levin.«
Lydia sprach über ihre Schulter auf englisch: »Einen kleinen

Augenblick bitte, Mr. Levin.« Sie hörte den Butler die Tür schließen, und sie schrieb den Satz zu Ende: ». . . daß ich ihm glauben könnte.« Dann legte sie ihre Feder nieder und drehte sich um.
Er sprach auf russisch zu ihr. »Wie geht es dir, Lydia?«
Lydia flüsterte: »Oh, mein Gott.«
Es war ihr, als lege sich etwas Kaltes und Schweres auf ihr Herz, und sie konnte nicht atmen. Felix stand vor ihr, groß und schlank wie damals, in einer schäbigen Jacke, mit einem Schal und einem lächerlichen englischen Hut in der linken Hand. Er war ihr so vertraut, als hätte sie ihn erst gestern gesehen. Sein Haar war noch immer lang und schwarz, ohne jedes Grau. Sie betrachtete seine weiße Haut, die schmale, gebogene Nase, seinen breiten Mund und die traurigen, weichen Augen.
Er sagte: »Es tut mir leid, dich erschreckt zu haben.«
Lydia konnte nicht sprechen. Sie kämpfte mit einem Sturm gemischter Gefühle: Schock, Angst, Entzücken, Schrecken, Zuneigung und Abscheu. Sie starrte ihn an. Ja, er war älter geworden. Sein Gesicht zeigte Spuren: zwei scharfe Falten an den Wangen, abfallende Linien an den Mundwinkeln. Sie deuteten auf Schmerz und Entbehrungen hin. In seinem Ausdruck lag etwas, das sie früher nicht gekannt hatte – vielleicht Erbarmungslosigkeit oder Grausamkeit, vielleicht nur Unbeugsamkeit. Er sah müde aus.
Auch er blickte sie forschend an. »Du siehst noch wie ein Mädchen aus«, sagte er bewundernd.
Sie zwang sich, ihre Augen von ihm abzuwenden. Ihr Herz pochte bis zum Hals. Schrecken war das Gefühl, das sie beherrschte. Wenn Stephen frühzeitig zurückkehrt, überlegte sie blitzartig, wenn er jetzt in dieses Zimmer tritt, mit jenem fragenden Blick, und ich erröten und stammeln müßte . . .
»So sag doch etwas«, ließ Felix sich vernehmen.
Sie blickte ihn wieder an. Mit Mühe brachte sie hervor: »Geh!«
»Nein.«
Plötzlich wußte sie, daß sie nicht die Willenskraft besaß, ihn fortzuschicken. Sie warf einen Blick auf die Klingel, mit der sie Pritchard rufen konnte. Felix lächelte, als wisse er, woran sie dachte.
»Es ist neunzehn Jahre her«, sagte er.
»Du bist alt geworden«, entfuhr es ihr.

»Auch du hast dich verändert.«
»Was hast du anderes erwartet?«
»Genau das«, sagte er. »Daß du Angst haben würdest, dir einzugestehen, wie glücklich du bist, mich wiederzusehen.«
Er hatte es schon immer vermocht, ihr mit seinen sanften Augen bis in die Tiefe der Seele zu sehen. Was hat es für einen Zweck, sich zu verstellen? Ihm kann man nichts vormachen, erinnerte sie sich. schon bei unserer ersten Begegnung durchschaute er mich sofort.
»Nun?« fragte er. »Bist du nicht glücklich?«
»Aber ich bin auch erschrocken«, erwiderte sie, und dann fiel ihr ein, daß sie zugegeben hatte, glücklich zu sein. »Und du?« fügte sie eilig hinzu. »Wie fühlst du dich?«
»Ich fühle so gut wie überhaupt nichts mehr«, sagte er. Sein Gesicht verzog sich zu einem seltsamen, schmerzhaften Lächeln. Auch das war etwas, das sie vorher nicht an ihm gekannt hatte. Sie fühlte instinktiv, daß er in diesem Augenblick die Wahrheit sprach.
Er zog einen Stuhl heran und setzte sich ganz nahe zu ihr. Sie zuckte zurück. »Ich werde dir nicht weh tun«, sagte er.
»Mir weh tun?« Lydia lachte nervös auf. »Du wirst mein Leben ruinieren!«
»Du hast meins ruiniert«, erwiderte er, und dann runzelte er die Stirn, als habe er sich selbst überrascht.
»Oh, Felix, das wollte ich nicht.«
Er versteifte sich plötzlich. Sie schwiegen. Er setzte wieder sein verletztes Lächeln auf und sagte: »Was geschah damals?«
Sie zögerte. Jetzt merkte sie, daß sie sich in all den Jahren gesehnt hatte, es ihm zu erklären. Sie begann: »An jenem Abend, als du mir das Kleid zerrissen hattest . . .«

»Was wirst du mit dem Riß in deinem Kleid tun?« fragte Felix.
»Die Zofe wird es mir nähen, bevor ich in der Gesandtschaft ankomme«, erwiderte Lydia.
»Deine Zofe hat Nadel und Faden bei sich?«
»Wozu nimmt man sonst seine Zofe mit, wenn man zum Abendessen ausgeht?«
»Ja, warum?« Er lag auf dem Bett und sah ihr zu, wie sie sich ankleidete. Sie wußte, daß er ihr gern beim Ankleiden zuschaute;

einmal hatte er ihr vorgemacht, wie sie sich den Schlüpfer überstreifte, und sie hatte gelacht, bis ihr der Bauch weh tat.
Sie nahm ihm das Kleid ab und zog es an. »Die meisten Mädchen brauchen eine Stunde, um sich für den Abend umzuziehen«, sagte sie. »Bevor ich dich kannte, hatte ich keine Ahnung, daß man es auch in fünf Minuten machen kann. Knöpfe es mir zu.«
Sie schaute in den Spiegel und richtete sich das Haar, während er die Häkchen an ihrem Rücken schloß. Als er fertig war, küßte er sie auf die Schulter. Sie beugte den Nacken. »Fang nicht schon wieder an«, sagte sie. Sie nahm das braune Cape und reichte es ihm.
Er half ihr hinein und sagte: »Die Lichter gehen aus, wenn du fort bist.«
Sie war gerührt. Er war nicht oft sentimental. Sie sagte: »Ich weiß, wie du dich fühlst.«
»Wirst du morgen kommen?«
»Ja.«
An der Tür küßte sie ihn und sagte: »Ich danke dir.«
»Ich liebe dich«, erwiderte er.
Sie verließ ihn. Als sie die Treppe hinunterging, hörte sie ein Geräusch und drehte sich um. Felix' Nachbar beobachtete sie aus der Tür der anliegenden Wohnung. Er sah verlegen aus, als er ihrem Blick begegnete. Sie nickte ihm höflich zu, und er zog sich zurück. Es fiel ihr ein, daß er wahrscheinlich ihre Liebesspiele durch die Wand belauscht hatte, aber es machte ihr nichts aus. Sie war sich bewußt, schändliche Dinge zu treiben, aber sie weigerte sich, darüber nachzudenken.
Sie trat auf die Straße. Ihre Zofe wartete an der Ecke. Gemeinsam gingen sie in den Park, wo der Wagen stand. Es war ein kalter Abend, aber Lydia fühlte die Glut ihrer inneren Wärme. Oft fragte sie sich, ob die Leute es ihr ansahen, daß sie gerade geliebt hatte.
Der Kutscher zog den Wagensteig für sie herunter und vermied ihren Blick. Er weiß es, schoß es ihr durch den Kopf, aber dann glaubte sie, es sei nur Einbildung gewesen.
Im Wagen nähte ihr die Zofe hastig den Riß am Rücken zu, und Lydia vertauschte das braune Cape mit einem Pelzumhang. Die Zofe richtete ihr noch die Frisur. Lydia gab ihr zehn Rubel für ihr Schweigen. Dann kamen sie vor der Britischen Gesandtschaft an.
Lydia gab sich einen Ruck und stieg aus dem Wagen.

Sie fand es nicht besonders schwierig, sich umzustellen und wieder die bescheidene, jungfräuliche Lydia zu sein, als die sie in der Gesellschaft galt. Kaum war sie in diese andere Welt zurückgekehrt, erschrak sie über die brutale Macht ihrer Leidenschaft zu Felix. Sie zitterte plötzlich. Es war keine Verstellung. In den meisten Stunden des Tages hatte sie wirklich das Gefühl, ihrer wahren Natur nach das wohlanständige und gesittete Mädchen zu sein, und dann glaubte sie, sie sei von einer bösen Macht besessen, wenn sie mit Felix zusammen war. Aber wenn sie ihn besuchte, und auch, wenn sie mitten in der Nacht allein in ihrem Bett lag, war sie überzeugt, daß die offizielle und keusche Lydia schlecht und falsch sei, denn sie erlaubte ihr nicht die größte Freude, die sie je gekannt hatte.

So trat sie in die Eingangshalle, in anmutiges Weiß gekleidet. Sie wirkte sehr jung und ein wenig nervös.

Sie sah ihren Vetter Kiril, der heute abend ihr Kavalier sein sollte. Er war ein Witwer von etwas über dreißig, ein reizbarer Mann, der im Außenministerium arbeitete. Er und Lydia mochten sich nicht besonders, aber da seine Frau gestorben war und Lydias Eltern nicht gern ausgingen, hatten Kiril und Lydia dafür gesorgt, daß man sie gemeinsam einlud. Lydia hatte ihm immer gesagt, er brauche sich nicht die Mühe zu machen, sie abzuholen. Auf diese Weise konnte sie sich heimlich mit Felix treffen.

»Du bist spät«, begrüßte sie Kiril.

»Es tut mir leid«, antwortete sie unaufrichtig.

Kiril führte sie in den Salon. Sie wurden von dem Gesandten und seiner Gemahlin begrüßt und dann dem Vicomte von Walden vorgestellt. Er war ein hochgewachsener gutaussehender Mann von etwa dreißig Jahren, in einem vorzüglich geschneiderten, aber ziemlich einfachen Anzug. Mit seinem hellbraunen Haar und den blauen Augen wirkte er sehr englisch. Lydia fand sein Lächeln und sein offenes Gesicht nicht ganz unattraktiv. Er sprach ein gutes Französisch. Sie plauderten eine Weile höflich miteinander, und dann wurde er anderen Leuten vorgestellt.

»Er scheint ganz nett zu sein«, bemerkte Lydia zu Kiril.

»Laß dich nicht täuschen«, erwiderte dieser. »Er soll ein wahrer Schwerenöter sein.«

»Das überrascht mich aber.«

»Er spielt Karten mit einigen Offizieren, die ich kenne; sie haben mir erzählt, er trinke sie in manchen Nächten unter den Tisch.«
»Du weißt so viel von den Leuten, und es ist immer etwas Schlechtes.«
Kirils dünne Lippen verzogen sich zu einem Lächeln. »Ist es meine Schuld oder ihre?«
Lydia fragte: »Warum ist er hier?«
»In St. Petersburg? Ach, das ist eine ganz einfache Geschichte. Er hat einen sehr reichen und herrschsüchtigen Vater, mit dem er nicht gut auskommt, und daher reist er in der Welt umher, trinkt und spielt und wartet auf den Tod seines alten Herrn.«
Lydia erwartete nicht, mit Walden noch einmal ins Gespräch zu kommen, aber die Frau des Gesandten wußte, daß sie beide unverheiratet waren, und setzte sie bei Tisch nebeneinander. Während des zweiten Gangs versuchte er, Konversation zu machen. »Kennen Sie zufällig den Finanzminister?« erkundigte er sich.
»Leider nicht«, erwiderte Lydia kühl. Natürlich wußte sie alles über diesen Mann, der ein großer Günstling des Zaren war, jedoch eine geschiedene Frau geheiratet hatte, die dazu noch Jüdin war. Deshalb wurde er nur selten eingeladen. Plötzlich fiel ihr ein, wie abschätzig Felix auf derartige Vorurteile reagierte, und dann richtete Walden wieder das Wort an sie.
»Es würde mich sehr interessieren, ihn einmal kennenzulernen; er soll ein sehr energischer und weitsichtiger Mann sein. Sein Projekt der Transsibirischen Eisenbahn ist großartig. Aber man erzählt, er sei nicht gerade sehr vornehm.«
»Ich kann Ihnen versichern, daß Sergeij Julewitsch Witte ein treuer Diener unseres verehrten Herrschers ist«, erwiderte Lydia höflich.
»Gewiß«, sagte Walden und wandte sich der anderen Dame an seiner Seite zu.
Ich scheine ihn zu langweilen, dachte Lydia.
Ein wenig später fragte sie ihn: »Reisen Sie viel?«
»Ich bin die meiste Zeit auf Reisen«, antwortete er. »Ich bin fast jedes Jahr in Afrika auf der Großwildjagd.«
»Wie faszinierend! Und was schießen Sie?«
»Löwen, Elefanten . . . einmal ein Rhinozeros.«
»Im Dschungel?«

»Die Jagd findet in den Steppen des Ostens statt, aber einmal bin ich bis zu den großen Wäldern im Süden gelangt, nur um sie mir anzusehen.«
»Ist es so, wie es in den Büchern beschrieben wird?«
»Ja, sogar einschließlich der nackten, schwarzen Pygmäen.«
Lydia fühlte sich erröten und blickte fort. Warum mußte er so etwas sagen? Sie sprach ihn nicht wieder an. Sie hatten genug geplaudert, um den Regeln der Etikette zu genügen, und offensichtlich war keiner von ihnen darauf erpicht, das Gespräch fortzusetzen.
Nach dem Essen spielte sie auf dem herrlichen großen Flügel des Gesandten, und dann brachte Kiril sie nach Hause. Sie ging sofort zu Bett und träumte von Felix.
Am nächsten Morgen nach dem Frühstück ließ ihr Vater sie durch einen Diener in sein Arbeitszimmer rufen.
Der Graf war ein kleiner, hagerer und mürrischer Mann von fünfundfünfzig Jahren. Lydia war das jüngste seiner vier Kinder – die anderen, eine Schwester und zwei Brüder, waren alle verheiratet. Ihre Mutter lebte noch, war aber ständig krank. Der Graf sah nur wenig von seiner Familie. Er schien den größten Teil seiner Zeit mit Büchern zu verbringen und hatte einen alten Freund, mit dem er manchmal Schach spielte. Lydia erinnerte sich vage an eine Zeit, als noch alles anders war, als sie in fröhlicher Familienrunde um den großen Tisch im Speisezimmer saßen, aber das war lange her. Heute konnte ein Ruf ins Arbeitszimmer nur eines bedeuten: Ärger.
Als Lydia eintrat, stand er vor dem Schreibtisch, die Hände auf dem Rücken verschränkt, das Gesicht vor Wut verzerrt. Lydias Zofe stand in der Nähe der Tür und war in Tränen aufgelöst. Jetzt wußte Lydia, welcher Ärger auf sie zukam, und sie fühlte, wie sie zitterte.
Es ging sofort los. Ihr Vater schrie sie an: »Du hast dich heimlich mit einem jungen Burschen getroffen!«
Lydia preßte die Arme zusammen, um das Zittern zu verbergen. »Wie hast du das herausgefunden?« fragte sie mit einem anklägerischen Blick auf die Zofe.
Ihr Vater knurrte angewidert. »Schau *sie* nicht an«, sagte er. »Der Kutscher hat mir von euren erstaunlich langen Spaziergängen im Park erzählt. Gestern ist dir jemand in meinem Auftrag gefolgt.« Dann brüllte er wieder. »Wie konntest du dich so aufführen – wie eine Bauernmagd?«

Wieviel wußte er? Bestimmt nicht alles! »Ich bin verliebt«, sagte Lydia.
»Verliebt?« schrie er. »Du meinst, du bist läufig!«
Lydia fürchtete, er werde sie schlagen. Sie trat einige Schritte zurück, bereit davonzulaufen. Er wußte alles. Eine totale Katastrophe. Was würde er tun?
Er sagte: »Das schlimmste ist, daß du ihn unmöglich heiraten kannst.«
Lydia war entsetzt. Sie war gefaßt, aus dem Haus geworfen zu werden, sie hätte erwartet, daß er sie enterben und demütigen würde, aber er hatte eine noch härtere Strafe im Sinn. »Warum kann ich ihn nicht heiraten?« rief sie verzweifelt.
»Weil er nichts Besseres als ein Leibeigener ist, und ein gefährlicher Anarchist dazu. Verstehst du denn nicht? Du wärst ruiniert!«
»Dann laß mich ihn heiraten und ruiniert sein!«
»Nein!« brüllte er.
Eine bedrohliche Stille trat ein, die immer noch weinende Zofe schniefte. Lydia hörte ein Dröhnen in den Ohren.
»Das wird deine Mutter umbringen«, sagte der Graf.
Lydia flüsterte: »Was wirst du tun?«
»Du wirst von jetzt an in deinem Zimmer bleiben. Sobald ich es einrichten kann, kommst du in ein Kloster.«
Lydia starrte ihn entsetzt an. Das war ein Todesurteil.
Sie rannte aus dem Zimmer.
Felix nie wiedersehen – die Vorstellung war unerträglich. Tränen rannen ihr über das Gesicht. Sie eilte in ihr Schlafzimmer. Eine solche Strafe konnte sie unmöglich überleben. Ich werde sterben, dachte sie. Ich werde sterben.
Anstatt Felix für immer aufzugeben, würde sie lieber ihre Familie für immer verlassen. Kaum war ihr der Gedanke gekommen, da wußte sie bereits, daß es die einzige Lösung war – und sie mußte es jetzt tun, bevor ihr Vater jemanden schickte, um sie in ihrem Zimmer einzuschließen.
Sie schaute in ihre Geldbörse: Sie hatte nur noch ein paar Rubel. Sie öffnete ihren Juwelenkasten, entnahm ihm ein Diamantarmband, eine goldene Kette und einige Ringe und stopfte sie in ihre Börse. Sie zog sich ihren Mantel an und rannte die Treppe hinunter. Sie verließ das Haus durch den Dienstboteneingang.

Ziellos eilte sie durch die Straßen. Die Menschen starrten ihr nach. Es machte ihr nichts aus. Sie hatte der guten Gesellschaft endgültig den Rücken gekehrt. Sie würde mit Felix davonlaufen.
Sie war rasch erschöpft und mußte langsamer gehen. Plötzlich erschien ihr ihre Lage nicht mehr so katastrophal. Sie konnte mit Felix nach Moskau gehen oder in irgendeine Provinzstadt oder sogar ins Ausland, vielleicht nach Deutschland. Felix würde eine Arbeit finden müssen. Er war immerhin gebildet und konnte eine Stellung als Kanzleischreiber oder vielleicht sogar noch etwas Besseres bekommen. Sie selbst konnte Näharbeiten übernehmen. Sie würden sich ein kleines Haus mieten, es möblieren und bescheiden leben. Sie würden Kinder haben, kräftige Jungen und hübsche Mädchen. Was sie dafür aufzugeben hatte, schien ihr wertlos: seidene Kleider, Gesellschaftsklatsch, eine allgegenwärtige Dienerschaft, prächtige Häuser und raffinierte Speisen.
Wie würde das Leben mit ihm sein? Sie würden zu Bett gehen und richtig miteinander schlafen – wie romantisch! Sie würden spazierengehen, sich bei den Händen halten und es nicht mehr nötig haben, ihre Verliebtheit zu verstecken. Am Abend würden sie am Kamin sitzen, Karten spielen, lesen oder sich unterhalten. Und sie könnte ihn jederzeit berühren, küssen oder sich für ihn ausziehen.
Sie erreichte das Haus, in dem er wohnte, und stieg die Treppen hinauf. Wie würde er reagieren? Zuerst dürfte er wohl entsetzt sein, dann außer sich vor Freude, und dann würde er nachdenken. Er würde beschließen, daß sie sofort von hier weg müßten, denn ihr Vater könnte sie mit Gewalt zurückholen lassen. Er würde sehr entschlossen sein. »Wir fahren nach X«, würde er sagen und sich um die Fahrkarten kümmern, die Koffer und die Verkleidungen.
Sie nahm ihren Schlüssel aus der Tasche, aber die Tür seiner Wohnung stand weit auf. Sie rief: »Felix, ich bin es!« und blieb auf der Türschwelle stehen. Alles war durcheinander, wie nach einem Raubüberfall oder einer Schlägerei. Felix war nicht da.
Plötzlich hatte sie furchtbare Angst.
Sie ging in der kleinen Wohnung auf und ab, fühlte sich benommen, blickte überflüssigerweise hinter die Vorhänge und unter das Bett. All seine Bücher waren fort. Die Matratze war zerschlitzt. Der Spiegel lag in Scherben am Boden, der Spiegel, in dem sie sich eines

Nachmittags, als es draußen schneite, beim Lieben betrachtet hatten.
Lydia ging fassungslos zur Treppe. Der Mieter der Wohnung nebenan stand in seiner Tür. Lydia blickte ihn an. »Was ist passiert?« fragte sie.
»Er wurde gestern nacht verhaftet», antwortete der Mann.
Da war es ihr, als stürze der Himmel über ihr zusammen.
Sie fühlte, wie ihr schwarz vor Augen wurde und lehnte sich an die Wand. Verhaftet! Warum? Wo war er? Wer hatte ihn verhaftet? Wie konnte sie mit ihm davonlaufen, wenn er im Gefängnis war?
»Er war offenbar ein Anarchist.« Der Nachbar grinste bedeutungsvoll und fügte hinzu: »Abgesehen von dem, was er sonst vielleicht noch war.«
Es war unerträglich. Ausgerechnet an dem Tag, an dem Vater . . .
»Vater«, flüsterte Lydia vor sich hin. »Vater hat es getan.«
»Sie sehen unwohl aus«, sagte der Nachbar. »Wollen Sie nicht hereinkommen und sich ein bißchen setzen?«
Lydia gefiel sein Gesicht nicht. Dieser schmierige Kerl, dachte sie, es war einfach nicht auszuhalten. Sie nahm sich zusammen, würdigte ihn keiner Antwort und ging langsam die Treppe hinunter.
Auf der Straße schleppte sie sich mühsam voran, ohne Ziel, fragte sich, was sie tun solle. Sie mußte Felix aus dem Gefängnis befreien. Aber sie hatte keine Ahnung, wie sie das anstellen könnte. Sollte sie sich an den Innenminister wenden? Oder an den Zaren? Aber die konnte sie nur antreffen, wenn sie auf die richtigen Empfänge ging. Sie könnte schreiben – aber sie brauchte Felix heute und sofort. Könnte sie ihn im Gefängnis besuchen? Dann würde sie wenigstens wissen, wie es ihm ging, und er würde wissen, daß sie für ihn kämpfte. Vielleicht ließe sich, wenn sie elegant gekleidet in einer Kutsche vorführe, der Gefängniswärter beeindrucken . . . Aber sie wußte ja nicht einmal, wo das Gefängnis war – es gab bestimmt mehrere –, und sie hatte auch keinen Wagen, und falls sie nach Hause zurückkehrte, würde ihr Vater sie einschließen, und dann würde sie Felix nie wiedersehen.
Sie kämpfte mit den Tränen. Die Welt der Polizei, der Gefängnisse und Verbrecher war ihr völlig unbekannt. Wen könnte sie fragen? Felix hatte bestimmt anarchistische Freunde, die darüber Bescheid

wußten, aber sie war ihnen nie begegnet und wußte nicht, wo sie zu finden waren.
Sie dachte an ihre Brüder. Max, der die Familienländereien verwaltete, würde die Angelegenheit vom Standpunkt ihres Vaters sehen und dessen Entschluß nur gutheißen. Dmitri – der hohlköpfige und effeminierte Dmitri – würde Sympathie für sie haben, ihr aber auch nicht helfen können.
Es blieb ihr nur eins: Sie mußte ihren Vater überreden, Felix wieder aus dem Gefängnis holen zu lassen.
Resigniert machte sie kehrt und begab sich auf den Heimweg.
Die Wut auf ihren Vater stieg mit jedem Schritt. Er bildete sich ein, sie zu lieben, sich um sie zu kümmern, um ihr Glück besorgt zu sein – und was hatte er getan? Versucht, ihr Leben zu zerstören. Sie wußte, was sie wollte, sie wußte, was sie glücklich machen würde. Wessen Leben war es? Wer hatte das Recht, zu entscheiden?
Wutentbrannt kam sie zu Hause an.
Sie ging zum Arbeitszimmer und trat ohne anzuklopfen ein.
»Du hast ihn verhaften lassen«, schleuderte sie ihrem Vater entgegen.
»Ja«, sagte er. Seine Laune hatte sich geändert. Die Maske des Zorns war verschwunden, und jetzt blickte er sie nachdenklich und berechnend an.
Lydia fuhr fort: »Du mußt für seine sofortige Entlassung sorgen.«
»Im Augenblick wird er gefoltert.«
»Nein«, flüsterte Lydia entsetzt. »O nein.«
»Man peitscht ihm die Fußsohlen . . .«
Lydia schrie auf.
Ihr Vater hob die Stimme. ». . . mit dünnen, biegsamen Stöcken . . .«
Sie sah einen Brieföffner auf dem Schreibtisch.
». . . die scharf und rasch in die Haut einschneiden . . .«
Ich werde ihn töten!
». . . bis es derartig blutet . . .«
Lydia wurde rasend.
Sie griff nach dem Brieföffner und stürzte sich auf ihren Vater. Sie hob das Messer hoch in die Luft, ließ es mit aller Kraft niedersausen, zielte auf seinen mageren Nacken und schrie: »Ich hasse dich, ich hasse dich, ich hasse dich . . .«

Er sprang zur Seite, packte ihr Handgelenk, zwang sie, das Messer fallen zu lassen und stieß sie in einen Sessel.
Sie brach in hysterisches Schluchzen aus.
Nach einigen Minuten sprach ihr Vater wieder, ganz ruhig, als ob nichts geschehen sei. »Ich könnte die Folter sofort abbrechen lassen«, sagte er. »Ich kann die Freilassung des Jungen befehlen, wann es mir gefällt.«
»Oh, bitte«, stammelte Lydia. »Ich will auch alles tun, was du sagst.«
»Wirst du das?«
Sie blickte ihn durch ihre Tränen an. Eine neue Hoffnung besänftigte sie. Meinte er es wirklich ernst? Würde er für Felix' Entlassung sorgen? »Alles«, sagte sie. »Alles.«
»Ich hatte einen Gast hier, während du fort warst«, sagte er im Plauderton, »den Earl of Walden. Er bat um Erlaubnis, dich besuchen zu dürfen.«
»Wer?«
»Der Earl of Walden. Gestern abend, als du ihn kennenlerntest, war er noch der Vicomte von Walden, aber sein Vater starb während der Nacht, und so ist er jetzt der Earl. ›Earl‹ ist das englische Wort für ›Graf‹.«
Lydia starrte ihren Vater verständnislos an. Sie erinnerte sich, Walden begegnet zu sein, begriff aber nicht, warum ihr Vater ihr ausgerechnet jetzt von diesem Engländer erzählte. Sie sagte: »Quäle mich nicht und sage mir endlich, was ich zu tun habe, damit Felix entlassen wird.«
»Du mußt den Earl of Walden heiraten«, erklärte ihr Vater ohne Umschweife.
Lydia hörte auf zu weinen und starrte ihn verblüfft an. Hatte er das wirklich gesagt? Es klang völlig absurd.
Er fuhr fort: »Walden will möglichst schnell heiraten. Du wirst Rußland verlassen und mit ihm nach England gehen. Damit wäre diese lästige Angelegenheit bald vergessen, und niemand wird davon erfahren. Es ist die ideale Lösung.«
»Und Felix?« fragte Lydia.
»Die Folter wird noch heute eingestellt werden. Am Tage deiner Abreise nach England wird der junge Mann freigelassen. Du wirst ihn nie mehr in deinem Leben wiedersehen.«

»Nein«, stammelte Lydia flüsternd. »In Gottes Namen, nein.«
Acht Wochen später fand die Trauung statt.

»Du hast wirklich versucht, deinen Vater zu erstechen?« fragte Felix verwundert und amüsiert zugleich.
Lydia nickte. Sie dachte: Gott sei Dank hat er das übrige nicht erraten.
Felix sagte: »Ich bin stolz auf dich.«
»Es war schrecklich von mir.«
»Er war ein schrecklicher Mensch.«
»Heute denke ich nicht mehr so.«
Eine Pause trat ein. Dann sagte Felix mit sanfter Stimme: »Du hast mich also niemals verraten.«
Das Verlangen, ihn in ihre Arme zu nehmen, wurde fast unwiderstehlich. Sie zwang sich, still zu sitzen. Der Augenblick verging.
»Dein Vater hat Wort gehalten«, fuhr er versonnen fort. »Die Folter wurde an diesem Tage eingestellt. Und am Tage nach deiner Abreise nach England hat man mich freigelassen.«
»Woher wußtest du, daß ich nach England ging?«
»Ich erhielt eine Nachricht von deiner Zofe. Sie hatte sie in der Buchhandlung hinterlassen. Sie wußte natürlich nichts von deiner Abmachung.«
Was sie sich mitzuteilen hatten, war so überwältigend, daß sie eine Weile schweigend dasaßen. Lydia hatte immer noch Angst, sich zu bewegen. Ihr fiel auf, daß er die ganze Zeit seine rechte Hand in der Jackentasche hielt. Sie konnte sich nicht erinnern, diese Gewohnheit früher an ihm bemerkt zu haben.
»Kannst du immer noch nicht pfeifen?« fragte er plötzlich.
Sie mußte lachen. »Das habe ich nie lernen können.«
Sie schwiegen wieder. Lydia wollte, daß er ging, und zugleich wünschte sie sich verzweifelt, daß er blieb. Schließlich fragte sie ihn: »Und was hast du seitdem getan?«
Felix zuckte mit der Schulter. »Ich bin viel gereist. Und du?«
»Ich habe meine Tochter erzogen.«
Die Jahre der Trennung schienen für sie beide ein peinlicher Gesprächsstoff zu sein.
Lydia fragte: »Warum bist du hierhergekommen?«

»Ach ja . . .« Felix schien auf die Frage nicht gefaßt zu sein. »Ich muß Orlow sprechen.«
»Alex? Warum?«
»Ein anarchistischer Matrose sitzt im Gefängnis – und ich muß Orlow überreden, sich für seine Freilassung einzusetzen . . . Du weißt ja, wie die Dinge in Rußland stehen. Keine Gerechtigkeit, nur Beziehungen und Einfluß gelten etwas.«
»Alex wohnt nicht mehr hier. Jemand hat versucht, uns in unserem Wagen zu berauben, und er hat Angst bekommen.«
»Wo kann ich ihn finden?« fragte Felix. Er schien plötzlich nervös.
»Im *Savoy*-Hotel – aber ich bezweifle, daß er dich empfangen wird.«
»Ich kann es wenigstens versuchen.«
»Es ist dir sehr wichtig, nicht wahr?«
»Ja.«
»Bist du immer noch . . . politisch tätig?«
»Es ist mein Lebensinhalt.«
»Die meisten verlieren das Interesse, wenn sie älter werden.«
Er lächelte traurig. »Die meisten jungen Männer verheiraten sich und haben eine Familie.«
Lydia war voller Mitleid. »Felix, es tut mir so leid.«
Er beugte sich zu ihr und nahm ihre Hand.
Sie entzog sie ihm und stand auf. »Faß mich nicht an«, sagte sie.
Er blickte sie überrascht an.
»Ich habe meine Lektion gelernt, auch wenn du es noch nicht begriffen haben solltest«, erklärte sie. »Ich wurde in dem Glauben erzogen, daß Wollust etwas Böses und Zerstörerisches sei. Eine Zeitlang, als wir . . . zusammen waren . . . hatte ich diesen Glauben aufgegeben oder es mir zumindest eingebildet. Und schau, was passiert ist – ich habe mein Leben ruiniert und deins dazu. Mein Vater hatte recht – Wollust ist zerstörerisch. Das habe ich seitdem nie vergessen, und so wird es auch bleiben.«
Er blickte sie betrübt an. »Das also redest du dir ein?«
»Es ist die Wahrheit.«
»Die Moral Tolstois. Es mag dich nicht glücklich machen, Gutes zu tun, aber unrecht zu handeln, macht dich mit Bestimmtheit unglücklich.«

Sie atmete tief durch. »Ich möchte, daß du jetzt gehst und nie mehr wiederkommst.«
Er blickte sie lange schweigend an, dann stand er auf. »Wie du willst», sagte er.
Lydia war wie versteinert.
Er trat einen Schritt auf sie zu. Sie stand still, wollte vor ihm zurückweichen, konnte es aber nicht. Er legte ihr die Hände auf die Schultern, blickte ihr in die Augen, und dann war es zu spät. Sie erinnerte sich, wie es war, wenn sie sich in die Augen schauten, und hatte keine Macht mehr über sich. Er zog sie an sich, küßte sie, hielt sie in seinen Armen. Es war immer noch wie früher, sein ruheloser Mund auf ihren weichen Lippen, suchend, liebend, sanft – sie zerschmolz. Sie drückte sich mit ihrem Körper an ihn. Es brannte wie Feuer in ihren Lenden. Sie erschauerte vor Lust. Sie nahm seine Hände, hielt sie in den ihren, nur um etwas zu halten, einen Teil seines Körpers zu fassen, mit aller Macht –
Er stieß einen Schmerzensschrei aus.
Sie lösten sich voneinander. Verblüfft starrte sie ihn an.
Er hielt sich die rechte Hand an den Mund. Sie sah, daß er eine tiefe Wunde hatte, die unter ihrem Druck wieder zum Bluten gekommen war. Sie wollte seine Hand nehmen, sich entschuldigen, aber er trat zurück. Eine Veränderung war in ihm vor sich gegangen – der Zauber war gebrochen. Er drehte sich um und ging zur Tür. Erschrocken blickte sie ihm nach. Die Tür schlug zu. Lydia schrie auf.
Einen Augenblick schaute sie wie gebannt auf die Stelle, wo er gestanden hatte. Sie fühlte sich vernichtet. Sie ließ sich in einen Sessel sinken und fing an zu zittern.
Einige Minuten war sie völlig verwirrt, vermochte keinen klaren Gedanken zu fassen. Endlich beruhigte sie sich und überließ sich nur noch einem Gefühl: dem der Erleichterung. Sie hatte nicht der Versuchung nachgegeben, ihm das letzte Kapitel ihrer Geschichte zu erzählen. Das war ein Geheimnis, das sie tief in ihrem Innersten verwahrte, wie ein Schrapnellstück in einer verheilten Wunde; und dort sollte es bis zum Tage ihres Todes bleiben, um dann mit ihr begraben zu werden.

Felix blieb in der Eingangshalle stehen, um sich seinen Hut aufzusetzen. Er blickte in den Spiegel, und sein Gesicht verzerrte sich zu einem triumphierenden Grinsen. Dann nahm er sich wieder zusammen und trat in die Mittagssonne hinaus.
Sie war so leichtgläubig. Sie hatte ohne weiteres seine Geschichte von dem anarchistischen Matrosen geglaubt und ihm ohne eine Sekunde des Zögerns gesagt, wo Orlow zu finden war. Es freute ihn ungemein, daß sie immer noch so sehr in seiner Macht war. Sie hat Walden nur meinetwegen geheiratet, dachte er, und jetzt habe ich sie dazu gebracht, ihren Mann zu verraten.
Allerdings hatte das Gespräch mit ihr ihn zeitweilig in Gefahr gebracht. Als sie ihm ihre Geschichte erzählte, hatte er ihr Gesicht beobachtet, und dabei war ein schrecklicher Kummer in ihm aufgestiegen, eine Traurigkeit besonderer Art, die ihn fast zum Weinen gebracht hätte. Aber es war so lange her, seit er Tränen vergossen hatte, daß sein Körper kaum mehr dazu fähig war, und so war der gefährliche Augenblick vorübergegangen. Gefühle können mir nichts mehr anhaben, redete er sich ein. Ich habe sie belogen, ihr Vertrauen in mich verraten, ich habe sie geküßt und dann sitzengelassen; ich habe sie für meinen Zweck benutzt.
Heute ist das Glück auf meiner Seite.
Er hatte seinen Revolver im Park verloren und brauchte eine neue Waffe. Für einen Mord in einem Hotelzimmer eignete sich eine Bombe am besten. Mit ihr brauchte er nicht zu zielen, denn ganz gleich, wo sie hinfiel – sie würde alle im Zimmer töten. Falls Walden zufällig gerade bei Orlow wäre, um so besser, überlegte Felix. Dann hätte Lydia ihm sogar geholfen, ihren Mann umzubringen.
Also?
Er verdrängte sie aus seinen Gedanken und begann, über die technische Seite seines Vorhabens nachzudenken.
In einer Drogerie in Camden Town kaufte er zwei Liter einer gewöhnlichen Säure in konzentrierter Form. Abgefüllt in zwei Literflaschen, kostete die Flüssigkeit vier Shilling und fünf Pence, einschließlich des Flaschenpfands.
Er nahm die Flaschen mit nach Hause und stellte sie auf den Fußboden seines Kellerzimmers.

Dann ging er wieder los und kaufte noch einmal zwei Liter der gleichen Säure in einem anderen Geschäft. Der Drogist fragte ihn, wofür er sie haben wolle. »Zum Saubermachen«, erklärte er, und der Mann schien sich damit zufriedenzugeben.
In einer dritten Drogerie kaufte er zwei Liter einer anderen Säure. Schließlich besorgte er sich noch einen halben Liter reines Glyzerin und einen Glasstab von dreißig Zentimetern Länge.
Er hatte sechzehn Shilling und acht Pence ausgegeben, aber er würde vier Shilling und drei Pence für die leeren Flaschen zurückbekommen. Damit blieben ihm fast drei Pfund.
Da er sich die Zutaten in verschiedenen Läden besorgt hatte, konnte keiner der Drogisten Verdacht schöpfen, daß mit ihnen Sprengstoff fabriziert werden sollte.
Er ging zu Bridget in die Küche und lieh sich ihre größte Schüssel aus.
»Wollen Sie einen Kuchen backen?« fragte sie ihn.
»Ja.«
»Sprengen Sie uns ja nicht alle in die Luft.«
»Das werde ich nicht tun.«
Immerhin war sie vorsichtig genug, den Nachmittag bei einer Nachbarin zu verbringen.
Felix ging hinunter, zog sich die Jacke aus, krempelte die Ärmel auf und wusch sich die Hände.
Er stellte die Schüssel in das Waschbecken.
Dann warf er einen Blick auf die großen braunen Flaschen mit ihren Glasstöpseln, die aufgereiht auf dem Boden standen.
Der erste Teil der Arbeit war nicht sehr gefährlich.
Er mischte die beiden verschiedenartigen Säuren in Bridgets Schüssel und wartete, bis alles gut vermengt war. Dann füllte er die Flaschen mit der Mixtur.
Er wusch die Schüssel aus, trocknete sie, stellte sie in das Waschbekken zurück und goß das Glyzerin ein.
Das Becken war mit einem Gummistöpsel an einer Kette versehen. Er steckte ihn seitlich in den Ausguß, um diesen teilweise zu verstopfen. Dann drehte er den Hahn auf. Als das Wasser fast den Rand der Mischschüssel erreicht hatte, stellte er den Hahn so ein, daß das Wasser beim Ein- und Auslaufen auf dem gleichen Niveau blieb, ohne in die Schüssel zu laufen.

Was nun kam, hatte schon mehr Anarchisten umgebracht als die *Ochrana*.
Er begann behutsam, die Säuremischung in das Glyzerin zu gießen und rührte dabei äußerst langsam, aber beständig mit dem Glasstab um.
Im Kellerzimmer war es sehr warm.
Gelegentlich stieg eine Spur rötlich-braunen Rauchs aus der Schüssel auf, ein Zeichen, daß die chemische Reaktion außer Kontrolle zu geraten drohte, dann setzte Felix mit dem Zugießen der Säure aus, ohne jedoch das Umrühren einzustellen, bis das fließende Wasser im Waschbecken die Schüssel genügend abgekühlt und die Reaktion vermindert hatte. Wenn die rauchenden Gase sich verzogen hatten, wartete er eine Minute oder zwei und fuhr dann mit dem Mischen fort.
So ist Ilja umgekommen, erinnerte er sich. Vielleicht war er zu ungeduldig gewesen. Als man die Trümmer weggeräumt hatte, war nichts mehr von ihm übriggeblieben, jedenfalls nichts, was man hätte beerdigen können.
Der Nachmittag ging dem Abend zu. Die Luft wurde kühler, aber Felix schwitzte trotzdem. Er hörte Kinder draußen auf der Straße, die bei ihrem Spiel einen Reim sangen: »Salz, Mostrich, Essig, *Pfeffer* – Salz, Mostrich, Essig, *Pfeffer.*« Er hätte jetzt gerne Eis gehabt. Und elektrisches Licht. Das Zimmer war voller Säuredunst. Er hatte eine rauhe Kehle. Die Mischung in der Schüssel blieb klar. Er gab sich Wachträumen über Lydia hin. Sie trat splitternackt und lächelnd in sein Kellerzimmer, und er schickte sie fort, weil er zu beschäftigt war.
»Salz, Mostrich, Essig, *Pfeffer.*«
Er schüttete die letzte Flasche Säure hinein, so langsam und vorsichtig wie die ersten.
Während er immer noch umrührte, drehte er den Hahn weiter auf, bis das Wasser in die Schüssel lief, und wusch dann behutsam die überschüssige Säure fort.
Als er fertig war, hatte er eine Schüssel voller Nitroglyzerin.
Das war eine explosive Flüssigkeit, die an Sprengkraft das Schießpulver um ein Zwanzigfaches übertraf. Man konnte es durch einen Auslöser zur Explosion bringen, aber ein Auslöser war nicht unbe-

dingt notwendig, denn auch ein brennendes Streichholz oder die Wärme eines Feuers in der Nähe genügten. Felix hatte einmal einen sehr unvorsichtigen Mann gekannt, der eine Flasche Nitroglyzerin in der Brusttasche seiner Jacke trug und damit herumgelaufen war, bis seine eigene Körperwärme die Explosion ausgelöst und ihn, drei andere Menschen und ein Pferd auf einer Straße in St. Petersburg getötet hatte. Eine Flasche Nitroglyzerin explodierte auch, wenn man sie stark schüttelte, zu Boden fallen ließ oder mit ihr an einen harten Gegenstand stieß.

Mit äußerster Vorsicht tauchte Felix eine saubere Flasche in die Schüssel und ließ sie langsam vollaufen. Dann stöpselte er sie zu, nachdem er sich überzeugt hatte, daß sich kein Nitroglyzerin im Flaschenhals befand.

Es blieb noch einige Flüssigkeit in der Schüssel, die er natürlich nicht in den Ausguß entleeren konnte.

Felix ging an sein Bett und nahm das Kopfkissen heraus. Es schien mit Baumwollresten gefüllt zu sein. Er riß ein kleines Loch in den Überzug und nahm etwas von der Füllung heraus. Sie bestand aus zerhackten Lumpen mit einigen Federn. Er legte es in die Schüssel mit dem restlichen Nitroglyzerin. Die Füllung sog die Flüssigkeit recht gut auf. Er fügte noch etwas mehr davon hinzu, bis alle Flüssigkeit aus der Schüssel verschwunden war, dann rollte er das Zeug zusammen und wickelte es in Zeitungspapier. Jetzt bildete es eine ziemlich feste Masse, wie Dynamit – was es ja auch war. Dieses Material explodierte nicht so leicht wie die reine Flüssigkeit in der Flasche. Das Anzünden des Zeitungspapiers sollte genügen, vielleicht genügte es aber nicht. Was er wirklich brauchte, war ein Trinkhalm aus Papier mit einer Ladung Schießpulver. Aber Felix plante nicht, das Dynamit zu benutzen, denn er benötigte einen zuverlässigen und sofort anwendbaren Sprengstoff.

Er wusch und trocknete die Schüssel noch einmal. Dann verstöpselte er das Waschbecken, füllte es mit Wasser und legte die Flasche mit dem Nitroglyzerin hinein, um sie kühl zu halten.

Nun ging er hinauf und brachte Bridgets Mixschüssel in die Küche zurück.

Als er wieder in seinem Zimmer war, blickte er zufrieden auf die Bombe in seinem Waschtisch. Ich habe keine Angst gehabt, freute

er sich. Des ganzen Nachmittag über habe ich mich nicht ein einziges Mal vor dem Tod gefürchtet.
Er hatte sich schon lange nicht mehr so gut gefühlt.
Jetzt mußte er nur noch das *Savoy*-Hotel finden.

7

Walden bemerkte, daß sowohl Lydia als auch Charlotte beim Tee sehr einsilbig waren. Er selbst war ebenfalls in nachdenklicher Stimmung. So kam es zu keinem zusammenhängenden Gespräch.
Nachdem er sich zum Abendessen umgezogen hatte, saß er im Salon, nippte an seinem Sherry und wartete auf seine Frau und seine Tochter. Sie waren heute abend zum Essen bei den Pontadarvys eingeladen. Es war ein warmer Abend. Wenigstens was das Wetter anging, war es bis jetzt ein angenehmer Sommer gewesen. Alex' Rückzug in die Geborgenheit des *Savoy* hatte die Verhandlungen in keiner Weise beschleunigt. Alex weckte zwar die gleichen Sympathien wie ein Kätzchen, aber er hatte auch dessen scharfe Zähne. Walden hatte ihm den mit Churchill abgesprochenen Gegenvorschlag unterbreitet, den Plan einer internationalen Wasserstraße vom Schwarzen Meer zum Mittelmeer. Alex hatte ihm ohne Umschweife erwidert, eine solche Lösung sei für ihn nicht akzeptabel, denn im Kriegsfall – wenn diese Passage erst lebenswichtig werde – könnten weder Großbritannien noch Rußland verhindern, daß die Türken den Zugangsweg sperrten. Rußland wünsche nicht nur das Durchfahrtsrecht, sondern auch die Macht, dieses Recht zu behaupten.
Während Walden und Alex diskutierten, auf welche Weise man Rußland diese Macht verschaffen könne, hatten die Deutschen die Erweiterung des Kieler Kanals beendet und waren dadurch in der Lage, ihre Kriegsschiffe aus den Gefahrenzonen der Nordsee in die Sicherheit der Ostsee zurückzuziehen. Außerdem hatten Deutschlands Goldreserven infolge der finanziellen Manöver, die Churchill im Mai zu seinem Besuch bei Walden veranlaßten, eine Rekordhöhe erreicht. Deutschland befand sich jetzt in noch nie dagewesener Kriegsbereitschaft, und mit jedem Tag wurde eine englisch-russi-

sche Militärallianz notwendiger. Aber Alex zeigte stählerne Nerven und ließ sich nicht voreilig auf irgendwelche Konzessionen ein.
Je eingehender Walden sich über Deutschland informierte – über seine Industrie, seine Regierung, seine Armee, seine natürlichen Bodenschätze –, desto klarer wurde ihm, daß es alle Chancen hatte, Großbritannien seinen Platz als größte Weltmacht streitig zu machen. Persönlich war es ihm ziemlich gleichgültig, ob England den ersten, zweiten oder neunten Platz einnahm, solange es nur frei war. Er liebte England. Er war stolz auf dieses Land, dessen Industrie Millionen Menschen Arbeit gab und dessen Demokratie ein Musterbeispiel für die übrige Welt war. Der Bildungsstand der Bevölkerung verbesserte sich ständig, wodurch immer mehr Menschen wahlberechtigt wurden. Selbst die Frauen könnten es früher oder später werden, vor allem, wenn sie endlich aufhörten, Fenster einzuschlagen. Er liebte die Felder und die Hügel, die Oper und das Varieté, den anregenden Glanz der Metropole und den langsamen, beruhigenden Rhythmus des Landlebens. Er war stolz auf Englands Erfinder, Theaterschriftsteller, Geschäftsleute und Handwerker. England war ein verdammt guter Ort, und Walden war nicht gewillt, es sich von den quadratköpfigen preußischen Eindringlingen kaputtmachen zu lassen – nicht, solange er etwas dagegen unternehmen konnte.
Aber es machte ihn besorgt, daß er gar nicht sicher war, etwas dagegen unternehmen zu können. Er fragte sich, in welchem Maße er wirklich das moderne England verstand, mit seinen Anarchisten und Frauenrechtlerinnen, mit seiner Regierung von jungen Feuerköpfen wie Churchill und Lloyd George, mit den noch gefährlicheren Kräften wie der immer stärker werdenden Labour Party und den mächtigen Gewerkschaften. Leute vom Schlage Waldens waren zwar immer noch tonangebend – die Frauen in der guten Gesellschaft und die Männer im politischen Establishment –, aber das Land war nicht mehr so leicht regierbar wie früher. Manchmal hatte er das deprimierende Gefühl, daß alles außer Kontrolle geriet.
Charlotte trat ein und erinnerte ihn, daß die Politik nicht das einzige Lebensgebiet war, das sich seinem Griff zu entziehen schien. Sie trug immer noch ihr Teekleid. Walden ermahnte sie: »Wir müssen bald gehen.«

»Ich bleibe lieber zu Hause, wenn es dir nichts ausmacht«, sagte sie. »Ich habe leichte Kopfschmerzen.«

»Du bekommst aber kein warmes Essen, wenn du nicht gleich der Köchin Bescheid sagst.«

»Das brauche ich nicht. Ich lasse mir ein Tablett auf mein Zimmer kommen.«

»Du siehst etwas blaß aus. Trinke ein kleines Glas Sherry, es wird dir Appetit machen.«

»Gut.«

Sie setzte sich, und er schenkte ihr ein. Als er ihr das Glas gab, sagte er: »Annie hat jetzt Arbeit und ein neues Heim.«

»Das freut mich«, antwortete sie kalt.

Er atmete tief. »Es muß einmal gesagt sein, daß ich in dieser Angelegenheit unrecht hatte.«

»Oh!« sagte Charlotte erstaunt.

Gebe ich so selten zu, daß ich unrecht habe? überlegte er. »Natürlich wußte ich nicht,« fuhr er fort, »daß ihr ... junger Mann ... ihr davonlief und sie sich schämte, zu ihrer Mutter zu gehen. Aber ich hätte mich erkundigen sollen. Schließlich war ich, wie du ganz richtig sagtest, für das Mädchen verantwortlich.«

Charlotte setzte sich wortlos neben ihn auf das Sofa und nahm seine Hand. Er war gerührt.

Er sagte: »Du hast ein gutes Herz, und ich hoffe, daß du immer so bleiben wirst. Vielleicht darf ich auch hoffen, daß du einmal lernst, deine großzügigen Gefühle mit etwas mehr Gleichmut auszudrücken?«

Sie schaute ihn an. »Ich werde mir Mühe geben, Papa.«

»Ich frage mich oft, ob wir dich nicht zu sehr beschützt haben. Natürlich lag die Entscheidung über deine Erziehung bei Mama, aber ich muß zugeben, daß ich fast immer mit ihr einverstanden war. Es gibt Leute, die der Meinung sind, Kinder sollten nicht so sehr vor Dingen geschützt werden, die man ... nun ... den Ernst des Lebens zu nennen pflegt. Aber von diesen Leuten gibt es nur wenige, und überdies sind sie meist schrecklich ordinär.«

Sie schwiegen eine Weile. Wie immer brauchte Lydia eine Ewigkeit, um sich für den Abend umzuziehen. Walden wollte Charlotte noch viel mehr sagen, aber er fürchtete, nicht den Mut dazu aufzubringen. Er überlegte sich, wie er es anstellen sollte, aber es war ihm einfach zu peinlich. Sie saß still und zufrieden neben ihm, und er fragte sich, ob sie ahnte, was in seinem Kopf vorging.

Lydia könnte jeden Augenblick fertig sein. Also, jetzt oder nie. Er räusperte sich. »Du wirst einmal einen guten Mann heiraten, und mit ihm gemeinsam wirst du von allen möglichen Dingen erfahren, die dir jetzt noch geheimnisvoll und vielleicht ein bißchen beunruhigend erscheinen mögen.« Genügt das, fragte er sich. Soll ich aufhören, bevor ich zum Wesentlichen komme? Nein, nur Mut! »Aber eins solltest du schon im voraus wissen. Eigentlich müßte deine Mutter es dir sagen, aber ich habe das Gefühl, daß sie es vielleicht nicht tun wird, und deshalb werde ich es dir sagen.«

Er zündete sich eine Zigarre an, nur um seine Hände zu beschäftigen. Es gab kein Zurück mehr. Er hoffte insgeheim, Lydia würde jetzt hereinkommen und dem Gespräch ein Ende setzen, aber sie kam nicht.

»Du hast gesagt, du wüßtest, was Annie und der Gärtner taten. Nun denn . . . sie sind nicht verheiratet, und deshalb war es unrecht.« Er fühlte, wie sein Gesicht rot wurde, hoffte, sie würde ihn jetzt nicht anschauen. »Rein physisch ist es sehr schön«, fuhr er zögernd fort. »Unmöglich zu beschreiben, vielleicht ein bißchen wie das Gefühl, wenn man die Wärme eines Kohlefeuers verspürt . . . Aber die Hauptsache dabei ist – und das weißt du bestimmt noch nicht –, wie herrlich es in geistiger Beziehung sein kann. Irgendwie scheint es all die Zuneigung, die Zärtlichkeit und den Respekt auszudrücken und . . . nun ja . . . einfach die Liebe, die Mann und Frau zueinander empfinden. Wenn man jung ist, versteht man das nicht immer. Besonders Mädchen neigen dazu, nur das . . . Ordinäre darin zu sehen. Und es gibt unglückliche Menschen, die das wirklich Schöne daran nie kennenlernen. Aber wenn du darauf gefaßt bist und dir einen guten, lieben und verständigen Mann zum Gatten wählst, wird es bestimmt geschehen. Nur deshalb habe ich es dir gesagt. Ist es dir sehr peinlich?«

Zu seiner Überraschung wandte sie ihm den Kopf zu und küßte ihn auf die Wange. »Ja, aber nicht halb so peinlich wie dir«, sagte sie. Er mußte lachen.

Pritchard trat ein. »Eure Lordschaft, der Wagen steht bereit, und die gnädige Frau wartet in der Halle.«

Walden erhob sich. »Kein Wort zu Mama«, flüsterte er Charlotte zu.
»Jetzt begreife ich, warum alle betonen, was für ein guter Mann du bist«, erwiderte Charlotte. »Und viel Vergnügen heute abend!«
»Auf Wiedersehen«, sagte er. Als er hinausging, dachte er: Jedenfalls manchmal mache ich es richtig.

Nach diesem Gespräch war Charlotte fast entschlossen, doch nicht zu der Frauenrechtlerinnenversammlung zu gehen.
Sie war infolge des Zwischenfalls mit Annie in rebellischer Stimmung gewesen, als sie das Plakat am Schaufester eines Juweliergeschäfts auf der Bond Street gesehen hatte. Die Überschrift »STIMMRECHT FÜR FRAUEN« war ihr aufgefallen, und dann hatte sie bemerkt, daß der Saal, in dem die Versammlung stattfinden sollte, nicht weit von ihrem Haus entfernt war. Die Namen der Sprecherinnen waren auf dem Plakat nicht angegeben, aber Charlotte hatte in den Zeitungen gelesen, daß die berühmte Mrs. Pankhurst oft ohne Ankündigung auf solchen Versammlungen erschien. Charlotte war stehengeblieben, um das Plakat zu lesen, und da Marya sie begleitete, hatte sie vorgegeben, sich einige Armbänder im Schaufenster anzusehen. Während sie las, kam ein Junge aus dem Laden und schickte sich an, das Plakat von der Scheibe abzukratzen. Und in dem Moment hatte sich Charlotte entschlossen, die Versammlung zu besuchen.
Jetzt hatte Papa sie wieder unschlüssig gemacht. Es war ein Schock, ihn fehlbar, verletzlich und sogar demütig zu sehen, und sie war noch mehr überrascht, als sie ihn vom Geschlechtsverkehr reden hörte, als sei es etwas Herrliches. Sie war sich klar, daß sie gar nicht mehr innerlich vor Wut kochte, weil er sie in Unwissenheit hatte aufwachsen lassen. Plötzlich begriff sie seinen Standpunkt.
Aber das alles änderte nichts an der Tatsache, daß sie noch immer schrecklich unwissend war, und wenn sie wirklich die Wahrheit über die Dinge des Lebens erfahren wollte, besonders was die Frauenrechtlerinnen betraf, konnte sie sich nicht auf Mama und Papa verlassen. Ich werde hingehen, beschloß sie.
Sie klingelte Pritchard, erbat sich einen Salat auf ihr Zimmer und ging dann hinauf. Als Frau hatte man immerhin den Vorteil, daß niemand einen ausfragte, wenn man behauptete, Kopfschmerzen zu

haben. Für eine Frau war es ganz natürlich, hin und wieder Kopfschmerzen zu haben.

Als das Tablett kam, stocherte sie eine Weile in dem Salat herum, bis es für die Dienstboten Zeit zum Abendessen war. Dann nahm sie Hut und Mantel und ging hinaus.

Es war ein warmer Abend. Sie ging rasch in Richtung Knightsbridge und fühlte sich dabei seltsam frei. Ihr fiel ein, daß sie noch nie ohne Begleitung durch die Straßen gegangen war. Ich könnte alles tun, dachte sie, ich habe keine Verabredungen und keine Anstandsdame. Ich könnte in einen Zug nach Schottland steigen. Ich könnte mir ein Hotelzimmer nehmen. Ich könnte mit dem Omnibus fahren. Ich könnte hier auf der Straße einen Apfel essen und den Butzen in den Rinnstein werfen.

Sie kam sich auffällig vor, aber niemand schaute sie an. Sie hatte immer das vage Gefühl gehabt, daß fremde Männer sie ansprechen und in Verlegenheit bringen würden, falls sie allein ausging. In Wirklichkeit schienen sie sie nicht einmal zu sehen. Die Männer lauerten ihr nicht auf, sie gingen alle irgendwohin, trugen ihre Abendanzüge, waren einfach gekleidet oder im Frack. Sie fragte sich, welche Gefahr es da geben konnte. Aber dann erinnerte sie sich an den Wahnsinnigen im Park und beschleunigte ihre Schritte.

Als sie sich der Versammlungshalle näherte, sah sie immer mehr Frauen in die gleiche Richtung gehen. Einige waren zu zweit oder in Gruppen, aber viele waren allein wie Charlotte. Sie fühlte sich sicherer.

Vor der Halle standen Hunderte von Frauen. Viele trugen die Farben der Frauenrechtlerinnen: Purpur, Grün und Weiß. Einige teilten Handzettel aus oder verkauften eine Zeitung namens *Frauenwahlrecht*. Mehrere Polizisten standen herum, blickten nervös drein oder lächelten geringschätzig. Charlotte stellte sich an, um hineinzukommen.

Als sie an der Tür war, verlangte eine Frau mit einer Armbinde sechs Pence von ihr. Charlotte drehte sich unwillkürlich um, aber dann fiel ihr ein, daß weder Marya noch ein Lakai, noch eine Zofe hinter ihr stand, um zu bezahlen. Sie war allein und hatte kein Geld. Sie hatte nicht vorausgesehen, daß sie Eintritt bezahlen müßte. Und sie war sich nicht einmal sicher, wie sie sich die sechs Pence hätte beschaffen können, wenn sie es vorausgesehen hätte.

»Es tut mir leid«, sagte sie. »Ich habe kein Geld . . . ich wußte nicht . . .« Sie wollte wieder gehen.
Die Frau hielt sie zurück. »Macht nichts«, sagte sie. »Wenn Sie kein Geld haben, kommen Sie gratis herein.« Sie hatte einen kleinbürgerlichen Akzent, und obgleich sie freundlich war, stellte sich Charlotte vor, was sie wohl dachte: So feine Kleider – und kein Geld!
Charlotte sagte: »Ich danke Ihnen . . . ich werde Ihnen einen Scheck schicken . . .« Sie trat ein, wurde rot vor Wut auf sich selbst. Gott sei Dank habe ich nicht versucht, in einem Restaurant zu essen oder einen Zug zu nehmen, dachte sie. Sie hatte sich nie ums Geld kümmern müssen. Ihre Anstandsdame hatte immer Kleingeld bereit, Papa hatte Kreditkonten in allen Geschäften der Bond Street, und wenn sie einmal zum Lunch ins *Claridge* oder zum Morgenkaffee ins *Café Royal* wollte, brauchte sie nur ihre Visitenkarte auf dem Tisch zu hinterlassen, und Papa bekam dann die Rechnung zugeschickt.
Sie wählte sich einen Platz ziemlich weit vorne aus, denn sie wollte sich nichts entgehen lassen. Falls ich derartiges noch öfter tun will, überlegte sie, muß ich einen Weg finden, mir Geld zu verschaffen. Sie blickte sich um. Der Saal war voller Frauen, und man sah nur hie und da einen Mann. Die Frauen stammten meist aus der Mittelklasse, trugen eher Kattun und Baumwolle als Kaschmirwolle und Seide. Einige sahen vornehmer als der Durchschnitt aus, redeten leise, trugen aber nur wenig Schmuck und schienen – wie Charlotte – absichtlich Kleider vom vergangenen Jahr angelegt zu haben, um nicht aufzufallen. Arbeiterfrauen waren, soweit Charlotte es beurteilen konnte, nicht anwesend.
Auf dem Podium stand ein Tisch, über dem das purpur-grün-weiße Banner mit der Parole »Wahlrecht für Frauen« hing. Auf dem Tisch stand ein kleines Lesepult, dahinter eine Reihe von sechs Stühlen. Charlotte dachte: All diese Frauen lehnen sich gegen die Männer auf! Sie wußte nicht, ob sie sich freuen oder schämen sollte.
Das Publikum klatschte, als fünf Frauen auf das Podium stiegen. Sie waren alle makellos, wenn auch ziemlich altmodisch gekleidet – kein einziger enger Rock, kein Glockenhut war zu sehen. Und das sollten die Leute sein, die Fenster einschlugen, Gemälde aufschlitzten und Bomben warfen? Sie sahen viel zu anständig aus.

Die Reden begannen. Sie bedeuteten Charlotte nicht viel. Es ging um Organisation, Finanzen, Gesuche, Zusatzanträge, Abstimmungen und Ersatzwahlen. Sie war enttäuscht, denn sie erfuhr überhaupt nichts von dem, was sie wissen wollte. Sollte sie zuerst Bücher lesen, bevor sie in eine Versammlung ging, um die Vorgänge zu verstehen? Nach fast einer Stunde war sie bereit, wieder fortzugehen. Aber da wurde die Sprecherin unterbrochen.
Zwei Frauen erschienen auf der Seite des Podiums. Die eine war ein athletisch aussehendes Mädchen in einem Automantel. Neben ihr und auf sie gestützt, stand eine kleine schmächtige Frau in einem blaßgrünen Frühlingsmantel und mit einem großen Hut. Die Anwesenden klatschten Beifall, und die Frauen auf dem Podium erhoben sich. Der Applaus wurde stärker, man schrie und jubelte. Jemand neben Charlotte stand auf, und Sekunden später hatten sich alle Frauen von ihren Plätzen erhoben.
Mrs. Pankhurst ging langsam auf das Lesepult zu.
Charlotte konnte sie sehr gut sehen. Sie war das, was man eine gutaussehende Frau nannte. Dunkle, tiefliegende Augen, ein breiter, gerader Mund, ein energisches Kinn. Sie wäre schön gewesen, wenn sie nicht eine so dicke und flache Nase gehabt hätte. Die Nachwirkungen ihrer häufigen Gefängnisaufenthalte und der Hungerstreiks zeigten sich in ihrem abgezehrten Gesicht, an den fleischlosen Händen und an der gelblichen Hautfarbe. Sie wirkte schwach, abgemagert und leidend.
Sie hob die Hände, und sofort verstummten der Applaus und die Schreie.
Sie begann zu sprechen. Ihre Stimme war kräftig und klar, obgleich sie sie nicht anstrengte. Charlotte stellte überrascht fest, daß sie einen Lancashire-Akzent hatte.
Sie sagte: »Im Jahre 1894 wurde ich zum Mitglied des Aufsichtskomitees des Arbeitshauses in Manchester gewählt. Als ich zum erstenmal diesen Ort betrat, war ich entsetzt, sieben- bis achtjährige kleine Mädchen auf den Knien die kalten Fliesen der langen Korridore schrubben zu sehen. Diese kleinen Mädchen waren Sommer und Winter in dünne Baumwollschürzen gekleidet, mit offenem Nacken und kurzen Ärmeln. Des Nachts trugen sie überhaupt nichts, denn Nachthemden waren für die Armen zu teuer. Das

epidemische Auftreten von Bronchitis hatte die Überwachungsbehörde nicht auf den Gedanken gebracht, für bessere Kleidung zu sorgen. Das war allerdings nicht besonders erstaunlich, denn bis zu meiner Ankunft bestand sie fast ausschließlich aus Männern.
Ich fand auch schwangere Frauen in diesem Arbeitshaus, die die härtesten Arbeiten ausführen mußten, fast bis unmittelbar vor der Niederkunft. Viele von ihnen waren unverheiratet, sehr jung und eigentlich noch Kinder. Diese armen Mütter durften nach der Entbindung höchstens zwei Wochen im Krankenhaus bleiben. Danach hatten sie nur noch die Wahl, im Arbeitshaus zu bleiben und sich ihren Lebensunterhalt als Scheuerfrauen zu verdienen – in diesem Fall trennte man sie von ihren Babys – oder entlassen zu werden. Sie konnten bleiben und arm sein oder gehen – mit einem zwei Wochen alten Baby in den Armen, ohne Hoffnung, ohne Heim, ohne Geld, ohne jemanden, der ihnen half. Was wurde aus diesen Mädchen, und was wurde aus ihren unglücklichen Kindern?«
Charlotte war ungemein überrascht, daß man über so heikle Dinge in aller Öffentlichkeit diskutierte. Uneheliche Kinder . . . unverheiratete jugendliche Mütter . . . ohne Heim, ohne Geld . . . und warum sollte man sie im Arbeitshaus von ihren Babys trennen? Konnte das wahr sein?
Aber es kam noch schlimmer.
Die Stimme Mrs. Pankhursts wurde um einiges lauter. »Das Gesetz bestimmt, daß ein Mann, der ein Mädchen ruiniert, eine Pauschalsumme von zwanzig Pfund bezahlt, und damit ist das Pflegeheim vor Inspektionen gesichert. Solange ein Fürsorgevater nur ein Kind bei sich aufnimmt und die zwanzig Pfund bezahlt sind, können die Inspektoren im Haus keine Nachforschungen anstellen.«
Fürsorgeväter . . . ein Mann, der ein Mädchen ruiniert . . . diese Ausdrücke waren Charlotte fremd, aber sie erklärten sich auf erschreckende Art von selbst.
»Natürlich sterben die Kinder dann. Sie sterben meistens sogar grauenhaft schnell, und dann steht es den Fürsorgevätern frei, ein neues Opfer anzufordern. Seit Jahren haben sich Frauen für eine Änderung des Armengesetzes engagiert, haben sich bemüht, die unehelichen Kinder zu schützen und es den reichen Schuften unmöglich zu machen, sich ihrer Verantwortung zu entziehen.

Immer wieder wurde es versucht, aber es war stets vergebens, weil . . .« ihre Stimme bekam jetzt den Klang eines leidenschaftlichen Aufschreis, » . . . weil diejenigen, die sich wirklich um diese Dinge kümmern, eben *nur Frauen* sind!«

Die Anwesenden brachen in lauten Beifall aus, und eine Frau neben Charlotte rief aus: »Hört, hört!«

Charlotte wandte sich der Frau zu und faßte sie am Arm. »Ist das wahr?« fragte sie. »Ist das wirklich wahr?«

Aber Mrs. Pankhurst fuhr fort.

»Ich wünschte, ich hätte die Zeit und die Kraft, euch von all den Tragödien zu erzählen, deren Zeuge ich war, als ich diesem Komitee angehörte. In unserer Außenabteilung kam ich mit Witwen in Kontakt, die verzweifelt kämpften, um sich ihr Heim und ihre Familie zu erhalten. Das Gesetz sicherte diesen Frauen nur eine völlig unzureichende Unterstützung zu, so daß ihnen und ihren Kindern kein anderer Weg offenblieb, als ins Arbeitshaus zu gehen. Selbst eine Frau, die ihrem Baby noch die Brust gab, galt nach dem Gesetz als eine volltaugliche Arbeiterin. Man redet uns ständig vor, Frauen sollten zu Hause bleiben und sich um ihre Kinder kümmern. Ich pflegte meine männlichen Kollegen in Erstaunen zu versetzen, indem ich ihnen sagte: ›Wenn die Frauen das Wahlrecht haben, werden sie dafür sorgen, daß die Mütter wirklich zu Hause bleiben und sich um ihre Kinder kümmern können!‹

Im Jahre 1899 wurde ich in die Registratur für Geburten- und Todesfälle in Manchester versetzt. Selbst nach meinen Erfahrungen im Überwachungskomitee stellte ich mit Entsetzen fest, wie wenig Rücksicht auf Frauen und Kinder genommen wird. Dreizehnjährige Mädchen kamen in mein Büro, um die Geburten ihrer unehelichen Kinder eintragen zu lassen. In den meisten Fällen konnte überhaupt nichts unternommen werden. Das zulässige Alter ist sechzehn, aber der Mann kann ja immer behaupten, er habe angenommen, das Mädchen sei über sechzehn gewesen. Während meiner Amtszeit setzte die junge Mutter eines unehelichen Kindes ihr Baby einfach aus; es starb. Das Mädchen wurde des Mordes angeklagt und zum Tode verurteilt. Der Mann, der vom Standpunkt der Gerechtigkeit aus der wahre Kindesmörder war, wurde überhaupt nicht bestraft. In jenen Tagen fragte ich mich oft, was man tun könne. Ich war der

Labour Party beigetreten, weil ich glaubte, daß von dieser Seite wichtige Beschlüsse gefaßt werden könnten, von denen die Politiker endlich Notiz nehmen würden. Es war vergeblich.
Während all dieser Jahre wuchsen meine Töchter heran. Eines Tages überraschte mich Christabel mit der Bemerkung: ›Wie lange habt ihr Frauen euch schon um das Wahlrecht bemüht? Ich beabsichtige, es mir zu erzwingen.‹ Seit diesem Tage habe ich zwei Kampfparolen: ›Wahlrecht für die Frauen‹ und ›Ich beabsichtige, es mir zu erzwingen!‹«
Jemand rief: »Ich auch!« Und wieder erhob sich brausender Beifall. Charlotte fühlte sich benommen. Es war ihr, als sei sie wie Alice im Wunderland durch den Spiegel gegangen und befände sich nun in einer Welt, in der nichts mehr so war, wie es den Anschein hatte. Sie hatte in den Zeitungen von den Frauenrechtlerinnen gelesen, aber nie waren Tatsachen wie das Armengesetz, dreizehnjährige Mütter (wie war das überhaupt *möglich?*) oder kleine Mädchen, die sich im Arbeitshaus Bronchitis holten, erwähnt worden. Charlotte wäre alles höchst unwahrscheinlich erschienen, wenn sie nicht mit eigenen Augen Annie gesehen hätte, dieses einfache, anständige Mädchen aus Norfolk, das auf dem Pflaster von London schlafen mußte, nachdem ein Mann sie »ruiniert« hatte. Was waren dagegen schon ein paar eingeschlagene Fensterscheiben?
»Es war viele Jahre bevor wir die Fackel des Kampfes aufflammen ließen«, fuhr Mrs. Pankhurst fort. »Wir hatten es mit allen erdenklichen Maßnahmen versucht, und unsere Jahre der Arbeit, des Leidens und der Opfer hatten uns gelehrt, daß die Regierung nicht dem Recht und der Gerechtigkeit, sondern nur der Zweckdienlichkeit nachgeben würde. Daher war es unsere Aufgabe, der Regierung zu zeigen, daß die Erfüllung unserer gerechten Forderungen zweckdienlich sind. Wir mußten England und jedes Gebiet des englischen Lebens unsicher und fragwürdig machen. Wir mußten zeigen, daß das englische Gesetz versagt hatte und daß die Gerichtshöfe nur ein Possentheater sind; wir mußten die Regierung und das Parlament in den Augen der Welt diskreditieren; wir mußten den englischen Sport lächerlich machen, dem Geschäftsleben Schaden zufügen, wertvollen Besitz zerstören, das gesellschaftliche Leben demoralisieren, die Kirche beschämen, die ganze herkömmliche Lebensordnung

durcheinanderbringen! Wir mußten diesen Guerillakrieg so lange fortsetzen, bis das englische Volk es nicht mehr ertrüge und zur Regierung sagte: ›Setzt dem ein Ende, auf die einzige Art, wie dem ein Ende gesetzt werden kann: Gebt den Frauen Englands das Recht auf Selbstbestimmung!‹ Erst dann wollten wir die Flamme unserer Fackel löschen.

Der große amerikanische Staatsmann Patrick Henry hat die Ursachen, die zur amerikanischen Revolution führten, folgendermaßen zusammengefaßt: ›Wir haben Bittschriften eingereicht, Einspruch erhoben, wir haben gefleht, wir sind vor dem Fuße des Throns auf die Knie gesunken, und es war alles vergeblich. Wir müssen kämpfen – ich wiederhole es, Sir, wir müssen kämpfen.‹ Patrick Henry war bereit, Menschen zu töten, um die politische Freiheit von *Männern* zu erkämpfen. Die Frauenrechtlerinnen haben das nicht getan und werden es auch nie tun. Denn der Geist, der unseren Kampf bestimmt, ist die tiefe und beständige Achtung vor dem menschlichen Leben.

In diesem Geist sind unsere Frauen in den Krieg gezogen. Am 31. Januar wurden einige Rasenflächen mit Säure verbrannt. Am 7. und 8. Februar wurden an verschiedenen Orten Telegraphen- und Telephondrähte durchschnitten, und während einiger Stunden waren alle Verbindungen zwischen London und Glasgow unterbrochen. Einige Tage später wurden Fensterscheiben in verschiedenen vornehmen Londoner Clubs eingeschlagen, die Orchideenhäuser in Kew wurden zerstört und viele wertvolle Blumen erfroren. Der Kronjuwelenraum im Londoner Tower wurde gestürmt und ein Schaukasten zerbrochen. Am 18. Februar wurde ein für Mr. Lloyd George in Walton-on-the-Hill im Bau befindliches Landhaus zum Teil zerstört, als in den frühen Morgenstunden vor der Ankunft der Arbeiter eine Bombe explodierte.

Über tausend Frauen sind im Laufe dieser Agitation ins Gefängnis gekommen, haben in den Kerkern gelitten, sind wieder herausgekommen, gesundheitlich geschädigt, körperlich geschwächt, jedoch mit ungebrochenem Mut. Keine von ihnen würde gegen das Gesetz verstoßen, wenn die Frauen frei wären. Diese Frauen sind überzeugt, daß das Wohl der Menschheit ein solches Opfer verlangt. Sie sind überzeugt, daß die gräßlichen Übel, die in unserer Zivilisation

so viel Unheil anrichten, erst dann beseitigt werden können, wenn die Frauen das Wahlrecht haben. Es gibt nur einen Weg, dieser Agitation ein Ende zu setzen; es gibt nur einen Weg, dieser Agitation Einhalt zu gebieten. Nicht, indem man uns deportiert!
»Nein!« rief jemand.
»Nicht, indem man uns ins Gefängnis steckt!«
Alle schrien: »Nein!«
»Nur, indem man uns Gerechtigkeit widerfahren läßt!«
»Ja!«
Charlotte stellte fest, daß sie mit den übrigen schrie. Die kleine Frau auf dem Podium schien völlig in ihrer Empörung aufzugehen. Ihre Augen funkelten, sie ballte die Fäuste, hob ihr Kinn, und ihre Stimme bebte vor Erregung.
»Das Feuer des Leidens, dessen Flammen an unseren Schwestern im Gefängnis zehren, verzehrt auch uns. Denn wir leiden mit ihnen, wir nehmen teil an ihrer Not, und eines Tages werden wir den Sieg mit ihnen feiern. Dieses Feuer wird mancher Schlafenden in die Ohren dringen mit dem Wort ›Erwache!‹, und sie wird aufstehen und nicht mehr schlummern. Es wird jenen die Gabe der Rede bescheren, die bisher stumm gewesen sind, und sie werden hervortreten, um die Botschaft der Befreiung zu predigen. Ihr Licht wird jenen leuchten, die leidend und betrübt und unterdrückt sind, und es wird eine neue Hoffnung in ihrem Leben erstrahlen lassen. Denn der Geist, der heute den Frauen Kraft gibt, ist unbesiegbar, er ist mächtiger als alle Tyrannei, Grausamkeit und Unterdrückung; er ist sogar stärker als – der Tod!«

Während des Tages war Lydia ein schrecklicher Verdacht gekommen.
Nach dem Mittagessen war sie in ihr Zimmer gegangen, um sich hinzulegen. Sie war unfähig, an etwas anderes als an Felix zu denken. Er wirkte immer noch anziehend auf sie, und es wäre lächerlich gewesen, sich das ausreden zu wollen. Aber sie war kein hilfloses Mädchen mehr. Sie war eine reife Frau mit Erfindungskraft und Geistesgegenwart. Und sie war entschlossen, nicht die Beherrschung zu verlieren, nicht zuzulassen, daß Felix ihr das friedliche Leben zerstörte, das sie sich so behutsam aufgebaut hatte.

Sie dachte an all die Fragen, die sie ihm nicht gestellt hatte. Was tat er hier in London? Womit verdiente er sich seinen Lebensunterhalt? Wie hatte er sie zu finden gewußt?
Er hatte Pritchard einen falschen Namen angegeben. Bestimmt hatte er befürchtet, von ihr nicht eingelassen zu werden. Jetzt wurde ihr auch klar, warum der Name Konstantin Dmitritsch Levin ihr so vertraut geklungen hatte. Es war der Name einer Figur aus »Anna Karenina«, dem Buch, das sie gekauft hatte, als sie ihm zum erstenmal begegnet war. Ein Pseudonym mit einer Doppelbedeutung, eine geschickte Anspielung auf verschwommene Erinnerungen, wie ein Geschmack, der an die Kindheit gemahnt. Sie hatten über den Roman diskutiert. Lydia hatte ihn sehr realistisch gefunden, denn sie wußte, wie es ist, wenn die Leidenschaft in der Seele einer ehrbaren Frau ausbricht. Anna war Lydia. Felix jedoch hatte gesagt, es gehe in dem Buch gar nicht um Anna, sondern um Levin und seine Suche nach der Antwort auf die Frage: »Wie soll ich leben?« Tolstois Antwort lautete: »In deinem Herzen weißt du, was recht ist.« Felix hatte behauptet, es sei gerade diese Art hohlköpfiger Moral – mit ihrer absichtlichen Ignoranz der Geschichte, der Volkswirtschaftslehre und der Psychologie –, die in Rußland zur völligen Inkompetenz und Degeneration der herrschenden Klasse geführt habe. Das war in der Nacht gewesen, als sie eingelegte Pilze gegessen und ihren ersten Schluck Wodka getrunken hatte.
Sie hatte ein türkisfarbenes Kleid getragen, das ihren grauen Augen einen blauen Schimmer verlieh. Felix hatte ihr die Zehen geküßt, und dann . . .
Ja, es war schlau von ihm gewesen, sie an all das zu erinnern.
War er schon lange in London, fragte sie sich, oder war er nur gekommen, um Alex aufzusuchen? Er mußte einen bestimmten Grund haben, sich wegen eines Matrosen, der in Rußland verhaftet war, ausgerechnet an einen in London weilenden Admiral zu wenden. Zum erstenmal kam Lydia auf den Gedanken, daß Felix ihr vielleicht nicht die Wahrheit gesagt hatte. Schließlich war er immer noch Anarchist. 1895 war er ganz entschieden für Gewaltlosigkeit gewesen, aber er konnte sich geändert haben.
Wenn Stephen wüßte, daß ich einem Anarchisten gesagt habe, wo er Alex finden kann . . .

Sie hatte sich während des Tees darüber Sorgen gemacht. Sie hatte sich darüber Sorgen gemacht, während die Zofe sie frisierte, mit dem Ergebnis, daß die Frisur mißlang und sie ganz schrecklich aussah. Sie hatte sich während des Dinners darüber Sorgen gemacht, mit dem Ergebnis, daß ihre Konversation mit der Marquise von Quort, Mr. Chamberlain und einem jungen Mann namens Freddy, der sich mehrere Male nach Charlotte erkundigt hatte, nicht gerade sehr glanzvoll verlaufen war.

Sie erinnerte sich an Felix' zerschnittene Hand, die sie gedrückt hatte. Sie hatte nur einen flüchtigen Blick auf die Wunde geworfen; sie hatte ziemlich schlimm ausgesehen.

Und doch kam Lydia erst spät am Abend, als sie sich in ihrem Schlafzimmer das Haar bürstete, darauf, Felix mit dem Wahnsinnigen im Park in Verbindung zu bringen.

Der Gedanke war so erschreckend, daß sie eine Haarbürste mit goldenem Rücken auf den Toilettentisch fallen ließ und eine Parfümflasche zerbrach.

War Felix nach London gekommen, um Alex zu ermorden?

Angenommen, es war Felix, der die Kutsche im Park angegriffen hatte, nicht um zu rauben, sondern um Alex zu erschießen. War der Mann mit dem Revolver von gleicher Größe und gleichem Körperbau wie Felix? Ja, das könnte sein. Und Stephen hatte ihn mit seinem Schwert verletzt . . .

Dann hatte Alex das Haus verlassen, angeblich weil er Angst hatte (oder *wußte* er etwa, daß der »Raubüberfall« in Wirklichkeit ein Mordversuch war?) Und da Felix nun nicht wußte, wo er ihn suchen sollte, hatte er Lydia gefragt . . .

Sie starrte sich im Spiegel an. Sie sah eine Frau mit grauen Augen, hellen Brauen, blondem Haar, einem hübschen Gesicht und einem Spatzengehirn.

Könnte es wahr sein? Könnte Felix sie derart betrogen haben? Warum nicht – immerhin hatte er sich neunzehn Jahre lang eingebildet, sie habe ihn verraten.

Sie las die Splitter der Parfümflasche auf, wickelte sie in ein Taschentuch und wischte das vergossene Parfüm auf. Was sollte sie jetzt tun? Sie mußte Stephen warnen, aber wie? Sie mußte sich eine Geschichte ausdenken. Sie dachte eine Weile nach. Früher einmal

eine abgefeimte Lügnerin, war sie inzwischen aus der Übung gekommen. Schließlich legte sie sich etwas zurecht, das ungefähr den Lügen entsprach, die Felix ihr und Pritchard aufgetischt hatte. Sie zog sich einen Kaschmirmorgenrock über das seidene Nachthemd und ging in Stephens Schlafzimmer.
Er saß im Pyjama am Fenster, hielt ein Glas Cognac in der einen und eine Zigarre in der anderen Hand und blickte auf den vom Mondlicht erhellten Park hinaus. Es überraschte ihn, sie hereinkommen zu sehen, denn gewöhnlich war er es, der sie nachts in ihrem Schlafzimmer besuchte. Er erhob sich freudig lächelnd und umarmte sie. Sie sah, daß er ihren Besuch mißverstand; glaubte, sie sei gekommen, um ihn zu lieben.
Sie sagte: »Ich muß mit dir sprechen.«
Er ließ sie los, sah enttäuscht aus. »Um diese Zeit?«
»Ich glaube, ich habe etwas furchtbar Dummes getan.«
»Dann sag es mir lieber.«
Sie setzten sich zu beiden Seiten des kalten Kamins. Plötzlich wünschte sich Lydia, sie sei wirklich gekommen, um ihn zu lieben. Dann begann sie: »Ein Mann kam heute früh. Er sagte, er kenne mich aus St. Petersburg. Der Name war mir irgendwie vertraut, und ich glaubte, mich vage an ihn zu erinnern ... Du weißt ja, wie es manchmal ist.«
»Wie war der Name?«
»Levin.«
»Und?«
»Er wollte den Fürsten Orlow sprechen.«
Stephen war plötzlich sehr aufmerksam. »Warum?«
»Es hatte irgend etwas mit einem Matrosen zu tun, der unschuldig im Gefängnis sitzt. Dieser ... Levin ... wollte persönlich bei ihm vorsprechen, um die Freilassung des Mannes zu erbitten.«
»Was hast du gesagt?«
»Ich habe ihm gesagt, daß Alexander im *Savoy* wohnt.«
»Verdammt«, fluchte Stephen, dann entschuldigte er sich. »Verzeihung.«
»Nachher fiel mir ein, daß Levin vielleicht etwas Böses plante. Er hatte eine verletzte Hand, und ich erinnerte mich, daß du den Wahnsinnigen im Park verletzt hattest ... und so ... siehst

du . . . dämmerte es allmählich in mir . . . Ich habe etwas Schreckliches getan, nicht wahr?«
»Es ist nicht deine Schuld. Eigentlich nur meine. Ich hätte dir die Wahrheit über den Mann im Park sagen sollen, aber ich hielt es für besser, dich nicht zu ängstigen. Das war ein Fehler.«
»Der arme Alex«, sagte Lydia. »Wie kann ihn nur jemand umbringen wollen? Er ist doch so süß.«
»Wie hat Levin ausgesehen?«
Die Frage brachte Lydia aus der Fassung. Levin war bisher für sie nur ein unbekannter Mörder gewesen, und jetzt war sie gezwungen, Felix zu beschreiben. »Ach . . . groß, schlank, dunkles Haar, etwa in meinem Alter, unverkennbar russisch, ein hübsches Gesicht mit markanten Zügen . . .« Sie hielt inne. *Und ich sehne mich nach ihm.*
Stephen stand auf. »Ich werde Pritchard wecken. Er kann mich zum Hotel fahren.«
Lydia wollte sagen: Nein, tu es nicht, komm mit mir zu Bett, ich brauche deine Wärme und Zärtlichkeit. Sie sagte: »Es tut mir so leid.«
»Es könnte sogar sehr günstig sein«, sagte Stephen.
Sie blickte ihn verblüfft an. »Warum?«
»Weil er mir nicht entkommt, falls er ins *Savoy* geht, um Alex zu ermorden.«
Und jetzt wußte Lydia, daß einer der beiden Männer, die sie liebte, den anderen töten würde, bevor alles vorüber war.

Felix nahm behutsam die Flasche Nitroglyzerin aus dem Waschbekken und durchquerte damit das Zimmer wie auf rohen Eiern. Das Kopfkissen lag auf der Matratze. Er hatte es auf einer Länge von etwa zwanzig Zentimeter aufgeschlitzt und führte nun die Flasche in das Kissen ein. Die Füllung schichtete er vorsichtig um die Flasche, so daß sie nun stoßfest geschützt in ihrer Hülle lag. Dann nahm er das Kissen vom Bett, trug es wie ein Baby und legte es in seinen offenen Koffer. Nachdem er den Koffer geschlossen hatte, atmete er erleichtert auf, zog sich den Mantel an, band sich den Schal um und setzte sich seinen steifen Huf auf. Mit großer Vorsicht nahm er den Pappkoffer beim Griff und ging hinaus.

Die Reise ins West End war ein Alptraum.
Natürlich konnte er das Fahrrad nicht benutzen, aber selbst das Gehen stellte seine Nerven auf eine harte Probe. Bei jedem Schritt, jedesmal wenn sein Fuß auf das Pflaster trat, war er sich der braunen Flasche in dem Kissen bewußt, stellte sich vor, wie die Moleküle des Nitroglyzerins unter seiner Hand immer rascher erzitterten.
Er kam an einer Frau vorbei, die den Gehsteig vor ihrem Haus schrubbte, und um auf dem nassen Pflaster nicht auszurutschen, trat er auf die Straße. Sie rief ihm höhnisch zu: »Der Herr hat wohl Angst, nasse Füße zu kriegen!«
Vor einem Fabriktor in Euston rannte eine Gruppe Lehrlinge einem Fußball nach. Felix blieb wie angewurzelt stehen, während sie um ihn herumliefen und sich um den Ball stritten. Endlich hatte einer ihn weit fortgestoßen, und sie waren so rasch verschwunden, wie sie gekommen waren.
Das Überqueren der Euston Road war ein Tanz mit dem Tode. Fünf Minuten lang stand er am Bordstein und wartete auf eine Verkehrslücke, und dann rannte er fast über die Straße.
Auf der Tottenham Court Road ging er in ein vornehmes Papiergeschäft. Es war ruhig und still im Laden. Er stellte den Koffer sanft auf den Tresen. Ein Verkäufer im Cutaway erkundigte sich höflich: »Kann ich Ihnen helfen, Sir?«
»Ich möchte einen Briefumschlag.«
Der Verkäufer hob die Brauen. »Nur einen, Sir?«
»Ja.«
»Einen von besonderer Art, Sir?«
»Ganz einfach, aber von guter Qualität.«
»Wir haben blaue, elfenbeinfarbene, grüne, beige, creme . . .«
»Weiß.«
»Bitte sehr, Sir.«
»Und einen Briefbogen.«
»Einen einzelnen Bogen, Sir.«
Es kostete drei Pence. Am liebsten wäre er aus Prinzip ohne zu bezahlen fortgerannt, aber mit der Bombe in seinem Koffer war das zu gefährlich.
Auf der Charing Cross Road wimmelte es von Menschen, die sich zur Arbeit in den Läden und Büros begaben. Es war unmöglich, hier

durchzukommen, ohne angerempelt zu werden. Felix stand eine Weile in einem Hauseingang und fragte sich, was er tun solle. Schließlich entschied er sich, den Koffer in seinen Armen zu tragen, um ihn vor der quirligen Menge zu schützen.

Auf dem Leicester Square suchte er Zuflucht in einer Bank. Er setzte sich an einen der Schreibtische, an denen Kunden ihre Schecks ausfüllten. Dort fand er eine Schale mit Federhaltern und ein Tintenfaß. Er stellte den Koffer auf den Boden zwischen seine Füße und entspannte sich einen Augenblick. Befrackte Bankangestellte eilten leise mit Papieren an ihm vorüber. Felix nahm eine Feder und schrieb auf seinen Umschlag:

»Fürst A. A. Orlow
Savoy Hotel
Strand, London W.«

Den Briefbogen faltete er zusammen und steckte ihn in den Umschlag – nur des Gewichts wegen, denn er wollte nicht, daß das Kuvert leer erschien. Er leckte den gummierten Rand und klebte ihn zu. Dann nahm er wieder zögernd seinen Koffer auf und verließ die Bank.

Auf dem Trafalgar Square tauchte er sein Taschentuch in den Brunnen und kühlte sich damit sein Gesicht.

Er ging am Charing-Cross-Bahnhof vorüber und dann in östlicher Richtung am Flußufer entlang. In der Nähe der Waterloo Bridge lungerte eine Gruppe Straßenjungen herum und bewarf die Möwen auf dem Fluß mit Steinen. Felix wandte sich an den am intelligentesten aussehenden von ihnen.

»Möchtest du dir einen Penny verdienen?«

»Ja, Mister.«

»Hast du saubere Hände?«

»Ja, Mister.« Der Junge zeigte ihm ein Paar schmutzige Hände.

Felix mußte sich damit zufriedengeben. »Weißt du, wo das *Savoy*-Hotel ist?«

»Klar!«

Felix gab dem Jungen den Umschlag und einen Penny. »Zähle langsam bis hundert, und dann bring diesen Brief zum Hotel. Verstanden?«

»Ja, Mister.«

Felix stieg die Stufen zur Brücke hinauf. Sie war voller Männer mit steifen Hüten, die, von der Waterloo Station kommend, über den Fluß eilten. Felix schloß sich der Prozession an.
Er ging in einen Zeitungsladen und kaufte die *Times.* Als er hinaustrat, stürzte ein junger Mann zur Tür herein. Felix schrie ihn an: »Passen Sie gefälligst auf, wo Sie hingehen!«
Der Mann starrte ihn überrascht an, und als Felix die Tür schloß, hörte er noch, wie der Mann zum Ladenbesitzer sagte: »Der Kerl ist aber ganz schön nervös!«
»Ein Ausländer«, erwiderte der Ladenbesitzer.
Er bog in den Strand ein und ging in das Hotel. In der Halle setzte er sich und stellte den Koffer auf den Boden zwischen seine Füße. Bald haben wir es geschafft, dachte er.
Von seinem Platz aus konnte er beide Türen und den Empfangsschalter des Portiers sehen. Er fuhr mit der Hand in seine Manteltasche, blickte auf eine imaginäre Taschenuhr, schlug die Zeitung auf und benahm sich, als sei er zu früh zu einer Verabredung gekommen.
Er zog den Koffer näher an seinen Sessel, streckte die Beine auf beiden Seiten aus, um ihn zu schützen, falls ein Vorübergehender dagegenstoßen sollte. Die Halle war voller Menschen, und es war kurz vor zehn. Das ist die Stunde, in der die herrschende Klasse frühstückt, dachte Felix. Er hatte noch nichts gegessen und verspürte auch keinen Appetit.
Er blickte über seine *Times* und beobachtete die Leute in der Halle. Zwei Männer sahen wie Hausdetektive aus. Felix fragte sich, ob sie ihn bei seiner Flucht hindern würden. Aber selbst wenn sie die Explosion hören sollten, konnten sie ja nicht wissen, wer von all den Leuten hier in der Halle dafür verantwortlich war. Niemand weiß, wie ich aussehe, beruhigte er sich. Wenigstens nicht, solange niemand hinter mir her ist. Ich muß eben darauf achten, daß mich keiner verfolgt.
Er fragte sich, ob der Junge mit dem Brief kommen würde. Schließlich hatte er ja seinen Penny schon erhalten. Vielleicht hatte er den Umschlag in den Fluß geworfen und war in ein Süßwarengeschäft gegangen. In diesem Fall mußte Felix die ganze Prozedur so lange wiederholen, bis er einen ehrlichen Straßenjungen fand.

Er las einen Artikel in der Zeitung und blickte alle paar Sekunden auf. Die Regierung wollte jene, die der *Womens's Social and Political Union* Geld gestiftet hatten, für den von Frauenrechtlerinnen angerichteten Schaden verantwortlich machen. Man plante ein Sondergesetz, um das zu ermöglichen. Wie dumm sind doch die Regierungen, wenn sie unnachgiebig werden, fand Felix. Die Leute werden das Geld einfach anonym stiften.
Wo bleibt der Junge?
Er fragte sich, was Orlow jetzt wohl tat. Höchstwahrscheinlich war er in seinem Hotelzimmer, ein paar Meter über Felix' Kopf, saß beim Frühstück oder rasierte sich oder schrieb einen Brief oder verhandelte mit Walden. Diesen Walden möchte ich auch gerne umbringen, dachte Felix.
Es wäre immerhin möglich, daß die beiden plötzlich hier in die Halle kämen. Aber darauf war wohl kaum zu hoffen. Was würde ich in dem Fall tun?
Ich würde die Bombe werfen und glücklich sterben.
Jetzt sah er den Jungen hinter der Glastür.
Der Kleine betrat die Hotelhalle. Felix sah den Umschlag in seiner Hand. Er hielt ihn an einer Ecke, fast wie angeekelt, als ob der Umschlag schmutzig und er selbst sauber sei und nicht umgekehrt. Er wurde an der Tür von einem Hotelangestellten angehalten. Sie wechselten ein paar Worte, dann ging der Junge wieder fort. Der Angestellte stolzierte mit dem Umschlag in der Hand durch die Halle.
Felix blickte ihm gespannt nach. Wird es klappen?
Der Angestellte übergab den Umschlag dem Portier.
Der Portier warf einen Blick darauf, nahm einen Bleistift, kritzelte etwas auf die rechte obere Ecke – eine Zimmernummer? – und rief einen Boy.
Es klappte!
Felix stand auf, nahm behutsam seinen Koffer und ging auf die Treppe zu.
Der Boy überholte ihn im ersten Stock und ging weiter hinauf.
Felix folgte ihm.
Es war fast zu leicht.
Er ließ den Boy eine Etage vorausgehen und beschleunigte dann seine Schritte, um ihn im Auge zu behalten.

In der fünften Etage bog der Boy in den Flur ein. Felix blieb stehen und blickte ihm nach.

Der Boy klopfte an eine Tür. Sie wurde geöffnet. Eine Hand erschien und nahm den Umschlag in Empfang.

Jetzt habe ich dich, Orlow.

Der Boy machte Miene sich zu entfernen, wurde aber zurückgerufen. Felix hörte nicht, was gesprochen wurde. Der Boy bekam ein Trinkgeld und sagte: »Ich danke Ihnen sehr, Sir, Sie sind sehr gütig.« Die Tür wurde geschlossen.

Felix schickte sich an, über den Flur zu gehen.

Der Boy sah seinen Koffer, wollte danach greifen und fragte: »Darf ich Ihnen helfen, Sir?«

»Nein!« erwiderte Felix barsch.

»Wie Sie wünschen, Sir«, erwiderte der Boy und ging seines Weges.

Felix trat an die Tür zu Orlows Zimmer. Hatte man denn keine weiteren Vorsichtsmaßnahmen getroffen? Walden konnte sich vielleicht einbilden, daß ein Mörder nicht in ein Londoner Hotelzimmer zu gelangen vermochte, aber Orlow hätte es doch besser wissen müssen. Einen Augenblick lang war Felix versucht, wieder hinunterzugehen, sich die Sache noch einmal zu überlegen, die Lage eingehender zu prüfen, aber er war jetzt seinem Ziel zu nahe.

Er stellte den Koffer vor die Tür.

Er öffnete ihn, griff in das Kissen und zog vorsichtig die braune Flasche heraus.

Dann richtete er sich langsam auf.

Er klopfte an die Tür.

8

Walden blickte auf den Umschlag. Die Schrift war sauber, gab jedoch keinen Hinweis auf den Absender. Es war bestimmt ein Ausländer, denn ein Engländer hätte *Fürst Orlow* oder *Fürst Alexeij*, nicht aber *Fürst A. A. Orlow* geschrieben. Walden hätte gerne gewußt, was in dem Brief stand, aber Alex war mitten in der Nacht aus dem Hotel ausgezogen, und Walden konnte den Brief in seiner Abwesenheit nicht öffnen – denn schließlich war er an Orlow persönlich gerichtet.

Er übergab ihn Basil Thomson, der keine derartigen Skrupel hatte. Thomson riß den Umschlag auf und nahm den Briefbogen heraus.
»Leer!« sagte er.
Es klopfte an der Tür.
Jetzt bewegten sich alle sehr rasch. Walden trat ans Fenster und ging dann hinter dem Sofa in Deckung. Die beiden Polizisten stellten sich schußbereit neben die Tür. Thomson stand in der Mitte des Zimmers hinter einem großen Polstersessel.
Es klopfte abermals.
Thomson rief: »Herein – die Tür ist offen.«
Die Tür öffnete sich – und da stand er nun.
Walden klammerte sich an die Sofalehne. Der Mann sah wirklich erschreckend aus.
Eine hochgewachsene Gestalt mit steifem Hut und einem bis zum Hals zugeknöpften schwarzen Mantel. Das lange, abgezehrte Gesicht war weiß. In der linken Hand hielt sie eine große braune Flasche. Sein Blick durchstreifte das Zimmer, und er erkannte blitzartig, daß er in eine Falle geraten war.
Er hob die Flasche und sagte: »Nitro!«
»Nicht schießen!« rief Thomson den beiden Polizisten zu.
Walden hatte noch nie solche Angst gehabt. Er kannte die Wirkung von Nitroglyzerin. Falls die Flasche zu Boden fiel, würden alle umkommen. Er wollte leben und nicht hier und auf diese Weise sterben.
Ein langer Augenblick des Schweigens trat ein. Niemand bewegte sich. Walden starrte das Gesicht des Fremden an. Es war ein listiges, hartes, entschlossenes Gesicht. Walden prägte sich blitzartig alle Einzelheiten ein: Die gebogene Nase, den breiten Mund, die traurigen Augen, das dichte schwarze Haar unter dem Rand des Hutes. Ist er wahnsinnig? dachte er. Verbittert? Herzlos? Sadistisch? Das Gesicht zeigte nur Furchtlosigkeit.
Thomson brach das Schweigen. »Ergeben Sie sich«, sagte er. »Stellen Sie die Flasche auf den Boden. Hören Sie auf, sich wie ein Narr zu benehmen.«
Walden dachte nach. Falls die Polizisten schießen und der Mann stürzt – könnte ich ihm noch rechtzeitig die Flasche abnehmen, bevor sie zu Boden fällt?
Nein.

Der Mörder stand reglos da, hielt die Flasche hoch. Er schaut mich an und nicht Thomson, stellte Walden fest. Er beobachtet mich, scheint geradezu auf mich fixiert zu sein. Es ist ein persönlicher Blick. Er ist ebenso an mir interessiert wie ich an ihm.
Er hat festgestellt, daß Alex nicht hier ist – was wird er jetzt tun?
Der Attentäter wandte sich auf russisch an Walden: »Sie sind nicht so dumm, wie Sie aussehen.«
Walden fragte sich: Ist er ein Selbstmörder? Will er sich und uns umbringen? Wir müssen ihn zum Reden bringen.
Und dann war der Mann fort.
Walden hörte seine Schritte im Flur.
Er trat auf die Tür zu. Die anderen drei waren ihm vorausgeeilt.
Draußen auf dem Flur knieten die beiden Polizisten mit erhobener Waffe. Walden sah den Attentäter mit seltsam elastischen Schritten davonrennen, den linken Arm steif an die Seite gepreßt, sorgfältig darauf bedacht, die Flasche so ruhig wie möglich zu halten.
Wird uns die Bombe töten, wenn er sie jetzt fallen läßt? Walden hielt es bei dieser Distanz für unwahrscheinlich.
Thomson schien dasselbe zu denken. Er befahl: »Feuer!«
Zwei Polizisten drückten ab.
Der Mann blieb stehen und wandte sich um.
War er getroffen?
Er schwang den Arm und schleuderte ihnen die Flasche entgegen.
Thomson und die beiden Polizisten warfen sich flach auf den Boden.
Walden wurde sich blitzartig bewußt, daß es keinen Zweck mehr hatte, sich zu Boden zu werfen.
Die Flasche drehte sich mehrere Male in der Luft. Walden rannte ihr entgegen. Sie kam in einem abfallenden Bogen in seine Reichweite. Er griff mit beiden Händen nach ihr, bekam sie auch zu fassen. Aber seine Finger schienen auf dem Glas zu rutschen. Er griff fester zu, von Panik fast überwältigt. Zuerst entglitt sie ihm, dann hielt er sie wieder . . . *Du lieber Gott, laß sie mir nicht entgleiten!* Wie ein Tormann beim Fußballspiel zog er sie an seine Brust, hielt sie fest, drehte sich halb um sich selbst, verlor das Gleichgewicht und sank in die Knie. Mit äußerster Kraftanstrengung hielt er sich aufrecht, die Flasche an sich geklammert, und rechnete jeden Moment mit der Explosion.
Nichts geschah.

Die anderen starrten ihn an, wie er auf den Knien lag und die Flasche in seinen Armen barg, als sei sie ein neugeborenes Kind.
Einer der Polizisten wurde ohnmächtig.
Felix starrte Walden eine Sekunde lang entgeistert an, drehte sich dann um und raste die Treppe hinunter.
Dieser Walden ist verblüffend. Die Flasche in der Luft abzufangen – dazu gehören Nerven!
Er hörte aus der Ferne rufen: »Verfolgt ihn!«
Schon wieder, dachte er. Schon wieder renne ich davon. Was ist nur mit mir los?
Die Treppe schien kein Ende zu nehmen. Er hörte Schritte hinter sich. Ein Schuß knallte.
Auf dem nächsten Treppenabsatz stieß er mit einem Kellner zusammen, der ein Tablett trug. Der Kellner stürzte, und das Geschirr mit den Speisen flog in alle Richtungen.
Der Verfolger war zehn oder zwanzig Stufen hinter ihm. Endlich war Felix am Ende der Treppe angelangt. Er nahm sich zusammen und trat ruhigen Schrittes in die Halle.
Sie war noch immer voller Menschen.
Er hatte das Gefühl, einen Balanceakt zu vollführen.
Er sah die beiden Männer, die er als Hausdetektive erkannt hatte. Sie waren in ein Gespräch vertieft und schienen besorgt. Wahrscheinlich hatten sie die Schüsse gehört.
Langsam ging er durch die Halle, widerstand mit Mühe dem Bedürfnis, schnell davonzurennen. Es war ihm, als starrten ihn alle an. Er blickte starr geradeaus.
Schließlich kam er an die Tür und ging hinaus.
»Eine Droschke, Sir?« fragte der Türsteher.
Felix sprang in eine vorfahrende Droschke, und sie fuhren los.
Als sie in den Strand einbogen, blickte er zum Hotel zurück. Einer der Polizisten stürmte aus der Tür, gefolgt von den beiden Detektiven. Sie wandten sich an den Türsteher, der auf die Droschke zeigte, in der Felix saß. Die Detektive zogen ihre Waffen und rannten ihr nach.
Es herrschte reger Verkehr. Die Droschke hielt an einer Straßenecke an.
Felix sprang heraus.

Der Kutscher rief ihm nach: »He, Sie da, was ist denn los?«
Felix lief geduckt auf die andere Straßenseite und rannte in Richtung Norden.
Er blickte über die Schulter zurück. Sie waren ihm immer noch auf den Fersen.
Er mußte den Abstand halten, bis er sie irgendwo abschütteln konnte, in einem Gassengewirr oder auf einem Bahnhof.
Ein Polizist in Uniform sah, wie er rannte, und schaute ihm argwöhnisch nach. Wenige Sekunden später erblickten die Detektive den Polizisten und riefen ihm etwas zu. Er schloß sich den Verfolgern an.
Felix rannte schneller. Das Herz pochte ihm, und er begann zu keuchen.
Er bog um eine Ecke und befand sich auf dem Obst- und Gemüsemarkt von Covent Garden.
Auf dem Kopfsteinpflaster drängten sich Lastwagen und Pferdefuhrwerke. Marktträger mit hölzernen Tragen auf dem Kopf und andere, die Handkarren vor sich herschoben, bevölkerten den Platz. Fässer voller Äpfel wurden von muskulösen Männern ausgeladen; Kisten mit Salat, Tomaten und Erdbeeren wurden von Männern mit Melonenhüten gekauft und verkauft und dann von Männern mit Mützen abgeholt und fortgetragen. Der Lärm war ohrenbetäubend.
Felix stürzte sich in die Menge.
Er versteckte sich hinter einem Stapel leerer Kisten und lugte durch die Ritzen. Einen Augenblick später sah er seine Verfolger. Sie waren stehengeblieben und blickten sich um. Sie wechselten ein paar Worte, dann trennten sie sich und setzten ihre Suche fort.
Lydia hat mich verraten, dachte Felix, als er wieder Atem schöpfen konnte. Hat sie gewußt, daß ich es auf Orlow abgesehen habe? Unmöglich! Sie hat mir an diesem Vormittag kein Theater vorgespielt, und sie war bestimmt ehrlich, als sie mich küßte. Aber wenn sie die Geschichte von dem Matrosen im Gefängnis geglaubt hat, wird sie Walden gewiß nichts davon erzählt haben. Vielleicht ist sie erst später darauf gekommen, daß ich sie belogen haben könnte, und sie hat es erst dann ihrem Mann gesagt, weil sie mit dem Mord an Orlow nichts zu tun haben wollte. Sie hat mich also nicht direkt verraten.

Das nächste Mal wird sie mich nicht küssen. Aber es wird kein nächstes Mal geben.
Der uniformierte Polizist kam näher.
Felix ging um den Kistenstapel herum und kroch in eine kleine Lücke, verborgen hinter weiteren Stapeln von Kisten.
Wenigstens bin ich aus ihrer Falle entschlüpft, stellte er erleichtert fest. Gott sei Dank hatte ich das Nitroglyzerin.
Aber eigentlich sollten *sie* doch vor *mir* Angst haben. Ich bin doch der Jäger, derjenige, der die Fallen stellt. Es ist wieder einmal dieser verdammte Walden. Jetzt ist er mir zum zweitenmal in die Quere gekommen. Wer hätte geglaubt, daß ein Aristokrat mit grauem Haar so viel Mumm besitzt?
Er fragte sich, wo der Polizist jetzt wohl war. Er hob den Kopf und versuchte, etwas zu sehen.
Der Mann stand ihm direkt gegenüber.
Das Gesicht des Polizisten verriet totale Verblüffung, als Felix ihm beim Mantel packte und in sein kleines Versteck zerrte. Er stellte ihm ein Bein und schlug ihn zu Boden. Dann kniete er sich auf ihn und drückte ihm die Kehle zu.
Felix haßte Polizisten.
Er erinnerte sich an Bialystok, als die Streikbrecher – Schlägertypen mit Eisenstangen – die Arbeiter außerhalb der Mühle zusammenschlugen, während die Polizei tatenlos zuschaute. Er erinnerte sich an das Pogrom, als Horden von Strolchen über das Judenviertel hergefallen waren, Häuser in Brand gesetzt, Greise niedergeschlagen und junge Mädchen vergewaltigt hatten, während die Polizei lachend dabeistand. Er erinnerte sich an den Blutsonntag, als Truppen die friedliche Menge vor dem Winterpalast zusammenschossen, während die Polizei sich jubelnd die Hände rieb. Er erinnerte sich an die Polizisten, die ihn in die Peter-und-Pauls-Festung geschleppt hatten, wo er gefoltert wurde; an jene, die ihn nach Sibirien gebracht hatten, wo sie ihm seinen Mantel stahlen. Und an jene, die die Streikversammlung in St. Petersburg überfallen hatten und mit ihren Knüppeln den Frauen auf die Köpfe droschen.
Ein Polizist ist ein Arbeiter, der seine Seele verkauft hat.
Felix packte fester zu.
Dem Mann traten die Augen aus den Höhlen, er wehrte sich nicht mehr.

Felix drückte immer fester.
Er hörte ein Geräusch und blickte auf.
Ein kleines Kind von zwei oder drei Jahren stand da, kaute an einem Apfel und sah ihm dabei zu, wie er den Polizisten erwürgte.
Er ließ den Polizisten liegen.
Das Kind kam näher und blickte auf den bewußtlosen Mann.
Felix spähte aus seinem Versteck. Die Detektive waren nirgends mehr zu sehen.
Das Kind fragte: »Schläft er?«
Felix entfernte sich.
Er verließ den Markt, sah keinen seiner Verfolger mehr.
Er ging zurück auf den Strand.
Er begann sich sicherer zu fühlen.
Am Trafalgar Square stieg er in einen Omnibus.

Ich wäre fast gestorben, sagte Walden sich immer wieder. Ich wäre fast gestorben.
Er saß in der Hotelsuite, während Thomson seine Leute um sich versammelte. Jemand gab ihm ein Glas mit Cognac und Soda, und erst in diesem Moment bemerkte er, daß seine Hände zitterten. Immer wieder mußte er an die Flasche mit Nitroglyzerin denken, die er in seinen Händen gehalten hatte.
Er versuchte, sich auf Thomson zu konzentrieren. Der Polizeioffizier war wie verwandelt, als er zu seinen Leuten sprach. Er hatte die Hände aus den Taschen genommen, saß auf der Kante seines Stuhls, und seine Stimme klang plötzlich scharf und klar.
Walden beruhigte sich allmählich, als Thomson sprach. »Dieser Mann ist uns durch die Finger geschlüpft«, sagte er. »Das wird nicht ein zweites Mal geschehen. Wir wissen bereits einiges über ihn, und wir werden noch viel mehr herausfinden. Wir wissen, daß er 1895 oder schon vorher in St. Petersburg war, da Lady Walden sich an ihn erinnert. Wir wissen, daß er in der Schweiz gewesen ist, weil der Koffer, in dem er die Bombe trug, aus der Schweiz stammt. Und wir wissen, wie er aussieht.«
Dieses Gesicht, dachte Walden und ballte die Fäuste.
Thomson fuhr fort: »Watts, ich wünsche, daß Sie und Ihre Burschen ein bißchen Geld im East End ausgeben. Der Mann ist

bestimmt Russe, wahrscheinlich ein Anarchist und Jude, aber verlaßt euch nicht darauf. Wir wollen mal sehen, ob wir seinen Namen feststellen können. Falls uns das gelingt, kabeln wir nach Zürich und St. Petersburg und holen uns weitere Informationen. Richards, Sie fangen mit dem Briefumschlag an. Es handelt sich wahrscheinlich um einen Einzelkauf, und vielleicht erinnert sich der Verkäufer daran. Woods, Sie befassen sich mit der Flasche. Es ist eine Winchesterflasche mit Glasstöpsel. Der Name des Fabrikanten ist unten eingraviert. Finden Sie heraus, an welche Geschäfte in London diese Flaschen geliefert werden. Kämmen Sie alle Apotheken und Drogerien durch und fragen Sie, ob sich jemand an einen Mann erinnert, der unserer Beschreibung entspricht. Er wird natürlich die Bestandteile des Nitroglyzerins in verschiedenen Läden gekauft haben; und falls wir diese Läden ausfindig machen können, wissen wir, wo wir in London nach ihm suchen müssen.«

Walden war beeindruckt. Es war ihm noch nicht aufgefallen, daß der Attentäter so viele Spuren hinterlassen hatte. Er begann sich besser zu fühlen.

Thomson wandte sich an einen jungen Mann mit Filzhut und weichem Kragen. »Taylor, Sie haben die wichtigste Aufgabe. Lord Walden und ich haben den Mörder nur kurz gesehen, aber Lady Walden hat ihn sich länger und aufmerksamer angeschaut. Sie werden uns zu Lady Walden begleiten und mit ihrer und unserer Hilfe eine Zeichnung von dem Mann anfertigen. Das Bild wird noch heute abend gedruckt und bis morgen mittag an alle Polizeiposten in London verteilt werden.«

Jetzt kann uns der Mann nicht mehr entkommen, dachte Walden. Aber dann erinnerte er sich, daß er das gleiche geglaubt hatte, als sie ihm im Hotelzimmer die Falle stellten, und er begann wieder zu zittern.

Felix blickte in den Spiegel. Er hatte sich das Haar ganz kurz schneiden lassen, wie ein Preuße, und er hatte sich die Augenbrauen ausgezupft, bis sie nur noch dünne Striche waren. Ab heute würde er sich nicht mehr rasieren, und in einer Woche würden Schnurr- und Backenbart sein charakteristisches Kinn und seinen Mund verbergen. Leider konnte er nichts an seiner Nase ändern. Er hatte sich eine gebrauchte Drahtbrille gekauft. Die Gläser waren klein, und er konnte über den Rand sehen. Seinen steifen Hut und den schwarzen Mantel hatte er gegen eine Matrosenjacke und eine Tweedmütze eingetauscht.

Bei genauerem Hinsehen würde man ihn vielleicht noch erkennen, aber aus einiger Entfernung wohl kaum.

Daß er nicht mehr bei Bridget wohnen konnte, war ihm klar. Er hatte alle seine Chemikalien in der Umgebung eingekauft, und sobald das der Polizei bekannt wurde, würde sie jedes Haus durchsuchen. Früher oder später mußten sie auch in seine Straße kommen, und einer der Nachbarn würde bestimmt sagen: »Ja, den kenne ich, der wohnt im Keller bei Mrs. Callahan.«

Er war wieder auf der Flucht. Es war demütigend und deprimierend. Gewiß, er war schon oft auf der Flucht gewesen, aber immer erst, nachdem er jemanden umgebracht hatte, und nicht vorher.

Er nahm sein Rasiermesser, seine Ersatzunterwäsche, sein selbstgebasteltes Dynamitpäckchen und sein Buch mit den Erzählungen Puschkins und wickelte alles in sein sauberes Hemd. Dann begab er sich in Mrs. Callahans Wohnzimmer.

»Ach du meine Güte«, rief sie aus. »Was haben Sie mit Ihren Augenbrauen angestellt? Sie waren doch ein so hübscher Mann.«

»Ich muß ausziehen«, sagte er.

Sie blickte auf sein Bündel. »Das sehe ich an Ihrem Gepäck.«

»Falls die Polizei kommt, brauchen Sie sie nicht anzulügen.«

»Ich werde sagen, ich hätte Sie rausgeschmissen, weil ich Sie für einen Anarchisten hielt.«

»Leben Sie wohl, Bridget.«

»Nehmen Sie die blöde Blechbrille ab, und geben Sie mir einen Kuß.«

Felix küßte sie auf die Wange und ging hinaus.

»Viel Glück, mein Junge«, rief sie ihm nach.

Er nahm sein Fahrrad, und machte sich zum drittenmal seit seiner Ankunft in London auf Wohnungssuche.

Er radelte langsam. Er fühlte sich nicht mehr schwach wegen der Verletzungen, sondern war niedergeschlagen und mutlos wegen seines Versagens. Er durchquerte North London und die City und fuhr dann über die London Bridge ans andere Ufer der Themse.

Dort schlug er die südöstliche Richtung ein und kam an einem Pub namens *Elephant and Castle* vorbei.
In der Gegend der Old Kent Road fand er ein geeignetes Viertel, wo er eine billige Unterkunft bekommen konnte, ohne viele Fragen beantworten zu müssen. Er mietete ein Zimmer im vierten Stock eines baufälligen Wohnhauses, dessen Besitzer – wie ihm der Hauswart feierlich erklärte – die *Church of England* war. Hier konnte er kein Nitroglyzerin herstellen, denn sein Zimmer hatte kein fließendes Wasser. Es gab im ganzen Haus keins – nur eine Ziehpumpe und ein Plumpsklosett auf dem Hof.
Das Zimmer war düster. Die Mausefalle in der Ecke stand bestimmt nicht zufällig da, und eines der Fenster war mit Zeitungspapier verdeckt. Die Farbe bröckelte von den Wänden, und die Matratze stank. Der Hauswart, ein gebeugter, dicker Mann in Filzpantoffeln, der ständig hüstelte, sagte: »Falls Sie das Fenster reparieren wollen, kann ich Ihnen billiges Glas besorgen.«
»Wo kann ich mein Fahrrad unterstellen?« fragte Felix.
»Ich würde es an Ihrer Stelle mit nach oben nehmen, denn anderswo wird es bestimmt geklaut.«
Mit dem Fahrrad im Zimmer hatte er gerade Platz genug, um von der Tür ans Bett zu gelangen.
»Ich nehme das Zimmer«, sagte Felix.
»Das macht zwölf Shilling.«
»Aber Sie haben doch drei Shilling die Woche gesagt.«
»Vier Wochen im voraus.«
Felix bezahlte. Nach dem Kauf der Brille und dem Kleidertausch blieben ihm jetzt noch ein Pfund und neunzehn Shilling.
Der Hauswart sagte: »Falls Sie neu anstreichen wollen, kann ich Ihnen Farbe zum halben Preis besorgen.«
»Das sag' ich Ihnen dann noch«, erwiderte Felix. Das Zimmer war schmutzig, aber das war die geringste seiner Sorgen.
Morgen mußte er wieder Orlow suchen.

☆

»Stephen! Gott sei Dank bist du unversehrt!« sagte Lydia.
Er legte seinen Arm um ihre Taille. »Natürlich bin ich unversehrt.«

»Was ist passiert?«
»Wir haben leider unseren Mann nicht erwischt.«
Lydia wurde fast ohnmächtig vor Erleichterung. Als Stephen gesagt hatte: »Ich werde mir den Mann schnappen«, war sie doppelt entsetzt gewesen. Einmal, weil Felix Stephen umbringen konnte, und zum anderen, weil sie fürchtete, Felix zum zweitenmal ins Gefängnis zu bringen. Sie wußte, was er beim erstenmal durchgemacht hatte, und der Gedanke daran ließ sie schaudern.
»Ich glaube, du kennst Basil Thomson bereits«, sagte Stephen, »und dieser Herr hier ist Mr. Taylor, der Zeichner der Polizei. Wir wollen ihm jetzt alle helfen, das Gesicht des Mörders zu skizzieren.«
Lydia wurde blaß. Jetzt mußte sie Stunden damit verbringen, in Gegenwart ihres Mannes ihren Liebhaber zu beschreiben. Wann wird das ein Ende nehmen? fragte sie sich.
Stephen sagte: »Wo ist übrigens Charlotte?«
»Beim Einkaufen«, erwiderte Lydia.
»Gut. Ich will nicht, daß sie etwas von dieser Angelegenheit erfährt. Und vor allem soll sie nicht wissen, wo Alex jetzt wohnt.«
»Sag es auch mir nicht«, bat Lydia. »Ich möchte es lieber nicht wissen. Auf diese Weise kann ich nicht noch einmal den gleichen Fehler machen.«
Sie setzten sich, und der Maler nahm seinen Skizzierblock aus der Tasche.
Wieder und wieder zeichnete er das Gesicht. Lydia hätte es in fünf Minuten zeichnen können. Zuerst versuchte sie, den Zeichner zu verwirren, sagte »nicht ganz«, wenn etwas genau stimmte, und »genau so«, wenn etwas völlig falsch war. Aber Stephen und Thomson hatten Felix immerhin so klar gesehen, daß sie sie berichtigen konnten. Schließlich bekam sie Angst, die beiden könnten Verdacht schöpfen, und widersprach nicht mehr. Aber sie war sich schmerzlich bewußt, daß sie mithalf, Felix ins Gefängnis zu bringen. Schließlich wurde das Bild dem von Lydia geliebten Gesicht sehr ähnlich.
Danach wurde sie so nervös, daß sie eine Dosis Laudanum nahm und zu Bett ging. Sie träumte, sie sei unterwegs nach St. Petersburg, um sich mit Felix zu treffen. Um das Schiff zu erreichen, fuhr sie in einer Kutsche mit zwei Herzoginnen, die sie im wirklichen

Leben aus der guten Gesellschaft ausgestoßen hätten, hätten sie von ihrer Vergangenheit gewußt. Sie schlugen jedoch einen falschen Weg ein und fuhren nach Bournemouth anstatt nach Southampton. Dort machten sie eine Ruhepause, obgleich es bereits fünf Uhr war und das Schiff um sieben abfahren sollte. Die Herzoginnen erzählten Lydia, sie schliefen nachts miteinander und streichelten sich dabei auf perverse Art. Ihr erschien das durchaus nicht überraschend, obgleich die beiden Damen schon sehr alt waren. Lydia sagte immer wieder: »Wir müssen jetzt aufbrechen«, aber man nahm keine Notiz von ihr. Dann erschien ein Mann mit einem Brief an Lydia, der mit »dein anarchistischer Geliebter« unterschrieben war. Lydia sagte zum Boten: »Sagen Sie meinem anarchistischen Geliebten, daß ich mich bemühe, das Sieben-Uhr-Schiff zu erreichen.« Jetzt war die Katze aus dem Sack. Die Herzoginnen tauschten bedeutsame Blicke aus. Um zwanzig Minuten vor sieben war Lydia immer noch in Bournemouth und stellte fest, daß sie noch nicht einmal ihre Koffer gepackt hatte. Sie rannte herum, warf alle möglichen Dinge in die Koffer, konnte aber nichts finden, was sie wirklich mitnehmen wollte, und die Sekunden tickten vorüber, und es war bereits viel zu spät, aber irgendwie wurde ihr Koffer einfach nicht voll, und sie geriet in Panik und stieg ohne Gepäck in den Wagen, den sie selbst kutschierte, und dann verirrte sie sich auf dem Strand vor Bournemouth, konnte nicht wegkommen und wachte schließlich auf, ohne auch nur in die Nähe von Southampton gelangt zu sein.

Sie lag schweißgebadet im Bett, und ihr Herz pochte wild, während sie mit weit geöffneten Augen an die Decke starrte und sich beruhigte: Es war nur ein Traum. Gott sei Dank.

Felix ging niedergeschlagen zu Bett und erwachte wütend.

Er war wütend auf sich selbst. Der Mord an Orlow war schließlich kein übermenschliches Unternehmen. Gewiß, der Mann wurde bewacht, aber Felix war intelligent und entschlossen. Mit Geduld und Beharrlichkeit würde sich einen Weg finden lassen, der alle Hindernisse umging.

Er wurde gejagt. Aber er würde sich nicht fangen lassen. Er würde nur noch Nebenstraßen und Gassen benutzen, seine Nachbarn

meiden und ständig nach blauen Polizeiuniformen Ausschau halten. Seit dem Beginn seiner Karriere als Gewalttäter war er schon oft gejagt worden, und nie hatte man ihn erwischt.
Schließlich stand er auf, wusch sich an der Pumpe im Hof, ließ die Rasur ausfallen, zog sich seine Matrosenjacke an und setzte sich die Drahtbrille und die Tweedmütze auf. Dann frühstückte er an einem Teestand und radelte unter Vermeidung der Hauptstraßen zum St. James's Park.
Das erste, was er sah, war ein uniformierter Polizist, der vor dem Waldenschen Haus auf und ab ging.
Das bedeutete, daß er seinen bisherigen Beobachtungsposten gegenüber dem Haus nicht beziehen konnte. Er mußte sich viel weiter in den Park begeben und das Haus aus der Ferne beobachten. Und auch dort durfte er nicht zu lange am gleichen Platz bleiben, denn sonst würde er dem Polizisten auffallen.
Er warf einen Blick in die Morgenzeitung und las, daß er den Polizisten auf dem Markt von Covent Garden umgebracht hatte. Der Mann mußte ein schwaches Herz gehabt haben. Na schön, sagte er sich, ein Bulle weniger.
Etwa um die Mittagszeit kam ein Auto aus dem Tor des Waldenschen Hauses. Felix ließ die Zeitung fallen und rannte zu seinem Fahrrad.
Er hatte den Wagen nicht hineinfahren sehen und nahm deshalb an, daß er Walden gehörte. Zuvor hatte die Familie immer eine Kutsche benutzt, aber es war natürlich möglich, daß sie zusätzlich auch ein Auto besaß. Felix war zu weit entfernt, um zu sehen, wer sich im Wagen befand. Er hoffte, es wäre Walden.
Der Wagen fuhr in Richtung Trafalgar Square. Felix radelte über den Rasen, um ihn einzuholen.
Der Wagen war ein paar Meter vor ihm, als er die Straße erreichte. Felix konnte leicht mit ihm Schritt halten, als er um den Trafalgar Square fuhr, aber dann beschleunigte das Auto plötzlich und fuhr auf der Charing Cross Road gen Norden.
Felix radelte schnell, machte jedoch keine verzweifelten Anstrengungen. Einerseits wollte er kein Aufsehen erregen, und andererseits mußte er seine Kräfte sparen. Er war jedoch zu vorsichtig, denn als er die Oxford Street erreichte, war der Wagen nicht mehr zu

sehen. Er fluchte über seine Dummheit. In welche Richtung war er gefahren? Es gab vier Möglichkeiten: Nach links, geradeaus, nach rechts oder ganz scharf nach rechts.
Er fuhr geradeaus.
In einer Verkehrsstauung am nördlichen Ende der Tottenham Court Road sah er den Wagen wieder und atmete erleichtert auf. Er holte ihn ein, als er nach Osten abbog und fuhr nahe genug heran, um einen Blick hineinzuwerfen. Vorne saß ein Mann mit Chauffeurmütze. Hinten jemand mit grauem Haar und Bart: Walden!
Den werde ich auch umbringen, beschloß Felix. Bei Gott, ich werde ihn umbringen!
Im dichten Verkehr vor der Euston Station überholte er den Wagen, fuhr vor ihm her, auch auf die Gefahr hin, daß Walden ihn erkannte, wenn der Wagen ihn wieder einholte. So ging es die ganze Euston Road entlang, und er blickte ständig über die Schulter zurück, um sich zu vergewissern, daß der Wagen ihm noch folgte. Bei King's Cross wartete er, hielt den Atem an, bis der Wagen an ihm vorübergefahren war. Er bog nach Norden ab. Während des Überholvorgangs wandte Felix sein Gesicht ab, dann setzte er seine Verfolgung fort.
Der Verkehr war ziemlich dicht, und er konnte Schritt halten, wenn es ihn auch ermüdete. Er begann sich Hoffnungen zu machen, daß Walden zu Orlow fuhr. Ein unauffälliges Vorstadthaus in North London wäre ein gutes Versteck. Seine Erregung stieg. Vielleicht würde es ihm gelingen, beide umzubringen.
Nach einer halben Meile ließ der Verkehr nach. Der Wagen war groß und schnell. Felix mußte immer rascher in die Pedalen treten. Er kam ins Schwitzen. Er fragte sich, wie lange er noch durchhalten würde.
Dichterer Verkehr an der Holloway Road gab ihm eine kurze Verschnaufpause, aber dann beschleunigte der Wagen das Tempo auf der Seven Sisters Road. Felix radelte so schnell er konnte. Jeden Augenblick konnte der Wagen von der Hauptstraße abbiegen, und vielleicht waren sie nahe beim Ziel. Ich brauche nur ein bißchen Glück, sagte er sich. Er nahm all seine Kräfte zusammen. Die Beine taten ihm weh, und sein Atem ging schwer. Der Wagen fuhr immer rascher. Als die Distanz bereits über hundert Meter betrug und sich ständig vergrößerte, gab er auf.

Er machte am Straßenrand halt, blieb auf dem Rad sitzen, den linken Fuß auf den Bordstein gestützt, und versuchte sich zu erholen. Er fühlte sich schwindlig.
So geht es immer, überlegte er mit Bitterkeit. Die herrschende Klasse macht sich den Kampf bequem. Da sitzt dieser Walden behaglich in einem großen Wagen und raucht eine Zigarre und braucht nicht einmal zu steuern.
Walden verließ offensichtlich die Stadt. Orlow konnte überall sein, vielleicht eine halbe Tagesreise entfernt. Felix fühlte sich wieder einmal geschlagen.
Er machte kehrt und fuhr zum St. James's Park zurück.

☆

Charlotte war immer noch von Mrs. Pankhursts Rede aufgewühlt. Natürlich mußte es Leid und Elend geben, solange alle Macht in den Händen der einen Hälfte der Menschheit war und solange diese eine Hälfte kein Verständnis für die Probleme der anderen hat, dachte sie. Die Männer sind für eine brutale und ungerechte Welt, weil sich die Brutalität und Ungerechtigkeit nicht gegen sie, sondern nur gegen die Frauen richtet. Wenn die Frauen die Macht hätten, gäbe es keine Unterdrückung mehr.
Am Tage nach der Versammlung der Frauenrechtlerinnen war sie ausschließlich mit solchen Gedanken beschäftigt. Sie sah alle Frauen ihrer Umgebung – Dienerinnen, Ladenangestellte, Kinderschwestern im Park, sogar ihre Mama – in einem neuen Licht. Sie hatte das Gefühl, endlich zu begreifen, wie es in der Welt zuging. Sie nahm es Mama und Papa nicht mehr übel, daß sie ihr die Wahrheit vorenthalten hatten. Schließlich hatte Papa ganz ehrlich zu ihr gesprochen, obwohl es ihm peinlich gewesen war. Doch nun war es an ihr, sich selbst Klarheit zu verschaffen.
Am Vormittag besorgte sie sich durch einen einfachen Trick ein wenig Geld. Sie ging mit einem Lakai einkaufen und sagte zu ihm: »Geben Sie mir einen Shilling.« Später, als er mit dem Wagen vor dem Haupteingang von *Liberty's* in der Regent Street wartete, entschlüpfte sie durch einen Nebeneingang und ging in die Oxford Street, wo sie eine Frau fand, die die Frauenrechtlerinnenzeitung *Frauenwahlrecht* verkaufte. Die Zeitung kostete einen Penny.

Charlotte kehrte dann zu *Liberty's* zurück und versteckte die Zeitung in der Damentoilette unter ihrem Kleid. Dann ging sie wieder zum Wagen.

Sie las die Zeitung nach dem Mittagessen in ihrem Zimmer. Sie erfuhr, daß der Zwischenfall im Buckingham Palast am Abend ihres Debüts nicht die erste Gelegenheit war, bei der die Frauen den König und die Königin auf ihre Wünsche aufmerksam gemacht hatten. Im letzten Dezember hatten sich drei Frauenrechtlerinnen in schönen Abendkleidern in einer Loge im Covent Garden verbarrikadiert. Es war während einer Galavorstellung der *»Jeanne d'Arc«* von Raymond Roze gewesen, der das Königspaar mit seinem Hofstaat beiwohnte. Am Ende des ersten Aktes war eine der Frauenrechtlerinnen aufgestanden und hatte dem König durch ein Megaphon ins Gewissen geredet. Man brauchte eine halbe Stunde, um die Tür aufzubrechen und die Frauen aus der Loge zu holen. Dann waren vierzig weitere Frauenrechtlerinnen in den ersten Reihen der obersten Galerie aufgestanden, hatten Flugblätter in den Saal geworfen und waren dann gemeinsam hinausgegangen.

Vor und nach diesem Zwischenfall hatte sich der König geweigert, Mrs. Pankhurst eine Audienz zu gewähren. Die Frauenrechtlerinnen beriefen sich auf ein altes Recht, das allen Untertanen gestattete, dem König ihre Klagen vorzutragen, und verkündeten nun, daß eine Deputation, begleitet von einigen tausend Frauen, zum Palast marschieren werde.

Und dieser Marsch sollte heute stattfinden – heute nachmittag.

Charlotte wollte dabeisein.

Sie sagte sich, es nütze nichts, sich einer Ungerechtigkeit bewußt zu sein, wenn man nichts dagegen unternimmt. Und Mrs. Pankhursts Rede klang ihr noch in den Ohren: »Der Geist, der heute den Frauen Kraft gibt, ist unbesiegbar . . .«

Papa war mit Pritchard im Auto weggefahren. Mama hatte sich wie üblich nach dem Mittagessen hingelegt. Es war niemand da, der sie zurückhielt.

Sie zog sich ein sehr einfaches Kleid an, dazu den unauffälligsten Mantel, und setzte einen unscheinbaren Hut auf. Dann ging sie leise die Treppe hinunter und trat aus dem Haus.

Felix ging im Park auf und ab, beobachtete ständig das Haus und zerbrach sich den Kopf.
Irgendwie mußte er herausfinden, wohin Walden mit dem Auto gefahren war. Aber wie? Sollte er es noch einmal mit Lydia versuchen? Er konnte, wenn auch mit einigem Risiko, hinter dem Rücken des Polizisten ins Haus gelangen. Nur wie käme er dann wieder heraus? Würde Lydia nicht Alarm schlagen? Selbst wenn sie ihn gehen ließe, würde sie ihm jetzt wohl kaum noch das Geheimnis von Orlows Versteck verraten. Inzwischen wußte sie ja, warum er ihn finden wollte. Vielleicht konnte er sie verführen – aber wo und wann?
Es war unmöglich, Waldens Wagen mit dem Fahrrad zu folgen. Sollte er sich selbst ein Auto besorgen? Er konnte sich eines stehlen, aber wie sollte er es fahren? Er konnte Fahrunterricht nehmen, doch selbst dann würde Waldens Chauffeur merken, daß man ihm folgte. Sollte er sich in Waldens Wagen verstecken? Dazu müßte er in die Garage gelangen, den Kofferraum öffnen, mehrere Stunden darin zubringen – und dabei hoffen, daß man den Kofferraum vor der Fahrt nicht öffnete. Die Erfolgschancen waren zu gering, um ein solches Wagnis einzugehen.
Er dachte an den Chauffeur. Kann ich ihn bestechen? Ihn betrunken machen? Ihn entführen? Felix war dabei, all diese Möglichkeiten zu erwägen, als er das junge Mädchen aus dem Haus kommen sah.
Er fragte sich, um wen es sich handeln könne. Vielleicht eine Dienerin, denn die Familienmitglieder benutzten immer Wagen. Aber sie war aus dem Haupteingang gekommen, und das tat die Dienerschaft nie. Es konnte Lydias Tochter sein. Vielleicht wußte sie, wo Orlow war.
Felix beschloß, ihr zu folgen.
Sie ging in Richtung Trafalgar Square. Felix stellte sein Rad in die Büsche, schlich ihr nach und sah sie sich genauer an. Ihre Kleidung glich nicht der einer Dienerin. Er erinnerte sich, in der Nacht, als er Orlow zum erstenmal töten wollte, ein Mädchen in der Kutsche gesehen zu haben. Er hatte sie sich nicht genau angeschaut, weil seine ganze Aufmerksamkeit in jenem unheilvollen Augenblick auf Lydia konzentriert war. Während der vielen Tage, in denen er das Haus beobachtete, war manchmal auch ein junges Mädchen mit

dem Wagen ausgefahren. Das muß sie sein, entschied Felix. Sie hat sich heimlich aus dem Haus geschlichen, während ihr Vater fort und ihre Mutter beschäftigt ist.
Als er ihr über den Trafalgar Square folgte, stellte er fest, daß sie ihm merkwürdig bekannt vorkam. Er wußte zwar, daß er ihr nie begegnet war, und doch hatte er das seltsame Gefühl, sie zu kennen, als er sie aufrecht und entschlossenen Schritts vor sich her gehen sah. Gelegentlich sah er ihr Profil, wenn sie eine Straße überquerte, und die Haltung ihres Kinns oder vielleicht etwas in ihrem Blick ließ ihn stutzig werden. Erinnerte sie ihn an die junge Lydia? Durchaus nicht, stellte er fest. Lydia hatte stets klein und schmächtig ausgesehen, und ihre Züge waren zart und fein. Dieses Mädchen hat ein kräftiges, kantiges Gesicht. Es erinnerte Felix an ein italienisches Gemälde, das er in einer Kunstgalerie in Genf gesehen hatte. Nach einer Weile fiel ihm der Name des Malers ein: Modigliani.
Er kam näher an sie heran, und einige Minuten später sah er ihr gesamtes Gesicht. Er war erstaunt und dachte: Sie ist eine Schönheit.
Wohin geht sie? Zu einem geheimen Stelldichein? Um etwas Verbotenes zu kaufen? Um etwas zu tun, was ihre Eltern mißbilligen, vielleicht ins Kino gehen oder in ein Varietétheater?
Daß sie sich mit einem jungen Mann treffen wollte, schien ihm am wahrscheinlichsten. Auch für seine eigenen Zwecke versprach er sich davon einiges. Er könnte herausfinden, wer der junge Mann war, und ihr androhen, das Geheimnis preiszugeben, falls sie ihm nicht sagte, wo Orlow sei. Sie würde es natürlich nicht bereitwillig tun, besonders falls man ihr erzählt hatte, daß ein Mörder Orlow verfolgte. Aber wenn man sie vor die Wahl stellte, entweder ihren Geliebten oder ihren russischen Vetter zu verlieren, würde sie — dessen war sich Felix gewiß — lieber auf den Vetter verzichten.
Er hörte Lärm aus der Ferne. Das junge Mädchen bog um die Ecke. Plötzlich waren sie in einer Straße voller marschierender Frauen. Viele von ihnen trugen die Farben der Frauenrechtlerinnen: Grün, Weiß und Purpur. Es waren Tausende. Irgendwo ertönte Marschmusik. Viele Spruchbänder waren zu sehen.
Das Mädchen schloß sich der Demonstration an und begann zu marschieren.

In der Straße wimmelte es von Polizisten, die sich aber alle auf die marschierenden Frauen konzentrierten, so daß Felix sich auf dem Gehsteig hinter ihnen verbergen konnte. Er folgte den Demonstranten ohne das Mädchen aus den Augen zu lassen. Er hatte ein bißchen Glück gebraucht, und das hatte er nun erhalten. Sie war eine heimliche Frauenrechtlerin!
Man konnte sie also leicht erpressen, doch gab es gewiß subtilere Mittel.
Ob so oder so, sagte sich Felix, auf jeden Fall kriege ich von ihr, was ich will.

Charlotte war begeistert. Der Marsch verlief ordentlich und diszipliniert. Die meisten Frauen waren gut angezogen und sahen durchaus ehrbar aus. Die Kapelle spielte einen munteren Two-Step. Es waren sogar ein paar Männer dabei, die ein Spruchband mit der Aufschrift trugen: »Bekämpft die Regierung, die den Frauen das Wahlrecht verweigert.« Charlotte fühlte sich nicht mehr wie ein Sonderling mit ketzerischen Ansichten. Denken und fühlen diese Tausende von Frauen nicht genau wie ich? fiel ihr ein. Während der letzten vierundzwanzig Stunden hatte sie manchmal überlegt, ob die Männer nicht doch recht hatten, wenn sie behaupteten, die Frauen seien schwach, dumm und unwissend, denn manchmal kam sie sich wirklich schwach und dumm vor, und unwissend war sie ganz bestimmt. Aber jetzt wußte sie: Wenn wir uns selbst erziehen, werden wir nicht mehr unwissend sein; wenn wir selbständig denken, werden wir nicht mehr dumm sein; und wenn wir gemeinsam kämpfen, werden wir nicht mehr schwach sein.
Die Kapelle spielte das Kirchenlied *»Jerusalem«*, und die Frauen sangen dazu. Charlotte stimmte begeistert mit ein:

»Ich geb' den Kampf im Geist nicht auf,
lass' auch das Schwert nicht aus der Hand.«

Es ist mir egal, ob man mich sieht, dachte sie trotzig – auch wenn es die Herzoginnen sind!

»Bis wir Jerusalem gebaut
Im schönen grünen Engelland.«

Der Marsch führte über den Trafalgar Square und von dort zur Mall. Plötzlich waren noch viel mehr Polizisten da, die die Frauen aufmerksam beobachteten. Auf beiden Seiten der Straße hatten sich inzwischen auch zahlreiche Schaulustige eingefunden – vor allem Männer. Sie schrien und pfiffen höhnisch. Charlotte hörte einen von ihnen sagen: »Was euch fehlt, ist ein guter Männerschwanz!« und sie wurde puterrot.

Sie bemerkte, daß viele Frauen einen Stab mit einem an der Spitze befestigten silbernen Pfeil trugen, und sie erkundigte sich bei der Frau neben ihr, was das bedeute.

»Einen solchen Pfeil trägt man auf dem Gefängniskittel«, antwortete die Frau. »Alle, die das tragen, sind im Gefängnis gewesen.«

»Im Gefängnis!« Charlotte war entsetzt. Sie hatte gewußt, daß einige Frauenrechtlerinnen im Gefängnis gewesen waren, doch als sie sich jetzt umschaute, sah sie Hunderte dieser Pfeile. Zum erstenmal wurde sie sich bewußt, daß sie heute vielleicht verhaftet werden könnte, und bei diesem Gedanken fühlte sie sich schwach. Ich werde nicht weitergehen, beschloß sie. Ich brauche nur durch den Park zu gehen, dann bin ich zu Hause. Gefängnis! Das würde ich nicht überleben! Sie blickte zurück. Dann aber sagte sie sich: Ich habe nichts Unrechtes getan! Warum sollte ich Angst haben, ins Gefängnis zu kommen? Warum sollte ich mich nicht mit all diesen Frauen an den König wenden? Wenn wir das nicht tun, werden die Frauen immer schwach, dumm und unwissend bleiben. Die Kapelle spielte wieder, und sie reckte den Kopf hoch und marschierte im Gleichschritt.

Die Fassade des Buckingham Palasts erhob sich am Ende der Mall. Eine Reihe von Polizisten, meist zu Pferde, hatte sich vor dem Gebäude aufgestellt. Charlotte befand sich ziemlich weit vorn in der Marschkolonne, und sie überlegte, was die Anführerinnen zu tun beabsichtigten, wenn sie an das Gitter gelangt waren.

Sie erinnerte sich, wie sie eines Nachmittags aus dem Geschäft *Derry & Toms* gekommen war und einen Betrunkenen auf dem Gehsteig auf sich zutorkeln gesehen hatte. Ein Herr im Zylinder hatte den Betrunkenen mit seinem Spazierstock aus dem Weg gestoßen, und ein Lakai hatte Charlotte rasch in den am Bordstein wartenden Wagen geholfen.

Heute würde niemand sie beschützen, wenn es zu einer Rempelei käme.

Jetzt waren sie vor dem Tor des Palastes.

Das letzte Mal, als ich hier war, hatte ich eine Einladung, dachte Charlotte.

Die Spitze der Marschkolonne war bis zur Phalanx der Polizisten gelangt. Einen Augenblick stockte alles. Die Leute von hinten drängten nach vorn. Plötzlich sah Charlotte Mrs. Pankhurst. Sie trug eine Jacke und einen Rock aus purpurrotem Samt, eine weiße Bluse mit hohem Kragen und eine grüne Weste. Dazu einen purpurroten Hut mit einer weißen Straußenfeder und einem Schleier. Sie war aus der marschierenden Menge herausgetreten und hatte es irgendwie erreicht, unbemerkt an das Gittertor des Palasthofes zu gelangen. Und nun marschierte diese tapfere kleine Frau erhobenen Hauptes geradewegs auf den Palast des Königs zu. Ein Polizeiinspektor in Zivil hielt sie an. Es war ein bulliger Mann, der sie fast um Haupteslänge überragte. Es gab einen kurzen Wortwechsel. Mrs. Pankhurst wollte weitergehen. Der Inspektor versperrte ihr den Weg. Sie versuchte, sich an ihm vorbeizudrängen. Da packte der Polizist Mrs. Pankhurst, zum Entsetzen Charlottes, mit beiden Händen, riß ihr die Beine vom Boden und trug sie fort.

Charlotte war empört – wie auch alle anderen Frauen, die es gesehen hatten. Die Demonstranten drängten sich wild den Polizisten entgegen. Zwei Frauen waren durchgebrochen und rannten, von Polizisten gejagt, auf den Palast zu. Die Pferde bäumten sich auf, und ihre eisenbeschlagenen Hufe dröhnten bedrohlich auf dem Pflaster. Die Linie begann aufzubrechen. Mehrere Frauen kämpften mit den Polizisten und wurden zu Boden geworfen. Charlotte hatte entsetzliche Angst, den brutalen Männern in die Hände zu geraten. Einige der männlichen Zuschauer eilten der Polizei zu Hilfe, und jetzt artete das Gedränge in eine Schlägerei aus. Eine Frau mittleren Alters in Charlottes Nähe wurde bei den Schenkeln gepackt. »Lassen Sie mich los!« rief sie entrüstet. Der Polizist erwiderte: »Heute kann ich Sie anfassen, wie und wo es mir paßt, meine Beste!« Eine Gruppe von Männern mit Strohhüten schob sich in die Menge, stieß und schlug die Frauen, und Charlotte schrie. Plötzlich gingen mehrere Frauenrechtlerinnen mit Knüppeln zum Gegenangriff über, und die Strohhüte flogen in alle Richtungen. Es gab keine Zuschauer mehr, denn jeder war in den Kampf verwickelt. Charlotte wollte wegrennen, aber überall um sie herum sah sie Gewalttätigkeit. Ein Kerl mit rundem steifem Hut faßte eine junge Frau von hinten an die Brüste und griff ihr mit der anderen zwischen die Schenkel. Charlotte hörte ihn sagen: »Das hast du dir doch schon lange gewünscht, nicht wahr?« Die Bestialität der Szene erfüllte Charlotte mit Entsetzen. Es war wie auf einem jener mittelalterlichen Gemälde, auf denen Menschen in den furchtbaren Qualen des Fegefeuers dargestellt wurden. Aber hier war dies Wirklichkeit, und sie war mitten drin. Sie wurde von hinten gestoßen, stürzte, schlug sich Hände und Knie wund. Jemand trat auf ihre Hand. Sie versuchte sich aufzurichten und wurde wieder niedergeschlagen. Wenn sie jetzt unter ein Pferd geriet, konnte es um sie geschehen sein. Verzweifelt klammerte sie sich an den Mantel einer Frau, um wieder auf die Beine zu kommen. Einige Frauen versuchten, den Männern Pfeffer in die Augen zu werfen, verfehlten aber meist ihr Ziel und setzten ebenso viele Frauen wie Männer außer Gefecht. Der Kampf wurde immer bösartiger. Charlotte sah eine Frau mit blutüberströmter Nase am Boden. Sie wollte ihr helfen, aber sie konnte sich selbst kaum bewegen, hatte schon alle Mühe, sich aufrecht zu halten. Allmählich verwandelte sich ihre Angst in Wut. Die Männer, sowohl die Polizisten wie die Zivilisten, schlugen und traten mit sichtlichem Vergnügen nach den Frauen. Warum grinsen die nur so? dachte Charlotte in hysterischem Schrecken. Und schon spürte sie eine schwere Hand, die nach ihrer Brust griff, sie drückte und kniff. Sie drehte sich um, wollte den Flegel abwehren. Es war ein Mann Mitte Zwanzig in einem gutgeschnittenen Tweedanzug. Jetzt griff er mit beiden Händen nach ihren Brüsten, und grub die Finger tief in ihr Fleisch. Niemand hatte sie je dort berührt. Sie kämpfte mit ihm, sah sein vor Haß und Begierde verzerrtes Gesicht. Er brüllte: »Das brauchst du doch, nicht wahr?« Dann schlug er ihr mit der Faust in den Magen. Der Schmerz war schlimm genug, aber was sie in Panik versetzte, war, daß sie nicht mehr atmen konnte. Sie stand nach vorn gebeugt, mit offenem Mund. Sie wollte Luft holen, sie wollte schreien, aber sie konnte es nicht. Sie war sicher, sterben zu müssen. Sie nahm kaum wahr, daß ein sehr großer Mann sich durch die Menge schob und auf sie zukam. Und dieser große Mann packte den Kerl im Tweedanzug am Rockaufschlag und versetzte ihm einen Faustschlag auf das Kinn. Der Schlag war so stark, daß der Bursche in die Luft zu fliegen schien; sein erstaunter Gesichtsausdruck war fast komisch. Endlich konnte Charlotte wieder atmen, und sie tat es ausgiebig. Der große Mann legte ihr fest den Arm um die Schulter und sagte ihr ins Ohr: »Hier entlang.« Jetzt wußte sie, daß jemand sie rettete, und das Gefühl, in den Händen eines so starken Beschützers zu sein, war eine solche Erleichterung, daß sie sich fast glücklich fühlte.

Der große Mann schob sie durch das Gewühl. Ein Polizist schlug mit einem Gummiknüppel nach ihr. Charlottes Beschützer hob den Arm, um den Schlag abzuwehren, und stieß einen Schmerzensschrei aus, als der Knüppel auf seinem Knöchel landete. Er ließ Charlotte los. Es kam zu einem kurzen Handgemenge, dann lag der Polizist blutend am Boden, und der große Mann führte Charlotte wieder weiter.

Plötzlich waren sie aus dem Getümmel heraus. Als Charlotte sich bewußt wurde, daß sie in Sicherheit war, begann sie zu weinen. Sie schluchzte leise, und die Tränen liefen ihr über die Wangen. Der Mann hielt sie zum Gehen an. »Wir müssen fort von hier«, sagte er. Er sprach mit einem ausländischen Akzent. Charlotte hatte keine Willenskraft mehr; sie ging, wohin er sie führte.

Allmählich gewann sie wieder ihre Fassung. Sie waren in der Gegend der Victoria Station. Der Mann blieb vor einem Lyons Corner House stehen und fragte: »Möchten Sie eine Tasse Tee?«

Sie nickte, und sie traten ein.

Er führte sie zu einem Tisch, setzte sich ihr gegenüber. Jetzt sah sie ihn zum erstenmal richtig. Einen Augenblick lang hatte sie wieder Angst. Er hatte ein langes Gesicht mit einer gebogenen Nase. Das Haar war sehr kurz geschnitten, das Gesicht unrasiert. Irgend etwas erinnerte sie an ein Raubtier. Aber dann sah sie, daß seine Augen voller Mitleid waren.

Sie räusperte sich und sagte: »Wie kann ich Ihnen danken?«

Er ignorierte die Frage. »Möchten Sie etwas essen?«

»Nein, danke, nur Tee.« Sie hatte seinen Akzent erkannt und fragte ihn auf russisch: »Woher kommen Sie?«

Er schien erfreut, daß sie seine Sprache kannte. »Ich wurde in der Provinz Tambow geboren. Sie sprechen sehr gut Russisch.«

»Meine Mutter ist Russin, und auch meine Gouvernante.«

Eine Kellnerin kam, und er sagte: »Bitte zweimal Tee, Liebste.«

Charlotte dachte: Er hat sein Englisch bei den Cockneys gelernt. Sie fuhr auf russisch fort: »Ich kenne nicht einmal Ihren Namen. Ich bin Charlotte Walden.«

»Felix Kschessinsky. Es war sehr tapfer von Ihnen, an diesem Marsch teilzunehmen.«

Sie schüttelte den Kopf. »Es hat nichts mit Tapferkeit zu tun. Ich hatte keine Ahnung, daß es so sein würde.« Sie überlegte: Wer ist dieser Mann? Wo kommt er her? Er sieht faszinierend aus. Aber er ist mißtrauisch. Ich möchte mehr über ihn erfahren.

Er fragte: »Was hatten Sie denn erwartet?«

»Von dem Marsch? Ich weiß nicht . . . Warum finden diese Männer ein solches Vergnügen daran, Frauen anzugreifen?«

»Das ist eine interessante Frage.« Er wurde plötzlich lebhaft, und Charlotte bemerkte, daß er ein anziehendes, ausdrucksvolles Gesicht hatte. »Schauen Sie, wir stellen die Frauen auf einen Altar und bilden uns ein, sie seien seelisch rein und körperlich hilflos. Deshalb müssen sich die Männer – zumindest in der gesitteten Gesellschaft – einreden, daß sie einer Frau nie feindlich gesinnt sein könnten und daß es ihnen nicht nach ihren Körpern gelüste. Und jetzt kommen da einige Frauen daher, die ganz offensichtlich nicht hilflos sind und kein Bedürfnis verspüren, angebetet zu werden. Und hinzu kommt noch, daß sie das Gesetz brechen. Sie verleugnen die Mythen, an die die Männer glauben möchten. Außerdem können sie straflos angegriffen werden. Die Männer fühlen sich betrogen und lassen all ihrer Gier und Wut freien Lauf – all jenen Trieben, von denen sie nach außen hin stets vorgegeben haben, sie seien ihnen völlig unbekannt. Dadurch lösen sich innere Spannungen, und das gefällt ihnen.«

Charlotte blickte ihn verblüfft an. War das nicht phantastisch: eine volle und erschöpfende Erklärung, einfach so dahergesagt? Dieser Mann gefällt mir, stellte sie fest. Sie fragte: »Was sind sie von Beruf?«

Er war wieder auf der Hut. »Arbeitsloser Philosoph.«

Der Tee kam. Er war stark und sehr süß, und Charlotte erholte sich etwas. Dieser seltsame Russe interessierte sie, und sie wollte mehr

über ihn wissen. Sie sagte: »Sie scheinen der Ansicht zu sein, daß die gegenwärtige Stellung der Frau in der Gesellschaft für die Männer ebensosehr von Nachteil ist wie für die Frauen.«
»Davon bin ich überzeugt.«
»Warum?«
Er zögerte. »Männer und Frauen sind glücklich, wenn sie lieben.« Ein Schatten legte sich kurz auf sein Gesicht und verschwand wieder. »Die Beziehung in der Liebe ist nicht die gleiche wie die der Anbetung. Einen Gott betet man an. Lieben kann man nur Menschen. Wenn wir eine Frau anbeten, können wir sie nicht lieben. Denn wenn wir entdecken, daß sie kein Gott ist, hassen wir sie. Das ist traurig.«
»Daran hatte ich noch nie gedacht«, sagte Charlotte verwundert.
»In der Religion gibt es gute und böse Götter. Den lieben Gott und den Teufel. Und so haben wir auch gute und böse Frauen, und böse Frauen – also zum Beispiel Frauenrechtlerinnen und Prostituierte – sind sozusagen Freiwild.«
»Was sind Prostituierte?«
Er blickte sie überrascht an. »Frauen, die bereit sind, für Geld zu . . .« Er benutzte ein russisches Wort, das Charlotte nicht kannte.
»Können Sie mir das übersetzen?«
»Vögeln«, sagte er auf englisch.
Charlotte errötete und wandte den Blick ab.
»Ist das ein unanständiges Wort?« fragte er. »Es tut mir leid, aber ich kenne kein anderes.«:
Charlotte nahm all ihren Mut zusammen und sagte mit leiser Stimme: »Geschlechtsverkehr.«
Er sprach wieder russisch. »Ich glaube, man hat auch Sie auf einen Altar gestellt.«
»Sie können sich nicht vorstellen, wie schrecklich das ist«, rief sie empört. »So unwissend zu sein! Verkaufen sich Frauen wirklich auf diese Weise?«
»O ja. Ehrbare Frauen müssen so tun, als ekelten sie sich vor dem Geschlechtsverkehr, und das verdirbt manchmal den Männern die Freude. Also gehen sie zu Prostituierten. Die Prostituierten tun wiederum so, als gefalle es ihnen sehr, aber da sie es so oft und mit

so vielen verschiedenen Männern tun, macht es ihnen in Wirklichkeit gar keinen Spaß mehr. So gibt sich schließlich jeder einer Täuschung hin.«

Das sind gerade die Dinge, die ich wissen muß, dachte Charlotte. Am liebsten hätte sie ihn mit nach Hause genommen, ihn in ihrem Zimmer an die Kette gelegt, und ihn Tag und Nacht ihre Fragen beantworten lassen. Sie sagte: »Wie ist es dazu gekommen – daß wir alle uns Täuschungen hingeben?«

»Darauf die Antwort zu finden, würde ein ganzes Leben beanspruchen. Aber ich bin sicher, daß es mit Macht zu tun hat. Die Männer haben Macht über die Frauen, und die Reichen haben Macht über die Armen. Es gehörte viel Phantasie dazu, dieses System zu legitimieren – Phantasien und Wunschvorstellungen über Monarchie, Kapitalismus, Herkunft und Sex. Diese Phantasien machen uns unglücklich, aber ohne sie würde jemand seine Macht verlieren. Und die Männer wollen ihre Macht nicht aufgeben, selbst wenn es sie unglücklich macht.«

»Aber was kann dagegen getan werden?«

»Eine berühmte Frage. Männern, die die Macht nicht aufgeben wollen, muß die Macht genommen werden. Eine Machtübertragung von einer Fraktion zur anderen innerhalb der gleichen Klasse nennt man einen Coup, und der ändert nichts. Eine Machtübertragung von einer Klasse zur anderen nennt man eine Revolution, und die bringt eine Veränderung.« Er zögerte. »Allerdings sind die Veränderungen nicht notwendigerweise die, die die Revolutionäre herbeizuführen suchen.« Er fuhr fort: »Revolutionen geschehen nur, wenn die Menschen sich in Massen gegen ihre Unterdrücker erheben – so wie die Frauenrechtlerinnen es zu tun scheinen. Revolutionen sind immer gewaltsam, denn die Menschen sind immer zum Töten bereit, um ihre Macht zu behalten, aber sie sind auch bereit, ihr Leben um der Freiheit willen zu opfern.«

»Sind Sie ein Revolutionär?«

Er antwortete auf englisch: »Dreimal dürfen Sie raten.«

Charlotte lachte. Und dieses Lachen machte ihm plötzlich alles klar. Während Felix gesprochen hatte, war er ständig damit beschäftigt gewesen, sie zu beobachten, ihre Reaktionen abzuschätzen. Er fühlte sich zu ihr hingezogen, und die Zuneigung, die er verspürte,

kam ihm nicht unbekannt vor. Er dachte: Ich wollte sie behexen, und nun behext sie mich.
Und dann hatte sie gelacht.
Sie lächelte breit; Fältchen bildeten sich in den Augenwinkeln, sie warf den Kopf zurück, streckte das Kinn vor, hielt die Hände hoch, die Handflächen in einer fast defensiven Geste nach vorne gekehrt, und es war ein tiefes, kehliges Lachen.
Felix fühlte sich um fünfundzwanzig Jahre zurückversetzt. Er sah eine dreizimmerige Hütte, an eine Holzkirche gelehnt, und in der Hütte saßen sich ein Junge und ein Mädchen an einem rohen Holztisch gegenüber. Auf dem Feuer kochte Kohl mit einem kleinen Stück Speck und viel Wasser in einem Eisentopf. Draußen war es fast dunkel, und bald würde der Vater zum Abendessen heimkehren. Der fünfzehnjährige Felix hatte gerade seiner achtzehnjährigen Schwester Natascha den Witz von dem Reisenden und der Bauerntochter erzählt. Sie warf den Kopf zurück und lachte.
Felix starrte Charlotte an. Sie sah genau wie Natascha aus. Er fragte: »Wie alt sind Sie?«
»Achtzehn.«
Und jetzt kam Felix ein Gedanke, der so bestürzend war, daß ihm der Atem stockte.
Er schluckte und fragte weiter: »Wann haben sie Geburtstag?«
»Am zweiten Januar.«
Er erstarrte. Sie war genau sieben Monate nach Lydias Heirat mit Walden geboren, achteinhalb Monate nachdem Felix zum letztenmal mit Lydia geschlafen hatte. Und sie sah aus wie seine Schwester Natascha.
Jetzt wußte Felix die Wahrheit.
Charlotte war seine Tochter.

9

»Was haben Sie?« fragte Charlotte.
»N . . . nichts, gar nichts . . .«
»Sie sehen aus, als hätten Sie ein Gespenst gesehen.«
»Sie haben mich an jemanden erinnert. Erzählen Sie mir etwas über sich. Erzählen Sie mir alles, ich bitte Sie.«

Sie sah ihn stirnrunzelnd an. Er schien plötzlich heiser geworden zu sein, und sie sagte: »Sie haben sich erkältet.«
»Ich erkälte mich nie. Was ist Ihre früheste Erinnerung?«
Sie dachte einen Augenblick nach. »Ich bin in einem Landhaus namens Walden Hall in Norfolk aufgewachsen. Es ist ein herrliches graues Steinhaus mit einem sehr schönen Garten. Im Sommer saßen wir draußen beim Tee, unter dem Kastanienbaum. Ich muß etwa vier Jahre alt gewesen sein, als ich zum erstenmal mit Mama und Papa beim Tee sitzen durfte. Es war sehr langweilig. Auf dem Rasen gab es nichts zu entdecken. Am liebsten ging ich hinter das Haus in die Ställe. Eines Tages sattelte man einen Esel und ließ mich darauf reiten. Ich hatte natürlich schon Leute reiten gesehen und bildete mir ein, ich könne es auch. Sie sagten mir, ich solle stillsitzen, denn sonst würde ich herunterfallen, aber ich glaubte ihnen nicht. Zuerst nahm jemand die Zügel und führte mich auf und ab. Dann durfte ich selbst die Zügel nehmen. Es schien mir alles so leicht, daß ich dem Tier einen Tritt gab. Ich hatte zuvor schon gesehen, wie Reiter ihre Pferde zum Traben bringen. Und dann lag ich auf einmal am Boden und weinte. Ich konnte es einfach nicht glauben, daß ich wirklich gefallen war.« Sie lachte.
»Es klingt wie eine glückliche Kindheit«, sagte Felix.
»Das würden Sie nicht sagen, wenn Sie meine Gouvernante gekannt hätten. Sie heißt Marya und ist ein russischer Drache. ›Kleine junge Damen haben stets saubere Hände‹, sagte sie immer. Sie ist auch heute noch bei uns – inzwischen als Anstandsdame.«
»Immerhin hatten Sie gutes Essen, gute Kleidung, mußten nie frieren, und wenn Sie krank waren, war immer ein Arzt da.«
»Genügt das, um glücklich zu sein?«
»Ich hätte mich damit zufriedengegeben. Welches ist Ihre schönste Erinnerung?«
»Als Papa mir mein eigenes Pony schenkte«, erwiderte sie ohne zu zögern. »Ich hatte es mir so sehr gewünscht, und es war wie ein Traum, der Wirklichkeit wurde. Diesen Tag werde ich nie vergessen.«
»Was ist das für ein Mensch?«
»Wer?«
Felix räusperte sich. »Lord Walden.«

»Papa? Nun . . .« Das war eine gute Frage, fand Charlotte. Für einen Fremden war Felix bemerkenswert interessiert an ihr. Aber ihr Interesse an ihm war sogar noch stärker. Hinter seinen Fragen schien sich eine tiefe Melancholie zu verbergen, die noch vor ein paar Minuten gar nicht dagewesen war. Vielleicht hatte er eine unglückliche Kindheit gehabt und fand die ihre deshalb so viel schöner. »Ich glaube, Papa ist im Grunde ein sehr guter Mensch . . .«
»Aber?«
»Er behandelt mich immer wie ein Kind. Ich weiß, daß ich furchtbar naiv bin. Aber wenn ich nichts lerne, werde ich immer so bleiben. Er erklärt mir nichts in der Weise . . . wie Sie es tun. Es bringt ihn immer in große Verlegenheit, wenn . . . nun ja, wenn von Männern und Frauen die Rede ist . . . und wenn er von Politik spricht, erscheinen mir seine Ansichten stets ein bißchen spießig.«
»Das ist doch ganz natürlich. Er hat sein Leben lang immer alles gehabt, was er sich wünschte, und alles ist ihm in den Schoß gefallen. Kein Wunder, daß er die Welt, so wie sie ist, für wunderbar hält, von einigen kleinen Problemen, die sich leicht ausbügeln lassen, abgesehen. »Lieben Sie ihn?«
»Ja, außer in den Augenblicken, in denen ich ihn hasse.« Felix blickte sie so eindringlich an, daß ihr unbehaglich wurde. Er schien jedes ihrer Worte und jeden Ausdruck ihres Gesichts intensiv in sich aufzunehmen. »Papa ist ein sehr liebenswerter Mensch. Warum interessiert Sie das so?«
Er lächelte seltsam. »Ich habe, solange ich denken kann, die herrschende Klasse bekämpft, aber nur selten Gelegenheit gehabt, mich mit jemandem zu unterhalten, der ihr angehört.«
Charlotte wußte sofort, daß das nicht der wahre Grund war, und sie überlegte, warum er sie belügen sollte. Vielleicht war er über irgend etwas in Verlegenheit – das war gewöhnlich der Grund, weshalb Leute ihr gegenüber nicht ganz ehrlich waren. Sie sagte: »Ich bin kein Mitglied der herrschenden Klasse. Ich gehöre ihr ebensowenig an wie die Hunde meines Vaters.«
Er lächelte. »Erzählen Sie mir von Ihrer Mutter.«
»Sie hat schwache Nerven. Manchmal muß sie Laudanum einnehmen.«

»Was ist Laudanum?«
»Ein Medikament, das Opium enthält.«
Er hob die Brauen. »Das klingt aber sehr bedenklich.«
»Warum?«
»Ich dachte, das Einnehmen von Opium gilt als dekadent.«
»Aber nicht, wenn man es aus medizinischen Gründen nimmt.«
»Aha.«
»Sie sind skeptisch.«
»Das bin ich immer.«
»Nun kommen Sie schon, und sagen Sie mir, was Sie meinen.«
»Falls Ihre Mutter Opium braucht, weist es meiner Meinung nach eher darauf hin, daß sie unglücklich ist, und nicht krank.«
»Warum sollte sie denn unglücklich sein?«
»Das müssen *Sie* mir sagen. Es ist ja *Ihre* Mutter.«
Charlotte überlegte. War Mama unglücklich? Zufrieden war sie bestimmt nicht, so wie Papa es zu sein schien. Sie machte sich zu viele Sorgen, und bei dem geringsten Anlaß verlor sie die Nerven. »Sie ist etwas reizbar«, sagte sie. »Aber ich kann mir nicht denken, warum sie unglücklich sein sollte. Vielleicht kommt es daher, daß sie ihr Heimatland verlassen hat.«
»Das ist möglich«, sagte Felix, aber es klang nicht überzeugt. »Haben Sie noch Brüder und Schwestern?«
»Nein. Meine beste Freundin ist meine Cousine Belinda, sie ist so alt wie ich.«
»Was haben Sie sonst noch für Freunde?«
»Keine Freunde, nur Bekannte.«
»Andere Vettern oder Cousinen?«
»Zwei Zwillingsvettern, sechs Jahre alt. Natürlich habe ich noch eine Reihe Vettern in Rußland, aber die habe ich nie gesehen, außer Alex, und der ist viel älter als ich.«
»Und was werden Sie mit Ihrem Leben anfangen?«
»Das ist aber eine Frage!«
»Wissen Sie es denn nicht?«
»Ich habe mich noch nicht entschlossen.«
»Was steht zur Wahl?«
»Hm. Man erwartet von mir, daß ich einen ebenbürtigen jungen Mann heirate und Kinder kriege. Ich nehme an, ich werde heiraten müssen.«

»Warum?«

»Nun ja, erstens einmal kommt Walden Hall mir nicht zu, wenn Papa einmal sterben sollte, verstehen Sie.«

»Warum nicht?«

»Weil es zum Titel gehört – und ich kann nicht der Earl of Walden werden. So wird Peter, der ältere von den Zwillingen, das Haus erben.«

»Ich verstehe.«

»Und zweitens kann ich mir meinen Lebensunterhalt nicht verdienen.«

»Natürlich können Sie das.«

»Ich habe nichts gelernt.«

»Dann lernen Sie etwas.«

»Was sollte ich denn tun?«

Felix zuckte mit den Schultern. »Züchten Sie Pferde. Legen Sie sich einen Laden zu. Gehen Sie in den Staatsdienst. Werden Sie Mathematiklehrerin. Schreiben Sie ein Theaterstück.«

»Sie reden, als könnte ich alles tun, was ich mir vornehme.«

»Warum nicht? Aber ich habe auch eine ganz ernsthafte Idee. Sie beherrschen die russische Sprache perfekt – Sie könnten Romane ins Englische übersetzen.«

»Glauben Sie wirklich, daß ich das könnte?«

»Ich habe nicht den geringsten Zweifel.«

Charlotte biß sich auf die Lippe. »Wie kommt es, daß Sie mir viel mehr zutrauen als meine Eltern?«

Er dachte einen Augenblick nach und lächelte dann.

»Wenn ich Sie erzogen hätte, würden Sie sich jetzt beklagen, ständig zu ernsthafter Arbeit gezwungen worden zu sein und nie tanzen gehen zu dürfen.«

»Haben Sie keine Kinder?«

Er blickte fort. »Ich habe nie geheiratet.«

Charlotte war fasziniert. »Wollten Sie es einmal?«

»Ja.«

Sie wußte, daß es sich nicht gehörte weiterzufragen, aber sie konnte nicht widerstehen. Sie wollte wissen, wie dieser seltsame Mann gewesen sein mochte, als er verliebt war. »Was ist geschehen?«

»Sie hat einen anderen geheiratet.«

»Wie hieß sie?«
»Lydia.«
»So heißt auch meine Mutter.«
»Wirklich?«
Charlotte war plötzlich unruhig. »Haben Sie eine Uhr?"«
»Eine Uhr? Nein.«
»Ich auch nicht.« Er blickte sich um und sah die Wanduhr.
Charlotte folgte seinem Blick. »Mein Gott, es ist schon fünf! Ich wollte zu Hause sein, bevor Mutter zum Tee herunterkommt.« Sie erhob sich.
»Werden Sie Schwierigkeiten haben?« fragte er und erhob sich ebenfalls.
»Wahrscheinlich.« Sie wandte sich um, wollte das Café verlassen.
Er sagte: »Ach, Charlotte . . .«
»Was ist?«
»Könnten Sie den Tee bezahlen? Ich bin ein sehr armer Mann.«
»Oh! Ich weiß nicht, ob ich genug Geld habe. Hier sind elf Pence. Wird das ausreichen?«
»Natürlich.« Er nahm ihr sechs Pence aus der Hand und ging zur Kasse, um zu bezahlen. Komisch, dachte Charlotte, auf was man alles gefaßt sein muß, wenn man nicht in der Gesellschaft ist. Was würde Marya von mir denken, wenn sie wüßte, daß ich einen fremden Mann zum Tee eingeladen habe? Der Schlag würde sie treffen!
Er gab ihr das Wechselgeld und hielt ihr die Tür auf. »Ich begleite Sie ein Stückchen.«
»Danke.«
Felix nahm ihren Arm, als sie die Straße entlanggingen. Die Sonne war noch sehr warm. Ein Polizist kam ihnen entgegen, und Felix stellte sich mit ihr vor ein Schaufenster, während er vorüberging.
»Warum wollen Sie, daß er uns nicht sieht?« fragte sie.
»Sie schauen vielleicht noch nach Leuten aus, die auf dem Marsch gesehen worden sind.«
Charlotte runzelte die Stirn. Es schien ihr recht unwahrscheinlich, aber er wußte es wohl besser als sie.
Sie gingen weiter. Charlotte sagte: »Ich liebe den Juni.«
»Das Wetter in England ist wunderbar.«
»Finden Sie? Dann waren Sie noch nie in Südfrankreich.«

»Aber Sie offenbar.«
»Wir fahren jeden Winter hin. Wir haben eine Villa in Monte Carlo.« Sie besann sich plötzlich. »Sie glauben doch hoffentlich nicht, daß ich damit prahlen will.«
»Gewiß nicht.« Er lächelte. »Sie müssen inzwischen bemerkt haben, daß ich großen Reichtum für etwas halte, dessen man sich schämen sollte, und nicht für etwas, worauf man stolz ist.«
»Ja, ich hätte es wohl bemerken müssen. Aber ich bin nicht darauf gekommen. Verachten Sie mich jetzt?«
»Nein, denn der Reichtum gehört Ihnen nicht.«
»Sie sind der interessanteste Mensch, dem ich je begegnet bin«, sagte Charlotte. »Kann ich Sie wiedersehen?«
»Ja«, antwortete er. »Haben Sie ein Taschentuch?«
Sie nahm eines aus ihrer Manteltasche und gab es ihm. Er schneuzte sich. »Sie haben sich wirklich erkältet«, sagte sie. »Ihre Augen sind ganz feucht.«
»Sie haben wohl recht.« Er wischte sich die Augen. »Wollen wir uns in diesem Café treffen?«
»Es ist eigentlich kein sehr angenehmer Ort, finden Sie nicht auch?« sagte sie. »Denken wir uns etwas anderes aus. Ich weiß! Wir gehen in die National Gallery. Wenn mir dort jemand begegnet, den ich kenne, können wir so tun, als gehörten wir nicht zusammen.«
»Einverstanden.«
»Haben Sie Gemälde gern?«
»Ich möchte mich von Ihnen belehren lassen.«
»Dann ist es also abgemacht. Wie wäre es mit übermorgen um zwei Uhr?«
»Fein.«
Es fiel ihr ein, daß man sie vielleicht nicht gehen lassen würde. »Falls etwas schiefgeht und ich absagen muß . . . Kann ich Ihnen eine Nachricht senden?«
»Ach . . . wissen Sie . . . ich bin viel unterwegs . . .« Er hatte eine Idee. »Sie könnten eine Nachricht bei Mrs. Bridget Callahan hinterlassen, Cork Street, Nummer neunzehn, in Camden Town.«
Sie wiederholte die Adresse. »Ich schreibe es mir auf, sobald ich zu Hause bin. Ich wohne nur etwa hundert Meter von hier.« Sie zögerte. »Ich muß Sie hier verlassen. Nehmen Sie es mir bitte nicht

übel, aber es ist wirklich besser, man sieht mich nicht in Ihrer Begleitung.«
»Es Ihnen übelnehmen?« sagte er mit seinem komischen, schiefen Lächeln. »Aber nicht im geringsten.«
Sie gab ihm die Hand. »Auf Wiedersehen.«
»Auf Wiedersehen.«
Sie drehte sich um und ging davon. Es wird Ärger geben, wenn ich nach Hause komme, überlegte sie. Man wird herausgefunden haben, daß ich nicht in meinem Zimmer war, und man wird mir Fragen stellen. Ich werde einfach erzählen, ich sei im Park spazierengegangen. Das wird ihnen gar nicht gefallen.
Aber es war ihr jetzt egal. Sie hatte einen Freund gefunden und war sehr glücklich.
Vor dem Tor blickte sie sich noch einmal um. Er stand dort, wo sie ihn verlassen hatte, beobachtete sie. Sie winkte ihm diskret zu. Er winkte zurück. Irgendwie sah er verletzlich und traurig aus. Aber dann verscheuchte sie diesen dummen Gedanken und erinnerte sich daran, wie er sie gerettet hatte. Er war ein harter Bursche.
Sie trat in den Hof und stieg die Stufen zur Tür empor.

Als Walden in Walden Hall ankam, litt er an nervösen Verdauungsbeschwerden. Er hatte London in aller Eile vor dem Mittagessen verlassen, gleich nachdem der Polizeikünstler das Gesicht des Mörders gezeichnet hatte. Unterwegs hatte er im Wagen ein paar Sandwiches gegessen und dazu eine ganze Flasche Chablis getrunken. Er war gereizt.
Heute sollte die Verhandlung mit Alex fortgesetzt werden. Er erwartete, daß Alex ihm einen Gegenvorschlag unterbreitete und daß er ein diesbezügliches Telegramm mit der Zustimmung des Zaren erhalten habe. Er hoffte, die russische Gesandtschaft war intelligent genug gewesen, Alex die Telegramme nach Walden Hall zu schicken. Und vor allem hoffte er, daß der Gegenvorschlag vernünftig war und daß er Churchill einen Erfolg melden könnte.
Er war sehr ungeduldig, die Verhandlung mit Alex weiterzuführen, obgleich er wußte, daß ein paar Minuten keinen großen Unterschied ausmachten und daß es ein Fehler war, im Verlauf einer Verhandlung zu großen Eifer zu zeigen. Deshalb blieb er eine Weile in der

Halle stehen, um Ruhe und Fassung zu gewinnen, bevor er in das Achteckzimmer trat.
Alex saß am Fenster. Neben ihm stand ein großes Tablett mit Tee und Kuchen, beides unberührt. Er war in grüblerischer Laune. Als Walden eintrat, blickte er auf und fragte: »Was ist geschehen?«
»Der Mann ist gekommen, aber leider haben wir ihn nicht erwischt«, erwiderte Walden.
Alex blickte fort. »Er kam, um mich zu ermorden . . .«
Walden hatte Mitleid mit ihm. Alex war jung, trug eine enorme Verantwortung, befand sich in einem fremden Land, und ein Mörder hatte es auf ihn abgesehen. Aber es hatte keinen Sinn, ihn in seiner grüblerischen Stimmung zu lassen. Walden sprach in aufmunterndem Ton. »Wir haben jetzt eine Beschreibung des Mannes – die Polizei hat sogar ein Porträt von ihm anfertigen lassen. Thomson wird ihn in ein bis zwei Tagen hinter Schloß und Riegel bringen. Und hier bist du in Sicherheit – er kann unmöglich herausfinden, wo du bist.«
»Wir glaubten ja auch, ich sei im Hotel sicher – und doch hat er es gefunden.«
»Das wird nicht noch einmal geschehen.« Es war ein schlechter Beginn für eine Verhandlungssitzung, stellte Walden fest. Er mußte einen Weg finden, Alex ein wenig aufzuheitern. »Hast du schon Tee getrunken?«
»Ich habe keinen Durst.«
»Wie wäre es mit einem Spaziergang – das wird dir Appetit für das Abendessen machen.«
»Wie du willst.« Alex stand auf.
Walden holte ein Gewehr – für Kaninchen, wie er Alex erklärte –, und dann gingen sie hinunter zum Gutshof. Einer der von Basil Thomson zur Verfügung gestellten Leibwächter folgte ihnen in zehn Meter Entfernung.
Walden zeigte Alex seine preisgekrönte Sau »Princess of Walden«. »Sie hat in den letzten beiden Jahren den Ersten Preis auf der Landwirtschaftsausstellung von East Anglia gewonnen.« Alex bewunderte die schmucken Ziegelhäuser der Pächter, die weißgetünchten Scheunen und die herrlichen Zugpferde.
»Ich erziele natürlich keine Gewinne damit«, erklärte Walden. »Alle Einkünfte werden für neue Viehbestände, Entwässerungsanlagen,

Gebäude oder Zäune verwendet . . . Für die Pächterhöfe wird somit ein gewisser Standard gesetzt, und wenn ich einmal sterbe, wird dieser Gutshof sehr viel mehr wert sein, als zur Zeit, da ich ihn erbte.«

»In Rußland können wir keine solche Landwirtschaft betreiben«, sagte Alex. Jetzt denkt er wenigstens an etwas anderes, stellte Walden zufrieden fest. Alex fuhr fort: »Unsere Bauern sind neuen Methoden nicht zugänglich, sie fassen keine landwirtschaftlichen Maschinen an und halten neue Gebäude oder gutes Werkzeug nicht instand. Sie sind immer noch Leibeigene, zumindest in psychologischer Hinsicht. Weißt du, was sie tun, wenn die Ernte schlecht war und sie am Verhungern sind? Sie brennen die leeren Scheunen nieder.«

Die Wiese im Süden wurde gerade gemäht. Zwölf Landarbeiter bewegten sich in einer unregelmäßigen Reihe über das Feld, und die hohen Halme fielen wie Dominosteine zu Boden.

Samuel Jones, der älteste der Arbeiter, hatte seine Reihe als erster beendet. Er kam mit der Sense herüber, um Walden zu begrüßen. Walden schüttelte seine schwielige Hand.

»Hatten Eure Lordschaft Zeit, die Ausstellung in London zu besuchen?« fragte Samuel.

»Ja, ich war dort«, erwiderte Walden.

»Haben Sie die Mähmaschine angesehen, von der Sie uns erzählten?«

Walden machte ein zweifelndes Gesicht. »Sie ist ein schönes Werk der Mechanik, Sam . . . aber ich weiß nicht . . .«

Sam nickte. »Maschinen können einfach nicht so gut arbeiten wie ein Mann.«

»Andererseits könnten wir das Heu in drei Tagen schneiden, statt in vierzehn – und wenn es so viel schneller geht, ist auch das Risiko, vom Regen überrascht zu werden, geringer. Und dann könnten wir die Maschine an die Pächterfarmen vermieten.«

»Sie würden auch weniger Arbeiter brauchen«, sagte Sam.

Walden entgegnete mit gespielter Enttäuschung: »Nein. Ich könnte niemanden entlassen. Der einzige Unterschied wäre, daß wir während der Erntezeit keine Zigeuner mehr anzustellen brauchten.«

»Dann würde sich also nicht viel ändern.«

»Eigentlich nicht. Ich bin nur ein bißchen besorgt, wie die Männer es aufnehmen würden – Sie wissen ja, daß der junge Peter Dawkins bei jeder Gelegenheit Ärger macht.«

Sam äußerte sich nicht dazu.

»Jedenfalls«, fuhr Walden fort, »wird Mr. Samson sich die Maschine in der nächsten Woche noch einmal ansehen.« Samson war der Gutsverwalter. »Da fällt mir gerade ein«, sagte Walden, als sei er erst jetzt auf die Idee gekommen. »Hätten Sie nicht Lust, ihn zu begleiten, Sam?«

Sam tat so, als halte er nicht viel davon. »Nach London?« sagte er. »Ich war 1888 dort. Hat mir nicht gefallen.«

»Sie könnten mit Mr. Samson den Zug nehmen – vielleicht nehmen Sie auch noch den jungen Dawkins mit? Dann sehen Sie sich die Maschinen an, essen in London zu Mittag und kommen am Nachmittag wieder zurück.«

»Ich weiß nicht, was meine Frau dazu sagen würde.«

»Mich würde es aber freuen, Ihre Meinung über die Maschine zu hören.«

»Interessieren würde es mich schon.«

»Dann ist es also abgemacht. Ich werde Samson beauftragen, die nötigen Vorkehrungen zu treffen.« Walden lächelte verschwörerisch. »Sie können ja Mrs. Jones zu verstehen geben, daß ich Sie praktisch zu dieser Reise gezwungen habe.«

Sam grinste. »Das werde ich tun, Eure Lordschaft.«

Die Wiese war fast gemäht. Die Männer unterbrachen ihre Arbeit. Falls es hier Kaninchen gab, hielten sie sich bestimmt im letzten ungemähten Stück versteckt. Walden rief Dawkins herüber und gab ihm das Gewehr. »Sie sind ein guter Schütze, Peter. Schauen Sie, ob Sie eins für sich selbst und eins für Walden Hall erwischen.«

Die Leute standen jetzt am Feldrain, außerhalb der Schußlinie, und mähten die letzten Grasbüschel ab, um die Kaninchen auf das offene Feld zu treiben. Vier kamen heraus, und Dawkins traf zwei mit der ersten Schußrunde und eins mit der zweiten. Bei dem Gewehrfeuer zuckte Alex zusammen.

Walden nahm die Waffe und ein Kaninchen an sich und ging dann mit Alex nach Walden Hall zurück. Alex schüttelte den Kopf. »Du hast eine bewundernswerte Art, mit den Leuten umzugehen«, sagte

er. »Mir scheint es nie zu gelingen, das richtige Mittelmaß zwischen Disziplin und Großzügigkeit zu finden.«
»Das ist Übungssache«, erwiderte Walden. Er hob das Kaninchen hoch. »Wir brauchen es eigentlich nicht in Walden Hall, aber ich nahm es, um die Männer daran zu erinnern, daß die Kaninchen mir gehören, und daß die, die sie haben, ein Geschenk von mir sind, auf das sie keinen Rechtsanspruch besitzen.« Wenn ich einen Sohn hätte, würde ich es ihm auf diese Weise erklären, dachte er.
»Die Methode besteht in Diskussion und Konsens«, bemerkte Alex.
»Es ist die beste, selbst wenn du etwas aufgeben mußt.«
Alex lächelte. »Und das bringt uns zum Balkan zurück.«
Gott sei Dank – endlich, dachte Walden.
»Soll ich es noch einmal zusammenfassen?« fuhr Alex fort. »Wir sind gewillt, auf eurer Seite gegen Deutschland zu kämpfen, und ihr seid gewillt, unser Recht auf freie Durchfahrt im Bosporus und den Dardanellen anzuerkennen. Aber wir wollen nicht nur das Recht, sondern auch die Macht, die dazugehört. Unser Vorschlag, daß ihr die ganze Balkanhalbinsel von Rumänien bis Kreta als russische Einflußphäre anerkennt, fand nicht eure Zustimmung. Zweifellos hattet ihr das Gefühl, das sei zuviel. So hatte ich nun die Aufgabe, eine geringere Forderung zu formulieren, die uns freie Seewege sichert, ohne Großbritannien auf eine rückhaltlos prorussische Balkanpolitik festzulegen.«
»Ja.« Walden stellte fest: Sein Verstand ist so scharf wie das Messer eines Chirurgen. Vor wenigen Minuten erteilte ich ihm einen väterlichen Rat, und jetzt ist er mir plötzlich ebenbürtig. So muß es sein, wenn ein Sohn zu einem Mann wird.
»Es tut mir leid, daß es so lange gedauert hat«, erklärte Alex. »Ich mußte verschlüsselte Telegramme über die russische Gesandtschaft nach St. Petersburg schicken, und eine Diskussion über diese Entfernung funktioniert nun einmal nicht so problemlos, wie ich es mir wünschte.«
»Ich verstehe«, sagte Walden und dachte bei sich: Nun laß schon die Katze aus dem Sack!
»Es gibt da ein Gebiet von etwa zehntausend Quadratmeilen zwischen Konstantinopel und Adrianopel. Es nimmt etwa die Hälfte Thraziens ein und gehört gegenwärtig zur Türkei. Seine Küste

beginnt am Schwarzen Meer und erstreckt sich entlang des Bosporus, des Marmarameers und der Dardanellen bis hin zur Ägäis. Mit anderen Worten: Sie beherrscht die Passage zwischen dem Schwarzen Meer und dem Mittelmeer.« Er hielt inne. »Gebt uns das, und wir sind auf eurer Seite.«

Walden verbarg mit Mühe seine Erregung. Jetzt hatten sie eine Verhandlungsbasis. Er sagte: »Es bleibt nur das Problem, daß wir nicht verschenken können, was uns nicht gehört.«

»Überlege noch einmal die Möglichkeiten im Falle eines Krieges«, erwiderte Alex. »Erstens: Falls die Türkei auf unserer Seite ist, haben wir natürlich ohnehin freie Durchfahrt. Aber das ist nicht wahrscheinlich. Zweitens: Falls die Türkei neutral bleibt, würden wir von Großbritannien erwarten, daß es auf unserem Durchfahrtsrecht besteht, weil die Türkei ihre Neutralität nur auf diese Weise glaubwürdig machen kann. Andernfalls würdet ihr unsere Invasion in Thrazien unterstützen. Drittens: Falls die Türkei sich auf die deutsche Seite stellt – und das ist die wahrscheinlichste der drei Möglichkeiten –, würde Großbritannien Thrazien als unseren Besitz anerkennen, sobald wir es erobert hätten.«

Walden bemerkte zweifelnd: »Ich frage mich nur, wie die Thrazier darüber denken werden.«

»Sie würden lieber zu Rußland als zur Türkei gehören.«

»Ich nehme eher an, sie möchten unabhängig sein.«

Alex lächelte jungenhaft. »Weder du noch ich, noch unsere Regierungen sind im geringsten an den etwaigen Wünschen der Einwohner von Thrazien interessiert.«

»Da hast du recht«, sagte Walden.

Was ihn immer wieder aus der Fassung brachte, war jene Mischung von jungenhaftem Charme und erwachsener Intelligenz bei Alex. Glaubte er, die Diskussion fest unter seiner Kontrolle zu haben, verblüffte ihn Alex mit einer witzigen Bemerkung, die bewies, daß *er* derjenige war, der das Gespräch beherrschte.

Sie stiegen den Hügelpfad hinan, der zum hinteren Teil von Walden Hall führte. Staub wirbelte unter Waldens schweren braunen Schuhen auf. Der Boden war trocken; es hatte in den letzten drei Monaten kaum geregnet. Walden fand Alex' Gegenvorschlag sehr bedenkenswert. Was würde Churchill dazu sagen? Warum sollte

man den Russen nicht einen Teil Thraziens zugestehen? Wer scherte sich schon um Thrazien?
Sie kamen durch den Gemüsegarten. Ein Gärtnerlehrling begoß die Salatbeete. Er legte die Hand zum Gruß an die Mütze. Walden suchte nach seinem Namen, aber Alex kam ihm zuvor. »Ein schöner Abend, Stanley«, sagte er.
»Ein bißchen Regen könnte nichts schaden, Eure Hoheit.«
»Aber nur ein bißchen, nicht wahr?«
»Genau, Eure Hoheit.«
Alex versteht es, dachte Walden.
Sie traten ins Haus. Walden klingelte nach einem Diener. »Ich werde Churchill ein Telegramm schicken und eine Verabredung für morgen früh treffen. Ich muß jetzt sofort nach London fahren.«
»Gut«, sagte Alex. »Die Zeit wird knapp.«

Der Lakai, der Charlotte die Tür öffnete, starrte sie freudig überrascht an.
»Oh! Gott sei Dank sind Sie wieder zu Hause, Lady Charlotte!« sagte er.
Charlotte gab ihm ihren Mantel. »Ich wüßte nicht, warum Sie Gott dafür danken sollten, William.«
»Lady Walden hat sich große Sorgen um Sie gemacht«, sagte er. »Sie beauftragte mich, Sie sofort zu ihr zu schicken.«
»Ich gehe nur eben auf mein Zimmer und mache mich zurecht«, sagte Charlotte.
»Lady Walden hat ›sofort‹ gesagt.«
»Und ich sage, daß ich zuerst auf mein Zimmer gehe.« Charlotte ging die Treppe hinauf.
Sie wusch sich das Gesicht und löste ihr Haar. Von dem Faustschlag hatte sie noch einen dumpfen Schmerz im Magen, und ihre Hände waren etwas abgeschürft, wenn auch nicht sehr schlimm. Die Knie waren bestimmt wund, aber die sah ohnehin nie jemand. Sie trat hinter den Wandschirm und zog ihr Kleid aus. Es war unbeschädigt. Man sieht mir nicht an, daß ich in eine Schlägerei verwickelt war, fand sie. Die Schlafzimmertür öffnete sich.
»Charlotte!« Es war Mamas Stimme.
Charlotte schlüpfte in einen Morgenrock und murmelte: »Ach, du

meine Güte, jetzt wird sie hysterisch.« Sie kam hinter dem Wandschirm hervor.
»Wir haben uns zu Tode geängstigt!« sagte Mama.
Marya kam hinter ihr ins Zimmer, mit selbstgerechter Miene und stählernem Blick.
Charlotte sagte: »Wie ihr seht, bin ich gesund und munter. Ihr braucht euch also nicht mehr zu ängstigen.«
Mama wurde rot. »Du unverschämtes Kind!« schrie sie sie an. Dann kam sie auf Charlotte zu und schlug ihr ins Gesicht.
Charlotte taumelte zurück und setzte sich aufs Bett. Sie war wie betäubt, aber nicht von dem Schlag, sondern von dem Gedanken daran. Mama hatte sie noch nie zuvor geschlagen. Es schmerzte mehr als alles, was sie bei der Demonstration eingesteckt hatte. Sie erhaschte Maryas Blick und sah Zufriedenheit in ihrem Gesicht.
Charlotte faßte sich und sagte: »Das werde ich dir nie verzeihen.«
»Du redest von Verzeihen?« Mama war so wütend, daß sie russisch sprach. »Und wie soll ich dir jemals verzeihen, daß du mit dem Pöbel vor dem Buckingham Palast mitgelaufen bist?«
Charlotte erstarrte. »Woher weißt du das?«
»Marya hat dich auf der Mall mit diesen . . . mit diesen Frauenrechtlerinnen marschieren sehen. Ich fühle mich so beschämt. Gott weiß, wer dich sonst noch gesehen hat. Falls der König das je erfährt, sind wir vom Hof verbannt.«
»Ich verstehe.« Charlottes Wange brannte immer noch von der Ohrfeige. Boshaft sagte sie: »Ihr wart also gar nicht um meine Sicherheit besorgt, sondern nur um den Ruf der Familie.«
Mama wirkte betroffen. Marya mischte sich ein: »Wir waren um beides besorgt.«
»Halten Sie lieber den Mund, Marya«, sagte Charlotte. »Sie haben mit Ihren Petzereien schon genug Unheil angerichtet.«
»Marya hat vollkommen richtig gehandelt!« sagte Mama. »Wie hätte sie mir das verschweigen können?«
Charlotte sagte: »Findest du denn nicht, daß die Frauen das Wahlrecht haben sollten?«
»Ganz gewiß nicht – und das sollte auch deine Meinung sein.«
»Ist es aber nicht«, sagte Charlotte.
»Was weißt denn du? Du bist noch ein Kind.«

»Darauf läuft letzten Endes immer alles hinaus, nicht wahr? Ich bin ein Kind, und ich weiß nichts. Wer ist für meine Unwissenheit verantwortlich? Marya ist seit fünfzehn Jahren für meine Erziehung zuständig. Und was das Kindsein betrifft, so weißt du genau, daß ich kein Kind mehr bin. Du wärst bestimmt sehr glücklich, mich zu Weihnachten verheiratet zu sehen. Und manche Mädchen sind schon im Alter von dreizehn Jahren Mütter – verheiratet oder nicht.«

Mama war entsetzt. »Wer erzählt dir solche Dinge?«

»Gewiß nicht Marya. Sie hat mir noch nie etwas Wichtiges erzählt. Und du auch nicht.«

Mamas Stimme wurde fast flehend. »Du brauchst solche Dinge nicht zu wissen – du bist eine Dame.«

»Siehst du, was ich meine? Du möchtest, daß ich ahnungslos bleibe. Und ich bin da anderer Meinung.«

Mama klagte: »Ich will doch nur, daß du glücklich bist.«

»Nein, das willst du nicht«, erwiderte Charlotte trotzig. »Du willst nur, daß ich so werde wie du.«

»Nein, nein, nein!« rief Mama aus. »Ich will nicht, daß du so wirst wie ich! Das will ich nicht!« Sie brach in Tränen aus und rannte aus dem Zimmer.

Charlotte blickte ihr verwundert und beschämt nach.

Marya sagte: »Da siehst du, was du angerichtet hast.«

Charlotte betrachtete sie von oben bis unten: graues Kleid, graues Haar, häßliches Gesicht, selbstgefälliger Ausdruck. »Lassen Sie mich in Ruhe, Marya.«

»Du machst dir keinen Begriff von den Sorgen und dem Herzeleid, das du heute nachmittag angerichtet hast.«

Charlotte war versucht, ihr zu erwidern: Wenn du den Mund gehalten hättest, hätte es kein Herzeleid gegeben. Aber sie sagte: »Verschwinden Sie.«

»Sie werden mich anhören, kleine Charlotte . . .«

»Für Sie bin ich Lady Charlotte.«

»Du bist die kleine Charlotte, und . . .«

Charlotte nahm einen Handspiegel und warf ihn nach Marya. Marya quietschte. Der Wurf war schlecht gezielt, und der Spiegel knallte gegen die Wand. Marya lief aus dem Zimmer.

Jetzt weiß ich, wie ich mit ihr umzugehen habe, triumphierte Charlotte.
Sie wußte, daß sie einen Sieg davongetragen hatte. Sie hatte Mama zum Weinen gebracht und Marya aus dem Zimmer gejagt. Das ist doch immerhin schon etwas, dachte sie. Vielleicht bin ich doch stärker als sie. Und sie haben es verdient. Marya ist hinter meinem Rücken zu Mama gelaufen, und Mama hat mich geschlagen. Aber ich bin nicht gekrochen vor ihnen, habe nicht um Verzeihung gebeten und nicht versprochen, in Zukunft immer brav zu sein. Ich habe es ihnen heimgezahlt. Ich könnte stolz sein.
Aber warum schäme ich mich so?

Ich hasse mich, sagte Lydia zu sich selbst.
Ich weiß, was Charlotte fühlt, aber ich kann ihr einfach nicht sagen, daß ich sie verstehe. Ständig verliere ich die Beherrschung. So bin ich sonst nie gewesen. Ich hatte stets Ruhe und Würde bewahrt. Als sie noch ein kleines Mädchen war, konnte ich über ihre Dummheiten lachen. Aber jetzt ist sie eine Frau. Was habe ich getan? Sie ist vom Fleisch und Blut ihres Vaters, sie ist wie Felix, das sehe ich genau. Was soll ich tun? Ich hatte mir eingebildet, es genüge, so zu tun, als sei sie Stephens Tochter, und dann würde sie auch so sein wie Stephens Tochter – unschuldig, damenhaft, englisch. Aber es hat nichts genützt. Während all der Jahre war das schlechte Blut in ihr, und jetzt tut es seine Wirkung. Jetzt zeigt sich das Erbe des unmoralischen russischen Bauerntums in ihr und gewinnt immer mehr die Oberhand. Und wenn ich diese Anzeichen sehe, gerate ich in Panik. Wir sind verflucht, wir sind alle verflucht, die Sünden der Väter belasten uns bis in die dritte und vierte Generation. Wann finde ich Vergebung? Felix ist ein Anarchist, und Charlotte ist eine Frauenrechtlerin; Felix ist ein Wüstling, und Charlotte redet von dreizehnjährigen Müttern. Sie hat keine Ahnung, wie schrecklich es ist, von Leidenschaft besessen zu sein. Das hat mein Leben zerstört und wird auch ihres zerstören, und davor fürchte ich mich so, deshalb schreie und weine ich, bekomme hysterische Anfälle und schlage sie, aber allerliebster Jesus, ich flehe dich an, lasse es nicht zu, daß sie sich selbst zerstört, denn sie ist der ganze Inhalt meines Lebens. Ich werde sie hinter Schloß und Riegel setzen. Wenn sie

nur bald einen netten jungen Mann heiraten würde, bevor sie völlig entgleist, bevor es allen offenbar wird, daß etwas an ihrer Herkunft nicht stimmt. Hoffentlich hält Freddy um ihre Hand an, bevor die Saison vorüber ist – das wäre die Lösung –, ich muß dafür sorgen, daß er es tut, ich muß erreichen, daß sie möglichst schnell heiratet! Dann bleibt ihr keine Zeit mehr, ihr Leben zu zerstören, vor allem nicht, wenn sie Kinder kriegt. Ich muß zusehen, daß sie sich öfter mit Freddy trifft. Sie ist immerhin recht hübsch und könnte eine gute Ehefrau werden, falls ihr Mann stark genug ist, sie unter Kontrolle zu halten, falls er anständig ist und sie liebt, ohne ihre dunklen Begierden zu wecken, falls sie getrennte Schlafzimmer haben und er einmal in der Woche bei gelöschtem Licht das Bett mit ihr teilt. Freddy ist gerade der richtige für sie, und bei ihm wird sie nie erleben, was ich durchgemacht habe, bei ihm wird sie nie durch Leiden erfahren, daß Wollust etwas Böses und Zerstörerisches ist, bei ihm wird sich die Sünde nicht auf eine weitere Generation vererben, bei ihm wird sie nicht schlecht werden, wie ich es bin. Und sie glaubt, ich wolle, daß sie so wird wie ich. Wenn sie nur wüßte! Wenn sie nur wüßte!

Felix konnte seine Tränen nicht zurückhalten.
Die Leute starrten ihn an, als er durch den Park ging, um sein Fahrrad zu holen. Er schüttelte sich in unkontrollierbarem Schluchzen, und die Tränen liefen ihm über das Gesicht. Das war ihm bisher noch nie passiert, und er konnte es nicht begreifen. Er war hilflos vor Kummer.
Er fand das Fahrrad, wo er es gelassen hatte, unter einem Busch, und der vertraute Anblick beruhigte ihn ein wenig. Was ist nur mit mir los? fragte er sich. Viele Leute haben Kinder. Jetzt weiß ich, daß ich auch eins habe. Was ist schon dabei? Und wieder brach er in Tränen aus.
Er setzte sich in das trockene Gras neben sein Fahrrad. Sie ist so schön, dachte er immer wieder. Aber er weinte nicht um das, was er gefunden, sondern um das, was er verloren hatte. Achtzehn Jahre lang war er Vater gewesen, ohne es zu wissen. Während er von Dorf zu Dorf gewandert war, im Gefängnis gesessen, in der Goldmine gearbeitet und in Bialystok Bomben gebastelt hatte, war sie aufge-

wachsen. Sie hatte stehen, gehen und sprechen gelernt, man hatte ihr beigebracht, selbständig zu essen und sich ihre Schuhbänder zuzubinden. Sie hatte auf einer grünen Wiese unter einem Kastanienbaum gespielt, war vom Rücken eines Esels gefallen und hatte geweint. Ihr »Vater« hatte ihr ein Pony geschenkt, während Felix als Kettensträfling schuftete. Sie hatte im Sommer weiße Kleider und im Winter wollene Strümpfe getragen. Sie hatte stets russisch und englisch gesprochen. Ein anderer hatte ihr Geschichten vorgelesen, ein anderer hatte zu ihr gesagt: »Ich fange dich!« und hatte sie mit Freudengeschrei die Treppen emporgejagt; ein anderer hatte sie gelehrt, das Händchen zu geben und »guten Tag« zu sagen; ein anderer hatte sie gebadet, ihr das Haar gebürstet, ihr zugeredet, ihren Kohl aufzuessen. Felix hatte oft die russischen Bauern mit ihren Kindern beobachtet und sich gefragt, wie sie es in ihrem Leben voller Elend und Armut fertigbrachten, so viel Zuneigung und Zärtlichkeit für die Kinder aufzubringen, die ihnen das Brot wegaßen. Jetzt wußte er es: Die Liebe kam von selbst, ob man sie wünschte oder nicht. Aus seinen Erinnerungen an die Kinder anderer Leute war es ihm möglich, sich Charlotte in den verschiedenen Phasen ihrer Entwicklung vorzustellen: Als Kleinkind mit hervortretendem Bauch; als ungestüme Siebenjährige, mit aufgeschürften Knien und zerrissenem Kleid; als ein schlaksiges, unbeholfenes Mädchen von zehn, mit Tintenfingern und stets etwas zu kurzen Kleidern; als schüchterne Halbwüchsige, die über die Jungen kichert, heimlich das Parfüm ihrer Mutter probiert und auf Pferde versessen ist, und dann . . .
Und dann diese schöne, tapfere, muntere, wißbegierige junge Frau.
Und ich bin ihr Vater, dachte er.
Ihr Vater!
Was hatte sie zu ihm gesagt? *Sie sind der interessanteste Mensch, dem ich je begegnet bin – können wir uns wiedersehen?* Er hatte sich gerade auf einen Abschied für immer gefaßt gemacht. Als er merkte, daß es dazu nicht kam, hatte er die Selbstbeherrschung verloren. Und sie hatte geglaubt, er habe sich erkältet.
Ich werde rührselig, stellte er fest. Ich muß mich zusammennehmen.
Er stand auf und griff nach seinem Fahrrad. Er wischte sich das Gesicht mit dem Taschentuch ab, das sie ihm gegeben hatte.

In einer Ecke war eine Glockenblume eingestickt, und er fragte sich, ob sie es selbst getan hatte. Er stieg auf das Fahrrad und fuhr zur Old Kent Road.

Es war Abendessenszeit, aber er wußte, daß er nichts essen konnte. Das kam ihm gerade recht, denn er hatte nicht mehr viel Geld, und heute abend war ihm nicht nach Stehlen zumute. Er freute sich jetzt auf die Dunkelheit seiner Bodenkammer, in der er die Nacht allein mit seinen Gedanken verbringen konnte. Er nahm sich vor, jede Minute dieser Begegnung noch einmal zu erleben, vom Augenblick, da sie aus dem Haus getreten war bis zu ihrem letzten Winken.

Er hätte gerne eine Flasche Wodka zur Begleitung gehabt, aber er konnte sich keine leisten.

Er fragte sich, ob jemand Charlotte einmal einen roten Ball geschenkt hatte.

Der Abend war milde, aber die Stadtluft stickig. Die Kneipen der Old Kent Road füllten sich bereits mit Arbeiterfrauen in bunten Sommerkleidern, begleitet von ihren Ehemännern, Freiern oder Vätern. Einer plötzlichen Eingebung folgend, blieb Felix vor einer offenen Tür stehen. Von drinnen ertönten die Klänge eines alten Klaviers. Felix dachte: Ich möchte, daß mir jemand zulächelt, selbst wenn es nur eine Kellnerin ist. Ein Glas Bier kann ich mir leisten. Er band sein Fahrrad fest und trat ein.

Das Lokal war voller Menschen, Zigarettenqualm und dem typischen Bierdunst eines englischenPubs. Obwohl es noch recht früh war, ertönten lautes Lachen und helle Frauenstimmen. Alle schienen in sehr fröhlicher Stimmung zu sein. Felix stellte fest: Niemand weiß sein Geld besser auszugeben als die Armen.

Er begab sich an die Theke. Das Klavier stimmte ein neues Lied an, und alle sangen mit.

Einst setzt' sich ein Mädchen dem Greis auf den Schoß.
Erzähle mir etwas, los, Onkel, los!
Warum bist du so einsam, warum lebst du allein?
Hast du keine Kinder, und hast du kein Heim?
Ich hatt' einen Schatz, viel Jahre ist's her,
Nun höre, mein Kind, bald sag' ich dir mehr;
Wir waren so glücklich bei Wein und Gesang
Und ich hielt sie für treulos, als die Ballnacht verklang.

Das hohlköpfige, sentimentale Lied brachte Felix wieder zum Weinen, und er verließ die Kneipe, ohne ein Bier bestellt zu haben.
Er radelte davon, ließ das Gelächter und die Musik hinter sich. Diese Fröhlichkeit war nichts für ihn, war es nie gewesen, würde es nie sein. Er fuhr zu seinem Mietshaus zurück und trug sein Fahrrad die Treppen hinauf, bis zur Dachbodenetage. In seinem Zimmer nahm er Hut und Mantel ab und legte sich auf das Bett. In zwei Tagen würde er sie wiedersehen. Sie würden sich gemeinsam die Gemälde anschauen. Vorher würde er in die öffentliche Badeanstalt gehen. Er rieb sich das Kinn. Auch in zwei Tagen würde sein Bart noch nicht gepflegt aussehen. Er versetzte sich in den Augenblick zurück, als sie aus dem Haus getreten war. Er hatte sie von weitem gesehen, ohne zu ahnen, daß . . .
Woran habe ich in diesem Augenblick gedacht? überlegte er.
Und dann fiel es ihm ein.
Ich fragte mich, ob sie wohl weiß wo Orlow sich aufhält.
Ich habe während des ganzen Nachmittags nicht ein einziges Mal an Orlow gedacht.
Höchstwahrscheinlich weiß sie, wo er ist, und falls nicht, könnte sie es herausfinden.
Ich könnte mir ihre Hilfe zunutze machen, um ihn zu töten.
Bin ich dessen fähig?
Nein, ich bin es nicht. Ich werde es nicht tun. Nein, nein, nein!
Was ist bloß mit mir los?

Walden sah Churchill auf der Admiralität um zwölf Uhr mittags. Der Marineminister war beeindruckt. »Thrazien«, sagte er. »Natürlich können wir ihnen die Hälfte Thraziens geben. Wer schert sich schon darum? Meinetwegen sollen sie ganz Thrazien haben.«
»Das hatte ich mir auch gedacht«, sagte Walden. Er war erfreut über Churchills Reaktion. »Werden Ihre Kollegen jetzt einverstanden sein?«
»Das möchte ich glauben«, sagte Churchill nachdenklich. »Ich werde nach dem Mittagessen mit Grey reden, und heute abend mit Asquith.«
»Und das Kabinett?« Walden wollte kein Geschäft mit Alex abschließen, gegen das dann das Kabinett sein Veto einlegte.

»Morgen früh.«
Walden erhob sich. »Dann kann ich also planen, morgen am Spätnachmittag nach Norfolk zurückzufahren.«
»Ausgezeichnet. Hat man übrigens schon diesen verdammten Anarchisten geschnappt?«
»Ich treffe mich mit Basil Thomson von der Sonderabteilung zum Lunch. Dann werde ich es wissen.«
»Halten Sie mich auf dem laufenden.«
»Natürlich.«
»Und vielen Dank noch. Für diesen Vorschlag, meine ich.« Churchill blickte verträumt aus dem Fenster. »Thrazien!« murmelte er vor sich hin. »Wer hat je davon gehört?«
Walden überließ ihn seinen Gedanken.
Er war in Hochstimmung, als er von der Admiralität in seinen Club in der Pall Mall ging. Meistens aß er daheim zu Mittag, aber er wollte Lydia nicht mit Leuten von der Polizei belästigen, besonders nicht jetzt, da sie eine ihrer seltsamen Launen hatte. Zweifellos war sie ebenso wie er um Alex besorgt. Der Junge war schließlich fast wie ein Sohn für sie, und falls ihm etwas zustieße . . .
Er ging die Stufen zu seinem Club hinauf, trat ein und übergab seinen Hut und seine Handschuhe einem Diener. »Welch herrliches Sommerwetter, Eure Lordschaft«, sagte der Mann.
Das Wetter war seit Monaten bemerkenswert schön gewesen, stellte Walden fest, als er in den Speisesaal hinaufging. Wenn es einmal umschlägt, wird es wahrscheinlich Gewitter geben. Blitz und Donner im August, dachte er.
Thomson wartete bereits. Er sah ziemlich selbstzufrieden aus. Mir fiele ein Stein vom Herzen, wenn er den Mörder geschnappt hätte, dachte Walden. Sie schüttelten sich die Hände, und Walden setzte sich. Ein Kellner brachte die Menükarte.
»Nun?« fragte Walden. »Haben Sie ihn?«
»Fast«, erwiderte Thomson.
Das bedeutet ›nein‹, stellte Walden ernüchtert fest.
»Ach, verdammt«, sagte er.
Der Weinkellner kam. Walden fragte Thomson: »Möchten Sie einen Cocktail?«
»Nein, danke.«

Walden stimmte ihm zu. Cocktails waren eine amerikanische Unsitte. »Vielleicht ein Glas Sherry?«
»Ja, bitte.«
»Zwei«, sagte Walden zum Kellner.
Sie bestellten Braune Windsor-Suppe und gekochten Lachs, und Walden wählte eine Flasche Rheinwein dazu.
Walden begann: »Sie müssen wissen, daß es für mich außerordentlich wichtig ist. Meine Verhandlungen mit Fürst Orlow stehen kurz vor dem Abschluß. Falls er jetzt ermordet werden sollte, würde alles platzen – und das hätte gravierende Folgen für die Sicherheit unseres Landes.«
»Das ist mir durchaus klar, Eure Lordschaft«, sagte Thomson. »Lassen Sie mich berichten, welche Fortschritte wir bisher gemacht haben. Unser Mann heißt Felix Kschessinsky. Da der Name schwer auszusprechen ist, schlage ich vor, daß wir ihn einfach Felix nennen. Er ist vierzig Jahre alt, Sohn eines Landpriesters und stammt aus der Provinz Tambow. Mein korrespondierender Kollege in St. Petersburg hat eine sehr dicke Akte über ihn. Er wurde dreimal verhaftet und wird wegen eines halben Dutzends von Mordfällen gesucht.«
»Ach, du lieber Gott«, stammelte Walden.
»Mein Freund in St. Petersburg fügte hinzu, daß es sich bei ihm um einen Bombenfachmann handelt, der als sehr gefährlich gilt.« Thomson machte eine Pause. »Es war äußerst mutig von Ihnen, diese Flasche aufzufangen.«
Walden lächelte schwach; er zog es vor, nicht daran erinnert zu werden.
Die Suppe wurde aufgetragen, und die beiden Männer aßen schweigend. Thomson nippte nur spärlich an seinem Rheinwein. Walden mochte diesen Club. Das Essen war zwar nicht so gut wie zu Hause, aber dafür herrschte eine entspannende Atmosphäre. Die Sessel im Rauchzimmer waren alt und bequem, die Kellner alt und langsam, die Tapeten verblichen und der Verputz eintönig. Hier benutzte man immer noch Gaslicht. Männer wie Walden kamen gern hierher, weil die Atmosphäre ungezwungener war als in ihren schmukken Herrenhäusern, in denen die Frauen das Regiment hatten.
»Sagten Sie nicht eben, Sie hätten ihn beinahe gefaßt?« fragte Walden, als der Lachs serviert wurde.

»Ich habe Ihnen noch nicht einmal die Hälfte erzählt.«
»Aha.«
»Etwa Ende Mai erschien er im Anarchistischen Club in der Jubilee Street in Stepney. Man wußte nicht, wer er war, und er erzählte Lügengeschichten. Er ist äußerst vorsichtig – und das mit Recht, von seinem Standpunkt aus, denn einige dieser Anarchisten arbeiten für mich. Meine Spione meldeten seine Anwesenheit, aber die Information gelangte nicht bis zu mir, weil man ihn zu dieser Zeit noch für harmlos hielt. Angeblich schrieb er an einem Buch, dann stahl er eine Pistole und verschwand.«
»Natürlich ohne eine Adresse zu hinterlassen.«
»Ganz richtig.«
»Ein aalglatter Bursche.«
Ein Kellner nahm ihre Teller fort und erkundigte sich: »Wünschen die Herren eine Scheibe Braten? Wir haben heute Hammel.«
Sie nahmen beide Hammelbraten mit Preißelbeergelee, gebackene Kartoffeln und Spargel.
Thomson fuhr fort: »Er kaufte die Bestandteile seines Nitroglyzerins in vier verschiedenen Läden in Camden Town. Wir haben dort in allen Geschäften Erkundigungen eingezogen.« Er führte einen Bissen Hammelbraten zum Mund.
»Und?« fragte Walden ungeduldig.
»Er hat in der Cork Street neunzehn, in Camden, bei einer Witwe namens Bridget Callahan gewohnt.«
»Aber er ist wieder umgezogen.«
»Jawohl.«
»Verdammt noch mal, Thomson, sehen Sie denn nicht, daß dieser Bursche schlauer ist als Sie?«
Thomson blickte ihn kühl an und sagte nichts.
Walden entschuldigte sich: »Ich bitte um Verzeihung; das war unhöflich von mir, aber dieser Kerl bringt mich völlig durcheinander.«
Thomson fuhr fort: »Mrs. Callahan behauptet, sie habe Felix hinausgeworfen, weil er ihr verdächtig vorgekommen sei.«
»Warum hat sie ihn nicht der Polizei gemeldet?«
Thomson aß seine Scheibe Braten auf und legte Messer und Gabel nieder. »Sie behauptet, keinen triftigen Grund dafür gehabt zu

haben. Das schien mir verdächtig, und deshalb habe ich Erkundigungen über sie eingezogen. Ihr Mann war ein irischer Rebell. Falls sie wußte, was unser Freund Felix vorhatte, könnte sie sehr gut mit ihm sympathisiert haben.«

Walden hörte es nicht gern, daß Thomson Felix »unseren Freund« nannte. Er fragte: »Weiß sie Ihrer Meinung nach, wohin der Mann gezogen ist?«

»Falls sie es weiß, wird sie es nicht sagen. Aber ich kann mir nicht denken, warum er es ihr erzählt haben sollte. Unsere einzige Chance ist, daß er sie eines Tages besucht.«

»Halten Sie das Haus unter Bewachung?«

»Ganz unauffällig. Einer meiner Leute ist bei ihr als Untermieter in das Kellerzimmer gezogen. Übrigens fand er dort einen Glasstab, wie man ihn in chemischen Laboratorien benutzt. Offenbar hat Felix sein Nitroglyzerin im Waschbecken hergestellt.«

Walden verspürte eine Gänsehaut bei dem Gedanken, daß jedermann in London sich ein paar Chemikalien kaufen und diese in einem Waschbecken zu einem hochbrisanten Gebräu zusammenmixen konnte.

Im Anschluß an den Hammelbraten gab es ein pikantes Nachgericht mit Gänseleber. Walden fragte: »Was haben Sie als nächstes vor?«

»Das Bild dieses Felix hängt auf jedem Polizeiposten in London. Falls er sich nicht den ganzen Tag über irgendwo einschließt, muß er früher oder später von einem aufmerksamen Polizisten bemerkt werden. Aber da wir nicht allzulange warten wollen, kämmen meine Leute alle billigen Hotels und Mietshäuser durch und zeigen sein Bild.«

»Und falls er inzwischen sein Aussehen verändert hat?«

»Das dürfte in seinem Fall etwas schwierig sein.«

Thomson wurde vom Kellner unterbrochen. Sie schlugen beide die Schwarzwaldtorte aus und wählten Eis. Walden bestellte eine halbe Flasche Champagner.

Thomson fuhr fort: »Er kann weder seine Größe, noch seinen russischen Akzent verbergen. Und er hat sehr charakteristische Gesichtszüge. Er hatte keine Zeit, sich einen Bart wachsen zu lassen. Gewiß, er mag sich anders kleiden, sich kahl rasiert haben oder eine Perücke tragen. Ich an seiner Stelle würde mir eine Uniform anziehen – als Matrose, Lakai oder Priester herumlaufen. Aber die Polizisten haben Erfahrung in derlei Dingen.«

Nach dem Eis aßen sie Stilton-Käse und süßes Gebäck mit einem Glas Portwein älteren Jahrgangs.

Walden schien das alles viel zu vage. Felix lief frei herum, und solange der Kerl nicht angekettet hinter Schloß und Riegel saß, fühlte er sich bedroht.

Thomson sagte: »Felix gehört zweifellos zu den Killern der Spitzenklasse in der internationalen revolutionären Verschwörung. Er ist äußerst gut informiert und weiß zum Beispiel, daß sich Fürst Orlow zur Zeit in England befindet. Er ist überdies schlau und von gefährlicher Entschlossenheit. Immerhin haben wir Orlow in einem sicheren Versteck untergebracht.«

Walden fragte sich, worauf Thomson hinauswollte.

»Sie dagegen«, fuhr Thomson fort, »laufen immer noch in voller Lebensgröße durch die Straßen Londons.«

»Warum auch nicht?«

»Wenn ich Felix wäre, würde ich mich auf Sie konzentrieren. Ich würde Ihnen folgen, in der Hoffnung, daß Sie mich zu Orlow führten. Oder ich würde Sie entführen und so lange foltern, bis Sie mir sagten, wo er ist.«

Walden senkte den Blick, um seine Angst zu verbergen. »Wie soll er das ganz allein schaffen?«

»Er könnte sich Hilfe besorgen. Ich möchte, daß Sie sich einen Leibwächter nehmen.«

Walden schüttelte den Kopf. »Ich habe meinen Pritchard. Er würde für mich sein Leben riskieren – was er übrigens schon einmal getan hat.«

»Ist er bewaffnet?«

»Nein.«

»Kann er schießen?«

»Sehr gut sogar. Er pflegte mich nach Afrika zu begleiten, als ich noch auf die Großwildjagd ging. Damals hat er sein Leben für mich aufs Spiel gesetzt.«

»Dann lassen Sie ihn eine Pistole tragen.«

»Na schön«, willigte Walden ein. »Ich fahre morgen auf meinen Landsitz. Dort habe ich einen Revolver, den ich ihm geben kann.«

Zum Abschluß der Mahlzeit nahm Walden einen Pfirsich Melba und Thomson eine Birne. Danach gingen sie ins Rauchzimmer, wo ihnen Kaffee und Gebäck serviert wurde. Walden zündete sich eine Zigarre an. »Ich glaube, ich werde zu Fuß nach Hause gehen, um etwas für meine Verdauung zu tun.« Er sagte es betont ruhig, aber seine Stimme klang etwas zu hoch.

»Tun Sie das bitte nicht«, sagte Thomson. »Haben Sie Ihren Wagen hier?«

»Nein.«

»Aus Sicherheitsgründen sollten Sie von jetzt an nur noch in Ihrem eigenen Wagen fahren.«

»Na schön.« Walden seufzte. »Ich werde weniger essen müssen.«

»Für heute nehmen Sie sich eine Droschke. Vielleicht begleite ich Sie.«

»Halten Sie das wirklich für notwendig?«

»Er könnte Ihnen hier vor dem Club auflauern.«

»Woher soll er wissen, welchem Club ich angehöre?«

»Er braucht nur im ›*Who's Who?*‹ nachzusehen.«

»Natürlich.« Walden schüttelte den Kopf. »Man denkt einfach nicht an solche Möglichkeiten.«

Thomson schaute auf seine Uhr. »Ich muß zurück zu Scotland Yard . . . Sind Sie bereit?«

»Aber gewiß.«

Sie verließen den Club. Felix lauerte ihnen draußen nicht auf. Sie nahmen eine Droschke zu Waldens Haus, und dann fuhr Thomson weiter zum Yard. Walden trat ein. Das Haus wirkte leer. Er beschloß, auf sein Zimmer zu gehen. Dort setzte er sich ans Fenster und rauchte seine Zigarre zu Ende.

Er fühlte das Bedürfnis, mit jemandem zu sprechen und schaute auf seine Uhr. Lydia mußte ihr Mittagsschläfchen beendet haben und zog sich jetzt sicher ein Kleid an, um ihren Teebesuch empfangen zu können. Er ging durch die Verbindungstür in ihr Zimmer.

Sie war im Morgenrock und saß vor dem Spiegel. Sie sieht abgespannt aus, stellte er fest. Das kommt von all dem Ärger. Er legte ihr die Hände auf die Schultern, blickte ihr Spiegelbild an und küßte sie auf den Kopf. »Felix Kschessinsky.«

»Was?« Sie schien erschrocken.

»Das ist der Name unseres Mörders. Sagt er dir etwas?«

»Nein.«

»Es war mir, als erinnertest du dich.«

»Ich . . . ich muß ihn irgendwann einmal gehört haben.«

»Basil Thomson hat alles über diesen Kerl herausbekommen. Er ist ein Killer, ein durch und durch böser Mensch. Es ist nicht unmöglich, daß du ihm in St. Petersburg einmal begegnet bist – das würde erklären, warum er dir bekannt vorkam, als er hier vorsprach, und vielleicht erinnerst du dich deshalb an seinen Namen.«

»Ja . . . so muß es sein.«

Walden trat ans Fenster und blickte auf den Park. Um diese Tageszeit machten die Kindermädchen ihren Nachmittagsspaziergang. Die Wege waren voller Kinderwagen und alle Bänke von plaudernden Frauen in unmodernen Kleidern besetzt. Es fiel Walden ein, daß Lydia in St. Petersburg eine Verbindung zu Felix gehabt haben könnte – die sie inzwischen nicht mehr eingestehen mochte. Der Gedanke war beschämend, und er wies ihn von sich. Er sagte: »Thomson meint, Felix könne versuchen, mich zu entführen, nachdem er jetzt weiß, daß wir Alex versteckt haben.«

Lydia erhob sich von ihrem Stuhl und kam auf ihn zu. Sie umarmte ihn und schmiegte den Kopf an seine Brust, sagte aber kein einziges Wort.

Walden streichelte ihr Haar. »Ich darf jetzt nur noch meinen eigenen Wagen benutzen, und Pritchard soll eine Pistole bei sich tragen.«

Sie blickte zu ihm auf, und er sah zu seiner Überraschung, daß ihre grauen Augen voller Tränen waren. Sie sagte: »Warum geschieht das gerade uns? Zuerst gerät Charlotte in eine Straßenschlägerei, und dann wirst du bedroht . . . wir scheinen plötzlich alle in Lebensgefahr zu schweben.«

»Unsinn. Du bist in keiner Weise gefährdet, und Charlotte ist lediglich ein dummes kleines Mädchen. Was mich betrifft – ich bin gut beschützt.« Er fuhr ihr über die Hüften, fühlte die Wärme ihres Körpers durch den dünnen Morgenrock – sie trug kein Korsett. Er wollte sie lieben, hier und jetzt gleich. Sie hatten es noch nie bei Tageslicht getan.

Er küßte ihren Mund. Sie preßte ihren Körper an den seinen, und er spürte, daß auch ihr nach Liebe zumute war. Er konnte sich nicht erinnern, sie je so gesehen zu haben. Er blickte zur Tür, wollte sie verriegeln. Er schaute sie an, und sie nickte ihm fast unmerklich zu. Eine Träne lief ihr über die Nase. Walden ging zur Tür.

Jemand klopfte.

»Verdammt!« sagte Walden leise.

Lydia wandte ihr Gesicht von der Tür ab und wischte sich die Augen mit dem Taschentuch.

Pritchard trat ein. »Ich bitte Eure Lordschaft um Verzeihung. Eine dringliche telefonische Mitteilung von Mr. Basil Thomson. Sie haben den Wohnort des Mannes namens Felix aufgespürt. Falls Sie bei der Verhaftung zugegen sein wollen, wird Mr. Thomson Sie in drei Minuten hier abholen.«

»Holen Sie mir Mantel und Hut«, befahl Walden.

10

Als Felix hinausging, um sich die Morgenzeitung zu holen, schienen überall nur Kinder zu sein. Auf dem Hof tanzte eine Gruppe kleiner Mädchen einen Reigen und sang dazu. Die Knaben spielten Cricket, hatten mit Kreide ein Tor an die Wand gemalt und benutzten ein altes, fauliges Brett als Schläger. Auf der Straße schoben ältere Jungen Handkarren. Er kaufte seine Zeitung bei einem halbwüchsigen Mädchen. Als er zurück auf sein Zimmer gehen wollte, kletterte vor ihm ein nacktes Kleinkind, ein Mädchen, die Treppe hinauf und versperrte ihm den Weg. Plötzlich erhob es sich unbeholfen und taumelte zurück. Felix fing es auf und setzte es behutsam auf den Treppenabsatz. In diesem Augenblick trat aus einer offenstehenden Tür die Mutter, eine bleiche junge Frau mit fettigem Haar, die bereits wieder hochschwanger war. Sie hob das Baby auf und warf Felix einen argwöhnischen Blick zu, ehe sie in ihrem Zimmer verschwand.

Jedesmal, wenn er sich überlegte, wie er Charlotte dazu bringen könnte, ihm Orlows Aufenthaltsort zu verraten, war ihm, als renne er gegen eine Mauer an. Sollte er sich die Information erschleichen, sie zum Reden bringen, ohne daß sie wußte, was sie tat? Oder sollte er ihr eine Lügengeschichte erzählen, wie er es mit Lydia getan

hatte? Oder ihr vielleicht geradeheraus sagen, daß er Orlow töten wolle? Immer wieder empfand er starke Hemmungen, solche Überlegungen zu Ende zu denken.
Wenn er bedachte, was auf dem Spiel stand, fand er seine Skrupel allerdings lächerlich. Hatte er nicht die Chance, Millionen Menschenleben zu retten und möglicherweise sogar eine russische Revolution zum Ausbruch zu bringen? Was bedeutete es schon dagegen, ein Mädchen der herrschenden Klasse anzulügen: Er wollte ihr ja nichts zuleide tun – wollte sie nur benutzen, ihr Vertrauen mißbrauchen, das Vertrauen seiner eigenen Tochter, die er eben erst kennengelernt hatte ...
Um sich abzulenken, begann er, mit dem selbstgebastelten Dynamit eine primitive Bombe anzufertigen. Er stopfte die mit Nitroglyzerin durchtränkten Lumpen in eine alte Porzellanvase, die einen Sprung hatte. Jetzt kam es nur noch auf den Zünder an. Ein brennendes Stück Papier allein würde vielleicht nicht ausreichen. Er holte Streichhölzer und steckte etwa ein halbes Dutzend von ihnen so zwischen den Stoff, daß nur noch ihre hellroten Köpfe zu sehen waren. Es war schwierig, die Hölzchen aufrecht zu stellen, denn seine Hände bebten. Meine Hände zittern doch sonst nie, dachte er. Was ist bloß mit mir los? Er rollte ein Stück Zeitungspapier zu einem Fidibus zusammen und steckte ein Ende zwischen die Streichholzköpfe, die er dann mit einem Faden zusammenband. Selbst das Verknoten bereitete ihm große Schwierigkeiten.
Er las die internationalen Nachrichten in der *Times*, kämpfte sich verbissen durch die verschrobenen englischen Sätze. Er war mehr oder weniger sicher, daß es zu einem Krieg kommen würde, aber mehr oder weniger sicher zu sein, genügte jetzt nicht mehr. Er wäre glücklich gewesen, einen nutzlosen Müßiggänger wie Orlow umzubringen, selbst wenn er später hätte feststellen müssen, daß er seinen Zweck verfehlt hatte. Aber konnte er seine Beziehung zu Charlotte für nichts und wieder nichts zerstören?
Beziehung? Was für eine Beziehung?
Beim Lesen der *Times* bekam er Kopfschmerzen. Die Schrift war zu klein und sein Zimmer dunkel. Außerdem war diese Zeitung ekelhaft konservativ. Er hätte das Redaktionsgebäude am liebsten in die Luft gesprengt.

Er sehnte sich danach, Charlotte wiederzusehen.
Plötzlich hörte er draußen auf dem Treppenabsatz schleppende Schritte, und dann klopfte es an der Tür.
»Herein«, rief er unachtsam.
Der Hauswart trat hüstelnd ein. »Guten Morgen.«
»Guten Morgen, Mr. Price.« Was will der blöde Alte schon wieder?
»Was ist denn das?« fragte Price und wies auf die Bombe.
»Eine selbstgemachte Kerze«, sagte Felix. »Sie brennt Monate. Was wollen Sie?«
»Ich wollte Sie fragen, ob Sie vielleicht ein paar Laken brauchen. Ich kann Ihnen welche zu einem sehr billigen Preis besorgen . . .«
»Nein, danke«, sagte Felix. »Auf Wiedersehen.«
»Na, dann auf Wiedersehen.« Price ging hinaus.
Ich hätte die Bombe verstecken sollen, warf Felix sich vor.

»Ja, er ist auf seinem Zimmer«, sagte Price zu Basil Thomson.
Walden fühlte eine unangenehme Leere in seinem Magen.
Er befand sich auf dem Rücksitz eines Polizeiwagens, der an der Ecke der Canada Buildings parkte, ein paar Meter von dem Haus entfernt, in dem Felix sich aufhielt. Ein Inspektor der Sonderabteilung und ein uniformierter Polizeioffizier vom Revier in Southwark saßen neben ihm.
Wenn sie Felix jetzt schnappen, ist Alex endlich in Sicherheit, dachte Walden. Dann können wir alle aufatmen.
Thomson erzählte: »Mr. Price kam aufs Polizeirevier und meldete, daß er ein Zimmer an einen verdächtig aussehenden Mann mit ausländischem Akzent vermietet habe, der über sehr wenig Geld verfüge und sich einen Bart wachsen lasse, so als wolle er sein Aussehen verändern. Er hat Felix auf unserer Zeichnung sofort erkannt. Gut gemacht, Price.«
»Danke, Sir.«
Der uniformierte Polizeioffizier entfaltete eine große Straßenkarte. Er war entsetzlich langsam und pedantisch. „Der Wohnblock Canada Buildings besteht aus drei fünfstöckigen Mietshäusern, die um einen Hof gruppiert sind. Jedes Gebäude hat drei Treppenaufgänge. Wenn Sie sich in den Hofeingang stellen, liegt das Toronto-Haus zu Ihrer Rechten. Felix ist im obersten Geschoß der mittleren

Treppe. Hinter dem Toronto-Haus befindet sich der Hof eines Baumaterialienhändlers.«
Walden hatte Mühe, seine Ungeduld zu verbergen.
»Zu Ihrer Linken liegt das Vancouver-Haus, und hinter dem Vancouver-Haus ist eine Straße. Das dritte Gebäude, das direkt vor Ihnen liegt, wenn Sie im Hofeingang stehen, ist das Montreal-Haus, dessen Hinterfront auf die Eisenbahnlinie hinausgeht.«
Thomson tippte mit dem Finger auf die Karte.
»Und was ist das dort, mitten im Hof?«
»Das Klosett«, antwortete der Hauswart. »Und zwar ein scheußlich stinkendes, da es von sehr vielen Leuten benutzt wird.«
Walden rutschte nervös auf dem Sitz herum.
Thomson sagte: »Mir scheint, daß Felix den Hof auf drei Wegen verlassen kann. Zunächst einmal durch den Eingang, den wir natürlich versperren werden. Zweitens am gegenüberliegenden Ende des Hofes links durch den Gang zwischen dem Vancouver-Haus und dem Montreal-Haus, der in die nächste Straße führt. Stellen Sie drei Mann in dem Durchgang auf, Lieutenant.«
»Sehr wohl, Sir.«
»Drittens durch den Gang zwischen dem Montreal-Haus und dem Toronto-Haus. Dieser Durchgang führt auf den Hof des Baumaterialienhändlers. Stellen Sie auch dort drei Mann auf.«
Der Lieutenant nickte.
»Nun noch eine Frage. Haben diese Häuser Fenster nach hinten?«
»Jawohl, Sir.«
»Dann bleibt Felix noch ein vierter Fluchtweg: Aus einem der Hinterfenster des Toronto-Hauses und dann über den Hof des Bauunternehmers. Stellen Sie dort lieber gleich sechs Mann auf. Und schließlich postieren wir uns noch mit einem starken Aufgebot in der Mitte des Hofes. Das veranlaßt ihn vielleicht, ohne Schießerei herauszukommen. Sind Sie einverstanden, Lieutenant?«
»Voll und ganz, würde ich sagen, Sir.«
Er hat ja keine Ahnung, mit was für einem Mann wir es zu tun haben, dachte Walden.
Thomson fuhr fort: »Sie und Inspektor Sutton können dann die Verhaftung vornehmen. Haben Sie Ihre Waffe, Sutton?«
Sutton öffnete seine Jacke und zeigte einen kleinen Revolver, den er

im Schulterhalfter trug. Walden war überrascht, denn er hatte immer geglaubt, britische Polizisten trügen nie eine Waffe. Offenbar war es bei der Sonderabteilung anders, und das freute ihn.
Thomson sagte zu Sutton: »Ich rate Ihnen, mit gezogener Pistole an seine Tür zu klopfen.« Er wandte sich an den uniformierten Polizeibeamten. »Nehmen Sie meine Pistole.«
Der Lieutenant machte ein leicht beleidigtes Gesicht. »Ich bin nun schon seit fünfundzwanzig Jahren bei der Polizei und habe nie eine Waffe benutzt, Sir. Falls es Ihnen nichts ausmacht, lassen wir es dabei.«
»Bei dem Versuch, diesen Mann zu verhaften, haben bereits einige Kollegen ihr Leben lassen müssen.«
»Ich habe aber leider nie gelernt, mit einer Waffe umzugehen, Sir.«
Das fehlte noch, dachte Walden verzweifelt. Wie sollen diese Leute mit einem Mann wie Felix fertig werden?
Thomson sagte: »Lord Walden und ich werden im Hofeingang sein.«
»Aber zunächst bleiben Sie im Wagen, Sir?«
»Jawohl, zunächst bleiben wir im Wagen.«
Walden rieb sich ungeduldig das Kinn.
»Gehen wir«, sagte Thomson.

Felix verspürte Hunger. Er hatte seit vierundzwanzig Stunden nichts gegessen. Was sollte er tun? Mit seinem Stoppelkinn und seiner Arbeiterkleidung würde er bei den Ladenbesitzern Argwohn erregen. Es würde also nicht mehr so leicht sein, etwas zu stehlen. Doch gerade dieser Gedanke amüsierte ihn. Stehlen ist doch nicht schwer, dachte er. Ich kann zum Beispiel in ein beliebiges Vorstadthaus gehen – in dem vielleicht ein bis zwei Dienstboten beschäftigt sind – und den Lieferanteneingang benutzen. In der Küche wird ein Dienstmädchen sein, oder vielleicht eine Köchin. Ich bin ein Wahnsinniger, werde ich lächelnd sagen, aber wenn Sie mir ein Sandwich machen, werde ich Sie nicht vergewaltigen. Ich werde in der Tür stehen, um ihr den Fluchtweg abzuschneiden. Vielleicht wird sie schreien, dann verziehe ich mich einfach und versuche es noch einmal in einem anderen Haus. Aber höchstwahrscheinlich wird sie mir etwas zu essen geben. Vielen Dank, werde ich sagen, Sie sind

sehr liebenswürdig. Und dann gehe ich wieder. So einfach ist das.
Mit dem Geld war es allerdings weniger einfach. Felix überlegte: Dieser Hauswart muß ein Optimist sein, falls er sich einbildet, daß ich mir ein Paar Bettlaken leisten kann. Er muß doch gemerkt haben, daß ich kein Geld habe . . .
Er hat es bestimmt gemerkt.
Bei näherer Überlegung schien es ihm ziemlich verdächtig, daß Price auf sein Zimmer gekommen war. War er wirklich wegen der Bettlaken erschienen? Oder wollte er sich nur überzeugen, daß ich zu Hause war? Meine Reaktionen scheinen nachzulassen. Felix stand auf und trat ans Fenster.
Großer Gott!
Der Hof war voller blauuniformierter Polizisten.
Felix starrte entsetzt auf sie hinab.
Wohin? Wohin nur?
Sie hatten alle Hofausgänge blockiert.
Da fielen Felix die Hinterfenster ein.
Er stürmte aus seinem Zimmer, lief über den Treppenflur zur Rückseite des Gebäudes. Er fand ein Fenster, von dem aus er auf den Hof des Baumaterialienhändlers blicken konnte. Aber auch dort bezogen bereits fünf oder sechs Polizisten zwischen Ziegel- und Bretterhaufen Stellung. Dieser Fluchtweg war also ebenfalls versperrt.
Blieb noch das Dach.
Er rannte in sein Zimmer zurück und blickte hinaus. Die Polizisten verhielten sich still, außer zweien – einer in Uniform und einer in Zivil –, die gerade über den Hof schritten, direkt auf sein Treppenhaus zu.
Er nahm seine Bombe und die Streichholzschachtel und rannte zum nächsten Treppenabsatz hinunter. Eine kleine Tür mit einer Klinke führte in eine Art Schrank unter den Stufen. Felix öffnete sie und stellte die Bombe hinein. Dann entzündete er die Papierlunte, verschloß die Tür wieder und drehte sich um. Es blieb ihm noch genug Zeit, die Treppe hinaufzulaufen, bevor die Lunte heruntergebrannt war.
Das kleine Mädchen krabbelte die Stufen hinauf.
Scheiße!

Er nahm es auf, stürmte mit ihm in das Zimmer der Mutter, die auf einem schmutzigen Bett saß und mit leerem Blick an die Wand starrte. Felix setzte ihr das Kind auf den Schoß und schrie ihr zu: »Bleiben Sie hier! Bewegen Sie sich nicht!« Die Frau war zu Tode erschrocken.
Er rannte hinaus. Die beiden Männer waren eine Etage unter ihm. Felix stürmte die Treppe hinauf.
Explodiere noch nicht, bitte, explodiere noch nicht!
Sie hörten ihn, und einer rief ihm zu: »He, Sie da oben!« Sie begannen zu rennen.
Felix stürzte in sein Zimmer, nahm den einzigen Stuhl heraus und stellte ihn direkt unter die Falltür im Treppenhaus, die zum Dachboden führte.
Die Bombe war noch nicht explodiert.
Vielleicht würde sie überhaupt nicht losgehen.
Felix stand auf dem Stuhl.
Die beiden Männer erschienen auf dem Treppenabsatz.
Felix stieß die Falltür auf.
Der uniformierte Polizist schrie: »Sie sind verhaftet!«
Der Mann in Zivil hob eine Pistole, richtete sie auf Felix.
Die Bombe ging los.
Es gab einen lauten, dumpfen Knall, wie wenn jemand einen sehr schweren Gegenstand fallen läßt. Die Treppe stürzte zusammen, Holzsplitter flogen in alle Richtungen, die beiden Männer prallten an die Wand, die Trümmer standen in Flammen, und Felix hievte sich auf das Dach.
»Verdammt, eine Bombe!« schrie Thomson.

Walden dachte: Es ist schon wieder einmal schiefgegangen.
Eine Fensterscheibe im dritten Stock zerbarst krachend, und die Scherben flogen auf den Hof.
Walden und Thomson sprangen aus dem Wagen, rannten auf das Gebäude zu.
Thomson rief zwei in der Nähe stehende Polizisten zu sich. »Sie beide kommen mit mir ins Haus.« Dann, zu Walden gewandt: »Sie bleiben hier.« Und schon stürmten sie durch die Tür.
Walden ging über den Hof zurück, blickte hinauf zu den Fenstern des Toronto-Hauses.

Wo ist Felix?
Er hörte einen Polizisten sagen: »Der ist bestimmt nach hinten raus verduftet, das sage ich dir.«
Vier oder fünf Dachziegel zerschellten auf dem Hof. Walden nahm an, sie hätten sich durch die Explosion gelöst.
Er blickte sich immer wieder um, hatte das Gefühl, Felix würde plötzlich wie aus dem Nichts hinter ihm auftauchen.
Die Bewohner der Mietshäuser erschienen an ihren Türen und Fenstern, um zu sehen, was los war, und allmählich füllte sich der Hof mit Menschen. Einige Polizisten bemühten sich vergeblich, sie zurückzudrängen. Eine Frau aus dem Toronto-Haus stürzte heran und schrie: »Feuer!«
Wo ist Felix?
Thomson und ein Polizist kamen heraus. Sie trugen Sutton. War er bewußtlos – oder tot? Walden schaute genauer hin. Nein, er war nicht tot, er hielt noch seine Pistole in der Hand.
Weitere Dachziegel stürzten in den Hof.
Der Polizist, der Thomson begleitete, sagte: »Da drin geht alles drunter und drüber. Verdammte Schweinerei!«
Walden fragte: »Haben Sie gesehen, wo Felix ist?«
»Konnte überhaupt nichts sehen.«
Thomson und der Polizist gingen wieder ins Haus zurück.
Wieder polterten Dachziegel herab . . .
Walden kam plötzlich ein Gedanke. Er blickte nach oben.
Er sah ein Loch im Dach und Felix, der gerade hindurchkroch.
»Da ist er!« brüllte Walden.
Alle sahen hilflos zu, wie Felix auf das Dach stieg und langsam hinaufkletterte.
Wenn ich eine Waffe hätte . . .
Walden beugte sich über den bewußtlosen Sutton und nahm ihm die Pistole aus der Hand.
Felix kniete auf dem Dachfirst. Ich wünschte, es wäre ein Gewehr, dachte Walden, als er die Waffe hob und zielte. Felix sah ihn an. Ihre Blicke trafen sich.
Felix bewegte sich.
Ein Schuß knallte.
Er fühlte nichts und begann zu rennen.

Es war wie auf einem Drahtseil. Er mußte die Arme seitlich ausstrecken, um sich im Gleichgewicht zu halten, er mußte die Füße vorsichtig auf den engen Grat setzen und versuchen, den Gedanken an einen Sturz in den Hof, der zwanzig Meter unter ihm lag, zu verdrängen.
Ein weiterer Schuß.
Felix geriet in Panik.
Er rannte so schnell er konnte. Das Ende des Daches war greifbar nahe. Er sah bereits das Dach des Montreal-Hauses vor sich, hatte jedoch keine Ahnung, wie weit der Zwischenraum zwischen den beiden Gebäuden war. Er zögerte, verlangsamte das Tempo, dann schoß Walden wieder.
Felix raste dem Ende des Firstes zu.
Er sprang.
Er flog durch die Luft, hörte wie aus weiter Ferne den Schrei seiner eigenen Stimme.
Im Bruchteil einer Sekunde sah er drei Polizisten im Durchgang zwischen den beiden Häusern, zwanzig Meter unter sich, die mit offenem Mund zu ihm hinaufstarrten.
Dann landete er hart auf dem Dach des Montreal-Hauses, mit schmerzenden Händen und Knien.
Der Aufprall nahm ihm den Atem. Er rutschte rücklings das Dach hinunter. Seine Füße stießen an die Regenrinne, die unter dem Gewicht nachzugeben schien, und er sah sich bereits stürzen und endlos fallen – aber die Rinne hielt, und er rutschte nicht mehr.
Er hatte Angst.
Etwas in ihm protestierte: Aber ich habe doch nie Angst!
Er kletterte bis zum First empor und ließ sich dann langsam auf der anderen Seite hinuntergleiten.
Der hintere Teil des Montreal-Hauses grenzte an die Eisenbahnlinie. Auf den Gleisanlagen waren keine Polizisten zu sehen. Damit haben sie nicht gerechnet, stellte Felix erleichtert fest. Sie glaubten, mich im Hof in der Falle zu haben, und es ist ihnen nicht eingefallen, daß ich über die Dächer fliehen könnte.
Jetzt muß ich nur noch irgendwie hier herunterkommen.
Er blickte über die Rinne auf die Mauer des Gebäudes unter sich. Es gab keine Abflußrohre, denn die Rinnen leerten sich durch wasser-

speierartige Ausgüsse an den Ecken des Dachs. Aber die Fenster des obersten Stocks waren nahe und hatten breite Simse.

Felix griff mit der Rechten die Regenrinne und rüttelte an ihr, um ihre Stärke zu erproben.

Seit wann macht es dir etwas aus, ob du lebst oder stirbst?

Du weißt genau, seit wann.

Er kroch über ein Fenster, packte die Rinne mit beiden Händen und ließ sich langsam vom Dach gleiten.

Einen Augenblick lang hing er frei in der Luft.

Dann fanden seine Füße den Fenstersims. Er löste die rechte Hand von der Rinne, tastete an der Mauer entlang, suchte nach einem Griff. Seine Finger fanden einen Hohlraum. Nun konnte er die Dachrinne vollends loslassen.

Er blickte durch die Scheibe. Drinnen saß ein Mann, der bei seinem Anblick erschrocken aufschrie.

Felix trat das Fenster ein und ließ sich ins Zimmer fallen. Er stieß den entsetzten Bewohner beiseite und rannte auf die Tür zu.

Auf der Treppe nahm er vier Stufen auf einmal. Falls er ins Erdgeschoß gelangte, konnte er durch das Hinterfenster die Bahnlinie erreichen.

Auf dem letzten Treppenabsatz blieb er stehen, atmete keuchend. Eine blaue Uniform erschien an der Eingangstür. Felix wirbelte herum und lief auf den hinteren Teil des Flurs zu. Er hob das Fenster an. Es klemmte. Er gab ihm einen kräftigen Stoß, so daß es aufflog. Er hörte Stiefelschritte auf den Treppenstufen. Hastig kletterte er über den Sims, wuchtete sich hinaus, ließ sich einen Augenblick an den Händen hängen und stieß sich dann von der Mauer ab. Er war draußen.

Er landete im hohen Gras des Bahndamms. Zu seiner Rechten sprangen zwei Männer über den Zaun des Baulagers. Links hinter ihm krachte ein Schuß. Ein Polizist erschien im Fenster, aus dem Felix gesprungen war.

Er rannte den Bahndamm hinauf.

Er sah vier oder fünf Schienenstränge. Aus der Ferne kam ein Zug rasch auf ihn zu. Er schien auf dem hintersten Gleis zu fahren. Einen Augenblick verspürte er Feigheit, hatte Angst, die Schienen vor dem Zug zu überqueren . . . dann rannte er los.

Die beiden Polizisten vom Materiallager und der eine vom Montreal-Haus jagten ihn über die Schienen. Von links rief eine Stimme: »Macht die Schußlinie frei!« Die drei Verfolger machten es Walden schwer, einen Schuß zu riskieren.
Felix blickte über die Schulter zurück. Sie waren zurückgeblieben. Ein Schuß knallte. Er duckte sich, rannte im Zickzack. Der Zug machte einen Höllenlärm. Er hörte den Pfiff der Lokomotive. Dann noch einen Schuß. Er drehte sich plötzlich zur Seite, stolperte und fiel auf den letzten Schienenstrang. Ein furchtbarer Donner dröhnte in seinen Ohren. Er sah die Lokomotive direkt auf sich zukommen, zuckte wie in einem Krampf, schnellte hoch, rollte sich über die Schienen auf die andere Seite. Der Zug brauste an seinem Kopf vorbei. Für den Bruchteil einer Sekunde sah er das erschrockene Gesicht des Lokomotivführers.
Er sprang auf und rannte den Bahndamm hinunter.

Walden stand am Zaun und beobachtete den Zug, als Basil Thomson auf ihn zukam.
Die Polizisten auf dem Bahndamm hasteten bis zum letzten Schienenstrang, standen dann hilflos da und mußten warten, bis der Zug vorüber war. Es schien eine Ewigkeit zu dauern.
Als er endlich vorbei war, sahen sie Felix nicht mehr.
»Der Halunke ist uns entwischt«, sagte einer der Polizisten.
Basil Thomson sagte: »Verdammter Mist!«
Walden drehte sich um und ging zum Wagen zurück.

Felix war über eine Mauer geklettert und befand sich nun in einer ärmlichen Straße mit kleinen Reihenhäusern. Aber er war auch mitten im Tor eines improvisierten Fußballplatzes. Eine Gruppe kleiner Jungen mit großen Mützen unterbrach ihr Spiel; die Burschen starrten ihn verblüfft an. Er rannte weiter.
In wenigen Minuten mußte die Polizei über den Bahndamm sein. Sie würden nach ihm suchen, aber sie kamen zu spät. Bis sie ihre Suchaktion starteten, konnte er bereits eine halbe Meile vom Bahndamm entfernt sein.
Er rannte weiter, bis er in eine Geschäftsstraße gelangte. Dort sprang er in einen Omnibus.

Die Flucht war ihm gelungen, aber er war sehr besorgt. Ähnliches war ihm zwar schon einige Male in seinem Leben passiert, aber bisher hatte er nie Angst gehabt, war nie in Panik geraten. Er erinnerte sich, was er gedacht hatte, als er das Dach herunterrutschte: Ich will nicht sterben.
In Sibirien hatte er die Fähigkeit, Furcht zu empfinden, verloren. Jetzt hatte er sie wieder. Zum erstenmal seit Jahren hatte er den Wunsch, am Leben zu bleiben. Ich bin wieder Mensch geworden, sagte er sich.
Er schaute aus dem Fenster, sah die schmutzigen Straßen des südöstlichen London und fragte sich, ob die zerlumpten Kinder und die bleichgesichtigen Frauen ihm wohl ansahen, daß er sich wie ein neugeborener Mensch fühlte.
Eigentlich war es eine Katastrophe. Er war jetzt weicher und zögerlicher. Der Veränderung, die in ihm vorgegangen war, verdarb seinen Stil und behinderte ihn in seiner Tätigkeit.
Ich habe Angst, stellte er fest.
Ich will leben.
Ich will Charlotte wiedersehen.

11

Der Lärm der ersten Straßenbahn weckte Felix. Er öffnete die Augen, sah sie vorbeifahren, sah die hellblauen Funken auf dem Leitungsdraht aufsprühen. Verschlafen aussehende Männer in Arbeitskleidung saßen an den Fenstern, rauchten und gähnten. Sie waren auf dem Weg zur Arbeit, wie auch die Straßenfeger, Marktträger und Straßenarbeiter.
Die tiefstehende Sonne war grell, aber Felix lag im Schatten der Waterloo Bridge. Er hatte den Kopf an die Wand gestützt und sich mit Zeitungspapier zugedeckt. Links von ihm lag eine stinkende alte Frau mit dem roten Gesicht einer Trinkerin. Sie sah dick und fett aus, aber Felix bemerkte zwischen dem Saum ihres Kleides und dem Oberteil ihrer Männerstiefel ein paar Zentimeter schmutziger, stockdürrer weißer Beine und schloß daraus, daß ihre scheinbare Leibesfülle von den zahlreichen Kleidern herrührte, die sie übereinander trug. Felix mochte sie: In der letzten Nacht hatte sie ihm zum

großen Vergnügen der übrigen Straßenpenner die saftigsten englischen Ausdrücke für verschiedene Körperteile beigebracht. Felix hatte die Worte wiederholt, und alle hatten johlend darüber gelacht. Rechts von ihm lag ein rothaariger Junge aus Schottland. Für ihn war das Schlafen im Freien ein Abenteuer. Er war zäh und drahtig, fröhlich und nett. Jetzt, da Felix sein schlafendes Gesicht sah, bemerkte er, daß er noch keinen Bartwuchs hatte. Er war eigentlich noch ein Kind. Was wird er tun, wenn der Winter kommt?

Sie waren etwa dreißig in einer langen Reihe auf dem Pflaster, alle mit dem Kopf an der Wand und den Füßen in Richtung Straße, zugedeckt mit Mänteln, Säcken oder Zeitungen. Felix war der erste, der sich rührte; er fragte sich, ob vielleicht einer von ihnen während der Nacht gestorben war.

Er stand auf. Die Glieder schmerzten nach der Nacht auf dem kalten Pflaster. Er trat in die Sonne hinaus. Heute sollte er sich mit Charlotte treffen. Zweifellos stank er und sah wie ein Landstreicher aus. Er überlegte, ob er sich in der Themse waschen sollte, aber der Fluß sah noch schmutziger aus als er selbst. So machte er sich auf die Suche nach einer städtischen Badeanstalt.

Er fand eine am südlichen Flußufer. Ein Plakat an der Tür gab bekannt, daß sie erst um neun Uhr öffnete. Wieder einmal typisch für eine sozialdemokratische Regierung, stellte Felix fest. Man baut eine Badeanstalt, damit die Arbeiter sich waschen können, und dann öffnet man sie erst, wenn alle bereits bei der Arbeit sind. Und dann beschwert man sich wahrscheinlich noch darüber, daß die armen Leute die von der Stadt so großzügig zur Verfügung gestellten Einrichtungen so wenig zu schätzen wissen.

Er entdeckte einen Imbiß in der Nähe des Waterloo-Bahnhofs und frühstückte. Die Sandwiches mit Spiegelei brachten ihn in große Versuchung, aber er konnte sie sich nicht leisten. Er nahm nur Brot und Tee und sparte das restliche Kleingeld für eine Zeitung.

Er fühlte sich besudelt nach dieser Nacht mit den Straßenpennern, und das war seltsam, denn in Sibirien war er schon froh gewesen, wenn er in einem warmen Schweinestall schlafen konnte. Andererseits durfte er sich nicht wundern, daß er jetzt anders empfand, denn er war im Begriff, sich mit seiner Tochter zu treffen, und sie würde frisch und sauber sein, nach Parfüm duften, ein seidenes Kleid,

Handschuhe und einen Hut tragen und vielleicht sogar einen Sonnenschirm, um ihren feinen Teint zu schützen.
Er ging in den Bahnhof und kaufte die *Times*, dann setzte er sich auf eine Steinbank vor der Badeanstalt und las, während er auf die Öffnungsstunde wartete.
Die Schlagzeilen trafen ihn wie ein Schock.

> ÖSTERREICHISCHER THRONFOLGER UND GEMAHLIN IN BOSNIEN ERSCHOSSEN – POLITISCHES VERBRECHEN EINES STUDENTEN – ZUVOR BEREITS MISSGLÜCKTER BOMBENANSCHLAG – DER KAISER IN TRAUER.

Der österreichisch-ungarische Thronfolger Erzherzog Franz Ferdinand und seine Gemahlin, die Herzogin von Hohenberg, wurden gestern früh in Sarejewo, der Hauptstadt Bosniens, ermordet. Der Täter, ein Student der Sekundarschule, gab mehrere tödliche Schüsse auf seine Opfer ab, die gerade von einem Empfang im Rathaus zurückkehrten. Er benutzte eine automatische Pistole.
Die Mordtat war offenbar die Frucht einer sorgfältig geplanten Verschwörung. Auf dem Wege zum Rathaus waren der Erzherzog und seine Gemahlin bereits einmal knapp dem Tode entgangen. Ein Mann, den Berichten zufolge ein Drucker aus Trebinje, einer Garnisonstadt im Süden der Herzegowina, hatte mit einer Bombe nach ihrem Motorfahrzeug geworfen. Nur wenige Einzelheiten über dieses erste Attentat wurden bis jetzt bekanntgegeben. Es wird berichtet, daß der Erzherzog die Bombe mit seinem Arm abgewehrt habe, so daß sie hinter dem Wagen explodierte und dabei die Insassen des folgenden Wagens verletzte.
Der Urheber des zweiten Attentats stammt, wie ferner berichtet wird, aus Grahovo in Bosnien. Über seine Rasse und Glaubensangehörigkeit liegen bisher keine Informationen vor. Angeblich gehört er dem serbischen oder orthodoxen Teil der bosnischen Bevölkerung an.
Beide Verbrecher konnten sofort verhaftet werden, und es war schwer, sie vor der Wut der Volksmenge zu retten.
Während sich diese Tragödie in der Hauptstadt Bosniens ereignete, befand sich der greise Kaiser Franz Joseph auf dem Weg von Wien zu seiner Sommerresidenz in Ischl. Er verließ Wien unter dem begeisterten Jubel seiner Untertanen und wurde in Ischl mit noch größerer Begeisterung empfangen.

Felix war verblüfft. Natürlich freute es ihn, daß ein weiterer nutzloser aristokratischer Schmarotzer beseitigt worden war, aber es beschämte ihn, daß ein Student es fertiggebracht hatte, den österreichischen Thronfolger zu ermorden, während er, Felix, sich wiederholt vergeblich bemüht hatte, einen russischen Fürsten zu beseitigen. Was ihn jedoch am meisten beschäftigte, waren die politischen Auswirkungen des Attentats. Die Österreicher würden sich jetzt mit Unterstützung Deutschlands an Serbien rächen. Die Russen würden protestieren. Aber würde Rußland mobil machen? Höchstwahrscheinlich – wenn England den Zaren unterstützte. Russische Mobilmachung bedeutete aber auch deutsche Mobilmachung, und waren die Deutschen einmal dabei, so konnte niemand ihre Generäle mehr daran hindern, den Krieg zu entfesseln.

Felix entzifferte mühsam die verschrobenen Sätze der übrigen Berichte, die sich auf das Attentat bezogen. Da fanden sich Schlagzeilen wie OFFIZIELLER BERICHT ÜBER DAS VERBRECHEN – KAISER VON ÖSTERREICH UND DIE JÜNGSTEN EREIGNISSE – TRAGÖDIE EINER DYNASTIE und AM SCHAUPLATZ DES MORDES *(von unserem Sonderberichterstatter).* Er las eine Menge Unsinn über das Entsetzen und den Kummer überall auf der Welt und stieß wiederholt auf die Behauptung, es bestände keine Ursache zu übertriebenen Befürchtungen; der Mord sei zwar eine Tragödie, werde jedoch keine politischen Veränderungen in Europa herbeiführen. Solche Behauptungen sind typisch für die *Times*, dachte Felix. Ihre Redakteure würden wahrscheinlich auch die vier Reiter der Apokalypse als starke Herrscher bezeichnen, von denen nur Gutes in bezug auf die Stabilität der internationalen Lage zu erwarten sei.

Bisher war von österreichischen Vergeltungsmaßnahmen nicht die Rede, aber daß es dazu kommen würde, stand für Felix fest. Und dann?

Dann würde es Krieg geben.

Rußland hat eigentlich keinen Grund, in den Krieg einzutreten, überlegte Felix voller Wut. Das gleiche traf für England zu. Kriegswütig waren nur Frankreich und Deutschland. Die Franzosen wollten seit 1871 die verlorenen Gebiete Elsaß und Lothringen zurückgewinnen, und die deutschen Generäle waren der Meinung, Deutschland sei nur eine zweitrangige Nation, solange es nicht seine militärische Macht entfalte.

Was kann Rußland daran hindern, in den Krieg einzutreten? Ein Streit mit seinen Verbündeten. Und was kann zu einem Streit zwischen Rußland und England führen? Die Ermordung des Diplomaten Orlow?
Wenn der Mord in Sarajewo einen Krieg entfesseln kann, so soll ein Mord in London einen Krieg verhindern.
Und Charlotte konnte Orlow ausfindig machen.
Wieder einmal grübelte Felix über das Dilemma nach, das ihn seit achtundvierzig Stunden quälte. Hatte der Mord an dem Erzherzog wirklich etwas geändert? Und gab ihm das das Recht, ein junges Mädchen für seine Pläne zu mißbrauchen?
Inzwischen war es fast neun Uhr geworden. Eine kleine Gruppe von Frauen mit Wäschebündeln versammelte sich vor der Tür der Badeanstalt. Felix faltete seine Zeitung zusammen und stand auf.
Er wußte, daß er Charlotte für seinen Plan benutzen würde. Er hatte das Dilemma nicht gelöst, aber eine Entscheidung getroffen. Sein Ziel war nach wie vor, Orlow umzubringen. Und dieses Ziel mußte er erreichen, auch wenn es sein Leben kostete.
Arme Charlotte.
Die Türen öffneten sich, und Felix betrat die Badeanstalt, um sich zu waschen.

Charlotte hatte alles geplant. Wenn die Waldens keine Gäste hatten, aßen sie um ein Uhr zu Mittag. Spätestens um halb drei zog sich Mama in ihr Zimmer zurück, um ihren Nachmittagsschlaf zu halten. Dann konnte Charlotte sich aus dem Haus schleichen, um sich rechtzeitig um drei mit Felix zu treffen. Sie wollte eine Stunde mit ihm verbringen. Um halb fünf konnte sie bereits wieder zu Hause sein, gewaschen und umgezogen, bereit, den Tee einzugießen und mit Mama die Nachmittagsbesucher zu empfangen.
Aber es klappte nicht. Um zwölf Uhr machte Mama ihren ganzen schönen Plan zunichte, indem sie sagte: »Ach, ich hatte ganz vergessen, dir mitzuteilen, daß wir heute bei der Duchess von Middlesex in ihrem Haus am Grosvenor Square zum Mittagessen eingeladen sind.«
»Ach, du meine Güte«, sagte Charlotte. »Ich habe wirklich keine Lust, zu einer Lunchparty zu gehen.«

»Sei doch nicht dumm, es wird dir sehr gefallen.«
Ich habe das Falsche gesagt, stellte Charlotte fest. Ich hätte sagen sollen, ich hätte furchtbare Kopfschmerzen und könne unmöglich gehen. Es war ungeschickt von mir. Ich hätte lügen können, wenn ich es vorher gewußt hätte, aber aus dem Stegreif kann ich es nicht. Sie versuchte es noch einmal. »Es tut mir leid, Mama, aber ich möchte lieber nicht gehen.«
»Du kommst mit und machst mir keine Dummheiten«, sagte Mama. »Ich möchte, daß die Duchess dich kennenlernt – sie kann dir einmal sehr nützlich sein. Und der Marquis von Chalfont wird auch da sein.« Lunchparties beginnen im allgemeinen um halb zwei und dauern bis nach drei. Ich könnte gegen halb vier zu Hause und um vier in der National Gallery sein, überlegte Charlotte. Aber bis dann hat er es bestimmt aufgegeben und ist fortgegangen, und selbst wenn er noch warten sollte, müßte ich ihn fast sofort wieder verlassen, um zum Tee wieder zu Hause zu sein. Sie wollte sich mit ihm über das Attentat unterhalten, hätte gern seine Ansicht darüber gehört. Sie hatte wirklich keine Lust, bei der alten Duchess zu Mittag zu essen und . . .
»Wer ist der Marquis von Chalfont?«
»Das weißt du doch! Freddy. Er ist charmant, findest du nicht auch?«
»Ach, der. Charmant? Das ist mir nicht aufgefallen.« Ich könnte ein Briefchen schreiben, an die Adresse in Camden Town, es auf den Tisch in der Halle legen, damit der Lakai es auf die Post bringt; aber Felix wohnt ja nicht dort, und er würde den Brief bestimmt nicht vor drei Uhr bekommen.
Mama sagte: »Dann schau ihn dir heute genauer an. Ich habe den Eindruck, du hast ihn behext.«
»Wen?«
»Freddy. Charlotte, du solltest wirklich etwas aufmerksamer sein, wenn ein junger Mann sich so für dich interessiert.«
Also deshalb ist sie auf diese Lunchparty so erpicht. »Ach, Mama, sei doch nicht dumm . . .«
»Was ist denn dumm daran?« fragte Mama mit gereizter Stimme.
»Ich habe kaum drei Worte mit ihm gesprochen.«
»Dann ist es eben nicht deine Konversation, die ihn behext hat.«
»Ich bitte dich!«

»Nun gut, ich will dich nicht necken. Geh und zieh dich um. Nimm das cremefarbene Kleid mit dem braunen Spitzenbesatz – es steht dir so gut.«
Charlotte gab nach und ging auf ihr Zimmer. Wahrscheinlich sollte ich mich wegen Freddy geschmeichelt fühlen, sagte sie sich, als sie aus ihrem Kleid schlüpfte. Warum interessieren mich all diese jungen Leute nicht? Vielleicht, weil mich im Augenblick zu viel anderes beschäftigt. Papa hat beim Frühstück gesagt, es werde Krieg geben, weil dieser Erzherzog erschossen worden ist. Aber junge Mädchen sollten sich angeblich für derartige Dinge nicht interessieren. Man erwartet, daß ich meinen ganzen Ehrgeiz daransetze, vor dem Ende meiner ersten Saison verlobt zu sein. Belinda denkt nur daran. Aber nicht alle Mädchen sind wie Belinda – man denke nur an die Frauenrechtlerinnen.
Sie zog sich an und ging hinunter. Sie setzte sich und plauderte unverbindlich mit Mama, die ein Glas Sherry trank. Dann fuhren sie zum Grosvenor Square.
Die Duchess war eine übergewichtige Frau in den Sechzigern. Sie erinnerte Charlotte an eine vermodernde Holzfregatte unter einer Schicht frischer Farbe. Der Lunch war eine richtige Gluckhennenparty. Wenn es ein Theaterstück wäre, überlegte Charlotte, hätten wir einen glutäugigen Dichter, einen diskreten Kabinettsminister, einen kultivierten jüdischen Bankier, einen Kronprinzen und mindestens eine bemerkenswert schöne Frau. Aber hier gab es an Männern, außer Freddy, nur einen Neffen der Duchess und einen konservativen Parlamentsabgeordneten. Alle Frauen wurden als die Gemahlinnen der Herren Soundso vorgestellt. Falls ich mich je verheiraten sollte, beschloß Charlotte, werde ich darauf bestehen, unter meinem eigenen Namen vorgestellt zu werden und nicht als irgendjemandes Frau.
Natürlich fiel es der Duchess schwer, interessante Parties zu geben, weil so viele Leute von ihrem Tisch verbannt waren: Alle Liberalen, alle Juden, alle Geschäftsleute, jeder, der etwas mit der Bühne zu tun hatte, alle Geschiedenen und all die vielen Leute, die irgendwann einmal gegen die Moralvorstellungen der Gastgeberin verstoßen hatten. Was da noch übrig blieb, ergab einen ziemlich langweiligen Freundeskreis.

Das beliebteste Gesprächsthema der Duchess waren jene Erscheinungen, die ihrer Meinung nach das Land zugrunde richteten. Vor allem die Subversion (Lloyd George und Churchill) und die Vulgarität (Diaghilew und die späten Impressionisten), aber auch die hohen Steuern (ein Shilling und drei Pence pro Pfund).
Heute jedoch nahm der Ruin Englands den zweiten Platz nach dem Tod des Erzherzogs ein. Der konservative Abgeordnete erklärte in einer ermüdend langen Rede, warum es keinen Krieg geben werde. Die Frau eines südamerikanischen Gesandten bemerkte in einem kleinmädchenhaften Ton, der Charlotte fast in Raserei versetzte: »Ich verstehe einfach nicht, warum diese Nihilisten immer Bomben werfen und auf Leute schießen wollen.«
Die Duchess hatte eine Antwort darauf; ihr Arzt, so sagte sie, habe ihr erklärt, daß alle Frauenrechtlerinnen an einer nervösen Krankheit litten, die in der medizinischen Wissenschaft als Hysterie bekannt sei, und ihrer Meinung nach litten die Revolutionäre an einer ähnlichen Krankheit, die nur bei Männern auftrete.
Charlotte, die am Vormittag die gesamte *Times* Zeile für Zeile durchgelesen hatte, sagte: »Andererseits wollen die Serben vielleicht einfach nicht mehr von Österreich regiert werden.« Mama warf ihr einen strafenden Blick zu, und alle anderen starrten sie an, als sei sie wahnsinnig geworden. Auf das, was sie gesagt hatte, ging man nicht ein.
Freddy saß neben ihr. Sein rundes Gesicht schien immer leicht zu glänzen. Er sprach mit leiser Stimme zu ihr. »Ich muß schon sagen, Sie führen ja wirklich die schandbarsten Reden.«
»Was war denn so schandbar daran?« fragte Charlotte.
»Nun, ich meine, das klang ja so, als ob Sie Leute guthießen, die auf Erzherzöge schießen.«
»Ich glaube, falls die Österreicher versuchten, England zu erobern, würden auch Sie auf Erzherzöge schießen, oder vielleicht nicht?«
»Sie sind einmalig«, sagte Freddy.
Charlotte wandte sich von ihm ab. Sie hatte das Gefühl, ihre Stimme verloren zu haben, denn niemand schien zu hören, was sie sagte. Darüber war sie sehr verärgert.
Inzwischen kam die Duchess wieder in ihr altes Fahrwasser. »Die niederen Klassen sind arbeitsscheu«, behauptete sie gerade, und

Charlotte dachte: Und du hast in deinem ganzen Leben nicht einen einzigen Tag gearbeitet! Die Duchess fuhr fort: »Heutzutage hat jeder Arbeiter einen Gehilfen, der ihm das Werkzeug trägt. Als ob ein Mann nicht sein Werkzeug selbst tragen könnte.«
Sie ließ sich von einem Lakaien eine Silberschüssel reichen und nahm noch einige gekochte Kartoffeln. Während sie an ihrem dritten Glas süßen Weins nippte, sagte sie, die Arbeiter tränken tagsüber so viel Bier, daß sie am Nachmittag überhaupt nichts mehr leisten könnten. »Heutzutage wollen die Leute sich nur noch verhätscheln und verzärteln lassen«, fuhr sie fort, als drei Lakaien und zwei Dienerinnen den dritten Gang wegräumten und den vierten auftrugen. Die Regierungen hätten schließlich Besseres zu tun, als den Leuten Armenunterstützung, Krankenversicherung und Pensionen zu bezahlen. Die Armut sei eine Ermutigung für die niederen Klassen, fleißig zu sein, und das sei eine Tugend. All das sagte sie am Ende einer Mahlzeit, die ausgereicht hätte, eine zehnköpfige Arbeiterfamilie zwei Wochen lang zu ernähren. »Die Leute müssen lernen, auf sich selbst gestellt zu sein«, fügte sie hinzu, als der Butler ihr vom Stuhl aufhalf und sie in den Salon führte.
Charlotte kochte vor zurückgehaltener Wut. Konnte man den Revolutionären einen Vorwurf machen, wenn sie solche Leute erschossen?
Freddy reichte ihr eine Tasse Kaffee und sagte: »Ist sie nicht ein prächtiges altes Kriegsroß?«
Charlotte antwortete: »Ich finde, sie ist die widerlichste alte Frau, der ich je begegnet bin.«
Freddys rundes Gesicht verzog sich, und er zischte: »Psst!«
Wenigstens kann niemand behaupten, daß ich ihn ermutige, sagte sich Charlotte.
Auf der Kaminuhr schlug es mit klirrendem Geläut drei. Charlotte fühlte sich wie in einem Gefängnis. Felix erwartete sie jetzt auf den Stufen der National Gallery. Sie mußte unbedingt dieses Haus verlassen. Was soll ich hier noch, wo ich doch jetzt mit jemandem zusammensein könnte, der vernünftig redet? dachte sie.
Der konservative Abgeordnete sagte: »Ich muß ins Parlament zurück.« Seine Frau stand auf, um mit ihm fortzugehen. Charlotte nahm die Gelegenheit wahr.

Sie wandte sich an die Frau und sagte mit leiser Stimme: »Ich habe etwas Kopfweh. Darf ich mit Ihnen kommen? Wenn Sie nach Westminster fahren, kommen Sie bestimmt an meinem Haus vorbei.«

»Aber gewiß, Lady Charlotte«, sagte die Frau.

Mama plauderte mit der Duchess. Charlotte unterbrach sie und wiederholte ihre Kopfwehgeschichte. »Mama möchte bestimmt noch ein bißchen bleiben, und Mrs. Shakespeare wird mich mitnehmen. Ich danke Ihnen für das schöne Mittagessen, gnädige Frau.«

Die Duchess nickte königinnenhaft.

Das ist mir ziemlich gut geglückt, stellte Charlotte erleichtert fest, als sie in die Halle und dann die Treppe hinunterging.

Sie gab dem Kutscher der Shakespeares ihre Adresse und fügte hinzu: »Sie brauchen nicht in den Hof zu fahren – halten Sie nur draußen.«

Unterwegs riet ihr Mrs. Shakespeare, einen Löffel Laudanum gegen die Kopfschmerzen zu nehmen.

Der Kutscher tat, wie ihm geheißen, und um drei Uhr zwanzig stand Charlotte auf dem Gehsteig vor ihrem Elternhaus und sah dem abfahrenden Wagen nach. Als er verschwunden war, ging sie zum Trafalgar Square.

Sie kam etwas nach drei Uhr dreißig an und eilte die Treppe zur National Gallery empor. Sie sah Felix nicht. Er ist fortgegangen, dachte sie. Nach all der Mühe, die ich mir gemacht habe. Aber da trat er hinter einer der großen Säulen hervor, und sie war so erfreut, daß sie ihn hätte küssen können.

»Es tut mir furchtbar leid, daß ich Sie so lange habe warten lassen«, sagte sie, als sie ihm die Hand schüttelte. »Ich wurde durch eine schreckliche Lunchparty aufgehalten.«

»Es macht nichts, denn jetzt sind Sie ja da.« Er lächelte, aber er erschien Charlotte seltsam verlegen, wie jemand, der einem Zahnarzt guten Tag sagt, bevor er sich einen Zahn ziehen läßt.

Sie gingen hinein. Charlotte liebte dieses kühle, stille Museum mit seinen Glaskuppeln, Marmorsäulen, grauen Fußböden und beigefarbenen Wänden, und mit all den Gemälden, die Farbe, Schönheit und Leidenschaft ausstrahlten. »Wenigstens haben mir meine Eltern beigebracht, wie man sich Bilder anschaut«, sagte sie.

Er wandte ihr seine dunklen Augen zu. »Es wird Krieg geben.«
Von all den Leuten, die heute von dieser Möglichkeit gesprochen hatten, schienen nur Felix und Papa ernsthaft betroffen zu sein.
»Papa hat das gleiche gesagt. Aber ich verstehe nicht, warum.«
»Frankreich und Deutschland glauben, durch einen Krieg viel gewinnen zu können. Österreich, Rußland und England können mit hineingezogen werden.«
Sie gingen weiter. Felix schien sich nicht für die Gemälde zu interessieren. Charlotte fragte: »Warum sind Sie so besorgt? Werden Sie kämpfen müssen?«
»Dazu bin ich zu alt. Aber ich denke an all die Millionen unschuldiger russischer Jungen, die man von ihren Bauernhöfen holt, und die verkrüppelt oder blind heimkehren werden, falls sie nicht ohnehin ihr Leben lassen müssen. Und zwar für eine Sache, die sie nicht verstehen und die ihnen nichts bedeuten würde, wenn sie sie begriffen.«
In Charlottes Vorstellung war Krieg bisher immer eine Angelegenheit gewesen, bei der Menschen einander töteten. Für Felix dagegen war es der Krieg, der die Menschen tötete. Wie gewöhnlich zeigte er ihr die Dinge in einem neuen Licht. Sie sagte: »So hatte ich es bisher nie gesehen.«
»Der Earl of Walden hat es auch nie auf diese Weise gesehen. Deshalb wird er es auch geschehen lassen.«
»Papa würde es bestimmt nie geschehen lassen, wenn er etwas dagegen tun könnte . . .«
»Da irren Sie sich«, unterbrach sie Felix. »Er trägt sogar dazu bei.«
Charlotte blickte ihn verblüfft an. »Was wollen Sie damit sagen?«
»Nur deshalb ist Fürst Orlow hier.«
Ihre Verblüffung wuchs. »Woher wissen Sie, daß Alex . . .?«
»Darüber weiß ich mehr als Sie. Die Polizei hat Spione bei den Anarchisten, aber die Anarchisten haben auch ihre Spione bei der Polizei. Wir erfahren vieles. Walden und Orlow verhandeln über ein Abkommen, das dazu führen soll, Rußland auf der Seite Englands in den Krieg zu ziehen.«
Charlotte wollte gerade protestieren und sagen, Papa würde nie so etwas tun. Aber dann spürte sie, daß Felix recht hatte. Es erklärte einige Bemerkungen, die Papa und Alex ausgetauscht hatten, als

Alex noch im Hause wohnte, und es erklärte, warum Papa seine Freunde durch seinen Umgang mit einem Liberalen wie Churchill so sehr schockierte.

Sie fragte: »Warum sollte er das tun?«

»Weil es ihm leider gleichgültig ist, wie viele russische Bauern umkommen, solange England Europa beherrscht.«

Ja, natürlich, Papa sieht es bestimmt so, dachte sie. »Es ist schrecklich. Aber warum sagen Sie es nicht den Leuten? Sie müßten sie aufklären – es von den Dächern schreien!«

»Wer würde auf mich hören?«

»Würde man nicht in Rußland auf Sie hören?«

»Ja, aber nur, wenn wir ein dramatisches Mittel fänden, die Menschen darauf aufmerksam zu machen.«

»Zum Beispiel?«

»Indem wir zum Beispiel Fürst Orlow entführen.«

Es klang so unglaublich, daß sie lachte. Doch dann schwieg sie plötzlich. Es fiel ihr ein, daß er vielleicht ein Spiel spielte, etwas vorgab, um seinen Standpunkt klarzumachen. Aber dann sah sie sein Gesicht und wußte, daß er es ernst meinte. Zum erstenmal fragte sie sich, ob er völlig normal sei. »Das ist doch nicht ihr Ernst«, sagte sie ungläubig.

Er lächelte. »Halten Sie mich für verrückt?«

Sie schüttelte den Kopf. »Sie sind der vernünftigste Mensch, der mir je begegnet ist.«

»Dann setzen Sie sich, und ich werde es Ihnen erklären.«

Sie ließ sich von ihm zu einer Bank führen.

»Der Zar mißtraut bereits den Engländern, weil sie politische Flüchtlinge wie mich nach England kommen lassen. Falls einer von uns seinen Lieblingsneffen entführen würde, käme es zu einem Eklat – und dann wäre sich keines der beiden Länder mehr der Unterstützung des andern im Kriegsfalle sicher. Und wenn das russische Volk erführe, was Orlow ihm anzutun versucht hat, würde es zu einer solchen Empörung kommen, daß der Zar nicht mehr in der Lage wäre, sein Volk in den Krieg zu führen. Verstehen Sie das?«

Charlotte beobachtete sein Gesicht, während er sprach. Er war ruhig, vernünftig, nur ein bißchen angespannt. Kein fanatisches

Aufflammen in seinem Blick. Alles, was er sagte, ergab einen Sinn, aber es war wie die Logik eines Märchens – eins führte folgerichtig zum anderen, aber es schien eine Geschichte aus einer anderen Welt zu sein – nicht aus der Welt, in der sie lebte.

»Ich verstehe schon«, sagte sie, »aber Sie können Alex doch nicht entführen. Er ist so ein netter Mensch.«

»Dieser nette Mensch wird eine Million anderer netter Menschen in den Tod führen, wenn man ihn gewähren läßt. Hier geht es um die Wirklichkeit, Charlotte, und nicht um Schlachten mit Göttern und Pferden, wie sie auf diesen Gemälden dargestellt sind. Walden und Orlow verhandeln über einen Krieg – in dem Männer sich gegenseitig mit Schwertern die Bäuche aufschlitzen, jungen Burschen von Kanonenkugeln die Beine weggerissen werden, Menschen auf schlammigen Feldern verbluten und vor Schmerzen schreien, ohne daß ihnen jemand hilft. Das ist es, was Walden und Orlow zu planen versuchen. Die Hälfte allen Elends auf der Welt wird von jungen Männern wie Orlow verschuldet, die sich einbilden, sie hätten das Recht, Kriege zwischen den Völkern zu organisieren.«

Plötzlich kam ihr ein erschreckender Gedanke. »Sie haben schon einmal versucht, ihn zu entführen.«

Er nickte. «Im Park. Sie waren im Wagen. Es ist leider mißglückt.«

«Oh, mein Gott!« Sie fühlte sich elend und niedergeschlagen.

Er nahm ihre Hand. »Sie wissen doch, daß ich recht habe?«

Und es schien ihr wirklich, daß er recht hatte. Seine Welt war die wirkliche Welt, und sie, Charlotte, war es, die in einem Märchen lebte. Im Märchenland werden die Debütantinnen im weißen Kleid dem König und der Königin vorgestellt, und der Fürst zieht in den Krieg, und der Graf ist gütig zu seiner Dienerschaft, die ihn verehrt, und die Duchess ist eine würdige alte Dame, und etwas wie den Geschlechtsverkehr gibt es überhaupt nicht. Aber in der wirklichen Welt wurde Annies Baby tot geboren, weil Mama Annie ohne Zeugnis wegschickte, und eine dreizehnjährige Mutter wurde zum Tode verurteilt, weil sie ihr Baby erfrieren ließ. Da mußten viele Leute auf der Straße schlafen, weil sie kein Dach über dem Kopf hatten, und es gab Zöglingsheime und eine Duchess, die eine bösartige alte Vettel war, und einen grinsenden Mann im Tweedanzug, der einem jungen Mädchen vor dem Buckingham Palast in die Magengrube schlug.

»Ich weiß, daß Sie recht haben«, sagte sie zu Felix.
»Das ist sehr wichtig«, erwiderte er. »Sie haben nämlich den Schlüssel zu allem in der Hand.«
»Ich? O nein!«
»Ich brauche Ihre Hilfe.«
»Nein, bitte sagen Sie das nicht!«
»Sie müssen verstehen . . . ich kann Orlow nicht finden.«
Das ist unfair von ihm, dachte sie. Sie fühlte sich in die Falle gelockt. Sie wollte Felix helfen, sah ein, wie wichtig es war, aber Alex war ihr Vetter, und er war als Gast in ihrem Haus gewesen – wie konnte sie ihn verraten?
»Werden Sie mir helfen?« fragte Felix.
»Ich weiß nicht, wo Alex ist«, antwortete sie ausweichend.
»Aber Sie könnten es herausfinden.«
»Ich weiß.«
»Werden Sie es tun?«
Sie seufzte. »Ich weiß nicht.«
»Charlotte, Sie müssen es tun.«
»Ich *muß* überhaupt nichts!« entgegnete sie aufgebracht. »Jeder sagt mir, was ich tun muß – und ich hatte geglaubt, Sie hätten etwas mehr Achtung vor mir.«
Er blickte beschämt zu Boden. »Ich wünschte, ich brauchte Sie nicht darum zu bitten.«
Sie drückte seine Hand. »Ich werde es mir überlegen.«
Er öffnete den Mund, wollte etwas einwenden, aber sie legte ihm die Finger auf die Lippen, hieß ihn schweigen. »Sie werden sich damit zufriedengeben müssen«, sagte sie.

Um sieben Uhr dreißig fuhr Walden im Lanchester fort. Er trug einen Abendanzug und einen seidenen Zylinder. Er benutzte jetzt nur noch das Auto, weil es im Notfall rascher und wendiger als eine Kutsche war. Pritchard saß am Steuer, trug einen Revolver im Halfter unter der Jacke. Das zivilisierte Leben schien plötzlich ein Ende genommen zu haben. Sie fuhren zum hinteren Eingang des Hauses Nummer zehn, Downing Street. Das Kabinett war am Nachmittag einberufen worden, um über die zwischen Walden und Alex ausgearbeitete Abmachung zu diskutieren. Jetzt sollte Walden erfahren, ob sein Projekt Zustimmung gefunden hatte oder nicht.

Er wurde in das kleine Speisezimmer geführt. Churchill und Asquith, der Premierminister, waren bereits da. Sie standen an der Anrichte und tranken Sherry. Walden schüttelte Asquith die Hand.
»Wie geht es Ihnen, Herr Premierminister?«
»Nett, daß Sie gekommen sind, Lord Walden.«
Asquith hatte silbergraues Haar und ein glattrasiertes Gesicht. Die Fältchen um seine Augen zeugten von Humor, aber sein Mund wirkte schmal, dünnlippig und unnachgiebig, und er hatte ein breites, kantiges Kinn. Walden entdeckte in seiner Stimme eine Spur des Akzentes von Yorkshire, der die City of London School und das Balliol College in Oxford überlebt hatte. Asquith hatte einen ungewöhnlich großen Kopf, der angeblich ein Gehirn von maschinenhafter Präzision enthielt, aber Walden fand, daß Premierministern wohl immer mehr Gehirn zugeschrieben wurde, als sie in Wirklichkeit besaßen.
Asquith sagte: »Leider hat das Kabinett Ihrem Vorschlag nicht zugestimmt.«
Walden war überrascht. Um seine Enttäuschung zu verbergen, nahm er eine forsche Haltung an. »Und warum nicht?«
»Die Opposition kam hauptsächlich von Lloyd George.«
Walden blickte Churchill mit erhobenen Brauen an.
Churchill nickte. »Sie haben wahrscheinlich wie jeder andere geglaubt, Lloyd George und ich seien stets der gleichen Meinung. Jetzt wissen Sie es besser.«
»Wie lauteten seine Einwände?«
»Eine Prinzipienfrage«, antwortete Churchill. »Er sagt, wir reichten den Balkan herum wie eine Schachtel Pralinees: Bedienen Sie sich, nehmen Sie, was Ihnen beliebt, Thrazien, Bosnien, Bulgarien, Serbien. Kleine Länder hätten schließlich auch ihre Rechte, ist sein Standpunkt. Das kommt davon, wenn man einen Waliser im Kabinett hat. Einen Waliser und noch dazu einen Rechtsanwalt. Ich weiß nicht, was von beiden schlimmer ist.«
Churchills lockerer Umgangston irritierte Walden. Ist er an diesem Projekt nicht genauso interessiert wie ich? fragte er sich. Warum zeigt er keine Spur von Enttäuschung?
Sie setzten sich zum Abendessen. Nur ein Butler servierte. Asquith aß wenig. Churchill trank für Waldens Geschmack zu viel. Walden

war in schlechter Stimmung, verfluchte Lloyd George im Geiste mit jedem Bissen.
Als der erste Gang beendet war, erklärte Asquith: »Sie wissen, daß wir auf diesen Vertrag angewiesen sind. Früher oder später wird es zwischen Frankreich und Deutschland Krieg geben, und wenn die Russen sich heraushalten, wird Deutschland Europa erobern. Das können wir nicht zulassen.«
Walden fragte: »Was muß getan werden, um Lloyd George umzustimmen?«
Asquith lächelte dünn. »Hätte ich jedesmal, wenn man mir diese Frage stellte, ein Pfund bekommen, wäre ich schon jetzt ein reicher Mann.«
Der Butler servierte jedem von ihnen ein Rebhuhn und schenkte Bordeauxwein ein. Churchill sagte: »Wir müssen einen neuen Vorschlag ausarbeiten, der die Einwände Lloyd Georges berücksichtigt.«
Churchills gelassener Ton brachte Walden in Rage. »Sie wissen genau, daß das nicht so einfach ist«, sagte er scharf.
»In der Tat ist es das nicht«, erwiderte Asquith sehr ruhig. »Aber wir müssen es versuchen. Wir könnten uns darauf einigen, daß Thrazien ein unabhängiges Land unter russischem Schutz wird, oder etwas Ähnliches.«
»Ich habe mich einen ganzen Monat mit dem Problem herumgeschlagen«, bemerkte Walden enttäuscht.
»Immerhin ändert der Mord an dem guten alten Franz Ferdinand die Lage erheblich«, sagte Asquith. »Da Österreich jetzt im Balkan wieder aggressiv wird, brauchen die Russen mehr denn je einen sicheren Stützpunkt dieser Gegend, den wir ihnen ja im Prinzip auch zugestehen wollen.«
Walden setzte sich über seine Enttäuschung hinweg und begann nachzudenken. Nach einer Weile sagte er: »Wie steht es mit Konstantinopel?«
»Wie meinen Sie das?«
»Nehmen wir einmal an, wir offerierten den Russen Konstantinopel – würde Lloyd George auch dagegen Einspruch erheben?«
»Er würde wahrscheinlich meinen, es sei das gleiche, als wenn wir Cardiff den irischen Republikanern schenkten«, sagte Churchill.

Walden ignorierte ihn und blicke Asquith an.
Der Premier legte Messer und Gabel nieder. »Nun, da er einmal seine prinzipiellen Einwände geltend gemacht hat, wird er vielleicht zeigen wollen, wie vernünftig er sein kann, wenn man ihm einen Kompromiß anbietet. Ich glaube, er könnte darauf eingehen. Wäre es für die Russen ausreichend?«
Walden war nicht sicher, aber seine neue Idee gab ihm wieder Mut. Er sagte spontan: »Wenn Sie Lloyd George überzeugen können, kann ich Orlow überzeugen.«
»Ausgezeichnet!« sagte Asquith. »Und nun sagen Sie uns mal, was mit diesem Anarchisten los ist.«
Waldens Optimismus erhielt einen Dämpfer. »Man hat alles getan, um Alex zu beschützen, aber ich mache mir große Sorgen.«
»Ich hielt Basil Thomson für einen guten Mann.«
»Das ist er auch«, sagte Walden. »Aber leider könnte Felix ihm überlegen sein.«
Churchill bemerkte: »Ich finde, wir sollten uns von dem Burschen keine Angst machen lassen . . .«
»Aber ich habe Angst, meine Herren«, unterbrach ihn Walden. »Schon dreimal ist uns Felix durch die Finger geschlüpft. Beim letzten Mal hatten wir dreißig Polizisten für seine Festnahme. Ich sehe zwar nicht, wie er jetzt zu Alex gelangen kann, aber das bedeutet noch lange nicht, daß er keinen Weg finden wird. Und wir wissen, was geschehen wird, falls Alex einem Mordanschlag erliegt: Dann ist unser Bündnis mit Rußland erledigt. Felix ist der gefährlichste Mann in England.«
Asquith nickte und machte ein finsteres Gesicht. »Falls Sie mit den Schutzmaßnahmen für Orlow nicht völlig zufrieden sind, wenden Sie sich bitte direkt an mich.«
»Ich danke Ihnen.«
Der Butler bot Walden eine Zigarre an, aber dieser lehnte dankend ab. »Das Leben muß weitergehen«, sagte er, »und ich habe noch eine Verabredung bei Mrs. Glenville. Ich werde meine Zigarre dort rauchen.«
»Erzählen Sie ihr nicht, wo Sie zu Abend gegessen haben«, sagte Churchill lächelnd.
»Ich würde es nicht wagen – sie würde nie wieder mit mir reden.«

Walden trank seinen Portwein aus und erhob sich.
»Wann werden Sie Orlow den neuen Vorschlag unterbreiten?« fragte Asquith.
»Ich fahre gleich morgen früh mit dem Auto nach Norfolk.«
»Ausgezeichnet.«
Der Butler brachte Hut und Handschuhe, und Walden verabschiedete sich.
Pritchard stand am Gartentor und plauderte mit dem diensthabenden Polizisten. »Zurück nach Hause«, sagte Walden zu ihm.
Während der Fahrt dachte er nach. Er war ziemlich voreilig gewesen und hatte versprochen, Orlows Zustimmung zu dem Konstantinopel-Plan einzuholen, aber er wußte nicht, wie er es anstellen sollte. Er war sehr besorgt und begann sich zu überlegen, mit welchen Worten er morgen sein Anliegen vortragen würde.
Zu Hause angekommen, hatte er noch keine Fortschritte gemacht.
»Wir brauchen den Wagen in ein paar Minuten wieder, Pritchard.«
»Sehr wohl, Eure Lordschaft.«
Walden trat ins Haus und ging hinauf, um sich die Hände zu waschen. Auf der Treppe begegnete er Charlotte. »Macht Mama sich fertig?« fragte er.
»Ja, sie kommt in ein paar Minuten. Was macht die Politik?«
»Es ist etwas mühsam.«
»Warum hast du dich eigentlich auf all das eingelassen?«
Er lächelte. »Um Deutschland daran zu hindern, daß es Europa erobert. Aber zerbrich dir bitte nicht dein kleines hübsches Köpfchen . . .«
»Das tue ich auch nicht. Aber wo in der Welt hast du unseren Vetter Alex versteckt?«
Er zögerte. An sich konnte sie es ruhig wissen, aber andererseits war sie durchaus fähig, das Geheimnis zufällig auszuplaudern. Also lieber nicht. Er sagte: »Falls jemand dich fragen sollte, antworte einfach, du wüßtest es nicht.« Er lächelte und ging auf sein Zimmer.

Es gab Zeiten, in denen das englische Leben für Lydia jeden Reiz verlor.
Gewöhnlich liebte sie Abendgesellschaften. Besonders solche wie heute abend, wo sich einige hundert Leute bei Mrs. Glenville einfanden, um nichts zu tun. Es gab keinen Tanz, keine formelle

Mahlzeit, kein Kartenspiel, man schüttelte der Gastgeberin die Hand, nahm sich ein Glas Champagner, wanderte im großen Haus umher, plauderte mit seinen Freunden und bewunderte die Abendtoiletten der Anwesenden. Aber heute kam ihr das alles sinnlos vor. Ihre Unzufriedenheit ließ sie Heimweh nach Rußland empfinden. Dort sind die Schönheiten bestimmt glanzvoller, die Intellektuellen weniger höflich, die Gespräche tiefgründiger, und die Abendluft ist weniger balsamisch und einschläfernd, dachte sie. In Wirklichkeit jedoch war sie besorgt um Stephen, um Felix und um Charlotte – und das verdarb ihr den Genuß an Abendgesellschaften.

Sie stieg die breite Treppe hinauf, Stephen zu ihrer Linken, Charlotte zu ihrer Rechten. Ihr Diamantenhalsband fand Mrs. Glenvilles Bewunderung. Sie gingen weiter. Stephen entfernte sich, um mit einem seiner Freunde aus dem Oberhaus zu plaudern. Lydia hörte die Worte: »Zusatzantrag zur Gesetzesvorlage« und wandte sich ab. Sie bewegte sich durch die Menge, lächelte, tauschte Grüße aus, und beständig fragte sie sich: Was tue ich hier?

Charlotte sagte: »Mama, wohin ist eigentlich Alex verschwunden?«

»Das weiß ich nicht, mein Kind«, antwortete sie zerstreut. »Frage deinen Vater. Guten Abend, Freddy.«

Freddy war an Charlotte interessiert und nicht an Lydia. »Ich habe über Ihre Bemerkung beim Lunch nachgedacht«, sagte er. »Meiner Meinung nach liegt der ganze Unterschied darin, daß wir Engländer sind.«

Lydia ließ die beiden allein. Zu meiner Zeit, dachte sie, waren politische Diskussionen wohl kaum ein Mittel, um einen Mann zu erobern; aber vielleicht hat sich das inzwischen geändert. Ich habe den Eindruck, daß Freddy für alles, worüber Charlotte reden möchte, Interesse zeigt. Vielleicht wird er um ihre Hand anhalten. Welche Erleichterung wäre das für mich!

Im ersten der Empfangssäle, in dem ein Streichquartett spielte, ohne daß ihm jemand zuhörte, traf sie ihre Schwägerin Clarissa. Sie sprachen über ihre Töchter, und es war Lydia ein Trost, zu hören, daß Clarissa sich schreckliche Sorgen um Belinda machte.

»Ich habe ja nichts dagegen, daß sie diese hochmodernen Kleider trägt und ihre Beine zeigt, und meinetwegen soll sie ruhig ein paar Zigaretten rauchen, aber in letzter Zeit läßt sie es an aller Zurück-

haltung mangeln«, klagte Clarissa. »Sie geht in scheußliche Lokale, in denen Negerorchester Jazzmusik spielen, und vorige Woche war sie sogar bei einem Boxkampf!«
»Hat sie denn keine Anstandsdame?«
Clarissa seufzte. »Ich hatte ihr gesagt, sie könne ohne Anstandsdame ausgehen, wenn sie in Begleitung von Mädchen ist, die wir kennen. Jetzt sehe ich ein, daß das ein Fehler war. Hat Charlotte noch immer eine Anstandsdame?«
»Im Prinzip schon«, antwortete Lydia. »Aber sie ist furchtbar ungehorsam. Einmal hat sie sich aus dem Haus geschlichen und ist zu einer Frauenrechtlerinnenversammlung gegangen.« Lydia vermied es, Clarissa die ganze schandbare Wahrheit zu erzählen. ›Eine Frauenrechtlerinnenversammlung‹ klang immerhin nicht ganz so schlimm wie ›eine Demonstration‹. Sie fügte hinzu: »Charlotte interessiert sich überhaupt für Dinge, die gar nicht damenhaft sind, Politik und dergleichen. Ich weiß nicht, wie sie auf solche Ideen kommt.«
»Ich habe das gleiche Problem mit Belinda«, sagte Clarissa. »Sie ist mit der besten Musik, in guter Gesellschaft, mit ernsthaften Büchern und einer strengen Gouvernante aufgewachsen . . . und deshalb frage ich mich natürlich, wo sie diese Vorliebe für das Vulgäre her hat. Und ich kann ihr einfach nicht klarmachen, daß ich mich nur um ihr Glück sorge und nicht um meins; das ist das schlimmste dabei.«
»Ach, ich bin so froh, Sie das sagen zu hören!« erwiderte Lydia. »Es geht mir genauso. Charlotte scheint all unsere Bemühungen, sie zu beschützen, als Heuchelei und Verlogenheit anzusehen.« Sie seufzte. »Wir müssen die Kinder möglichst schnell verheiraten, bevor sie Schaden nehmen.«
»Sehr richtig! Interessiert sich jemand für Charlotte?«
»Freddy Chalfont.«
»Ach ja, das habe ich gehört.«
»Er scheint sogar bereit zu sein, mit ihr über Politik zu reden. Aber leider habe ich den Eindruck, daß sie kein großes Interesse an ihm hat. Und wie steht es mit Belinda?«
»Da ist das Problem genau umgekehrt. Sie mag sie alle.«
»Ach, du meine Güte!« Lydia lachte und verabschiedete sich.

Clarissa hat es als Stiefmutter eigentlich noch viel schwerer als ich, dachte sie beim Weitergehen und fühlte sich jetzt etwas besser. Ich habe allen Grund mit meiner Lage zufrieden zu sein.
Die Duchess von Middlesex war im nächsten Saal. Die meisten Leute standen bei dieser Art von Empfängen, aber die Duchess thronte natürlich auf einem Sessel und ließ die Leute zu sich kommen. Lydia trat zu ihr, als Lady Gay-Stephens sich gerade von ihr verabschiedete.
»Ich nehme an, Charlotte hat sich wieder ganz von ihrem Kopfweh erholt«, sagte die Duchess.
»O ja. Es ist sehr liebenswürdig von Ihnen, sich danach zu erkundigen.«
»Ich habe mich nicht erkundigt«, sagte die Duchess. »Mein Neffe sah sie um vier Uhr in der National Gallery.«
Die National Gallery! Was in Gottes Namen hatte sie dort zu suchen? Sie hatte sich schon wieder davongeschlichen! Aber Lydia wollte die Duchess nicht wissen lassen, daß Charlotte etwas Unerlaubtes getan hatte. »Sie ist schon immer eine Liebhaberin der schönen Künste gewesen«, erwiderte sie.
»Sie war mit einem Mann dort«, fuhr die Duchess fort. »Freddy Chalfont muß einen Rivalen haben.«
Das kleine Biest! Lydia verbarg ihre Wut. »Allerdings«, sagte sie mit erzwungenem Lächeln.
»Wer ist es denn?«
»Ein junger Mann aus ihrem Kreis.« Lydia geriet in Verzweiflung.
»O nein.« Die Duchess lächelte boshaft. »Er war etwa vierzig und trug eine Tweedmütze.«
»Eine Tweedmütze?« Lydia war gedemütigt, aber das machte ihr jetzt nichts mehr aus. Wer war dieser Mann? Was dachte sich Charlotte eigentlich? Ihr Ruf . . .
»Sie hielten Händchen«, fügte die Duchess hinzu, lächelte breit und zeigte ihre fauligen Zähne.
Jetzt konnte Lydia nicht mehr so tun, als sei alles in Ordnung. »Oh, mein Gott!« rief sie aus. »Was hat das Kind denn nun schon wieder angestellt?«
Die Duchess bemerkte: »Zu meiner Zeit ging man nicht ohne Anstandsdame aus, und damals hätte so etwas nicht passieren können.«

Daß die Duchess an dieser Katastrophe ein solches Vergnügen fand, brachte Lydia plötzlich in Wut. »Das war vor hundert Jahren«, bemerkte sie schnippisch und entfernte sich. Eine Tweedmütze! Händchenhalten! Vierzig Jahre alt! Es war so unglaublich, daß sie es nicht fassen konnte. Die Mütze bedeutete, daß er der Arbeiterklasse angehörte. Das Alter sagte, daß er ein Wüstling war, und das Händchenhalten wies darauf hin, daß die Sache schon weit gediehen sein mußte, vielleicht zu weit. Was kann ich tun, überlegte sie hilflos, wenn das Kind ohne mein Wissen aus dem Hause geht? Oh, Charlotte, du weißt ja nicht, was du dir antust!

»Wie war der Boxkampf?« fragte Charlotte Belinda.
»In seiner gräßlichen Art furchtbar aufregend«, sagte Belinda. »Zwei riesige Männer, halbnackt und nur mit kurzen Hosen bekleidet, standen da und versuchten, sich gegenseitig totzuschlagen.«
Charlotte sah nicht ein, wieso das aufregend sein sollte. »Das klingt ja entsetzlich.«
»Ich war so erregt . . .«, Belinda sprach ganz leise, »daß ich Peter fast zu weit gehen ließ.«
»Was willst du damit sagen?«
»Du weißt schon. Danach, in der Droschke auf dem Heimweg. Ich ließ mich von ihm . . . küssen, und so weiter.«
»Was heißt ›und so weiter‹?«
Belinda flüsterte: »Er küßte meinen Busen.«
»Ach!« Charlotte runzelte die Stirn. »War es schön?«
»Himmlisch!«
»Wirklich?« Charlotte versuchte sich vorzustellen, wie es wäre, wenn Freddy ihren Busen küßte, und irgendwie wußte sie, daß es nicht himmlisch sein würde.
Mama kam an ihnen vorbei und sagte: »Wir gehen jetzt, Charlotte.«
Belinda sagte: »Sie sieht verärgert aus.«
Charlotte zuckte mit der Schulter. »Das ist nichts Ungewöhnliches.«
»Wir gehen nachher zu einer Negerschau . . . willst du nicht mitkommen?«
»Was ist eine Negerschau?«

»Jazz. Eine herrliche Musik.«
»Mama würde es nicht erlauben.«
»Deine Mama ist so altmodisch.«
»Als ob ich das nicht wüßte! Ich muß jetzt wohl gehen.«
»Mach's gut!«
Charlotte ging die Treppe hinunter und holte sich ihren Mantel aus der Garderobe. Sie hatte das Gefühl, zwei Menschen in ihrer Brust zu tragen, wie Dr. Jekyll und Mr. Hyde. Der eine lächelte, machte höfliche Konversation und plauderte mit Belinda über Mädchenangelegenheiten, während der andere an Entführung und Verrat dachte und mit unschuldigem Gesicht hinterhältige Fragen stellte. Ohne auf ihre Eltern zu warten, ging sie hinaus und beauftragte den Diener, den Waldenschen Wagen kommen zu lassen.
Einige Minuten später fuhr der Lanchester am Hause vor. Es war ein warmer Abend, und Pritchard hatte das Verdeck heruntergelassen. Er stieg aus und öffnete Charlotte den Schlag.
»Pritchard, wo ist Fürst Orlow?«
»Das ist ein Geheimnis, Lady Charlotte.«
»Sie können es mir ruhig sagen.«
»Es wäre mir lieber, Sie fragten Ihren Papa, gnädiges Fräulein.«
Wieder einmal vergebens. Pritchard hatte sie schon als Baby gekannt, und sie konnte ihn nicht herumkommandieren. So gab sie es auf und sagte: »Gehen Sie in die Halle und sagen Sie meinen Eltern, ich warte im Wagen.«
»Sehr wohl, gnädiges Fräulein.«
Charlotte ließ sich auf den Ledersitz sinken. Sie hatte drei Leute, die es wissen mußten, gefragt, und keiner von ihnen wollte ihr sagen, wo Alex war. Sie trauten ihr nicht zu, das Geheimnis zu bewahren, womit sie natürlich nicht ganz unrecht hatten. Sie hatte sich allerdings noch nicht entschieden, ob sie Felix helfen würde. Und jetzt, falls sie nicht in Erfahrung bringen konnte, was er zu wissen wünschte, blieb ihr vielleicht der schwere Entschluß erspart. Das wäre eine Erleichterung.
Sie hatte sich mit Felix für übermorgen am gleichen Ort und um die gleiche Zeit verabredet. Was würde er sagen, wenn sie mit leeren Händen vor ihm erschien? Würde er sie verachten, weil es ihr nicht gelungen war, Alex' Versteck herauszufinden? Nein, so ist er nicht.

Er würde nur sehr enttäuscht sein. Aber vielleicht fällt ihm eine andere Möglichkeit ein, Alex zu finden. Sie konnte es kaum erwarten, ihn wiederzusehen. Er war so sympathisch, und sie lernte so viel von ihm, daß ihr das Leben ohne ihn plötzlich unerträglich langweilig vorkam. Selbst die Ängste des furchtbaren Dilemmas, in das er sie gestürzt hatte, waren immer noch besser als die Eintönigkeit des Kleiderauswählens für einen weiteren Tag inhaltsloser gesellschaftlicher Gepflogenheiten.

Papa und Mama stiegen in den Wagen, und Pritchard fuhr los. Papa sagte: »Was hast du, Lydia? Du siehst ja ganz verstört aus.«

Mama blickte Charlotte an. »Was hast du heute nachmittag in der National Gallery gemacht?«

Charlotte drohte der Atem auszusetzen. Man hat mich ertappt. Jemand hat mir nachspioniert. Jetzt wird es Ärger geben. Ihre Hände begannen zu zittern, und sie legte sie fest in ihren Schoß. »Ich habe mir die Gemälde angesehen.«

»Du warst mit einem Mann dort.«

Papa sagte: »Charlotte, was soll das nun schon wieder bedeuten?«

»Es ist jemand, den ich zufällig kennengelernt habe«, sagte Charlotte. »Ihr würdet ihn nicht billigen.«

»Natürlich würden wir ihn nicht billigen!« sagte Mama. »Er trug eine Tweedmütze!«

Papa war entsetzt. »Eine Tweedmütze? Wer, zum Teufel, war das?«

»Er ist ein ungewöhnlich interessanter Mann, und er versteht alles . . .«

»Und er hält deine Hand«, unterbrach Mama sie.

Papa war betrübt. »Charlotte, wie ordinär! In der National Gallery!«

»Es ist keine Liebesaffäre«, sagte Charlotte. »Ihr habt nichts zu befürchten.«

»Nichts zu befürchten?« Mama lachte gereizt. »Die böse alte Duchess weiß alles, und sie wird es überall herumerzählen.«

Papa sagte: »Wie konntest du das deiner Mama antun?«

Charlotte konnte nicht sprechen. Sie war den Tränen nahe. Sie sagte sich: Ich habe nichts Unrechtes getan, habe mich nur mit jemandem unterhalten, der vernünftig reden kann. Wie können sie nur so . . . so grausam sein? Ich hasse sie!

Papa sagte: »Sage mir bitte, wer es ist. Ich denke, er wird sich mit etwas Geld abfinden lassen.«
Charlotte schrie wütend auf: »Und ich weiß, daß er zu den wenigen gehört, die sich nicht kaufen lassen!«
»Es ist wahrscheinlich irgendein Radikaler«, sagte Mama. »Ich nehme an, derselbe Bursche, der dir diese Flausen über die Frauenrechtlerinnen in den Kopf gesetzt hat. Zweifellos trägt er Sandalen und ißt die Kartoffeln mit der Schale.« Sie verlor die Beherrschung. »Wahrscheinlich glaubt er auch an die freie Liebe! Falls du . . .«
»Nein, ich habe nichts getan«, sagte Charlotte. »Ich habe dir bereits gesagt, daß es keine Liebesaffäre ist.« Eine Träne lief ihr über die Wange. »Ich bin nicht romantisch veranlagt.«
»Ich glaube dir kein Wort«, sagte Papa angewidert. »Kein Mensch wird dir glauben. Du scheinst dir nicht bewußt zu sein, daß diese Episode für uns alle eine gesellschaftliche Katastrophe ist.«
»Wir sollten sie in ein Kloster stecken!« rief Mama hysterisch aus und begann zu weinen.
»Das wird bestimmt nicht nötig sein«, sagte Papa.
Mama schüttelte den Kopf. »Ich habe es nicht so gemeint. Es tut mir leid, so aufgebracht zu sein, aber ich mache mir solche Sorgen . . .«
»Allerdings wird sie nach diesem Vorfall nicht in London bleiben können.«
»Gewiß nicht.«
Der Wagen fuhr in den Hof des Hauses ein. Mama wischte sich die Augen, damit die Dienerschaft nicht sah, wie erregt sie war. Charlotte überlegte: Sie werden mich also hindern, Felix zu sehen, und mich irgendwo einsperren. Hätte ich ihm doch zugesagt, daß ich ihm helfen würde, anstatt zu zögern. Dann würde er wenigstens wissen, daß ich auf seiner Seite stehe. Jedenfalls werden sie sich nicht durchsetzen. Ich werde nicht das Leben führen, das sie für mich ausgesucht haben. Ich werde Freddy nicht heiraten, keine Lady Chalfont werden und keine fetten, selbstgefälligen Kinder aufziehen. Für ewig können Sie mich nicht einsperren. Sobald ich einundzwanzig bin, werde ich für Mrs. Pankhurst arbeiten, Bücher über den Anarchismus lesen und ein Heim für unverheiratete Mütter gründen, und falls ich je Kinder haben sollte, werde ich sie nie belügen.

Sie gingen ins Haus. Papa sagte: »Kommt in den Salon.«
Pritchard folgte ihnen: »Wünschen Eure Lordschaft ein paar Sandwiches?«
»Jetzt nicht. Lassen sie uns eine Weile allein, Pritchard.«
Pritchard entfernte sich.
Papa goß sich einen Cognac mit Soda ein und nippte an seinem Glas. »Denk noch einmal gut nach, Charlotte«, sagte er. »Willst du uns nicht sagen, wer dieser Mann ist?«
Am liebsten hätte sie geantwortet: Er ist ein Anarchist, der dich daran hindern will, einen Krieg zu entfesseln! Aber sie schüttelte nur den Kopf.
»Dann mußt du einsehen«, fuhr er mit fast sanfter Stimme fort, »daß wir dir unmöglich vertrauen können.«
Einmal hättet ihr es gekonnt, dachte sie mit Bitterkeit, aber jetzt nicht mehr.
Papa sprach zu Mama. »Wir werden sie für einen Monat aufs Land schicken müssen. Das ist die einzige Möglichkeit, weiteren Ärger zu vermeiden. Und dann, nach der Regatta von Cowes, kann sie mich in Schottland auf die Jagd begleiten.« Er seufzte. »Vielleicht ist sie bis zur nächsten Saison gefügiger geworden.«
Mama sagte: »Sie wird also vorläufig in Walden Hall bleiben.«
Charlotte registrierte: Sie reden über mich, als wäre ich gar nicht anwesend.
Papa fügte hinzu: »Ich fahre morgen früh nach Norfolk, um Alex zu sehen, und werde sie mitnehmen.«
Charlotte war verblüfft.
Alex war also in Walden Hall!
Daran hätte ich nie gedacht!
Jetzt weiß ich es!
»Sie sollte jetzt auf ihr Zimmer gehen und ihre Koffer packen«, sagte Mama.
Charlotte stand auf und ging hinaus; sie neigte dabei ihr Gesicht, damit niemand den Triumph in ihren Augen sehen konnte.

12

Es war erst Viertel vor drei, als Felix in die Vorhalle der National Gallery trat. Charlotte würde sich wahrscheinlich wieder verspäten, wie beim letzten Mal, aber er hatte genug Zeit und ohnehin nichts Besseres zu tun.
Er war nervös und ruhelos, überdrüssig des ewigen Versteckspielens. Während der letzten beiden Nächte hatte er wieder im Freien geschlafen, einmal im Hyde Park und einmal unter den Torbögen von Charing Cross. Tagsüber hatte er sich in Hauseingängen, hinter Eisenbahndämmen und auf leeren Bauplätzen versteckt und war nur herausgekommen, um sich Nahrung zu holen. Es erinnerte ihn an seine Flucht in Sibirien, und es war ihm nicht wohl bei diesem Gedanken. Selbst jetzt war er ständig in Bewegung, ging von der Vorhalle in die glasüberdachten Säle, schaute sich flüchtig die Bilder an und kehrte wieder in die Vorhalle zurück, um nach Charlotte Ausschau zu halten. Er blickte auf die Uhr an der Wand. Um halb vier war sie immer noch nicht gekommen. Sie wurde wohl wieder einmal bei einer jener Lunchparties aufgehalten.
Sie könnte bestimmt herausfinden, wo Orlow sich befand. Es mangelte ihr nicht an Scharfsinn, dessen war er gewiß. Selbst wenn sie es nicht direkt von ihrem Vater erfuhr, konnte sie irgendeinen Weg finden, das Geheimnis zu lüften. Ob sie es ihm dann aber sagen würde, dessen war er sich allerdings nicht sicher. Denn sie hatte auch einen starken Willen.
Er wünschte . . .
Er wünschte eine Menge. Er wünschte, er hätte sie nicht betrogen. Er wünschte, er könnte Orlow ohne ihre Hilfe finden. Er wünschte, die Menschen würden es endlich aufgeben, Fürsten, Grafen, Kaiser und Zaren sein zu wollen. Er wünschte, er hätte Lydia geheiratet und Charlotte als Baby gekannt. Doch vor allem wünschte er, sie möge endlich kommen. Es war bereits vier Uhr.
Die meisten Gemälde sagten ihm nichts. Sentimentale religiöse Szenen, Porträts selbstgefälliger holländischer Kaufleute in ihren leblosen vier Wänden. Bronzinos »Allegorie« gefiel ihm, aber nur, weil das Bild so viel Sinnlichkeit ausdrückte. Die Kunst war ein Gebiet menschlicher Erfahrung, das ihm fremd geblieben war.

Vielleicht würde Charlotte ihn eines Tages darin einweihen. Aber das war höchst unwahrscheinlich. Vorerst mußte er die kommenden Tage überleben und dann, nachdem er Orlow umgebracht hatte, fliehen. Aber auch das war nicht sicher. Schließlich mußte er versuchen, sich Charlottes Zuneigung zu erhalten, obgleich er sie ausgenutzt und belogen und ihren Vetter umgebracht hatte. Eine fast unmögliche Aufgabe, die noch zusätzlich dadurch erschwert werden würde, daß er ständig vor der Polizei auf der Hut sein müßte. Nein, es bestand kaum eine Chance, sie nach dem Mord wiederzusehen. Er sagte sich: Genieße wenigstens die letzten Stunden mit ihr.

Es war vier Uhr dreißig.

Sie hat sich nicht verspätet, dachte er mutlos; sie kann nicht kommen. Hoffentlich hat sie keine Schwierigkeiten mit Walden. Hoffentlich ist sie kein Risiko eingegangen und wurde nicht ertappt. Wenn sie doch jetzt die Treppen heraufgerannt käme, außer Atem und mit leicht gerötetem Gesicht, den Hut etwas schief auf dem Kopf, das hübsche Gesicht leicht verängstigt, und sagte: »Es tut mir furchtbar leid, daß ich Sie so lange warten ließ, aber ich wurde aufgehalten . . .«!

Das Gebäude leerte sich langsam. Felix fragte sich, was er tun solle. Er ging hinaus, stieg die Treppen hinunter und stellte sich auf den Gehsteig. Sie war nirgends zu sehen. Er ging wieder hinauf und wurde an der Tür von einem Museumswärter angehalten. »Zu spät, mein Freund«, sagte der Mann, »wir schließen.« Felix drehte sich um. Auf der Treppe konnte er nicht warten, denn hier auf dem Trafalgar Square fiel er zu sehr auf. Außerdem waren bereits zwei Stunden vergangen.

Sie kommt bestimmt nicht mehr.

Mach dir nichts vor, dachte er. Sie hat beschlossen, nichts mehr mit dir zu tun zu haben, und das war auch sehr vernünftig von ihr. Aber wäre sie dann nicht wenigstens gekommen, um mir das zu sagen? Sie hätte mir einen Brief schreiben können . . .

Sie hat Bridgets Adresse. Sie hat mir sicher einen Brief geschrieben.

Felix ging schnellen Schrittes in nördlicher Richtung davon.

Er passierte die Gassen des Theaterbezirks und die stillen Plätze von Bloomsbury. Das Wetter schlug um. Seit seiner Ankunft in England

war es immer sonnig und warm gewesen und er hatte noch keinen Regen gesehen. Aber seit etwa vierundzwanzig Stunden war die Atmosphäre drückend geworden. Vielleicht zog ein Gewitter auf.
Er überlegte, wie wohl das Leben in Bloomsbury sein mochte, wo all die wohlhabenden Kleinbürger wohnen, wo es immer genug zu essen gab und dazu noch Geld für gute Bücher. Nach der Revolution lassen wir die Zäune um die Parks verschwinden, dachte er.
Er hatte Kopfschmerzen. Seit seiner Kindheit hatte er nicht mehr an Kopfschmerzen gelitten. Könnte es von der drückenden Luft kommen? Es waren wohl eher die Sorgen. Nach der Revolution, beschloß er, werden Kopfschmerzen verboten sein.
Werde ich bei Bridget einen Brief von ihr vorfinden? Er stellte es sich vor. ›Lieber Herr Kschessinsky, ich bedaure, unsere heutige Verabredung nicht einhalten zu können. Hochachtungsvoll, Lady Charlotte Walden.‹ Nein, so würde sie bestimmt nicht schreiben. ›Lieber Felix, Fürst Orlow wohnt bei dem russischen Marineattaché, 25 A Wilton Place, 2. Stock, linkes Schlafzimmer auf der Straßenseite. Ihre ergebene Freundin Charlotte.‹
Das war schon besser. ›Lieber Vater, ja, ich habe die Wahrheit erfahren. Aber mein ›Papa‹ hat mich in meinem Zimmer eingesperrt. Bitte, komm und rette mich. Deine dich liebende Tochter Charlotte Kschessinsky.‹
Sei doch kein Narr!
Er gelangte in die Cork Street und blickte die Straße hinunter. Keine Polizisten vor dem Haus, keine breitschultrigen Gestalten in Zivilkleidung, die vor dem Pub standen und Zeitung lasen. Es sah sicher aus. Sein Herz schlug schneller. Es ist wunderbar, von einer Frau willkommen geheißen zu werden, dachte er; ob sie nun ein schlankes Mädchen wie Charlotte oder eine dicke alte Hexe wie Bridget ist. Ich habe zuviel Zeit meines Lebens mit Männern verbracht – oder allein.
Er klopfte an Bridgets Tür. Während er wartete, blickte er auf das Fenster seines alten Kellerzimmers hinunter und sah, daß neue Vorhänge dort hingen. Die Tür ging auf.
Mrs. Callahan begrüßte ihn mit einem breiten Lächeln. »Da ist ja mein liebster internationaler Terrorist«, sagte sie. »Kommen Sie herein, mein Schatz.«
Er trat in ihr Wohnzimmer.

»Etwas Tee gefällig? Er ist heiß.«

»Ja, bitte.« Er setzte sich. »Wurden Sie von der Polizei belästigt?«

»Ich wurde von einem Oberinspektor verhört. Sie müssen ja eine große Nummer sein.«

»Was haben Sie ihm erzählt?«

Sie machte ein verächtliches Gesicht. »Er hatte seinen Gummiknüppel zu Hause gelassen – von mir hat er nichts erfahren.«

Felix lächelte und unterbrach sie. »Haben Sie einen Brief für mich . . .?«

Aber sie redete immer weiter. »Möchten Sie Ihr Zimmer wiederhaben? Ich habe es an einen anderen Burschen vermietet, aber den werfe ich bald hinaus – er hat einen Backenbart, und Backenbärte habe ich nie gemocht.«

»Nein, ich will mein Zimmer nicht . . .«

»Sie haben im Freien geschlafen, das sehe ich Ihnen an, ich habe einen Blick dafür.«

»Stimmt.«

»Was Sie hier in London erledigen wollten, haben Sie noch nicht erledigt, nicht wahr?«

»Nein.«

»Irgend etwas ist passiert – Sie haben sich verändert.«

»Ja.«

»Was ist es denn?«

Er war plötzlich dankbar, jemanden zu haben, mit dem er darüber reden konnte. »Vor vielen Jahren hatte ich eine Liebesaffäre. Ich wußte es nicht, aber die Frau bekam ein Kind. Und vor einigen Tagen . . . bin ich meiner Tochter begegnet.«

»Ach.« Sie blickte ihn mitleidsvoll an. »Sie armes Schwein. Als ob Sie nicht schon genug Sorgen hätten. Ist sie diejenige, von der der Brief stammt?«

Felix atmete erleichtert auf. »Sie haben also einen Brief.«

»Ich nehme an, daß Sie deshalb gekommen sind.« Sie ging zum Kamin und griff hinter die Uhr. »Und das arme Mädchen lebt nun bei den Unterdrückern und Tyrannen?«

»Ja.«

»Das dachte ich mir, als ich das Wappen sah. Sie scheinen wirklich nicht viel Glück zu haben, was?« Sie gab ihm den Brief.

Felix sah das Wappen hinten auf dem Umschlag. Er riß ihn auf und entnahm ihm zwei Bogen mit einer sauberen und festen Handschrift.

Walden Hall, 1. Juli 1914

Lieber Felix,
wenn Sie diesen Brief erhalten, werden Sie vergeblich auf mich gewartet haben. Es tut mir furchtbar leid, aber ich konnte die Verabredung nicht einhalten. Ich wurde nämlich leider am Montag mit Ihnen gesehen, und jetzt verdächtigt man mich, einen heimlichen Liebhaber zu haben!!!
Falls sie in Schwierigkeiten ist, scheint sie es wenigstens mit Humor zu nehmen, dachte Felix.
Ich wurde für den Rest der Saison auf das Land verbannt. Allerdings ist es auch ein Glück im Unglück. Niemand wollte mir sagen, wo Alex ist, aber jetzt weiß ich es. Er wohnt nämlich hier!!!
Felix empfand ein wildes Triumphgefühl. »Dort haben also die Ratten ihr Nest.«
Mrs. Bridget fragte: »Hilft Ihnen dieses Kind?«
»Sie war meine einzige Hoffnung.«
»Dann haben Sie ganz recht, so besorgt auszusehen.«
»Ich weiß.«
Nehmen Sie einen Zug vom Liverpool-Street-Bahnhof und steigen Sie am Haltepunkt Waldenhall aus. Das ist unser Dorf. Das Haus liegt drei Meilen vom Dorf entfernt an der Straße nach Norden. Aber Sie dürfen natürlich nicht ins Haus kommen ... Links von der Straße sehen Sie einen Wald. Durch diesen Wald reite ich jeden Morgen vor dem Frühstück zwischen sieben und acht Uhr. Den Reitweg finden Sie leicht. Ich werde jeden Tag nach Ihnen ausschauen, bis Sie kommen.
Wenn sie sich einmal entschlossen hat, auf welcher Seite sie steht, macht sie keine halben Sachen mehr, dachte Felix.
Ich weiß nicht genau, wann dieser Brief abgeschickt wird. Ich werde ihn auf den Tisch in der Halle legen, sobald ich dort andere Briefe sehe, die auf die Post gebracht werden sollen. Auf diese Weise wird

niemandem meine Handschrift auf dem Umschlag auffallen, und der Diener wird ihn einfach mit den anderen mitnehmen, wenn er zur Post geht.
»Sie ist ein tapferes Mädchen«, sagte Felix laut.
Ich tue das, weil Sie von allen Menschen, denen ich hier begegnet bin, der einzige sind, der vernünftig mit mir redet.
In wärmster Verbundenheit
Ihre
Charlotte.

Felix lehnte sich in seinen Stuhl zurück und schloß die Augen. Er war so stolz auf sie und so beschämt über sich selbst, daß er fast weinen mußte.
Bridget nahm ihm den Brief aus der Hand und begann zu lesen. Er ließ sie gewähren.
»Sie weiß also nicht, daß Sie ihr Vater sind«, sagte sie.
»Nein.«
»Und warum hilft sie Ihnen dann?«
»Sie glaubt an das, was ich tue.«
Bridget schnaufte verächtlich. »Männer wie Sie finden immer Frauen, die ihnen helfen. Wer wüßte das besser als ich, Herrgott noch mal.« Sie las weiter. »Sie schreibt wie ein Schulmädchen.«
»Ja.«
»Wie alt ist sie?«
»Achtzehn.«
»Alt genug, um zu wissen, was sie tut. Alex ist also derjenige, auf den Sie es abgesehen haben?«
Felix nickte.
»Was ist er?«
»Ein russischer Fürst.«
»Dann verdient er den Tod.«
»Er treibt Rußland in den Krieg.«
Bridget nickte. »Und Sie ziehen Charlotte da hinein.«
»Finden Sie, daß ich Unrecht tue?«
Sie gab ihm den Brief zurück und wirkte verärgert. »Immer noch unsicher, was?«
»Die Politik ist nun einmal so.«
»Und das Leben ist nun einmal auch so.«

Felix zerriß den Umschlag und warf die Fetzen in den Papierkorb. Er wollte mit dem Brief dasselbe tun, konnte sich aber nicht dazu überwinden. Wenn alles vorüber ist, überlegte er, wird das vielleicht das einzige sein, was mich an sie erinnert. Er faltete die beiden Bogen zusammen und steckte sie in seine Jackentasche. Dann erhob er sich. »Ich muß noch einen Zug erreichen.«
»Soll ich Ihnen ein Sandwich für die Reise machen?«
Er schüttelte den Kopf. »Nein, danke, ich habe keinen Hunger.«
»Haben Sie Geld für die Fahrkarte?«
»Ja, dafür reicht es noch.«
Sie fuhr mit der Hand in ihre Schürzentasche und nahm ein Zwanzigshillingstück heraus. »Da, nehmen Sie und kaufen Sie sich eine Tasse Tee.«
»Das ist aber viel Geld.«
»Diese Woche kann ich es mir leisten. Hinaus mit Ihnen, bevor ich es mir anders überlege.«
Felix nahm die Münze und gab ihr einen Abschiedskuß. »Sie sind sehr lieb zu mir gewesen.«
»Ich tue es nicht für Sie, sondern für meinen Sean. Gott gebe seiner frohen Seele Ruhe.«
»Leben Sie wohl.«
»Viel Glück, mein Junge.«
Felix ging hinaus.

Walden war in optimistischer Stimmung, als er das Admiralitätsgebäude betrat. Er hatte sein Versprechen gehalten und Konstantinopel an Alex verkauft. Am vorigen Nachmittag hatte Alex ein Telegramm an den Zaren geschickt und ihm empfohlen, das britische Angebot zu akzeptieren. Walden war zuversichtlich. Der Zar würde bestimmt dem Rat seines Lieblingsneffen folgen, besonders jetzt, nach dem Mord in Sarajewo. Er war allerdings nicht so sicher, daß Lloyd George sich dem Willen Asquiths beugen würde.
Er wurde in das Büro des Marineministers geführt. Churchill sprang von seinem Stuhl auf, kam um den Schreibtisch herum, um Walden die Hand zu schütteln. »Wir haben Lloyd George überredet«, sagte er triumphierend.
»Das ist ja herrlich«, erwiderte Walden. »Und ich habe Orlow überredet.«

»Ich wußte, daß es Ihnen gelingen würde. Nehmen Sie Platz.«
Ich hätte mir gleich denken sollen, daß hier kein Dank zu erwarten war, dachte Walden. Aber heute konnte sogar Churchill seine gute Laune nicht verbergen. Walden saß auf einem Ledersessel, blickte sich im Zimmer um, schaute auf die Karten an den Wänden und blätterte in den Memoranden auf dem Schreibtisch. »Wir können jeden Augenblick eine Nachricht aus St. Petersburg erhalten«, sagte er. »Die Russische Gesandtschaft wird Ihnen unverzüglich eine schriftliche Mitteilung senden.«
»Je eher, desto besser«, bemerkte Churchill. »Graf Hoyos ist in Berlin gewesen. Wie unser Geheimdienst berichtet, hat er dem Kaiser einen Brief mit der Anfrage überreicht, ob Deutschland bereit sei, Österreich in einem Krieg gegen Serbien zu unterstützen. Und unser Geheimdienst kennt auch bereits die Antwort. Sie lautet: Ja.«
»Die Deutschen wollen doch nicht gegen Serbien kämpfen . . .«
»Nein«, unterbrach ihn Churchill, »sie brauchen nur einen Vorwand, um in Frankreich einzumarschieren. Sowie Deutschland mobil macht, wird auch Frankreich mobil machen, und damit haben die Deutschen einen Anlaß, in Frankreich einzufallen. Jetzt gibt es kein Halt mehr.«
»Ist das alles den Russen bekannt?«
»Wir haben sie entsprechend informiert. Hoffentlich glauben sie uns.«
»Kann denn nichts getan werden, um den Frieden zu erhalten?«
»Alles wird getan«, erklärte Churchill. »Sir Edward Grey arbeitet Tag und Nacht, und unsere Gesandten in Berlin, Paris, Wien und St. Petersburg tun das gleiche. Sogar der König schickt ein Telegramm nach dem anderen an seine lieben Vettern Kaiser ›Willy‹ und Zar ›Nicky‹. Es wird alles nichts nützen.«
Es klopfte an der Tür, und ein junger Sekretär mit einem Papier in der Hand trat ein. »Eine Mitteilung vom russischen Gesandten, Sir«, sagte er.
Walden wartete gespannt.
Churchill warf einen Blick auf das Papier und schaute triumphierend auf. »Sie haben angenommen.«
Walden strahlte. »Donnerwetter, jetzt bin ich aber froh!«
Der Sekretär ging hinaus. Churchill stand auf. »Jetzt haben wir uns einen Whisky-Soda verdient. Trinken Sie einen mit?«

»Aber gewiß.«
Churchill öffnete einen Schrank. »Ich lasse den Vertrag noch heute nacht aufsetzen und bringe ihn morgen nachmittag nach Walden Hall. Morgen abend können wir eine kleine Unterzeichnungsfeier abhalten. Natürlich müssen der Zar und Asquith ihn noch ratifizieren, aber das ist nur eine Formalität, wenn Orlow und ich unterschrieben haben.«
Der Sekretär klopfte wieder und trat ein.
»Mr. Basil Thomson ist hier, Sir.«
»Führen Sie ihn herein.«
Thomson kam sofort. Er sprach ohne lange Vorrede. »Wir sind unserem Anarchisten wieder auf der Spur.«
»Gut«, sagte Walden.
Thomson setzte sich. »Sie werden sich erinnern, daß ich einen meiner Leute als Untermieter in das Kellerzimmer in der Cork Street eingeschleust habe, für den Fall, daß unser Mann dorthin zurückkehren sollte.«
»Ich erinnere mich«, sagte Walden.
»Er ist zurückgekehrt, und als er wieder ging, folgte ihm mein Mann.«
»Und wohin ist er gegangen?«
»Zum Liverpool-Street-Bahnhof.« Thomson hielt inne. »Und dort hat er sich eine Fahrkarte zur Bahnstation Waldenhall gekauft.«

13

Walden lief es kalt über den Rücken.
Sein erster Gedanke galt Charlotte. Sie war jetzt am meisten in Gefahr, denn die Leibwächter konzentrierten sich auf Alex. Charlotte schützte, von den Dienstboten abgesehen, niemand. Wie konnte ich nur so dumm sein.
Aber auch um Alex war er besorgt. Schließlich war der Junge fast wie ein Sohn für ihn. Er glaubte sich sicher in Walden Hall – während Felix bereits dorthin unterwegs war, mit einer Waffe oder einer Bombe, um ihn zu ermorden, vielleicht aber auch, um Charlotte zu ermorden und den Abschluß des Vertrages zu sabotieren.
Walden platzte wütend heraus: »Warum, zum Teufel, haben Sie ihn nicht aufgehalten?«

Thomson erwiderte mit sanfter Stimme: »Ich hielt es nicht für ratsam, einen einzigen Mann gegen unseren Freund Felix vorgehen zu lassen, das müssen Sie doch einsehen. Wir haben erlebt, was er gegen ein ganzes Aufgebot ausrichten kann. Er scheint nicht um sein eigenes Leben zu fürchten. Mein Gewährsmann hat den Auftrag, ihm zu folgen und zu berichten.«

»Das ist nicht genug . . .«

»Ich weiß, Eure Lordschaft», unterbrach ihn Thomson.

Churchill sagte: »Meine Herren, bewahren wir die Ruhe. Wir wissen wenigstens, wo der Bursche ist. Wir haben alle Mittel der Regierung Seiner Majestät zu unserer Verfügung, und er kann uns nicht mehr entgehen. Was schlagen Sie vor, Thomson?«

»Ich habe bereits die notwendigen Maßnahmen ergriffen, Sir. Ich habe mich mit dem Polizeipräsidenten der Grafschaft telefonisch in Verbindung gesetzt. Eine ganze Abteilung wird auf dem Bahnhof von Waldenhall Stellung beziehen, um Felix zu verhaften, wenn er aus dem Zug steigt. Und falls inzwischen etwas Unvorhergesehenes eintreten sollte: Mein Gewährsmann läßt ihn nicht aus den Augen.«

»So geht es nicht«, sagte Walden. »Stoppen Sie den Zug, und verhaften Sie ihn, bevor er in die Nähe meines Hauses kommt.«

»Das hatte ich auch in Betracht gezogen«, entgegnete Thomson. »Aber es brächte mehr Gefahren mit sich als Vorteile. Es ist viel sicherer, ihn erst dann festzunehmen, wenn er es am wenigsten erwartet.«

Churchill sagte: »Das ist auch meine Meinung.«

»Es ist nicht Ihr Haus!« fuhr Walden ihn an.

»Sie müssen die Sache schon den Fachleuten überlassen«, erwiderte Churchill.

Walden gab sich geschlagen. Er stand auf. »Ich fahre sofort mit dem Auto nach Walden Hall. Kommen Sie mit, Thomson?«

»Nicht heute abend. Ich werde zuerst einmal diese Callahan verhaften. Wenn wir Felix gefaßt haben, müssen wir eine Anklage ausarbeiten, und sie könnte unsere Hauptzeugin sein. Ich komme morgen zu Ihnen, um Felix zu verhören.«

»Ihre Zuversicht ist mir unbegreiflich«, erwiderte Walden ärgerlich.

☆

Der Zug dampfte durch die abendliche Landschaft.
Felix sah die Sonne über den englischen Kornfeldern untergehen. Er war nicht jung genug, um mechanische Transportmittel als eine Selbstverständlichkeit zu betrachten, und so hatte für ihn eine Reise im Zug immer noch etwas Faszinierendes an sich. Der Junge, der einst in Lumpen über die schlammigen russischen Wiesen gewandert war, hätte sich etwas Derartiges nicht in seinen kühnsten Träumen einfallen lassen.
Er war fast allein, denn außer ihm saß nur noch ein junger Mann im Wagen, der voll und ganz in die Berichte der Abendausgabe der *Pall Mall Gazette* vertieft zu sein schien. Felix war in guter Stimmung, fast sogar fröhlich. Morgen früh würde er Charlotte wiedersehen. Er stellte sie sich zu Pferde vor, wie der Wind durch ihr Haar fuhr. Und sie würde mit ihm zusammenarbeiten. Sie würde ihm sagen, wo sich Orlows Zimmer befand und wo er sich zu den verschiedenen Tageszeiten aufhielt. Sie würde ihm dabei behilflich sein, eine Waffe zu finden.
Es war vor allem ihr Brief gewesen, der ihn so zuversichtlich stimmte. Sie war jetzt auf seiner Seite, was immer geschah. Aber . . .
Aber da gab es einen Punkt, der ihn unsicher machte. Er hatte ihr erzählt, daß er Orlow entführen wolle, und jedesmal, wenn er sich daran erinnerte, wurde ihm unbehaglich. Er versuchte, nicht mehr daran zu denken, aber der Gedanke war wie ein hartnäckiger Juckreiz, den man einfach nicht ignorieren konnte. Würde sie ihm Orlows Versteck zeigen? Er überlegte, was er tun könne. Vielleicht sollte ich ihr sagen, daß ich ihr Vater bin. Das wäre ein Schock für sie.
Einen Augenblick war er versucht, zu verschwinden und sie nie wiederzusehen.
Nein, entschied er, es geht nicht um ihr Schicksal und auch nicht um meines.
Wie wird überhaupt mein Schicksal aussehen, wenn ich Orlow getötet habe? Werde ich sterben? Er schüttelte den Kopf, als wollte er diesen Gedanken wie eine Fliege verscheuchen. Jetzt ist nicht die Zeit für trübselige Gedanken.
Ich muß alles genau planen.

Wie werde ich Orlow töten? Es gibt bestimmt Waffen im Landhaus des Grafen. Charlotte wird mir sagen, wo sie sind, oder mir eine beschaffen. Und falls das nicht möglich ist, finde ich genügend Messer in der Küche. Und schließlich habe ich auch noch meine Hände.
Er spannte die Finger.
Werde ich ins Haus gehen müssen, oder wird Orlow herauskommen? Soll ich es am Tage oder in der Nacht tun? Soll ich auch Walden töten? In politischer Hinsicht wäre sein Tod bedeutungslos, aber ich möchte es trotzdem tun. Aus persönlichen Gründen. Er sah Walden wieder vor sich, wie er die Flasche auffing. Unterschätze diesen Mann nicht, dachte er.
Ich muß dafür sorgen, daß Charlotte ein Alibi hat – niemand darf erfahren, daß sie mir behilflich war.
Der Zug verlangsamte das Tempo und hielt an einem kleinen Landbahnhof. Felix versuchte, sich an die Karte zu erinnern, die er sich im Bahnhof an der Liverpool Street angesehen hatte. Waldenhall mußte der vierte Halt sein.
Sein Reisegefährte hatte endlich die *Pall Mall Gazette* ausgelesen und auf den Sitz neben sich gelegt. Felix wußte, daß er den Mord erst planen konnte, wenn er die örtliche Lage ausgekundschaftet hatte. Er wandte sich an den Mann: »Darf ich Ihre Zeitung lesen?«
Der Mann schien verblüfft. Ach ja, in England ist es nicht Sitte, mit Unbekannten im Zug zu sprechen, durchfuhr es Felix. »Bitte sehr«, sagte der Mann.
Felix nahm die Zeitung. »Vielen Dank.«
Er warf einen Blick auf die Schlagzeilen. Sein Gefährte starrte aus dem Fenster, schien verlegen zu sein. Er hat die Wangen voller Haare, wie es zu meiner Jugend Mode gewesen ist, dachte Felix und versuchte, sich an das englische Wort zu erinnern . . . Backenbart, ja, das war es.
Backenbart?
Möchten Sie Ihr Zimmer wiederhaben? Ich habe es an einen anderen Burschen vermietet, aber den werfe ich bald hinaus – er hat einen Backenbart, und Backenbärte habe ich nie gemocht.
Und jetzt erinnerte sich Felix, daß dieser Mann in der Schlange vor dem Billettschalter direkt hinter ihm gestanden hatte.

Blitzartig fühlte er sich in höchste Alarmbereitschaft versetzt.
Er hielt sich die Zeitung vor das Gesicht, um seine Betroffenheit zu verbergen und zwang sich, ruhig und klar zu denken. Bridget mußte irgend etwas gesagt haben, was die Polizei genügend verdächtig fand, um ihr Haus unter Bewachung zu halten. Und dann hatten sie einen Detektiv als Untermieter in Felix' Zimmer geschickt. Der hatte Felix erkannt und war ihm bis zum Bahnhof gefolgt. Da er direkt hinter Felix stand, hatte er mitbekommen, daß er eine Fahrkarte nach Waldenhall verlangte, und hatte dann ebenfalls eine Karte dorthin gelöst. Schließlich war er mit Felix in den Zug gestiegen.

Nein, ganz so kann es nicht gewesen sein. Felix hatte etwa zehn Minuten im Zug gesessen, bevor er abfuhr. Der Mann mit dem Backenbart war aber erst im letzten Augenblick in den Wagen gesprungen. Was hatte er in der Zwischenzeit getan?

Wahrscheinlich telefoniert.

Felix stellte sich das Gespräch vor. Der Detektiv sitzt im Büro des Bahnhofvorstehers und spricht ins Telefon:

»Der Anarchist war gerade im Haus in der Cork Street, Sir. Ich folge ihm jetzt.«

»Wo sind Sie?«

»Auf dem Liverpool-Street-Bahnhof. Er kaufte eine Fahrkarte nach Waldenhall. Er hat bereits den Zug bestiegen.«

»Ist er schon abgefahren?«

»Erst in . . . sieben Minuten.«

»Sind sonst noch Polizisten auf dem Bahnhof?«

»Nur zwei Bobbies.«

»Das ist nicht genug . . . dieser Mann ist gefährlich.«

»Ich kann die Abfahrt des Zuges verzögern lassen, während Sie Verstärkung kommen lassen.«

»Dann könnte unser Anarchist Verdacht schöpfen und davonlaufen. Nein. Sie bleiben bei ihm . . .«

Und was würden sie dann tun? fragte sich Felix. Sie könnten mich entweder irgendwo auf der Strecke aus dem Zug holen oder mich in Waldenhall erwarten und dann festnehmen.

Auf jeden Fall muß ich diesen Zug verlassen, und zwar so schnell wie möglich.

Und was mache ich mit dem Detektiv? Er muß im Zug bleiben, außerstande, Alarm zu schlagen, damit ich einen Vorsprung bekomme.
Ich könnte ihn fesseln, wenn ich einen Strick hätte. Ich könnte ihn bewußtlos schlagen, wenn ich irgendeinen harten Gegenstand hätte. Ich könnte ihn erwürgen, aber das würde Zeit in Anspruch nehmen und es könnte mich jemand dabei beobachten. Ich könnte ihn aus dem Zug stoßen, aber ich will, daß er im Zug bleibt . . .
Der Zug verlangsamte das Tempo. Vielleicht erwarten sie mich auf dem nächsten Bahnhof. Ich wünschte, ich hätte eine Waffe. Hat der Detektiv eine Pistole? Wohl kaum. Ich könnte die Fensterscheibe einschlagen und ihm mit einem langen Splitter die Kehle durchschneiden – aber das würde zuviel Aufsehen erregen.
Ich muß aus dem Zug verschwinden.
Einige Häuser tauchten neben dem Bahndamm auf. Sie kamen in ein Dorf oder eine kleine Stadt. Die Bremsen quietschten, ein Bahnhof kam in Sicht. Felix blickte angespannt aus dem Fenster. Der Bahnsteig schien menschenleer. Die Lokomotive blieb dampfend und zischend stehen.
Einige Leute stiegen aus. Ein paar Reisende gingen an Felix' Fenster vorbei, eine Familie mit zwei kleinen Kindern, eine Frau mit einer Hutschachtel und ein großer Mann in einem Tweedanzug.
Ich könnte ihm einen Schlag versetzen, überlegte er, aber es ist schwer, jemanden mit bloßer Faust bewußtlos zu schlagen.
Die Polizeifalle kann schon auf dem nächsten Bahnhof sein. Ich muß jetzt verschwinden.
Ein Pfiff ertönte.
Felix stand auf.
Der Detektiv blickte ihn verblüfft an.
Felix fragte: »Gibt es eine Toilette im Zug?«
Der Mann war überrascht. »Äh . . . aber gewiß doch«, sagte er.
»Vielen Dank.« Darauf war er nicht gefaßt, stellte Felix zufrieden fest.
Er trat aus dem Abteil in den Korridor.
Dann rannte er bis zum Ende des Wagens. Der Zug ruckte und setzte sich in Bewegung. Felix blickte zurück. Der Detektiv steckte den Kopf aus dem Abteil. Felix ging in die Toilette, kam wieder

heraus. Der Detektiv beobachtete ihn noch immer. Der Zug fuhr ein wenig schneller. Felix ging an die Tür. Der Detektiv kam auf ihn zu. Felix drehte sich um und schlug ihm direkt ins Gesicht. Der Detektiv taumelte leicht zurück. Felix schlug ihn abermals, in die Magengrube. Eine Frau schrie auf. Felix packte den Mann bei der Jacke und zerrte ihn in die Toilette. Der Detektiv wehrte sich, versetzte Felix einen Schlag in die Rippen, der ihn aufkeuchen ließ. Doch dann packte er den Detektiv mit beiden Händen am Kopf und stieß ihn mehrere Male mit voller Kraft auf den Rand des Waschbeckens. Der Zug erhöhte die Geschwindigkeit. Felix ließ den Kopf des Detektivs immer wieder gegen das Waschbecken prallen. Der Mann sackte zusammen. Felix ließ ihn fallen und trat aus der Toilette. Er ging zur Tür und öffnete sie. Der Zug befand sich jetzt in voller Fahrt. Eine Frau am anderen Ende des Korridors beobachtete ihn mit aschfahlem Gesicht. Felix sprang. Die Tür schlug hinter ihm zu. Er landete rennend, kam ins Stolpern, gewann aber das Gleichgewicht wieder. Der Zug fuhr weiter, schneller und schneller. Felix ging zum Bahnhofsausgang.

»Sie sind ein bißchen zu spät ausgestiegen«, sagte der Mann an der Sperre.

Felix nickte und gab ihm seine Fahrkarte.

»Damit können Sie noch drei Stationen weiterfahren«, sagte der Kontrolleur.

»Ich habe es mir im letzten Augenblick anders überlegt.«

Man hörte das Quietschen von Bremsen. Beide blickten den Schienen nach. Der Zug hielt an; jemand hatte die Notbremse gezogen. Der Mann an der Sperre sagte: »He, was ist denn da los?«

Felix beherrschte sich, zuckte mit den Achseln, als ginge ihn das nichts an. »Was weiß ich«, sagte er. Am liebsten wäre er gerannt, aber damit hätte er nur noch mehr auf sich aufmerksam gemacht. Der Mann an der Sperre zögerte. Felix kam ihm verdächtig vor, aber er mußte sich zunächst um den Zug kümmern. Schließlich sagte er: »Sie warten hier«, und rannte auf den Bahnsteig. Der Zug war etwa hundert Meter hinter dem Bahnhof stehengeblieben. Felix sah den Mann am Ende des Bahnsteigs auf den Bahndamm springen.

Er blickte sich um. Er war allein. Rasch verließ er den Bahnhof und ging auf die Straße.

Einige Minuten später sauste ein Wagen mit drei Polizisten an ihm vorbei und fuhr auf den Bahnhof zu.
Etwas außerhalb der Stadt kletterte Felix über einen Zaun, legte sich in ein Kornfeld und wartete dort auf die Nacht.

Der große Lanchester bog dröhnend in die Auffahrt nach Walden Hall ein. Alle Fenster des Hauses waren hell erleuchtet. Ein Polizist in Uniform stand an der Tür, ein anderer ging auf der Terrasse auf und ab. Pritchard brachte den Wagen zum Stehen. Der Polizist an der Eingangstür nahm Habachtstellung an und salutierte. Pritchard öffnete den Schlag, und Walden stieg aus.
Die Haushälterin, Mrs. Braithwaite, kam aus dem Haus, um ihn zu begrüßen. »Guten Abend, Eure Lordschaft.«
»Guten Abend, Mrs. Braithwaite. Wer ist denn da?«
»Sir Arthur ist mit Fürst Orlow im Salon.«
Walden nickte, und sie traten zusammen ins Haus. Sir Arthur Langley war der Oberinspektor der Polizei und ein alter Schulkamerad Waldens.
»Haben Eure Lordschaft schon zu Abend gegessen?« erkundigte sich Mrs. Braithwaite.
»Nein.«
»Wie wäre es mit einer Scheibe Wildpastete und einer Flasche Burgunder?«
»Das überlasse ich Ihnen.«
»Sehr wohl, Eure Lordschaft.«
Während Mrs. Braithwaite sich entfernte, trat Walden in den Salon. Alex und Sir Arthur standen am Kamin und tranken Cognac. Beide waren in Abendkleidung.
Sir Arthur sagte: »Guten Abend, Stephen. Wie geht's?«
Walden schüttelte ihm die Hand. »Hast du den Anarchisten geschnappt?«
»Leider nicht . . .«
»Verdammt noch mal!« rief Walden aus. »Das hatte ich befürchtet! Aber niemand wollte auf mich hören.« Er besann sich auf seine guten Manieren und schüttelte Alex die Hand. »Ich weiß wirklich nicht, was ich dir sagen soll, mein lieber Junge – du mußt uns für total unfähig halten.« Er wandte sich wieder an Sir Arthur. »Was, zum Teufel, ist denn nun schon wieder passiert?«

»Felix ist in Tingley aus dem Zug gesprungen.«
»Und wo war Thomsons Detektiv?«
»Auf der Toilette, mit einem Schädelbruch.«
»Das ist ja prächtig«, sagte Walden bitter. Er ließ sich in einen Sessel fallen.
»Als die Stadtpolizei alarmiert wurde, hatte Felix sich bereits in Luft aufgelöst.«
»Er ist auf dem Wege hierher, bist du dir darüber im klaren?«
»Ja, natürlich«, erwiderte Sir Arthur besänftigend.
»Du solltest deinen Leuten befehlen, ihn zu erschießen, sobald er sich sehen läßt.«
»Das wäre zwar ideal – aber sie haben nun einmal keine Waffen.«
»Sie sollten aber welche haben, verdammt noch mal!«
»Da hast du bestimmt recht, aber die öffentliche Meinung . . .«
»Bevor wir weiterreden, sage mir, was bisher getan worden ist.«
»Gern. Wir haben fünf Patrouillen auf den Straßen zwischen hier und Tingley.«
»Sie werden ihn im Dunkeln nicht sehen.«
»Vielleicht nicht, aber jedenfalls wird ihre Anwesenheit dafür sorgen, daß er nicht so schnell durchkommt.«
»Das bezweifle ich. Und was noch?«
»Ich habe einen Inspektor und einen Sergeanten mitgebracht, die das Haus bewachen.«
»Ich habe sie draußen gesehen.«
»Sie werden alle acht Stunden abgelöst, Tag und Nacht. Der Fürst hat bereits zwei Leibwächter von der Sonderabteilung, und Thomson schickt noch vier weitere per Wagen hierher. Sie müssen heute abend ankommen und werden sich alle zwölf Stunden ablösen, damit er immer drei Mann bei sich hat. Meine Polizisten sind, wie gesagt, nicht bewaffnet, aber Thomsons Leute haben Revolver. Ich würde empfehlen, daß Fürst Orlow in diesem Zimmer bleibt, bis wir Felix gefaßt haben.«
Alex sagte: »Das werde ich tun.«
Walden blickte ihn an. Orlow war bleich, aber ruhig. Er ist sehr tapfer, fand Walden. Ich an seiner Stelle wäre schon längst wütend geworden und hätte mich über die Inkompetenz der britischen Polizei beklagt. Walden sagte: »Ein paar Leibwächter sind meiner Meinung nach nicht genug. Wir brauchen eine Armee.«

»Morgen früh werden wir eine haben«, antwortete Sir Arthur. »Wir werden die ganze Gegend durchkämmen. Die Suchaktion beginnt um neun Uhr.«

»Warum nicht beim Morgengrauen?«

»Weil die Armee erst zusammengetrommelt werden muß. Wir erwarten hundertfünfzig Mann aus allen Teilen der Grafschaft. Die meisten von ihnen sind jetzt im Bett – sie müssen benachrichtigt werden und ihre Instruktionen erhalten. Und sie müssen hierhergebracht werden.«

Mrs. Braithwaite kam mit einem Tablett herein. Es gab kalte Wildpastete, ein halbes Huhn, eine Schüssel Kartoffelsalat, Brötchgen, kalte Wurst, Tomatenscheiben, Cheddar-Käse, mehrere Arten von Chutney-Soßen und Obst. Ein Lakai folgte ihr mit einer Flasche Wein, einem Krug Milch, einer Kanne Kaffee, einer Portion Speiseeis, einer Apfeltorte und einem halben Schokoladenkuchen. Der Lakai sagte: »Der Burgunder hatte leider keine Zeit zum Atmen, Eure Lordschaft – soll ich ihn in eine Karaffe umfüllen?«

»Ja, bitte.«

Der Lakai machte sich an einem kleinen Tisch zu schaffen. Walden hatte Hunger, war aber zu nervös, um essen zu können. Wahrscheinlich werde ich auch nicht schlafen können, dachte er.

Alex goß sich noch einen Cognac ein. Er trinkt ständig, stellte Walden fest. Er bewegt sich wie ein Automat, scheint sich streng unter Kontrolle zu halten.

»Wo ist Charlotte?« fragte Walden plötzlich.

Alex antwortete: »Sie ist zu Bett gegangen.«

»Sie darf auf keinen Fall das Haus verlassen, bevor diese Angelegenheit erledigt ist.«

Mrs. Braithwaite fragte: »Soll ich es ihr sagen, Eure Lordschaft?«

»Nein, wecken Sie sie nicht auf. Ich sehe sie ja beim Frühstück.«

Walden nahm einen Schluck Wein, erhoffte sich ein wenig Entspannung davon. »Wir könnten dich inzwischen anderswo unterbringen, Alex, falls dir das lieber ist.«

Alex lächelte resigniert. »Ich glaube kaum, daß das viel Sinn hätte. Felix findet mich überall. Am besten halte ich mich in meinem Zimmer versteckt, unterschreibe den Vertrag sobald wie möglich und fahre dann nach Hause.«

Walden nickte. Die Diener entfernten sich. Sir Arthur sagte: »Ach, Stephen . . . da ist noch etwas.« Er schien verlegen. »Wir müssen uns überlegen, wie Felix plötzlich dazu kam, den Zug nach Walden-hall zu nehmen.«
Bei all der Panik war Walden das noch gar nicht aufgefallen. »Ja, natürlich . . . wie in Gottes Namen hat er das herausgefunden?«
»Soweit mir bekannt ist, wußten nur zwei Gruppen von Leuten, wo Orlow sich befindet. Die eine ist das Personal der Gesandtschaft, denn von dort sind ja die Telegramme hierhergeschickt worden. Die andere sind deine Leute hier.«
»Ein Verräter in meiner Dienerschaft?«
Walden schauderte bei dem Gedanken.
»Ja«, sagte Sir Arthur zögernd. »Oder . . . was natürlich auch nicht auszuschließen ist . . . in der Familie.«

Lydias Dinner war eine Katastrophe. In Abwesenheit Stephens mußte sein Bruder George den Platz des Gastgebers einnehmen, was eine ungerade Zahl ergab und die ganze Sitzordnung durcheinanderbrachte. Schlimmer noch, Lydia war so verstört, daß sie kaum zu einer höflichen Konversation fähig war, geschweige zu einer glanzvollen. Alle, außer den wirklich teilnahmsvollen Gästen, erkundigten sich nach Charlotte, obgleich sie genau wußten, daß sie in Ungnade gefallen war. Lydia antwortete nur, sie sei für ein paar Tage aufs Land gefahren, um sich auszuruhen. Sie sprach ganz mechanisch, wußte kaum, was sie sagte. Sie hatte den Kopf voller Alpträume: Felix verhaftet, Stephen erschossen, Felix zusammengeschlagen, Stephen verblutend, Felix auf der Flucht, Stephen im Sterben. Wie gerne hätte sie jemandem ihre Gefühle anvertraut, aber mit ihren Gästen konnte sie nur über den gestrigen Ball sprechen, über die Aussichten für die Regatta von Cowes, die Lage auf dem Balkan und das Budget Lloyd Georges.
Zum Glück blieben sie nicht lange nach dem Essen. Sie gingen auf einen Ball, in Konzerte oder zu anderen Veranstaltungen. Kaum hatte der letzte das Haus verlassen, da eilte Lydia in die Halle und griff zum Telefon. Mit Stephen konnte sie nicht sprechen, denn Walden Hall hatte noch keinen Anschluß, und so rief sie bei Winston Churchill in Eccleston Square an. Er war ausgegangen. Sie

versuchte es bei der Admiralität, in der Downing Street, im Liberalen Club, aber vergeblich. Sie mußte unbedingt wissen, was geschehen war. Schließlich fiel ihr Basil Thomson ein, und sie ließ sich mit Scotland Yard verbinden. Thomson war trotz der späten Stunde noch bei der Arbeit in seinem Büro.
»Lady Walden, was kann ich für Sie tun?« fragte er.
»Wie ist die Lage?«
»Leider schlecht. Unser Freund Felix ist uns wieder einmal durch die Finger geschlüpft.«
Eine Welle der Erleichterung durchströmte sie. »Ich danke Ihnen«, sagte sie.
»Sie brauchen sich wirklich keine übermäßigen Sorgen zu machen«, fuhr Thomson fort. »Fürst Orlow steht jetzt unter guter Bewachung.«
Lydia errötete vor Scham. Sie hatte sich so gefreut, daß Felix nichts zugestoßen war, daß sie im Augenblick ganz vergessen hatte, sich um Alex und Stephen zu sorgen. »Ich . . . ich werde versuchen, mich zu beruhigen«, sagte sie. »Gute Nacht.«
»Gute Nacht, Lady Walden.«
Sie hängte den Hörer auf.
Dann ging sie hinauf und klingelte nach ihrer Zofe, damit sie ihr beim Auskleiden half. Sie fühlte sich niedergeschlagen. Nichts hatte sich verändert und die, die sie liebte, waren immer noch in Gefahr. Wie lange konnte das so weitergehen? Felix würde nicht aufgeben, dessen war sie sicher, nicht, solange er in Freiheit war.
Die Zofe kam, knöpfte ihr das Kleid auf, löste die Schnüre ihres Korsetts. Manche Damen vertrauen sich ihren Zofen an, das wußte Lydia. Aber sie tat es nicht. Sie hatte es einmal getan, damals in St. Petersburg . . .
Sie beschloß, an ihre Schwester zu schreiben, denn es war noch zu früh, um zu Bett zu gehen. Sie bat die Zofe, ihr Briefpapier aus dem Morgenzimmer zu holen. Dann zog sie sich einen Morgenrock über, setzte sich ans offene Fenster und starrte hinaus in den dunklen Park. Es war eine finstere Nacht. Seit drei Monaten hatte es nicht geregnet, aber in den letzten Tagen war es drückend und schwül geworden, und bald würde es ein Gewitter geben.
Die Zofe brachte ihr Papier, Federhalter, Tinte, Briefumschläge und

Sand. Lydia nahm einen Bogen und schrieb: »Liebe Tatjana . . .« Sie wußte nicht, wo sie anfangen sollte. Wie soll ich ihr das mit Charlotte erklären, wenn ich es selbst nicht begreife? Und Felix wage ich gar nicht zu erwähnen, denn Tatjana könnte es dem Zaren erzählen, und wenn der erfuhr, wie knapp Alex einem Mordanschlag entgangen war . . .

Felix ist unglaublich gerissen. Hat er etwa herausgefunden, wo Alex sich versteckt? Wir haben es nicht einmal Charlotte gesagt . . .

Charlotte!

Lydia erstarrte.

Charlotte?

Sie sprang auf und schrie: »Oh, nein!«

Er war etwa vierzig und trug eine Tweedmütze.

Ein furchtbarer Schrecken überkam sie. Es war wie einer jener quälender Träume, in denen man an das Schlimmste denkt, das möglicherweise passieren könnte, und dann passiert es wirklich: Die Leiter stürzt, das Kind wird überfahren, die geliebte Person stirbt.

Sie vergrub das Gesicht in ihren Händen. Sie fühlte sich schwindlig.

Ich muß nachdenken, ich muß versuchen, mich zu konzentrieren.

Lieber Gott, ich bitte dich, hilf mir.

Charlotte traf sich mit einem Mann in der National Gallery. Am gleichen Abend fragte sie, wo Alex sei. Ich habe es ihr nicht gesagt. Vielleicht hat sie auch Stephen gefragt, aber er hatte es ihr bestimmt auch nicht gesagt. Dann wurde sie nach Walden Hall geschickt und entdeckte natürlich, daß Alex dort war.

Laß es einen Traum sein, betete sie; bitte, laß mich jetzt aufwachen und in meinem Bett liegen, dann ist alles gut.

Aber es war kein Traum. Felix war der Mann mit der Tweedmütze. Charlotte war ihrem Vater begegnet. Sie hatten sich die Hände gehalten.

Es war entsetzlich, ganz entsetzlich.

Hatte Felix Charlotte die Wahrheit gesagt, hatte er gesagt: »Ich bin dein wirklicher Vater«, und damit das neunzehn Jahre lang gehütete Geheimnis preisgegeben?

Wußte er überhaupt davon?

Er muß es gewußt haben.

Warum sonst hätte sie ihm geholfen?

Meine eigene Tochter verschwört sich mit einem Anarchisten, um einen Mord zu begehen.
Sie hilft ihm bestimmt immer noch.
Was kann ich tun? Ich muß Stephen warnen – aber wie kann ich das, ohne ihm zu gestehen, daß er nicht Charlottes Vater ist? Wenn ich nur klar denken könnte!
Sie klingelte wieder nach ihrer Zofe. Ich muß einen Weg finden, überlegte sie. Ich weiß nicht, was ich tun werde, aber tun muß ich etwas, unbedingt. Als die Zofe kam, sagte sie: »Packen Sie meinen Koffer. Ich reise in den ersten Morgenstunden ab. Ich muß nach Walden Hall.«

Nachdem es dunkel geworden war, eilte Felix über die Felder. Es war eine warme, feuchte Nacht und sehr dunkel. Schwere Wolken verhüllten Mond und Sterne. Er kam nicht schnell vorwärts, fand aber schließlich den Weg zum Bahndamm und wandte sich nach Norden.
Den Schienen entlang ging es ein bißchen schneller, denn der Stahl glänzte schwach, und er wußte, daß es keine Hindernisse gab. Er kam an dunklen Haltestellen vorbei, schlich über menschenleere Bahnsteige. Er hörte Ratten in den verlassenen Wartesälen. Vor Ratten hatte er keine Angst, früher hatte er sie mit bloßen Händen getötet und dann gegessen. Die Namen der Bahnhöfe waren auf Metallschildern vermerkt; er konnte sie mit Mühe lesen, wenn er nahe genug heranging.
Als er endlich nach Waldenhall gelangte, erinnerte er sich an Charlottes Angaben. *Das Haus liegt drei Meilen vom Dorf entfernt an der Straße nach Norden.* Die Schienen verliefen ungefähr in Richtung Nord-Nordost. Er folgte ihnen etwa eine Meile und maß die Distanz, indem er seine Schritte zählte. Er hatte eintausendsechshundert Schritte gemacht, als er mit jemandem zusammenstieß.
Der Mann schrie überrascht auf, und Felix packte ihn an der Kehle. Ein durchdringender Biergeruch ging von ihm aus. Felix merkte, daß es nur ein Betrunkener auf dem Heimweg war, und ließ ihn los.
»Haben Sie keine Angst«, sagte der Mann mit schleppender Stimme.

»Schon gut«, erwiderte Felix.
»Es ist meine einzige Möglichkeit, nach Hause zu kommen, ohne mich zu verlaufen.«
»Na denn los.«
Der Mann torkelte weiter. Er drehte sich noch einmal um und rief ihm zu: »Schlafen Sie nicht auf den Schienen! Um vier Uhr kommt der Milchzug vorbei.«
Felix antwortete nicht, und der Betrunkene watschelte weiter.
Felix schüttelte den Kopf, er schämte sich, so nervös zu sein. Er hätte den Mann töten können. Erleichtert atmete er auf, fühlte sich aber plötzlich schwach. So kann es nicht weitergehen, grübelte er. Er beschloß, die Straße zu suchen. Vorsichtig kletterte er vom Bahndamm herunter, stolperte über ein Stück unebener Erde und gelangte dann an einen Drahtzaun. Er blieb einen Augenblick stehen. Was war das? Ein Feld? Ein Gemüsegarten? Die Gemeindeweide? Er hörte, wie sich in seiner Nähe etwas bewegte, konnte aber nur undeutlich etwas Weißes erkennen. Er bückte sich und tastete mit den Händen über den Boden, bis er einen kleinen Stein fand, den er dann in die Richtung des weißen Unbekannten warf. Ein Wiehern ertönte, und ein Pferd trabte davon.
Felix lauschte. Falls irgendwo Hunde in der Nähe waren, hätten sie gebellt, als sie das Wiehern hörten. Aber alles blieb still.
Er bückte sich und kletterte durch den Drahtzaun. Langsam überquerte er die Pferdeweide. Einmal stolperte er über einen Busch. Er hörte noch ein weiteres Pferd, sah es jedoch nicht.
Schließlich kam er an einen weiteren Drahtzaun. Er kletterte hindurch und stieß gegen einen Holzverschlag. Sofort gackerte eine Unzahl von Hühnern erschreckt auf. Ein Hund begann zu bellen. In einem Zimmer des Hauses ging das Licht an. Felix warf sich flach auf den Boden und blieb still liegen. Im Lichtschein sah er, daß er sich auf einem kleinen Bauernhof befand. Er war an das Hühnerhaus gestoßen. Jenseits des Bauernhauses sah er die Straße, nach der er gesucht hatte. Die Hühner beruhigten sich, der Hund stieß ein letztes enttäuschtes Heulen aus, und im Fenster wurde es wieder dunkel. Felix ging auf die Straße.
Es war eine Sandstraße, neben der ein trockener Graben verlief. Hinter dem Graben schien ein Wald zu liegen. Er erinnerte sich:

Links von der Straße sehen Sie einen Wald. Er war also fast am Ziel. Er folgte weiter der unebenen Straße und lauschte angestrengt auf etwaige Schritte. Nach etwas mehr als einer Meile nahm er eine Mauer zu seiner Linken wahr. Ein paar Meter weiter war die Mauer von einem Tor durchbrochen; er sah ein Licht.
Er spähte durch das Eisengitter des Tores. Die Auffahrt schien ziemlich lang zu sein. Ganz am Ende sah er im Schein einiger flackernder Lampen das Säulenportal eines großen Hauses, vor dem eine hohe Gestalt auf und ab ging: eine Wache.
In diesem Haus befindet sich also Fürst Orlow, stellte er fest. Wo mag wohl sein Schlafzimmerfenster sein?
Plötzlich hörte er das Geräusch eines sich sehr rasch nähernden Wagens. Er rannte zehn Schritte zurück und warf sich in den Graben. Einen Augenblick später erhellte Scheinwerferlicht die Mauer, und der Wagen hielt vor dem Tor. Jemand stieg aus.
Er hörte Klopfen. Das muß das Pförtnerhaus sein, dachte er. Er hatte es in der Dunkelheit gar nicht bemerkt. Ein Fenster wurde geöffnet, und eine Stimme rief: »Wer ist da?«
Eine andere Stimme antwortete: »Polizei, Sonderabteilung von Scotland Yard.«
»Einen Augenblick bitte.«
Felix lag mäuschenstill. Er hörte die Schritte des Mannes, der aus dem Wagen gestiegen war und nun ungeduldig auf und ab ging. Eine Tür wurde geöffnet, ein Hund bellte, und eine Stimme rief: »Ruhe, Rex!«
Felix hielt den Atem an. War der Hund an der Leine? Würde er Felix riechen? Würde er den Graben entlang schnüffeln, ihn finden und dann bellen?
Die Eisentore öffneten sich quietschend. Der Hund bellte wieder. Die Stimme sagte: »Gib endlich Ruhe, Rex!«
Eine Wagentür schlug zu, und das Auto bog in die Auffahrt ein. Es war wieder finster im Graben. Falls der Hund mich jetzt findet, überlegte Felix, kann ich ihn und den Pförtner töten und wegrennen . . .
Er spannte alle Muskeln an, bereit aufzuspringen, sobald er ein Schnüffeln in der Nähe hörte.
Die Tore schlossen sich quietschend.

Einen Augenblick später wurde die Tür zum Pförtnerhaus mit lautem Krachen zugeschlagen. Der Hund war still.
Felix atmete auf. Kurze Zeit später verließ er seine Deckung.

14

Charlotte erwachte um sechs Uhr. Sie hatte die Vorhänge ihrer Schlafzimmerfenster zurückgezogen, damit die ersten Sonnenstrahlen sie aus dem Schlaf weckten. Das war ein Trick, den sie schon vor Jahren angewandt hatte, wenn Belinda bei ihnen übernachtete. Die beiden Mädchen tollten gern im Haus herum, während die Erwachsenen noch in ihren Betten lagen und sie nicht ermahnen konnten, sich wie junge Damen zu benehmen.
Ihr erster Gedanke galt Felix. Sie hatten ihn nicht gefaßt – er war so schlau und geschickt! Heute erwartete er sie bestimmt im Wald. Sie sprang aus dem Bett und blickte aus dem Fenster. Das Wetter war noch nicht umgeschlagen. Er hatte also die Nacht im Trockenen verbracht.
Sie wusch sich in kaltem Wasser, zog sich rasch einen langen Rock, Reitstiefel und eine Jacke an. Einen Hut trug sie nie, wenn sie frühmorgens ausritt.
Leise ging sie hinunter. Niemand war zu sehen. Wahrscheinlich befand sich eine Magd in der Küche, um Feuer zu machen und Wasser zu wärmen, aber die übrige Dienerschaft schlief bestimmt noch. Sie trat aus der südlichen Eingangstür und stieß auf einen großen Polizisten in Uniform.
»Du meine Güte!« rief sie aus. »Wer sind denn Sie?«
»Polizeiwachtmeister Stevenson, Miß.«
Er nannte sie Miß, weil er nicht wußte, wer sie war. »Ich bin Charlotte Walden«, sagte sie.
»Ich bitte um Verzeihung, gnädiges Fräulein.«
»Schon gut. Was tun Sie hier?«
»Ich bewache das Haus, gnädiges Fräulein.«
»Ach ja, Sie bewachen den Fürsten, wollen Sie sagen. Wie beruhigend. Und wie viele Kollegen haben Sie?«
»Einen draußen und vier drinnen. Die im Haus sind bewaffnet. Aber später kommen noch viel mehr.«

»Wozu?«
»Große Suchaktion, gnädiges Fräulein. Wie ich hörte, sollen noch hundertfünfzig Mann gegen neun hier ankommen. Wir schnappen uns diesen Anarchisten – da brauchen Sie keine Angst zu haben.«
»Das ist ja wunderbar.«
»Wollten Sie ausreiten, gnädiges Fräulein? Das würde ich an Ihrer Stelle lieber nicht tun. Heute nicht.«
»Gut, ich lasse es lieber bleiben«, log Charlotte.
Sie entfernte sich und ging um den östlichen Flügel des Hauses herum zum hinteren Hof. Niemand war zu sehen. Sie begab sich in die Stallungen zu ihrer Stute Spats, die so genannt wurde, weil sie weiße Flecke auf den Vorderbeinen hatte, die wie Gamaschen aussahen. Sie sprach zu ihr, streichelte ihr die Nase und gab ihr einen Apfel. Dann sattelte sie das Pferd, führte es aus dem Stall und stieg auf.
Sie ritt von der Hinterfront des Hauses fort und machte einen großen Bogen um den Park, um von dem Polizisten nicht gehört oder gesehen zu werden. Sie galoppierte über die westliche Weide und war mit einem Sprung über den Zaun im Wald. Im Schritt ließ sie Spats durch die Bäume gehen, bis sie zum Reitweg gelangte, dann ließ sie sie traben.
Es war kühl im Wald. Die Eichen und Birken standen in vollem Laub und überschatteten den Pfad. Wo die Sonnenstrahlen durchdrangen, dampfte der Tau auf dem Boden. Charlotte fühlte ihre angenehme Wärme. Die Vögel zwitscherten laut.
Sie überlegte: Was kann er gegen hundertfünfzig Mann ausrichten? Sein Plan war jetzt unmöglich geworden. Alex war zu gut bewacht, die Jagd auf Felix zu gut organisiert. Aber sie konnte ihn immerhin warnen.
Sie gelangte an das andere Ende des Waldes, ohne ihn zu sehen und war enttäuscht, denn sie hatte ihn heute mit Bestimmtheit hier erwartet. Jetzt begann sie sich Sorgen zu machen, denn wenn sie ihn nicht warnen konnte, würde er bestimmt in die Falle gehen. Aber es war ja noch nicht einmal sieben Uhr, und vielleicht hatte er noch nicht nach ihr ausgeschaut. Sie stieg vom Sattel und führte Spats am Halfter zurück. Möglicherweise hatte Felix sie gesehen und wartete nur, um ganz sicher zu sein, daß man ihr nicht folgte. Sie blieb auf

einer Lichtung stehen, um ein Eichhörnchen zu beobachten. Die kleinen Tiere waren überhaupt nicht scheu, liefen nur vor den Hunden davon. Plötzlich hatte sie das Gefühl, beobachtet zu werden. Sie drehte sich um, und da stand er und blickte sie mit traurigem Gesicht an.

»Guten Morgen, Charlotte«, sagte er.

Sie ging auf ihn zu und reichte ihm beide Hände. Sein Bart war stark gewachsen. An seinen Kleidern hingen Laubreste. »Sie sehen sehr müde aus«, sagte sie auf russisch.

»Ich habe Hunger. Haben Sie mir etwas zu essen mitgebracht?«

»Ach, daran habe ich gar nicht gedacht.« Sie hatte nur einen Apfel für ihr Pferd mitgenommen, aber nichts für Felix.

»Macht nichts. Ich bin in meinem Leben schon hungriger gewesen.«

»Hören Sie«, sagte sie. »Sie müssen sofort verschwinden. Wenn Sie jetzt gehen, können Sie noch fliehen.«

»Warum sollte ich fliehen? Ich will Orlow entführen.«

Sie schüttelte den Kopf. »Das ist jetzt unmöglich. Er hat bewaffnete Leibwächter, Polizisten haben das Haus umstellt, und um neun Uhr werden hundertfünfzig Mann auf Sie angesetzt.«

Er lächelte. »Und falls ich entkomme, was soll ich dann mit dem Rest meines Lebens anfangen?«

»Ich will nicht an Ihrem Selbstmord beteiligt sein.«

»Setzen wir uns ins Gras«, sagte er. »Ich muß Ihnen etwas erklären.«

Sie setzte sich und lehnte sich mit dem Rücken an eine Eiche. Felix nahm ihr gegenüber Platz, mit verschränkten Beinen, wie ein Kosake. Die durch das Laub dringenden Sonnenstrahlen spielten auf seinem müden Gesicht. Er sprach merkwürdig feierlich, in vollständigen Sätzen, die er auswendig gelernt zu haben schien. »Ich erzählte Ihnen, ich sei vor langer Zeit einmal in eine Frau namens Lydia verliebt gewesen, und Sie sagten: ›So heißt ja auch meine Mutter.‹ Erinnern Sie sich?«

»Ich erinnere mich an alles, was Sie mir gesagt haben.« Sie fragte sich, was das bedeuten solle.

»Es war Ihre Mutter.«

Sie starrte ihn an. »Sie waren in Mama verliebt?«

»Mehr als das. Wir hatten ein Verhältnis. Sie pflegte allein zu mir

in meine Wohnung zu kommen – verstehen Sie, was ich meine?«
Charlotte errötete vor Verwirrung und Verlegenheit. »Ja, ich verstehe.«
»Lydias Vater, Ihr Großvater, fand es heraus. Der alte Graf ließ mich verhaften, und dann zwang er Ihre Mutter, Walden zu heiraten.«
»Oh, wie schrecklich«, sagte Charlotte leise. Irgendwie fürchtete sie sich vor dem, was jetzt folgen mochte.
»Sie wurden sieben Monate nach der Hochzeit geboren.«
Das schien er für sehr bedeutungsvoll zu halten. Charlotte blickte ihn verwundert an.
Felix fuhr fort: »Wissen Sie, wie lange ein Kind braucht, um geboren zu werden?«
»Nein.«
»Normalerweise neun Monate, manchmal allerdings auch etwas weniger.«
Charlottes Herz pochte. »Worauf wollen Sie hinaus?«
»Sie könnten vor der Hochzeit gezeugt worden sein.«
»Soll das bedeuten, daß Sie mein Vater sein könnten?« fragte sie ungläubig.
»Ja, und dafür spricht auch, daß Sie meiner Schwester Natascha ungemein ähnlich sehen.«
Charlotte spürte, wie etwas ihre Kehle zuschnürte, so daß sie kaum sprechen konnte. »Sie glauben also, Sie seien mein Vater?«
»Ich bin davon überzeugt.«
»Oh, mein Gott!« Charlotte stützte den Kopf in die Hände, starrte ins Leere, sah überhaupt nichts mehr. Sie fühlte sich, als erwache sie aus einem Traum und war noch nicht fähig, das Geträumte von der Wirklichkeit zu unterscheiden. Sie dachte an Papa, der nicht ihr Papa war; sie dachte an Mama, die einen Liebhaber hatte; sie dachte an Felix, ihren Freund, der nun plötzlich ihr Vater war . . .
Sie sagte: »Sogar darüber hat man mich belogen.«
Sie war so verwirrt, daß sie sich schwindlig fühlte. Es war, als habe ihr jemand erzählt, alle Landkarten, die sie kenne, seien Fälschungen, und sie lebe in Wirklichkeit in Brasilien, oder der wirkliche Besitzer von Walden Hall sei Pritchard, oder die Pferde könnten sprechen und schwiegen nur aus besserer Einsicht. Sie sagte:

»Wenn Sie mir erzählt hätten, ich sei eigentlich ein Junge und meine Mutter habe mich immer nur wie ein Mädchen gekleidet . . . käme es mir genauso vor.«
Sie dachte nach: Mama . . . und Felix? Wieder mußte sie erröten.
Felix nahm ihre Hand und streichelte sie. Er sagte: »Ich nehme an, daß ich all die Liebe und Fürsorge, die ein Mann normalerweise seiner Frau und seinen Kindern schenkt, auf die Politik verwandt habe. Deshalb muß ich unbedingt versuchen, mich Orlows zu bemächtigen – wenn es auch fast unmöglich ist. Genauso wie ein Mann versuchen würde, sein Kind vor dem Ertrinken zu retten – auch, wenn er selbst nicht schwimmen könnte.«
Charlotte wußte mit einem Male, wie verwirrt Felix sich ihr gegenüber fühlen mußte, der Tochter, die er kaum kannte. Jetzt verstand sie auch, warum er sie manchmal so seltsam und traurig angeschaut hatte.
»Sie armer Mann«, sagte sie.
Er biß sich auf die Lippe. »Du hast ein so großmütiges Herz.«
Warum sagte er ihr das? Sie wußte es nicht. »Was sollen wir tun?«
Er atmete tief. »Könntest du mich ins Haus bringen und dort verstecken?«
Sie dachte einen Augenblick nach. »Ja«, sagte sie.

Er stieg hinter ihr aufs Pferd. Das Tier schüttelte die Mähne und schnaufte, als ob es die doppelte Last als Zumutung empfand. Charlotte brachte es in Trab. Zuerst folgte sie ein Stück dem Reitweg, dann bog sie ab und ritt durch den Wald. Sie kamen durch ein Tor, über eine Weide, dann auf einen kleinen Weg. Felix sah das Haus noch nicht, merkte aber, daß sie einen Bogen darum machte, um sich ihm dann von der nördlichen Seite zu nähern.
Sie war ein erstaunliches Kind. Entschlossen und willensstark. Hat sie das von mir geerbt? Der Gedanke gefiel ihm. Er war froh, ihr die Wahrheit über ihre Abstammung gesagt zu haben. Sie hatte es noch nicht ganz akzeptiert, aber das war nur eine Frage der Zeit. Sie hatte ihm zugehört, als er ihre Welt auf den Kopf stellte, und sie hatte darauf bewegt reagiert, aber ohne Hysterie – wie ihre Mutter es getan hätte.
Von dem Weg bogen sie in einen Obstgarten ein. Jetzt konnte Felix

zwischen den Baumkronen die Dächer von Walden Hall erkennen. Der Obstgarten endete an einer Mauer. Charlotte hielt das Pferd an und sagte: »Von hier aus gehen Sie am besten neben mir. Falls jemand aus dem Fenster schaut, sind Sie dann nicht so leicht zu sehen.«

Felix sprang ab. Sie gingen an der Mauer entlang und folgten ihr bis zu einer Ecke. »Was ist hinter der Mauer?« fragte Felix.

»Der Gemüsegarten. Bitte ganz still jetzt.«

»Du bist wunderbar«, flüsterte Felix, aber sie hörte es nicht.

An der nächsten Ecke blieben sie stehen. Felix erblickte einige niedrige Gebäude und einen Hof. »Die Stallungen«, erklärte Charlotte leise. »Warten Sie hier einen Augenblick. Wenn ich Ihnen ein Zeichen gebe, folgen Sie mir so rasch wie möglich.«

»Wohin gehen wir?«

»Über die Dächer.«

Sie ritt in den Hof, stieg ab und hängte die Zügel über einen Zaun. Felix sah, wie sie über den Hof ging, sich nach allen Seiten umblickte und dann zurückkam und in die Ställe schaute.

Er hörte sie sagen: »Ach, guten Morgen, Peter.«

Ein etwa zwölfjähriger Junge kam heraus und nahm seine Mütze ab.

»Guten Morgen, gnädiges Fräulein.«

Felix fragte sich: Wie wird sie ihn los?

Charlotte sagte: »Wo ist Daniel?«

»Beim Frühstück, gnädiges Fräulein.«

»Dann geh bitte und hole ihn; sag ihm, er möchte Spats absatteln.«

»Das kann ich auch machen, gnädiges Fräulein.«

»Nein, Daniel soll es tun«, sagte Charlotte gebieterisch. »Nun geh schon.«

Großartig, dachte Felix.

Der Junge rannte davon. Charlotte winkte. Felix rannte zu ihr hinüber.

Sie sprang auf einen niedrigen Eisenbehälter, kletterte dann auf das Wellblechdach eines Schuppens und stieg von dort auf das Schieferdach eines einstöckigen Gebäudes.

Felix folgte.

Sie krochen auf allen vieren über das Schieferdach, bis sie an eine Ziegelmauer gelangten, von dort kletterten sie den Schräghang hinauf bis zur Giebelspitze.

Felix fühlte sich unbehaglich. Charlotte richtete sich auf und lugte durch ein Giebelfenster.
Felix flüsterte: »Was ist da drin?«
»Eine Dienstmädchenkammer. Aber sie sind jetzt unten und decken den Frühstückstisch.«
Sie kletterte auf den Fenstersims. Die Schlafkammer lag genau über dem obersten Dachfirst. Charlotte kroch über den Sims und stieg von dort rittlings auf den First.
Es sah gefährlich aus. Felix hatte Angst, sie könne stürzen. Aber sie schaffte es mit Leichtigkeit.
Felix tat es ihr nach.
»Jetzt sind wir außer Sicht«, sagte Charlotte.
Felix blickte sich um. Sie hatte recht. Man konnte sie von unten nicht sehen. Er entspannte sich ein bißchen.
»Walden Hall hat eine Dachfläche von sechzehntausend Quadratmetern«, erklärte ihm Charlotte.
»Sechzehntausend Quadratmeter! Die meisten russischen Bauern haben nicht einmal so viel Land.«
Es war ein imponierender Anblick. In alle Richtungen erstreckten sich Dächer in jeder Größe und Länge und mit jeder Art von Belag. Überall gab es Leitern und Pfade, so daß man sich bewegen konnte, ohne auf die Schieferplatten und Ziegel zu treten. Das Regenrinnensystem war so kompliziert wie das Labyrinth der Leitungsrohre in der Ölraffinerie, die Felix einst in Batum gesehen hatte. »Das Haus ist wirklich sehr groß«, sagte er.
Charlotte stand auf. »Folgen Sie mir.«
Sie führte ihn über eine Leiter zum nächsten Dach, einen Plankenweg entlang, dann eine kurze Holztreppe hinauf, die an einer kleinen viereckigen Tür in der Mauer endete. Sie erklärte: »Früher ist man vermutlich von hier aus auf die Dächer gelangt, wenn man Reparaturen ausführen wollte. Aber inzwischen ist die Tür in Vergessenheit geraten.«
Felix folgte ihr dankbar in die schützende Dunkelheit.

Lydia lieh sich von ihrem Schwager George ein Auto mit Chauffeur aus und verließ London in den frühen Morgenstunden, nach einer schlaflosen Nacht. Der Wagen bog um neun Uhr in die Auffahrt nach Walden Hall ein, und sie war überrascht, als sie vor dem Haus und über den ganzen Park verteilt Hunderte von Polizisten, Dutzende von Fahrzeugen und ganze Meuten von Hunden erblickte. Georges Chauffeur kurvte den Wagen durch die Menge zur Südfassade des Hauses. Auf dem Rasen stand ein riesiger Teekessel, und die Polizisten standen Schlange mit einer Tasse in der Hand. Pritchard kam gerade mit einem gewaltigen Tablett vorbei, auf dem sich Berge von Sandwiches türmten; er sah überfordert aus, so daß er nicht einmal die Ankunft seiner Herrin bemerkte. Auf der Terrasse stand ein großer Tisch, an dem Stephen und Sir Arthur Langley saßen, die den im Halbkreis vor ihnen stehenden Polizeioffizieren Instruktionen erteilten. Lydia trat zu ihnen. Sir Arthur hatte eine Geländekarte vor sich liegen. Sie hörte ihn sagen: »Jeder Gruppe wird ein ortsansässiger Mann zugeteilt, der sich genau in der Gegend auskennt, und ein Motorradfahrer, der jede Stunde hierher zurückkehrt und uns über die gemachten Fortschritte Bericht erstattet.« Stephen blickte auf, sah Lydia, verließ die Gruppe und kam auf sie zu.

»Guten Morgen, meine Liebe, das ist aber eine angenehme Überraschung! Wie bist du hierhergekommen?«

»Ich habe mir Georges Wagen ausgeliehen. Was ist los?«

»Eine Suchaktion.«

»Oh.« Hatte Felix bei einer so großen Zahl von Leuten, die nach ihm suchten, überhaupt eine Chance zu entkommen?

Stephen sagte: »Ich hätte es allerdings lieber gesehen, wenn du in der Stadt geblieben wärst. Dort hätte ich dich wenigstens in Sicherheit gewußt.«

»Und ich hätte mich jede Minute gefragt, ob nicht eine böse Nachricht unterwegs ist.« Was wäre überhaupt eine gute Nachricht? sinnierte sie. Vielleicht, wenn Felix einfach aufgeben und verschwinden würde. Aber das wird er bestimmt nicht tun. Sie blickte ihren Mann forschend an. Wie immer bewahrte er Haltung, aber man sah ihm seine Müdigkeit und Gespanntheit an. Der arme Stephen: Zuerst betrügt ihn seine Frau, und jetzt auch noch seine Tochter. Von einem plötzlichen Schuldgefühl bewegt, streckte sie die Hand aus und fuhr ihm zärtlich über das Gesicht. »Verausgabe dich nicht zu sehr«, sagte sie.

Ein Pfiff ertönte. Die Polizisten tranken hastig ihren Tee aus, stopften sich die Reste ihrer Sandwiches in den Mund, setzten sich die Helme auf und bildeten sechs Gruppen, die sich jeweils um einen Truppführer scharten. Lydia und Stephen schauten zu. Befehle wurden geschrien, weitere Pfiffe ertönten. Endlich begannen sie abzumarschieren. Die erste Gruppe ging in südliche Richtung, durchkämmte den Park und dann den Wald. Zwei weitere zogen nach Westen, den Weiden zu. Die restlichen drei Gruppen begaben sich auf die Straße.

Lydia blickte auf ihren Rasen. Er sah aus wie nach einem Schulausflug, wenn die Kinder nach Hause gegangen sind. Mrs. Braithwaite begann die Aufräumungsarbeiten zu organisieren und machte dabei ein leidendes Gesicht. Lydia ging ins Haus.

Sie begegnete Charlotte in der Halle. Charlotte war überrascht, sie zu sehen. »Guten Morgen, Mama«, sagte sie. »Ich wußte gar nicht, daß du kommen wolltest.«

»Es wurde mir zu langweilig in der Stadt«, antwortete Lydia mechanisch.

»Wie bist du hierhergekommen?«

»Ich habe mir Onkel Georges Wagen ausgeliehen.« Lydia bemerkte, daß Charlotte in einem unverbindlichen Plauderton sprach, mit ihren Gedanken jedoch ganz woanders war.

»Du mußt sehr früh abgefahren sein«, sagte Charlotte.

»Ja.« Lydia hätte am liebsten gesagt: Hör doch endlich auf! Machen wir uns nichts vor! Warum können wir uns nicht die Wahrheit sagen? Aber sie brachte es nicht über sich.

»Sind all diese Polizisten schon fort?« fragte Charlotte. Sie blickte Lydia seltsam an, als sähe sie sie zum erstenmal. Lydia fühlte sich unbehaglich. Ich wünschte, ich könnte die Gedanken meiner Tochter lesen, dachte sie.

Sie antwortete: »Ja, sie sind alle fort.«

»Großartig.«

Das war einer der Lieblingsausdrücke Stephens – großartig. Charlotte hatte also doch etwas von Stephen: die Wißbegier, die Entschlossenheit, die Haltung – und da sie das alles nicht geerbt hatte, mußte sie es sich angeeignet haben, indem sie ihn nachahmte . . .

Lydia sagte: »Hoffentlich fangen sie diesen Anarchisten«, denn sie wollte Charlottes Reaktion sehen.

»Das werden sie ganz bestimmt«, erwiderte Charlotte vergnügt.
Wie ihre Augen leuchten, registrierte Lydia. Wie kann sie so fröhlich sein, wenn Hunderte von Polizisten die Gegend nach Felix durchsuchen? Warum ist sie nicht niedergeschlagen und voller Angst, wie ich es bin? Sie muß aus irgendeinem Grund annehmen, daß er in Sicherheit ist.
Charlotte sagte: »Sag mir, Mama, wie lange braucht ein Baby, bis es geboren ist?«
Lydia wurde bleich und starrte sie mit offenem Mund an. Sie weiß es! Sie weiß es!
Charlotte lächelte und nickte, dann sagte sie mit leicht betrübter Miene: »Laß nur. Du hast mir meine Frage bereits beantwortet.« Dann ging sie die Treppe hinauf.
Lydia hielt sich, von einer plötzlichen Schwäche überkommen, am Geländer fest. Felix hatte es Charlotte gesagt. Das war grausam von ihm, nach all den Jahren. Sie war wütend. Wie konnte er einem Kind das antun? Alles drehte sich vor ihren Augen. Sie hörte die Stimme einer Dienerin: »Ist Ihnen nicht wohl, gnädige Frau?«
Ihr Kopf wurde wieder klarer. »Die Reise hat mich ein bißchen ermüdet«, sagte sie. »Nehmen Sie meinen Arm.«
Die Dienerin führte sie auf ihr Zimmer. Eine Zofe war bereits dabei, Lydias Koffer auszupacken. Im Ankleidezimmer hatte man heißes Wasser für sie bereitgestellt. Lydia setzte sich. »Lassen Sie mich jetzt bitte allein«, sagte sie. »Sie können später auspacken.«
Die Mädchen gingen hinaus. Lydia knöpfte sich den Mantel auf, hatte jedoch nicht die Kraft, ihn auszuziehen. Sie dachte an Charlottes seltsame Stimmung – fast ausgelassen, obgleich sie offensichtlich mit allerlei Gedanken beschäftigt war. Das begriff Lydia nur zu gut, denn sie hatte es selbst erlebt. Es ist die Stimmung, in die man gerät, wenn man eine Zeitlang mit Felix verbracht hat. Man fühlt, daß das Leben faszinierend und voller Überraschungen ist, daß es wichtige Dinge zu tun gibt, daß die Welt in bunten Farben erstrahlt, voller Leidenschaft und ständiger Veränderung unterworfen ist. Charlotte hatte Felix gesehen und glaubte ihn in Sicherheit.
Lydia fragte sich angsterfüllt: Was soll ich tun?
Endlich schlüpfte sie aus den Kleidern. Sie wusch sich ausgiebig, zog sich wieder an und nahm die Gelegenheit wahr, sich etwas zu

beruhigen. Sie überlegte, was Charlotte wohl fühlte, da sie nun wußte, daß Felix ihr Vater war. Offenbar mochte sie ihn sehr.
Lydia beschloß, sich zunächst um den Haushalt zu kümmern. Sie blickte in den Spiegel, bemühte sich um einen gefaßten Blick und ging hinaus. Auf dem Weg nach unten begegnete sie einer Dienerin, die ein Tablett mit Schinken, Rührei, frischem Brot, Milch, Kaffee und Weintrauben trug. »Für wen ist das?« fragte sie.
»Für Lady Charlotte, gnädige Frau«, antwortete das Mädchen.
Lydia ging weiter. War Charlotte nicht einmal der Appetit vergangen? Sie trat ins Morgenzimmer und ließ die Köchin rufen. Mrs. Rowse war eine hagere, nervöse Frau, die nie die von ihr für die Herrschaften zubereiteten Speisen zu sich zu nehmen schien. Sie sagte: »Wie ich höre, wird Mr. Thomson zum Mittagessen kommen, gnädige Frau, und Mr. Churchill wird zum Abendessen erwartet.« Lydia besprach die Menüs mit ihr und schickte sie dann fort. Warum frühstückte Charlotte nur so ausgiebig auf ihrem Zimmer? überlegte sie. Und zu so später Stunde! Hier draußen auf dem Lande stand Charlotte gewöhnlich sehr früh auf und hatte schon längst gefrühstückt, wenn Lydia erschien.
Sie ließ Pritchard kommen, um die Tischordnung mit ihm zu besprechen. Pritchard teilte ihr mit, daß Alex bis auf weiteren Bescheid all seine Mahlzeiten auf seinem Zimmer einnehmen werde. Das änderte nur wenig an der Tischordnung, denn sie hatten ohnehin zu viele Männer, und in der gegenwärtigen Lage war es wohl kaum angebracht, nur der perfekten Sitzordnung wegen noch weitere Leute einzuladen. Sie schickte Pritchard wieder fort.
Wo hat Charlotte Felix gesehen? Und warum ist sie so zuversichtlich? Hat sie ihm ein Versteck gezeigt? Hat er sich vielleicht verkleidet?
Sie ging im Zimmer umher, blickte auf die Gemälde, die kleinen Bronzestatuen, die Glasornamente, den Schreibtisch. Kopfschmerzen plagten sie. Sie schickte sich an, die Blumen in einer großen Vase beim Fenster zu arrangieren und stieß die Vase um. Sie klingelte nach einem Diener, befahl ihm, den Schaden wieder zu richten, und verließ das Zimmer.
Ihre Nerven waren wieder einmal in einem entsetzlichen Zustand. Sollte sie ein wenig Laudanum nehmen? Es half in letzter Zeit längst nicht mehr so wie früher.

Was wird Charlotte jetzt tun? Wird sie das Geheimnis bewahren? Warum vertraut sich das Kind mir nicht an?
Sie ging in die Bibliothek, wollte sich ein Buch holen, um sich von ihren Gedanken abzulenken. Als sie eintrat, zuckte sie zusammen, denn Stephen saß dort an seinem Schreibtisch. Er lächelte ihr zu, fuhr aber gleich wieder mit seiner Arbeit fort.
Lydia ging an den Bücherregalen entlang. Sollte sie die Bibel lesen? In ihrer Kindheit hatte es viel Bibellektüre, Familiengebete und Kirchgänge gegeben. Sie hatte strenge Kinderfrauen gehabt, die ständig von den Schrecken der Hölle und den Bestrafungen für Unreinheit sprachen, und eine deutsch-lutherische Gouvernante, die viel von der Sünde redete. Aber seit Lydia die Sünde der Unzucht auf sich geladen hatte, war sie nie mehr fähig gewesen, Trost in der Religion zu finden. Ich hätte damals ins Kloster gehen sollen, dachte sie. Mein Vater hatte damals die richtige Eingebung.
Sie nahm irgendein Buch aus dem Regal, setzte sich und legte es in ihren Schoß. Stephen sagte: »Deine Wahl ist aber sehr ungewöhnlich.« Von seinem Platz aus konnte er zwar den Titel nicht lesen, aber er wußte, wo in den Regalen die Werke der verschiedenen Autoren standen. Er las enorm viele Bücher, und Lydia fragte sich manchmal, wo er die Zeit dafür hernahm. Sie warf einen Blick auf den Rücken des Buches. Es waren die »Wessex-Gedichte« von Thomas Hardy. Sie mochte Hardy nicht, mochte weder jene entschlossenen, leidenschaftlichen Frauen, noch die starken Männer, die ihnen hilflos verfielen.
Sie und Stephen hatten oft so wie jetzt beisammengesessen, besonders ganz am Anfang ihrer Ehe in Walden Hall. Er arbeitete, und ich saß ruhig dabei und las, erinnerte sie sich wehmütig. Er war in jenen Tagen weniger zuversichtlich gewesen und hatte oft gesagt, mit der Landwirtschaft könne niemand mehr Geld verdienen, es sei höchste Zeit, sich auf das zwanzigste Jahrhundert vorzubereiten, falls diese Familie den Ehrgeiz habe, weiterhin reich und mächtig zu sein. Er hatte damals einige Gutshöfe zu sehr niedrigem Preis verkauft, um den Erlös in Eisenbahnunternehmen, Banken und Grundbesitz in London zu investieren. Die Rechnung schien aufgegangen zu sein, denn schon bald gehörte sein besorgter Blick der Vergangenheit an.
Vor allem nach Charlottes Geburt schien sich dann alles gefestigt zu

haben. Die Dienerschaft war ganz vernarrt in das Baby und brachte Lydia, die es in die Welt gesetzt hatte, mehr Zuneigung entgegen. Zudem gewöhnte sich Lydia rasch an die englische Lebensart und machte sich in der Londoner Gesellschaft beliebt. Es waren achtzehn Jahre heiterer und ungestörter Ruhe gewesen.

Lydia seufzte. Diese Jahre waren jetzt vorbei. Eine Weile hatte sie ihr Geheimnis gut verborgen; nur sie allein empfand die Qualen, vermochte sie aber manchmal auch zu vergessen. Jetzt brachen sie wieder durch. Sie hatte geglaubt, London sei weit genug von St. Petersburg entfernt, aber vielleicht wäre Kalifornien eine bessere Wahl gewesen. Wie auch immer – die Zeit des Friedens war vorüber. Was sollte jetzt geschehen?

Sie blickte in das offene Buch und las:

Die Welt hätt' sie gegeben, um ehrlich ja zu sagen,
So sehr schien ihr sein Leben ganz auf sie gestellt,
Und dann belog sie ihn, im Herzen überzeugt,
Daß dieser Augenblick der Güte ihre Seel' aufwog.

Ist das auf mich gemünzt? dachte sie. Habe ich meine Seele hergegeben, als ich Stephen heiratete, um Felix vor der Einkerkerung in der Peter-und-Pauls-Festung zu retten? Seitdem habe ich nur Theater gespielt und vorgetäuscht, ich sei keine liederliche, schamlose Hure. Und doch bin ich es! Aber ich bin nicht die einzige. Andere Frauen fühlen das gleiche. Warum würden sonst die Vicomtesse und Charlie Scott Schlafzimmer mit einer Verbindungstür verlangen? Und warum erzählt Lady Girard es mit einem Augenzwinkern, das doch nur ihr Einverständnis beweist? Wäre ich nur ein bißchen schamloser gewesen, so wäre Stephen wahrscheinlich öfter zu mir ins Bett gekommen, und wir hätten vielleicht einen Sohn. Sie seufzte erneut.

»Ich gebe dir einen Penny dafür«, sagte Stephen.

»Wofür?«

»Einen Penny für deine Gedanken.«

Lydia lächelte. »Ich werde niemals alle diese englischen Ausdrücke lernen. Den da kannte ich noch nicht.«

»Man hört nie auf zu lernen. Sag mir, an was du denkst.«

»Ich dachte daran, daß Walden Hall einmal an Georges Sohn übergehen wird, wenn du stirbst.«
»Es sei denn, wir haben einen Sohn.«
Sie blickte ihn an, sah seine leuchtend blauen Augen und den sorgfältig geschnittenen grauen Bart. Er trug eine blaue Krawatte mit weißen Tupfen.
»Ist es zu spät?« fragte er.
»Ich weiß es nicht.« Sie dachte: Das hängt ganz davon ab, was Charlotte jetzt tun wird.
»Wir müssen es immer wieder versuchen«, sagte er.
Es war ein ungewöhnlich offenes Gespräch. Stephen mußte gespürt haben, daß es ihr in diesem Moment um ein paar klärende Worte ging. Sie stand von ihrem Sessel auf, ging auf ihn zu und stellte sich neben ihn. Seit wann hatte er diese kahle Stelle auf dem Hinterkopf? »Ja«, wir müssen es versuchen.« Sie beugte sich über ihn, gab ihm einen Kuß auf die Stirn und küßte ihn dann spontan auf die Lippen. Er schloß die Augen.
Es dauerte nur einen kurzen Moment. Er blickte ein wenig verlegen drein, denn so etwas taten sie am Tage gewöhnlich nicht, weil sie immer die Dienerschaft um sich hatten. Sie fragte sich: Warum führen wir dieses Leben, wenn es uns nicht glücklich macht? Sie sagte: »Ich liebe dich wirklich.«
Er lächelte. »Ich weiß.«
Plötzlich hielt sie es nicht mehr aus. Sie sagte: »Ich muß mich jetzt zum Mittagessen umziehen, bevor Basil Thomson kommt.«
Er nickte.
Sie fühlte seine Blicke, als sie das Zimmer verließ. Während sie hinaufging, überlegte sie, ob ihr und Stephen noch eine Chance blieb, glücklich zu sein.
Sie ging in ihr Schlafzimmer; den Gedichtband hatte sie immer noch in der Hand. Sie legte ihn nieder. Charlotte allein besaß den Schlüssel zu ihrem Glück. Lydia mußte unbedingt mir ihr reden. Man kann auch die schwierigsten Dinge sagen, wenn man den Mut dazu aufbringt. Und was habe ich jetzt noch zu verlieren? Ohne sich zu überlegen, was sie im einzelnen sagen würde, begab sie sich zu Charlottes Zimmer im nächsten Stockwerk.
Ihre Schritte machten kein Geräusch auf dem Teppich. Sie erreichte

den Treppenabsatz und warf einen Blick in den Flur. Sie sah Charlotte im alten Kinderzimmer verschwinden. Sie wollte sie rufen, hielt sich jedoch zurück. Was hatte Charlotte dort hineingetragen? Es sah wie ein Teller mit Sandwiches und ein Glas Milch aus.

Jetzt war Lydia neugierig und betrat Charlottes Schlafzimmer. Auf dem Tisch stand das Tablett, das das Mädchen eben heraufgebracht hatte. Der Schinken und das Brot waren verschwunden. Warum bestellte Charlotte ein Tablett mit Essen, machte dann Sandwiches und aß sie im Kinderzimmer? Soweit Lydia sich erinnerte, gab es im Kinderzimmer nur einige Möbel mit Staubschutzüberzügen. Hatte Charlotte eine solche Angst, daß sie sich in die heile Welt ihrer Kindheit zurückziehen wollte?

Lydia beschloß, sich Klarheit zu verschaffen. Es war ihr peinlich, Charlotte vielleicht bei irgendeinem geheimen Ritus zu stören. Aber dann sagte sie sich: Es ist mein Haus, sie ist meine Tochter, und ich sollte wissen, was hier vorgeht. Außerdem könnte es vielleicht einen Augenblick der Intimität schaffen und mir dabei helfen, ihr das zu sagen, was ich ihr sagen muß. So verließ sie Charlottes Schlafzimmer und ging über den Korridor ins Kinderzimmer.

Charlotte war nicht dort.

Lydia blickte sich um. Sie bemerkte das alte Schaukelpferd, dessen Ohren sich unter der Plane abhoben. Durch eine offene Tür sah sie das Schulzimmer mit Landkarten und Kinderzeichnungen an den Wänden. Eine weitere Tür führte ins Schlafzimmer, das bis auf ein paar Planen leer war. Wird das alles je wieder benutzt werden? dachte sie.

Aber wo war Charlotte?

Die Schranktür stand offen. Und plötzlich erinnerte sich Lydia: Natürlich! Charlottes Versteck! Der kleine Raum, von dem sie glaubte, daß außer ihr niemand ihn kannte, in dem sie sich zu verkriechen pflegte, wenn sie unartig gewesen war. Sie hatte ihn selbst mit allerlei Kram aus dem Haus möbliert, und alle hatten sie glauben lassen, sie wüßten nicht, wie gewisse Dinge einfach verschwanden. Lydia hatte einmal in einem Anflug seltener Toleranz beschlossen, Charlotte ihr Versteck zu lassen und Marya zu verbieten, es zu »entdecken«. Denn auch Lydia versteckte sich ja manchmal im Blumenzimmer, und sie wußte, wie wichtig es war, ein Plätzchen ganz für sich allein zu haben.

Charlotte benutzte also immer noch diesen kleinen Raum! Lydia trat näher, sträubte sich immer mehr, Charlottes Privatleben zu stören, war aber sehr in Versuchung, es doch zu tun. Nein, sagte sie sich schließlich. Ich lasse sie in Ruhe.

Dann hörte sie Stimmen.

Sprach Charlotte mit sich selbst?

Lydia lauschte aufmerksam.

Ein Selbstgespräch auf russisch?

Plötzlich hörte sie eine andere Stimme, eine Männerstimme, die leise auf russisch antwortete; eine Stimme, die Lydia schaudern ließ.

Es war Felix.

Lydia fürchtete, die Besinnung zu verlieren. Felix! So nahe, daß sie ihn fast berühren könnte! Hier in Walden Hall versteckt, während die Polizei die ganze Grafschaft nach ihm absuchte! Versteckt von Charlotte.

Ich darf nicht schreien!

Sie hielt sich die Hand vor den Mund und zitterte.

Ich muß fort von hier. Ich kann nicht mehr klar denken. Ich weiß nicht, was ich tun soll.

Ihr Kopf schmerzte entsetzlich. Ich brauche Laudanum, dachte sie. Die Aussicht darauf verlieh ihr etwas Kraft. Sie beherrschte ihr Zittern. Einen Augenblick später schlich sie sich auf Zehenspitzen aus dem Kinderzimmer.

Fast rennend eilte sie über den Flur, die Treppe hinunter, in ihr Zimmer. Das Laudanum stand auf dem Toilettentisch. Sie öffnete die Flasche. Der Löffel zitterte in ihrer Hand, und sie nahm einen Schluck direkt aus der Flasche. Wenig später begann sie sich ruhiger zu fühlen. Sie stellte Flasche und Löffel in die Schublade und schob sie zu. Ein Gefühl sanfter Zufriedenheit überkam sie, als ihre Nerven sich entspannten. Die Kopfschmerzen ließen nach. Jetzt war ihr für eine Weile alles mehr oder weniger egal. Sie trat an den Kleiderschrank, öffnete die Tür, starrte auf die Reihen von Kleidern, konnte sich aber nicht entschließen, welches sie zum Mittagessen anziehen sollte.

Felix durchmaß das kleine Zimmer wie ein Tiger im Käfig, immer drei Schritte in jede Richtung, den Kopf gebeugt, um nicht an der Decke anzustoßen, während Charlotte zu ihm sprach.
»Alex' Tür ist stets verschlossen«, sagte sie. »Drinnen und draußen befinden sich insgesamt drei bewaffnete Leibwächter. Die beiden im Zimmer schließen die Tür nur auf, wenn ihr Kollege draußen es ihnen sagt.«
Felix kratzte sich am Kopf und fluchte auf russisch. Schwierigkeiten, immer gibt es Schwierigkeiten. Jetzt bin ich hier im Haus, habe eine Komplizin aus der Familie, und trotzdem ist es nicht leicht. Warum habe ich nicht das Glück dieser Jungen in Sarajewo? Warum muß ich auch ausgerechnet zu dieser Familie gehören? Er blickte Charlotte an und korrigierte sich in Gedanken: Im Grunde bedauere ich es nicht.
Sie sah seinen Blick und fragte: »Ist was?«
»Nichts. Was immer auch geschieht, ich bin froh, dich gefunden zu haben.«
»Ich auch. Aber was haben Sie mit Alex vor?«
»Könntest du mir einen Plan des Hauses aufzeichnen?«
Charlotte schnitt ein Gesicht. »Ich kann es versuchen.«
»Du kannst es bestimmt, du hast dein Leben lang hier gewohnt.«
»Diesen Teil hier kenne ich natürlich – aber es gibt Räume in diesem Haus, in denen ich noch nie gewesen bin. Das Schlafzimmer des Butlers, die Wohnung der Haushälterin, die Kellerräume, all die Speisekammern über den Küchen . . .«
»Tu dein Bestes. Einen Plan für jedes Stockwerk.«
Sie fand einen Bogen Papier und einen Bleistift unter den Schätzen ihrer Kinderzeit und kniete sich vor den kleinen Tisch.
Felix aß noch ein Sandwich und trank die Milch. Es hatte lange gedauert, bis sie ihm das Essen bringen konnte, denn die Mädchen hatten im Korridor sauber gemacht. Während er aß, schaute er ihr zu, wie sie die Stirn runzelte und an ihrem Bleistift kaute. Einmal unterbrach sie sich und sagte: »Wie schwierig es ist, merkt man erst, wenn man es versucht.« Sie fand einen Radiergummi unter ihren alten Bleistiften und benutzte ihn häufig. Felix bemerkte, daß sie ohne Lineal völlig gerade Linien zeichnen konnte. Er fand ihren Anblick rührend. So muß sie jahrelang im Schulzimmer gesessen

haben, dachte er, und zuerst hat sie Häuser gezeichnet, dann Mama und Papa, später die Karte Europas, die Blätter der Bäume Englands, den Park im Winter . . . Walden muß sie oft so gesehen haben.

»Warum hast du dich umgezogen?« fragte Felix.

»Ach, hier muß man sich ständig umziehen. Für jede Stunde des Tages gibt es eine angemessene Kleidung. Beim Abendessen muß man die nackten Schultern zeigen, aber beim Lunch darf man es nicht. Beim Dinner muß man ein Korsett tragen, nicht aber beim Tee. Draußen kann man keine Hauskleider tragen. Wollstrümpfe sind in der Bibliothek gestattet, aber nicht im Salon. Sie können sich nicht vorstellen, an was ich mich alles erinnern muß.«

Er nickte. Die Erscheinungsformen der Degeneration in der herrschenden Klasse konnten ihn nun nicht mehr überraschen.

Sie reichte ihm ihre Skizzen, und er wurde sogleich wieder sehr sachlich. Er schaute sie sich genau an. »Wo werden die Waffen aufbewahrt?« fragte er.

Sie berührte seinen Arm. »Seien Sie nicht so barsch«, sagte sie. »Ich bin schließlich auf Ihrer Seite – haben Sie das schon vergessen?«

Plötzlich war sie wieder erwachsen. Felix lächelte reumütig. »Ich hatte es vergessen«, sagte er.

»Die Waffen werden im Waffenzimmer aufbewahrt.« Sie zeigte es ihm auf dem Plan. »Sie hatten also wirklich eine Liebesaffäre mit Mama?«

»Ja.«

»Ich kann mir nur so schwer vorstellen, daß sie so etwas tun würde.«

»Sie war damals sehr wild. Sie ist es immer noch, wenn sie es auch verbirgt.«

»Glauben Sie das wirklich?«

»Ich weiß es.«

»Alles, aber wirklich alles erweist sich plötzlich als ganz anders, als ich glaubte.«

»Das ist so, wenn man erwachsen wird.«

Sie wurde nachdenklich. »Wie soll ich Sie nun eigentlich nennen?«

»Wie meinst du das?«

»Es käme mir komisch vor, Sie Vater zu nennen.«

»Felix genügt vorläufig. Und du könntest mich duzen. Du brauchst

Zeit, dich an den Gedanken zu gewöhnen, daß ich dein Vater bin.«
»Werde ich die Zeit haben?«
Ihr junges Gesicht war so ernsthaft, daß er ihre Hand ergriff. »Warum denn nicht?«
»Was . . . wirst du tun, wenn du Alex in deiner Gewalt hast?«
Er blickte fort, damit sie nicht das Schuldbewußtsein in seinen Augen sah. »Das hängt ganz davon ab, wie und wann ich ihn entführe, aber höchstwahrscheinlich werde ich ihn hier oben gefesselt halten. Du wirst uns Essen bringen müssen und meinen Freunden in Genf ein chiffriertes Telegramm schicken, um sie über das Geschehene zu informieren. Und dann, wenn die Verbreitung der Nachricht uns den gewünschten Erfolg gebracht hat, lassen wir Orlow wieder frei.«
»Und dann?«
»Man wird mich in London suchen, und ich werde mich irgendwo im Norden Englands verstecken. Es gibt dort ein paar größere Städte wie Birmingham, Manchester oder Hull, in denen ich untertauchen kann. Und einige Wochen später fahre ich wieder in die Schweiz zurück und von dort nach St. Petersburg – denn das ist der Ort, wo die Revolution beginnen wird.«
»Ich werde dich also nie mehr wiedersehen.«
Das wirst du auch nicht wollen, dachte er und erwiderte: »Warum nicht? Ich könnte eines Tages nach London zurückkehren. Oder du könntest nach St. Petersburg kommen. Oder wir könnten uns in Paris treffen. Wer weiß? Wenn es so etwas wie das Schicksal gibt, wird es uns bestimmt wieder zusammenbringen.« Wenn ich nur selbst daran glauben könnte!
»Das ist wahr«, sagte sie mit einem traurigen Lächeln, und er sah, daß auch sie es nicht glaubte. Sie stand auf. »Jetzt muß ich dir ein bißchen Wasser bringen, damit du dich waschen kannst.«
»Laß nur. Ich bin schon viel schmutziger gewesen, und es macht mir wirklich nichts aus.«
»Aber mir. Du stinkst entsetzlich. Ich bin gleich wieder zurück.« Und damit entfernte sie sich.

Walden hatte seit Jahren kein so trübseliges Mittagessen erlebt. Lydia befand sich in einer Art Dämmerzustand. Charlotte war still, aber ungewöhnlich nervös, ließ ihr Besteck zu Boden fallen und stieß ihr Glas um. Thomson hüllte sich in Schweigen. Sir Arthur Langley bemühte sich, gesellig zu sein, aber niemand ging darauf ein. Walden war in seine Gedanken vertieft, er rätselte, wie Felix herausgefunden haben konnte, daß Alex in Walden Hall war. Er quälte sich mit dem häßlichen Verdacht, Lydia könne etwas damit zu tun haben. Hatte sie Felix nicht verraten, daß Alex im *Savoy*-Hotel war, und hatte sie nicht zugegeben, Felix sei ihr aus der St. Petersburger Zeit bekannt vorgekommen? Könnte es sein, daß Felix auf irgendeine Art Druck auf sie ausübte? Den ganzen Sommer hatte sie sich höchst seltsam benommen, schien verstört und geistesabwesend. Und jetzt, wo er zum erstenmal seit neunzehn Jahren ganz unvoreingenommen über Lydia nachdachte, mußte er sich eingestehen, daß sie in sexueller Hinsicht »lauwarm« war. Natürlich erwartete man von wohlerzogenen Frauen nichts anderes, aber er wußte genau, daß derlei Annahmen fast nie der Wirklichkeit entsprachen und Frauen die gleichen Sehnsüchte hatten wie Männer. Sehnte sich Lydia nach jemand anderem, nach jemandem aus ihrer Vergangenheit? Das würde vieles erklären, was bis jetzt nie einer Erklärung bedurft zu haben schien.

Nach dem Mittagessen kehrte Sir Arthur in das Achteckzimmer, in dem er sein Hauptquartier aufgeschlagen hatte, zurück. Walden und Thomson setzten sich ihre Hüte auf, nahmen ihre Zigarren und begaben sich auf die Terrasse. Wie immer sah der Park im Sonnenlicht herrlich aus. Aus dem entfernten Salon ertönten die donnernden Eröffnungsakkorde des Klavierkonzerts von Tschaikowsky. Lydia saß am Flügel. Walden fühlte sich traurig. Dann wurde die Musik von dem Lärm eines Motorrades gestört; ein Bote kam, um Sir Arthur über die Fortschritte der Suchaktion zu berichten: Bisher gab es keine Ergebnisse.

Ein Lakai servierte den Kaffee und ließ sie dann allein. Thomson sagte: »Ich wollte es in Gegenwart von Lady Walden nicht erwähnen, aber ich glaube, wir sind der Identität des Verräters auf der Spur.«

Walden erstarrte.

Thomson fuhr fort: »Gestern abend verhörte ich Bridget Callahan, die Zimmervermieterin in der Cork Street. Leider habe ich von ihr

nichts erfahren. Ich ließ jedoch meine Leute bei ihr eine Haussuchung vornehmen. Heute früh zeigten sie mir, was sie dabei gefunden haben.« Er zog einen in der Mitte durchgerissenen Briefumschlag aus seiner Tasche und reichte ihn Walden.
Walden sah zu seinem Entsetzen, daß der Umschlag das Wappen von Walden Hall trug.
Thomson fragte: »Erkennen Sie die Handschrift?«
Walden legte die Stücke zusammen und schaute auf die Adresse. Sie lautete:

Mr. F. Kschessinsky
c/o 19 Cork Street
London, N.

Walden rief aus: »Nein, das darf nicht wahr sein, nicht Charlotte!« Er war dem Weinen nahe.
Thomson schwieg.
»Sie hat ihn hierhergeführt«, sagte Walden. »Meine eigene Tochter.« Er starrte auf den Umschlag. Die Handschrift war eindeutig.
»Schauen Sie sich einmal den Poststempel an«, sagte Thomson. »Sie hat den Brief gleich am Tage ihrer Ankunft geschrieben. Er wurde im Dorf aufgegeben.«
»Wie konnte das geschehen?« fragte Walden.
Thomson antwortete nicht.
»Felix war also der Mann mit der Tweedmütze«, fuhr Walden fort. »Es paßt alles zusammen.« Er fühlte sich sehr traurig, fast wie wenn eine geliebte Person gestorben wäre. Er blickte auf seinen Park, auf die Bäume, die sein Vater vor fünfzig Jahren hatte pflanzen lassen, auf den Rasen, den seine Familie seit hundert Jahren gepflegt hatte, und alles schien ihm jetzt wertlos. Er sagte mir ruhiger Stimme: »Man kämpft für sein Land und wird von innen her von Sozialisten und Revolutionären verraten; man kämpft für seine Klasse und wird von den Liberalen verraten; man kämpft für seine Familie und wird sogar von ihr verraten. Charlotte! Warum, Charlotte, warum?« Es schnürte ihm die Kehle zu. »Wie abscheulich das Leben doch ist, Thomson. Wie abscheulich!.«
»Ich werde sie verhören müssen«, sagte Thomson.
»Und ich auch.« Walden stand auf. Er schaute auf seine Zigarre. Sie war ausgegangen. Er warf sie fort. »Gehen wir hinein.«

Sie traten wieder ins Haus. In der Halle hielt Walden ein Dienstmädchen an.
»Wissen Sie, wo Lady Charlotte ist?«
»Ich glaube, sie ist auf ihrem Zimmer, Eure Lordschaft. Soll ich einmal nachsehen?«
»Ja, bitte. Sagen Sie ihr, daß ich sie sofort in ihrem Zimmer zu sprechen wünsche.«
»Sehr wohl, Eure Lordschaft.«
Thomson und Walden warteten in der Halle. Walden blickte sich um. Der Marmorfußboden, die geschnitzte, breite Treppe, die Stuckdecke, die vollkommenen Proportionen – alles wertlos. Ein Lakai ging lautlos vorbei, den Blick gesenkt. Ein Meldegänger kam herein und begab sich in das Achteckzimmer. Pritchard durchquerte die Halle und nahm die Briefe vom Tisch, um sie zur Post zu bringen, genauso, wie er es getan haben mußte, als Charlottes verräterischer Brief an Felix dort lag. Das Dienstmädchen kam die Treppe herunter.
»Lady Charlotte ist bereit, Eure Lordschaft.«
Walden und Thomson gingen hinauf.
Charlottes Zimmer lag im zweiten Stock an der Vorderfront des Hauses, mit Aussicht auf den Park. Es war sonnig und hell, mit hübschen Tapeten und modernen Möbeln. Ich bin schon seit langem nicht mehr hier gewesen, stellte Walden betrübt fest.
»Du siehst ja ziemlich grimmig aus, Papa«, sagte Charlotte.
»Ich habe auch allen Grund dazu«, erwiderte Walden. »Mr. Thomson hat mir eben die schrecklichste Nachricht meines Lebens überbracht.«
Charlotte runzelte die Stirn.
Thomson sagte: »Lady Charlotte, wo ist Felix?«
Charlotte war bleich. »Ich habe keine Ahnung. Wie sollte ich auch?«
Walden brüllte: »Sei nicht so verdammt abgebrüht!«
»Was fällt dir ein, mich so anzufluchen!«
»Ich bitte um Verzeihung.«
Thomson sagte: »Würden Eure Lordschaft es vielleicht lieber mir überlassen . . .
»Bitte sehr.« Walden setzte sich ans Fenster und dachte: Wie komme ich dazu, mich zu entschuldigen?

Thomson wandte sich an Charlotte. »Lady Charlotte, ich bin Polizeibeamter und kann nachweisen, daß Sie sich der Mittäterschaft an einer Mordverschwörung schuldig gemacht haben. Aber Ihr Vater und ich sind daran interessiert, diese Angelegenheit auf sich beruhen zu lassen und alles zu tun, um Ihnen eine langjährige Gefängnisstrafe zu ersparen.«

Walden starrte Thomson an. Gefängnis! Er will sie bestimmt nur erschrecken. Aber nein, fiel ihm plötzlich mit Entsetzen ein, er hat recht, sie ist eine Verbrecherin . . .

Thomson fuhr fort: »Solange wir den Mord verhindern können, ist es uns möglich, Ihre Teilnahme als gegenstandslos zu betrachten. Aber falls der Mörder seinen Plan ausführen sollte, bleibt mir keine andere Wahl, als Sie vor Gericht zu bringen – und dann wird die Anklage nicht nur auf Verschwörung zum Mord lauten, sondern auf Beihilfe zum Mord. Darauf steht theoretisch die Todesstrafe.«

»Nein!« rief Walden unwillkürlich.

»Doch«, entgegnete Thomson ruhig.

Walden vergrub das Gesicht in seinen Händen.

Thomson sagte: »Sie müssen alles tun, daß es nicht zu dieser Tragödie kommt – nicht nur in Ihrem Interesse, sondern auch im Interesse Ihrer Mama und Ihres Vaters. Sie müssen alles tun, was in Ihrer Macht steht, um uns zu helfen, Felix zu finden und Fürst Orlow zu retten.«

Es kann nicht sein, dachte Walden verzweifelt. Er hatte das Gefühl, wahnsinnig zu werden. Meine Tochter kann doch nicht gehängt werden! Wenn Alex umgebracht wird, hat sich Charlotte der Beihilfe zum Mord schuldig gemacht. Aber man wird sie doch nicht vor Gericht bringen. Wer ist Innenminister? McKenna. Walden kannte ihn nicht. Aber Asquith würde bestimmt intervenieren, um eine Anklage zu verhindern. Bestimmt . . .

Thomson sagte: »Ich möchte jetzt wissen, wann Sie Felix zum letztenmal gesehen haben.«

Walden blickte Charlotte an, wartete auf ihre Antwort. Sie stand hinter einem Stuhl, klammerte sich mit beiden Händen an die Rückenlehne. Ihre Handknöchel waren weiß, aber ihr Gesicht schien ruhig. Schließlich antwortete sie. »Ich habe Ihnen nichts zu sagen.«

Walden stöhnte auf. Wie konnte sie fortfahren, sich so aufzuführen? Was war nur mit ihr los? Sie erschien ihm wie eine Fremde.
»Wissen Sie, wo Felix jetzt ist?« fragte Thomson.
Sie schwieg.
»Haben Sie ihn bezüglich unserer Sicherheitsmaßnahmen vorgewarnt?«
Sie machte ein ausdrucksloses Gesicht.
»Wie ist er bewaffnet?«
Nichts.
»Sie sind sich doch hoffentlich darüber im klaren, daß Sie mit jeder Weigerung, eine Frage zu beantworten, mehr Schuld auf sich laden.«
Walden bemerkte eine Veränderung in Thomsons Tonfall und schaute ihn an. Er schien jetzt wirklich wütend zu sein.
»Lassen Sie mich Ihnen eins erklären«, sagte Thomson. »Sie bilden sich vielleicht ein, Ihr Papa könnte Sie vor der Justiz retten. Möglicherweise glaubt er es auch. Aber falls Orlow stirbt, schwöre ich Ihnen, daß ich Sie wegen Mordes vor Gericht bringe. Denken Sie darüber nach!«
Thomson verließ das Zimmer.

Charlotte war bestürzt, ihn gehen zu sehen. Solange ein Fremder im Zimmer war, hatte sie es gerade noch fertiggebracht, Haltung zu bewahren. Allein mit Papa fürchtete sie zusammenzubrechen.
»Ich werde dich retten, falls ich es kann«, sagte Papa traurig.
Charlotte schluckte und blickte an ihm vorbei. Wenn er wenigstens wütend wäre, dachte sie. Es wäre dann leichter zu ertragen.
Er blickte aus dem Fenster. »Ich bin nämlich dafür verantwortlich«, fuhr er nachdenklich fort. »Ich habe deine Mutter zur Frau gewählt, bin dein Vater und habe dich erzogen. Du bist das, was ich aus dir gemacht habe, sonst nichts. Es ist mir unbegreiflich, wie das geschehen konnte, wirklich unbegreiflich.« Er blickte sie an. »Kannst du es mir bitte erklären?«
»Ja, das kann ich«, sagte sie. Sie wollte es ihm begreiflich machen, und sie war sicher, er würde es verstehen, wenn sie es ihm nur richtig erklärte. »Ich will nicht, daß es dir gelingt, Rußland in den Krieg zu verwickeln, denn falls dir das gelingt, werden Millionen

unschuldiger Russen für nichts und wieder nichts hingeschlachtet, verwundet oder verstümmelt.«

Er war überrascht. »Ist es das?« fragte er. »Hast du deshalb diese schrecklichen Dinge getan? Ist es das, was Felix zu erreichen hofft?«

Vielleicht wird er mich verstehen, dachte sie froh. »Jawohl.« Sie fuhr begeistert fort: »Und Felix will auch eine Revolution in Rußland – selbst du siehst vielleicht ein, daß das eine gute Sache wäre – und er glaubt, sie würde ausbrechen, wenn die Leute dort herausfinden, daß Alex versucht hat, sie in den Krieg zu ziehen.«

»Glaubst du, ich will den Krieg?« fragte er ungläubig. »Glaubst du, das würde mir gefallen? Glaubst du, ich hätte etwas davon?«

»Natürlich nicht – aber du würdest es geschehen lassen, unter gewissen Umständen.«

»Jeder würde das – sogar Felix, der, wie du sagst, die Revolution will. Und wenn es zu einem Krieg kommt, müssen wir ihn gewinnen. Ist es denn so schlimm, sich das zu wünschen?« Er sprach fast flehentlich.

Sie war verzweifelt bemüht, sich ihm verständlich zu machen. »Ob es schlimm ist, weiß ich nicht, aber ich weiß, daß es falsch ist. Die russischen Bauern wissen nichts von europäischer Politik und scheren sich nicht darum. Aber man wird sie in Stücke reißen, ihnen die Beine abschießen und all diese schrecklichen Dinge antun, weil du mit Alex ein Abkommen getroffen hast!« Sie kämpfte mit den Tränen. »Papa, kannst du denn nicht einsehen, daß es falsch ist?«

»Aber sieh es doch einmal vom britischen Standpunkt aus – deinem ganz persönlichen Standpunkt. Stell dir vor, Freddy Chalfont, Peter und Jonathan müßten als Offiziere in den Krieg ziehen, und mit ihnen als ihre Soldaten der Kammerdiener Daniel, der Stallbursche Peter, der Stiefelputzer Jimmy, der Lakai Charles und Peter Dawkins von unserem Gut – würdest du dir nicht wünschen, daß sie Hilfe bekämen? Würdest du nicht froh sein, wenn das ganze russische Volk auf ihrer Seite wäre?«

»Natürlich – besonders wenn das russische Volk sich freiwillig entschließen würde, ihnen zu helfen. Aber das Volk wird sich nicht dazu entschließen, das weißt du doch, Papa. Du und Alex, ihr beschließt es. Ihr solltet euch lieber darum bemühen, den Krieg zu verhindern, und nicht, ihn zu gewinnen.«

»Falls Deutschland Frankreich angreift, müssen wir unseren Freunden helfen. Außerdem wäre es eine Katastrophe für England, wenn Deutschland Europa eroberte.«
»Kann es denn eine größere Katastrophe geben als einen Krieg?«
»Wir sollten also auf keinen Fall kämpfen?«
»Nur im Falle einer Invasion.«
»Wenn wir die Deutschen nicht in Frankreich bekämpfen, müssen wir sie später hier bekämpfen.«
»Bist du dir dessen so sicher?«
»Es ist sehr wahrscheinlich.«
»Dann sollten wir erst kämpfen, wenn es dazu kommt.«
»Nun hör mal zu! In dieses Land ist seit achthundertfünfzig Jahren kein Feind eingefallen. Und warum? Weil wir die Feinde auf ihrem eigenen Gebiet bekämpft haben und nicht bei uns. Deshalb bist du, Lady Charlotte Walden, in einem friedlichen und blühenden Land aufgewachsen.«
»Wie viele Kriege wurden begonnen, um den Krieg zu vermeiden? Wenn wir die anderen nicht auf ihrem Gebiet bekämpft hätten, würden sie dann überhaupt gekämpft haben?«
»Wer weiß?« sagte er resigniert. »Ich wollte, du hättest dich etwas mehr mit dem Studium der Geschichte befaßt. Ich wollte, wir hätten uns mehr über derartige Probleme unterhalten. Mit einem Sohn hätte ich es getan – aber, mein Gott! – ich hätte mir nie vorgestellt, daß meine Tochter sich für Außenpolitik interessieren könnte! Und jetzt sehe ich, was mich dieser Fehler kosten wird. Charlotte, ich versichere dir, daß die Aufrechnung der menschlichen Leiden nicht so simpel ist, wie Felix es dir erklärt hat. Kannst du mir nicht glauben, wenn ich dir das sage? Kannst du mir nicht vertrauen?«
»Nein«, erwiderte sie trotzig.
»Felix will deinen Vetter ermorden. Spielt das denn gar keine Rolle für dich?«
»Er wird Alex nur entführen. Er wird ihn nicht ermorden.«
Papa schüttelte den Kopf. »Charlotte, er hat bereits zweimal versucht, Alex zu ermorden, und einmal wollte er auch mich ermorden. Er hat in Rußland viele Leute umgebracht. Er ist kein Entführer, Charlotte, er ist ein Mörder.«
»Ich glaube dir nicht.«

»Aber warum glaubst du mir nicht?« fragte er mit klagender Stimme.
»Hattest du mir über die Frauenrechtlerinnen die Wahrheit gesagt? Hattest du mir über Annie die Wahrheit gesagt? Hast du mir gesagt, daß die meisten Menschen in unserem demokratischen Großbritannien nicht einmal das Wahlrecht haben? Hast du mir die Wahrheit über den Geschlechtsverkehr gesagt?«
»Nein, das habe ich nicht.« Charlotte sah zu ihrem Entsetzen, daß seine Wangen naß von Tränen waren. »Mag sein, daß alles, was ich je als Vater tat, falsch war. Ich wußte ja nicht, daß die Welt sich so verändern würde. Es sieht ganz so aus, als sei ich ein schrecklicher Versager. Aber ich tat, was ich für dich am besten hielt, weil ich dich liebte, und ich liebe dich noch immer. Und wenn ich weine, so hat es nichts mit deinen politischen Ansichten zu tun. Ich weine, weil ich mich verraten fühle. Und siehst du, ich werde bis zum äußersten kämpfen, um dir die Gerichtsverhandlung zu ersparen, selbst wenn es euch gelingen sollte, den armen Alex zu ermorden. Denn du bist meine Tochter, die mir wichtigste Person auf dieser Welt. Für dich werde ich Recht und Ruf und England zur Hölle fahren lassen. Für dich würde ich ohne einen Augenblick zu zögern Unrecht tun. Aber was mich so tief verletzt, ist, daß du nicht das gleiche für mich tun willst. Oder bist du doch dazu bereit?«
Allzu gern hätte sie ja gesagt.
»Willst du treu zu mir halten, trotz allem, was ich falsch gemacht haben könnte, ganz einfach nur, weil ich dein Vater bin?«
Aber das bist du nicht, dachte sie. Sie senkte den Kopf, konnte ihm nicht in die Augen sehen.
Eine Weile saßen sie schweigend da. Dann schneuzte Papa sich. Er stand auf und ging zur Tür. Er nahm den Schlüssel aus dem Schloß und ging hinaus. Charlotte hörte, wie er den Schlüssel umdrehte und sie einsperrte.
Sie brach in Tränen aus.

Die Atmosphäre bei Lydias Dinner war wieder einmal entsetzlich, und das zum zweitenmal innerhalb von zwei Tagen. Sie war die einzige Dame bei Tisch. Sir Arthur machte ein mürrisches Gesicht, weil seine große Suchaktion völlig versagt hatte. Charlotte und Alex waren in ihren Zimmern eingesperrt. Basil Thomson und Stephen begegneten sich mit eisiger Höflichkeit, denn Thomson wußte jetzt über Charlotte und Felix Bescheid und hatte gedroht, Charlotte ins Gefängnis zu schicken. Winston Churchill war da. Er hatte den Vertrag mitgebracht, ihn unterschrieben und von Alex unterschreiben lassen, aber das war kein Anlaß zur Freude, denn jeder wußte, daß der Zar sich weigern würde, ihn zu ratifizieren, falls Alex ermordet werden sollte. Churchill sagte, je eher Alex den englischen Boden verlasse, desto besser. Thomson erklärte sich bereit, eine sichere Route ausarbeiten und für einen umfangreichen Begleitschutz zu sorgen, so daß Alex schon morgen abfahren könnte. Dann gingen alle früh zu Bett, denn es gab nichts mehr zu tun.

Lydia wußte, daß sie nicht schlafen würde. Sie hatte den Nachmittag in einer Art Dämmerzustand verbracht, ausgiebig Laudanum eingenommen und sich bemüht zu vergessen, daß Felix hier in ihrem Hause war. Alex würde also morgen abreisen. Wenn man ihn nur noch für ein paar Stunden unter Bewachung halten könnte . . . Sie fragte sich, ob sie nicht versuchen sollte, sich mit Felix zu treffen. Sie könnte ihm eine Lüge erzählen, ihm sagen, er werde eine gute Gelegenheit haben, Alex morgen abend zu ermorden? Aussichtslos, dachte sie. Er würde ihr nie glauben. Aber dennoch faszinierte sie der Gedanke. Sie überlegte: Ich brauche nur durch diese Tür zu gehen, über den Flur, die Treppe hinauf, über einen weiteren Flur, durch das Kinderzimmer, durch den Schrank, und dann . . .

Sie kniff die Augen zu und zog sich das Laken über den Kopf. Überall drohte Gefahr. Am besten war es, überhaupt nichts zu tun, reglos liegenzubleiben, wie gelähmt. Laß Charlotte Charlotte sein und Felix Felix, denk nicht mehr an Alex, nicht mehr an Churchill. Aber was kann inzwischen noch alles passieren! Charlotte kann zu Stephen gehen und ihm sagen: »Du bist nicht mein Vater.« Stephen kann Felix umbringen. Felix kann Alex umbringen. Charlotte könnte des Mordes angeklagt werden. Felix könnte in ihr Zimmer kommen und sie küssen.

Ihr Nervenzustand verschlechterte sich zunehmend, und das Kopfweh setzte erneut ein. Es war eine sehr warme Nacht. Die Wirkung des Laudanums war verpufft, aber sie hatte beim Abendessen viel

Wein getrunken und fühlte sich noch immer wie benebelt. Ihre Haut war heute abend besonders empfindlich, und jedesmal, wenn sie sich bewegte, schien ihr seidenes Nachthemd an ihren Brüsten zu scheuern. Sie war sowohl geistig als auch körperlich sehr reizbar. Vorübergehend hatte sie sich gewünscht, Stephen würde zu ihr kommen, aber dann wußte sie genau: Nein, ich könnte es nicht ertragen.

Felix' Anwesenheit im Kinderzimmer war wie ein Magnet, der sie anzog und wach hielt. Sie warf das Laken von sich, stand auf, trat ans Fenster und öffnete es weit. Die abendliche Brise war kaum kühler als die Luft im Zimmer. Sie lehnte sich hinaus und blickte hinunter; sie sah die beiden Lampen am Säuleneingang und den vor dem Haus auf und ab gehenden Polizisten, dessen Stiefel im Kies der Auffahrt knirschten.

Wieder dachte sie an Felix: Was treibt er da oben? Stellt er eine Bombe her? Lädt er ein Gewehr? Wetzt er ein Messer? Oder schläft er und wartet auf den rechten Augenblick? Vielleicht streicht er auch um das Haus und versucht, an Alex' Leibwächtern vorbeizukommen . . .

Ich kann nichts tun, dachte sie verzweifelt. Nichts.

Sie griff nach ihrem Buch, Hardys »Wessex-Gedichten«. Warum habe ich mir gerade das ausgesucht? grübelte sie. Sie schlug die Seite auf, die sie am Vormittag gelesen hatte, knipste die Nachttischlampe an, setzte sich und las das ganze Gedicht. Es hieß »Ausweglos«.

Sie standen schweigend in der Kirche Dunkel,
Modrige Mauern, ungeschlacht' Gestein,
Verfall'nes Schnitzwerk längst vergeß'ner Zeiten,
Nichts unterbrach der Glocke schauriges Geläut.

An wurmzerfressenes Gebälk gelehnt,
So schwach und abgezehrt, daß er kaum stehen konnte –
Denn nah war er dem Tode schon –, sprach er ganz leis':
Sag mir, daß du mich liebst! – hielt ihr die Hand.

Die Welt hätt' sie gegeben, um ehrlich ja zu sagen,
So sehr schien ihr sein Leben ganz auf sie gestellt,

Und dann belog sie ihn, im Herzen überzeugt,
Daß dieser Augenblick der Güte ihre Seel' aufwog.

Doch das, warum sie's tat, sein naher Tod,
Spottet' so sehr der Menschheit, daß sie Scham empfand,
Die Herrlichkeit der Welt zu preisen und zu atmen dort,
Wo die Natur ein Leid wie dieses schaffen konnt'.

So ist es, dachte sie. Wie kann man seines Lebens froh werden, wenn die Welt so grausam ist?
Ihre Kopfschmerzen verschlimmerten sich rapide. Sie ging zur Schublade und nahm einen Schluck Laudanum aus der Flasche. Nach einem weiteren Schluck stieg sie zum Kinderzimmer hinauf.

15

Irgend etwas mußte geschehen sein. Felix hatte Charlotte seit der Mittagszeit nicht mehr gesehen, als sie ihm eine Schüssel, eine Kanne Wasser, ein Handtuch und ein Stück Seife gebracht hatte. Es mußte Schwierigkeiten gegeben haben, die sie abhielten – vielleicht hatte man sie gezwungen, das Haus zu verlassen, oder sie wurde beobachtet. Aber offenbar hatte sie ihn nicht verraten.
Eigentlich brauchte er sie jetzt gar nicht mehr.
Er wußte, wo Orlow war, und er wußte, wo er eine Waffe finden konnte. In Orlows Zimmer konnte er nicht gelangen, denn die Bewachung schien zu scharf zu sein. Er mußte also dafür sorgen, daß Orlow herauskam, und er wußte bereits, wie dies zu schaffen war.
Das Wasser und die Seife hatte er nicht benutzt, weil das kleine Versteck zu niedrig war, um sich darin stehend waschen zu können. Er machte sich auch nicht viel aus Sauberkeit, aber jetzt schwitzte er, und das Hemd klebte ihm am Leibe. Er er wollte sich frisch fühlen, bevor er sich an die Arbeit machte. So nahm er die Schüssel und trug sie hinüber ins Kinderzimmer.
Es war ein seltsames Gefühl, in dem Raum zu stehen, in dem Charlotte so viele Stunden ihrer Kindheit verbracht hatte. Er ver-

scheuchte den Gedanken, denn er hatte keine Zeit für Sentimentalitäten. Er zog sich völlig aus und wusch sich beim Licht einer Kerze. Ein vertrautes, angenehmes Gefühl der Erwartung und der Erregung erfüllte ihn. Heute nacht werde ich siegen, entschied er grimmig, ganz gleich, wie viele Menschen ich dabei töten muß. Er rieb sich mit dem Handtuch ab. Seine Bewegungen waren ruckartig; er verspürte einen Reiz in der Kehle und hätte am liebsten laut gebrüllt. So muß es sein, wenn die Kämpfer ihre Kriegsschreie ausstoßen, dachte er. Er blickte an seinen Körper herab und sah, daß er eine Erektion bekam.

Da hörte er eine Stimme sagen: »Ach, du hast ja einen Bart.«

Er schnellte herum und erstarrte.

Lydia war aus der Dunkelheit getreten und stand jetzt im Kerzenlicht. Das blonde Haar hing ihr über die Schultern. Sie trug ein langes, helles Nachthemd mit hoher Taille und Mieder. Ihre Arme waren nackt und weiß. Sie lächelte.

Reglos standen sie da und blickten sich an. Mehrere Male öffnete sie den Mund, wollte sprechen, brachte aber kein Wort hervor. Felix fühlte, wie ihm das Blut in die Lenden schoß. Wie lange ist es her, fragte er sich erregt, wie lange ist es her, daß ich nackt vor einer Frau stand?

Sie bewegte sich, aber es brach nicht den Bann. Sie trat vor und kniete sich zu seinen Füßen. Sie schloß die Augen, schlang die Arme um seinen Körper. Felix blickte auf sie herab, und die Tränen auf ihren Wangen glitzerten im Kerzenlicht.

Lydia war wieder neunzehn Jahre alt, und ihr Körper war jung und kräftig und unermüdlich. Die schlichte Trauungsfeier war vorüber, und sie war mit ihrem Ehemann in dem kleinen Haus auf dem Land. Draußen fielen die Schneeflocken lautlos in den Garten. Sie liebten sich bei Kerzenlicht. Sie küßte ihn wieder und wieder, und er sagte: »Ich habe dich immer geliebt, all die Jahre«, obgleich sie sich ja erst wenige Wochen kannten. Sein Bart fuhr borstig über ihre Brüste, aber sie konnte sich gar nicht erinnern, daß er sich einen Bart hatte wachsen lassen. Sie beobachtete seine Hände, die sich geschäftig über ihren Körper bewegten, die geheimsten Stellen fanden, und sie sagte: »Du bist es, das tust nur du so mit mir, du bist es, Felix,

Felix.« Mit ihren langen Fingernägeln kratzte sie seine Schulter auf, sah das Blut fließen, beugte sich über ihn und leckte es begierig auf. »Du bist ein Tier«, sagte er. Sie berührten und betasteten sich unaufhörlich, sie waren wie Kinder, die man in einem Süßwarenladen losgelassen hat, die sich ruhelos von einem Ding zum anderen bewegen, alles anfassen, anschauen und kosten, die ihr erstaunliches Glück einfach nicht fassen können. Sie sagte: »Ich bin so froh, daß wir beide davongelaufen sind«, aber er machte ein trauriges Gesicht. Sie forderte ihn auf: »Steck mir deinen Finger rein«, und der traurige Blick verschwand, wich dem Ausdruck der Begierde, aber sie wurde sich plötzlich bewußt, daß sie weinte, und sie konnte nicht begreifen, warum. Dann redete sie sich ein, es sei ein Traum, und sie hatte entsetzliche Angst aufzuwachen, und sie sagte: »Tun wir es jetzt, schnell.« Sie kamen zusammen, und sie lächelte durch ihre Tränen und sagte: »Wir sind füreinander geschaffen.« Sie schienen sich wie Tänzer zu bewegen oder verliebte Schmetterlinge, und sie sagte: »Ach, es ist so schön, liebster Jesus, es ist ja so schön.« Dann seufzte sie: »Ich glaubte, ich würde nie wieder erleben«, und schluchzte leise. Er vergrub sein Gesicht in ihrem Nacken, aber sie nahm seinen Kopf in seine Hände und stieß ihn fort, damit sie ihn sehen konnte. Jetzt wußte sie, daß es kein Traum war. Sie war hellwach. Es war wie eine gespannte Saite, die sich zwischen ihrer Kehle und dem untersten Rückenwirbel erstreckte, und jedesmal, wenn sie erzitterte, schwang ihr ganzer Körper in einem Ton der Wollust mit, der immer lauter und lauter wurde. »Schau mich an!« sagte sie, als sie die Kontrolle verlor, und er erwiderte zärtlich: »Ich schaue dich an, ich schaue dich an«, und der Ton wurde lauter. »Ich bin sündhaft und schlecht!« schrie sie, als sie den Höhepunkt erreichte, »schau mich an, ich bin sündhaft und schlecht!« Ihr Körper zuckte und bäumte sich auf, und die Saite wurde straffer und straffer, bis sie das Gefühl hatte, wahnsinnig zu werden. Dann brachte der letzte Ton der Freude die Saite zum Zerreißen, und sie sank zusammen und wurde ohnmächtig.

Felix legte sie sanft auf den Boden. Im Kerzenlicht wirkte ihr Gesicht friedlich, alle Spannung war gewichen, und sie sah aus wie jemand, der glücklich gestorben ist. Sie war bleich, atmete jedoch normal. Sie war in einem Dämmerzustand gewesen, wahrscheinlich unter dem Einfluß von Drogen; das wußte Felix, aber es machte ihm nichts aus. Er fühlte sich ausgelaugt und hilflos, dankbar und sehr verliebt. Wir könnten wieder ein neues Leben beginnen, überlegte er. Sie hat ihren freien Willen, sie kann ihren Mann verlassen, wir könnten in die Schweiz ziehen, Charlotte könnte zu uns kommen . . .

War es wirklich nur ein Wunschtraum? Er und Lydia hatten ja schon einmal derartiges geplant, damals, vor neunzehn Jahren, in St. Petersburg; aber sie waren völlig machtlos gewesen gegenüber den Wünschen der sogenannten ehrbaren Leute. Im wirklichen Leben gibt es so etwas nicht, stellte er fest. Man würde es uns auch dieses Mal unmöglich machen.

Sie werden nie zulassen, daß ich sie besitze.

Aber dafür werde ich mich rächen.

Er stand auf, zog sich rasch an und nahm die Kerze. Noch einmal schaute er Lydia an. Ihre Augen waren noch immer geschlossen. Er wollte sie zum letztenmal berühren, zum letztenmal ihren weichen Mund küssen. Doch dann beherrschte er sich. Nie wieder, dachte er, drehte sich um und ging hinaus.

Leise schlich er über den teppichbelegten Flur und stieg die Treppen hinunter. Seine Kerze warf seltsame Schatten an die Wände. Vielleicht sterbe ich heute nacht, durchfuhr es ihn. Aber nicht bevor ich Orlow und Walden getötet habe. Ich habe meine Tochter gesehen, ich habe meine Frau wiedergefunden, und jetzt werde ich meine Feinde töten – dann kann ich sterben.

Auf dem Treppenabsatz der ersten Etage traf er auf harten Fußboden, und sein Stiefel machte ein lautes Geräusch. Er blieb reglos stehen und lauschte. Hier gab es keine Teppiche mehr, nur den Marmorfußboden. Er wartete. Im Haus war kein Geräusch zu hören. Er zog sich die Stiefel aus und ging barfuß weiter – Socken hatte er keine.

Überall im Hause waren die Lichter gelöscht. Würde er hier jemandem begegnen? Es könnte jemand in die Küche hinuntergehen, weil er mitten in der Nacht hungrig geworden war. Ein Butler könnte träumen, er habe Geräusche gehört, und einen Rundgang durch das Haus machen, um nachzusehen. Vielleicht mußte einer der Leibwächter Orlows gerade in diesem Moment auf die Toilette. Felix

lauschte angespannt, bereit, die Kerze auszublasen und sich beim geringsten Geräusch zu verstecken.
In der Halle blieb er stehen und zog die von Charlotte gezeichneten Pläne des Hauses aus der Tasche. Er warf einen Blick auf die Skizze des Erdgeschosses, hielt die Kerze dicht an das Papier, wandte sich dann nach rechts und bog in den Korridor ein.
Dann durchquerte er die Bibliothek und ging in das Waffenzimmer. Leise schloß er die Tür hinter sich und blickte sich um. Ein riesiger Kopf schien von der Wand auf ihn zuzuspringen, und Felix schreckte zurück. Die Kerze erlosch. Im Dunkeln stellte er fest, daß er einen ausgestopften Tigerkopf gesehen hatte, der an der Wand hing. Er zündete die Kerze wieder an. Überall an den Wänden hingen Jagdtrophäen: ein Löwe, ein Hirsch, sogar ein Rhinozeros. In einer Ecke stand ein Glasbehälter mit einem großen Fisch.
Felix stellte die Kerze auf den Tisch. Die Waffen befanden sich in einem Gestell an der Wand. Er sah drei doppelläufige Flinten, ein Winchester-Gewehr und etwas, was er für eine Elefantenbüchse hielt. Er hatte noch nie eine Elefantenbüchse gesehen. Aber er hatte auch noch nie einen Elefanten gesehen. Die Waffen waren mit einer Kette befestigt, die durch die Abzugsbügel lief. Felix verfolgte die Kette bis zu ihrem Ende. Sie war mit einem großen Vorhängeschloß an der Innenwand des Gestells befestigt.
Felix überlegte. Er mußte eine Waffe haben. Sein erster Gedanke war, das Vorhängeschloß zum Aufschnappen zu bringen, was er vielleicht mit einem Schraubenzieher als Hebel geschafft hätte, aber dann schien es ihm einfacher, den Haken von der Wand des Gestells loszuschrauben und die Kette mit dem Vorhängeschloß und dem Haken durch die Abzugsbügel zu ziehen.
Er schaute noch einmal auf Charlottes Plan. Neben dem Waffenzimmer lag das Blumenzimmer. Er nahm seine Kerze und ging durch die Verbindungstür. Jetzt befand er sich in einem kleinen, kalten Raum mit einem Marmortisch und einem steinernen Waschbecken. Er hörte Schritte. Sofort drückte er die Kerze aus und duckte sich. Das Geräusch kam von draußen, vom Kiespfad; es mußte eine der Wachen sein. Das Licht einer Fackel drang durch das Fenster. Felix stellte sich dicht an die daneben befindliche Tür. Das Licht wurde heller, das Geräusch der Schritte lauter. Sie hielten vor

dem Haus, und die Fackel leuchtete durch das Fenster. In ihrem Licht sah Felix ein Gestell über dem Waschbecken und einige Werkzeuge, die dort an Haken hingen: Gartenscheren, Baumscheren, eine kleine Hacke und ein Messer. Der Wachpolizist versuchte die Tür zu öffnen, vor der Felix stand. Sie war verschlossen. Die Schritte entfernten sich, und das Licht verschwand. Felix wartete eine Weile. Was würde der Mann tun? Wahrscheinlich hatte er den Schimmer der Kerze gesehen. Aber er konnte auch glauben, es sei der Widerschein seiner eigenen Fackel gewesen. Vielleicht war der Wachpolizist auch nur einer von den Übervorsichtigen und wollte sich überzeugen, daß die Tür gut verschlossen war.

Felix schlich sich vom Blumenzimmer durch das Waffenzimmer in die Bibliothek, tastete sich an Wänden und Möbeln entlang, ließ die Türen offen, die erloschene Kerze in der Hand. In der Bibliothek setzte er sich hinter einem großen Ledersofa auf den Fußboden und zählte langsam bis tausend. Niemand kam. Der Wachpolizist hatte also keinen Verdacht geschöpft.

Er kehrte ins Waffenzimmer zurück und zündete die Kerze an. Die Fenster waren mit schweren Vorhängen bedeckt – im Blumenzimmer hatte es keine Vorhänge gegeben. Er schlich sich vorsichtig in das Blumenzimmer, nahm das Messer, das er auf dem Gestell gesehen hatte, kam ins Waffenzimmer zurück und beugte sich über das Gewehrgestell. Er benutzte die Klinge des Messers, um die Schrauben, die den Haken hielten, von der Holzwand zu lösen. Das Holz war alt und hart, aber schließlich lösten sich die Schrauben doch und er konnte die Waffen herausnehmen.

Drei Schränke befanden sich in dem Zimmer. Der eine enthielt Cognac- und Whiskyflaschen sowie Gläser. Im zweiten fand er gebundene Exemplare einer Zeitschrift namens *Pferd und Hund* und ein großes in Leder gebundenes Heft mit der Inschrift »Jagdbuch«. Der dritte war verschlossen: In ihm befand sich höchstwahrscheinlich die Munition.

Felix brach das Schloß mit dem Gartenmesser auf.

Unter den drei verfügbaren Waffenarten – Winchester, Doppelflinte oder Elefantenbüchse – zog er die Winchester vor. Als er jedoch die Munitionskästen durchsuchte, stellte er fest, daß sie weder für die Winchester noch für die Elefantenbüchse Patronen

enthielten. Diese Waffen wurden wahrscheinlich nur als Andenken aufbewahrt. Er mußte sich also mit einer Flinte zufriedengeben. Alle drei waren vom Kaliber zwölf, und die Munition bestand nur aus Schrotpatronen der Größe Nummer sechs. Um seinen Mann zu töten, mußte er aus naher Entfernung auf ihn schießen – nicht weiter als zwanzig Meter. Und er hatte nur zwei Schuß, dann mußte er neu laden.
Wenn schon, dachte er, ich will ja nur zwei Leute töten.
Das Bild Lydias, wie sie auf dem Boden des Kinderzimmers lag, ließ ihn nicht los. Der Gedanke an den Liebesakt erfüllte ihn mit einem Gefühl des Triumphes. Er empfand nicht mehr die Niedergeschlagenheit, die ihn kurz danach gepeinigt hatte. Warum sollte ich sterben? beruhigte er sich. Und wenn ich Walden erst einmal getötet habe, wer weiß, was dann noch alles geschehen kann?
Er lud die Waffe.

Lydia beschloß: Jetzt muß ich mich töten.
Sie sah keine andere Möglichkeit. Zum zweitenmal in ihrem Leben hatte sie die Wonnen der Verruchtheit bis zum letzten ausgekostet. All die Jahre der Selbstdisziplin waren umsonst gewesen, nur weil Felix wieder in ihr Leben getreten war. Mit der Erkenntnis ihrer wahren, lasterhaften Natur konnte sie nicht weiterleben. Sie wollte sterben – jetzt.
Sie überlegte, wie sie es tun könne. Gift? Irgendwo im Haus mußte es Rattengift geben, aber natürlich wußte sie nicht, wo. Eine Überdosis Laudanum? Das war nicht sicher genug. Gas? Stephen hatte das ganze Haus auf elektrischen Strom umstellen lassen. Sie fragte sich, ob die obersten Stockwerke hoch genug waren, so daß sie sich mit einem Sprung aus dem Fenster das Leben nehmen konnte, doch dann hatte sie Angst, sie könnte sich nur das Rückgrat brechen und dann jahrelang gelähmt sein. Sie glaubte, nicht mutig genug zu sein, um sich die Pulsadern aufzuschneiden – und außerdem würde es viel zu lange dauern, bis sie verblutet wäre. Das beste, dachte sie, wäre, sich zu erschießen. Sie konnte bestimmt ein Gewehr laden und es abfeuern; sie hatte es unzählige Male gesehen. Aber dann erinnerte sie sich, daß die Waffen eingeschlossen waren.
Schließlich fiel ihr der See ein. Ja, das war die Lösung. Sie würde auf

ihr Zimmer gehen, sich einen Morgenrock anziehen, das Haus durch eine Seitentür verlassen, damit der Polizist sie nicht sah, durch den westlichen Teil des Parks gehen, an den Rhododendronsträuchern vorbei und durch den Wald bis ans Ufer. Und dann würde sie einfach immer weiter gehen, bis das kühle Wasser sich über ihrem Kopf schloß; sie würde den Mund öffnen, und eine Minute später wäre alles vorüber.

Sie verließ das Kinderzimmer und ging im Dunkeln über den Korridor. Sie sah Licht unter Charlottes Tür und zögerte. Sie wollte ihr kleines Mädchen noch ein letztes Mal sehen. Der Schlüssel steckte außen im Schloß. Sie machte die Tür auf und trat ein.

Charlotte saß in einem Sessel am Fenster, völlig angezogen, aber in Schlaf versunken. Ihr Gesicht war bleich, und sie hatte rote Ringe um die Augen. Das Haar war gelöst. Lydia schloß die Tür hinter sich und trat zu ihr. Charlotte öffnete die Augen.

»Was ist passiert?« fragte sie.

»Nichts«, erwiderte Lydia. Sie setzte sich.

Charlotte sagte: »Erinnerst du dich noch an Nannie, als sie fortging?«

»Ja. Du warst groß genug, um eine Gouvernante zu bekommen, und ich erwartete kein Baby mehr.«

»Ich hatte es jahrelang vergessen. Jetzt eben erinnerte ich mich wieder daran. Hast du eigentlich gewußt, daß ich Nannie damals für meine Mutter hielt?«

»Nein . . . hast du das wirklich? Du nanntest mich aber immer Mama und sie Nannie . . .«

»Ja.« Charlotte sprach langsam, fast unzusammenhängend. »Du warst Mama, und Nannie war Nannie, aber jeder hatte eine Mutter, und siehst du, wenn Nannie mir sagte, du seist meine Mutter, sagte ich, sie solle nicht dumm sein, sie sei doch meine Mutter. Und Nannie lachte. Und danach hast du sie fortgeschickt. Es hat mir das Herz gebrochen.«

»Ich hätte nie geahnt . . .«

»Marya hat es dir natürlich nicht erzählt – welche Gouvernante würde das schon tun?«

Charlotte wiederholte nur, woran sie sich erinnerte, sie klagte ihre Mutter nicht an, sondern erklärte nur: »Und so siehst du jetzt, daß ich die falsche Mutter habe, und nun weiß ich auch, daß ich den falschen Vater habe. Das Neue hat mir wahrscheinlich das Alte wieder in Erinnerung gebracht.«

Lydia sagte: »Du mußt mich hassen. Ich verstehe es. Ich hasse mich selbst.«

»Ich hasse dich nicht, Mama. Ich bin sehr wütend auf dich gewesen, aber ich habe dich nie gehaßt.«

»Du hältst mich für eine Heuchlerin.«

»Nein, nicht einmal dafür.«

Ein Gefühl der Erleichterung durchdrang Lydia.

Charlotte sagte: »Ich beginne zu verstehen, warum du so viel Wert auf Anstand legst, warum du so entschlossen warst, daß ich nie etwas über Sex erfahren sollte . . . du wolltest mich vor dem retten, was dir selbst geschehen war. Und ich habe herausgefunden, daß es harte Entschlüsse gibt, und daß man manchmal nicht sagen kann, was gut und recht ist; ich glaube, ich habe mir ein sehr strenges Urteil über dich angemaßt, obwohl ich überhaupt kein Recht dazu hatte . . . Ich bin nicht sehr stolz auf mich.«

»Weißt du, daß ich dich liebe?«

»Ja . . . und ich liebe dich auch, Mama, und darum fühle ich mich so elend.«

Lydia war verblüfft. Das war das letzte, was sie erwartet hätte. Nach allem, was geschehen war – den Lügen, dem Verrat, der Wut, der Bitterkeit – liebte Charlotte sie noch immer. Eine Art stille Freude überkam sie. Mich töten? fragte sie sich. Warum sollte ich mich töten?

»So hätten wir schon längst miteinander reden sollen«, sagte Lydia.

»Ach, du hast ja keine Ahnung, wie sehr ich mir das gewünscht habe«, erwiderte Charlotte. »Du hast mir immer so schön beigebracht, wie ich knicksen muß und wie ich meine Schleppe tragen und mich artig hinsetzen und mein Haar aufstecken soll . . . und ich sehnte mich danach, daß du mir auf die gleiche Art die wichtigen Dinge des Lebens erklärtest – wie es ist, wenn man sich verliebt und wie die Babys auf die Welt kommen. Aber du hast es nie getan.«

»Ich konnte es einfach nicht«, sagte Lydia. »Ich weiß nicht warum.«

Charlotte gähnte. »Ich glaube, ich werde jetzt schlafen.«

Lydia küßte sie auf die Wange und umarmte sie.

Charlotte sagte: »Weißt du, ich liebe Felix auch; daran hat sich nichts geändert.«
»Ich verstehe dich«, sagte Lydia. »Mir geht es ebenso.«
»Gute Nacht, Mama.«
»Gute Nacht.«
Lydia ging rasch hinaus und schloß die Tür hinter sich. Draußen zögerte sie. Was würde Charlotte tun, wenn die Tür unverschlossen blieb? Lydia beschloß, ihr die Ängste der Entscheidung zu ersparen und drehte den Schlüssel im Schloß.
Dann ging sie die Treppe hinunter und kehrte in ihr Zimmer zurück. Das Gespräch mit Charlotte hatte ihr neuen Mut gegeben. Vielleicht wird doch noch alles wieder gut in dieser Familie, redete sie sich ein.
»Wo warst du?« fragte Stephen, als sie das Zimmer betrat.

Jetzt, wo er eine Waffe hatte, brauchte Felix nur noch dafür zu sorgen, daß Orlow aus seinem Zimmer kam. Und um dies zu erreichen, wollte er das Haus in Brand setzen.
Mit dem Gewehr in der einen und der Kerze in der anderen Hand ging er – immer noch barfuß – durch den westlichen Flügel, durchquerte die Halle und gelangte in den großen Salon. Nur noch ein paar Minuten, dachte er, nur noch ein paar Minuten, und dann habe ich's geschafft. Er ging durch die beiden Speisesäle und ein Anrichtezimmer und kam in die Küchenräume. Hier wurde Charlottes Plan ungenau, so daß er nach dem Ausgang suchen mußte. Er fand eine roh gezimmerte Tür, die mit einer Riegelstange verschlossen war. Er schob den Riegel auf, öffnete leise die Tür, blies die Kerze aus und blieb einen Augenblick auf der Schwelle stehen. Als die Augen sich an die Dunkelheit gewöhnt hatten, konnte er die Umrisse des Hauses erkennen. Dies war eine Erleichterung, denn wegen der Wachen hatte er Angst, draußen die Kerze zu benutzen.
Vor ihm lag ein kleiner gepflasteter Hof. Auf der gegenüberliegenden Seite mußten sich – falls der Plan stimmte – die Garage, eine Werkstatt und ein Benzintank befinden.
Er überquerte den Hof. Das Gebäude vor ihm war sicher einmal eine Scheune gewesen. Ein Teil war verschlossen – wahrscheinlich die Werkstatt – aber alles andere war offen. Er konnte vage die runden

Scheinwerfer zweier großer Wagen erkennen. Wo war der Benzintank? Er blickte auf. Das Gebäude war ziemlich hoch. Er machte ein paar Schritte weiter und stieß mit dem Kopf irgendwo an. Es war ein Schlauch mit einer Zapfpistole am Ende. Er hing vom oberen Teil des Gebäudes herunter.

Das ergab einen Sinn. Man stellt die Autos in die Scheune und den Benzintank auf den Heuschober. Dann braucht man die Wagen nur in den Hof zu fahren und kann sie mit dem Schlauch auftanken.

Sehr gut!

Jetzt brauchte er einen Behälter. Ein Zehnliterkanister wäre ideal. Er trat in die Garage, ging um die Wagen herum, tastete mit den Füßen den Boden ab, gab acht, an nichts zu stoßen, was Lärm verursachen konnte.

Keine Kanister.

Er rief sich noch einmal den Plan in Erinnerung. Er befand sich in der Nähe des Gemüsegartens. Vielleicht ließ sich dort eine Gießkanne auftreiben. Er wollte gerade gehen und nachsehen, als er ein Schnaufen hörte.

Er blieb wie versteinert stehen.

Der Wachpolizist ging vorbei.

Felix hörte das Pochen seines eigenen Herzens.

Der Lichtschein der Öllampe des Polizisten bewegte sich über den Hof. Habe ich die Küchentür wieder verschlossen? fragte sich Felix in Panik. Die Lampe strahlte die Tür an. Sie war zu.

Felix hatte die Luft angehalten. Nun atmete er erleichtert auf.

Er wartete eine Minute, bis der Polizist weit genug entfernt war, dann folgte er in der gleichen Richtung und schaute nach dem Gemüsegarten aus.

Er fand keine Kanne, stolperte jedoch über einen zusammengerollten Schlauch, dessen Länge er auf etwa fünfundzwanzig Meter schätzte. Das brachte ihn auf einen bösen Gedanken.

Zuerst mußte er herausfinden, wie oft der Polizist seinen Streifengang machte. Er begann zu zählen. Zählend trug er den Gartenschlauch auf den Hof zurück und versteckte sich mit ihm hinter den beiden Autos.

Er war bei neunhundertzwei angelangt, als der Polizist wieder um das Haus herumkam.

Es blieben ihm also etwa fünfzehn Minuten.

Er befestigte das eine Ende des Schlauchs an der Zapfpistole der Benzinleitung, ging dann über den Hof und rollte den Schlauch ab. Er blieb einen Augenblick in der Küche, suchte sich einen scharfen Fleischspieß und zündete dann seine Kerze an. Anschließend ging er auf dem gleichen Weg durch das Haus zurück, zog den Schlauch durch die Küche, das Anrichtezimmer, die Speisezimmer, den Salon, die Halle, den Flur und schließlich in die Bibliothek. Der Schlauch war schwer, und er hatte Mühe, die Arbeit lautlos zu erledigen. Ständig lauschte er auf Schritte, aber alles blieb ruhig. Die Bewohner von Walden Hall waren jetzt bestimmt in ihren Betten. Was aber, wenn jemand herunterkäme, um sich ein Buch aus der Bibliothek zu holen, ein Glas Cognac aus dem Salon oder ein Sandwich aus der Küche?

In einem solchen Fall wäre das Spiel aus.

Nur noch ein paar Minuten!

Er hatte sich besorgt gefragt, ob der Schlauch lang genug sein würde. Zum Glück reichte er gerade noch durch die Tür zur Bibliothek. Felix ging am Schlauch entlang zurück und stieß alle paar Meter mit der scharfen Spitze des Spießes kleine Löcher in das Gummi.

Dann verließ er das Haus durch die Küchentür und stellte sich in die Garage. Seine Flinte umklammerte er mit beiden Händen, wie einen Knüppel.

Er wartete, wie ihm schien, eine Ewigkeit.

Endlich hörte er Schritte. Der Polizist ging an ihm vorbei, blieb stehen, sah den Schlauch im Licht seiner Fackel und stieß ein überraschendes Grunzen aus.

Felix schlug mit dem Gewehrkolben zu.

Der Polizist taumelte.

Felix zischte: »So fall doch, verdammt noch mal!« und schlug wieder mit voller Kraft auf den Mann ein.

der Polizist stürzte, und Felix schlug noch einmal mit wilder Inbrunst zu.

Der Mann rührte sich nicht mehr.

Felix kehrte zur Benzinleitung zurück und fand die Stelle, wo der Schlauch angesetzt war. Dort befand sich auch der Hahn.

☆

»Bevor wir heirateten«, fuhr es aus Lydia plötzlich heraus, »hatte ich einen Liebhaber.«
»Du lieber Gott!« sagte Stephen.
Sie überlegte: Warum habe ich das gesagt? Ich tat es, weil meine Lügen uns alle unglücklich gemacht haben, und weil damit endlich Schluß gemacht werden muß.
Sie fuhr fort: »Mein Vater fand es heraus. Er hat meinen Liebhaber einkerkern und foltern lassen. Er versprach mir, die Folter werde sofort abgebrochen, wenn ich mich einverstanden erklärte, dich zu heiraten, und sobald ich mit dir nach England abgereist sei, würde mein Liebhaber aus dem Gefängnis entlassen werden.«
Sie beobachtete sein Gesicht. Er war nicht so verletzt, wie sie es erwartet hatte, aber er war entsetzt. Er sagte: »Dein Vater war ein böser Mensch. Aber weißt du . . .« Jetzt sprach er mit schmerzbewegtem Gesicht. »Eigentlich war ich damals gar nicht in dich verliebt. Ich hielt um deine Hand an, weil mein Vater gestorben war und ich eine Frau brauchte, die die Rolle der Gräfin Walden spielen konnte. Erst später habe ich mich hoffnungslos in dich verliebt. Ich könnte sagen, ich verzeihe dir, aber es gibt nichts zu verzeihen.«
Kann es so einfach sein? fragte sie sich. Wird er mir alles verzeihen und mich trotzdem noch lieben? Es schien ihr so, denn angesichts der Todesgefahr, die sie umgab, war alles möglich. So fuhr sie fort: »Ich habe dir noch mehr zu sagen . . . noch viel Schlimmeres.«
Sein Gesicht war angsterfüllt. »Sag es mir lieber jetzt gleich.«
»Ich war . . . ich war bereits schwanger, als ich dich heiratete.«
Stephen wurde bleich. »Charlotte!«
Lydia nickte schweigend.
»Sie . . . ist nicht meine Tochter?«
»Nein.«
»O Gott.«
Jetzt habe ich dich getroffen, dachte sie. »Oh, Stephen, es tut mir so leid.«
Er starrte sie an. »Nicht meine Tochter . . .«, wiederholte er benommen, »nicht meine Tochter.«
Sie wußte, was Charlotte ihm bedeutete. Englische Adelsfamilien maßen Abstammung und Blutslinie außergewöhnliche Bedeutung zu. Sie erinnerte sich, wie er Charlotte angeschaut und dabei leise

gesagt hatte: »Rippe meiner Rippe, Fleisch meines Fleisches«, und es war der einzige Bibelvers, den sie ihn je hatte zitieren hören. Sie dachte an ihre eigenen Gefühle während der Schwangerschaft. Es muß für Männer das gleiche sein, dachte sie. Manchmal glaubt man, es sei nicht so, aber es mußte so sein.

Sein Gesicht war grau und eingefallen. Er sah plötzlich viel älter aus. »Warum erzählst du mir das jetzt?« fragte er.

Ich kann es nicht, sagte sie sich, ich kann ihm nicht zumuten, die ganze Wahrheit zu erfahren, ich habe ihn bereits zu sehr verletzt. Aber es war, als rutsche sie einen Berghang hinunter: sie konnte nicht mehr anhalten. Sie platzte heraus: »Weil Charlotte ihren wirklichen Vater kennengelernt hat und jetzt alles weiß.«

»Das arme Kind.« Stephen vergrub sein Gesicht in den Händen.

Natürlich würde er jetzt nach dem Vater fragen. Lydia geriet in Panik. Das konnte sie ihm nicht sagen. Es würde ihn umbringen. Und doch mußte sie es ihm sagen, wollte endlich ihr Gewissen erleichtern.

Er blickte sie an. Sein Gesicht war erschreckend ausdruckslos. Er sieht wie ein Richter aus, fand sie, wie ein Richter, der unbewegt sein Urteil fällt. Und sie war die Schuldige auf der Anklagebank.

Er sagte: »Und der Vater ist natürlich Felix.«

Sie zuckte zusammen.

Er nickte, schien in ihrer Reaktion die Bestätigung seiner Annahme zu sehen.

Was wird er tun? überlegte sie voller Furcht. Sie beobachtete sein Gesicht, aber es verriet ihr nichts. Er war plötzlich wie ein Fremder für sie.

Er sagte: »Ach, du lieber Gott im Himmel, was haben wir getan.«

Jetzt brach es aus Lydia heraus: »Er erschien gerade zu der Zeit, als sie begann, ihre Eltern als schwach und prüde zu verachten; auf einmal war er da, voller Leben, Ideen und Auflehnung . . . wie geschaffen, um ein nach Unabhängigkeit strebendes junges Mädchen zu begeistern . . . ich weiß das, weil es mir auch einmal so gegangen ist . . . sie hat ihn also kennengelernt, hat ihn liebgewonnen und ihm geholfen . . . aber sie liebt auch dich, Stephen, in dieser Beziehung ist sie ganz deine Tochter.«

Sein Gesicht wirkte steinern. Sie wünschte, er würde fluchen,

weinen, sie beschimpfen oder sogar schlagen, aber er saß einfach da und schaute sie mit strengem Richterblick an, und dann sagte er: »Und du? Hast du ihm geholfen?«
»Nicht absichtlich, nein . . . aber ich habe ja auch dir nicht geholfen. Ich bin eine schlechte Frau.«
Er stand auf und faßte sie an den Schultern. Seine Hände waren eiskalt. Er sagte: »Aber du bist noch meine Frau?«
»Ich wollte es sein, Stephen . . . ich wollte es wirklich sein.«
Er berührte ihre Wange, aber sie bemerkte keinerlei Liebe in seinem Gesicht. Angst überfiel sie, und sie sagte: »Ich hatte dich gewarnt. Es gab zu viel zu verzeihen.«
»Weißt du, wo Felix ist?«
Sie antwortete nicht. Wenn ich es ihm sage, mache ich mich an Felix' Tod schuldig. Wenn ich es ihm nicht sage, mache ich mich an Stephens Tod schuldig.
»Du weißt es«, sagte er.
Sie nickte benommen.
»Wirst du es mir sagen?«
Sie blickte ihm in die Augen. Wird er mir je verzeihen, wenn ich es ihm sage?
Stephen sagte: »Entschließe dich.«
Sie hatte das Gefühl, der Länge nach in eine Grube zu fallen.
Stephen hob erwartungsvoll die Brauen.
Lydia sagte: »Er ist hier im Haus.«
»Großer Gott! Wo?«
Lydia ließ die Schultern sinken. Es war getan. Ein letztes Mal hatte sie Felix verraten. »Er hat sich im Kinderzimmer versteckt«, sagte sie, zutiefst erschüttert.
Sein Gesicht war plötzlich nicht mehr wie Stein. Seine Wangen röteten sich, und seine Augen funkelten vor Wut.
Lydia flehte ihn an: »Sage mir, daß du mir verzeihst . . . bitte.«
Er drehte sich um und stürmte aus dem Zimmer.

Felix rannte durch die Küche und durch das Anrichtezimmer, die Kerze, die Flinte und seine Streichhölzer in der Hand. Süßlicher, ekelerregender Benzingeruch hing in der Luft. Im Speisezimmer sprühte ein dünner, beständiger Strahl aus einem Loch im Schlauch.

Felix schob den Schlauch ein wenig beiseite, damit das Feuer ihn nicht zu schnell zerstörte, zündete dann ein Streichholz an und warf es auf die mit Benzin durchtränkte Ecke des Teppichs. Flammen schlugen empor.
Felix grinste und rannte weiter.
Im Salon nahm er ein Samtkissen und hielt es eine Minute lang an ein weiteres Loch im Schlauch. Dann legte er das Kissen auf das Sofa, setzte es in Brand und warf noch ein paar Kissen dazu. Sie brannten lichterloh.
Er rannte durch die Halle und über den Flur in die Bibliothek. Hier lief das Benzin aus dem Ende des Schlauchs und verbreitete sich über den Fußboden. Felix riß Bücher aus den Regalen und warf sie in die Pfütze auf dem Boden. Schließlich durchquerte er den Raum und öffnete die Verbindungstür zum Waffenzimmer. Einen Augenblick blieb er auf der Schwelle stehen, dann warf er seine Kerze hinter sich in die Benzinlache.
Es klang wie das Rauschen einer starke Windbö, und im Bruchteil einer Sekunde stand die Bibliothek in Flammen. Die Bücher brannten sehr gut. Einen Augenblick später fingen die Vorhänge Feuer, dann die Stühle und die Holztäfelung an den Wänden. Immer mehr Benzin lief aus dem Schlauch und nährte das Feuer. Felix brach in lautes Gelächter aus.
Im Waffenzimmer stopfte er eine Handvoll zusätzlicher Patronen in seine Jackentasche. Dann begab er sich ins Blumenzimmer. Er schob den Riegel der zum Garten führenden Tür zurück, öffnete sie leise und trat hinaus.
Er entfernte sich etwa zweihundert Schritt vom Haus; konnte seine Ungeduld kaum noch zügeln. Dann bog er, immer noch in der gleichen Distanz, nach Süden ab und anschließend nach Osten, bis er direkt gegenüber der Haupteingangstür stand, die sich von der dunklen Wiese aus gut beobachten ließ.
Er sah den zweiten Wachpolizisten vor dem Säulengang mit den beiden Lampen. Der Mann rauchte Pfeife. Sein Kollege lag bewußtlos oder tot im Hof vor der Küche. Felix konnte die Flammen in den Fenstern der Bibliothek sehen, aber der Polizist war zu weit von dort entfernt und hatte sie noch nicht bemerkt. Jeden Augenblick konnte er auf sie aufmerksam werden.

Zwischen Felix und dem Haus, etwa fünfzig Meter vom Säulengang entfernt, stand ein großer, alter Kastanienbaum. Felix ging über den Rasen auf ihn zu. Der Polizist schien ungefähr in die Richtung des Baums zu blicken, bemerkte Felix jedoch nicht. Aber das war Felix jetzt ohnehin egal. Falls er mich sieht, erschieße ich ihn einfach, beschloß er. Es spielt keine Rolle mehr. Niemand kann das Feuer aufhalten. Alle werden das Haus verlassen müssen. Und in ein paar Sekunden bringe ich die beiden um.
Er kam hinter dem Baum hervor, lehnte sich an den Stamm, die Flinte in den Händen.
Jetzt sah er Flammen in den Fenstern der Speisezimmer.
Seine Ungeduld wuchs. Worauf warteten die da drinnen?

Walden rannte den Korridor entlang bis zum Junggesellenflügel des Hauses und klopfte an die Tür des blauen Zimmers, in dem Thomson schlief. Er trat ein.
»Was ist los?« ließ sich Thomsons Stimme aus dem Bett vernehmen.
Walden knipste das Licht an. »Felix ist im Hause.«
»Verdammt« Thomson sprang aus dem Bett. »Wie ist das möglich?«
»Charlotte hat ihn hereingelassen«, sagte Walden bitter.
Thomson zog sich rasch Hose und Jacke an. »*Wo* ist er?«
»Im Kinderzimmer. Haben Sie Ihren Revolver?«
»Nein, aber ich habe drei Leute bei Orlow, wie Sie wissen. Ich werde zwei davon mitnehmen und mir Felix schnappen.«
»Ich komme mit.«
»Es wäre mir lieber . . .«
»Keine Widerrede!« schrie Walden ihn an. »Ich will ihn sterben sehen.«
Thomson blickte ihn seltsam verständnisvoll an und eilte aus dem Zimmer. Walden folgte ihm.
Sie gingen den Korridor entlang bis zu Alex' Zimmer. Der Leibwächter vor der Tür sprang von seinem Stuhl auf und grüßte Thomson. Thomson sagte: »Sie sind Barrett, nicht wahr?«
»Jawohl, Sir.«
»Wer ist drinnen?«

»Bishop und Anderson, Sir.«
»Lassen Sie sie aufmachen.«
Barrett klopfte an die Tür.
Sofort antwortete eine Stimme: »Losungswort?«
»Mississippi«, sagte Barrett.
Die Tür ging auf. »Was ist los, Charlie? Ach, Sie sind es, Sir.«
Thomson fragte: »Wie geht es Orlow?«
»Er schläft wie ein Baby, Sir.«
Walden dachte: Es dauert wieder viel zu lange.
Thomson sagte: »Felix ist im Haus. Barrett und Anderson, sie begleiten mich und Ihre Lordschaft. Bishop, Sie bleiben im Zimmer. Und überzeugen Sie sich bitte alle zuerst, daß Ihre Pistolen auch geladen sind.«
Walden führte sie über den langen Korridor und dann die Treppen hinauf zur Kinderzimmersuite. Sein Herz pochte, und er verspürte wieder jenes seltsam gemischte Gefühl von Furcht und Tatendrang, das ihn früher bei der Löwenjagd ergriffen hatte.
Er zeigte auf die Tür des Kinderzimmers.
Thomson flüsterte: »Hat das Zimmer elektrisches Licht?«
»Ja«, antwortete Walden.
»Wo ist der Schalter?«
»Links hinter der Tür, in Schulterhöhe.«
Barrett und Anderson zogen ihre Pistolen.
Walden und Thomson stellten sich zu beiden Seiten der Tür, außerhalb der Schußlinie, auf.
Barrett stieß die Tür auf. Anderson stürmte hinein, und Barrett drückte auf den Lichtschalter.
Nichts geschah.
Walden blickte ins Zimmer.
Anderson und Barrett durchsuchten das Schulzimmer und das Schlafzimmer. Einen Augenblick später meldete Barrett: »Hier ist niemand, Sir.«
Im leeren Kinderzimmer war es sehr hell. Auf dem Boden stand eine Schüssel mit schmutzigem Wasser, und daneben lag ein zerknülltes Handtuch.
Walden zeigte auf die Schranktür. »Hinter dem Schrank ist noch eine kleine Bodenkammer.«

Barrett öffnete die Schranktür. Barrett trat ein, die Waffe in der Hand.
Kurz danach kam er zurück. »Er *war* hier.«
Thomson kratzte sich am Kopf.
Walden sagte: »Wir müssen das Haus durchsuchen.«
Thomson bemerkte: »Ich wünschte, wir hätten mehr Leute.«
»Fangen wir mit dem westlichen Flügel an«, schlug Walden vor und drängte zum Aufbruch.
Sie folgten ihm aus dem Kinderzimmer, den Korridor entlang, die Treppe hinunter. Auf der Treppe schlug Walden ein qualmiger Geruch entgegen. »Was ist das?« fragte er.
Thomson schnüffelte.
Walden blickte Barrett und Anderson an. Keiner von ihnen rauchte. Der Geruch wurde stärker und jetzt hörte Walden ein Geräusch, das wie Wind in den Baumkronen klang.
Plötzlich geriet er in Panik. »Mein Haus brennt!« rief er und rannte die Treppe hinunter.
Die Halle war voller Rauch.
Walden lief durch die Halle und stieß die Tür zum Salon auf. Die Hitze traf ihn wie ein Schlag, er taumelte zurück. Das Zimmer war ein flammendes Inferno. Er dachte verzweifelt: Das können wir nie löschen. Als er zum Westflügel herüberschaute, sah er, daß auch die Bibliothek in Flammen stand. Er drehte sich um. Thomson stand direkt hinter ihm. Walden rief ihm zu: »Mein Haus brennt nieder!«
Thomson packte ihn am Arm und zog ihn zur Treppe zurück, wo Anderson und Barrett standen. Walden stellte fest, daß er in der Mitte der Halle besser atmen und hören konnte. Thomson war kühl und gefaßt. Er erteilte Befehle.
»Anderson, Sie gehen hinaus und wecken die beiden Polizisten auf. Sagen Sie dem einen, er solle einen Gartenschlauch und die nächste Wasserleitung suchen. Den anderen schicken Sie eiligst ins Dorf, damit er die Feuerwehr anruft. Dann rennen Sie die Hintertreppe hinauf zu den Dienstbotenquartieren und wecken alle auf. Sagen Sie ihnen, sie sollen so rasch wie möglich herauskommen und sich vollzählig auf dem Rasen vor dem Haus versammeln. Barrett, Sie wecken Mr. Churchill und sorgen dafür, daß auch er herauskommt. Ich hole Orlow. Walden, Sie kümmern sich um Lydia und Charlotte. Los jetzt!«

Walden raste die Treppe hinauf und stürzte in Lydias Zimmer. Sie saß im Nachthemd auf der Chaiselongue, ihre Augen waren vom Weinen gerötet. »Das Haus steht in Flammen«, rief Walden ihr atemlos zu. »Lauf rasch hinunter und warte auf dem Rasen vor dem Haus. Ich hole Charlotte.« Dann fiel ihm die Glocke ein, mit der sonst zum zum Essen geläutet wurde. »Nein«, sagte er. »Du holst Charlotte. Ich werde Sturm läuten.«
Er raste wieder die Treppe hinunter und fragte sich: Warum habe ich nicht gleich daran gedacht? In der Halle hing eine lange dicke Seidenschnur, mit der man Klingeln im ganzen Haus betätigen konnte, um die Gäste und das Personal zum Essen zu rufen. Walden zog an der Schnur und hörte undeutlich die Klingeln in den verschiedenen Trakten des Hauses. Da sah er einen Gartenschlauch, der sich durch die Halle schlängelte. War jemand bereits dabei, das Feuer zu bekämpfen? Er verstand es nicht und läutete weiter.

Felix wartete gespannt. Das Feuer verbreitete sich zu rasch. Ein großer Teil der ersten Etage stand bereits in Flammen – er sah das Feuer durch die Fenster und wurde unruhig: Kommt schon heraus, ihr Idioten! Was ist nur mit den Leuten los? Ich will ja nicht, daß alle im Hause verbrennen – sie sollen herauskommen! Der Polizist im Säulengang schien zu schlafen. Dann muß ich eben selbst Alarm schlagen, dachte Felix verzweifelt. Ich will nicht, daß die falschen Leute sterben . . .
Plötzlich blickte sich der Polizist um. Die Pfeife fiel ihm aus dem Mund. Er stürzte zur Tür und behämmerte sie mit den Fäusten. Endlich! dachte Felix. Jetzt schlag Alarm, du Idiot! Der Polizist rannte zu einem Fenster und schlug die Scheibe ein.
Im gleichen Augenblick flog die Tür auf, und jemand rannte von einer Rauchwolke umgeben, heraus. Es ist soweit, stellte Felix erleichtert fest. Er hob die Flinte und spähte durch das Dunkel. Er konnte das Gesicht des Herauskommenden nicht sehen. Der Mann rief irgend etwas, und der Polizist rannte davon. Ich muß in der Lage sein, die Gesichter zu erkennen, sagte sich Felix; aber wenn ich zu nah herangehe, sieht man mich zu früh. Der Mann, der eben herausgekommen war, eilte wieder ins Haus zurück, bevor Felix ihn erkennen konnte. Ich muß näher heran, dachte Felix, auch wenn es

riskant ist. Er bewegte sich vorsichtig auf das Haus und hörte die Glocken.
Nun müssen sie kommen!

Lydia rannte über den von Rauch erfüllten Korridor. Wie konnte es so rasch geschehen? In ihrem Zimmer hatte sie nichts gerochen, aber jetzt züngelten die Flammen bereits unter den Türen der Schlafzimmer, an denen sie vorbeikam. Das ganze Haus mußte lichterloh brennen. Die Luft war so heiß, daß sie kaum atmen konnte. Sie gelangte an Charlottes Zimmer und drückte die Türklinke herunter. Die Tür war verschlossen – natürlich. Sie drehte den Schlüssel um und versuchte es noch einmal. Die Tür gab nicht nach. Sie drückte auf die Klinke, warf sich mit ihrem ganzen Gewicht gegen die Tür. Es half nichts. Die Tür klemmte, und Lydia begann zu schreien . . .
»Mama!« rief Charlotte aus ihrem Zimmer.
Lydia biß sich fest auf die Lippe und hörte auf zu schreien. »Charlotte!«
»Mach die Tür auf!«
»Ich kann es nicht, ich kann es nicht . . .«
»Sie ist zugeschlossen!«
»Nein, ich habe sie aufgeschlossen, aber sie geht trotzdem nicht auf, das ganze Haus steht in Flammen . . . oh, liebster Jesus, hilf mir, hilf mir . . .«
Die Tür zitterte und die Klinke wackelte, als Charlotte versuchte, sie von innen zu öffnen.
»Mama!«
»Ja?«
»Mama, laß das Geschrei und höre mir gut zu . . . der Fußboden hat sich gewölbt, und die Tür ist im Rahmen eingeklemmt . . . sie muß eingeschlagen werden . . . geh und hole Hilfe!«
»Ich kann dich doch nicht verlassen . . .«
»MAMA! HOL HILFE, ODER ICH VERBRENNE HIER BEI LEBENDIGEM LEIBE!«
»Oh, mein Gott . . . schon gut.«
Lydia drehte sich um und rannte hustend und keuchend die Treppe hinunter.

Walden klingelte immer noch. Durch den Rauch sah er Alex in Begleitung von Thomson und Bishop die Treppe herunterkommen. Lydia, Churchill und Charlotte sollten eigentlich auch schon hier sein, überlegte er, doch dann fiel ihm ein, daß sie auch auf einer der anderen Treppen heruntergekommen sein konnten. Der einzige Ort, an dem man feststellen konnte, ob alle da waren, war der Rasen vor dem Haus.

»Bishop!« rief Walden. »Kommen Sie mal her!«

Der Polizeibeamte eilte herbei.

»Hier, ziehen Sie an der Schnur. Klingeln Sie so lange, wie es Ihnen möglich ist.«

Bishop übernahm die Klingel, und Walden folgte Alex aus dem Haus.

Für Felix war der langersehnte Augenblick gekommen.

Er erhob die Flinte und ging auf das Haus zu.

Orlow und ein anderer Mann kamen ihm entgegen. Sie hatten ihn noch nicht gesehen. Als sie sich näherten, erschien Walden hinter ihnen.

Wie die Ratten in der Falle, dachte Felix triumphierend.

Der Mann, den Felix nicht kannte, blickte über seine Schulter zurück und sagte irgend etwas zu Walden.

Orlow war nur noch zwanzig Meter von ihm entfernt.

Jetzt ist es soweit, freute sich Felix.

Er legte die Flinte an, zielte genau auf Orlows Brust, und gerade in dem Augenblick, in dem Orlow den Mund öffnete, um etwas zu sagen, peitschte der Schuß durch die Nacht.

Ein großes schwarzes Loch breitete sich auf Orlows Nachthemd aus, als die Ladung von etwa vierhundert Schrotkugeln in seinen Körper drang. Die beiden anderen hatten den Knall gehört und starrten Felix verblüfft an. Blut quoll aus Orlows Brust, und er fiel rücklings zu Boden.

Ich habe es geschafft, jubelte Felix, ich habe ihn getötet.

Und jetzt ist der andere Tyrann an der Reihe.

Er richtete die Waffe auf Walden. »Keine Bewegung!« schrie er.

Walden und der andere Mann standen reglos da.

Dann hörten sie einen Schrei.

Felix blickte in die Richtung, aus der er gekommen war.
Lydia kam aus dem Haus gerannt, ihr Haar brannte.
Felix zögerte den Bruchteil einer Sekunde, dann stürzte er auf sie zu.
Walden tat das gleiche.
Während Felix rannte, ließ er die Flinte fallen und zog sich die Jacke aus. Er erreichte Lydia vor Walden, warf ihr seine Jacke über den Kopf und erstickte die Flammen.
Sie riß sich die Jacke vom Kopf und schrie ihm zu: »Charlotte ist in ihrem Zimmer eingeschlossen, und ich kriege die Tür nicht auf!«
Walden drehte sich um und rannte ins Haus.
Felix folgte ihm.
Schluchzend und außer sich vor Schrecken sah Lydia Thomson über den Rasen laufen und die Flinte aufheben, die Felix fallengelassen hatte.
Sie beobachtete mit Entsetzen, wie Thomson die Waffe hob und auf Felix' Rücken zielte.
»Nein!« schrie sie. Sie warf sich Thomson entgegen, brachte ihn aus dem Gleichgewicht.
Der Schuß ging ins Gras.
Thomson starrte sie verblüfft an.
»Wissen Sie es denn nicht?« kreischte sie hysterisch. »Er hat genug gelitten!«

Charlottes Teppich schwelte.
Sie hielt sich ihr Taschentuch vor den Mund und biß sich in den Handrücken, um nicht zu schreien.
Sie rannte zu ihrem Waschtisch, nahm die Wasserkanne und schleuderte sie in die Mitte des Zimmers. Das Wasser verstärkte aber den Rauch nur noch.
Sie lief zum Fenster, öffnete es und blickte hinaus. Rauch und Flammen drangen aus den Fenstern unter ihr. Die Mauer des Hauses war mit glatten Steinen verkleidet, und es gab keine Möglichkeit herunterzuklettern. Wenn es nicht anders geht, werde ich springen, überlegte sie; das ist immer noch besser als zu verbrennen. Der Gedanke erfüllte sie mit Entsetzen, sie biß sich wieder in die Faust.

Sie rannte zur Tür, riß und zerrte und schlug die Klinke. Vergebens. »Hilfe! Kann mir nicht jemand helfen? Schnell, Hilfe!« schrie sie. Flammen züngelten über den Teppich, und ein Loch breitete sich in der Mitte des Fußbodens aus.
Sie rannte an den Wänden entlang zum Fenster, bereit, hinauszuspringen.
Sie hörte jemanden schluchzen und merkte erst dann, daß sie es selbst war.

Die Halle war voller Rauch. Felix konnte kaum etwas sehen. Er hielt sich dicht hinter Walden und dachte nur immer: Nicht Charlotte, Charlotte darf nicht sterben, nicht Charlotte.
Sie rannten die Treppe hinauf. Die ganze erste Etage stand in Flammen. Die Hitze war unerträglich. Walden sprang geduckt durch eine Flammenwand, Felix folgte ihm.
Walden blieb vor einer Tür stehen und bekam einen Hustenanfall. Hilflos zeigte er auf die Tür. Felix drückte die Klinke durch, warf sich mit der Schulter gegen die Tür. Sie bewegte sich nicht. Er schüttelte Walden und schrie ihm zu: »Rennen Sie gegen die Tür!« Er und Walden – der noch immer hustete – stellten sich auf die der Tür gegenüberliegende Seite des Flurs.
»Jetzt!« sagte Felix.
Sie warfen sich gemeinsam gegen die Tür.
Das Holz splitterte, aber die Tür blieb geschlossen.
Walden hatte zu husten aufgehört. Sein Gesicht drückte Elend und Verzweiflung aus. »Noch einmal!« rief er Felix zu.
Sie stellten sich an die gegenüberliegende Wand.
»Jetzt!«
Sie warfen sich gegen die Tür.
Sie splitterte ein wenig mehr.
Hinter der Tür hörten sie Charlotte schreien.
Walden brüllte wütend und blickte sich suchend um. Dann packte er einen schweren Eichenstuhl. Felix glaubte, er sei zu schwer für Walden, aber Walden hob ihn über seinen Kopf und schleuderte ihn gegen die Tür. Die Täfelung begann aufzusplittern.
In rasender Ungeduld steckte Felix seine Hände in die Spalte und begann, das splitternde Holz aufzubrechen. Seine Finger waren voller Blut.

Er trat zurück, und Walden schleuderte den Stuhl noch einmal. Wieder zerrte Felix einige Splitter heraus. Seine Hände waren aufgerissen. Er hörte, wie Walden etwas vor sich hin murmelte, und stellte fest, daß es ein Gebet war. Walden schleuderte den Stuhl zum drittenmal. Der Stuhl zerbrach, der Sitz und die Beine lösten sich von der Rückenlehne, aber jetzt war das Loch in der Tür groß genug, daß Felix sich hindurchzwängen konnte.
Felix drängte sich durch das Loch und fiel ins Schlafzimmer.
Der Fußboden brannte, und er konnte Charlotte nicht sehen.
»Charlotte!« schrie er aus Leibeskräften.
»Hier!« Ihre Stimme kam vom anderen Ende des Zimmers.
Felix bahnte sich einen Weg zu ihr. Sie saß auf dem Sims des offenen Fensters, und atmete ruckweise. Er nahm sie, warf sie sich über die Schulter und trug sie, an der Wand entlang, dort, wo sich das Feuer noch nicht ausgebreitet hatte, zur Tür.
Walden streckte die Arme durch das Loch in der Tür, um sie Felix abzunehmen.
Felix hatte Brandwunden im Gesicht und auf den Händen, und seine Hose hatte Feuer gefangen. Charlottes Augen standen vor Schreck weit offen. Hinter Felix begann der Fußboden einzustürzen. Walden steckte den Kopf und eine Schulter durch die Öffnung und schob den rechten Arm unter Charlottes Körper. Felix schien zu taumeln. Walden zog den Kopf zurück, streckte den linken Arm durch die Öffnung und griff Charlotte unter die Achsel. Flammen züngelten um ihr Nachthemd, und sie schrie. Walden redete ihr sanft zu. Und plötzlich fühlte er ihr ganzes Gewicht auf seinen Armen. Er zog sie durch die Öffnung. Sie wurde ohnmächtig und sank zusammen. Kaum war sie draußen, brach der ganze Fußboden ein. Als Felix in den sich öffnenden Abgrund stürzte, sah Walden sein Gesicht.
»Gott erbarme sich deiner Seele«, sagte er flüsternd.
Dann rannte er mit Charlotte die Treppe hinunter.

Lydia wurde von Thomson mit eisernem Griff festgehalten, denn nur so konnte er sie daran hindern, in das brennende Haus zurückzulaufen. Sie starrte wie gebannt auf die Tür, erwartete mit Bangen die beiden Männer und Charlotte.
Eine Gestalt erschien. Wer war es?

Die Gestalt näherte sich. Es war Stephen. Er trug Charlotte in seinen Armen.
Thomson ließ Lydia los. Sie rannte zu ihrem Mann. Stephen legte Charlotte behutsam ins Gras. Lydia starrte ihn in panischem Schrecken an. »Was . . . was . . .?«
»Sie ist nicht tot«, sagte Stephen. »Nur ohnmächtig.«
Lydia hockte sich ins Gras, wiegte Charlottes Kopf in ihrem Schoß und legte ihr sanft die Hand auf die Brust. Das Herz pochte stark.
»Oh, mein kleines Mädchen«, sagte Lydia.
Stephen setzte sich neben sie. Sie schaute ihn an. Seine Hosen waren verbrannt, und seine Haut war schwarz und voller Brandblasen. Aber er lebte.
Sie schaute zur Tür.
Stephen sah ihren Blick.
Lydia merkte jetzt, daß Churchill und Thomson ganz in ihrer Nähe standen und jedes Wort hörten.
Stephen nahm Lydias Hand. »Er hat sie gerettet«, sagte er. »Und dann hat er sie mir durch die Tür gereicht. Aber plötzlich brach der Fußboden ein. Er ist tot.«
Lydias Augen füllten sich mit Tränen. Stephen drückte ihre Hand fester. Er sagte: »Ich sah sein Gesicht, als er in die Flammen stürzte. Ich glaube, ich werde es nie vergessen. Seine Augen waren offen, und er war bei Bewußtsein, aber . . . er schien überhaupt keine Angst zu haben. Er sah sogar irgendwie . . . zufrieden aus.«
Die Tränen flossen über Lydias Gesicht.
Churchill sagte zu Thomson: »Schaffen Sie Orlows Leiche weg.«
Der arme Alex, dachte Lydia, und sie weinte auch um ihn.
Thomson machte ein verdutztes Gesicht: »Wie soll ich das verstehen?«
Churchill sagte: »Verstecken Sie die Leiche, begraben Sie sie, werfen Sie sie ins Feuer, es ist mir egal, wie Sie es machen, solange Sie dafür sorgen, daß diese Leiche für immer verschwindet.«
Lydia starrte ihn entgeistert an, und sie sah durch ihre Tränen, wie er einige Papiere aus der Tasche seines Schlafrocks zog.
»Das Abkommen ist unterzeichnet«, sagte Churchill. »Dem Zaren wird mitgeteilt, daß Orlow einem Unfall zum Opfer fiel und in den Flammen umgekommen ist, die Walden Hall niederbrannten.

Orlow wurde nicht ermordet, verstanden? Es hat keinen Mörder gegeben.« Er blickte sich finster in der Runde um. »Es hat nie einen Felix gegeben.«
Stephen stand auf und ging hinüber zu Alex. Jemand hatte ihm das Gesicht bedeckt. Lydia hörte, wie Stephen sagte: »Alex, mein Junge . . . was werde ich deiner Mutter sagen?« Er beugte sich nieder und faltete ihm die Hände über dem Loch in seiner Brust.
Lydia blickte auf das Feuer, das Jahrhunderte Waldenscher Familientradition niederbrannte und auch einen Teil ihrer persönlichen Vergangenheit in Schutt und Asche legte.
Stephen kam wieder zurück und stellte sich neben sie. Er flüsterte ihr zu: »Es hat nie einen Felix gegeben.«
Sie blickte zu ihm auf. Hinter ihm färbte sich der östliche Himmel perlgrau. Bald würde die Sonne aufgehen und ein neuer Tag beginnen.

Nachwort

Am zweiten August 1914 fielen deutsche Truppen in Belgien ein. Wenige Tage später drang die deutsche Armee immer tiefer nach Frankreich vor. Ende August, als der Fall von Paris schon abzusehen war, wurden lebenswichtige deutsche Truppenteile aus Frankreich zurückgezogen, um Deutschland gegen eine russische Offensive aus dem Osten zu schützen. Paris wurde nicht eingenommen.
1915 erhielten die Russen offiziell die Kontrolle über Konstantinopel und den Bosporus.
Viele der jungen Männer, mit denen Charlotte auf Belindas Ball getanzt hatte, kamen in Frankreich ums Leben. Freddy Chalfont fiel bei Ypern. Peter kehrte als Schwerverwundeter zurück. Charlotte ließ sich als Krankenschwester ausbilden und ging an die Front.
1916 gebar Lydia einen Knaben. Das Kind wurde auf den Namen Alex getauft.
1917 bekam Charlotte eine Lungenentzündung und wurde in die Heimat zurückgeschickt. Während ihrer Genesungszeit übersetzte sie Puschkins »Hauptmannstochter« ins Englische.
Nach dem Krieg erhielten die Frauen das Wahlrecht. Lloyd George wurde Premierminister. Basil Thomson wurde in den Adelsstand erhoben.
Charlotte heiratete einen jungen Offizier, den sie in Frankreich gepflegt hatte. Der Krieg hatte ihn zu einem Pazifisten und Sozialisten gemacht, und er wurde als einer der ersten Abgeordneten der Arbeiterpartei ins Parlament gewählt. Charlotte wurde die führende englische Übersetzerin russischer Literatur des neunzehnten Jahrhunderts. 1931 reisten sie beide nach Moskau, kehrten begeistert zurück und erklärten, daß die UdSSR ein Arbeiterparadies sei. Sie änderten ihre Meinung, als die Russen mit den Nazis den Nichtan-

griffspakt schlossen. Charlottes Mann trat 1945 als Staatssekretär in das Kabinett der Labourregierung ein.
Charlotte lebt noch. Sie wohnt auf dem ehemaligen Gutshof von Walden Hall. Ihr Vater hatte dieses Haus für seinen Gutsverwalter bauen lassen. Es ist ein geräumiges, solides Gebäude mit behaglichen Möbeln, hellen Tapeten und bunten Vorhängen. Das Waldensche Gut dient jetzt als Wohnsiedlung, denn Charlotte liebt es, von Menschen umgeben zu sein. Walden Hall wurde wiederaufgebaut und befindet sich im Besitz des Sohnes von Alex Walden.
Was die unmittelbare Vergangenheit betrifft, läßt Charlotte ihr Gedächtnis manchmal etwas im Stich. An den Sommer 1914 erinnert sie sich jedoch ganz genau. Wenn man sie danach fragt, scheinen ihre traurigen braunen Augen in die Ferne zu schweifen, und sie beginnt, eine ihrer haarsträubenden Geschichten zu erzählen.
Aber sie lebt durchaus nicht nur in der Vergangenheit. Sie wirft der Kommunistischen Partei der Sowjetunion vor, den Sozialismus, und Margaret Thatcher, den Feminismus in Verruf zu bringen. Und wenn man einwendet, Mrs. Thatcher sei keine Feministin, antwortet sie, Breschnew sei auch kein Sozialist.
Natürlich hat sie das Übersetzen inzwischen aufgegeben, aber sie liest den »Archipel Gulag« in der russischen Originalfassung. Sie findet Solschenizyn selbstgerecht, ist jedoch entschlossen, das Buch zu Ende zu lesen. Da sie nur eine halbe Stunde am Vormittag und eine halbe Stunde am Nachmittag lesen kann, hat sie sich ausgerechnet, daß sie neunundneunzig Jahre alt sein wird, wenn sie damit fertig ist.
Und wer sie kennt, zweifelt nicht daran, daß sie es schaffen wird.